东海大学学生证

姓名：崔璨

性别：女

专业：心理学

班级：一班

我们分享过最宝贵的东西，

人生怎么会没有意义？

其实妙不可言。

夏茗悠

——著

一如既往

全二册·上

江苏凤凰文艺出版社
JIANGSU PHOENIX LITERATURE AND
ART PUBLISHING

图书在版编目（CIP）数据

一见如故：全二册 / 夏茗悠著 . — 南京：江苏凤
凰文艺出版社，2024.4
ISBN 978-7-5594-8266-2

Ⅰ.①一… Ⅱ.①夏… Ⅲ.①长篇小说 – 中国 – 当代
Ⅳ.① I247.5

中国国家版本馆 CIP 数据核字 (2024) 第 008453 号

一见如故：全二册

夏茗悠 著

责任编辑	白 涵
特约编辑	朱 雀
营销编辑	杨 迎　刘 洋　史志云
绘图支持	镜 子　千里黄沙　iR五角蟹　景 一
封面设计	小贾设计
版式设计	天 缈
出版发行	江苏凤凰文艺出版社
	南京市中央路 165 号，邮编：210009
网　址	http://www.jswenyi.com
印　刷	三河市国新印装有限公司
开　本	670 毫米 ×970 毫米 1/16
字　数	576 千字
印　张	29
版　次	2024 年 4 月第 1 版
印　次	2024 年 4 月第 1 次印刷
书　号	ISBN 978-7-5594-8266-2
定　价	82.00 元（全二册）

江苏凤凰文艺版图书凡印刷、装订错误，可向出版社调换，联系电话 025-83280257

目　录
Contents

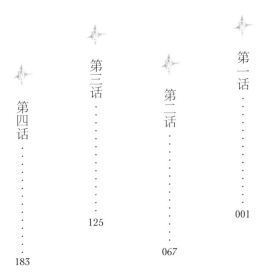

第一话 ·········· 001

第二话 ················· 067

第三话 ··············· 125

第四话 ··················· 183

第一话

CuiCan
&
GuXun

·····························

较劲从大一开学前夜就已蓄势待发

[1] 旋转木马

KTV三楼V7包间，顾浔坐在离点唱机最远的角落，斜倚着深灰色的沙发扶手，意兴阑珊地把玩着一个打火机。

离高考结束转眼月余，已经收到录取通知书并感到满意的半个班同学聚了一次，饭后大家提议来音响效果最好的这家唱歌。

顾浔并非不擅长唱歌，只是不擅长炒热气氛，适合在KTV唱的不是慢歌，悠扬的前奏一响起来大家就各玩各的了，他又不是来扫兴的，所以还是远离话筒为妙。

刚结束一曲劲歌热舞的学妹把麦克风递给下一个人，他以为她回点唱机边继续挑歌，谁知她坚持要挤过来坐回他身边。他有点无奈地朝另一个方向挪出空位，听见对方喝了一口啤酒后又打开话匣："学长你今天戴隐形眼镜了吗？"

"没有。"他平时在学校戴框架眼镜，但度数才两百度，"出来玩又不用看黑板。"

"那你看得见我吗？"女生把脸猛地凑到他眼前，娇憨地犯起了傻。

顾浔想她大概有点醉了，笑了笑，不动声色地按着她的肩保持距离："你已经够耀眼了。"

后面一个同班女生探出了脑袋："还是不戴眼镜好。"

学妹回头说："我觉得戴眼镜帅。"

"戴眼镜他自己是更帅，可不戴眼镜他看我们有朦胧美啊，像加了美颜特效。"

顾浔可吃不消听几个微醺的女生当面调侃自己帅不帅，他脸皮薄，从前在学校有几个低年级小学妹夸张地组成后援团都让他够难堪的，他都不知道她们怎么还能溜进自己班级的毕业聚会里来，一副和他的同学早已混熟的态势。眼下包厢里温度过高，很多人都借着酒意变得比往日聒噪，让人有点难以招架。他抓过手机，迅速站起来："我出去打个电话。"

KTV楼下是个广场，九点的夏夜还灯火通明。

顾浔虽是找了打电话的借口逃出来，但下了一楼到户外，发现真有人靠着便利店门口的儿童电动摇摇车在打电话。

女孩子甜软的低声隐约融化在温热的夜风里："十点半保证回家，哎呀，我都已经是成年人啦。"结尾的"啦"落了一个重音，没有硬凹撒娇，可爱却很自然。

顾浔不禁往声音源头望过去。

女生的瞳仁在灯光下闪闪发亮，浅棕色长发编成麻花辫，穿一身清爽的天蓝色露脐短衫短裤，凉拖前端露出的脚趾涂了红蔻，挂断电话时将口香糖吹出一个泡泡，抬头看见顾浔的瞬间，这泡泡砰地摊平在脸上。脸也是巴掌小，被口香糖盖了一大半。

顾浔扑哧笑了。

对方不好意思地低下头，借低头的时机把口香糖卷回嘴里，抬起头摸摸鼻尖，也笑起来。

"你来得正好……"她开头的这句话就好像和他早已熟络似的，让顾浔吓了一跳，但接下去才知道自己会错了意，"能不能跟我换点硬币？"

她从短裤口袋里掏出一张十元纸币，哧啦哧啦甩到顾浔面前，又往广场中间没有亮灯的旋转木马指了指："我想坐那个。"

男生刚掏出两枚硬币的手停住了，笑得更深一点："你不都已经是成年人了吗？"

"那……就算了。"语气是以退为进的，她把纸币收回自己这边，手腕在彼此间画出一道弧线。

顾浔不愿承认有点想让那彩灯为她亮起来，手摊开在她面前，掌心里是两枚硬币："够不够？"

女生得逞地笑，咧嘴时露出偏大的门牙，像个丑怪的小野兽。

她飞快地拿走硬币，顺手把手机塞给他："帮我拍照。"然后甩开长腿跑远。

顾浔的目光跟住她，随她绕着游乐设施的立柱原地转了个圈。接着灯光被点亮，明晃晃的黄光罩着她神采奕奕的眼角眉梢。她随心所欲地控制着距离、节律、氛围，抱着木马脖子忽高忽低，周而复始，如海底游鱼。男生屏住呼吸从手机屏幕中看她，放大两倍、四倍，她有一双杏眼，笑带卧蚕。

那种可爱放肆而嚣张，又带着点早熟的戏谑。

半是浑然天成，半是故作姿态。

周围人被她牵着鼻子走，着了魔似的被吸引，关心和呵护都是本能反应。他没见过这种女孩，她一点也不像和他同龄，而像个过完一生顺着流年的走马灯转回来的人。

旋转木马是个意蕴深长的起点。

整个暑假崔璨都在倒腾头发。高考一结束她就想改头换面，不再做"黑长直"的乖乖女。她在网上做了不少功课，锁定了一家染发手艺出色的网红理发店，Tony老师建议她染个粉棕色，她欣然接受，但成效并不理想。

无论在阳光下还是室内，她只要逮住反光物体就会来回观察自己脑袋，横竖找不到粉的痕迹。Tony老师对此的解释是粉色不会很明显，除非漂染。

崔璨当机立断地漂了，染出来却还是只能看出棕色，妈妈都被她问烦："不，没有粉，你不是色盲，其实棕色也还行，就是比黑头发显脸黄。"不说她还没觉得，从此以后感到自己脸色日渐蜡黄。她转变思路，认为她需要一个冷色调的发色。

她换成深灰，又换成灰，灰也灰得行迹难觅，后一次Tony老师下了狠手，变成蓝色，强行指鹿为马说"这是灰蓝，染蓝一点可以多维持几天，褪色后就成了灰"，没想到灰蓝跳过了灰的过程直接变黄。

崔璨只好放弃，又染回了棕色。坐旋转木马那天晚上是她发色最正常的一个阶段。接着开始军训，头发仍在褪色，一天比一天黄，配上迷彩服，又土又俗又扎眼，一颗非主流脑袋给不少人留下深刻印象。好在军训没分学科没分班，女生二十人一间大宿舍，也没交上知心朋友。她自我安慰，开学后洗心革面重新做人把头发染回黑色，同班同学应该认不出她。

谁知本系学长学姐过度热情，还没到正式开学，他们就自发张罗起了迎新会。

嘈杂的烧烤店里，崔璨顶着一头"杀马特"黄毛缩在长桌桌角，尽量减低自己的存在感。人算不如天算，班级放眼望去最帅的两个男生就坐在她对面那个角，很难不引人注目。其中一个她认识，坐旋转木马那天晚上认识的，也算不上认识，没问名字没留联系方式，只能说眼熟。

其实军训时她已经再次注意他了，有的人就是能仅凭"颜值"（相貌指数），做到走哪儿都可以很快引起全场注意。但崔璨没想到，自己不仅和他同校同级，还能同专业同班。不过对方一点也没认出她，让她在心里纠结了一遍又一遍，在确定与怀疑间摇摆，到底是不是他。

他默默地坐着，用冷淡回应周围女生的追捧，一副无心与凡人交际的派头，隔两位的女生在帮忙分发酒水饮料时问了他三遍要不要啤酒，他只是摇头和摆手，连字都不吐一个。

这副讨人嫌的骄傲惹得崔璨反感，她伸手接下那女生悬举在半空的啤酒瓶："我要点。"

"哎哟，厉害嘛，我们班还有女生能喝酒。"对面有个持续聒噪的女生见缝插针地挖苦起来。

崔璨心里蹿起一阵火。

有些女孩总是这样，非要踩一踩同性，方能彰显自己优雅得体。刚才有一搭没一搭地听她们几个缠着高冷王子聊天，得知她们是东海本地人，都长得漂亮，话里话外是优越感，对自己家住几环记得很牢。

崔璨嗤之以鼻，住在内环有什么可显摆的，她高中时最要好的闺密是标准的豪门大小姐，家里进门十分钟绕不到她的卧室，从来没见人家把这个当回事炫耀。不过这种"闺密厉害等于我厉害"的想法也幼稚，自己偷偷想想罢了。

更让人不爽的还有她们这从来没见过男人似的态度，两个男生帅是有那么点帅，但绝对没到惊世骇俗的地步，不至于让人这么巴结。崔璨想来，就是比她高中时几个玩得好的男孩还差一点，不提审美差异，单看对面这人不可一世的傲慢态度也折损好感。

有什么了不起？

换作是个女生，哪怕长得再漂亮，一晚上骄傲地抖擞孔雀翎，这些女孩才不会纷纷化作蜘蛛精去殷勤奉承，没准还要背后挑刺几句。

烧烤吃得差不多饱腹，学长学姐在远处敲着空杯吆喝新生们顺次自我介绍。

崔璨在角落，第一个被点中，她落落大方起身，简单报上姓名、生源地，把时间留给剩下的同学。

"孔雀"的朋友自报家门后轮到"孔雀"，刚听准了姓，还没听清名，几个女孩又大惊小怪吹捧起来，声量把他的尾音都盖过去："你姓顾啊，真是少见又好听，我可只在言情小说里见过姓这个的。"

"你不是本地人吗？"崔璨支着下颌挑眉问，"顾是本地区大姓，一个年级有十几个姓这个的，你怎么会没见过？"

那女孩脸上表情僵了僵，半张开口却没想好说什么。

"孔雀"意外地接上话来："姓崔的倒确实少见。"

崔璨目光转过去，从他语气里琢磨不透褒贬，但对他委实不屑，特地亮出点獠牙，一视同仁地嘲他寡闻："崔是北方大姓。"

"孔雀"讨了没趣，不再说话，身边的女孩回魂似的重新介入话题，问崔璨："原来你是北方人呀？"

崔璨刚才自我介绍明明报了本地高中，懒得再理她，装没听见，低头吃起了小零食。

等到全班都自我介绍结束，崔璨也喝完了杯底上最后一点啤酒，悄悄溜到靠近门口的走廊通风处透气，用手机搜索附近超市的位置，比较路线距离，评估以它们的规模哪个才有可能卖染发剂。

"崔璨！"

"嗯？啊？"她正全神贯注，被人突然连名带姓地叫住，吓得一哆嗦，手机险些从手里滑出去。抬头认出是"孔雀"的朋友，刚才听介绍时记住了，名叫陈峥城。比起他的朋友，他显得有亲和力多了，甚至有点亲和过度……

他举着崔璨落在椅背上的外套递过来："你衣服忘了拿。"

东海的夏天很热，崔璨在冷气充足的空调房里才穿这件薄衫，不过烧烤店比预想中热，她一进门就搭在椅背上从来没穿过。她讪笑着先接住衣服，想着要不要解释自己还没打算走。

"你不认识回校的路吗？"

崔璨微怔，意识到对方的目光落在自己手机屏幕上，是地图的界面让他误解了什么。

"不，我……"

这男生是个急性子，没等她把染发剂说出口，已经走出几步推开了店门："我也吃好了，我和你一起回去。"

一股热浪扑面而来。

崔璨两条腿像剪刀似的交叉在桌上，脚趾上换了浅蓝色的甲油。

室友帮她往头上刷黑色染发剂。

桌边是白天刚买齐的专业书，其中一本《心理学与生活》，她漫不经心地拿起随便翻了翻，开启的话题却与之无关："他叫什么来着？"

"顾浔。"室友不用问也知道她指的是谁，已经不记给他倒酒被拒的仇了，班里女生们的话题多半是围绕顾浔展开的，崔璨好几天过去才参与进来已算落伍。

崔璨喃喃地把这名字重复了一遍。

军训的第一天坐在操场上听动员时，身边的女生用手肘捅捅崔璨，又用下巴点点斜前方的男生，语气极具渲染力地说："我们校草。"

她原本在烈日下打着瞌睡，一抬眼看见个模糊的侧背影，穿迷彩服也感觉得出清瘦英俊，对男生来说偏白的脖颈在阳光下有点刺眼。让人不禁感慨，有的人就算后脑勺也是帅的。

后来在食堂附近也偶尔遇见，顾浔一副生人勿近的气场，人缘却异常好。

在周围女生营造的心动氛围中，再加上旋转木马那么点前情提要，崔璨有种自己也喜欢上顾浔的错觉，除了因为"乐队花车效应"，还因为她本来就习惯被这种冷调子的家伙吸引，也不是第一次了。

就好像连环杀人犯，总有个选择偏好。

可是对方不记得自己，开局就输了底牌，还一副傲然态度，彻底让她展开了敌意，再说一见如故成了俗话，不值一提。

较劲就是从这里而起的。

回到起点，崔璨倒是有点好奇："为什么每个人都知道他？"

"智商高又帅呗，东大附中校草，听说高一就获得了保送资格。"

"那怎么高三才升学？"

冬冬俯下身在崔璨耳朵边故弄玄虚地压低声音："听说……是为了陪朋友。"

先造神成学霸，又立深情人设，还真聪明，崔璨的笑带出点嘲讽："看不出来啊，他朋友也在我们学校？"

"高三出国了。"

"分开了？"

"分开了。"

崔璨内心一阵唏嘘，对他多了几分同情："看来有些人还是比较无情。他做了什么在高一就获得了保送资格？"

"拿遍了理科竞赛金奖，数、理、化、生。"

"那他大学为什么选了个文科？"

这一问，让只剩两个人的寝室安静了，冬冬手上动作一滞："我们专业是理科啊？"

崔璨回过头："是理科？"

东海高考是"3+3"模式，三门选科文理界线不那么分明，虽然崔璨选的是"理化生"，但许多同学都选"理化地理"或是"史政生科"。

"当然，你填志愿的时候没看学科指南吗？"

崔璨迟疑着："看了几句，我记得……起源于哲学。"

"但成为独立学科开始于理科实验室技术被用来研究哲学问题。"

"我没看到那里……"

为了证实自己的话，冬冬较真地脱下一次性手套，从崔璨面前一摞书的最下层抽出了《认知神经科学》。

崔璨终于开始有点慌乱，用手在额前快速比画："难道要学切前额叶吗？"

"呃……"看来她对神经学的误解也不轻，"不要。不过我们要学脑科学理论、设计实验和编程。"冬冬不禁暗忖自己这位新朋友为什么如此不着调。

"该不会还要学数学？"

"当然要啊。"

崔璨做了两次深呼吸来平复情绪："完了。"

冬冬戴回手套，一边继续往她头上涂染发剂，一边在头脑中迅速搜刮关于大二转系的讯息去宽慰她，直到听见崔璨又问了一遍——

"他叫什么来着？"

尽管刚认识没几天，缘起于一次倒酒时场面上缓解尴尬的支援，又因为同寝室而迅速结为一起洗衣服的朋友。在仅有的一点了解中，江冬燃也知道，崔璨活泼率真，当她对一件事一个人产生执念，总会不经意地流露出来。这下，又了解了多一点，文科理科、学术学业，大概从来不是崔璨人生的重点。

"顾浔。"

崔璨默默在心里记了一笔。

较劲从大一开学前夜就已蓄势待发。

此时，较劲还是单方面的。

身在话题中心的顾浔早已习以为常，对他来说，这只是平平无奇的一天，除了——一大早在校内超市前被疯疯癫癫的黄毛崔璨撞了个满怀，对方不仅没道歉，连一个正眼都没给就擦肩而过了。比起军训时有人搭台求雨、用无人机洒干冰，这都不算件事，学校大了怪人多。

他当然记得崔璨，但夜晚的梦幻魔法消失后，光天化日下再以貌取人，觉得她一副智商不太高教养也不太好的样子，心里只剩几分不解和不屑。没必要握着水晶鞋再续前缘，说到底，也不过是个小插曲，说不定崔璨自己也不记得。

晚饭过后，顾浔先去熟悉了一遍自习室的方位，再回到寝室。

他前脚刚进门，陈崚城就从电脑前退开，回头追问："你课选好了没？让我参考一下。"

顾浔走到自己书桌边放下包："我辅修双学位，对你没什么参考价值。"

"别那么武断嘛。经双对不对？看——"陈峰城把笔记本电脑屏幕转了个方向朝着顾浔，"我选了经济学原理。不管你信不信，我们还是能创造一些共同点的。"

顾浔瞥一眼他的电脑，从自己书架上揭下课表递给他："经原在通选课里算枯燥的，你谨慎选。"

陈峰城一愣，抬起头："有多枯燥？"

"让理科生沉默、文科生流泪。期末有你哭的时候。"顾浔一本正经。

陈峰城笑起来："我是理科生，跟你同专业，记得吗？"

"你是指1879年才出现第一个实验室的这门理科？"看来，就连崔璨和顾浔之间都还是能创造一些共同点，比如对本专业的鄙视。

陈峰城挥挥手，很轻易拂去争议："无所谓了，不重要。重要的是……还记不记得我跟你说过的那个医务室女生？"

顾浔无奈地翻了个白眼："就知道是这种心灵主义因素。"

这又是另一个故事的起点了。

军训期间有一天，陈峰城手肘擦伤去医务室上药，看见门口台阶上有个长得可爱的女生边喝藿香正气水边和身边闺密聊天，满嘴的歪理邪说，他回了寝室就声称中了丘比特之箭。顾浔想他大概就是容易被稀奇古怪的人所蛊惑。

"她是经院的？"

"不是。"

"呃……我不懂了。"

"她闺密是理科实验班的，修经济学全部课程。"

理科实验班是由东大天之骄子聚集成的一个班，在高考录取分数金字塔尖，本科阶段不分专业，学生可根据需要自由选课，几乎所有人都修两个学位。这闺密不简单。

不过现在这不是重点。

顾浔蹙了蹙眉，认为有必要帮陈峰城理清思路，做了个打住的手势："停。首先，你喜欢的女生叫什么？学什么专业？"

"叫麦芒，哲学系。"他似乎对自己的消息之灵通还颇有几分得意。

"那你为什么不去选哲学系通选？"

"人文科学通选都满员了，很难抢。可能全校的共识就是人文更容易拿学分吧。"

"好吧，文科行不通。"顾浔转念想，她闺密修的另一个学位总不会比经济学更难，"她闺密是理科实验班的，学霸吗？"

"学霸中的学霸。她修了三个学位。"

"哪三个？"

"数学、经济、法律。"

顾浔沉思："主修数学的确是学霸。但你为什么不选法律系通选去碰她？"

"法律也属于人文。"又回到了原点。

"好吧。"顾浔再次妥协，"经济比数学还是简单点。"

陈崒城苦笑着把笔记本电脑屏幕转回来，参考着对方的课表选课，但凡手边有块砖，他都想用来拍顾浔。

"不过你的女神学哲学，听起来不算什么好事。苏格拉底说，如果你娶个好妻，会获得人生幸福；如果你娶个坏的呢，就会成为哲学家。这说明人生幸福和哲学二元对立。"

陈崒城眼皮都没抬："在我女神的专业领域，第二命题推理不成立。"

顾浔套路未遂，声线中带了点笑腔："挺好，你和她之间已经具备了共同语言，接下来的问题就是要设法见到她本人了。"

陈崒城听懂他在讽刺什么："是不是搞错了顺序？"

"更像是搞错了程序。总结一下，你现在打算通过学经济，追一个哲学系女生。"

陈崒城举起手中的课表："非要按照近水楼台的思路，你的理想型是在数学系、化学系，还是艺术系？"

"你怎么不猜医学部，我还选了健康生活与健康传播。"

"我分不清它属于哪个系开的，看起来就古怪。你干吗选这个？"

"出勤率占40%，读书报告占60%，无闭卷考试。课上没女神，但这门课本身是女神。"

陈崒城从选课系统中搜出它，移动鼠标："怎么点不进去了？"

"早满人了。"

"你们这些家伙，太功利了！"陈崒城咬牙切齿地瞪他。

男生半靠着窗，笑得气定神闲："所以我不是说了嘛，人生幸福和哲学二元对立。"

[2] 冤家路窄

选课是全校性的难题。

据清晨校内广播所言，选课系统在选课周的最后三天平均每天瘫痪四次，学生中流传着隔壁某理工院校搞破坏的谣言，不过官方辟谣说系统故障是大一新生频繁退课重选导致，而飞短流长依然在蔓延，官方消息的吸引力永远比不过阴谋论。

陈峰城踏着广播声走进语音教室，粗略扫视一圈，教室里眼熟的同班同学有四五人。他挑临窗位置的崔璨身边坐过去。

对崔璨的第一印象是班里学号最后一名，说明是压线进的，鸡立鹤群，再加上城市生活中已经十分罕见的一头黄毛，看起来不太好惹，仿佛准备一开学就退学，同学们背后议论她是怪人。

因为迎新会后送她回寝室楼，有过点交集，陈峰城认为起码不难相处。

注意到对方染了黑发，他拖开身旁椅子的同时问："军训的时候教官老用大喇叭喊你黄毛你不理，怎么一开学没人管了反而改邪归正了？"

崔璨的回答是："就要做不一样的烟火。"

经提醒，陈峰城环顾四周，才发现开学后身边大部分女生都染了头发，黑发反而变得少见："哦……有道理。不过你去干吗了，大清早奄奄一息的？"

"还没从得知选了理科的打击中恢复过来。"

"呃……正常，据统计我校有四分之三的学生在进校的时候会产生轻度焦虑。"陈峰城很擅长收集这些了解了也无用的偏门小知识。

崔璨果然上钩："那剩下四分之一是重度焦虑吗？"

"那四分之一是文科生。文科生在毕业的时候才会焦虑。"

"焦虑什么？"

"突然意识到没有学会任何对人生有帮助的东西。"

"所以理科生学的东西还是比较有意义。"

他认真摇头："也没有，不过理科生意识不到。"

这话终于让崔璨朗声笑起来："你……真是个让人开心的小天使。"

老师在讲台上自我介绍、宣读课程安排，说到今后的听说课就由同桌两人一起做presentation（演讲展示）时，崔璨拍了拍同桌的肩："口才这么好，能一个人准备presentation吗？"

陈峰城理直气壮地扯出一个天使笑容："我英语不好。"

有这份点头之交打底，之后再提到崔璨的时候，陈峰城由衷地夸赞："我们班崔璨挺可爱的。"

时值刚上完体育课，顾浔摆出一张扑克脸，配以额角流下的汗水，几秒的静默也变得意味深长。

"你重新定义了'可爱'。"

陈峰城进一步解释缘由："我碰巧跟她选了相同的英语和政治课。"

顾浔慢吞吞喝了口水："你该不会又看上一个了吧？"

"那不会，我还是比较喜欢智商高的女生。"

顾浔挑了挑眉，迈出体育馆去："这话别让崔璨听见。"

"她不会介意的，我跟她已经在'我们俩都是笨蛋'这方面达成了共识。"陈峄城抄着手跟在后面，起了戳他痛处的心，"你为什么对她敌意那么大？"

顾浔边走边说："分心实验里噪音干扰每次出现，被试的打字按键力量就会增加。证明为了克服分心，人类必然产生肌肉紧张、消耗更多氧气。而且对分心刺激的反应主要以期望动机的零变量为转移，也就是说，如果干扰让你很生气，这种内在分心会比干扰本身造成的影响更坏。"

陈峄城佯装不解："这和崔璨有什么关系？"

"她对我来说是个分心刺激。"顾浔说。

"意思是……她让你紧张了？"

顾浔一愣："没这意思。"

"那就是……她让你缺氧了？"

顾浔一时语塞，以竞走速度远离了胡说八道的朋友。

第一门本系专业课普通心理学的上课时间在晚上，课前下了雨。崔璨没带伞，顶着课本和冬冬一起跑进教学楼，被雨迷了半湿的眼视线模糊，从背后把在檐下收伞的顾浔撞了个趔趄，她自己还没觉察。

顾浔耐着性子抬头去看，又是她，撞人专业户？

所谓"冤家路窄"，窄到单行道上频繁擦碰的地步也想请交警评理。

单从画面而言，这并不是个合格的仇人相见镜头。女生在楼梯上跑跑跳跳，长发飞扬起来，水色反射的霓虹描过她的脸庞轮廓，一双笑眼，一侧酒窝，很容易让人醉在其中。

顾浔承认她有双漂亮的眼睛，但也同时发现漂亮之余，在功能上有缺陷，她显然不好好用它们来看路。四舍五入，他推测她心智发育不全。

八岁小朋友喜欢坐旋转木马很正常，十八岁就有些违和；八岁小朋友我行我素爱顶撞人还有童趣，十八岁就显得缺教养；八岁小朋友跑闹撞人可算活泼调皮，十八岁就只觉疯癫轻狂。这都建立在合理的分析判断基础上，绝不算吹毛求疵。

他把伞收进教学楼门口伞架，不紧不慢地摘下眼镜擦了擦雾气，用不大的音量叫人："崔璨。"

崔璨停住脚步回过头，顾浔把眼镜重新戴上。

一张俏脸对上一张冷脸。

"地湿路滑悠着点吧，一路疯跑又撞个人或摔个跤。"他说话时用的是那种"你妈妈没教育好你"的语气，不是一般欠揍。

崔璨就和他不太一样了，才没有那么多列举优缺点的内心戏，她认为这个人一无是处。

自己有社交障碍还多管闲事教训别人，自己天天垮着脸还见不得人家开心。就算是学霸，本专业录取分数差额不过三十分，都成了同班同学，谁比谁高贵一点？看他居高临下的傲然模样，不知道的还以为他读着宇宙大学银河系，端着架子下不了凡了。

崔璨对他更没有好脸色。

偏偏陈峰城对此前情一无所知，对同时走进教室的两位一概热情招手："这里这里。"

两位互相嫌弃地用眼角余光瞥对方一眼，抵不过陈峰城热情，走过去隔着他坐下，头却扭向两边。

冬冬去洗手间回来，晚一步进门，邻着崔璨坐，也没觉察附近气压偏低。

任课老师是位资深博导，儒雅老先生，在系里很有威望，对本科生平易近人。开课前要介绍的学科框架太多，像念经，等说到关键，崔璨已经伏在课桌上睡了过去。

"所以我们课程的分数，期末闭卷考试只占55%，作为被试参与心理学实验占5%，其余40%按平时讨论的质量来评定。讨论的形式，分小组进行。我看就按今天的座位分组吧。"老师随性地用笔顺次点过去，"第一、二、三、四……总共八组。"

顾浔也是被那笔尖圈中了才如梦初醒，直起身倒吸一口凉气，看向陈峰城。

陈峰城朝另一边一扭头，越过中间埋头苦睡的崔璨，冲江冬燃一笑："我们一组。"

台上老先生继续说："有两组少一个人，不过没关系，我们不以人数取胜的。每组分数只有一个，按整体讨论质量来打分，这样有利于培养你们的团队意识。"

团队意识？

顾浔用眼角余光瞄了眼崔璨，不禁仰天长叹："这门课我还能及格吗？"

陈峰城理解他，偏要曲解他，拍肩鼓励："要对自己有信心。"

那厢，言归正传开始上课，老先生挨个点着面前的人问"心理学是什么"，对答案都不太满意，于是问了"你们班学号1号是谁"。

老师也知道，每个班学号是按高考录取顺序排的。

陈峰城来了精神，动作幅度夸张，供出身边的顾浔。

顾浔懒得动脑："是对个体行为和心理过程的科学研究，旨在描述、解释、预测和帮助控制行为。"末了摊摊手，"教材里写着。"

"预习得不错。"老先生点点头，顺着目光看见了崔璨，"那位睡觉的小姑娘……"

陈峄城赶紧把她推醒。

崔璨睡眼蒙眬，抬起头，听见老师正问自己："你觉得心理学是什么？"

她脑子真空了几秒，神游彩云间。

"是梦、凶器、安慰剂。"

答案画风之奇异，令整个教室瞬间鸦雀无声，前排同学纷纷回头。

冬冬在心里默默感慨：我们璨璨果然一点学术天赋都没有。

陈峄城却燃起了不寻常的崇拜，冥冥中觉得崔璨比顾浔厉害。

老先生微怔片刻，边笑边走回讲台："有意思，我现在最期待这组的讨论主题。"

崔璨还没搞清状况，低声问陈峄城："什么讨论？"

"分组讨论，我们四个一组。"

这又提起了顾浔的烦心事，使他条件反射地在一旁长吁短叹起来。

崔璨不爱自我检讨，很快给顾浔的敌意找了个合理解释。第二天思修课前，她还一本正经地在走廊里反过来提醒陈峄城："顾浔这人，你防着点。"

"防什么？"

"我某方面的雷达响了。"

陈峄城笑岔了气："你想多了。"

"不要仗着自己是男生就掉以轻心好吧，一点自我保护意识都没有。这种人我见过，看看他听说跟我和冬冬一组什么反应？这么明显的厌女！不然你怎么解释三节课一百四十分钟他全程黑脸？"

总不能回答"他不是厌女只是厌你"？

陈峄城头疼地斟酌词句："他……只是担心课程讨论拿不了高分，影响他的平均绩点。"

"这才学期开始，为什么要担心学期结束时的事？"

"说得对，车到山前必有路嘛。"

崔璨找空位坐下："不过他要是一直不跟我们说话，会不会影响我们的讨论分数？"

陈峄城哭笑不得："呃……有这种可能。"他跟着坐下，"但车到山前必有路，别担心。"

两人同时往桌上趴下去。

崔璨立刻把对方拍起来："等等，你不会也想睡觉吧？你不能睡。"

"为什么？"

"我政治课和同班同学选同一节的目的，就是为了上课睡觉有人打掩护、上课迟到有人代点名。"

陈峄城笑："那我只能说巧了。"

结果两人只能通过石头剪刀布三局两胜这种优质方法，决定优先照顾谁的睡眠。

政治课有点枯燥，讲台上老师说到"我要花两个课时给大家讲一讲大学生活的特点和我们东大的学风"时，两个穿超人和蝙蝠侠服装的搞怪男生突然从教室前门跑进，穿过讲台，喊着"开学快乐"的口号从窗户跳了出去。

整个阶梯教室里一阵嬉笑骚乱。

崔璨抬起头揉揉惺忪睡眼，问陈峄城怎么了。

他说："讲到了我们东大的学风。"

学风大概就是，无时无刻不在精力旺盛地闹腾着。

"东大之锋"新生辩论赛刚开始报名，关于理科实验班是否可以作为独立院系参赛的争论已经在广播台较量了好几个回合，学生会内部率先辩论起来。

一位不愿意透露姓名的学生会干事表示：学神都抱团参赛，其他院系只剩陪跑乐趣。

另一位不愿意透露姓名的学生会干事表示：争夺亚军也很有意义。

一位不愿意透露姓名的学生会干事表示：那就像舞台剧比赛让艺术学院报名一样离谱……

但说到将于年终举行的新生舞台剧表演赛，艺术学院已经第一时间宣布退出竞争。据了解主因是学校附近某高档住宅小区将于十月下旬开盘，艺术学院师生忙于排队摇号无暇筹备舞台剧……

陈峄城被广播细节莫名吸引："什么高档住宅小区开盘？"

"东海天盛豪庭吧。"崔璨说。

"艺术生家里都有矿吗？"

"没矿怎么敢学艺术。"

要是经济条件允许，崔璨觉得自己真应该去学艺术，而不是心理。

目前上线的专业课中，对崔璨而言最难的是心理统计。偏偏任课老师还很爱点她答题，每节课有三分之一时间消耗在"启发"崔璨的无用功上。

"如果我们现在要计算变量的总和N，N等于？"

崔璨犹犹豫豫："Sigma f？"

"那是所有分数的个数。再给你一次机会。"

崔璨咬着笔端："Sigma X。"

"仔细考虑，不要乱猜。"

崔璨恍然大悟："Sigma X加Sigma f。"

所有答案都被她猜了一遍，却唯独漏掉正确的那个。统计老师不甘心地扶额，遭遇了教学生涯的滑铁卢。

"人怎么能无知到这个程度？"顾浔百无聊赖地小声议论。为了防止再次"躺枪"被分配和崔璨同组，这门课他拖着陈峥城坐在离崔璨一个教室对角线的位置。

陈峥城抬起头四下张望："哦，是你在说话，我还以为我的思维产生了自主意识。"

"你又是在评价谁？"

"我自己。"他把《经济学原理》封面露给顾浔看，"下节课我就要去上这个，太让人犯困了，仿佛在看政治书。"

顾浔可不同情他，耸耸肩："提醒过你别选这课。"

"我不是为了爱情嘛。"

他这爱情之路也太曲折了。

听说，女神以前其实跟他一个高中，只不过还没来得及认识他就转学去了别的高中，爱情无疾而终。

又听说，女神的闺蜜其实三年来都和他在一个高中，只不过这位学神是个脸盲，三年来只认识自己前后左右几位同学，也无缘认识他，爱情灰飞烟灭。

顾浔不禁疑惑："是谁给你的错觉，三年追不上的人再来四年就一定能行？"

"是盲目的爱情。"

爱情盲不盲目尚无定论，韩——大概率是个盲人。

她一出现在教室后门口，陈峥城就迅速拿开了身边的书包，这样她都没看见空位，像阿炳般目空一切往前排去了。

陈峥城急得直接叫出声："韩——！"

韩——回头，露出微笑，迅速跑过来落座："不好意思我刚才去围观经贸理财协会活动来晚了。"

陈峥城没明白这"不好意思"从何而起，好在韩——很健谈，已经自开话题，他姑且迟疑着聊下去："经贸协会什么活动？"

"他们给所有社员发放了这种代币。"女生有点兴奋地向他展示代币，喋喋不休起来，"用来观察经济活动全过程。社员先从两张代币购买原材料进行简单手工加工后转卖十五张代币开始模拟生产，除了购买其他社员的加工品还可以在指定商户消费。"

陈峰城莫名觉得厉害，点头："有想法。你加入这个社团了？"

"没有，估计他们三个月……"女生歪着头认真想想，"呃……两个半月后就会产生高通货膨胀，下半学期社团内部气氛不会太好。"

陈峰城除了点头附和不知该怎么接嘴："有远见。那你打算参加什么社团？"

"围棋吧，我还在犹豫。我高中参加的是围棋社，但大学玩社团机会成本太高。比起社团，你课表确定了吗？"

"有些课我还没决定……"陈峰城笑着自嘲，"就像校内广播说的，认识生活中的权衡取舍有助于理解经济学原理。"

"那你决定了选哪两个专业的必修吗？"

听她突然这么问，陈峰城表情呆滞："专业？我只有一个专业啊，心理学。"

韩一一微怔，眨眼睛："所以你是心理系的？"

"对。"

"你不是我同班同学？"

"不是。"

韩一一脸上疑云渐浓："可我……可我走进教室时你叫了我。"

陈峰城笑："你名声在外。"

"也就是说……其实我不认识你。"

"没错。"就知道其中有什么误会，陈峰城也觉得先前那些熟络的对话不太对劲。

好在韩一一困惑之余，如释重负笑起来："早说嘛，害我一直在绞尽脑汁想你名字，紧张得没话找话。"

陈峰城跟着松了口气，笑道："我还在想你怎么坐下就开始聊天了。"

"重新自我介绍，理科实验班韩一一。"

陈峰城本想报上大名，却又觉得开场过于平淡，想来个恶作剧，鬼使神差，一念之差："心理系顾浔。"

谁知韩一一居然掌握了额外信息："哦，顾浔！你不记得我了？我们数学竞赛都在一起集训啊。我是阳明中学的。"

陈峰城的笑容凝在脸上："哦……有印象。"

早该想到的，陈峰城高中也参加过数学竞赛，止步在本市赛场，韩一一却总能走得更远，全国竞赛时碰见顾浔毫不意外。

反而该庆幸对方是个脸盲了。

他在心里开骂何必搬起石头砸自己的脚。

与此同时，顾浔本人也有点水深火热。三百人的通选课上，好像心理系同学只有自己和崔璨，偏偏她一进教室就看见了自己，教室里剩余空位不多。

顾浔与她对视几秒，内心天人交战，终于还是拉不下面子对女生视而不见，无奈地拿走了身边座位上的书包。

崔璨尴尬到无视窗外夜幕降临的客观事实，走过去坐下后道了声"早"。

"早。"顾浔的敷衍回答没过脑子，他很庆幸手机振动让他不用去跟讨人嫌的女同学没话找话。

是陈峰城的微信："我真是脑袋短路才会对韩一一自我介绍叫顾浔。"

顾浔较真回他："脑袋短路在生理上不可能，提取人名障碍一般与左颞极脑损伤有关。"

陈峰城不理他的拆台，自顾自继续形容局面："我本来只是皮一下。没想到她居然记得你数学竞赛第一，什么人会不记得同班同学却记得远方的、古早的数学竞赛第一？"

当然是名字叫"一一"的人啊。

原来是韩一一，顾浔无语，谁让陈峰城整天用"女神的闺密"代称人家。高中时确实一起参加过竞赛，因为东海选手多，高中不同学区也不同，没打过太多交道，但名字是耳熟的。

顾浔回："澄清不就行了。"

"那肯定会影响她对我的第一印象，显得我不仅是个笨蛋，还冒名招摇撞骗。"

"你想怎么办？"

"没想好，先做一会儿顾浔。"

这难道不就是招摇撞骗吗？

"你高兴就好。"

"我高兴不够，需要你的帮助，她开始跟我聊学霸话题了。"

闹了半天，这还是条求助微信。

"你想问什么？"

"你先给我科普普通货膨胀是怎么产生的。"

顾浔言简意赅地给他解释完通货膨胀，一抬头，看见更魔幻的画面，身边的学渣居然没睡觉，聚精会神在听课。

顾浔抬头看看讲台，老师在讲："用这个式子我们就可以表示周期是21的各种周期函数，比如我们上面那个方波，1/21就是它的基频。之所以所有频率都是基频的倍数，是因为它要符合周期性边界条件……"

他转过头看崔璨还是觉得怪，眼睛似乎很久不眨了。

顾浔伸手在她眼前晃晃，想确定她是不是能像张飞一样睁眼睡着。

崔璨蹙着眉扭过头问："这到底是什么课来着？"

男生猛地缩回手："音乐与数学。"

"课名里有'数学'吗？"

"当然。所以我也觉得奇怪你为什么选这么麻烦的课。"

"我只看见了'音乐'。"

"情有可原。"

老师正说："所以傅里叶级数就是把周期函数拆开成直流分量加一倍频分量加二倍频分量这么一直加下去……"

崔璨患有"数学PTSD（创伤后应激障碍）"，叹口气。

"不是我有偏见，傅里叶级数和音乐根本八竿子打不着吧。"

顾浔抬头瞄了一眼黑板："可以解释乐器振动。"

"这简直像明星的'情侣粉'能从照片上的一个眼神读出一千字甜蜜小论文，正主都悲剧结尾一万年了。"

顾浔听这类比稀奇古怪，笑了笑："听听也无妨，课程介绍说只要求高中数学基础。"

"我不信你高中就学傅里叶级数了。"

"我高中学周期函数了。"

"在证明黎曼猜想的人还学过一次函数呢，学过一次函数就能证明黎曼猜想吗？"

顾浔翻了翻手中的影印教材："你的直觉很准，下半学期确实要讲新黎曼理论三和弦转换。"

崔璨无语望天："我还是退课吧。"

"你还是退课吧。"顾浔点着头，无比赞同。

[3] 江淹梦笔

陈峥城回寝室第一件事也是退课。

而顾浔出于对崔璨智商的不信任，决定把专业课小组讨论的台词编好，嘴里还在嘀咕着以防老师抽查、得让她死记硬背出来之类的。

陈峥城听见后不得不暂时扔下选课系统，跨过来阻止他："虽然我不知道什么是团队意识，但这个肯定不是。你不能也不该帮崔璨做完所有小组作业。"

顾浔满脸困惑地看着他，看不出有什么理由不去做。

陈峥城拖着椅子坐过来："假设你有四小时时间，可以读四百页论文，也可以做一个课题作业的70%；而崔璨只能读二十页论文，只能做课题的20%。你在两方面都具有绝对优势，但崔璨在做课题方面具有比较优势，因为她把时间花在做课题上付出比你更少的机会成本。她完成20%课题只少读二十页论文，但你完成同样比例课题要少读一百一十四页论文。所以从经济效益而言，这么做不对。"

顾浔想了想："问题是崔璨有这四小时，既不会读论文也不会做课题。"他转头继续打字，"另外我觉得你经原学得挺好，可以不用退课。"

"谢谢你终于关心我了。好消息和坏消息你想先听哪个？"

顾浔其实对两者都兴趣缺缺："随便。"

"好消息是，我觉得韩——已经把我当朋友了，她把我当作顾浔，介绍给她的三个同学了，幸好我逃得快，否则我怀疑第四个就会是麦芒。"

顾浔抢答道："坏消息是你没法把我装在口袋里，帮你伪装成她想要的那种朋友。"

陈峥城没能亲自说出口，有点落空："你猜对了。"

"那你现在打算怎么解决？"

"只能退课。以她的记人能力，我觉得两个月以后我就能重新以别的途径做自我介绍。"

顾浔转身继续做正事："我一直没搞懂一件事，你为什么非要通过选课才能和她做同学？"

陈峥城觑起眼睛："你的意思是？"

"你本来完全可以去旁听任何一门法律系通选课，名正言顺走到她身边坐下。"

陈峥城眨眨眼，过半晌："有道理。"

"更直接的方法是去旁听任何一门哲学系通选课。"顾浔飞快地打字，"你把事情搞得太复杂了。"

陈峥城看了看顾浔面前电脑上的内容："相信我，你把事情搞得更复杂，而且绝对可怕了。"

虽然陈峥城在追女生方面总是不得要领般鬼打墙，但他对"敌我斗争形势"的预判无比准确。

第二天专业课间，崔璨果然把那沓A4纸"剧本"摔回顾浔面前："你什么意思？"

较劲就是从这里开始提上日程的。

顾浔没有多余的表情，目光从眼镜上方睨出来："助人为乐。"

"你的优越感也太膨胀了吧？是不是觉得我们其他人都是傻瓜？"

顾浔反问："你干吗攻击其他人？"

崔璨被呛得无言以对，努力平复心情："关于小组作业我也有自己的想法，我们可以找个时间碰面聊创意，但不会是以这种方案独裁式地执行下去。"

"方案有什么问题？"

"方案没问题，你有问题。你太不尊重人了。"

"你有其他想法我们可以下次聊，但眼前有做好的方案，你也承认没问题，为什么舍近求远？"

"老师说要考察团队精神，但你一个人决定了所有。"

"我先制定了方案，大家合作完成目标，这怎么不是团队精神？"

"我直说吧，我觉得这个方案没意思，你的研究对象比统计课还无趣。"

待崔璨愤然离去以后，顾浔才问陈峄城："统计课怎么了？"

陈峄城也只能耸耸肩，对此一无所知。

很快，在上机课上他就领教了崔璨对统计课的偏见。

"我不知道处理老师提供的数据，最后得出标准答案到底有什么意义。"崔璨一边呆滞地盯着计算机屏幕操作电脑，一边对身边的冬冬抱怨。

冬冬想了想："学习软件操作。"

"然后呢？"

冬冬挠挠头："这就是软件操作课，你还想学什么？解剖青蛙？"

"哦。"她继续操作电脑，"我以为应该教那种个性化课题，自己选择研究方向做调查收集数据再用软件做结论。"

冬冬诧异地看向崔璨："那不是普心课内容吗？你该不会还没打开普心课作业要求吧？"

"我忘了……"

"你要抓紧啰，我都做一半了，这周末你来得及和我一起去发问卷吗？"

崔璨点点头："我尽量……啊？为什么我最后得出小数点了？"

冬冬移动到崔璨电脑前研究了半天，困惑并不比崔璨少一点，转到身后戳戳陈峄城："你帮璨璨看看，她这是怎么回事？"

陈峄城移动过来，很快也陷入苦思冥想，束手无策。

偷听了全程的顾浔忍不住回头好几次，欲言又止。

陈峄城把鼠标滑过来又滑过去："完全不懂啊，哪里输错了？"

顾浔终于忍无可忍，转着电脑椅过来挤开陈峄城，迅速给其中一个算式参数加上了括号，很快得出正确结论，而后挑衅地对崔璨扔下一句："虽然无趣，但是有用。"

吃力不讨好的行为中，这大概能排上前三了。

"我承认他聪明，但世界上聪明又脾气好的人多着呢，真不理解为什么大家都愿意和他这么傲慢的人做朋友。"下课后崔璨拖住陈峄城陪自己在奶茶店前排队，"不觉得他总是一副盛气凌人的调调吗？"

"就像恒星周围一定会有行星，行星自然被吸引又不会觉得委屈。"陈峄城心态良好。

"不是每个人都是行星，我是没办法忍受。"

陈峄城靠在柜台边笑，并没有买奶茶的意思，提醒道："恒星之间引力更大。"

较劲到这个地步，变得有来有往、针锋相对了。

顾浔长这么大还没跟谁较过劲，更不用提对方还是女生。但崔璨的存在总让他觉得坐立不安又无法忽略，这一定和那个高烧般的迷幻开头有关，有时候人与人的相遇从第一眼就出了错。

他想起自己患上强迫症的起始，也是因为这种不值一提的小事，在一个平平无奇的下午，说不清为什么地一遍又一遍确认行李有没有遗漏。

虽然重复能减轻焦虑，但重复本身就是失常的开始。

再一次在通选课上"巧遇"时，他心里确认了这个结论。

崔璨坐到他身边去时的脸色比第一次还难看，连打招呼的客套都省略了。

"你很喜欢音乐吗？"

"不喜欢。"她边说边打开随身携带的笔记本电脑，当场登录选课系统退课。

"总共只有四门和音乐相关的通选课，我们就在两门课上碰见了——音乐与数学，歌剧简史与名著赏析。"

"所以我正在考虑退了这门课，也许我应该选同时段的这门——"崔璨支着脸挑了个看名字学起来不费劲的，"大学生心理健康。"

"那是我们自己系开的通选课，偏临床医学，你不会喜欢的。"

对方似乎在刻意表示友好，提供友情建议，崔璨移动鼠标的手停住了，往身边瞄一眼，沉默片刻："所以你也喜欢音乐？"

"不喜欢。"看来示好是错觉。

"你不也选了至少两门音乐类通选课吗？"

"因为简单，不需要花多少时间就能拿到学分。"

崔璨点点头假装理解，又故作好奇地开口问："那你想把时间花到哪儿去呢？把字母饼干按顺序排列再吃掉吗？"

顾浔感受到了明显的嘲讽，冷淡地抬起眼看向她："陈峄城跟你说我什么了？"

"没什么，只是有强迫症。"崔璨微笑。

"这不是值得一笑的事。"

她依旧笑着："也不是值得骄傲的事。听说你整个军训期间没少'吐槽'我，但归根结底好像不是我的问题，头发没染好就对你造成分心刺激？那我建议你在家抱紧自己别出来冒险上学了，有病治病，毕竟强迫症是病，头发什么样都不算是病吧。"

原来在这儿等着呢。

正所谓"来而不往非礼也"。

顾浔缓慢地眨眨眼睛，朝她勾起嘴角："没错，讨厌你怎么可能是因为头发呢，当然是因为头发下面空空的脑袋了。"

崔璨最近不太顺，她没想到，连染黑的头发都会不断褪色，这几天头发泛黄的进度比校园里的银杏叶还快。黑中带黄，像个鸡毛掸子，更土了。

冬冬说这在所难免。

"你漂过的头发底色就是黄的，染色只是覆盖，你洗头这么勤，覆盖的色料很快就没了，当然会露出底色。"

"我想剪短发了。"崔璨用宛如看绝症病人的眼神照镜子。

"你剪过短发吗？"

"没剪过特别短的。最短短到过肩。"

"那我建议你不要尝试。你可能又会陷入'嫌头发太短去接发、嫌接发难受去拆掉、被推销舒适款接发重新接、发现接发没有舒适的重新拆'的崭新死循环。"

崔璨扶额："这听起来真像我。"

冬冬算是能聊上几句的室友，虽然她唯一的爱好还保持着高中习惯——刷题攒学分。

另两个室友就完全话不投机半句多了，她们自己倒是能聊到一起，其中一个热爱追选秀明星，另一个热爱看网络小说，两人每天都在努力互相"安利"（推荐），想把对方拉进自己的兴趣圈，夜聊话题多半与此有关，偶尔也会谈及现实，比如昨天讨论的"体育必修课应该大一选还是大二选"，以及今天自熄灯算起，"秀粉女孩"已经纠结了半小时，该不该加入街舞社，车轱辘话说了几轮，令她望而生畏的主要原因是"女人多的地方钩心斗角多，我不想玩个社团都那么累"。

崔璨往车轱辘话中插了句嘴："男人多的地方钩心斗角更多，不信你问杨海恬，她看小说，宫斗算一大类，权谋也算一大类。"

"小说女孩"杨海恬没领会她的重点，指东打西地提供详细讯息："权谋文男女都有，不过我只看男的。"

"秀粉女孩"继续固执己见："至少男人的恶意光明正大一点。"

"光明正大地杀人放火吗？"崔璨笑，"我见过最坏的女生不过背后说几句坏话，光明正大造女生谣、光明正大偷拍女生照片、光明正大欺骗心理障碍女生的，可都是男生。"

"那我没见过，这都是很极端的情况了，这种事多半女生自己也有点问题，我们正常人就碰不到。"

"我闺密就很正常，她只不过身材好。"

"那就是太敏感了，男生可能只是对她的身材表达赞美，表达方法太'直球'而已。每个人的心态因人而异吧，我见过很多女生遇到这种事还沾沾自喜呢。都是甜蜜的烦恼，我要是有'魔鬼身材'，遇上这样的我就笑笑。"

崔璨不作声了，觉得没意思。高中时她还喜欢为这种事燃起斗志，但现在知道了都是无用功，"三观"通常不会因为两句话就改变，很多人不爱被说服。更何况提起闺密，也没有多么美好的回忆。

张口闭口的闺密，考了外地大学，其实从自主招生后联系就少了，还认不认自己是闺密都未可知，在这里为她撑腰她也不知道，不是挺可笑吗？

高中阶段对崔璨来说也像一场死循环，想融入不适合自己的圈子，模仿、迎合、补救，到最后清醒过来，因闺密结识的朋友始终是闺密的朋友。

人际交往不像读书，像染发，不是投入更多就会有回报。

执着换不来拨云见日，很可能换来沉没成本陷阱。

陈峰城在新选的物质文化课上发呆，讲台上老师的嘴像鱼似的一张一合，一个字也没能飘进他耳朵。

但他很清醒地知道自己根本不该在这儿，自己辗转迂回、舍近求远也不是因为愚笨。

他生在一个小康家庭，从小没受什么挫折，也没遇什么惊喜，一切都是普通生活的模样。可是，麦芒并不是普通女生，她是韩一一、顾浔那类人，受上天眷顾，被点亮智力和才气技能树。他甚至连伪装稍有学识都力所不及，在韩一一面前频频露怯，该用什么去和喜欢的女生交谈？

正面是莽撞，背面是勇气。

硬币在桌面上第三次躺平，答案都是同一个。

陈峰城没有背书包的习惯，把课本一卷，径直横向走出座位："对不起，借过一下。"

出了教室，他又在教学楼门口逡巡了几分钟才听见下课铃声。

按韩——的选课量，你可以期待在任何一个课间碰碰运气，在教学区与她偶遇。

果不其然，不一会儿陈峄城就看见她和同学一起从面前的台阶走了下去。

"韩——。"

女生停住脚步回头看见他，迷茫了两秒，很快认出："顾浔？"

"我不是顾浔。"

也许是陈峄城的表情过于严肃了，反而让韩——尴尬紧张："对不起，我其实有点这方面障碍，要把人脸和名字对上号需要很长时间，取决于平时见面的频率，大概从半个月到一学年不等……"

她话没说完，陈峄城先笑起来："什么啊，早知道我就不来道歉了。"

"道歉？"

"上次我骗了你，你没记错，我对你介绍自己叫顾浔，但我不是。"

韩——松了口气，拍拍胸口："吓我一跳。所以你其实叫什么？"

"陈峄城。"

"哪个系？"

"心理学。"

"还是心理系。"

"但不是数学竞赛第一。"陈峄城强调。

"OK，记住了。"

"记住了？你不生气吗？"

"为什么要生气？系统规定我非得结交名叫顾浔的人？"

陈峄城终于如释重负，刚想再找些话题，对方已经先提议："晚上一二节课后我和我闺密去吃烧烤，你要不要一起？"见陈峄城有些愣怔，她补充道，"你知道我这个人记忆力靠不住，我闺密更是个路盲，我怕我们俩找不回学校了。"

如果她不是那么交友广泛的类型，那这位闺密的所指就有点令人惊喜了。

陈峄城还是难免犯怵，条件反射地擅自拉了后援："我能带上真正的顾浔吗？"

站在柜台边等外卖时，是冬冬先看见坐在窗边那桌吃烧烤的熟人："那不是顾浔和陈峄城吗？"

崔璨回头顺势看过去，顾浔对面坐的女生她认识，是韩——。隔壁高中的校园风云人物，不仅是他们学校成绩第一，又是围棋社社长、羽毛球校队王牌，身材高挑性格酷，身后的"迷妹（狂热的女性粉丝）"一会儿排成一字，一会儿排成人字。那时候共同认识的人很多，数学竞赛时同学区的女生少，她常和韩一一互邀一起去食堂或超市。

没错，在不太愿意提起的记忆里，崔璨也是参加过数学竞赛的。

与其他所有搞竞赛的选手不同，崔璨进了高中才被老师挑中开始接触竞赛，第一年成绩的确喜人，虽然只获得二等奖，但从零基础到进考场才一个半月，人人都说她是天才少女，未来可期。

可到了第二年仍是二等奖，一等奖全国有几十人，二等奖里得第一也是二等奖。

第三年她倒是在闺密的"崇拜攻势"下拿了一等奖，但放弃了集训和后续的国际竞赛，最终也没有点亮她的"天才光环"，创造出什么奇迹。

说她有"数学PTSD"不是玩笑，崔璨不止一次怀疑竞赛圈本来也不是她该踏足的领地，只是无意间得了五色笔，梦醒后被收了回去。

不提也罢，这样万众期待却又期待落空的经历还是少提为妙。

她还是第一次见顾浔这么难相处的家伙和谁有说有笑，可以理解，韩一一参加过三次集训，和顾浔的交集从那时就开始了吧。

如果自己进入过国际竞赛集训，大概也不至于让人看轻。

可是谈"如果"，就已经够可笑了。

崔璨久久没移开目光，冬冬注意到她注视的人并不是两个男生。

店员把外卖放在柜台上。

"认识啊？"冬冬问，"要过去打个招呼吗？"

崔璨拎起塑料袋摇摇头："不用了。"

冬冬跟着出了烧烤店，从餐盒里拿出东西边走边吃："我饿了。"

较劲到这个阶段，终于自己也觉得索然寡味了。

花了一整个选课周争强好胜，不过是心存侥幸，做冤家之前，就想好要加上"欢喜"做定语，但到头来说不定只是被讨厌得彻底。

不给糖就捣蛋的伎俩固然能引人注目，你张牙舞爪，和成熟睿智的从容得体对比，越发像跳梁小丑。

她抱着笔记本电脑盘腿靠在床头想了很久，忍不住反思从小到大每一次较劲，到最后没有哪次不是只剩自己一颗千疮百孔的心。自己好像就是学不会举重若轻、泰然自若地在别人视野里找到位置。

失之交臂的成功从来都是幻觉，幻想的如果永远不会成为真实。

跳出循环陷阱的唯一途径是及时止损，从现在开始。

冬冬的提问模模糊糊飘进耳郭："那两门课是什么？"

"嗯？"崔璨回过神。

"你想退掉的那两门课是什么？"

"一门音乐与数学，一门歌剧简史。"

"听起来都不错，我就补选你退的吧。"

崔璨点点头，滑动鼠标单击"退课"，操作简单到令人怅然若失。

"你自己补选了什么课？"冬冬问。

"健康生活与健康传播。"

[4] 纸上谈兵

第一次班会在开学初的一天晚上，教了校歌、选了男女班长，崔璨没学会校歌，开学典礼上只混在人群中象征性张了张嘴。

第二次班会却没那么好糊弄，发起人是班主任，但他没空到场，叫辅导员带了摄影机做会议记录，让大家从他刚毕业那届学生——也就是师兄师姐的照片中随便选一个人做主角编段故事。

全班在草坪围坐，不是每个人都能理解班主任的意图，辅导员是工商管理系研究生，也不明所以，不过照嘱咐做。

只有陈峄城直接问出了："这么大费周章是想干什么？"

也只有顾浔回答他"投射测验"。

自然地，"孔雀"又在人群中开屏了。

崔璨决定看也不看他一眼。

炎热没有消退，树叶在初秋的风中簌簌摇曳，阴影罩着她藏青领边的杏色连衣裙，草丛里蚊虫不少，有两只总在她晾在阳光下的小腿边打转，看着让人焦虑。

除了蚊子还有蜻蜓低飞，预报也说今天会下雨。

终于有一只蚊子打定主意落在她胳膊上，她却浑然未觉，沉迷于用枯枝去捅树叶上长得像枯枝的尺蠖。

顾浔感觉自己胳膊也痒痒的，低头发现是粘了根头发，不算错觉。

辅导员做完辩论赛和舞台剧动员，宣布班会正式开始，班主任布置的投射测验照例从学号一号开始。

他收回思绪，目光也回到照片上："我选正中间女生。她直视镜头，眼神坚定，双手拿着刚获得的学位证书。她对已经过去的四年大学生活非常自豪，并且坚信学识的价值。她已经找到一份满意的心理咨询工作，也许薪水不高，但她乐在其中……"

崔璨那方向突然发出嗤笑声，是她没错。

还以为她在全神贯注玩虫子根本没听。

顾浔停下来看过去，挑了挑眉："你有什么意见？"

"我不能对故事做出反应吗？"

"像现在这种情况，别人在专注发言的时候，不行。轮到你……"

崔璨再度打断："我只是觉得你在扯淡。这女生明显眼神空洞非常迷茫，双手攥紧学位证书才能给她一点安全感，但这明显不够，证明她知道自己四年来的成就不堪一击。她想从事人机交互方面的工作又害怕承受失败，所以退而求其次找了一份低薪的心理咨询工作，并且欺骗自己乐在其中，实际上她内心深处十分清楚，自己每天说的话做的事，既不能让自己快乐也不能让世界变好。"

顾浔沉默片刻，决心不让着她。

"你当然也有展开想象的自由，但你这个故事，说明你是一个低成就需要的人。你缺乏事先制定个人目标的计划，遇到稍微让你感到困难的任务就会放弃。你习惯把失败归因于自己，却把成功归因于运气。这也许和你的家庭教育有关，父母从不让你感到成就压力，所以你也就没有成就需要。但你遭遇的所有挫折都是咎由自取，因为在你内心深处不认为世界上存在任何事情值得你付出努力。"

全班同学都能体会到这番攻击的锋利，其实平时顾浔虽然待人冷淡，但还是能维持客套的风度，这不太寻常。大家觉得很是惊奇，面面相觑。

崔璨却根本没有生气，不过若无其事地淡然一笑："而你的故事正好相反，只是我怀疑——读得懂题面又明知标准答案的你，心里是不是真有那种正能量故事。"

顾浔微怔，没接上话。

辅导员见冷了场，打着哈哈趁机游说："我觉得你们俩特别适合加入辩论队，有兴趣吗？"

班会后同学们三三两两离开草坪，冬冬是班长，留下帮辅导员搬运道具，崔璨也跟着搭了把手。

辅导员问："你对舞台剧有什么想法？"

冬冬不擅长文艺，下意识转过头去看崔璨。

心理系一届有两个班，崔璨的第一反应是推卸责任："二班有什么想法？我们可以配合他们。"

"他们班有两个学生高中参加过校辩论队，所以说辩论由他们主导，舞台剧他们就全力配合你们了。"

这样听起来也算公平。

"我们班有表演天赋的同学看起来不多。"她正色分析道，"我想选好剧本后肯定得根据大家的自身特点进行改编。"

"直接原创怎么样？"辅导员问。

冬冬再次转头用眼神询问崔璨的意思。

她想了想："时间太短，我们必须给大家留足排练时间。"

"有道理。"辅导员点头附和，"崔璨你来帮忙吗？"

冬冬穷追不舍："璨璨一定要帮忙才行。"

"那就任命崔璨做文艺委员吧。"辅导员干脆当场派发头衔。

崔璨半开玩笑地抗议："这任命也太随便了吧，一听就不像有编制的。"

"不过你不会像顾浔说的，觉得舞台剧没价值干一半就跑了吧？"

"什么？"崔璨没反应过来。

"他不是说你'遇到稍微让你感到困难的任务就会放弃'吗？"没想到辅导员还听进去了。

崔璨不置可否地笑笑："别人可以不信，下注的人自己得坚定啊。"

辅导员笑起来，接过物什朝反方向走远："那就坚定地拜托你们了。还有辩论……"这句是嘱咐崔璨的，"别忘了和二班班长联系，参加训练。"

崔璨做了个OK手势，转身跟上冬冬。

冬冬这才找到机会讨论小女生八卦："干吗攻击顾浔？你喜欢他？"

"我还没幼稚到喜欢谁就攻击谁。"

"那他干吗攻击你？他幼稚吗？"

这问题就超出崔璨可回答的范围了。

其实与此同时，男生们在回寝室路上也在议论同一件事。

"谁让你跟女生较劲，被反杀了吧？"陈峄城一路揶揄。

顾浔可不认输："那不是智力的胜利，你应该看得出她总在凭本能反驳。失去视觉、嗅觉、切除嗅叶，甚至足底麻醉的小白鼠都能在正常时间内学会走迷宫，并不代表小白鼠智商有多高。"

"本来没有人觉得崔璨智商高，是你非要跟她对打，而且产生了'棋逢对手'的客观效果，这就很说明问题了。"

"说明什么？"

"她是你理解不了的研究对象。"

顾浔嗤之以鼻："你在开什么玩笑？"

"刚才虽然算不上崔璨的胜利，但你的失败板上钉钉。"陈峄城虽然平时插科打诨总没正经，但好歹也是学心理的，"有那么一瞬间你肯定确信自己解读了崔璨，但结果是，她和你一样戴着面具在编故事。"

顾浔垂眼，抬眼，表情严肃："我不觉得她在编故事，她只是虚张声势。"

"最高明的故事总是真假莫测。"

顾浔冷笑："那就拭目以待吧。"

"我先问一句，所有实验中，不断调整刺激变量的是研究者，随之做出反应的才是被试，对不对？"

"当然。"

两人又走出几步，陈峄城笑出声。

"你笑什么？"

"小白鼠到底是怎么学会走迷宫的？"

"条件反射。""小白鼠"从学术角度回答道。

接下去三天果然阴雨绵绵，除了上课，大部分人大部分时间都缩在寝室，寝室里萦绕着令人不悦的疲劳烦躁，一些无聊传言从潮湿的空气中滋生出来。

周一的体育课后，室友神神秘秘地凑到崔璨身边："你是东海圣华高中毕业的对不对？"

"嗯。"

"知道这个女的怎么回事吗？"她掏出手机播放了一段视频，"听说是你们高中的，因为情感问题被打了。"

不仅知道而且再熟悉不过，崔璨看了她手机五六秒："这视频从哪儿来的？"

"群里传的，是你们学校的吗？"

"是，不过都几百年前的事了，而且只是一场误会。"崔璨淡淡地推开手机，"删了吧，别传这种东西。"

"为什么说是误会？这不打得挺真实的吗？"

"这是我闺密，打人的女生误会了她，后来两个人都成朋友了。"

不仅杨海恬没打算放弃打破砂锅，连瞿薇也兴致盎然地凑过来："什么什么？是那个身材很好的闺密吗？"

杨海恬把手机递给她："身材是挺好的。"

瞿薇老神在在地道："所以我就说嘛，这种事多半女生自己也有点问题。"

"我们以前高中男生女生单独走一起都要被抓风纪全校通报，哪敢搞事啊。"

"可不是嘛！我们高中连手机都不让带！"

崔璨感觉她们根本听不进自己说什么，翻出专业书从围堵中站起来，喊冬冬去上专业课。室友还是冬冬这种忙于作业两耳不闻窗外事的好。

专业课连着三节，冬冬吸取上周教训，拉着她在教学楼下便利店买了零食和奶茶，进教室反而比另两个室友晚。

崔璨远远往那边骚乱的小圈子望一眼，就知道她们没停止兴奋地传阅手机，把这当成大城市高中生乱象西洋镜了。

算了，崔璨坐下想，当事人在外地，这里传来传去也伤不到她半根汗毛。

冬冬把零食外包装拆开："你要辣的还是不辣的？"

"辣的。"她伸手取来小包装撕开。

闺密吃不了辣，相熟很久以后出去聚餐时，看见旁人帮她用开水涮才知道，她自己没说过，在那之前崔璨每次挑零食都按自己口味选辣的，她也就默默跟着吃，是那样的女孩子。

还是不能算了，崔璨吃完零食站起来往那边喊："瞿薇，你知道什么叫误会吗？误会是，今天我打你，有人拍视频传出去，明天全世界就骂你小三活该。"

室友没听懂，连笑容都还挂在脸上："什么？什么意思？"

崔璨一边走向她一边问："你不是喜欢正大光明的恶意吗？"

开局气场全开，宣言也喊得响亮，塌台的是她刚一扬手还没碰到对方，小臂上就传来了男生强大的腕力。这个突转给崔璨留下了严重的心理阴影，以至于从此以后，每当她想扇人耳光时都要提前观察一下顾浔是不是跟在身后，不过通常来说她想扇的都是顾浔本人。

女生力气完全不足以和男生相提并论，胳膊好疼，她垂死挣扎地凭空蹬了两下腿，还是被一鼓作气拦腰拖出了教室。

"你放手！"崔璨把他猛地推开。

顾浔平静地拍拍自己身上的衣服褶皱："你是前额叶天生比正常人小，还是杏仁核受额外刺激了？"

崔璨没说话，只回头瞪他。

"否则怎么解释这种不能自控的攻击？"男生接着说，"任何十四岁以上还在用暴力解决问题的人，都应该去做个核磁查查脑子。"

"暴力是她认可的解决方式，你不了解前因后果还是少管闲事。"

没想到男生小心眼，还记着班会的仇，慢条斯理地展开未尽的诛心分析："这么愤怒，又不敢直接攻击挫折源，你当然懂得把敌意转移到安全目标上，比如一个打不过你的女生。你预期的什么得不到满意结果？又是为什么接受不了挫败？现实已经不如期望了，还在跟谁比较？失恋了吗？情敌很强吗？"

崔璨哑口无言。

顾浔当然也看得见她的表情，乘胜追击："这男生在我们班？所以你要演夸张给谁看？"他转头向教室，在场的男生看起来像样的不多，只能盲猜，"陈峰城？"

崔璨终于冷静，笑起来："胡扯。"

"补点钙吧，帮助抑制冲动。"

顾浔都打算见好就收，转身进教室去准备上课了，崔璨一句话又让他停住。

"顾浔你也就会纸上谈兵。"

"有必要提醒你，我可不是安全目标。"

"知道点皮毛就动不动分析别人也太自负了，错了丢人的可是你。"

也许起因是陈峰城那句"她是你理解不了的研究对象"吧，他有这个自信："我错没错你心里清楚。"

"攻击源于一种自我破坏的本能，拜托你有点学术常识。"

"本能论早被推翻了，你是刚回地球的旅行者一号吗？"

这回合主要用于起"不要随便和学霸吵架"的警示之效。

崔璨觉得自己目前思维有点混乱，不宜唇枪舌剑，鸣锣收兵。

顾浔反而坚定了认为她的过度活跃与陈峰城有关的想法："就算没有麦芒他也不会喜欢你，原因在你自己。"

崔璨回头："我怎么了？"

"看看你现在的样子。"他想说像个刺猬。

崔璨顺了顺头发，自信满满昂起头："好得很。"

更多攻击性的言语，说出口就显得缺乏风度了。

崔璨从来没见过如此讨厌之人，下课回寝室还在发牢骚："不是讨厌他拉架，是讨厌他拉架的时机，好歹等我打完再出手啊，怎么世界上会有这么不识相的人，气死我了！"

冬冬笑着跳下台阶："理解你，太憋屈了，瞿薇也应该吃点教训才好。我刚去叫她删视频，她完全没感觉自己哪里做得不对，居然在琢磨顾浔'英雄救美'是什么用意。"

"还能是什么用意，深深爱着她呗，祝他俩百年好合。"崔璨白眼快翻上天灵盖了。

冬冬笑得捂起了嘴，用手肘捅捅崔璨："不过我都没有预判到你会冲过去揍她，顾浔反应够快的。这说明什么？"

"你不会想夸他有洞悉人心的天赋吧？"

女孩子这么好斗就不浪漫了啊。

冬冬恨铁不成钢："说明他老盯着你。"

"哦……"

032

"所以就说你反常嘛。"陈峄城斩钉截铁下定论的语气，让顾浔有一瞬间错认为自己才应该去做核磁共振。

"你回忆一下。"他进一步分析道，"今天和崔璨起冲突的女生是谁？"

顾浔果然被问住，但这又能说明什么？开学一个月记不全同班同学名字也是常事。

"看，你连人名字都不知道，怎么就光顾着抱崔璨呢？"

"那怎么算'抱'？"

"你还是问问自己为什么把女生分成'崔璨'和'其他人'吧。"

顾浔反思一下，意识到好像的确对崔璨过分关注了，但他动动脑筋，也不难绕开陈峄城精心设计的陷阱："当然是因为其他女生不是我成功路上的绊脚石。"

难道不可以说一切孽缘都是从普通心理学课上被分进同一个讨论组开始的吗？

"啊，说起这个，我猜崔璨成不了你成功路上的绊脚石，你俩以后谁绊谁还不好说呢。"

"什么意思？"

"崔璨是我们班学号最后一名没错，但她不是入学成绩最后一名，她是保送的。"

"凭什么保送？"

"全国数学竞赛一等奖。"

顾浔蹙眉想了许久："但我对她没印象。"

"她高一才开始搞竞赛，入门一个半月，拿了二等奖。第二年考试期间流感吧，咱们东海赛区成绩都不算理想。第三年她一等奖，不过不知道什么原因没参加集训，听——说可能是因为圣华带他们的竞赛班老师过世了。怎么样？是不是有世外高人那范儿了？"

顾浔不以为然："找那么多借口，没拿到的成绩就是没拿到，还能'贷款'吹？"

"又不是她自己吹的，至少说明人家没你想得那么菜。"

话说回来，就算没那么菜，团结合作这个棘手问题至今依然没有解决。"杠精（爱抬杠的人）"不是最可怕的，有文化的"杠精"才最可怕，顾浔更加忧愁了。

几天来专业课上低头不见抬头见，两人互不理睬，哪怕是小组讨论，也不惜利用陈峄城在中间传话，谁都不肯低头。但到底是顾浔更在意成绩，烦恼多一点。

第四天健康生活课临到下课时，老师布置了一篇读书报告作业，提示作业要求按她开学时说过的来。

前排女生从座位上起身的同时回头："开学时说什么要求了？"

也是问完才发现后排坐的是顾浔。

两人沉默着对峙三秒。

男生抓住千载难逢的机会，换出公事公办的口吻接了这个话茬儿："一千字以上一千五字以内，宋体小四，段首缩进，A4纸打印，左上方装订。"

他就算准她得了帮助也会没话找话多说一句。

"你怎么会选这门课？"

"跟你一样，混学分。"顾浔边走边说。

崔璨跟在后面，又来劲了，阴阳怪气："我以为你聪明到能开学校了，还混什么学分？"

真是斗志旺盛，照这个趋势，对话又会以吵架收场。

顾浔心里迅速做着各种对策分析，一不留神，竟切着崔璨的节奏进了两个人的电梯，等回过神，狭窄空间里气氛已经尴尬爆表。

男生别扭地把视线移向没有崔璨的另一侧，对着虚空发呆。

他没想到对方会突然开口。

"我以为你一路跟着我是有话想说呢。"崔璨是很随意的语气，显得无比磊落。

这才叫真正的无路可退。

顾浔长这么大没哄过女生，眉头困扰地拧着，百般纠结，终于还是开口："介于星期五普心课就要展示第一次讨论成果，而你跟我每次见面不是吵架就是冷战，我现在不得不按照GRIT方案（缓解冲突达成和解的方法）宣布和解意愿、做出一些意在降低冲突的行为，希望能减少紧张并得到你的合作回报，但你不要误解我的意图，把这当成示弱。"

"听不懂，简单点。"女生后脑勺顶着轿厢壁，微微仰头，扯出个称得上甜美的微笑。

顾浔只好举白旗投降："我请你喝咖啡，讨论小组作业。"

崔璨皮笑肉不笑："可以。"

[5] 智慧之光

有了追寻麦芒的目标，陈峄城就像一切有根的植物那样变得睿智起来。

经济学原理的课他还在上，却没有选麦芒上的那一节，而是选择继续迂回在韩一一身边。热爱太阳的人很少会在太阳直射下接受暴晒，他们会把枕头和棉被晾在户外收集温暖的气息，或者摸一摸白得耀眼热得发烫的跑道线，或者在夕阳余晖中嗅一嗅垂柳慢慢变软的辫梢，间接总是来得更加含蓄美好。

比如现在，陈峰城可以放心大胆地在经原课上开小差看校报，如果坐在麦芒身边他可不敢。韩一一能做到一心二用，一边速记笔记，一边和他有一搭没一搭地聊天，提供关于麦芒的情报。

今天麦芒的出场方式是校报上一篇漫威和DC超级英雄战斗力指数比较的小文章，后一页上胡扯人格与星象的豆腐块也是她写的，昨天学校团委公众号上还有她画的小漫画，阅读量超过十万。

陈峰城只是惊奇于她整天哪来这么多时间不务正业，要不是韩一一透露内幕，还以为"麦旋风"是哪个社团的共用署名。

韩一一嫌他大惊小怪："毕竟哲学系闲得像养老院，不过据她自称，她是有超能力。"

陈峰城虔诚地抚平校报，小心折好："我要专门做一本麦芒作品简报。"

"那你追星之路会坎坷，她可不止这一个笔名。我看她的超能力平时主要运用于换'马甲'。"

陈峰城拍拍韩一一："我不是有你这个消息内线嘛。"

"你明天五六节有没有课？"

"没有。"

"那得拜托你帮偶像带份饭了。"

陈峰城喜出望外："跟你一起吗？"

"我双周五六节要上宪法学。她前有专业课后有选修课，巧妙闪避了午饭时间。所以……你也不忍心让麦旋风大神饿肚子上课吧。"

竟然是名正言顺的单独见面机会，四舍五入就是约会了。

陈峰城拍拍胸口："包在我身上。她喜欢吃什么？"

"那可多了。"韩一一笑，"可乐泡饭、辣条拌饭、巧克力盖饭。"

"喜好像小学生……"

"谁说她不是小学生了。"

陈峰城还是担心过于冒险："有没有稍微正常点的选择？"

"麦当劳。"

麦当劳轻易地讨了"小学生"的欢心，于是陈峰城又收到了双休日和她们一起去看展览的邀约，一切看起来很顺利。

由于生活重心的转移，自从约定好了让崔璨做开题报告，陈峰城就再没问过进度，用他的话来说："崔璨的口才还信不过吗？肯定妥了。"

妥什么妥？顾浔倒不觉得她口才有什么问题，他觉得她整个人都有问题。

周五讨论课前，顾浔从自习教室过去，他到的时候崔璨已经先到了。他还没习惯怎么跟崔璨友好相处，只点了点头，崔璨冲他一笑，他又莫名紧张，他把这归咎于崔璨给人靠不住的感觉。

平心而论，崔璨笑起来很漂亮，像熟透后炸裂的果实，有着生机勃发的气势。但顾浔就是忍不住疑神疑鬼，怀疑她随时要搞恶作剧。

事实证明，有时候男生的第六感也挺准的。

轮到崔璨上了讲台，她试探地往他的方向瞥一眼，又笑起来，说："我们组准备做的是……'女性内衣着装心理因素的探究'。"

老先生难以置信地歪过头，重复道："女性内衣？"

崔璨从容地面带微笑："女性穿着内衣可以揭示她们多样化的心态，比如着装动机、服饰观、消费观。"

座位上陈峰城和冬冬的表情只能用"瞠目结舌"来形容。

顾浔倒还好，反而心里一块石头落地，想听她能扯出什么花来。

老师迟疑着："好吧……那么打算采取什么样的研究方法呢？"

"问卷调查法。首先邀请我们班女生每人提出两种穿着内衣的感受，经过归纳整理，保留二十项作为内衣着装心理的初始项目。然后利用周末时间在教学区随机选取两百个女生作为调查对象，邀请她们提供分量表数据。最后进行数据分析，把某种心理活动划分为不同的横坐标，从而实现心理分析。提出假设一，'女性对穿着内衣的复杂心理感受、动机和欲望可归纳为N项抽象的心理因子'。提出假设二，'每一个具体的可直接测量的心理项目，也就是问卷中的初始心理项目都是由N项抽象心理因子共同作用而产生的'。根据以上假设做因素分析。最后得到因子特征值矩阵……"她边说边在黑板上涂涂画画。

不得不承认，如果是随机应变这也太出色了。顾浔知道崔璨不傻，但这个开题显然不像即兴创作，就算是他要考虑得这么细致也得做点准备。

他好奇她是从什么时候开始决心叛逆的，昨天晚上突然觉得他的合作不够真诚，还是在咖啡馆就已经决定阳奉阴违，给他点颜色看看。

从课题本身出发来讲不算有问题，只是……

老师站在讲台一侧挠了挠头："你们小组还有两个男生对吧？"

崔璨点点头。

"他们在这个研究方案中打算做哪项工作呢？"

"每一项啊。"她理所当然地说。

"这是你们四个人共同商定的方案吗？"老师再次确认道。

"当然。"崔璨的视线又甩向顾浔，带着挑衅嫣然一笑，"他们可感兴趣了。"

全班都笑嘻嘻地回头看向顾浔和陈峄城。

陈峄城抬手挡了挡脸，而顾浔，他在闭眼冷笑。

搞砸了开题报告的崔璨心情愉悦，连蹦带跳。

顾浔靠在教室门外等她秋后算账，即使在她一出门时就看见了，但也快走了几步，到楼梯口才跟上："为什么不按我写好的开题报告发言？"

"我昨晚没睡好，想不起来了。"

顾浔抄着兜跟在后面揭穿："睡眠时海马体通过重放在清醒学习时被激活的神经元发放模式参与记忆巩固，但这种重放在清醒时也可以反向发生。除非你的内侧颞叶或者丘脑功能损伤，否则无法解释你只能在睡眠状态下巩固记忆。"

"你不用总是想方设法影射我头骨下的结构出现生理病变。"

"是你自己总在自述症状。"

"既然你记忆正常，为什么不当场站起来反驳我？"

"懒得跟你一般见识。"

"班会那时候你怎么没这觉悟？"

"你这么做无非是想让我们难堪，除此以外还能达到什么目的？损人不利己，真幼稚。"

"如果你够成熟，现在应该去向老师要求调整分组。"

"昨天还可以考虑，今天已经不行了。在跟你的合作中投入了时间和信任，所以强烈的损失厌恶会让我坚持下去，有时候我也是不那么理性的人。我们现在面临的矛盾比喝咖啡前更激化。"

"就因为一杯咖啡？"

"因为第一步选择合作、之后每一步都效仿你的策略对我来说才是最佳策略，你合作，我就合作，你敌对，我就敌对。你开了个坏头。"

"所以你打算怎么开始效仿？班级聚餐的时候用啤酒淋我的脑袋吗？"

"效仿你的敌对，不是你的幼稚。"男生顿了顿，"我没有被你成功激怒，你知道为什么吗？"

"我没兴趣知道。"

顾浔不理会她自顾自说下去："新城旧事，我都已经习惯了。不过让我有点意外的是你也会调动思维，这胡扯的内衣研究除了可行性为零也没那么糟糕。"

顾浔还不知道，正是他这种居高临下的语气总是在惹恼对方。

崔璨停下脚步回过头，虽然站在下几级台阶上，但气势不输："在你的视觉盲区里，我有的是智慧之光。"

班聚是辅导员自掏腰包组织的，主要为了讨论舞台剧筹备。大家酒足饭饱都开始玩起手机时，进入正题。

"排练剧目想好了吗？"话是问崔璨的。

"我和冬冬讨论下来，觉得音乐剧《窈窕淑女》蛮合适的，你觉得呢？"

辅导员文艺方面也不在行，马上拔高音调去发动群众："大家觉得怎么样？"

顾浔果然言出必行贯彻他的敌对方针，迫不及待跳出来反对："恐怕我们系挑不出那么多唱歌不跑调的人。"

"单纯比话剧，演技我们也没有胜算，所以还不如另辟蹊径。"崔璨眼睛也没看他，只对全班解释。

陈峥城点头："音乐剧观感确实比话剧有趣。"

有他带节奏，其他很多人都跟风附和："就排音乐剧吧。"

进展速度快，辅导员语气轻松："好，形式曲目确定了，排练的事文艺委员多操点心，班长协助。"

顾浔挑了挑眉："什么时候选的文艺委员？"

崔璨微笑着顶了回去："某些人一心盯着绩点的时候。"

辅导员嗅出火药味，怕他们俩又吵起来，急忙转移话题："来商量商量排练时间吧。"

崔璨把头扭开："周一到周三大家课都比较多，得从周四之后开始考虑。"

"周五很多人要上经济学原理。"冬冬不想拆崔璨的台，但她也有课。

"那只能利用双休了，星期天怎么样？"

"星期天我约了去看牙医。"另一个女生说，"得拔一颗智齿。"

崔璨刚想说拔智齿只是一次性行为，不能因此让所有人迁就她的时间，陈峥城就接了嘴："我可能也去不了，星期天和朋友约好去看结构艺术展。"

"我星期天也报了英语辅导班。"冬冬提议道，"为什么不考虑周六？"

"周六晚上十二点之前要交普通心理学的个人课题作业，大家周六应该都很忙。"崔璨说。

顾浔终于找准时机给她致命一击："全班除了你还有谁没交那个作业？"

崔璨张了张嘴，一时卡壳想不出反驳的话，场面变得有点尴尬。

陈峥城犹豫着举起手，嬉皮笑脸地转头对顾浔反戈一击："还有我。"

这回合，轮到顾浔语塞。

到了周六，崔璨没忘叫上"难友"陈峥城一起去机房做作业。陈峥城上机操作水平一般，但安抚粗心又爱摔鼠标的崔璨倒还游刃有余。崔璨发现他只说不做，有点纳闷，问起才知道他早完成了作业，谎称没做只是在饭局上替自己解围。

"一个寝室的人，怎么差距那么大呢！"

听出她话里的重点是指责，陈峄城问："你在说顾浔？"

"除了他还有谁整天那么好斗。"

当然还有你啊，陈峄城想着发笑。

"你们俩真是天作之合。"

崔璨白了他一眼："你没注意他昨天的语气吗？好像没完成作业就十恶不赦一样。能在最后一天内做完说明我效率高好吗？"

"他就是对比他笨的人没什么耐性，他也经常那么说我啊。"

"所以为什么要和没耐性的人做朋友？"

"你问我吗？"

崔璨点头。

陈峄城想了想，从头说起："我爸今年四十八了，还是个讲师，我妈也只是个普通药剂师，偏偏他们在高校和医院这种'天赋选手'最密集的地方工作，可想而知，我和我姐会在一种多严重的慕智氛围中长大。"

女生一声不吭认真听着。

"幸好我姐替我承担了所有压力，她从小就是年级第一，不够聪明，最刻苦认真，被UCB录取，但她现在还在为能不能拿到学位焦虑。"说到这儿他想要苦笑，但忍住了，"如果你知道自己的天花板在哪里，也见多了和你同一高度的人怎么挣扎，对云层上的风光自然就有了敬畏心。"

话题的走向突然变得沉重，崔璨陷入沉默，不知该说什么才好，许久才打趣一句缓和气氛："就是你把顾浔惯坏了。"

"那你又是被谁惯的？"陈峄城笑着问她。

崔璨放大音量争辩："我比他友善多了。"

好像声音大一些就更有说服力似的。

陈峄城咧着嘴继续开玩笑："我觉得还是'内衣研究'技高一筹。"

的确，陈峄城算得上她搞恶作剧的附带伤害了。

"不好意思啊，我就是想气气顾浔，事后跟老师解释过，这次他没记成绩。"

"一两次成绩也没什么，期末一打均分，九十分和一百分不都算绩点4.0嘛，我们组有你和顾浔肯定没问题。"

"小城城……你真的知道自己的天花板在哪里吗？怎么地板从4.0算起啊？"

[6] 苍天有眼

崔璨做完作业，和陈峰城一起离开机房，与冬冬约好去预订第二天排练用的舞蹈教室。

刚走近舞蹈教室外走廊，就听见里面传出男生嘹亮的对白声："By George,it's enormous.It's the biggest offer I ever had.（确实，这是很大一笔钱。这是我有史以来获得的最大出价。）"

冬冬与崔璨交换眼神，两人蹑手蹑脚凑到门边，挤开一条门缝往里偷看。是其他院系在排练没错，让人意外的是他们也在排《窈窕淑女》。

撞车了，这不奇怪，可选的剧作范围本来就有限，别人也能想到音乐剧要比话剧讨巧。

冬冬瞄见几个眼熟的同学："好像是数学系。口语真流利啊，他们都已经快脱稿了。我们连选段还没确定。"

"我们避开他们的选段就行。"崔璨也认出了韩一一，不过她没把这当回事，继续往办公室方向去，宽慰冬冬，"数学系录取线高，本来学霸就多，进度快很正常。不用长别人志气灭自己威风。"

根据经验，集体活动最大的阻力通常来自集体内部，外部挑战只不过起增加压力的作用。第一次排练由于气温高，从大家鱼贯而入舞蹈教室第一秒算起，就已经在高压锅里了。

三十八摄氏度高温，教室里空调坏了。

冬冬去物业找人修空调，估计双休日无人在岗，二十多分钟后她还没回来。大家也不能干坐着，只好开始一边排练一边等待。

二十个人参加集体活动就会有二十个方向，二十种不同的意志盘踞在闷热如蒸笼的教室上空撕扯。

崔璨小心翼翼地代行其职，梳理选段，讲解排位，指挥大家走动几遍，牢记自己的相对位置。

顾浔也没有组织集体活动的经验，但冥冥中觉得这不太明智。

低气压放大了每个人的焦躁感，当每个人都感觉毛孔堵塞的时候，最好的纾解方式是静坐——听听音乐，对对台词。营造氛围比追赶进度重要，喜欢逆流而上去克服艰难险阻的崔璨不明白这个道理。

当她说到"定下来之后我们再走一遍"时，几个同学发出不满的抱怨声，其中一位小声嘟哝："一遍遍走来走去有什么意义。"

崔璨要赶在大家都开始质疑前打消反对派的念头，借题发挥地揪她做典型：

"熟悉走位当然是为了避免正式演出的时候撞在一起。"

说话时她的眼角余光又瞥见另一个擅自转身的女生："林彬你不要挡住她们俩。"

林彬不满："我连个正脸都没有，不用这么较真吧？"

但你挡住了有正脸的角色……

崔璨忍着没说。

"我知道很热，大家都很烦躁，但今天既然都挤出时间来了，空调一时半会儿修不好，总不能什么都不做白白浪费一下午。"

教室里没人反驳，崔璨猜想大概把大家都说服了，顾浔却有不同看法，他觉得暂时的镇压只会引起后续更多反弹，甚至可能影响以后再召集排练。

他看看手机时间，插嘴道："要不只留下主角对词，其他人先散了吧？"

崔璨摆来一眼："你读过《三国演义》吗？"

顾浔不明就里，不过能预感她又要攻击自己："读过。"

"我估计你忘了一些情节，你应该再读几遍，尤其是第七十二回。"

指责他动摇军心。

顾浔听明白，冷笑两声。

崔璨转头去张罗正事："请大家再坚持一下，排完这场我们吃晚饭。"

同学们恹恹地走动归位，林彬边走边小声问身边的女生："第七十二回是什么？"

"杨修之死。"

顾浔憋着口气往下读台词："How do you come to be up so far east? You were born in Lisson Grove.（你是怎么到这么远的东边来的？你出生在利森格罗夫。）"

"What harm is there in my leaving Lisson Grove? It wasn't……（我离开利森格罗夫有什么害处？事实并非如此……）"崔璨的台词刚说一半却被他打断。

"对不起，你演的是Eliza吗？我还以为是Caesar呢。"

讽刺她独裁。

崔璨愣了愣："那你又在演什么？*Julius Caesar*（《裘力斯·凯撒》）的结局Brutus可没好下场。"

顾浔针锋相对："总比Caesar被刺在第三幕开场强一点。"

话刚说到这里，还没能正式吵起来。冬冬就领着物业师傅进了门，听见大家的对话似乎与排练内容无关，一头雾水地眨眨眼："你们，换了剧目吗？"

正式争执被延迟到排练结束之后，去食堂吃饭路上，冬冬总算搞清了前因后果，安慰道："算啦，消消气，等吃过晚饭，空调肯定能修好。"

崔璨可不那么乐观："吃过晚饭能有一半人回来就不错了。"

"磨合期闹矛盾很正常的，天太热人心情也不好。"

"他们只想交差了事，本来也没什么热情。难道我乐意像赶牛一样强迫大家群聚吗？科技要是够发达，克隆几十个我，打着鸡血扮演所有角色就好了，免得大家都不愉快。"

顾浔跟在后面走，听她"脑洞"大开又忍不住嘲讽："前阵子是谁开口闭口团队精神啊？团队精神就是克隆几十个你？"

崔璨停下脚步，皱眉回头："比起心理，我觉得你更应该去学学基本礼仪，听墙脚实在太没品了。"

"如果人可以自由控制听觉神经，我倒是愿意主动屏蔽你的声音。"他又装腔作势伴装顿悟，"哦我忘了！你好像就有这种超能力，从来听不进别人的意见。"

"为什么要听那种帮倒忙的意见？也不知道你哪来的立场随便宣布解散。"

"我不说散别人就不想散？你看看自己安排的排练内容合理吗？这么热的天逼所有人挤在不通风的室内转圈。"

"第一次排练是人到得最齐的，以后只会越来越少，今天不排走位还要等到什么时候？"

"人越来越少还不是因为你组织力有问题。"

"你怎么不说是因为全球变暖呢？"

顾浔笑着摇摇头："集体活动本来就是这样，求人参与是要哄的，你以为我愿意专业课跟你分一组做课题，还得照顾你的情绪？克隆三个我和我一起完成作业效率最高，难道我没幻想过？你不会认为在大学里组织活动，只要像高中那样摆摆班委架子就能成吧？"

"我没那么认为，你打击报复有完没完了？"

"我在指出你的问题，什么叫打击报复？我最多是喜闻乐见你碰上二十几个你自己，真是苍天有眼、以眼还眼。体会到我的感受了吧？退一步说，我都能放下面子求着你，你还不如我呢，不觉得自己不太贴合剧本人设吗？排什么《窈窕淑女》啊，排《驯悍记》得了。"

"我不贴人设，你贴人设？要想男主角贴人设，应该排《太太学堂》才对，反正还能报自选剧目。"

冬冬见这两人唇枪舌剑不休，长叹一口气："自选剧目好啊，排《椅子》吧，就你们俩，去个荒岛，一了百了。"

陈峥城没参加系里排剧，如约和韩一一、麦芒去看了结构艺术展。由于气氛

042

愉快，结束后三人又就近找地方解决晚饭。

啤酒是韩一一提议喝的，失策的是让麦芒喊老板点单。麦芒听隔壁桌一打一打地叫，为了不丢人也叫了一打，并貌似习以为常地宽慰两位："都是这样，喝不完可以退。"

但店小二没给她退的机会，把啤酒提过来放桌上后，两秒内就打开了所有瓶盖。

麦芒撑着一筹莫展的脸。

换陈峄城宽慰她："没关系……边吃边喝慢慢能消耗掉。"

餐厅门口匆匆跑进几个顾客，身上有被雨淋过的迹象，韩一一往外瞥一眼："哦……下雨了，你们带伞了没？"

"没有，但愿我们吃完雨就能停吧。"

韩一一抱怨："夏天真讨厌！"

"可是我喜欢。"麦芒说，"电视剧里的雨可不是随便下的，要么有浪漫邂逅，要么有激烈矛盾。只有当导演非得把两个一般说不上话的人困在一起时，才会调用消防车，所以再想想，下雨是不是难能可贵？"

"你应该知道现在打在我们窗户上的这些不是消防车的功劳吧……"韩一一提醒她注意现实。

麦芒环顾四周："考虑到这家店现在一片平静，也有可能是拍摄途中真实下雨了，所以改成室内戏。"

韩一一从她手里拿走啤酒杯，拿出手机准备发微信："她喝多了，得叫她哥来接她，顺便给我们带伞。"

"我和我哥每天低头不见抬头见，这好不容易下次雨，按照物尽其用原则，应该把钟摆哥叫来。"

陈峄城脑中警铃大作："钟摆哥是谁？"

"她亲哥的哥们儿，上下楼邻居。"对陈峄城做完介绍，韩一一又忙着对麦芒回话，"你哥说他十分钟后过来。"

陈峄城不禁从现在开始焦虑："我们要做点什么准备？她哥好相处吗？"

韩一一扬了扬自己的手机："她哥是iOS系统（苹果公司开发的移动操作系统）的，兼容性差，耗电量大。"

"懂了。"陈峄城正襟危坐。

顾浔吃完晚饭返回教室，只见崔璨一个人在一堆椅子中收拾扔了满地的剧本："怎么回事？就你一个人？"

崔璨情绪低落地抬起头："不是还有你吗？可以排《椅子》了。"

顾浔笑："江冬燃呢？"

"她等了半天看没人来，回寝室了。"

"你在等谁？"

崔璨翻翻白眼："戈多吧。"

怎么说呢，这种局面顾浔早有预料，一点也不觉得意外。

因此他笑得缺乏情味："那……我先回了。"

崔璨懒得答话，继续低头收拾剧本。

就连校内广播此刻听起来也像冷嘲热讽："周末最后的五个小时，有一则来自校气象社的温馨提醒，在未来的六十秒到三小时内，本地区有50%的概率将会产生非连续性降水，望广大师生做好防雨准备……"

也许刚过六十秒，雨势就大到遮蔽了人的视野，这算哪门子天气"预报"？

顾浔刚走过艺术楼下的自行车棚，离寝室楼还有几百米距离。稍加判断，冲回去不太现实，距离最近的可避雨建筑物是洗衣社和便利店。

"交通运输学院的数据统计表明，校园里雨天的事故率是晴天的十三倍，为此，文学院设计了'摔在Ta的心上，不要摔在Ta的脚下'标语来警示师生注意安全，避免踩到滑倒的同学……"

不是错觉，从上周开始校内广播的内容就变得越来越不着调。

顾浔站在屋檐下蹙眉凝望对面高悬的喇叭。

便利店不放过任何商机，大张旗鼓地把避雨人群赶到一角，摆出了卖伞的临时摊位。

顾浔看了眼伞架，对此嗤之以鼻，最近的阵雨很少有持续超过半小时的，这冤枉钱傻子才去花。

但只过了两秒，他的视线又朝这边转了回来。有把彩虹色伞面在一排单色伞面中显得分外醒目吸睛。

崔璨应该还被困在艺术楼吧。

她没带伞……

肯定没带。

[7] 交友广泛

只提前一分钟的天气预报也有其作用。

如果没听过不着调的校内广播，人们会在第一滴雨落在头顶时不约而同地抬头仰望天空，露出傻瓜般的表情。但现在大家只是低头快步走远去就近寻找避雨的屋檐，傻气值减半。

这是崔璨趴在二楼舞蹈教室窗口观察得出的结论，虽然也并没有什么实际意义。

她没带伞，但也并不急着离开。这会儿突然落下的大雨其实反而显得善解人意，像等待孵化的蛋，造出一个与世隔绝的结界，供她逗留在此自我疗愈。倘若有人贸然出现询问原因，她只需要解释等雨，而不用解释为什么情绪低落。

她有点想念过去的朋友，没想到最深刻的回忆会是那些一起扒住办公室门框，忐忑地问考分的日子。小时候大家的想法都很简单，目标也都往一个方向去，长大是件挺无趣的事，心会变得坚硬，人会习得各取所需。她有时会比较，友情冷却下来、自扫门前雪，其实是比反目成仇更索然无味的结局。

打印剧本收纳完毕，蹭了一手墨迹，整理好教室上锁后，她在二楼的洗手间门口把手一点点冲干净。

她甩甩手，照了照镜子，脑袋空空地犯了个致命错误，离开的路线应该右转，她却左转了。

按理说，周末的艺术楼除了排练舞台剧的院系，不该有人，显然对方也是这么想的。

崔璨与侧对自己、听见动静转过头来的男生错愕地对视了几秒。

她的出现让整个男厕所空气都凝固了。回过神后，慌张移开的视线偏偏还自然而然落向更低一点的位置，一连串的突发情况让女生的表情莫名其妙地失控，事后回想才意识到自己在那个瞬间笑了。

"打扰了。"这话也是笑着说的，崔璨从面面相觑的窘境中飞快地撤离，掉头跑出半层楼，脸才后知后觉地热起来。

笑屁啊！

人在极度慌乱的情况下出现笑这种表情，实在不合理，生物学上有什么解释吗？

崔璨有些茫然地望着楼门外的雨幕，被阻住了去路，舞蹈教室钥匙还在口袋里没还，正犹豫要不要回教室去避雨时，听见了半层楼上垂直投下来的声音。

"同学，这是你的吗？"是刚才那个男生，在楼梯扶手间露了张脸，与脸一起出现的还有他手里的剧本。

"哦！"崔璨一拍脑袋，洗完手把那一摞剧本都忘在洗手台上了。想来对方能这么轻易锁定失主目标，或许是因为整栋楼里精神恍惚的人就自己一个。

幸好男生也没打算再提刚才那个"死亡瞬间"，慢吞吞地踱下楼来把剧本还给她："你好像不是我们系的，但我看……排的是同一个剧。"

"嗯？你是数院的？"

男生摇摇头："经院。"

崔璨不禁皱了皱眉，暗叹这撞剧概率之高。看来是真得考虑换个剧目，对上的都是这种人才济济的大院系，再怎么避开选段，在人物形象上也会被直接对比。

"你是数院的？"对方反问道。

"不，我是心理的。"

"你是你们系Eliza？"

崔璨从剧目选择盘算中回过神，好奇地问："你怎么知道？"

"看起来就想在你住的街上喝一杯。"对方套了台词来恭维。

崔璨不大好意思，这时楼道里有人走过来，她赶紧让开个位置，没想到那人走到面前却站定了，给这位经院的男生递出一把伞，看起来是他的朋友，注意到崔璨的存在后对雨伞如何分配陷入了短暂的犹豫，问："你们系同学？"

经院的男生摇头，三言两语把局面解释清楚，没扯出令人尴尬的厕所风云："她心理系的。但跟我们系排练撞了同一个剧目，我追过来问问情况。"

"《窈窕淑女》？"手握两把雨伞的"大户"朋友转头看向崔璨，有着非常出众的帅气，"你们系Higgins不会是顾浔吧？"

"是他。"崔璨有些意外，"认识吗？"

"高中同学。"雨伞帅哥朗声笑，丹凤眼眯起来，"跟他合作挺……水深火热吧？"

那这人也就是东大附中的，学霸。崔璨心里稍加判断。

感觉对方亲切明朗，非常好相处，不像顾浔。

"是啊……"崔璨意味深长地点点头，直接把话挑明，"他高中就这么难搞？"

雨伞帅哥笑得更深一点："至今没被人活活打死也算是奇迹了，每天噎死人几百次的。"

这有点突破崔璨的认知，以为他只是仇女，没想到对男生态度也不怎么样，得来这样的评价："我还以为他是毕业被女朋友甩了才开始报复社会。"

"怎么可能啊，哈哈！顾浔哪来的女朋友？他自己研发的AI（人工智能）吗？"

崔璨诧异地眨眨眼："不是传说有一个出国了。"

"出国的有，是朋友不是女朋友。这怎么传得？！毕业的时候我们本来打算集资给他买份人寿保险，一想受益人只能填他自己还是算了。你们看他这样，感觉能追到女生？"

"也是……"

"不过他人其实非常好。"

"真的吗？我不信。"崔璨放肆起来，"我们正常好人哪会被用'不过、其实'来辅助给到正面评价。"

雨伞帅哥格外爱笑："真挺好，熟了才了解。"似乎他没有继续讨论顾浔的意愿了，把自己手里的雨伞给崔璨递出去，"这把你拿去吧，我再回广播室翻一翻。"

他朋友不乐意了，抢在崔璨接伞前拦下来："我们一把就够了，你留着吧。我送她一程，你住哪栋楼？"这问的是崔璨。

"四十五栋。"

"那很近。送完你我顺便去隔壁超市。"对方撑开了伞，很绅士地伸长胳膊把大半伞面遮在女生头顶上方。

看这局面，应该是不需要雨伞了。

顾浔伫立在艺术楼对面，把脸往伞下藏了藏，做出判断。

他买过伞折返回来好·会儿，因为看见崔璨和两个男生站在楼檐下谈笑风生而没有贸然上前。

认出来了，其中有他的高中同学，另一个……根据社交距离猜测也不会是她的男朋友。

但不可否认，她交友还挺广泛，呵呵。

江冬燃刚把遮光用的床罩从天台上收回来，本来已经晒干，但回收不及时又被雨淋潮了一点，将就用了。

挂好帘子她满意地一掀。崔璨的脑袋带着色彩缤纷的乱毛倒挂下来，把人吓了个魂飞魄散。

"璨璨！"她扶额抱怨。

"跟你说件事。"寝室里别人都没回来，崔璨还神神道道地压低声音，"顾浔根本没有前女友，我今天认识了他在东大附中的同学。"

"谁说他有前女友了？"冬冬诧异地歪过头。

"你啊！你开学跟我说的，不记得了？"

冬冬转转眼睛，认真回忆："好像是有这么回事，不过我也是听别人说的，仔细想想不太可能啦，拿遍数理化生金奖的人，光跑赛场和集训都分身无术，哪有时间谈恋爱。"

"有道理……不过你怎么只管传谣不管辟谣，早想明白了也不跟我澄清一下。"

"重要吗？谁关心顾浔有没有前女友啊……"冬冬挠了挠头。

"重要啊！"崔璨把头收回上铺，"一想到情商这么感人的家伙都有过对象我就心理不平衡。岂有此理！"

冬冬笑着站起身趴在床沿："现在心理平衡了？可你也没有啊。能说明什么？"

"我想脱单随时都可以哦。"女生骄傲地撩撩刘海，"今天还有人问我要微信。"

"那顾浔怎么办？"

"干吗问我？"

"他喜欢你啊。"

啊？

不过，崔璨想，人对人的印象真容易被不确定的因素左右。开学时冬冬提过关于他的传闻，根本无所谓善意恶意，也就是那么不当回事说一嘴，连自己都并不确信，却轻易地描画出了人设背景，后来许多怀疑和想象都建立在这基础上。

如果今天遇到他的同学，以他的人缘被说几句坏话也不奇怪，可能就会更加夯实了对他的厌恶。可对方又说他人好……

崔璨撑着下巴把视线转向窗外，天气预报不准，雨雾从下午一直淅淅沥沥持续进了夜幕。

陈峄城自从回寝室后就一直坐在书桌前发呆叹气。

靠在床头看书的顾浔忍不住"吐槽"："你已经持续一小时这个状态了，我怀疑你的下丘脑或许出现了问题。"

陈峄城回过头，表情幽怨："我怀疑麦芒有喜欢的人了，怎么办？"

"你在征求我的意见吗？"

这个人一看就不是高明的恋爱军师。

陈峄城神色复杂，想了想："你说说看……"

"对方也在我们学校？"

他摇头："在东师大。"

"那你已经占据了优势。"

"怎么说？"

顾浔稍稍展开："不管是地理距离还是功能性距离上，你和她的生活相交频率都更高。接近会诱发喜欢，其中一个原因就是易得性，大多数人会更容易喜欢室友、邻居，而且接近能使人们发现共性并交换回报……"

陈峄城及时打断："好了好了我懂了，她喜欢的就是她家邻居。"

麦芒的哥哥来接她时费了点工夫才把手舞足蹈的她塞进出租车，小姑娘非常不满，一直追问钟摆哥的下落，听说在家才罢休，很难不引起陈峄城的警觉。

和韩一一同行回校的路上他趁机打听，韩一一对麦芒的哥哥评价较高，说是"也在我们学校数学系，已经发了七篇SCI（科学引文索引）"，相比之下，对那位麦芒三句话不离的钟摆哥的描述就相当一般："他倒是普通，在隔壁东师大，篮球队长，阳光热情方面属于世界头号种子选手。"陈峄城不禁暗忖，那不就是最受女生欢迎的类型吗？他本以为麦芒的喜好会古怪独特一点。

"要是让麦麦夸他，能吹到风力发电的程度。"韩一一最后总结道。

十有八九是她喜欢的人没跑了。

顾浔看他空前沮丧，少见地放软语气："那你就……再靠近一点吧。"

果然他也拿不出什么行之有效的恋爱策略。

陈峄城又叹了口气，笔记本电脑屏幕右下角弹出一封邮件，是老师发来的普心课作业反馈。

他顺势点开邮箱，意外发现收件箱里还有一封来自崔璨的未读邮件，显示日期是昨天。

"崔璨怎么把她的心理课作业抄送了我一份……"

"见怪不怪。"顾浔一边嘴硬一边把头转过去引颈张望。

"她做得挺有意思，量化了音色和颜色的艺术通感，用来解读《罗纳河上的星夜》的情绪。"

顾浔爬下床走过去站他身后支着椅背："怎么量化？"

他快速滑动鼠标，快速浏览作业里的附件："取样两百首古典音乐提取情绪的旋律、和弦、节奏元素，还分析了两百幅名画的色彩情绪对应关系。"

"样本太小，还散发着神棍气息。"顾浔一副不屑一顾的调调。

"蛮浪漫啊。"陈峄城笑着回过头，"毕竟她只留了半天时间做作业，能科学严谨到哪儿去。"

顾浔居高临下睨着屏幕："所以她的结论是？"

光标停在最后一页画作前。

"结论是一首音乐。"

顾浔哭笑不得。

陈峄城按下播放键，两人安安静静地把全曲听完。

"挺欢快的？"陈峄城回头询问顾浔的感觉。

他若有所思地摇摇头："崔璨……肯定是'沉船派'了。"

[8] 仓鼠分笼

崔璨有过误会男生喜欢自己的前科，那可比误闯进男厕所尴尬一百倍。

认定对方不会玩心机，也不会轻率地对待感情，建立在这样的错觉前提下，把对方深夜赶来聚餐的地方送自己回家、半夜接听自己醉酒的电话陪聊两个小时、耐心到说过的情感话题能为自己再重复一遍……这些蛛丝马迹都当成喜欢自己的证据。

甚至去对标他声称的前女友，性格外向开朗，和自己好像也有几分相似，得出结论催眠了自己——他喜欢我。

其实事后反思，所有的所谓"证据"都不过捕风捉影，是自己脑补太多了。

这种唯心主义失误崔璨异常警惕，所以不管冬冬怎么断言顾浔喜欢她，她只能信五分。

这五分的基础有其心理学依据：真正毫无交往兴趣的人，我们会尽量远离，而不是反复缠斗。

崔璨也不想跟他缠斗，但人之常情，很难不把辩论赛场上的敌对带进生活。

"辩论赛场上啊……"冬冬在她给出理由离开寝室五分钟后才反应过来，"可你们好像是队友。"

顾浔抽签回来，接受了会议室里集体瞩目洗礼，扬扬手中的纸条："高校教育应加强精英化还是大众化，我们是正方。"

"手气是人品的真实写照。"崔璨"吐槽"道。

顾浔不以为然，猜到她横竖都不会满意："这题还不简单？高校教育当然是精英化，大众化的叫'九年制义务教育'。"

"精英还需要高校教育？精英不教育高校就算好的了。"她又开嘲讽。

顾浔一时语塞，转头问辅导员："我们要这种连解题都不会的队友干吗？"

辅导员打圆场："出、出奇制胜，哈哈。"继而喊二班的同学参与，"徐悦萱你先解题。"

"高校教育精英化，是指把人才往更专业的方向培养，大众化呢，是指培养出来的人才能够更广泛地适应社会、服务社会。这个辩题可辩性还是很强的。"二班徐悦萱中规中矩地分析。

"顾浔，你想从哪些角度立论？"

"首先，我要重新解题。我认为精英是指在职业素养、实践能力、人文精神和人格品质各方面都具有卓越性，所以，能更广泛适应社会、服务社会的人才同样属于精英，而大众化，是指培养质低量多的工作人员来满足社会运转的基本要求。"

两个二班女生都点头表示赞同："挺好，走反方的路，让反方无路可走。"

"立论……"他接着说下去，"可以从两个角度出发。第一，未来市场更需要精英。因为社会是高速发展的，当前高校教育的对象面对的永远是未来的社会需求。观察发达国家和发展中国家的人才体系构成，不难发现发展的总体趋势是越来越质高量少。一些简单的低技术工种已经开始使用能够量产的自动机械和人工智能。"

说话过程中，崔璨没发出任何反对声，反而状似认真地在便签上不停速记。

这让顾浔分神去望了她好几眼，心里毛毛的。

"第二，当前社会同样更需要精英。我们国家这样一个转型社会，它的职业分工精细化速度相对于经济发展速度具有一定滞后性，各行各业的实操都不够规范，充满了从业人员的主观判断。而服务成功与否取决于服务对象的评价，服务对象的标准并不会因为职业分工不够精细而降低，所以对人才的要求反而更高，需要人才拥有更强的综合能力、更丰富的实践经验，还要有远高于法律要求的职业道德。"

辅导员频频点头，问其余三人："你们谁来代表反方质询？"

崔璨当仁不让地从座位上站起来，微笑着做了个手势："有请对方辩友。"

顾浔跟着起身应战，与她隔着会议桌面对面。

"对方辩友应该也认同，我们今天是在高校教育的框架下讨论人才培养，对吗？"

"对。"

崔璨拿起手机对着读："我刚才搜索了高校的定义，是指——大学、专门学院、高等职业技术学院和高等专科学校的统称。"

好歹你也查个专业词典吧，搜索引擎？

顾浔一脸错愕地看向辅导员，没等他抗议对方不讲武德，崔璨已经放下手机："对方辩友，你的立论是建立在这个范围内的吗，包括高职和专科？"

男生勉强笑笑保持风度："包括……"

"请问对方辩友，你觉得我这个解题怎么样？"

顾浔懒得看她小人得志，催促："能进入盘问了吗？"

不知为何，连辅导员都十分乐于看顾浔吃瘪，人人脸上洋溢着"吃瓜"看戏的喜悦。

崔璨盘问道："对方辩友谈到服务成功与否取决于服务对象的评价，请问医闹是否能说明医生的服务是失败的？这种失败是否是因为医生的能力、经验或者道德不达标造成的？"

"医闹确实不能说明个体医生的服务不达标，而是医疗行业长期不够规范造成了社会大众对全行业的不信任感，这就是我说的通过教育提高全体医生……"

崔璨没等他说完就打断："那么对方辩友的意思是，你为我做心理治疗，我听了很想打你，是因为我对心理学不够信任对吗？这种不信任，是全行业人才不达标还是你不达标造成的？"

成了人身攻击。

顾浔被气笑："是因为高校教育还没有培养我成为精英，这就是我方观点，精英化的……"

崔璨再次打断："那你告诉我精英化怎么让我信任你，难道我进校讨厌你，毕业就会喜欢你吗？"

这叫什么辩论？太荒诞了。

顾浔笑着叹气，被带进沟里："对方辩友你告诉我一个前提就是，不管我接受精英化教育还是大众化教育，你都不会喜欢。"

辅导员按住太阳穴插进话："等一下同学们，我以为我只是单纯的耳鸣，直到我听见了《婚礼进行曲》。"

崔璨和顾浔偃旗息鼓地坐下去。

两位二班女生意味深长地对视了一眼，开局不利，她们对此有自己的猜测。

公选课后的课间，冬冬刚抱着课本走出教室就被两位二班同学缠住打探。

"你们班崔璨和顾浔什么关系啊？"

"就是同班同学嘛，只是平时容易吵起来而已。"冬冬语气中带着司空见惯的淡定。

"而已？我觉得他们俩火药味不是一般的浓啊。"

"只要没打起来都算轻的。"冬冬停住脚步，略做思考，"不过，就算真打起来，我也不觉得奇怪。"

"这么严重？是抢了奖学金、选拔名额，还是对象？"

"只是像仓鼠不能同笼，生态规律使然。"

两位辩论队友交换眼神，备受困扰。

"可是他们继续这样，我们的辩论准备根本进行不下去啊。"

另一个直接开口咨询建议："有没有办法能缓解一下，起码在比赛准备期间暂时放一放个人恩怨。"

要对症下药嘛……

冬冬一边下楼一边用《动物世界》的解说语气笑言："先分笼处理，然后在受伤部位涂上云南白药，受伤严重的建议送宠物医院治疗。"

与此同时，韩一一在教学楼前顺利追上了陈峰城。

"你没来上经原课，老师点你名了。"

"缺席一次老师不会记住我的。"陈峰城满不在乎，近几天他常翘课去接受哲学的熏陶，"话说你参加最近的辩论赛了吗？"

"没有。"

"为什么?"

"呃……"

事实上,在数学专业课之前,经济系和数学系的学长们已经就"韩一一代表哪个系参加辩论赛"展开过激烈的辩论。

进行过一轮追究什么才是主修的无聊争论后,他们注意到了韩一一本人在场,并企图逼她表态。

"我觉得……"墙头草韩一一在正反双方间来回打量,"都行。"

两个院系代表面面相觑,沉默许久,终于达成"双方都不率先使用韩一一"的共识。

可怜的韩一一就这样被除名了。

"其实我真上赛场也未必就有多强,高中又没受过系统训练。"

"麦芒呢?"

"她也没受过训练,所以才格外剑走偏锋。晚上有哲学对国关的辩论,你去看看好了。"

麦芒自己倒没提过,似乎在她心目中辩论赛的重要程度不高。

不过这正中陈峄城下怀:"几点?"

"八点。"

陈峄城不仅自己积极,还找借口把顾浔、崔璨也拖去陪他观战,美其名曰要"知己知彼"。

崔璨倒是在观众席上吃吃零食自得其乐,顾浔嫌辩题陈旧"吐槽"多多。

辩题是"信息全球化会不会冲击本土文化",哲学系是反方。

此刻正方一辩正在发言:"我们已经论证了信息全球化确实会对本土的价值观念、审美情趣、文化艺术甚至宗教信仰造成冲击,请问对方辩友怎么否认这些事实?"

反方三辩麦芒从容起身:"对方辩友告诉过我们,社会思想变开放是因为本土保守价值观受到全球信息化冲击。请问对方辩友,我国历史上男子'居母丧饮酒食肉'、女子'杯觞路酌,冒夜而返'是不是比现在还开放?这种开放跟信息全球化有什么关系呢?"

正方二辩反驳:"我们的辩题是'信息全球化是否冲击本土文化',而不是'本土文化变革是否都是信息全球化造成的'。"

"那请问对方辩友,为什么认定当代社会思想变开放就是因为信息全球化冲击造成的呢?说不定是因为本土群众'不知有汉、无论魏晋'造成的呢!"

前排观众笑起来,稍稍乱了正方阵脚。

三辩起身后耐心地等笑声平息："那对方辩友怎么解释随着信息全球化加剧，混血脸成为亚洲女生的整容范本？难道这不是审美情趣受冲击的证明吗？"

麦芒笑嘻嘻道："对方辩友知道在欧美国家，眯眯眼动作是一种侮辱亚洲人的行为吗？这不是正好说明无论你怎么整容，都对欧美国家本土文化形成不了冲击吗？"

前排观众又笑了。

正方三辩没坐下去："那你能证明，十年二十年以后，随着信息全球化加深，欧美国家依然会认定眯眯眼是亚洲人的容貌特征吗？"

麦芒反应很快，耸耸肩把话题扯歪："所以我认为，时光流逝会对本土文化造成冲击。"

"对方辩友又为何对……"正方一辩的前半句因为观众笑声收不住而模糊不明，"迪士尼大片对影视艺术造成的冲击避而不谈呢？"

麦芒道："不好意思，今年我国院线电影票房榜前十都是国产片，我不知道你指的冲击体现在哪里。"

正方一辩回："票房并不能体现文化艺术方面的冲击。"

麦芒问："那我国观众喜欢迪士尼公主也并不影响文成、安乐、山阴、平阳公主的传奇被影视化呀，两者冲突吗？"

正方一辩非要钻牛角尖："我想对方辩友应该知道我指的是漫威文化。"

陈峥城不禁疑惑，为什么对方会在麦芒面前提超能英雄"自杀"呢？平时不看校报？

接下去自然成了麦芒的主场。

学校里辩论强的高手有几个，可是现场气氛一般没这么喜感。观众乐个没完，韩一一总结麦芒的风格："她打辩论就像说相声。"

挺投机取巧的。

崔璨确实没受过辩论训练，只能听出热闹，回寝室路上，去买烧烤途中都在叽叽歪歪打退堂鼓："辩论赛咱们还是弃权吧。哲学系这么厉害，自由辩论一打四，队友都懒得站起来。"

顾浔不以为然，心里有数，麦芒逻辑天赋还行，可不是专业选手。虽说东大人才济济，但这可是"新生辩论赛"，大部分学霸高中忙应试，除了东海本地几个重视素质教育的高中毕业生，知战术皮毛的都少。

崔璨就是典型代表，吵架方面她能乱拳打死老师傅，但动真格的辩论完全不上道。

男生觉得麦芒也没到令人闻风丧胆、不战自败的地步，只能说对手太弱："很正常，正方论点漏洞百出，麦芒知识面广、擅长转移话题谈自己擅长的，但是她打不出深度。"

"说得好像你能打出深度？没两轮就撞上了，与其找虐不如趁早弃权。"

"你不想参加可以自己退出，干吗代表我们放弃？"

崔璨咬着串串口齿不清："好啊，我退出。"

"那多谢你提高了我系获胜率。"

女生翻着白眼嗤笑。

"不如打个赌吧。"他提议道，"我觉得我们辩论没你能赢，你那个舞台剧反而会输……如果没我的话。"

崔璨愣了愣："你这是要退出舞台剧的意思吗？"

顾浔挑衅地勾起嘴角："打赌嘛，当然条件要公平。"

[9] 追求真爱

早晨去上课前听见校内广播简述新生辩论赛战报，不难发现走向有点奇怪。

哲学系与国关系就"信息全球化会不会冲击本土文化"展开了辩论，哲学系获胜，这还不是独立现象。

同时进行的物理系和经济学院辩论赛，辩题是"革新技术重要还是革新思想重要"，本来想当然地认为应该是物理系更在行，结果却是经济学院获胜。

而再回头想想心理系获胜的那局，对阵人力资源管理系，讨论"高校教育应加强精英化还是大众化"，难道不是人力资源的主场吗？

归根结底，大家好像都在身体力行地证明高校专业教育截至目前是失败的，大概与专业课翘课率存在某种联系。

麦芒可不像韩一一那样记不清人，逻辑导论课也是热门通选不错，但外系人数并不多，那几张经常出现的面孔她早在选课周就眼熟了，陈峰城不在其列，他的出场频率有点高。

"这课你也选了？"以防万一，她还是主动提问找他确认。

"没，我旁听。"但这旁听付出的代价就有点大了，陈峰城翘的是专业必修课，他有所不知，此时专业课老师正在点名查出勤。

"干吗想不开旁听哲学啊。"

"辩论赛当前，我觉得有必要恶补一下逻辑。"

"你不是没参加吗？"

前一天他去看麦芒辩论后自己说的，总不能说是出于观众的自我修养。

"呃……我替顾浔补一点，以防他缺乏思路。别看他人前光鲜，其实没我不行。"

"顾浔的问题是逻辑问题吗？"麦芒笑起来，"心理系辩论我没看过，不过听说上一场特别精彩。因为管理系弱爆了，心理系三辩和四辩在场上对撕，是顾浔和崔璨吧？以后他们比赛我一定要去看。"

"那你得失望了。崔璨退出了辩论队。"

"为什么？"

"两人较劲吧。"陈峄城耸肩表示难以理解，昨晚顾浔把这消息当作重大喜讯带回寝室，其实高兴的人只有他一个，"吃瓜"群众对戏剧性的消失深表失望。

"你要想看顾浔一个人倒是……"陈峄城想了想，"也不行。我们系运气好，抽签轮空，下一场就是对你们哲学系了。"

"前提是我们系得赢啊。你今晚来不来看我比赛？"

"当然要看。我都买了灯牌。"陈峄城经提醒才拿出手机打开APP（应用程序），"看看发货到哪儿了，说不定今晚就能用上。我可是你的后援团团支书。"

顾浔连着好几天专业课上都没遇见陈峄城，到了周四中午那节无关紧要的《歌剧简史》通选课，反而见他露了面，不用想也知道，是因为麦芒和韩一一赶选课周的末班车补选了这课。

陈峄城喧宾夺主，对他选座的区域不满："换个位置吧，这里是学霸区，太扎眼了。"

"这节课要放歌剧的视频资料。坐这里能让你的水平视线和投影幕布的夹角大致形成三十六度角，脊椎不会受到压迫，在接下来两节四十五分钟的课程里会达到一个相对轻松的视听状态。还有，你好像没有选修这门课。"顾浔无情地揭穿。

"不是在排舞台剧嘛，过来学习学习。"

"我记得你没参加过舞台剧的排练。"

"我是崔璨的狗头军师啊，随时都在打探其他系敌情……"说着顺势指指身边的韩一一和麦芒。

"我看你是来找麦……"顾浔没来得及戳中要害就被陈峄城死死捂住了嘴。

"哥们儿的好意我心领了，但你别瞎助攻啊。"

顾浔挑挑眉，他并没有想要助攻。

陈峄城转向另一侧，伸头向韩一一搭讪："拍舞台剧你算哪个系？"

"数学。"

"扶贫去吗？"

"我们数学系很厉害的好不好。"

"好好好。"陈峰城不信数学系能在文艺领域拔得头筹，敷衍道，"你们排什么剧目？"

"《窈窕淑女》。"

"啊？《窈窕淑女》？"转头问顾浔，"我们系也是《窈窕淑女》对吧？"

麦芒插嘴道："那你们要赶紧换了，数学系很强的，好多撒手锏。"

顾浔笑："能有什么撒手锏，排《窈窕淑女》？数学系有女的吗？"

韩一一隔着陈峰城瞪他："多得很！"

讲台上，投影仪幕布正缓缓降下。

仿佛为了特别强调"决裂"状态，健康生活课上，崔璨坐在与顾浔隔了四排的前座，这不妨碍有人在课前风风火火闯进教室来找她时，对顾浔造成了影响。

男生手肘被撞了一下，调查问卷上"我更常顺从情感而不是理智去做事"这题下面画出了一条突兀的长线，落笔处从"完全不符合"选项移动到了"符合"。

他无奈地抬起眼皮。肇事人在崔璨身边的过道处停下来，靠在另一侧座椅上支着桌缘俯身跟她说话。

顾浔认出来，是周日舞台剧排练后和她共伞离开的那个男生。

真是物以类聚人以群分，撞人专业户的朋友也这么爱撞人。

他看着调查问卷上的划痕感到分外烦躁，起身去讲台找老师要了一张空白问卷，回座位时经过崔璨和她的撞人朋友身边，一回合对话内容漏进耳郭。

男生问："那你星期五晚上有时间吗？我约上几个朋友，一起K歌怎么样？"

崔璨爽快答应："没问题。"

星期五晚上还有辩论赛，你个笨蛋。而且K歌这种庸俗的活动……

顾浔微微侧目。

但他没有放慢脚步，回到座位继续填写问卷。

值得庆幸的是，崔璨退出后，辩论赛准备终于走上正轨，进行得格外顺利。

没选课的中午，大家抽时间聚在一起找投影拉了一遍麦芒辩论的视频，学校里喜欢她辩论风格的同学很多，BBS（网络论坛）上随便一搜就能获得大量录像资料。

徐悦萱按下暂停，画面定格在麦芒坐下的瞬间，她总结道："所以哲学系另外三人实力一般，我们要重点关注麦芒。"

顾浔停下做记录的笔："你们有什么想法？"

"麦芒擅长诡辩，但不是没有逻辑漏洞。"

顾浔点头赞同："她前几场比赛也有这种通病，涉猎广泛，思维转换迅速，被对方问到短板就马上偷换概念转移话题，对手被她牵着鼻子走，我们要试着打乱她的这种节奏。"

"那我们就咬死一个点，不要分散论述。"

顾浔蹙眉思索，在辩题和麦芒的知识范围尚不明确的情况下，说"咬死什么"只是空谈。

徐悦萱进一步提议："我们可以先打防守，让麦芒进攻，先占心理上风，不自觉暴露逻辑问题。"

她的同班同学有不同意见："会不会开局定全局，反而助长他们的士气？"

顾浔摇头，肯定徐悦萱大方向的战略没错："我们确实应该使用心理战术，让她发挥自己的优势、掉以轻心，观察她不够精通的领域，再深入反驳。"

"第一步应该研究如何根据辩论方向卖出几个破绽。在这几个方向上我们都得做好充分准备。"

"那现在就看辩题是……"

三位二班同学集体把视线转向会议室门外张望。

因为上一轮抽中幸运的轮空，大家一致认为顾浔的运气已经用完了，这次换了辅导员去抽签。

"曹操"很快出现在会议室门口，看他的表情却不怎么自信，在追问下勉强赔笑脸透露抽中的辩题："坚持追求真爱是不是理智的行为。"

听起来明明很正常，顾浔松了口气，胸有成竹道："心理学范畴，对我们有利。"

辅导员笑得心虚："我们是正方。"

顾浔扬起眉毛，暂时没明白："正方？"

"对，我们是正方，坚持追求真爱是理智的行为。"

聪明如麦芒，自然早已注意到了陈峄城频繁出现在自己面前不能用巧合来解释。

"整个宇宙里有什么是你不感兴趣的吗？"陈峄城一边在她身边坐下一边带着恭维搭讪。

麦芒头都没抬，直接拿走书包空出座位，看完星图手册这一整页才转头专注他："有，我不会再问你为什么会出现在我的选修课上。"

"这么快就没有新鲜感了吗？"男生居然有点失望。

"因为我已经猜到了答案。"

“比如说？”

麦芒用肯定语气发出点读机的声音：“没有比如，真相只有一个。”

陈峄城狐疑地与她对视一眼。

“你。”麦芒言之凿凿，“喜欢韩一一。”

陈峄城松了口气：“嘻，怎么可能。”

“暗恋症状第一条，被人猜中时矢口否认。”

陈峄城优哉游哉地在桌面上摆开经原课本：“你放心，就算赤道黄道相交，我们俩的感情线都不会相交。”

“暗恋症状第二条，觉得对方遥不可及，陷入无限度的自卑。”

“啊？我……”陈峄城眯眼想了想，“不对吧，我有权申请公开这条暗恋秘籍的出处。”

麦芒心虚道：“谁说的你别管，要不是喜欢她，你一个心理系的为什么老是跑来和我一起上课，还不是想接近一一？”

“我要是喜欢她，可以直接去跟她一起上课。”陈峄城脱口而出。

“也是……”麦芒若有所思，“那你是喜欢我？”

这么直接。

陈峄城吓得书都掉了，慌忙折腰去捡：“我就不能只是爱学习？”

因此在后一节地震概论课上再次“巧遇”陈峄城时，麦芒一点惊讶的表情都没流露出来：“你可能是本届新生里最爱学习的一位。”

陈峄城坐下，谦逊道：“突然对地震产生了兴趣而已。”

“虽然你勇气可嘉，但作为知情人士还是得提醒你，失败概率很高。”

“什么意思？”

“我们一一正在面临复杂的感情困扰。”

似乎麦芒认定的事实很难改变，不过这总比扑面而来的强制告白要好得多。

陈峄城顺她话茬儿问：“有多复杂？”

“她男朋友死了。”

“这是诅咒渣男的常用句式，还是实际现实？”

“非常现实，虽然她也尝试跟人交往，不过都相处不久，好像很难再信任别人啦。就连她最好的哥们儿对她告白都失败了。你确定要步这个后尘吗？”

他本来也没这个打算：“还是不了……”

“这就对了。”麦芒安慰地拍拍他的肩，“贴合我们系辩论观点：坚持真爱不是理智行为。”

陈峄城愣了三秒才觉出不对劲：“啊？那顾浔他们不是……”

“和我们相反。”

陈峰城歪着头在脑海里捋了一遍思路，猛地笑出声，在地震概论课上体验了一回幸灾乐祸造成的"瞳孔地震"："天啊，我甚至想象不出顾浔说'真爱'两个字的样子。"

幸灾乐祸的不止陈峰城一人，准确地说，消息传开的这个下午，全心理系认识顾浔的同学都在奔走相告分享喜悦，一派节庆气氛。

冬冬下课后回寝室看见崔璨盛装打扮，还以为是基于这个缘故，多嘴揶揄道："看个辩论赛打扮得这么夸张？"

"我不去看辩论赛。"她头也没回。

"哎？为什么？"

"看腻了。"崔璨拔了电卷棒插头，一本正经地找出准备好的借口，"重复操作会引起单调反应，不利于活动的稳定持续。所以为了保持对班集体的归属感，有时候缺席一次集体活动也是很有必要的。"

"如果成功打进半决赛，那就是咱们系有史以来最辉煌的成绩。"冬冬试探着劝说。

"大概率会输。"

说的也是事实。只是让冬冬有些怅然若失，"仓鼠"官配也是官配，"顾浔的滑铁卢"看起来戏剧效果比"顾浔在崔璨面前大放厥词耀武扬威后遭遇滑铁卢"差远了——按照惯例，如果崔璨赛前出现，他是一定会这么做的。

"难道你不想看顾浔勉强为真爱代言、被杀得片甲不留吗？"冬冬委婉地提醒。

"这倒是喜闻乐见。"崔璨把散粉盒收进小挎包里翩然起身，"但我这个有人约的女大学生可要去追求真爱了。拜拜啦！"

人之常情，有真爱可追，谁要天天挤在窝里打架啊。

冬冬眼睁睁望着她飞出寝室，替另一只"仓鼠"遗憾地叹了口气。

[10] 本能飘移

陈峰城在通往校门的路上远远看见崔璨，女生史无前例地卷了头发扎起马尾，像只扑簌翅膀的小蝴蝶雀跃地穿过林荫树下。不过她的漂亮衣服不多，穿的是草坪班会那天的裙子搭迎新会那天的外套，让人很容易认出来。

看这架势并不像准备去礼堂看辩论赛。

"崔璨！"他喊道。

小蝴蝶停住跑跳，回过头，很快从流动的人群中锁定静止的男生，歪着头静待下文。

"你不去看辩论赛吗？"他接着问。

"不去。"崔璨和他隔着放课时的自行车流说话，"我退出辩论了。"

"这我知道。但你是退出选手席，又没退出观众席。"

"我今天有聚会啦。"看得出她很高兴，边说话边下意识原地蹦了两下，"再说看比赛多我一个少我一个也没差。"

"有啊，对顾浔来说有差。你不在肯定影响他发挥。"陈峰城笑着朝她走过去，"你听说今天的辩题了吗？"

"'真爱'嘛，他胜负欲那么强，肯定要口是心非胡说八道，最后还输了多尴尬，我在场能摆出什么表情？笑也不是，不笑也不是。"

"你在场他胜负欲会更强一点，说不定就不会惨败了。"

"小城城你没参加过辩论，从台上往观众席看只能看见一堆大同小异的脑袋，头发占了一半面积，台下坐谁都一样。"

"不一样。"男生的目光落在她外套上，"迎新会那天就只有顾浔注意到'崔璨落了衣服'。"

"哎？"崔璨脸上的笑容僵了僵，不解地眨眼。

和陈峰城很快熟识的契机，就是因为迎新会那天他热情过剩地追出来给自己送来外套，并强行送自己回寝室楼下。能成为朋友的好感最初建立于特别关注，也许对别人来说微不足道，对她却很重要。

男生看她好像没听明白，又追加了一句注脚："顾浔说'崔璨落了衣服'的时候，我还在问'崔璨是谁'。"

好像有点明白了，为什么曾经的同学说他，人"其实""非常"好。后来又聊起过他明明待人冷淡，却受欢迎到备受"后援会"的烦扰。也许不是爱情，但很多女生都会在这里掉进陷阱。

"邪教"原理，越失意越孤独的人越容易盲目信仰，因为听说神明会注视和保佑自己，不会遗漏任何一人。

这谁吃得消啊。

她深深呼吸，冷空气穿过肺，像吞咽薄荷糖一样醒神。

"那……你先去吧。我买点零食吃过再去。"还得打个电话给朋友说不去唱K了。

"我帮你占座。"

崔璨吃完"晚饭"到礼堂时，角逐已进入自由辩论阶段，她在后排转了两圈才找到陈峰城，挤到他身边空位去。

台上正值麦芒发言，难怪陈峰城没先看见她。

"那对方辩友怎么解释吊桥效应？生理唤醒很轻易就模糊了人类对爱情的定义，这就是我方强调的'真爱的不确定性'，你连真爱都无法确定，追求真爱谈何理性？"

徐悦萱用眼角余光瞥了眼顾浔，他没有起身的意思，便抢了个时间差："对方辩友搞错了一件事，吊桥效应当然不是真爱，我们称之为激情。"

还不到八点就结束了，顾浔想，看来K歌活动果然无聊。

麦芒立刻从容接话："好，我们来讨论爱情，爱情是苯基乙胺让你兴奋、多巴胺让你快乐、肾上腺素让你意乱情迷，但这些激素的浓度高峰持续时间平均不到十八个月，这和大多数恋情持续时间不过一年半的统计是一致的。你坚持追求的目标其实是一些注定会消退的激素，这叫理性？"

顾浔的思绪回归辩题："对方辩友还是混淆了激情和爱情，你所列举的激素消退后随之消失的只是激情，接着会有内啡肽让你的爱情持久安稳，脑下垂体后叶荷尔蒙会控制忠诚度，真爱恰恰是在迷恋期结束后才开始的。"

"哎？"麦芒顿了顿，"那内啡肽和荷尔蒙没有时效限制吗？"

这突然的提问不太正常，麦芒的三位队友同时警觉，齐刷刷扭头看向她。

顾浔笑着摇摇头："而且，脑成像结果表明，我们看见爱人时被激活的脑区域是作用于奖赏和动机过程的。这说明爱情主要基于动机系统而不是情绪系统。情绪系统是一种感觉状态，而动机系统是能够激发和指导行为来获得生理需求实现生存繁衍目的。你后天获得的社会经验也许能教你取舍，可是当你的选择和刻在人类生物基因里的理性相反，你习得的行为就会发生本能飘移。因此，爱情自本能的理性起，追求真爱自然是顺应理性。"

对方语速适中，阐述得条理清楚，麦芒听得格外认真，甚至还偶尔露出"虽然不明白但莫名觉得厉害"的表情。等对方辩友说完坐下，她才冒出一句："真的吗？"

顾浔错愕半秒，坐在座位上回答："真的啊。"

会场里骤然冷了场。

观众席上崔璨一头雾水地笑起来："什么情况？"

陈峄城对麦芒终究多几分了解，扶额苦笑："求知欲使然。"

转折从这里开始，后半场几乎不再有悬念。心理系几位辩手平均水平不错，又有理有据，哲学系本来就把所有筹码单押在麦芒一个人身上，偏偏这个人还被对手充分准备的新鲜知识频频吸引，从辩论模式变更成学习模式，跑偏了。

对因为要补课而姗姗来迟的韩一一来讲，倒还是有点意外。原以为每场辩论都会是麦芒的个人秀，没想到进门正赶上宣布获胜方是心理学系。追问陈峄城才得知之前已宣布本场比赛最佳辩手是顾浔。赛程中究竟发生了什么，此刻让她好奇极了。

散场后，冬冬异常兴奋，跃上礼堂最高台阶振臂高呼，喊大家聚集："心理一班的同学听着！为了庆祝胜利我提议——用班费掏钱去吃烧烤！"

崔璨拽拽她胳膊肘提醒道："四个辩手有三个是别人班的。"

"那有什么！"冬冬理直气壮，"还不是靠我们顾浔赢的！"

陈峰城却没跟上心理一班欢呼着浩浩荡荡离开的大部队，陪韩一一和麦芒走了一段。

"我还以为至少会给输掉的队一个'最佳辩手'呢。"韩一一说，"这不是传统吗？"

"还是第一次输得这么彻底。"

麦芒笑嘻嘻，看不出是真不在乎还是强颜欢笑。

陈峰城宽慰道："输了也没事，明年还有机会。"

"人家叫'新生辩论赛'。"麦芒强调。

陈峰城巧舌如簧："新生没你有经验，有经验的没你有文化。顾浔这个人没什么文化，因为光脚的不怕穿鞋的，所以才侥幸赢了你。"

韩一一笑起来，拍拍陈峰城肩："'彩虹屁（指花式吹捧）'大师，太努力了。"

"什么'彩虹屁'啊，只是考虑到心理系对哲学系，讨论这个选题本来就不公平。主力又是我室友，如果给麦麦造成心理创伤，那四舍五入也有我一半的责任。"

韩一一挑挑眉："还意外地擅长背锅……"

"我哪有心理创伤，心理系学的东西真有意思，我都想转系了。顾浔也厉害，听他传播知识耗氧量大到让人产生'饥饿本能'，走走走，一起去吃鸡蛋饼里脊串凉粉冰激凌！"

"你们去吃吧。"韩一一想起了自己出门闲逛的主要任务，"我给你哥带几份烧烤就回教室了，他还没吃晚饭呢。"

"他非得吃烧烤吗？"

"他随便，有人非得吃烧烤。"韩一一话里有话，笑着往反方向退走了几步，对陈峰城说，"交给你了。"

陈峰城做了个OK手势，回头追上麦芒："你哥有女朋友？"

"看不出来吧。"麦芒边走边低头发微信。

"还是看得出来，他是女生喜欢的类型啊。"陈峰城找了个她可能感兴趣的话题，"我们上周才学到，恋爱中的人血小板5-HT载体和强迫症患者相似，而强迫症普遍被认为是一种移置的焦虑，符号化仪式只是为了回避内心渴望不被满足的恐惧。这么一想就明白了，为什么爱情……"

麦芒没在输入微信时就总在不停地抬手看有没有消息进来，很明显心不在焉，陈峄城不清楚她有没有在听，一段话也说得断断续续。

可到底还是跟她聊天的人更沉不住气，直接把电话打了过来。

"我输了就是因为你说话不算数，周末才跟你说过今天有比赛，你还答应了要来看。"女生停了停，等对方说话。

夜晚校园路上没什么人，静得出奇，陈峄城走在一旁，隐约能听见对面是个男声。

"我哥？他最近特别宅，要见他一面也难。"

也不知对方说了什么，让她转瞬就高兴起来。

"真的？那我等你啊。"

女生挂了电话，带着没收敛的笑容回头招呼落后两步的陈峄城："说到哪儿了？强迫症？哦！想明白为什么爱情……"

陈峄城自嘲地笑笑，跟上前把话说完："为什么爱情的外在表现这么像焦虑障碍。"

麦芒眨眨眼睛，好像听明白了，下意识看了看手里的手机。

烧烤店桌不够大，六张桌拼在一起才勉强够坐。吃了一半，冬冬被对面的女生喊走，崔璨身边豁出一个空位，再过去坐着的是顾浔。

即使把头扭向两边眼角余光也能扫见，表情都不太自然，能感觉空气在中间撕扯，这种"谁先开口谁就输"的气氛是顾浔造成的。

陈峄城不在，他既不跟人聊天，也不怎么吃东西，光是把啤酒当水喝，一个人自斟自饮。崔璨心里充满"吐槽"，亏得冬冬不记仇，换她非得呛他一句"你不是不喝啤酒吗"。自斟自饮也就算了，眼睛还老是一瞄一瞄的，以为别人都看不见，做人就不能爽快点？

崔璨把空杯扔在桌上，转过头："有话就直说，我最讨厌吞吞吐吐的了。"

顾浔被吓一跳，完全是条件反射脱口而出："你化妆了。"

"所以呢……想问色号吗？"搞不懂他说这个有什么意义，希望得到"你观察真敏锐"的表扬？

他似乎找到了转移注意力的正经事，一边把餐桌中间的烤串按种类重新摆放，一边垂眼说："健康生活课我听见有人约你今天出去，怎么最后还是来辩论现场了？我没别的意思……只是有点好奇。"

你话有点多，后面这句根本不用说。

崔璨盯着他忙于分门别类的手，咕咚咕咚又喝完一杯才回答："因为陈峄城喜欢麦芒，我怕你输了连个安慰的人都没有。"

顾浔想笑又忍住了，脸上浮出常见的自负神情："我人缘没你说的那么差吧。"

崔璨抬高视线瞥一眼他的脸，没笑，又倒满啤酒慢慢喝："我又没见过传说中的后援会，我怎么知道。"

弦外之音太明显，顾浔放下手中的玉米串，飞快地看向她："都是谣传。"

崔璨盯着他继续喝酒，没说话。

男生捉摸不透她的意思，进一步解释："低年级学妹跟风闹着玩的……我连她们名字都不知道。"

虽然不知道为什么，崔璨确实不高兴了，把剩下的啤酒喝完，重重放下杯子，起身对大家打了个招呼："我先回去了。"

顾浔一头雾水，重新拿起玉米串，但刚默数的数字已经忘了，该放在什么位置……他蹙起眉，为难地把竹签放回烤架上，起身对空气说："我送她回寝室。"

对面的女生对这一前一后"请假"跑出门的两人行注目礼，小声问冬冬："这是又吵了，还是和好了？"

冬冬眼皮也没抬："看不懂，很难懂，不要管。"

崔璨跑太快，穿马路前险些被逆行的自行车撞到，顾浔眼明手快拉住她胳膊把她往后扯了一步，避险后却被利落地甩开。

劲还不小……

顾浔跟住气冲冲的她过了马路，在对面人行道上第二次拽住她胳膊："等一下，你在生气吧？你生什么气？"

"你说我生什么气？"崔璨转身第二次甩开他的手，"不问名字就可以假装不认识，说过话的人转身就可以假装没见过，被问起的时候全部都是谣传。"

我讨厌玩这种推拉游戏，你这种狡猾的人我见多了。

也许我这种女生就是强势到让人有压力吧，我还不明白为什么你们不能真诚、直接点呢。

你送我回家，听我电话，对我暧昧。

被问起"喜欢我吗"却可以理直气壮矢口否认，这难道还不算玩弄人心吗？

顾浔被她突如其来眼泪汪汪的瞪视吓住，愣了好几秒才小声说出话来："原来是这个。我以为是心照不宣的默契。说实话那天晚上气氛有点奇怪，后来在学校再见到，我吓了一跳……不觉得尴尬吗？"他尴尬苦笑，"又没有熟到能叙旧的程度。"继而有点困惑地拧起眉，"你是因为这个才一直跟我赌气？"

"是因为你的无视让人恼火啊！哪里尴尬了？'真巧啊！居然成了同学'这

样打个招呼很难吗？"

男生下意识挠挠头，认真道："如果我的处理方式不够好那我道歉，我又不是像你这么外向的人……"

崔璨咬牙切齿打断："你这家伙！怎么装腔作势起来没完没了？"

"你才……胡搅蛮缠起来没完没了！"男生流露出一丝不耐烦，"正好我不是自来熟，你又害怕失败……"

"谁害怕失败了？"

"明明手握开题报告，临场却改成胡说八道，难道不是因为你怕全力以赴也拿不到高分？"

女生一时语塞。

顾浔冷静一点："所以你今天来辩论现场才显得特别奇怪。"

崔璨深呼吸："顾浔我警告过你吧，不要随便对人心理分析。"

"对不起，算了。"他语气软下去，走出几步见对方没跟上来，回头拉她，"走吧。"

崔璨站着没动："你要说就说清楚，我害怕什么失败？"

女生真难搞啊，顾浔仰头叹了口气，尽量心平气和对她说："我的意思是……你这样像个刺猬整天攻击人、得罪人，就是害怕用心经营人际关系反而不能成功，处处为自己留退路。说'不在乎别人喜不喜欢'的人，往往最怕不被喜欢。"

"那你呢？为什么你的强迫症一遇到我就发作？难道不是在逃避其他精神冲突吗？"

"你什么意思？"男生板起脸。

"喜欢我这件事，你否认得很辛苦。"

漫长的沉默之后，顾浔被逗乐了："你是不是……"

第二话

CuiCan
&
GuXun

你是不是……比我还醉得厉害

[11] 笑而不语

难得一天陈峄城准备出门了顾浔才醒过来，装睡的眼睫合得不够严实，被对方无意间瞥见了。

"你昨晚到底喝了多少？撒酒疯太闹腾了。"

"我撒酒疯？"顾浔睁开眼，"我根本没醉。"

"断片了不是？"陈峄城笑着拿出手机播放，"幸好我留了证据。"

顾浔看小视频里的自己背了半分钟的舞台剧台词，头痛欲裂地坐起来："开条件吧，要怎么样你才能毁灭这个证据。"

陈峄城把手机妥善收好："想都别想，要珍藏的。其实也没什么，重点在你代入的是女主角，抢女主角台词。只问了你一句拖鞋在哪儿你就演上了，入戏这么快，确定要退出舞台剧？"

顾浔面子没处搁，扬手把他挥走："你上课要迟到了，快走快走。"

"我没课，这是准备去排舞台剧，自从你甩手不干，男主角这样的灵魂人物就只有我才有资格担任了。"

陈峄城刚走到寝室门口，被顾浔探出头叫住。

"你要珍藏就珍藏，不许给崔璨看，否则……绝交。"也拿不出有杀伤力的威胁。

陈峰城人性尚存："放心，我不会给她看。不过你觉得你在崔璨那儿还有什么形象可言吗？昨晚我回来得晚，听说可是崔璨找人送你回来的。"

顾浔一点印象也没有，恨不得立刻咬舌自尽。

陈峰城到达舞蹈教室时，同学们早到齐了，崔璨和冬冬认真准备了个海报架，写着"新排练计划"，一副煞有介事的架势。

"舞台剧剧目我们打算换一个。客观原因是《窈窕淑女》跟数学系、经院都撞车，他们实力太强。主观原因是，我觉得《窈窕淑女》适合演出，不适合比赛。我们要想拿到校庆演出资格，必须先在十分钟的展示比赛中赢其他系，特别是数学系。"

陈峰城边找位置坐下边问："怎么赢？"

"首先，只有短短十分钟的展示机会，应该选个冲突感强的剧，同时最好又要有广泛受众基础，在普通观众中知名度比较高，大家都多少知道完整剧情走向，我们只选强情节段落展示不影响理解。其实大家一开始都选《窈窕淑女》撞车也是这个原因。"

其他同学纷纷点头。

崔璨接着往下说："其次呢，《窈窕淑女》本质上算都市爱情这个分类，像《歌剧魅影》这种却是奇幻年代，他们顶多在女主角戏服上做做文章，我们却可以把整个舞台都做得更炫，更吸睛。"

陈峰城插嘴："你知道为什么《歌剧魅影》没人选吗？说白了，男主角英俊的脸是重要卖点，把脸都挡住就卖不出去了啊！"

冬冬接过话茬儿："没错，我们一开始排除掉这个也是不想浪费顾浔的脸，但现在既然男主角换成你就不存在浪费了嘛。"

陈峰城撇了撇嘴："哦。"

崔璨安慰他："其实观众离舞台远，不应该把脸当成主要因素来考虑啦……另外就是要扬长避短，我们系辩论能在半决赛中胜出，也是因为把哲学系拐带进了自己最擅长的领域。"

冬冬接着补充："我们系男女比例均衡，情商也普遍更高一些，有做大场面群戏的基础，舞台视觉呈现会更精彩。"

崔璨扬了扬手中新打印的一摞梗概："但剧本肯定需要改编，我先写了个初稿，大家一起集思广益再修改吧。"

陈峰城他们寝室有个室友插问："等等……《歌剧魅影》的演唱好像比《窈窕淑女》难度大？而且唱段更经典，观众很容易听出问题。"

崔璨点头："音乐剧学校允许半开麦，但我们确实得有所调整以降低演唱难度。"

陈峰城惊诧地转头看崔璨："那不是还要作曲？"

"这个我稍微会一点。"

主要问题解决了，大家如释重负，各自翻看手中的剧本，暂时没提出异议。

崔璨完成任务，开心地拍拍手："好啦，剧目选段确定下来，今天时间不早了，有的同学后面还有课。我们周二的三、四节课再根据剧本来排练吧。"

商议结束后，崔璨、冬冬和陈峰城顺便一起去食堂吃饭。陈峰城眼尖捕捉到在窗口打饭的顾浔，把他招呼过来坐一起。

陈峰城笑他脸色惨白精神萎靡："宿醉还没恢复呢？"

顾浔左手扶额，右手喝汤，看陈峰城一眼，沉默。

陈峰城憋着笑去问冬冬："他是不是聚餐的时候就发酒疯了？"

"聚餐时还行啊。"冬冬转头问崔璨，"顾浔不还送你回寝室吗？"

崔璨笑而不语，使某些人毛骨悚然。

"你们是不是一个喝了半斤一个喝了八两？"陈峰城正揶揄，抬眼看见韩一一和麦芒刚打好盒饭准备带去教室吃，也把她们喊过来。

盛情难却，两个女生犹豫片刻还是跑来坐下，和熟人互相打过招呼。

韩一一今天却有点古怪，总望着顾浔和崔璨露出莫名的微笑。

陈峰城看出端倪："你笑什么？"

"我没笑啊。"一一把脑袋别过去，"快期中考了哪笑得出来。"

"你还怕考试？"

"考试周找不到自习教室。"麦芒说。

"这简单。"陈峰城大包大揽，"我帮你找，干脆，我们找个公共教室一起复习吧。这样也能互帮互助。"

"好啊好啊。"麦芒兴奋道，"休息时还可以玩'狼人杀'。"可是算算人数，"不对，八到九个人最好，那我们至少还需要两个人……"

韩一一"吐槽"陈峰城："到处人满为患，你还想找到'包间'？"

男生不服气："不信我？小瞧我了不是！"

麦芒显然在走另一条情节支线，自顾自得出结论："有了！把我哥拽来就够了，算上家属正好凑一桌。"

"你哥来了也不可能参与玩'狼人杀'。"韩一一提醒她考虑重点，"怎么玩桌游稍后再讨论。"

"那我们就愉快地决定了，先找个教室……哎？今天没人唱反调。"他看看顾浔又看看崔璨，"你们俩有点反常。"

崔璨笑："哪里反常了？"

"哪里都反常啊！噎人大师甚至没说话。"

顾浔看了眼崔璨，揉揉太阳穴，感觉精力不足以支撑激烈的争吵："陈峄城你没听过'学习小组'的诅咒吗？常有的情况是，一个人复习能拿一百分，组成五人学习小组后变成每人只能拿二十分。"

"那反正吃亏的不是我，学霸这么多，怎么看都是'扶贫对象'。"

"所以一般建议首先从小组里开除明显的'扶贫对象'。"

麦芒抢白："不行不行，'狼人杀'可不能再少人了！"

陈峄城转向崔璨："璨璨没什么想对顾浔说的吗？"

崔璨依然笑而不语，摇摇头。

韩一一拧起眉："我怎么觉得你在煽风点火？"

"我靠他们吵架下饭的。"陈峄城坦白，"不吵吃不下。"

出门后顾浔回寝室，陈峄城着手去借公共教室，两人同路一段，听见校内广播又在扯淡："昨天的辩论半决赛上，心理学系顾浔力挽狂澜获得最佳辩手，赛后不少女生在BBS上热情地表达了想为他'生猴子'的愿望……"

当事人听见广播词，困惑地望了望高处的喇叭，决定不受干扰："就算有没排课的教室，那么多社团，除了完全户外性质的，活动区域基本都在公教和学生活动中心。"

"那我回头问问团委，肯定能找到的，大不了去跟社团借呗。"

广播在继续："学生会在此提醒，对在校本科生结婚生子之事，我校态度是既不鼓励，也不反对。由于校规中缺乏生育假相关规定，有需求的同学必须直接以学年为单位办理休学手续，请三思而后行……"

陈峄城诧异地抬头："啥？我们校规这么不人性化？"

顾浔直言："反正你也不会有机会。"

陈峄城花了两天时间，终于从理财协会手里忽悠来一间活动室。

韩一一好久没听到这社团的消息，随口一问："通货膨胀了吗？"

"不仅通货膨胀而且假币泛滥，社员把责任归咎于社长，要换社长，我建议他们找个经院的人来收拾烂摊子。不过他们不内乱暂停活动，我们也没法顺利借到活动室啊，虽然不太厚道，希望他们还是多乱一阵吧。"

顾浔进门就占了最里面的位子，崔璨立刻换到离他最远、离门最近的位置，拍拍陈峄城示意他离开："让我坐这儿。我不要坐他附近。"

"可我都坐下来了。"

"那就再站起来啊。"

韩——看热闹打趣："这教室风水不好，预感我们也要内乱。"

崔璨赖着不走，陈峥城百般纠结，为了内部团结，只好勉为其难地起身远离了麦芒："行行行，让给你。"

崔璨刚坐下手机就收到了微信："在哪儿呢？"

"理财协会活动室，小组学习。"

对面麦芒也在玩手机，刷到朋友圈里法律系同学庆祝辩论赛夺冠的照片，诧异地抬头看向顾浔："辩论决赛法律系赢了？"

陈峥城拍拍顾浔："主力选手那天宿醉。"

韩——这才回过神："辩论校队十个人有七个是法律系的，他们参赛是犯规的吧？赛前怎么没别的系去广播台狙击他们？"

"对哦。漏网之鱼。"

正对门的顾浔不经意抬眼，看见舞台剧排练那天，和崔璨共伞的男生端了一堆奶茶在门口冒了个脑袋，知道他是来找崔璨的，故意冷脸嘲讽："走错了，我们没订外卖。"

男生笑着打招呼："你们好，我是裴弈，经院的，崔璨的朋友。"

"哇，有奶茶，一人一杯。"麦芒见有奶茶立刻自来熟地跑去帮忙分发。

裴弈和顾浔对视几秒："听说有学习小组，我可以加入吗？"

女生们明显欢迎，陈峥城不太高兴，把饮料往远处推了推："那个，我倒是不介意多一个人。但我们这儿都是理工科的，你一个文科生加进来不合适吧。"

经院在校内分类是管理，招生文理兼收，这话有点歧视意味。

麦芒喝了奶茶嘴软自曝："呃，我好像才是这里唯一的文科生。"

韩——咬着吸管，用微妙的眼神来回扫视，看着崔璨和裴弈，又看看崔璨和顾浔。

麦芒注意到了她的欲言又止，用目光询问什么状况，没能得到答复。

霜冻的冷场中，气氛空前诡异。

陈峥城永不言败，针对裴弈展开第二轮攻势："我们这儿气氛太活跃了，可能会影响你复习。"

男生笑盈盈，一手搭着崔璨的椅背："我也挺活跃的。"

陈峥城想求个救兵，一个劲给顾浔使眼色，那人却视若无睹，反而垂眼去看书。陈峥城在心里骂骂咧咧，陷入孤军奋战："你看，这儿没有多余的椅子了，没地方坐。"

"小问题。"裴弈迎难而上，"椅子我明天多准备一些。"

陈峥城迟疑："什么叫……你多准备一些？"

"这里是我们理财协会，我是新任社长。"

呃……

陈峄城无比悔恨，为什么要搬起石头砸自己的脚，应该建议理财协会的人找个医学部的同学收拾烂摊子才能持续内乱啊！

"太可怕了。"自习结束后麦芒在回寝室路上对此评价，"感觉刚才小帅哥出现那会儿，整个房间上空飘荡着死亡的气息。我算是见识了，男生之间的暗流汹涌。"

"据我推断，应该是顾浔、崔璨、裴弈之间存在一组三角关系。"看穿真相的韩一一难得因八卦而兴奋。

"不是陈峄城、崔璨、裴弈吗？顾浔像个绝缘体。"

"你也太……我都看见过顾浔和崔璨亲亲。"韩一一做着对手指的动作。

"什么什么什么？这么劲爆？"

韩一一言之凿凿："心理系和哲学系辩论赛那天晚上，我不是去买烧烤吗，看见他们俩在马路对面……那个。"

麦芒"瞳孔地震"："你怎么忍得住过这么多天才跟我分享八卦！崔璨和顾浔！天啊！感觉确实很像一对啊，不过又有点别扭……"

"但崔璨刚才又带了裴弈过来，不觉得更别扭了吗？"

麦芒激动地抓她胳膊疯狂摇晃："按你这么说，这是一场三个人的电影，而且是西班牙电影。"

"先不要那么奔放。"

"不然就是泰剧。顾浔和裴弈都对璨璨展开了追求攻势，按这个剧情走势，大结局只有顾浔和裴弈在一起才能掀起高潮了。"

"也不至于那么狗血……"

"也可能只是美剧频道。第一天，崔璨和顾浔在一起；第二天，崔璨和顾浔分手和裴弈在一起；第三天，崔璨和裴弈分手和顾浔在一起；第四天……"

韩一一打断她的幻想："你有没有觉得陈峄城应该知道点内情，他刚才的反应很……突出。"

"对，美剧频道没有一个人不能进入排列组合。"麦芒一副被点亮了智慧树的神情，举着食指下论断，"他说不定手握剧本！"

[12] 别传谣哦

体育课上，趁老师在演示太极拳动作，陈峄城凑到顾浔身边咬耳朵："你知道受欢迎的男生是什么样的吗？"

顾浔面无表情："是不打扰别人上课的人。"

"是幽默、体贴的男生。"他自顾自说下去，还眉飞色舞示意自己，"就像我这样的。"

顾浔戳心反问："麦芒说的吗？"

陈崃城装没听见："你知道比开朗、体贴的男生更受欢迎的是什么样的吗？是帅气、出众的，你这样的。"

"谢谢你的肯定，虽然我没感到开心并且隐约预感前方有坑。"

"没有坑。只不过开朗、体贴、帅气、出众都比不上一张花言巧语能哄女生开心的嘴——裴弈那样的。"

"你好像对他特别关注。"

陈崃城一副嫌弃脸："你怎么就不能学习一下呢？你会没事帮女孩子试杯子里的水温，然后换杯温热的吗？不会吧。这就是追求女生的手段啊。多高明。我看过不了多久，崔璨就要被这种劣质廉价的温情攻势俘虏了。"

"天要下雨娘要嫁人，崔璨要恋爱，你干吗老像断奶困难似的？"

陈崃城恨铁不成钢："我断奶困难？是我的问题吗？我是为了谁啊！"

顾浔动作顿了顿，看他一眼，又继续打拳。

陈崃城贴近一点，更严肃道："如果没有长期经验积累，一般男生哪有这种手段。我看，裴弈这小子情史不简单，崔璨……"

体育老师注意到这边的窃窃私语，故意拔高音调："太极拳打拳时要求肢体动而脑子静，思想集中不受干扰。"

陈崃城压低声音收敛一些："崔璨要是真栽在他手里我都不奇怪。但是像他这种花花公子肯定不会长情，万一……"

体育老师往这边瞄了好几眼，正准备发作，下课铃声响了，只好瞪着陈崃城作罢。

人群四散后，陈崃城跑向场边拿出手机如沐春风，有条未读微信是麦芒发来的："有个事问你。"

陈崃城飞快地回复："什么事？你说。"

"明天第三节课课间来活动室，这是秘密。"

"好的！"

陈崃城收起手机，突然焦虑，又掩饰不住笑意："麦芒约我单独见面了，还说有秘密，你觉得她会跟我说些什么？"

"向你借钱，跟你绝交。"

"啧，你这个人！"陈崃城睨他一眼，"说认真的。她是不是突然发现了我的优点，是不是觉得其实我比钟摆哥好了太多，想通了，准备跟我告白？！"

顾浔一边喝水一边用同情傻子的目光凝望他。

陈峰城在妄想中乐得合不拢嘴："那我到时候该怎么回应呢，要是当场接受了会不会显得我不够矜持？"

半晌没人答话，陈峰城回过神发现顾浔早已健步如飞地离开。

"真不够朋友！"

虽然交友不慎，陈峰城还是不打算轻易放弃任何一个垃圾朋友，晚上专业课前又为他去骚扰了一番崔璨。

女生们刚进教室正围坐着讨论舞台剧台词修改，陈峰城一个男生毫无自觉地跑去，反向跨着椅子坐在崔璨对面，故弄玄虚道："你听说咱们学校医学院的重大八卦了吗？"

"什么八卦？"

"医学院系花跟经济系系草在一起没几天，系花就发现系草背后还有千千万万的野花，一气之下连捅系草三十二刀。所以呢，冲动型人格的女生一定要离渣男远一点，否则伤人事小害己事大。"

崔璨抬起头翻了个白眼："你当我不看社会新闻吗？这压根就不是我们学校的事，而且都过去好几年了。"

"但警示作用不减呀，珍爱生命远离渣男。根据调查显示，那些阳光热情还能逗女生开心的男生，87.33%都会劈腿。"

崔璨点头："是啊，不阳光不热情又逗不了女生开心的男生连女朋友都找不到。"

冬冬哈哈大笑，被陈峰城瞪了一眼，改成捂嘴偷笑。

陈峰城继续游说："哎呀，反正你一定要提防那些整天往其他院系跑，好像后悔选错专业一样的男生。"

崔璨笑："就像你天天翘课去学哲学那样吗？"

上课铃声响得及时，陈峰城捂着胸口，转过身去无力地趴在桌子上。

冬冬对崔璨小声耳语："我觉得他说的是裴弈。"

"我猜也是。"

课上完，回寝室的途中，冬冬啃着烤红薯得出了她的结论："我觉得陈峰城喜欢你。"

崔璨一脸惊恐："你看多了恐怖片吗？"

冬冬十分笃定："他课前的话明显就是吃醋了，吃裴弈的醋。"

崔璨缓缓点头："真的是恐怖片……"

"你看陈峰城这几天多反常啊，无所不用其极地想让你远离裴弈，他平时可不这样。"

崔璨笑起来："是啊是啊，你上次还说顾浔喜欢我呢。"

"我现在还这么说。"冬冬老神在在地感慨，"虽然眼下是秋冬，可是桃花来了挡都挡不住啊。"

课间陈峄城赶到理财活动教室，顾浔正在用笔记本电脑写微观经济学作业。

他愣了愣："你怎么还在这儿？三四节不是有微观经济学？"

"老师请假了。"

"哦。"陈峄城在顾浔周围打转怂恿，"你饿了吗？你早上没吃饭，去吃饭吧。"

"我不饿。"

陈峄城一脸认真："你饿了，你需要一顿Brunch（早午饭）。"

顾浔无语地看着陈峄城，显然是忘了头一天跟他提过麦芒有约。

陈峄城低声下气："哥们儿，你不会残忍到要剥夺我和麦芒独处的机会吧？"

虽然顾浔认为，麦芒也不会有什么真正要紧的话题跟他聊，但还是起身收书。

电脑还没完全关机，麦芒和韩一一已经出现在门口。女生们看见顾浔在场脚下一滞，陈峄城则有陈峄城的不解，不是说秘密话题吗，怎么韩一一又跟来了？

顾浔揶揄着坐回原位："看来麦芒并不想跟你独处。"

麦芒开门见山问陈峄城："顾浔怎么在这儿？"

顾浔笑："今天怎么谁都要赶我走？"

韩一一放下书说："接下来我们要讨论的话题你在场不合适。"

男生挑了挑眉毛："理由？"

麦芒言简意赅："我们要说你坏话。"

顾浔无言以对，无奈起身，以最快速度离开教室。

麦芒见人走远了才问陈峄城："为什么他对说他坏话一点都不好奇？"

"大概因为崔璨每天都说吧。"陈峄城笑，"所以你找我真是为了讨论顾浔？"

"讨论八卦嘛。"

陈峄城听韩一一说完来龙去脉，拍案而起："什么？！顾浔也太优秀了吧！"

麦芒吓得赶紧做噤声手势："嘘，你小点声！"

"我就知道我站的官配不会让我失望！"陈峄城露出欣慰的笑容，"不过，确定没看错？感觉他们俩现在的状态不像在交往啊……你看着是谁主动的？"

"顾浔啊，顾浔一把扣住崔璨后颈，这样这样，亲下去的。"韩一一拉来麦芒比画。

麦芒傻笑："还有点'苏'（形容人的言行举止令人心动）。"

陈峄城将信将疑，摸摸下巴："'苏'是'苏'……可就更不像了，我认识的顾浔好像干不出这种事。确定没认错人？"

"怎么可能认错。顾浔穿正装衬衫啊，那天不是有比赛嘛。"

"嗯……那崔璨什么反应，没有反手给他一耳光吗？"

"崔璨伸手摸了摸他的脸，这样……"韩一一又用麦芒来做演示，严谨地指出区别，"不过顾浔比她高，不是这种位置关系。但绝对也不是扇耳光！很温柔的。"

"啊，有点可爱。"麦芒说。

陈峄城苦思冥想："可爱是可爱，但这也不像我认识的崔璨。会不会……女的不是崔璨？"

"绝对是崔璨，那天特好看，卷了头发扎了马尾，后来顾浔靠在路边警示墩上跟她聊天，还摸摸她的脑袋，像这样。"韩一一摸了摸麦芒的刘海。

麦芒笑着捂头，理顺刘海："好甜啊。"

陈峄城百思不得其解："那我真是不太明白了。道理我都懂，看错这么多也不太现实，可是顾浔不像顾浔，崔璨不像崔璨，两个人像背着我刷过《五年恋爱三年模拟》似的……"

"你不是顾浔的死党？居然知道的还没我们多。"麦芒嫌他不管用。

陈峄城迟疑："韩一一也是你死党，她要是在马路上突然亲天天吵架的妹子，你能解释得了？"

"亲……妹子？"麦芒丝毫抓不住重点。

韩一一接嘴："其实吵架没什么，也不是那么难解释。重点在裴弈是怎么回事？恋爱虽然不受法律保护，但本质和婚姻相同，是行为人和相对人之间一对一的持续性关系。"

"在精神层面一对一也行啊。"麦芒道，"想想一些电影。"

韩一一没理她，对陈峄城补充说明："她非要认为崔璨双线程划水。"

"不不不，那不太可能，崔璨上机课时操作不来多线程。"

"裴弈都杀到大本营了顾浔也没反应，说明这是他默许的，不需要璨璨会高级操作。"

韩一一说："我反对，你的想法已经超出了我对崔璨和顾浔人设的认知。"

陈峄城弱弱地附和："反对加一。"

"反对无效，存在即合理，在《完美陌生人》里面……"

韩一一打断她对陈峄城的"吐槽"："麦麦的恋爱经验全靠看电影。"

"总比跟离婚判决书学恋爱的人强吧。"

陈峄城笑："没差，都是悲剧。"

陈峄城的悲剧在于光顾着和麦芒分析八卦，身为男主角却忘了参加舞台剧排练，一上课就被崔璨逮住兴师问罪。

被问起排练去哪儿了，他也编不出正当理由，只能支支吾吾："我……去忙大事了。"

"多大的事能让你放全班鸽子？是不是谁为了打赌不择手段，蛊惑你绑架你不让你来？"

这个"谁"指向性非常明显，让陈峄城更生疑惑，小声问："——说亲眼看见你和顾浔接吻，是不是真的？"

崔璨拧起眉："你怎么'脑洞'大得女娲都补不住。"

陈峄城循循善诱："就辩论赛聚餐那天晚上，烧烤店外。你再想想。"

"嗯……那天顾浔是跟我在一起没错，他喝多了，可我们就吵了吵架说了说话，——看错了吧。"

"会不会顾浔亲了你，你喝多了没印象了？"

"我没喝多啊，我要是喝多了肯定会叫你来送他回寝室，对不对？"当时考虑到不打扰他和麦芒，明明自己的思路很清楚。

陈峄城觉得言之有理，崔璨没有断片。但崔璨可能主动"断片"不认账，毕竟——还描述得出那么多细节，没动机编排他们。到底信谁呢？

陈峄城迅速脑补出一种剧情可能性：顾浔喝多后亲了崔璨，崔璨同情地摸摸他的脸说"你吻技好烂不如装弃"，顾浔对其施以北冥神功企图吸走记忆，光速悲剧收场。

没错，这样一来就解释通了，是悲剧。

崔璨在一旁敲打："说话要想清楚哦，将来要是报道出了偏差，你可是要负责任的。"

"行行，就算——看错了吧。"陈峄城作罢，另起话题，"我跟你商量件事。"

"你要先保证再也不缺席排练。"

"好，我保证。"陈峄城正色说，"我觉得还是别让裴弃来学习小组了。"

"为什么？"

"我不喜欢他。"陈峄城直言。

"我又没要求你喜欢他。他是我朋友啊。"

顾浔也是我朋友啊……陈峄城想。

"只要他不来活动教室复习，我平时见他可以保持最大程度的友好。"

崔璨沉默许久，最后拍拍他的肩："好吧。那我们还是好哥们儿。"

陈峄城眉开眼笑："嗯，好哥们儿。"

崔璨追加强调："别传谣哦。"

[13] 醉中真言

上机课前十分钟，陈峄城还坐在寝室里背舞台剧台词，毫无动身出发的意思。顾浔停在门口等他，嘲他不务正业："小组作业怎么不见你那么勤快。"

"我现在可是尊贵的男主角，是全组的希望。"

"适可而止，赶紧收拾去上机了。"

陈峄城抓起手机瞥一眼："别急，还有十分钟。"

"但是走过去要八分钟。"

"行，那我们两分钟后出发。"

"乐观估计你收拾东西需要一分钟，我们说话又花了一分钟，所以你现在就得站起来。"

"你怎么像小姑娘似的，我们男生应该淡定一点，听见预备铃再出门。"陈峄城被烦得头疼，边开玩笑，"你是不是不甘心被我抢了角色，想给我一些消极影响让我演不好？"

"第一。"顾浔靠着门义正词严地强调，"我是主动退出，不存在抢不抢。第二，我又不关心谁演男主角，反正一样都是会输。"

"我昨天可是发现了我们系的撒手锏。"陈峄城故弄玄虚地眨眨眼，"必胜。"

顾浔嗤之以鼻："别的系文艺委员都多才多艺，我们系崔璨像个体育生，怎么胜？"

"别小看人了，崔璨的才艺多着呢，你等着瞧吧。"

被议论的崔璨今天不在状态，通常而言她不会主动选择早晨第一、二节的课。除了周一早晨的英语必修课，就只有周四早晨的统计上机课在周而复始地考验她的生物钟。天气渐冷，这种考验越发严峻，她拖着比天边碎积云更沉重的躯体蹒跚在校园主干道上，打出一个喷嚏，依然没醒。

"早上穿卫衣有点冷了。"冬冬回头拉她胳膊肘，"你应该再加个外套。"

"嗯嗯。"她发出行尸走肉的声音。

这种状态一直持续到快下课，老师丢下一句让大家自己拷贝范例、回去完成作业的指示就离开了教室。

崔璨迷迷糊糊地拿出U盘插上自己的电脑，开始拷贝，操作过程中电脑闪出黑屏，紧接着整排同学的电脑都顺次变成黑屏。

"怎么回事？！做了一节课还没保存啊！"

此起彼伏的惨叫让她终于清醒了一点，困惑地拍了几下显示屏。

顾浔回头看向崔璨，果然见她的主机上插着U盘，叹了口气，走去她身边拔下U盘，用下巴点点不远处排队的同学："大家都在排队，你就没想想为什么吗？整个机房就那台装了杀毒软件。"

崔璨噘起嘴。

"干了坏事就要虚心点。"

崔璨翻白眼。

"白眼难看。"

崔璨瞪他。

一旁围观的陈峥城捂嘴偷笑。

顾浔把矛头指向他："就是你说的'才艺'？"

男生继续操作，写命令重启了电脑。

"我又不是故意的，你看他揪人家的错时，一副多小人得志的嘴脸。"伴着下课铃声，崔璨一边抱着课本嘟嘟囔囔，一边和冬冬从机房顺着人流涌出来。

"哎呀，你又不是刚认识他，干吗把他当回事。今天好冷，陪我买杯奶茶去。"

"崔璨！"

听见有人在身后叫，崔璨回头认出是裴弈，他就站在上一层楼梯口探身说话，没下来，也没避人耳目："明天下午九、十节课我们院和数院有篮球友谊赛，你要不要来看？"

陈峥城和顾浔一出机房听见裴弈的声音，也跟着抬起头。

陈峥城不禁小声唏嘘："居然都追到这儿来了。"

顾浔往崔璨的方向看了眼，露出不爽的神色，但抿了抿嘴没说话。

"我？"崔璨仰着头迟疑，注意到顾浔他们从身后经过，拉过冬冬胳膊，"行啊，九、十节没课，我和冬冬一起去，我们要准备点什么应援物资吗？"

"你人来就够给面了，明天见。"裴弈高兴地把脑袋收回去，往楼上去了。

冬冬用手肘撞撞崔璨，满脸八卦："你们俩什么情况啊？老实交代。"

"还没情况。"崔璨压低声问，"你觉得他这是在追我吗？"

冬冬拼命点头："追得可明显了，你考不考虑他？"

半层楼下，陈峥城在抓紧时间给顾浔洗脑："你看看人家多积极。昨天一起学习，明天一起运动。我要是崔璨我也抵挡不住了。"

顾浔漫不经心地下楼："21世纪了，追人的方法居然还是看篮球赛，真够老

080

套的。"

"你这是嫉妒吧。"

顾浔冷哼一声:"嫉妒他俗不可耐吗?"

崔璨在现实生活中看过最专业的一场篮球赛,是高二时的高中生篮球联赛,当时在场女生唯一能看懂篮球的就是同校的麦芒,除了她能担当半个解说,其他人都只是看个热闹。

她心仪的男生是本校篮球队长,可校篮球队有内部矛盾,高一生不跟他打配合,最后输给了友校。

与那场比赛相比,所有的学生篮球赛都够不上水准,场上场下都不过图个热闹。可仪式感不能少,崔璨特地穿了件运动装的半身裙,一看就有那么点啦啦队的风范。

经院看比赛的女生比数学系多,也都穿得花枝招展,崔璨和冬冬在数学系场边站定。裴弈一眼就望见了她,从场中跑出来打招呼,随手拿了两瓶饮料递过去。

"真守时。不过干吗站对方阵营?"

崔璨笑:"看你进攻啊。"

裴弈一愣,笑起来,对她举两个大拇指,边走边退:"还是你聪明。"

裁判吹哨喊了准备开始,裴弈一步三回头,视线迟迟不肯从崔璨身上移开。

冬冬对崔璨悄悄咬耳朵:"他比顾浔甜多了。"

"你爬墙太快了。"

比赛开始,裁判向高空抛球,双方队员跳球,也许是因为有特别的观众在,裴弈率先抢到,经院旗开得胜。

此时此刻,理财活动室只有顾浔和韩一一两人在自习。

顾浔完成作业好一会儿了,无聊到认真听了会儿广播台姑娘的扯淡新闻播报。

"我校正在考虑成立气象学院,以缓解新生得知东海大学没有龙宫时的失落情绪……"

崔璨现在正在看篮球赛吧。

女生嘛,都这样,顾浔垂眼想。看见顺眼的明星,她们大多数人也会持续一两个星期的狂热,更不用说崔璨就是三分钟热度的代表人物,可那又能证明什么,这种性质的追捧很快就会过劲。

"城市建设学院已拨打市长热线提议增设我校至高铁站直达磁悬浮,此举将使抵达清北的时间从六小时减少至五小时十分钟,旨在缩小我校与世界一流大学的距离。市政相关部门暂未回应；临近期中考试，各学院各学系联名呼吁，应禁止校园情侣在科学湖边吵架、接吻、拥抱、鼓掌，以免妨碍大家拜锦鲤。"

顾浔有些茫然地撑脸仰望音箱，眉头拧成一个结实的结。以至于韩一一无意中从作业上抬头瞥见他这副神情，以为困扰他的是荒诞胡扯的校内广播，扑哧一声笑出来："都两个月了，还没适应？"

"什么？"顾浔回过神。

韩一一看了看表，起身收拾书本："走吧，快开饭了。"

路过篮球场时，霞光从屋顶染到地平线，视野中是成片的金与红。

韩一一在铁丝网边稍稍驻足："那是裴弈吧……还有崔璨。"

顾浔只是放慢脚步，并没有完全停住，眼角余光扫见裴弈投中一个三分，崔璨在四起的欢呼声中蹦蹦跳跳。

"哦，水平还行嘛。"韩一一如实评价。

顾浔收回视线，冷淡道："他所在的位置是左侧底角，出手弧度在四十五度到五十度之间，出手点又高，在这样的条件下稳定性和调整空间较大，投出的球自然能减少飞行距离，增加准确度，投不中才比较奇怪吧。"

韩一一挑眉，跟上他离开的速度："进球只是概率性事件，他的站位动作都是决定性因素，你言语中却表露出对他应得胜利的负面情绪。只有当人们为了某种稀缺资源而竞争时，人际关系才会陷入偏见。而偏见，是嫉妒的前兆。"

"嫉妒的对象要与自身具有可比性与可投射性，诺贝尔经济学家不会嫉妒好莱坞影后。"顾浔走得更快了。

韩一一笑着努力跟在他身侧："所以你认为裴弈跟你不是一个世界的人，也不存在竞争关系？"

"没错。即便我们在一所学校，未来的领域倾向性也完全不同，他处事随性自然，更适合融入社会担任实践型人物，而我则会选择更为专业的理论研究。"

韩一一佯装若有所思地点头："看来你根本就没把他放在眼里。"

"我没有理由关注毫无交集的人。"

"毫无交集为什么要剖析他的性格和未来走向？"一个突如其来的反问句又让顾浔陷入无言以对的尴尬。

此时场上，众望所归的裴弈又进了一个三分球。

"哇，他好厉……"崔璨话没说完，转向冬冬时正巧扫见顾浔和韩一一并肩聊着天从远处经过，嘴角的笑意不自觉敛了敛。

想起辩论赛大捷那天晚上，面对自己直击七寸的"喜欢我"断言，顾浔被逗乐了："你是不是……比我还醉得厉害？"

"我根本没醉！"崔璨气得直吹刘海。

082

"真的？"

"一点都没醉！"

"那你……"男生脸上突然浮出抱歉的笑意，探手捞过她的后颈，像抓猫咪一样拎到跟前，俯身在她耳侧小声说，"能不能送我回寝室？"

"啊？什么？"崔璨僵住两秒，辨识出他退远后笑容中友好认真的成分，"不……你不至于吧？"

"你已经在我眼前分裂成四个人了。"男生靠在路障标识上苦恼又难堪地笑着。

"行不行啊？不是只喝了点啤酒？"

"我第一次喝酒。"

崔璨将信将疑地摸摸他的脸，虽然没红但确实热热的，不像装模作样："是不是男人啊，我以前的男性朋友都是半瓶一瓶威士忌眼睛不带眨的。"

"喝酒伤脑袋，肯定智商不高。"

"屁嘞，人家不比你差，数学竞赛也是拿一百二十六分的选手。"

"战戎啊？"

一猜一个准，崔璨无言以对。

"就知道你只跟长得帅的玩。"男生咧嘴笑，"可他后来就只拿一百二十分了，不就证明……喝酒伤脑袋吗。"

崔璨懒得和醉汉争辩，低头在微信里找联系人："我扛不动你，等着，我找个人来送你。"

联系完毕后她抬头看顾浔，意外乖巧，眼神迷离但温柔，靠在路障上像只大型犬。接下去等着救兵就行。

"你还是喝多比较可爱。"她由衷地表扬。

顾浔眨眨眼睛没说话，冷了场。

过几秒他贸然问："为什么刚才你突然那么僵硬？"

"嗯？"崔璨歪过脑袋没听明白。

"我说让你送我的时候。"

崔璨反应过来："哦，我以为你要打我呢。上一次我逼问人家是不是喜欢我的时候，对方就很生气，这样压着我喉咙把我抵在墙上。"

顾浔歪过头神色困惑："你喜欢的人是什么浑蛋？怎么能打女生？"

"谁知道什么浑蛋。"崔璨用鞋尖搓着地，感觉他伸手摸了摸自己的脑袋，诧异地抬头。

他似乎没别的意思，只是安慰。

真没想到这个人喝多了这么温柔，以后嫌他烦就把他灌醉。崔璨心里盘算。

脑海中突然闪过一个念头，战戒的每次分数他都记得那么清楚？

"那个……我也参加过数学竞赛，你记得我吗？"

顾浔认真地回想，认真地摇摇头。

她心里不是滋味，如果不是别的原因，那就是他只记得竞争对手，而自己做他竞争对手不够格，第一次五十四分，第二次九十三分，差得远了。第三次……

想起他不是保送进校的。

"你高三没参赛吗？"

顾浔继续摇头。

"为什么？"如果不是因为"朋友出国"影响。

"得花点时间过文科。"

原来是这么简单的原因。崔璨不知道该说什么。

礼尚往来似的，顾浔话多起来："你说我喜欢你……"

"哦，不用再说了……这个……"时过境迁，崔璨有点难为情，怕他酒后吐真言，掏心掏肺扔出什么"虎狼之词"。

"我没喜欢过现实中存在的人。"

"什么意思？"崔璨又尴尬又好奇，还是忍不住发问。

"我设想过应该喜欢什么样的人，起码要能聊得来，但又不会太吵，成熟平和一点，可以一起安静地自习……看一下午书那种。"是诚恳的语气，一点不带戏谑。

"哦。"崔璨看着他在夜色下寂寥的轮廓。

那样的形象好像和自己八竿子打不着，虽然他不清醒，但表达的意思非常清晰。

她努力牵动着脸部肌肉，勉强挤出一个淡淡的笑，把视线移向远处："这么快就来了。"

这就成了回寝室前两人最后的直接对话。

回到现实，冬冬没察觉到崔璨的异常，还在持续兴奋："很厉害对吧？"

"嗯。"

她转过头继续看场上比赛，热情已经不及刚才高涨。

篮球入筐，哨声响起。经院啦啦队一片欢呼，球员们抱成一团击掌庆祝。裴弈第一时间跑向跟着瞎欢呼的冬冬和略有点心不在焉的崔璨："晚上我们院还有舞会，你要一起吗？"

"不了不了。"崔璨摆摆手，"你们院的活动全是男生，我'知男而退'。"

裴弈笑："舞会不会啊，很多人都会带其他院妹子来。"

崔璨给冬冬使个眼色："我们要回去复习线代。"

冬冬立刻心领神会："对对对，而且专业讨论课还要中期报告。不好意思啊，下次再约。"

裴弃站在原地有些失落地看着崔璨离开的背影，直到队友们来他身边围住庆祝。

冬冬还在一步三回头："你不可能真要回去复习线代吧？"

"加油喊得有点累，不想走动了。"

"那也先吃了饭再回去，等会儿就不用出来了。"

"可是我……不太舒服，想回去躺一会儿。"

冬冬操心地摸摸崔璨的额头："你是不是吹凉风感冒了？要风度不要温度，都说你穿得少了。你回去先吃点药，晚饭想吃什么跟我说，我帮你带……"

有点意外，第二天舞台剧排练缺席的人成了崔璨。冬冬打不通电话，百思不得其解："不知道她什么情况。昨天她看球赛吹了风可能有点感冒，昨晚杨海恬又开着灯哼着歌通宵给男朋友绣十字绣……"

陈崝城被八卦转移注意："等等，为什么连杨海恬都脱单了，就我一个人过光棍节吗？"

冬冬指指自己和顾浔："我们都过啊，你别打岔。总之，出门的时候崔璨跟我说了会来。"

顾浔是在去自习的半路上，被陈崝城硬拉过来帮忙做舞台布景的。

陈崝城掏出手机："我打打看。"

"她不会来了。"顾浔断言。

"为什么？"

"你见过她做什么事坚持到底？"

"你这个乌鸦嘴……"

顾浔笑："这也能怪我？"

冬冬无奈地挠挠头："女主角没法排练，但也别浪费时间，让大家先开始做道具吧。"

但顾浔没猜错，崔璨病得没那么严重，也确实出了门，本来打算参加排练的，走了一半才觉得索然寡味。

她一个人在银杏树下找地方坐着，手机里是初中春游时拍的小视频，空无一物的湖面，几十秒后才有水鸟从左飞到右。

就是这样平淡乏味的画面，却能电光石火地把刺痛点燃。

如果那天晚上不那么冲动提问就好了，把晦暗不明的关系通通理清有什么意义？

不对……

她忽然醒过神，顾浔的"酒后真言"的重点不是他喜欢谁，而是他的投射。

不假装，不掩饰，再典型不过的投射实验。

所谓"喜欢的人"其实是"想成为的自己"。

有个模糊的答案正逐渐变得清晰。

[14] 与人为善

投射实验的原理非常浅显，看着一幅画讲述一个故事，画上同样有花鸟虫鱼，有人讲的故事是美好的田园童话，有人讲的故事是科学的生态循环，也有人可以想象出异闻怪志。对画的解读没有对错，但多少能反映出讲故事者的内心。

顾浔和崔璨学的是心理，但对心理的兴趣从选择专业前很久就开始了，在长期剖析自我和分析他人的过程中，剥开表象故事注意到真实内心已成为一种本能。要在这样的高手面前隐藏就变得艰难。

崔璨的疏忽之处在于，第一次做专业课个人作业就不小心泄露了机密。留给作业的时间太少，样本太小，使得整个作业就像顾浔说的一样——不具有科学性。因此不管音乐与情绪的作业外壳做得再精巧有趣，简而言之，这作业只反映一个本质，崔璨主观认为《罗纳河上的星夜》这幅画里有沉船。

她当然看得见美好，只是对美好心存怀疑。

顾浔的暴露却来得很隐秘也更身不由己。他喝多了，诚实坦言自己喜欢的类型。但就像画不重要一样，"喜欢的人"在"喜欢"实际发生前也只是个主观预设，那预设一定代表了他所期待的部分自我。归根结底，顾浔想成为内心平静、成熟怡然的人，但他还差得远。

一个内心平静的人是不可能像顾浔这样情绪不稳定又过度自我防御的，崔璨从日常中也能发现许多蛛丝马迹，但如此直接找到他虚张声势的证明还是第一次。

前几天，崔璨沉浸在一种疑似失恋的状态中。仔细想想，好像结症根本不在自己这里。顾浔在回避他应付不了的内心冲突，显然有他的问题。和这样的顾浔较真吵架的自己似乎也相当幼稚。

她决定从明天起做个面朝大海、春暖花开的人，现实点来说，期中考试周的主要矛盾是人民日益增长的绩点需要和落后的学习能力之间的矛盾，至于群众内部个人恩怨，可以暂搁。

据校广播台报道："在期中考试周来临之际，一位数学系老师率先在课上发表劝退讲话，呼吁部分同学及时止损、远离学术，去做点对人生有意义的事情。该言论获得了中文系人均退课4.27学分的积极响应，同学们普遍认同，中期退课才是备战期中之上策，可不战而屈人之兵。与此同时，哲学系计划召开关于'学术之外有哪些对人生有意义的事情'研讨会……"

一大早，崔璨在人生意义研讨会的画外音中踩点跑进语音室，两天没见她的陈峥城向她张开双臂："听说你生病了？"

"小感冒，吃点药就过去了。"

"那我们什么时候再排练？"

"我……还没想好。"

"先定个周日，反正已习惯了。"

"快期中考试了，大家都需要备考，要不……考完再说吧。"

陈峥城想了想："也好，你有几门闭卷？"

"数学和思修。"

男生讶异："思修？从什么时候开始闭卷的？"

"就今年。"

"借我点钱退课吧，下学期还你。"

"不借。"崔璨无情拒绝，"下学期你会退更多，资不抵债。"

晚上专业课后，老师又提醒一遍："我们下节课的安排是进行小组课题汇报作为期中考试，希望大家重视起来，回去好好准备。"

顾浔没什么反应，低头收拾书本。崔璨更是置若罔闻。

陈峥城只好亲自扛起组团的重担："我说……期中考试哎，我们要不要找个时间认真讨论一下。"

崔璨随口敷衍："你们决定就好，我没意见。"

"你不表态，谁敢擅自决定。"顾浔这话是冲崔璨去的。

"擅自决定？"崔璨放慢手里动作，挤出一个友善的微笑，"你不是挺擅长这种事吗？"

"吃一堑长一智。"男生抬起眼皮，"所以我建议，这次就让崔璨来主导吧。"

冬冬脱口而出："那怎么行！"

"怎么不行？"顾浔也问出了崔璨内心的疑惑。

当然是因为她天马行空、"脑洞"清奇啊，不过这不能说。

"啊……我是说……"冬冬以退为进，"璨璨真的想主导吗？"

"我不介意坐享其成，照'剧本'来就行。"她还是忍不住话藏小刀。

冬冬转头对顾浔道："对，还是你主导比较好。"

没想到顾浔铁了心要袖手旁观："与其推行一个崔璨没法接受的课题，还不如让她亲自操作来得稳妥。"

大家默契十足地陷入沉默。

已知我们组有个学霸，他却在表演孔融让梨，爱情真令人降智。冬冬想。

陈峰城打破沉默提醒道："我们组开题做内衣研究，中期汇报再作死只有挂科一条路了。"

"你还可以选择退课。"顾浔比他想象的更加无情。

"没钱。而且你和崔璨为什么突然变得这么谦让？"

"干吗不信任崔璨？她说她满脑子都是智慧之光。"

陈峰城缓缓转头看向崔璨的头顶。

崔璨强调："我没有说'满脑子'。"

"我没看到智慧之光。"陈峰城坦言。

"要不……"冬冬提议，"还是听陈峰城的，坐下来正经讨论吧。反正我们现在有场地了。"

两个刺头没发表异议。

陈峰城果断敲定时间地点："明天一、二节课，活动室见。"

"为什么一、二节课？我起不来啊。"崔璨又企图节外生枝。

"期中考试了姐姐，你还想睡懒觉？"

表面上是陈峰城负责组织，但由于气场的缘故，小组讨论实际落地时依然是顾浔在提出各种安排，其余人只管点头摇头。

"下周前做完前期调研。班长准备书面内容，我陈述，陈峰城统计数据，崔璨收集相关文献，还有问题吗？"

三人机械地摇头。

顾浔特别地多看崔璨一眼，怀疑她不是没反对意见，而是没睡醒，接着说："但是照这个进度做不完，所以需要征用你们的周末。"

集体沉默。

果然是没睡醒。

顾浔意会："还有一个办法可以节省时间，就是沿用我之前的选题。"

已知，之前的选题是崔璨的雷区。

陈峰城小心翼翼避开："我觉得还是用上周末比较好。"

冬冬附和："对，周末我可以请假。"

"他说得没错啊，有现成的资源为什么不用。"崔璨对顾浔道，"但你那个太难了。"

"你有什么想法？"

崔璨循循善诱："除了你的选题之外，其实我们还有一个选择……"

"女性内衣？"崔璨的坏笑表明他猜对了，顾浔惆怅地望向窗外，"你知不知道为什么校内湖最近水位上涨了？"

崔璨就知道他说话阴阳怪气又要嘲讽："因为挂科流的泪？"

"因为小组作业太水。"

崔璨撇撇嘴："来投票表决吧。"

四人把各自准备好的提案资料扔到会议桌中间。

顾浔说："个人认为，期中考核课题应该相对严肃一些，比如这个……"

崔璨凑过去念道："心理联……结对跨期选……择的影……响机制。"

顾浔无奈："我不信你不能正常断句。"

"你就不能选个我们都觉得有意思的吗？"

"那你肯定会选这个……'coser（指cosplayer，角色扮演者）身份认同'。"

看来和平相处十分钟对他们来说已是极限，陈峄城不得不出面干预："你们俩能遵守心理系学规'不读心、不算命、不解梦'吗？要不讨论到明年也没办法生成一个有效字数。"

"但我就是觉得'coser身份认同'挺好。"崔璨正色。

陈峄城笑："是吧，这题是我想的。"

顾浔摆来一眼："好在哪儿？因为可以去漫展玩吗？"

陈峄城捂住心口："你连我都下手？"

顾浔无语。

冬冬把话题扯回来："只剩两个，二选一就好啦。"

顾浔看看左手的课题，又看看右手的课题，欲言又止，忍受有话不能说的煎熬。

崔璨试探："两个都不行？"

他说出理由："我们的时间只够在校内取样，这样一来，前者样本单一，后者回报周期太长。"

崔璨想了想，把刚才已经扔开的一个课题捡回来："那我们就做这个'大学生偶像崇拜的消费心理'吧？"

三人齐刷刷看向顾浔，显然冬冬和陈峄城觉得这个课题做起来轻松，也很容易在校内展开。

顾浔勉强妥协："算了，反正其他组也水。"

陈峄城长吁一口气："太好了，这简直是世纪和解！"

崔璨站起来："我犯困了，去买点咖啡。你们谁要带？"

陈峥城和冬冬同时举手："拿铁。"

"我和你一起去。"顾浔跟着起身。

崔璨有点意外地挑挑眉，不过没吐出什么刻薄的嘲讽，一起出了门。

冬冬目送两人，隔着会议桌凑到陈峥城耳边小声说："只有我觉得他们从吵架变成抬杠了吗？"

陈峥城小声："有什么区别？"

冬冬小声："吵架的终点是凶杀，抬杠的终点是结婚。"

陈峥城小声："所以有什么区别？"

冬冬愣了愣，笑出声："看不出来啊，你居然反婚。"

崔璨一边走一边在心里念经，这是她与人为善的第二天，可不能前功尽弃。

而顾浔如履薄冰的反常其实正源于她的反常，他可以准确地推理得出崔璨的反常是从他喝多那天晚上开始的，此人攻击性急剧下降，看人的眼神充满同情，似乎掌握了什么不得了的把柄。

最好的可能性，她拍了些陈峥城拍的那种失态小视频。

最坏的可能性嘛，不堪设想。

基于记忆缺失这个前提，还是小心为妙。

顾浔察言观色，决定展开一轮友好的搭讪："听陈峥城说你感冒了，现在好了吗？"

崔璨警惕地远离他："我吃过药了。"

顾浔深感莫名："你这么紧张干吗？"

"劝人吃药是你的老本行。"

顾浔无语数秒："那天你没来排练，我去帮忙做道具了。他们都挺有想法的，特别是陈峥城，按这个标准做下去应该至少能拿到前三。"

"你让我赢的那个赌是旨在第一吧？"崔璨长期处于战备状态。

"其实我……"

话没说完，被迎面而来的麦芒和她哥打断了。

女生招呼着女生："你们俩去哪儿？"

"去买咖啡。"崔璨答。

"帮我带杯美式。"

"没问题。"

"自习室有人吗？"

"小城城和冬冬在。"

麦芒和谢井原加快脚步向教学楼走去，等和顾浔、崔璨拉开了一段距离，才展开评论："老觉得跟他们同框怪怪的，我们是肥皂剧画风，他们俩是电影画风。"

"什么电影？"

"《星战》《闪灵》《大白鲨》《现代启示录》那种。"

"你举的这四个都不是一个画风。"

谢井原手机响了，拿出接听。麦芒踮脚凑过去看来电显示，眼睛一亮，靠近身侧，竖起耳朵听。

"不了，我们都要准备期中考试……好，挂了。"谢井原挂断电话。

麦芒还踮着脚："是钟摆哥吗？他找你什么事啊？"

"问我要不要双十一去他们学校，有国际文化节活动，我哪有空。"

"我有空啊！我早就想去了！"麦芒拿出手机给谢井原看相册里的国际文化节宣传海报。

"那你去吧。"

"你帮我约他。"

"约他干吗？他又不是留学生，怎么也轮不到他组织啊。"

"那可以一起逛逛呀。"

"你双十一难道没考试吗？"

"《哲学导论》只要交一篇论文，《中国哲学》只要出勤率达到70%期中就能过了，《西方歌剧》只要交一篇观后感，至于《中医养生学》和《地震概论》压根就没有期中考试。所以我双十一不去玩也没别的事。"

人文社科专业果然适合养老。

谢井原一脸无奈地跟在她身后进了理财活动室，找位置坐下。

陈峰城听了个尾音，好奇地追问："去哪儿玩？"

"东师大，有国际文化节。"麦芒还在兴奋。

陈峰城立刻紧张，脱口而出："不能去。"

"为什么？"

"因为……"陈峰城随机应变，"我校和东师大关系破裂，从情侣变成了情敌。"

这说法新鲜，麦芒歪过头："怎么变的？"

"不信你自己看我们学校官方微博，性别最近改成了女。"

麦芒拿出手机刷了刷："真的……为什么要改？"

陈峰城耸肩表示不知所以然。

"不过仔细一想改得有道理。"麦芒很快自圆其说，"我校阴盛阳衰越来严重，东大男生不行。"

谢井原从韩一一的习题本上抬起头，往陈峥城方向扫一眼，什么也没说，失望地摇摇头。

要搞定麦芒本身就具有极大挑战性，更何况还存在着一个无法忽视的假想敌。

陈峥城把焦虑带回了寝室。

顾浔在晚自习期间，备受隔壁桌男孩转身叹气的噪音困扰。

"到底怎么了？"

"双十一麦芒要和她的钟摆哥单独去逛国际文化节。"

多大点事？顾浔心很累，把视线移回专业书上："所以呢？又没说是约会。"

"一男一女单独出去还不是约会？这就是约会。"

"如果你坚持是的话，我没意见。"

"不行，我得想办法跟麦芒一起去，绝对不能给他们单独相处的机会。"

这完全不是一个正常人在期中考试周该有的正常行为。

顾浔提醒："无意阻止你的拆散行动，但是双十一下午你有考试，期中考试成绩占总成绩的50%，缺考直接挂科。"

陈峥城发出了一声哀号，在桌上趴了好一会儿又重新燃起斗志，发出豪言壮语："那我要想办法让麦芒也去不成。"

[15] 无中生"友"

秉着考试周"分清主次、抓大放小"的原则，顾浔已经开始在歌剧课上做题，没想到韩一一更决绝，连面都不露，点名签到也让麦芒代劳。而陈峥城依然把大好光阴浪费在和文科生聊天上，毫不令人意外。

"那个……你双十一去参加文化节，有什么想看的展吗？"

"有啊。听说德国、日本的展好吃的东西多。"看来麦芒很重视这次行动，还提前做了功课，"这不重要啦。我问你，你们男生会喜欢什么样的礼物啊？光棍节。"

陈峥城夹带私货道："饼干大礼包。"

麦芒表示怀疑："没有纪念意义吧。"

"应景，如果是我收到的话肯定会喜欢。"

顾浔没抬头，边做题边笑："那下次不如让麦芒也送你这个好了，你肯定会很开心的，对吧？"

麦芒果断点头答应："没问题啊，就送你这个。"

陈峄城在课桌下狠狠踩了顾浔一脚，对麦芒保持微笑："我就不用了。"

女生过了会儿又问："那现在男生都喜欢玩什么游戏啊？"

"《奇迹暖暖》《恋与制作人》。"陈峄城斩钉截铁。

"我还以为只有女生喜欢玩这种……挑衣服选男人的游戏。"

"你这是性别歧视。我们宿舍楼好多男生玩到废寝忘食。"陈峄城凑近麦芒耳侧压低声音指指顾浔的侧影，"这哥们儿也偷着玩呢。"

麦芒伸头瞥了眼顾浔，感觉刮目相看，点点头在小本子上记录下来："那除了游戏，你们男生平时还喜欢聊什么？"

"很多啊，比如美妆啊，护肤啊。"陈峄城严肃地说。

"护肤？"

"当然。尤其是那些平常爱打篮球的男生，会非常关注防晒问题。"

麦芒有点蒙："好吧……"

"哦，还有，娱乐圈八卦也是我们必聊的话题。"

麦芒困惑："不对啊，我两个哥哥经常在说的都是球鞋、电子产品什么的，从来没听他们聊过八卦。"

陈峄城循循善诱："你就没发现，你两个哥哥不怎么正常？"

"是吗？"麦芒若有所思，沉默了一会儿，开了罐咖啡喝两口，才状似不经意地开启新话题，"你们学心理的是不是很容易看出一个人的想法？"

陈峄城脑中警铃大作，重头戏来了。

他不露声色地顺着说："没这么夸张，但多少能预测一点，怎么了？"

"我吧……有个女朋友，被一个男生邀请去参加一个活动，但是她想知道这个男生的想法。"

典型的"无中生友"。

陈峄城单刀直入："你朋友喜欢那个男生吧？"

麦芒转转眼睛，没上套："这我不知道，我又不是我朋友肚子里的蛔虫。重点是这个男生怎么想，其实他不只邀请了我朋友，其他人有事去不了……但他说只要我朋友这个代表去就行。"

陈峄城点点头。

麦芒追问道："你觉得他的话是什么意思啊？"

"你希望是什么意思？"男生反问。

麦芒的防御壁垒无比坚挺："是我朋友被邀请，跟我无关啊。你说他是不是在暗示什么？"

"暗示什么？"

"就……'朋友之中我最想邀请的就是你啊，只要你来了其他人来不来都一样'这种。"

"也许你朋友想多了，不是说她不是唯一被邀请的吗？"

"也有可能是他不好意思单独联系我朋友吧，那种为了正大光明地拥抱喜欢的女孩，就抱了整个班的例子也不少见吧。"

陈峄城想说那种例子他还没见过，忍住了："可能性不会很大，男生一般会比较直接。"

"那，你们男生分手后多久会交新女朋友啊？"

陈峄城内心五味杂陈："我连一个女朋友都没有怎么会知道？"

"你不是学心理的吗？"

"是啊，我又不学占卜。"陈峄城不禁苦笑。

麦芒没从"心理咨询"中求得她期盼的答案，在后续的心理系同学小组讨论时展开了幼稚的报复行动。

"你们想做前期访谈还是设计问卷问题？"顾浔问。

冬冬说："我和璨璨可以做访谈。"

顾浔看向崔璨："你怎么想？"

崔璨的反应慢了半拍。

麦芒支着脸眉头一挑："崔璨对顾浔主动征求别人意见感到意外，不知有什么陷阱。"

崔璨不明所以，转头看了眼麦芒，转回头："随便，听冬冬的。"

冬冬接着问："什么时候做问卷调查？"

"星期天吧。"顾浔说，"本地学生返校，填问卷的时间也相对充足。"

"意思是我们还有不到两天的时间？"

顾浔又望向崔璨："周六中午前把访谈结果发给我，没问题吧？"

"顾浔看似在征询两人的意见……"麦芒侧写道，"却只和崔璨一个人视线接触。"

顾浔垂眸咬了咬牙关。

崔璨装作没听见："应该没问题吧。"

"搞不定没关系，但要提前跟我说。"顾浔抬起眼。

麦芒解说："他偷瞄了崔璨一眼。"

这下崔璨不用抬头也知道了，顾浔决定不理麦芒，继续往下说："我可不想因为你们掉链子耽误后面的进度。"

麦芒说："却还在嘴硬。"

"不会的。"崔璨冷着脸。

"崔璨逞强道。"麦芒说。

当事人终于绷不住率先笑了场，冬冬和陈崚城如释重负，终于不用继续
憋笑。

崔璨转向麦芒大声抗议："我哪里逞强啦？"

"她试图通过打破'第四面墙'来掩饰心虚。"麦芒还没出戏。

崔璨笑着嚷嚷："旁白可以休息一下吗？"

恶作剧成功的麦芒开心起身："陈崚城，这里不需要我们啦，出去买零
食吧。"

陈崚城没有拒绝的理由，飞快地跟出了门。

被剩下的冬冬意识到自己的存在有点尴尬，视线在顾浔和崔璨间游弋一个来
回："这里……需要我吗？"

"当然需要。"崔璨问她，"你觉得在哪儿发问卷人流量大？"

顾浔虽然就在崔璨身边，也没人阻挡她的视线，却也把对话目标锁定为冬
冬："静思楼人最集中，旁边就是食堂，侧面是第二和第三教学楼。"

"呃……"冬冬发出迟疑的声音，"你们干吗不直接跟对方说话？"

很明显，旁白离开后，小组讨论的氛围变得更加诡异了。

复印机按固定频率往外吐着调查问卷，广播台在探讨官方微博突然修改性别
背后的玄机："学生会在某社交网站否认了'阴盛阳衰论'，目前最主流的说法
是此举旨在吸引东理工并入东大工学院，校方尚未回应……"

听见"阴盛阳衰"时陈崚城条件反射地叹了口气，意外的是半分钟后顾浔也
叹了口气。

"你叹什么气？"陈崚城好奇地问，"你又没失恋。"

"我没失恋但我也没脱单啊，你算什么特例？"

陈崚城嫌弃："你没脱单怪谁啊！"

"怪我长得太帅，大家经常误以为我脱单了。"

"我把我血淋淋的情感挫败史给你看，你不发发善心安慰我一下，还装。"

顾浔从打印口收拢印好的问卷，对陈崚城扬了扬："如果我说这么水的课程
作业将成为我的人生污点，能不能安慰到你？"

陈崚城想想："好吧，这也算安慰了。"

顾浔又没精打采地叹了口气，心情沉重。

发放问卷的过程和预想的一样屡屡碰壁，考试周校园里人人行色匆匆，连愿
意驻足听完填表需求的都少。

陈峰城观察后得出结论："我们应该多找女生，异性相吸，你长这么帅可不能浪费资源。"

顾浔不以为然："江冬燃和崔璨也主要找的女生，我看她们进展很顺利，说明异性相吸不成立。而且这样会造成样本性别偏差……"

"你也先得有样本才能有性别偏差啊！"

顾浔被逼无奈，只好在教学楼台阶下拦住三个刚出门的女生。姑娘们配合地填完问卷，其中一个果然羞涩地开口问："那个……能加一下你的微信吗？"

"我也要！"另两个也跟着叫，半开玩笑的性质。

"好的稍等。"顾浔从容点点头，走到陈峰城身边耳语，"手机借我用用。"

"干吗？"陈峰城警惕性很高。

顾浔不由分说地拿走手机："帮你脱单。"

四人各忙各的，等到夕阳把人影拖到无限长，教学楼里结束自修的学生们纷纷前往食堂，迎来一个流量小高潮。

忙过这阵歇了半分钟，崔璨一回头见顾浔手里做完的问卷只有自己的三分之一厚度，忍不住扬扬得意地跑去分享经验："盯着人家写当然慢啦，把问卷发出去就该找下一个了。"

"不盯着怎么知道人家有没有认真写？"

"你这个人，就是对人缺乏基本信任。"

顾浔懒得跟她嚼舌，直接从她怀里的问卷中抽出最上面的一张："这位在'消费时的心情'一栏写着自己的手机号和征一名东大女生共度双十一……甚至不是我们学校的。"

崔璨狡辩："能怪我吗？我校每十个人里就有六个是东理工过来找对象的、有五个是东师大过来蹭食堂的。"

"总数超过十个了。"陈峰城笑着提醒，被崔璨迁怒地瞪了一眼。

顾浔又从她手里抽一张，公开处刑般念道："'请为×××投票'……这就是你过度信任别人的下场。"

崔璨把调查问卷抢回来："这只是个别现象，而且也侧面证明我选中的人确实有偶像崇拜倾向。"

"好啦好啦，我看够了，收工回去整理文件吧。"冬冬怕两只"仓鼠"又打起来，及时圆场。

陈峰城在回理财教室途中，发现微信通讯录里出现几十条新增好友请求，一脸错愕。而罪魁祸首顾浔早没了踪影。

顾浔铁面无私地从崔璨上交的问卷中分出三分之二："这些信息不合格，没用了。"

女生哭丧着脸环住被宣布作废的问卷："这都是我辛辛苦苦的劳动成果，凭什么说作废就作废？"

"保留这些只会降低样本可信度。"

"你的样本有可信度，可你数量不够啊。"崔璨反唇相讥，"要是我也像你这么慢，我们哪能这么快完成问卷调查。"

"其实，从总体来看……"陈峄城翻着问卷说，"剔除这一部分得到的数据还算顺利，不要就不要了吧。"

"哦。"友情太脆弱了，崔璨想，只是个期中考试而已，他们就学会了"抱大腿"。

"你效率很高，值得表扬。"顾浔多此一举的称赞显得很虚伪。

崔璨白他一眼，嘟哝："谁要你表扬。"

"那可以开始建模了吗？"

女生挥挥手："你建吧。"

顾浔的叹气声中已经流露出逆来顺受的意味，无奈地打开笔记本电脑。

冬冬从桌对面俯身凑过来："顾浔，上机操作考试前你有没有时间给我和璨璨辅导一下？"

有人强烈抗议："谁要他辅导！"

"你的自信给我一种你能拿满分的错觉。"冬冬卖友求荣，"但是过去两个月哪次上机你不在犯困打瞌睡？这门课你就从来没醒过。"

"我都自学了。"崔璨嘴硬。

顾浔一笑置之，问的是冬冬："我没问题，机房这几天也全天开放，你什么时候有时间？"

"那我们今天把报告赶一赶，明天下午去机房？"

顾浔点头答应。

崔璨孩子气地宣布："我去机房也是自己练习，我才不要人辅导。"

没有人接话，场面一时尴尬。

"作废的问卷，你还有其他用处吗？"顾浔突然问，"没有的话我再筛选一下。"

崔璨愣了愣，困惑地摇摇头，把面前的问卷往他那边推过去。

半响后才领悟，他这话说得多余，那些胡闹的问卷也没必要再筛选。难道仅仅是察觉到刚才大家把她晾着尴尬了，特地打破沉默给个台阶让她下？真想不到他还有这么客气周全的一面，让人惊奇。

顾浔最近间歇性反常。崔璨暗自琢磨着。

[16] 甜蜜心烦

崔璨果然说到做到"自己练习",其他同学一见顾浔来机房就排着队请教,只有她坚持自力更生,遇事不求人,不过这对解惑没什么帮助,毕竟因为上课打瞌睡而漏听的软件操作技巧靠对着屏幕干瞪眼无法顿悟。

耗了一下午,专业书看到第六页,已经卷了边。广播台的晚间播报她倒是听进去不少:"各院已悉数公布期中考核任务,校内一切脸部识别系统将在考试周期间临时改为指纹识别,给忙于学业来不及化妆的同学制造便利……"虽然也太明白知悉这些讯息对人生有什么帮助。

冬冬终于发现她停止操作已久:"你做完啦?"

"这一页宽度显示不了全部数据内容。"

冬冬往这边凑来看一眼:"我好像没这个问题,要不你问问顾浔吧。"

崔璨穿过屏幕间缝隙看得见,顾浔就在对面那排帮一个男生解决问题,撑着桌,很小声说:"控制类别下面要勾选'最后一个',你漏了这步,所以后面才出问题。"

男生恍然大悟:"我说怎么搞半天不行,谢啦。"

这边刚结束援助,那排更远处又响起个女声:"顾浔,我有问题,你帮我看一下。"

此起彼伏的,众星捧月的。

崔璨没吱声,心里"吐槽",像网管。

过一会儿冬冬把顾浔叫了过来,崔璨一阵紧张,假装异常忙碌,不断重复前面已经做过的操作。

"我第二题算不出书上这个结果。"

"你是不是用错检验方法了?"顾浔边问边往噼里啪啦敲键盘的崔璨瞥一眼。

"没有吧,我完全按照书上来的。这不是单因素方差分析吗?"

"你再做一遍我看看。"

顾浔收回视线看冬冬从头操作,很快找到问题所在:"等等,显著性水平要手动输入……"

冬冬输入数据,长吁一口气:"终于对了。"

顾浔准备离开,她却想起什么,推推崔璨手臂:"哎,你刚刚不是也有问题吗?让顾浔帮你看看吧。"

"我自己已经搞定了。"崔璨装作越发忙碌。

顾浔拧起眉,她在做的题目明显是他刚过来时的那一道,在干什么呢?

等顾浔走了崔璨才停住动作，恢复百无聊赖的状态。

冬冬已经把学过的例题全部做了一遍，顺利完成任务，起身问崔璨："去吃饭吗？"

崔璨心一横，哪有比吃饭更重要的事，跟着推椅子关机离开。可是考试在即没法潇洒，和冬冬不同，吃完饭她又独自灰溜溜地回来了。

有几道怎么也做不出结果的题，本想求助陈峄城，但顾浔总在机房里徘徊，崔璨又嫌被他看见丢面子，只能耗着，心里骂他怎么还不走。

对着屏幕发了会儿呆，崔璨想起中午收到闺密发来的邮件，既然没事干，不如给她回个信吧。

临近九点时陈峄城收拾东西关了电脑，喊顾浔一起去理财活动室自习。

"你先去吧，我再等会儿。"

"等什么啊？都没人了……"陈峄城四下张望，发现也就崔璨还在，忍不住笑笑，"啊，那你继续等吧，我走了。"

剧情展开和崔璨的预期不太一致，而崔璨的失策不止于此。

顾浔发现，崔璨大部分时候把他的话当耳旁风，上周明明告诉过她整个机房只有一台机器装了杀毒软件，稍微动动脑筋也能推理得知，只有一台机器连了互联网。

顾浔本没想做偷看私人邮件这么不上道的事，当局域网缓存盘中出现新文件时，他已经条件反射点开了，在意识到是封信件，正要关闭页面之前他已经扫见"高二时的数学竞赛东海第一名现在是我同班同学"那句话。

既然内容与自己息息相关，难免受好奇心驱使继续看下去。

信件中涉及顾浔的只有一小段。

"如果他是女生，我们一定会成为特别好的朋友，但很不幸，他是男生，而且老让我想起谭皓，这让我经常火冒三丈，每天都在跟他吵架，吵完自己又觉得没意思。"

怎么回事？

"是男生"也能成为原罪？

男生花了两分钟时间收拾好被震惊打碎的思维，从电脑屏幕间看了看她的背影，走到她身边撑着桌间："你还有哪题自己解决不了吗？"

崔璨惊觉后仰起来的脸上还有残存的慌乱，这慌乱跳过大脑直接发出了动作指令，等她回过神，已经飞快地指了四道例题。

才四道题。顾浔松了口气。

他拉过刚才冬冬的椅子坐下去，把崔璨往旁边挤了挤："过去点，我只演示一遍。"

陈峰城在教学楼外遇见了闲逛的麦芒，意外惊喜："怎么不进去？"

"刚出来，该交的报告都写完了，但——还有题没做完。"她看起来有点犯困，顿了顿，"这么晚奶茶店还开着吗？"

陈峰城也不太确定。

十分钟后，两人已经在奶茶店聊起了天。

"你说的那个朋友，她喜欢的男生和女朋友分手多久了？"陈峰城打探道。

"已经分手复合七次了。"麦芒咬着吸管扬了扬手里的奶茶店敲章会员卡，"就像能累计次数换礼包似的。"

"那我觉得你应该劝你朋友别蹚浑水，像这样分分合合总也分不干净的，通常是很难彻底了断的，外人谁插进去都只会徒增烦恼。"

"可是……"麦芒想了想，"他们分手的时间越来越长了。一开始分手，隔一两周就会复合，到现在分手后再复合的间隔以月计数。最近这次已经三个月、一季度、满百日没复合了。难道这种'周期拉长'说明不了问题吗？"

"说明他们越来越习惯这种缠缠绵绵的相处模式了吧。"陈峰城见麦芒陷入沉思半天不说话，追问，"你朋友，喜欢那个男生哪一点？听起来对方好像一门心思都在前女友身上啊。"

"一开始确实像你说的，男生一门心思想挽回，可是最近几次有变化，他问过我朋友'从一段感情里脱身的最好办法，是不是开始新恋情'，这实际上是不是想和我朋友展开新恋情的暗示？"

"我觉得不是。喜欢你朋友就会直接追你朋友，认真展开新恋情的话，怎么会暴露底牌，透露自己的目的是为了从上一段感情里脱身？我看更像是只把你朋友当作贴心的感情参谋。"

"不是说男生只在喜欢的人面前才会暴露弱点吗？"

陈峰城沉默片刻，拎起柜台上准备带给韩——和麦芒哥哥的两杯奶茶，含糊不清道："得分人。我要是喜欢一个女生，我不会在她面前谈感情纠结，而是尽可能地让她跟我在一起的时间都开心。"

"他让我朋友很开心啊，这不是还邀请她参加活动……"麦芒跟出店门。

陈峰城站定了转身提醒："是直接邀请你朋友吗？"

麦芒一时语塞，想来自己并没有收到直接邀请。

被邀请的人是哥哥，可按照陈峰城的逻辑"被邀请才说明被喜欢"，那么被喜欢的人成了哥哥，这怎么可能嘛！根本说不通。

说"送崔璨回寝室"也太矫情，其实因为男生寝室楼距离机房比女生寝室楼

100

远，顾浔只是和她同路陪她走了一段，两人间距三米，有人骑车从中间穿过去都能畅通无阻。

顾浔倒是终于鼓起勇气问了醉酒那天晚上的事，对话在"我没说什么出格的话吧"和"没有"的回合间仓促结束了。

这不能解释最近崔璨态度的反常。

更不能解释眼下他的反常。第二天有四门考试，而他在考试前夜满互联网搜索一个跟他无关的名字，谭皓。

这么路人的名字。顾浔面对海量的搜索数据不禁"吐槽"。

要加限定词缩小范围也不难，得和崔璨同一个学校才会有交集啊。顾浔一边输入"谭皓""圣华中学"一边夸自己机智，如果不嫌麻烦，还可以换"数学竞赛"之类搜索词。

很快找到了照片，图像是最直观的了解途径。

男生身高目测一米八五以上，寸头，皮肤黑，是那种不仅会受女生欢迎的英俊长相，在男生中也会很有人气，身边自然而然聚集一帮兄弟的类型。

再看升学和获奖的履历，是优等生。从小到大念公立学校，获"三好"、奖学金像菜场里捡菜叶一样简单。数学竞赛一等奖，但顾浔对他没印象，应该拿的不是满分。最近的高中喜报上说他保送北大。

原来崔璨喜欢这种，啧。

顾浔合上笔记本电脑，有点失望。

想趁机腹诽崔璨品位有问题也毫无立场，似乎是各方面都还算优秀的人，把崔璨和他的形象联想到一起不违和，甚至还挺登对。

为什么看见自己就想起这人？顾浔看不出他们之间有什么共同点，唯一确定的是，这些乱七八糟的联想严重影响了他的睡眠。

这两天顾浔时运不济，各方面都不太顺利。

小组中期课题汇报最后是他做的，但也没能得到老师的高度赞扬。

打分前老师评价："总体来说还不错，问卷全面，分析多面。但是我先提出几个不足，你们小组在统计分析办法选择上有误用的地方。在利用因子分析做研究时，利用同一样本先做探索性因子分析，根据其结果再做验证性因子分析来检验，会犯事后解释的谬误。"

坐在台下的冬冬一阵紧张，小声问崔璨："哪儿做得不对？"

崔璨支着下颌不屑道："鸡蛋里挑骨头。我说吧，不应该让顾浔去汇报，老师对他要求比较高。像我这样平时吊儿郎当的，偶尔认真一次还能拿到鼓励分。"

"谁让你有临场篡改课题的前科？"冬冬白她一眼，听见陈峄城在叹气于是转移攻击目标，"你不要再营造低气压氛围了好不好，我心脏都快'骤停'了。"

陈峄城纠正："你都预感到停的趋势了，那不叫骤停。"

冬冬懒得跟他嚼舌，趴回课桌上："会不会不及格啊？"

"都说了'总体来说还不错'，怎么会不及格。"崔璨宽慰。

"希望下次的课题能有更严谨的分析方法。"老师在报告封面上打下分数。

冬冬看不见他写的分数，只能看见看过分数的顾浔的黑脸："完了完了，可能刚六十分。"

男生回到座位，把轻飘飘的报告扔在快要泪奔的冬冬面前。

八十七分。

女生愣了愣，忍不住起身越过崔璨和陈峄城用报告打他："你什么表情啊！"

崔璨笑起来，难得担当一次劝架重任，还在坚持己见："让我做汇报说不定就九十分了。"

但顾浔好像不是装的，丧着脸持续到下课也没恢复。

"八十七分对他来说有这么惨吗？"冬冬平时对绩点斤斤计较，可也没法理解了，"而且他一直黑面，搞得像我们拖了他后腿，不用给大家这么大压力吧？这还只是中期汇报，真怀疑到期末如果影响他拿GPA4.0（GPA，平均学分绩点），他要杀掉我们。"

陈峄城听她抱怨一路，乐不可支，不得不把情绪失控的女生拉到一边启发道："方案是不是顾浔做的？"

冬冬点头："对啊。"

"他是不是从第一天就鄙视崔璨？"

"对啊……"

"结果到头来，分扣在他自己负责的那部分。"

"那我们也没怪他啊……八十七分已经很满足了。"

"事关男人的尊严，你不懂。"陈峄城边退边笑，经过崔璨身边笑得更深一点，问两位，"去理财教室复习吗？"

女生们摇摇头，崔璨的神色比冬冬还茫然，等陈峄城走远了才想起来问："明天只有上机考试了，他去理财教室能复习什么啊？"

冬冬耸肩表示不解："男人，怪里怪气。"

上机考试进行中。

陈峰城没能顺利阻止麦芒去东师大，一脸惆怅地操作电脑："你猜麦芒在干什么？"

"谈恋爱。"顾浔正对着显示"你的分数：100"的静止屏幕发呆。

陈峰城转头看看他的屏幕，没好气："你考完了赶紧走，还坐在这里干吗？"

"以防万一。"

"万一什么？"

"万一崔璨又拿出U盘插电脑。"

陈峰城一脸惊恐，移动鼠标连续点了好几次保存进度。

崔璨算做得慢的，最后检查了一遍才提交试卷，刷新后的页面即时显示成绩"66分"，低分飘过，还是值得庆祝。

起身环顾四周，冬冬早交卷离开了，熟人只剩顾浔："你多少分？"

男生一脸冷漠："满分。"

崔璨被当头泼了一盆冷水，卷着纸笔往外走："怎么世界上会有你这么讨厌的人。"

男生只拿了一支笔，另一只手抄兜悠哉地跟出机房："看一遍操作就会了，说明很聪明啊，干吗不用心。"

"不用心是因为学这个没用。"

"那舞台剧有用吗？"

崔璨微怔，回头看向他。

"不如认真一次，试试看吧。"他轻描淡写地说。

[17] 持有效应

"你为什么又对舞台剧突然上心了？好奇怪啊，不都已经退出了吗？"

被将了一军，顾浔咽了咽喉咙，后悔没提前准备好一个借口。

总不能说"看了你给朋友写的信，觉得你总是半途而废，难免会一路留下遗憾"，顺便，"你还笨到不会检查电脑有没有联网"。

如果坦言相告"你的信还是我帮你发出去的"，恐怕不会换来致谢。

其实邮件中给他触动最深的不是关于对他描述的那部分，而是崔璨对朋友倾诉"高中时都说我控制欲强，想排除我带给你的干扰，所幸这种事在大学不会发生了""东大到处是怪咖，我根本不算怪，也许因为都是学霸，大家都有很鲜明的个性，也各自孤独着，虽然都孤独，可执着的事情各异，人与人的孤独并不相通，频率相同的人没有几个"。

这些感受让顾浔觉得和她很亲近。提及顾浔就是在说"频率相同的人没有几个"之后，不言而喻，他在她心里应该算得上"几个之一"，再往下深究，她对他而言也算得上"几个之一"。

这在心理学领域是非常浅显的道理，人们总会倾向于靠近和自己相似的人。顾浔因此找到了自己对她比对别人关照的科学解释。

崔璨就像毛躁不服输又爱惹是生非版本的自己。

这么想来，会对她多一点怜爱也合情合理。

但因为关系并不亲密，这些不是能摆上台面的理由，会显得自己像个躲在暗处爱窥探的变态狂。

男生往远处走了几步，装漫不经心："我？下了赌注当然会上心，被'持有效应'锁定了呗。"

好在崔璨不是那么明察秋毫的女孩子，随便抛个幌子就不疑有他。

由于是白天，道路不像晚上那样空旷，今天同行时不至于远隔三米，顾浔很快就发现对方一边发出惊喜声，一边停在了校内超市门口摆出的临时摊位前。

"啊！烤地瓜！"

他回过头往小摊上瞥一眼，脸上露出明显的不屑："这种红薯的品种……"

视线触到她愠怒的眼神，他对红薯的批判戛然而止。

的确没必要这么较真扫兴，他自己甚至都笑起来，转身走回去："你买，你买。"

女生朝他扔了个白眼，去大油桶边用食指翻弄红薯，挑挑拣拣，特别大只的红薯，她挑了两个，摊主用小杆秤称重，报价一个二十元一个十三元，她忙打开微信扫码付款。

顾浔忍住"吐槽"，虽然心里认为这纯属骗小孩，且不禁怀疑她怎么吃得完。

"给室友们带一个。"她补充说明。

等摊主找袋子包装时，她终于决定理会站在身边一直欲言又止的男生，给他一个说话机会："这种红薯品种怎么了？"

"烤出来很干，不太甜，也不会流蜜。能烤出糖蜜的是在北方沙地种植的烟薯，其实那种也很常见，学校西门出去有一家……"

摊主听见他公然替竞争对手打广告，愤愤不平嚷道："我的怎么不流蜜？我这个品种名字就叫'蜜薯'！"

男生挑挑眉，噤声举双手投降。

崔璨笑着把小的那个红薯对半掰开，果然是黄心偏干平平无奇，没有流蜜，塞一半给他："将就吃吧，话那么多。"

他本来不想接，显得自己絮絮叨叨进行科普是为了图她一口吃的，但女生的手一直伸着，摊主还不计前嫌送上垫手的纸，好像盛情难却。

他们边吃边走剩下的路，各自很投入，没说话的必要。

在转弯口有人喊崔璨名字，两人同时回过头，看见裴弈的瞬间，顾浔沾沾自喜起来。

自己和崔璨明摆着分了一个红薯，这场面不让裴弈来看看简直都是浪费。

裴弈如他愿看见了，并不当回事，大大方方当他面问崔璨去不去晚上数院办的舞会。

"我今天去不了，晚上得和室友去大卖场搬日用品，考试周卫生纸、餐巾纸、洗衣液都弹尽粮绝，将就到今天快坚持不下去了。"

"哦。"听到一个"搬"字，想必要买的东西不少，裴弈随口问，"要帮忙吗？"

"不用了，我和陈峄城正好也要去买东西。"顾浔飞快地切走了话题。

"谢谢啊。"崔璨顺手拉开纸袋招呼裴弈，"吃红薯吗？"

顾浔顿时不悦，怎么她的红薯见者有份："你不是给室友带的吗？"

裴弈闻言退得更快了："不用给我，我这得去帮动漫社搬道具，你给我还不够他们抢的。"

等人跑远了，崔璨回头瞪顾浔一眼："你替我小气什么？"

"做人要讲信用，说给室友带的就得给人带去。"

"我又没跟室友说。"

"你跟我说了啊，天知地知你知我知。"

崔璨无语，这人胡搅蛮缠，话不投机半句多，脸别向另一侧闷声把半只红薯吃完，就快到寝室楼下了。

男生不经意一瞥，红薯表皮上的炭灰蹭得她满脸都是，条件反射伸出手去帮她清理，但没那么容易弄干净。

"痛啊！"她吵吵嚷嚷地抗议。

顾浔赶紧收手放弃行动："自己洗脸去。"

临走她还耍了毛，跺着脚回头狠狠瞪他，一点都不领情。

男生在后面一下笑出声来，什么人哪，顾头不顾尾，还迁怒别人。

考完上机打通麦芒电话时，陈峄城认为今天是幸运日，麦芒虽然去了东师大，但是这个点已经回校，说明此行没什么意思。

看见麦芒手上拿着刚买的矿泉水从小卖部出来，表情明显失落，陈峄城不敢再这么认为了。

"怎么这副表情？"

麦芒走得很慢，看看他："我那个朋友不是和男生出去玩吗？她告白了。"

"啊？"男生错愕到失语，"这么突然？"

"嗯……因为气氛正合适嘛。"

陈崚城小心翼翼跟着，半晌才问出一句："那结果怎么样？"

"不是很理解。"女生低头揉揉眼睛，好像比起失落更多的是困惑，"你说告白后对方什么话都没说，跳椅子翻栏杆跑了算什么结果？"

陈崚城无语，摇摇头："不懂。"

麦芒叹口气："我朋友本来想追的，结果没翻过去。"

"有点可惜……那你朋友以后还继续追吗？"陈崚城试探着问。

她摇摇头："对方如果有意接受的话应该马上会答应吧。"

还是挺聪明的。

可她似乎不甘心："不是说女追男很容易吗？"

"概率上……"陈崚城绞尽脑汁找出个说辞，"光棍节告白……都不太容易。"

女生皱眉仰起脸："你这不是知道概率吗？早不提醒。"

陈崚城勉强笑笑，目光抛向远处动漫社搭台活动的场地："你想不想去那边散散心？我们学校的活动好像才刚开始。"

"走！"麦芒潇洒地拧紧瓶盖，跑出去的架势，仿佛轻易就把"那个朋友"的困扰甩向身后。

到了周末排练舞台剧，顾浔走进艺术楼才明白陈崚城说的"撒手锏"是什么意思。

一开始他以为在外放CD（光盘），心理系借用的舞蹈教室在二楼，歌声却穿透到一楼楼道口，迎上陈崚城带着"怎么样""我说了吧"意味的得意眼神，才顿悟到是崔璨在唱。

他抬阶的动作不自觉滞了滞，小声问："专业的吗？"

陈崚城点点头："这下能不能赢了？"

顾浔不置可否，推开教室门。

女生坐在木地板上一块阳光域里，纸垫在膝盖上，涂涂画画，唱到"There will never be a day when I won't think of you（不会有那样一天 我不再想你）"这样的高音区，轻轻松松地飙上去，还保持着萦绕整栋楼的音量，一点费劲的神情都没有，随意得像哼哼小调。

有过那么多蛛丝马迹，她总是选名字里带"音乐"的课，顾浔也问过她是不

106

是特别喜欢，只是当时她矢口否认了。

这明明算特长，为什么要蓄意隐瞒，真是谜。

顾浔收好脸上大惊小怪的表情，换出平日漠漠的神色。

因此崔璨抬头看见他们也不意外，她都忘了这是顾浔第一次听，误以为他和其他同学一起早表达过讶异了。

于是这就像一次稀松平常的排练，崔璨停止唱歌，撑地爬起来举着手里的纸问陈峰城：“看这个，我想把第七场布景设置成这样，你觉得怎么样？”

可以确定的是，崔璨唱歌有多好，画画就有多烂，顾浔猝不及防地看见纸上乱成毛线的流程图和火柴人，扑哧笑出来，自觉不太礼貌又赶紧侧过头去掩饰。

陈峰城很给面子地接过纸，努力辨别她的意图：“有点贵啊，经费够吗？”

“冬冬去问过东大剧社了，很多宫廷风的现成道具我们能借，只要不弄坏完璧归赵基本没什么问题。”

“背景自己画是吧？”

“这么大尺寸，广告店问了一圈都说印不了。”

顾浔瞥了眼她的设计图纸，好歹辨认出几个表示长宽高的数字，提醒道：“尺寸不仅要考虑舞台效果，还得考虑舞台进口的高度，你们去量过吗？”

崔璨愣住了，半晌摇摇头。

“不是一台完整演出，不可能一开始就让你布置好。前一个系撤场后你们才能上场去布置，到时候怎么搬运会是关键问题。”

“所以不管什么尺寸，得在底下安装滑轮。”陈峰城总结道，“所以我有空想去市场看看材料。”

“正好我也想把服装定了，找个时间一起去吧。”崔璨接话。

顾浔插嘴：“没想过用电子投影吗？能大大降低做布景的工作量。”

女生不满地啧一声：“那也太敷衍了，别的院系都做实体布景呢！”

男生哭笑不得：“这也攀比？”

冬冬见崔璨想跳起来打人，急忙把这话题一带而过：“那我会去把服、化、道清单再更新一下。你们哪天有空和我们一起去？”

“周五？”

“周五太晚了。”

“周三早上吧，肯定都没课。”顾浔提议。

这引来了陈峰城和崔璨的强烈抗议。

“我们不选早上的课是为了睡觉不是为了购物啊！”

“就是！”

顾浔头疼地叹口气，心想：这就是我们系的男女主角，还能好吗？

[18] 知己知彼

舞台剧展示定在圣诞节当天，上午九点进行最后一次彩排，下午一点正式开始。展示结果根据观众投票和评委投票两种方式而定，每人限投一票。评委十人，一票抵观众十票，每场的投票结果顺延至下一场演出结束后公布。观众六百人，在所有院系展示结束后统一投票。

因为其他文娱活动基本结束了，最近各院系从早到晚的主要话题都围绕这个展开。普通心理学课前，几个骨干成员聚在冬冬和崔璨桌边商讨对策。

顾浔撑着脸有一搭没一搭听着，制作道具也不比演员排练轻松，存在感倒是低得多。

"观众是个不可抗但可操作的因素，万一某个院独霸礼堂，那票数岂不是压倒性胜利？"陈峥城听完规则阐述，第一时间质疑。

"每个系拿到的观众席位差不多，平均分配的。"崔璨解释。

"那不就是……靠脸？"这解释反而增加了他的质疑。

"为什么这么说？"

"我们高中以前就这样，进校选学生干部时谁也不熟悉谁，最后基本沦为选美。"陈峥城说。

有两个女生立刻忧心忡忡："经院的男主角是风云人物，观众投票肯定有优势。"

"谁啊？"崔璨问。

"裴弃。"

崔璨本人还没来得及反应，陈峥城先一步夸张地站起来作势要掐架："什么意思你们？觉得我不如裴弃？"

"你又没参加过十佳歌手大赛啰。"女生们客观地说。

陈峥城转脸就迁怒崔璨："你唱歌好，你为什么不参加十佳歌手大赛先攒攒人气？"

"我攒了人气也不能替你演男主角啊。"

冬冬嫌弃地把陈峥城按回座位："人气虽然重要，评委票数占比也不能小看，学校不会让空有流量的团队作为代表出席校庆的，最终还是看综合实力。实力方面嘛……说实话，我们不是最强的，听说数学系服、化、道都下了血本，老师也支持，完全是'正规军'。"

"你直接说'资本强捧'不就行了。"陈峥城"吐槽"。

"但是我倒觉得我们可以在宣传上多下功夫，把海报和宣传单做得漂亮点，贴在宿舍楼前的宣传栏上，提前赚个眼缘。"只有崔璨在认真提出可行方案。

冬冬感到一丝宽慰，点点头："有道理。"

陈峥城踢踢顾浔："你这么沉默干吗？不想说点什么吗？"

"说什么？"男生一头雾水，收起支脸的手坐直了。

"就没点建设性意见？"

顾浔被赶鸭子上架，憋出个"意见"，对崔璨说："你不适合浓妆，别搞成这样上台。"

冬冬转头看崔璨，只不过是睫毛膏到晚上脱妆了，显得有点熊猫眼嘛，"死直男"不懂装懂又人身攻击，她蹙眉转回头宣布："顾浔你被禁言三天。"

顾浔默默撑回脑袋，本来也没打算说话。

"保守估计还有三次排练机会，算上当天上午院系还会安排所有系舞台走位，是四次。"崔璨继续展开认真思考，顿了顿问顾浔，"道具采购来之后需要多久能全部做完？"

顾浔做了个拉链封嘴的动嘴，提醒她自己刚被禁言，见崔璨挑眉威胁才正色说："至少要三天吧。"

"时间有点紧。那我们这几次排练的时候就得把现有的道具都摆上，让大家适应换场速度。"

"不考虑道具损耗吗？"顾浔说，"我们装的小轮子可经不起反复折腾。"

"那是你需要解决的问题。"崔璨一句话就把他顶了回去。

顾浔再次撑回脑袋，暗忖当初但凡学个工科或者选择"背靠资本"的数学系，如今也不至于被逼到墙角。

崔璨的注意很快转向陈峥城："交给你一个艰巨的任务，把其他参赛院系的彩排时间地点打听出来，我们要知己知彼，没问题吧？"

"能有什么问题？"陈峥城的尾巴已经翘上天去，"我要是在战争年代做间谍，还有璜·普吉·加西亚什么事啊！"

"东大加西亚"果然不负众望，效率很高，等骨干组女生们把宣传海报做好印好，准备去四处张贴时，他已经把各院系的情报搜集得七七八八了，不仅有崔璨要求的彩排时间，还有排练特色和主要卖点。

崔璨边走边看："国关的排练还算中规中矩，应该构不成威胁，下一个什么系？"

陈峥城翻看手上的小笔记本："数院数学系。不过他们是最神秘的。比如你唱歌好听这件事，其他院多少都传了点风声，唯独数学系，别说其他院系探不到他们的底细，连他们自己院系没参加排练的人都不知道排练成什么样了。"

崔璨皱眉："没人去排练场地看过吗？"

"看不到，他们窗帘拉得严严实实，连门上的窗户都贴上报纸，一点光都透不进去。"

"这也太鸡贼了！他们在哪儿排练？"

陈峄城指着前面的艺术楼："三楼最里面一间。"

"走，我们去看看。"

为了不打草惊蛇，去窥探敌情的人不宜太多，崔璨让冬冬和陈峄城在楼下等着，独自跑去三楼扒门缝，只花了一刻钟就跑下楼来，把两人拽到一边压低声说："知道他们的撒手锏了，韩——反串了Higgins！"

冬冬惊掉下巴："不会吧？！我看——在理财社背的台词也是女主角的啊！对我们自己人还施障眼法？"

"你什么时候看她背的台词？"

"那还是期中考之前了。"

崔璨分析道："可能是知道学生投票的事情后临时改变的策略。"

陈峄城蹙眉："都没剩几天了还换角色，这也太冒险了吧。"

"我看——台词和演技都很娴熟，完全没问题。"崔璨丧着脸，"这下好了，——的'迷妹'本来就多，人气上输定了。"

陈峄城半开玩笑："瞧不起我是不是？我的'迷妹'也很多啊。"

两个女生没心情理他。

出楼道时正好与熟人擦肩而过，裴弈回头叫住混在人堆里的崔璨："这么巧！"

陈峄城没好脸色，甚至当场就想揭穿，怎么巧了？每个院系都在排练，在艺术楼碰见不是很正常？

崔璨看见裴弈身上的戏服打趣："裴密欧？怎么你们也换了剧目？"

裴弈摆摆手让她别提："没人想和数院狭路相逢啊，你要不要来看看我们排练？"

"好……"崔璨刚发了半个音节就被陈峄城打断。

陈峄城迅速蹿到两人之间，把手中的海报一股脑塞回崔璨怀里："见过开战前去对方阵地参观的吗？你还要去贴海报呢。"

"我可以先去……"

陈峄城推她出门："那么多宿舍楼都要贴，至少要一下午时间，走吧走吧。"

裴弈在身后追问："贴海报要帮忙吗？"

"女生楼男生进不去，你还是安心排练吧。"陈峄城头也不回替她拒绝，"改天再约啊。"

崔璨瞪陈峄城："改天约什么？"

陈峄城回头对裴弈喊："她说改天也不约。"

裴弈笑着目送他们跑远："没关系，你忙你的。"

期中考试过去，"临时抱佛脚"告一段落，再加上各院系排舞台剧征用了不少课余时间，大家齐聚理财活动室自习的机会不多，这天真算碰了巧。

冬冬刚在BBS上刷出数学系舞台剧的新消息，咋呼着"璨璨快来看大新闻"，韩一一和麦芒就进门落座了。

麦芒比崔璨还积极地凑到电脑边，见是论坛话题："理科实验班韩一一舞台剧反串照出炉！"

冬冬点开帖子，是几张韩一一排练时的照片。

"哦！是一一，角度这么刁钻，'颜值'还是能打。"麦芒骄傲，伸长脖子问一一本人，"谁给你拍的？"

当事人耸肩表示一无所知。

"一一现在可是我校最热门的话题人物。"冬冬返回主页面，版面尽是韩一一的话题，点击率居高不下。

崔璨惊讶："这么夸张。"

"还有更夸张的呢。"

冬冬点开新闻版面，被韩一一的话题屠版；点开生活版面，也被韩一一的话题屠版；点开话题"野生东大校草评选"——

"以前是顾浔和谢井原旗鼓相当，一一这个选项是几个小时前新加上的，现在已经一骑绝尘。"

屏幕上显示投票结果，韩一一被投了三百多票，远超顾浔的一百四十票，谢井原的一百八十一票。

"让我看看，都是些什么人投票给顾浔？"崔璨觑着眼，"军训时钢枪连的阳光帅哥们不香吗？我校同学是不是患了斯德哥尔摩综合征？"

"我校同学就好这口吧，你看除了一一，票数高的也是谢学长啊，前三名都是面瘫'丧尸'范儿的。"

"学长也老了点。"崔璨望着麦芒开玩笑。

这回麦芒站他哥："顾浔也会老的！"

学长人不在，可顾浔在场，感觉被女生们叽叽喳喳议论着生无可恋，嫌降噪耳机不降人声。

"真是打开了新世界大门……"冬冬叹为观止，"原来校论坛还有这么多活人。"

崔璨指电脑："看那个关于舞台剧赛事预测的。"

冬冬点开她想看的帖子。

"凭韩一一的路透照，我赌五毛钱数院必胜。"

投票区域关于"最想看到哪个院系的剧"的评选，数学系二百零五票，经济系一百八十票，文学系一百零五票，心理系排在倒数第二名，七十九票。

崔璨的脸瞬间垮了，冬冬抚着肩安慰她："这个数据不可信，他们就是先声夺人。我有理由怀疑这是一场有预谋的营销，咱们可是一匹不容小觑的黑马。"

"借你吉言，我现在只希望不要被吊打。"

崔璨继续看跟帖评论。

"为什么不让顾浔当男主角，我不服，文艺委员怎么想的？"

回复一："因为文艺委员总跟他吵架。"

回复二："没错，我们心理系公认的'仓鼠官配'。"

崔璨瞠目结舌，转头问冬冬："哪来的'公认'啊？什么'仓鼠官配'？你听说过吗？"

冬冬心虚摇头："没有没有。"

"明明是他自己辞演，又成了我的锅。"

[19] 小事一桩

冬冬把注意力放回屏幕上，发现又刷出个新帖子，主题是"心理系的《歌剧魅影》也很棒啊！男主角帅女主角美！"。

仅有的一条回复不太友好："你是心理系男女主角本人吧，在这里'尬吹'（无脑吹捧）。"

看看发帖时间，就在两分钟之前。再仔细辨认发帖人"teleheartx-x"，有点眼熟……这不是陈峄城的ID吗？！她抬头往陈峄城看过去，这人还躲在笔记本电脑屏幕后，疯狂敲键盘回帖与人争论。

"哎哎，自夸不脸红的？"冬冬戳他。

男生面不改色："什么叫自夸？极其正常的营销好吗？！别人都吹，我们不吹才吃亏。哎？这是谁？"

冬冬一刷页面，又多了一条回复："心理系确实不错，路过时看到他们排练了。"

还不是陈峄城发的，发帖ID没见过，她四下环顾，除了自己也只有陈峄城带了笔记本电脑、麦芒带了平板电脑，但两人都没在操作。

不过这发帖疑云很快就有了答案，再刷新几次，后续跟帖的人把这名叫

"prelive"的家伙认了出来。

"裴弈你干吗帮心理系拉票？"

"我们中出了一个叛徒！"

回帖陈峥城也看见了："裴弈也太会见缝插针了，BBS被他发掘出了告白墙的功能。看着点学着点啊……"这话是对顾浔说的，"找找人家受欢迎的原因。"

顾浔头也没抬，专注于课本："他为什么受欢迎一目了然，奇怪的难道不是韩一一为什么受欢迎吗？"

"也是哈。"陈峥城退回主页面，粗粗扫两眼，看见有帖子名为"一一专属，为数院韩一一建高楼"，也看见了为裴弈建楼的帖子，再搜搜自己名字，零记录，不禁叹了口气。

韩一一同样没抬眼："我人坐在这里都能被你嘲讽。"

"他嫉妒。"陈峥城笑，"反串这招是你们系谁想出来的？"

"麦麦。"

"我就觉得英明得不像数学系能想出来的！"

"Higgins这种'直男'人设放现在多讨厌啊，再帅的男生来演都得被骂，换女生稍微好点。"麦芒如是说。

"太机智了，不过麦麦你们系怎么一点声音都没有？"

"别提了。"麦芒摆摆手，"大家不是都决定用原创剧本嘛，但是到现在还没确定剧本。交剧本的人不多，提反对意见的倒不少，我都前后交过四个了，大家还觉得不够深刻。"

"让他们谁行谁上去。"陈峥城替人打抱不平。

韩一一笑了："就没人行，所以他们系肯定会退赛的。"

"嗯嗯，我现在算数学系舞台剧编外成员了。"

麦芒倒挺乐观，陈峥城在想，她是不是在另一件事上也同样乐观。

光棍节之后就不太与麦芒碰面了，即使去她们系蹭课，也因为她老翘课而难遇上，不知道她经历"告白事件"后真实的心理状态，旁敲侧击地向一一打听过几次，韩一一都没注意到她受挫，只说小姑娘在冬后变懒了，整天窝在寝室不爱出门，联想前因后果，要说对她一点打击没有不可能。

等到麦芒单独出去泡咖啡，陈峥城才找到机会跟出去。

"麦麦，你那个遇到感情问题的朋友，最近还好吧？"

他明显看出，女生在视线里像脊背中了一箭似的僵了僵，脸上的表情往下沉，却又极力想要阻止这种趋势。

还是不该问的，他有点后悔了。

"不知道啊。"几秒后她扯起嘴角，"她有点混乱。"

"怎么回事？"男生紧张地追问。

"那天回去之后她觉得应该是自己搞错了什么。你想啊，对方是像哥哥一样的人，甚至比哥哥还可靠，平时会照顾人，又没有顾忌什么都能说，会误以为这样的亲密是喜欢很正常对吧？"

"嗯……是啊……"

"而且对方那么意外地逃走了，说明从来没把她往妹妹之外的身份上联想，对吧？"

"嗯……应该是……"

"原来是会错意的兄妹感啊——只要这样想，就很容易把自己糊弄过去了。该吃吃，该睡睡，生活就能恢复正常。可是这时候有了个不该知情的人，我朋友真正的亲哥他知道了。"

"谁告诉他的？"

"我朋友喜欢的男生有点粗枝大叶，老是登录桌面微信后忘记退出，被看见了聊天记录。"

"那哥哥什么反应？"

"本来已经说好不再提的事又被他翻出来反对，多此一举，讨厌极了。"

"啊……这样……确实让人心情不好。"

"让人心情不好的是，他的所有讨厌行为都在提醒一件事，这才是哥哥。讨人厌又消灭不了的，自以为是爱管教人的，随便吵架却不记仇的，才是哥哥。哪有什么能让人会错意的兄妹感，没讨厌过、不会管人、从不吵架的人怎么可能被错当成哥哥……怎么自欺欺人？真正的哥哥有了漂亮女朋友，做妹妹的会开心，可我只在他们分手时开心。"

她已经无意中说漏嘴了，男生却接不上话，只能手足无措地倾听。

"好像是没法否定的喜欢……这可怎么办啊？"

走廊里穿堂而过的风把她的长发卷乱了。

他无意识地抬起一点手，又寂寂地垂落下去，眼前的画面很难干预。

"将错就错吧……'把兄妹感误当成喜欢'，虽然不是事实，但是个能让人信服的借口，只有这么说才能让所有关系回到从前。"

"嗯。回到从前……"女生一张小脸上五官委屈地挤成一堆，"然后呢？"

"然后学会接受喜欢的人不喜欢自己，这种事很常见的。"

"常见吗？"

男生吃力地点点头："嗯……没那么正好。但如果，如果运气好，将来说不定……"

会有转机。

眼前，就把它当作成长的烦恼，当作小事一桩吧。

周二晚上，排练已进入最后阶段，只剩几个主角在练习配合唱段，除此之外道具组的人是最齐的，忙着赶工。

崔璨闻不了油漆味，企图把顾浔赶到走廊去，男生也不让着她，声称每一次搬运都会造成器械损耗，并提醒她和陈峄城去走廊对唱才更方便。

但走廊没有暖气，艺术楼几扇窗损坏了没修，到处灌风，男女主角被冻得哆嗦又回到舞蹈房。

崔璨不爽，账又记在顾浔头上，偏是这人没有自知之明，一边刷漆听歌还一边多嘴提意见，频频打断他们排练。

"又错了。"

崔璨按停音乐。

三番五次了，连陈峄城都不耐烦："哪儿错了？"

"'were both in you'是她的词。"

"是吗？"陈峄城向崔璨求证，"可我这剧本上有'were both in me'。"

崔璨挠挠头："大概印错了。"

虽然错的是陈峄城，但他不觉得是自己的原因，抓住把柄反击顾浔："你为什么老是记女主角的词？是不是有一颗当女主角的心？"转头就向崔璨揭发，"之前排《窈窕淑女》他也记女主角的词，喝多说醉话一串串往外冒，知人知面不知心，他惦记的是你这个位置。"

顾浔不容他曲解，辩道："我没有特地记谁的词，听多了自然耳熟。但台词是讲逻辑的，你不分析逻辑吗？这句明显是女主角了解了男主角的心理活动所以打断了他。"

陈峄城仔细看看剧本："行行行，那上句是我的，接着来。"

重来一遍，刚合唱到"inside my/your mind"，顾浔又发出声音。

崔璨把音乐暂停看剧本："没错啊，这里就是合唱。"

"节拍错了，你们抢了半拍。"

无语……

"你说你一个粉刷匠记什么节拍，你是魔鬼吗？"陈峄城无奈道。

"他就是。"崔璨说。

"我知道了。"陈峄城做参透玄机状，对崔璨说，"他就是在刷存在感，想引起你的注意。"

换顾浔无语，终于有十分钟没再吱声。

虽然不出声，但这讨厌鬼的存在感也不弱，男女主角都提着一根神经提防他挑刺。

末了顾浔叹了口气站起身，崔璨和陈峄城有点崩溃地异口同声："又怎么了？"

顾浔倒委屈起来："涂料用完了得去拿啊。"

等人走远，陈峄城认真说："明后天排练我们得清场。"

崔璨点头附和："等道具齐了就清场。"

买道具时，讨嫌的对象成了崔璨。欧式五头杆烛台，店主开价五十元一个，陈峄城还价到四十五元，买卖双方其乐融融地正要银货两讫，崔璨非要在旁边插一句话："这个网上买也就三十块吧，人家还是全新的，有包装。"

"这就是你们不懂了，复古的肯定要比崭新的贵啊。"店主反驳，"再说这种东西网购一般不包邮，万一不满意，退回去又是一笔运费，肯定不如我这儿划算。"

"老板，我们还是学生，你就便宜一点嘛。"冬冬抛开逻辑卖惨。

"我这儿已经是贱卖了。"店主垮下脸拿起个小烛台，"要不你看看这个，二十五块一个。"

"太小了。"陈峄城生怕谈崩了被赶出门去，已经调出微信付款码，"我们就要大的。"

崔璨按住他扬声报价："二十。"

"你疯了？"陈峄城转过头压低声音。

崔璨咬咬牙："帮我个力所能及的忙好吗？"

"什么？"

"闭嘴。"

陈峄城被驱逐流放，远离核心战场，在顾浔身边站着，眼见着两位"戏精"女孩在店主勉强接受三十元报价之后还演了几幕"假意离开""无奈挽留""呼朋引伴"……

"她们女生对砍价这么执着的原因是什么？"陈峄城不禁好奇，演舞台剧也没见崔璨这么投入。

顾浔漠然道："消费者和经营者在交易中位于信息不对称的两端，消费者往往认为自己处于下风，砍价大多是出于维护利益的心态。"

"为了节省班费维护利益？真大公无私。"陈峄城感慨。

顾浔拆台："为了满足个人精神上的愉悦。"

最后的成交价是二十二块五一个，四十五元买了两个，崔璨还几乎明抢了人家标价八十元的一块桌布。虽然占了点便宜，但为两个烛台耗时近一小时，两位男生普遍认为时间成本过高。

崔璨喜不自胜，不好意思和顾浔发生正面冲突，只能拿陈峥城开刀："按你还价四十五块就亏大了，你有什么意见啊！"

"没有没有，我怎么会有意见！我是在思考，等演出结束在网上挂个二手，说不定能卖二十五块一个，还能赚五元。"陈峥城卖力吹捧。

顾浔想，战争年代他劳心费力做什么间谍？给敌军带路就能有星辰大海。

道具采购齐全后轮到服装，好在有cosplay（角色扮演）专门店，一站式就能买齐，女生们砍价浪费的时间不算损失。

"披风多得是。"陈峥城嘀咕，"倒是……崔璨，你觉得魅影的面具用半遮脸的还是全遮脸的？"

喊人没反应，他伸头看看，女生们也够幼稚，在货架另一边玩起来了，把各式各样的面具轮流往脸上戴，互问："你认识我吗？"

几岁啊？幼儿园都没毕业。

"你们能不能行了？我们承载着全系的希望，这是个很严肃的任务。"陈峥城高声喊。

"嗯？严肃？"崔璨拿着美猴王的面具半遮了脸，露出的半张脸写满无辜。

陈峥城见道理说不通，卷着相中的披风和面具转身进了更衣间。

女生们不受打扰，继续换着面具追追跑跑。

"你认识我吗？"

"这个我知道！你不要提醒我！"冬冬明明记得出自哪个恐怖电影，可死也想不起片名，急得跳脚。

崔璨边笑边退，撞在从试衣间出来的男生胸口上。

对方怕她重心不稳摔倒，下意识扶住她的肩。

她恍然转过身，举着一张滑稽的恐怖娃娃脸，怔怔地抬头迎向魅影的半截面具。

面具遮不住的是眼神，带着温度的视线相接，世界被按下静音键。

在一个心理时长超越现实的跨度里，面具对着面具，谁也没有说话，如同被赋予了隐喻。

但现实世界并不能安静太久，陈峥城从隔壁试衣间猛地窜出来哈哈大笑，气氛全无。

"认不出吧！认错了吧！"

只有冬冬单纯天真地惊愕不已："你怎么在这儿？那那个是……"

顾浔配合着揭晓真相的戏剧节奏，把面具摘下。

陈峰城幼稚地扬扬得意："我跟顾浔打赌你们认不出来！崔璨掉坑了吧？"

崔璨不自然地笑笑，放下面具把脸转开。

[20] 临阵脱逃

比赛的时候，陈峰城是半开麦，象征性张张嘴就算了，所以崔璨都想不通他有什么好紧张的，硬拖着她在后台小声对唱演练，耽误她没时间换衣服。

顾浔在前台探了探敌情后晃回来："别担心，按抽签顺序，数学系和法学院连着上场，数学系珠玉在前，法学院肯定拿不到高分，我们跟在法学院后面，评委不管是从平衡分数还是舞台实力考虑，都会给一个高分。"

陈峰城刚松了口气，又转向冬冬询问："刚才校刊记者过来拍的路透照，放上论坛投票页了没？凭借我和崔璨的超高'颜值'是不是逆袭第一了？"

冬冬想劝他少异想天开又嫌费口舌，直接拿出手机打开论坛让他自己看。

论坛上热度第一的仍然是韩一一的精修照，点开最近更新的照片，放大，陈峰城瞪大了眼睛，发现自己站在韩一一的身后，只有一个背影存在。回到首页，数学系的人气仍然稳居第一，远超其他系。

事不遂人愿，陈峰城撇嘴："怎么数学系又多了那么多票？其实我听说搞数学的几乎都辅修计算机，我有理由怀疑他们掌握了算法在刷票。"

冬冬白他一眼把手机拿回来："最后结果又不是按论坛票数计算的，刷那个有什么用。"

这次比赛总共十二个院系参赛，评委老师来自十个不同院系，外加六百位学生观众现场投票，每人记一分，以入场时发放的腕带数量为准，掌握什么核心算法也左右不了这种纯物理性质的投票啊。

好在麦芒及时出现，在化妆间门口探了探脑袋，将陈峰城的低落情绪一扫而光。

"My angel of music（我的音乐天使），你是在找我吗？"男生热情召唤。

显然不是找他。

麦芒看过来："一一呢？"

冬冬环顾左右："刚才还在呀。"

顾浔说："应该去候场了，下一个就轮到数学系。"

"哦。"麦芒这才把注意力放回遭冷落的陈峰城身上，"你这造型还有点帅。"

"那必须的。"这人也不太谦虚。

麦芒转头跟崔璨说正经的："我看了点前面的演出，根据我的纯观众视角来看，没你们的好。经院人气高，但是实力一般，台上有点乱。物院像根本没排练过。信科嘛……也感觉要凉。"

"我们人气不高，观众票就要输一截。"

"这个我能帮你们啊。别的系有人不想来看演出，我收了好多票，还请了外援来呢。"

陈峄城插问："那到时候让他们投给谁啊？——还是我们？"

麦芒吐吐舌："被你难倒了。我也不知道到底该投谁，所以让他们在两个组里面自己选，大概会一半一半吧。"

崔璨领了情："还是要谢谢你帮我们拉票了。剩下的靠我们自己。"

班里有同学在门口问了一声"数学系开始了，你们看不看"，在场所有人都跳起来往外冲："看看看！"

麦芒回的是她的观众席，心理系诸位挤的是侧台"观景区"，崔璨拉着冬冬抢了个前排位置站定。

台上主持人正说道："感谢国际关系学院为我们带来这出理性与利欲交织的《人民公敌》。接下来宣布第一组的得分情况。经济学院《罗密欧与朱丽叶》，评委投票得分，六票，记作六十分。恭喜他们。想要为他们投票的观众可以在比赛结束后将腕带放入门口的投票箱，帮助他们赢得更好的成绩。"在掌声中她宣布，"下面要上场的是数学系……"

"啧啧啧，数学系家属报幕的表情都热情洋溢些。"崔璨一脸"吃瓜"少女的痴笑。

冬冬没追上剧情："哪个家属？"

"主持啊，学长的女朋友。"

"啧啧啧。"冬冬立刻换了一脸嫉妒，"怎么觉得他们占尽了天时地利人和。"

不过，看了一会儿，冬冬就不这么认为了。

"女主角演得好差啊，这哪是落魄卖花女，是卖花的女机器人吧，情绪根本不到位嘛。"

但观众都陷入了一一的表演中无法自拔，还是不时地给出热烈掌声。

"一一这简直是在拖飞机。"崔璨深表同情，"其实我们的男主角也不差，戴面具的陈峄城多帅啊。"

"嗯，戴上面具完全是'氛围感'帅哥。看他们女主角演这么差，我觉得又燃起了一点希望。"

幸灾乐祸不可取，很快燃起的希望又被浇灭，心理系这边后院着火，同学把崔璨喊回后台，因为——主要道具坏了。

这账怎么可能不被算在顾浔头上。

"这船我才用三十秒！"崔璨气得用脚尖踹踹船身，"三十秒你都坚持不了！行不行啊顾浔？"

男生停下拧扳手的动作，抬头翻起白眼："你好意思说三十秒？你都来来回回玩了多少个三十秒了？叫你别玩的时候你听了吗？"

"哪有你这样自己没本事还反咬一口的？我总共只坐了六次，六次加一起也才五分钟。连五分钟都撑不住的船你好意思怪我玩坏了？迪士尼乐园坐一圈'小熊维尼历险记'都不止五分钟，我玩什么了我？"

顾浔用扳手敲敲船身："'小熊维尼历险记'是这个造价吗？"

崔璨无言以对。

男生脸色发青："螺丝刀帮忙递一下。"

崔璨没弯腰，用脚给他踢过去。男生没辙，只好自己捡去用了。

冬冬安抚她："别气别气，气也没用，让他修吧。"

"我没气。"

"嗯。但三十秒六次是三分钟。"

崔璨完全无视冬冬所表达的重点："对啊，三分钟还赖我！"

冬冬只好帮着顺气："嗯嗯，心理系男生是这样的，光会耍嘴皮，实际动手能力太差。"

顾浔无奈地抬眼看看崔璨："你先去换衣服吧，站这儿你也帮不上忙。上场前肯定给你修好，行吗？"

崔璨跺着脚走了。

不一会儿，远离了硝烟中心的陈峰城化好舞台妆回来，对之前发生的争吵一无所知，只顾着向冬冬打听："数学系演得怎么样？"

"评委投票估计会不错，观众票……之前很稳，现在嘛，女主角赶客说不准。"

陈峰城环顾四周："崔璨呢？"

"化妆去了，生气呢。"

"为什么生气？"

"道具小船坏了，顾浔修不好。"

"谁说修不好了？这不是修好了吗？"顾浔憋了口血忍着没吐，站起身拍拍手，"性子那么急，脾气还那么差。这船又不是我搞坏的。"

"他还怪璨璨搞坏了船，跟璨璨吵架。"冬冬向陈峰城补充说明。

这分明是颠倒黑白，顾浔懒得反驳，转身出去洗手，路上碰见同系同学来催陈峰城的场，洗完手想了想，又返回化妆间去找崔璨。

女生早换好了演出的白裙，靠在化妆台边缘，仰头盯着天花板发呆，柔和的顶灯和台灯灯光共同勾勒着她的轮廓。

顾浔在门口顿了顿："放心，灯不会掉下来。"

崔璨转过来的脸上还带着残存的愠怒。

一点都不可爱。

顾浔走过去给她递了块从走廊里随手顺来的奶糖："补充点糖分有助于缓解紧张。"

崔璨紧绷的脸稍微缓和了些，接了糖拆开放进嘴里。

大概两个人谁也不愿再服软，双方都抿着嘴不再开口，顾浔也开始倚在化妆桌边仰望顶灯发呆。

"船修好了？"

"嗯。"

沉默半晌，男生飞快地瞥她一眼，冷不丁扔过来一句："我一直忘了说，你唱歌特别好听。"

"哦……"崔璨有点赧，嚼着糖别过脸。

"所以会赢的。"他继续把意思表达完整。

顾浔的表扬和鼓励……听着怪瘆人的……崔璨无所适从地挠挠头，翻出尖锐的猜忌来缓解尴尬："你是不是怕我又临阵脱逃？"

顾浔哑然，笑出一声，不想再跟她吵了。

主持人的声音从门外隐约传来："接下来是由心理系带来的经典音乐剧……"

崔璨和他短暂地对视，眼神有些晦涩不明。

没等他琢磨出意味，她已经拎起裙摆匆匆跑了出去。

长桥边点缀着小灯泡，黑暗中缓缓升起迷雾。穿白色长裙的崔璨走在桥上，陈峰城手里举着一盏油灯，焦灼地四下张望。他看见观众席前排坐着麦芒，神气地甩了甩斗篷。

"That voice which calls to me and speaks my name. And do I dream again?For now i find,the phantom of the opera is there,inside my mind...（那声音呼唤着我的名字，我是否又做梦了？因为我发现，歌剧魅影就在那里，在我心中……）"

陈峰城拉起她的手接上唱段："Sing once again with me,our strange duet.（再次与我合唱，我们奇妙的二重唱）"他转向观众，"My power over you.（我支配你的力量）"

有个男生走到麦芒身边的空位坐下，落座的同时还亲昵地摸摸她的头，女生仰起脸露出灿烂的笑。

那显然不是她哥哥。

陈峄城晃了神，没有动作也没张嘴，歌唱声却按计划播放着，一些发现端倪的观众已经开始窃窃私语。

崔璨拧着眉头推推他，他回过神，转头的幅度又太大了。

第一场演唱结束，崔璨读着秒数跑向舞台一侧去换装。陈峄城并不需要换装，慢吞吞地落在后面踱步。

舞台上群演们在完成剩下的唱段。

冬冬在后台走道迎面碰上陈峄城："要死了你，你忘词都没事，怎么会发呆……"

陈峄城没说话，放空状径直从她面前经过，让人一头雾水。

转场后精心制作的大型道具都派上了用场，视效营造得唯美，博了一次观众们排山倒海的掌声，船还翻，崔璨终于松了口气。

"Our passion play has now at last begun.（我们的激情戏如今终于揭幕）"她边唱边走向男生身后，抚上他黑色的斗篷。

"Past all thought of right or wrong.One final question...How long should we two wait before we are one?（不论是对或错，最后一个问题……还要等多久我们俩才能结合？）"

他伸手回应，和她十指交握。

这回，轮到崔璨呆在台上，表情失控。

——面具遮不住的是眼神，怎么可能认不出来？

顾浔捏了下她的手心，她才会意着照剧本演下去。

"When will the flames at last consume us?（何时火焰终将耗尽我们？）"

她放开手远离他身后，又被他抓住，拉扯，再反复挣脱，进入双人合唱。

当他走近来到面前，她唱出最后一个音节时，掀开盖住他面具的斗篷。

他又佯装甩斗篷把她推走。

她被满场的群演包围，她在台上手足无措。

他轻叹一口气，声音温柔。

"Say you'll share with me one love,one lifetime.（说你愿与我共享一份爱情，一生一世）"

"Lead me,save me from my solitude.（指引我，拯救我走出孤独）"

她惊讶地回头。

"Say you'll want me with you here beside you.Anywhere you go,let me go,too.（说你需要我陪你在此，伴你身旁。不论身在何方，也让我同行。）"

他摘下手上的戒指，将戒指戴在她手上，呼唤她的名字——

"Christine,that's all I ask of...（克莉丝汀，那就是我仅有的要求……）"

她猛地揭下他的面具。

"No!（不！）"

音乐戛然而止。

顾浔因为临时上场，没有化毁容妆，现场顿时陷入短暂沉默，稍后爆发出女生们的尖叫。

没想到这居然造成了另一种意外的惊喜效果，竟与剧情呼应。

直到两人结束表演向观众鞠躬谢幕，台下仍掌声不断。

"——你错过了大戏！刚刚心理系……"麦芒在后台逮住了韩一一。

"魅影从陈峥城变成了顾浔是吧？"

"你早知道啦？"

韩一一摇头："他们演第二场的时候我在后台看到陈峥城了，还在想男主角怎么不上。"

"不知道是不是他们故意设计的换角情节。保密工作做得也太好了，陈峥城一点口风都没漏。"

"顾浔也是，我还以为他彻底退出排练了。"

"他们太狡猾了，平时低头不见抬头见，居然连我们都瞒着。"

韩一一笑笑："说不定他们会赢。我的反串曝光太早了，减少了惊喜。"

"凭实力你才是最棒的。我的票永远投给你，钟摆哥也投你。"

观众投票时间，全场休息十五分钟，等投票统计结束后再一起揭晓最终得票情况。

崔璨正卸妆，裴弈还穿着罗密欧的戏服跑来探头探脑地套近乎，从身后捧出一束花递给她："来恭喜本场MVP（最优秀选手）。"

崔璨笑起来："我们组男女主角轮流出错，哪能拿MVP啊。"

"瑕不遮瑜嘛。不管结果怎么样，这阵忙完了，你不能再放我鸽子了。想约你出个门可真难，从开学一直被晾到现在。"

"我又不是故意的。"

"今晚有安排吗？我有个发小从外地来找她男朋友过圣诞，我们几个打算聚一聚，你能来吗？"

"我……"

"都是十几年的好朋友，没有闲杂人等。"

崔璨愣了愣，不好意思地笑，期中考过了，舞台剧也过了，再找不出推辞的理由，只好点点头："嗯。"

"那你先休息一会儿，回寝室换个衣服吃点零食。"他倒很体恤，看看手机，"我……七点半去寝室楼下等你……"

话音未落，冬冬闯进来咋咋呼呼："呀！你现在卸妆干吗，马上要宣布名次了，宣布完还要谢幕呢。"

"就是，要谢幕呢。"裴弈笑着往外退，"我先去了。"

冬冬拉起崔璨就跑，崔璨看见靠近门口的化妆台上放着魅影的面具，在门口停滞了一下，拿起面具才跟了出去。

全体演员站在台上等待宣布结果，崔璨在人群中踮脚张望。

主持人念着票："由经济学院所表演的《罗密欧与朱丽叶》共取得观众投票一百五十票，加上六票评委票，总票数为二百一十票。"

冬冬小声嘀咕："好紧张好紧张。"

崔璨敷衍地嗯了一声，目光游弋在演员中，往后倾身看向后排。

工作人员递来最新的统计结果，主持人看着手中卡片，故作神秘道："数学系和心理系都获得了八票评委票，两个院系进行了激烈的角逐，现在，最后的结果就在我手中……最终数学系的观众得票为一百七十票！"

数学系的演员方阵互相击掌。

"心理系的观众得票为……一百七十五票！本次演出冠军由心理系获得！"

舞台高空撒下缤纷的彩条彩带，冬冬激动地跃起，想拉崔璨欢呼，却突然发现她早已不在身边。

崔璨紧攥着一张面具，在舞台上欢呼雀跃的人群里穿梭。

转身，再转身，分外孤单。

第三话

CuiCan
&
GuXun

你们俩跟谈恋爱有什么区别

[21] 阴阳怪气

邀请时裴弈的说法是"我有个发小从外地来找她男友过圣诞"，崔璨掉以轻心，以为这发小是远道而来的主人公，自己只是被叫去凑个人头捧个场。

没想到因为其他人都是老朋友、只有自己是新面孔，大伙儿生怕冷落她，话题都围绕崔璨展开。再加上她是裴弈邀来的，实际场面看起来像裴弈要向死党们隆重介绍女朋友，着实有些尴尬。

不过尴尬没持续太久，在崔璨不懈的努力下，焦点又重新聚向裴弈那位发小，毕竟她是个名人。

王潇怡在外地读大一，是小有名气的美少女网红。崔璨从前没听说过，听过介绍后按捺不住好奇心，偷偷把手机藏在桌下搜索。网上的她元气可爱，生活中的她有更消瘦的脸颊、更大的眼睛，也有违和的整容痕迹，眼角开得太大，美瞳直径都罩不住，让人担心眼球要掉出来。

惊悚之余，崔璨倒是对裴弈的看法格外感兴趣，据他说，他和潇潇从小学到高中都是邻居加同班同学，不知对童年伙伴大变活人作何感想。

一顿饭的工夫，她忙于察言观色，可裴弈不仅没露任何端倪，提到潇潇的身份时还说"她从小就漂亮，最近老有人黑她整容，真过分"。

在场的除了崔璨都是男生，大家傻呵呵一笑而过了，崔璨和潇潇对视一眼，扯扯嘴角有点尴尬。说她整容可不算黑她啊。

为什么身边最熟悉的女孩突然换了双非人类的眼睛，他却无从觉察？崔璨想，大概这就是裴弈吧。

开学以来不太频繁的接触也让崔璨发现了，在裴弈眼里，别人都是毫无缺点的，从来没见过裴弈对谁发表负面看法。

当然，这古怪的眼睛还称不上"缺点"，潇潇个性爽朗还擅长活跃气氛，对崔璨特别友好，让人目光在她脸上多停留几秒都自感唐突歉疚。

崔璨忍不住想看，又努力忍住不看，好不容易挨到散场各奔东西。

聚餐的酒店离学校近，剩她和裴弈沿着灯火通明的马路步行回去。

路上崔璨对潇潇夸了又夸，半开玩笑说："有这么可爱的青梅竹马，怎么没近水楼台先得月啊？"

裴弈笑笑："总有人这么问，其实从小一起长大太熟了，我始终觉得她像个小兄弟，不太像女孩，她一贯喜欢高年级学长，有点距离带点崇拜感。"

的确，她的现男友在东理工，已经大三了正在实习，气场十分稳重。

崔璨沉默着走出一段，却还是觉得蹊跷，裴弈怎么会连正常的观察力都没有，忍不住旁敲侧击："她从小眼睛就那么大？"

"是啊，挺怪的吧？不是眼睛大就好看，她从小就这样，我们班男生还给她起了'大眼贼'的绰号。"

可近看都能看见疤痕了呀！

崔璨晃晃脑袋，努力把杂念甩掉，这有什么好较真的？人家长什么样和自己又有什么关系？

她甚至腹诽自己是不是有点阴暗了，裴弈的朋友明明人品态度都好，自己却总想揭穿点什么，说不定是出于隐藏的嫉妒。

"别看她在网上人气很高，其实生活中不太受女生待见。"裴弈一边走，一边接着说，"可能太男孩子气了吧，从小班里女孩儿都不爱搭理她。像你这样夸她的还是第一次见，你人真好。"

崔璨无言以对，心虚地笑了笑。

晚上回寝室她睡不着，躺着玩了会儿硬币又爬起来拿出手机，四处搜一搜美少女的名字和裴弈提过的学校，不知不觉就熬到半夜两点，找到潇潇初二时参加植树活动的一张旧照，读初二的她眼睛还在正常大小范围内，没有如今的惊悚感。

证明自己的判断没错，错的是裴弈。

证明了这个却也毫无意义，多此一举。

只有一件事可以肯定，裴弈对人的阴暗面一点洞察力都没有。可越是这样，崔璨越觉得在他面前，自己挺讨厌的。

听说女生寝室几乎人人都挂了床帘，白天像四个简易橱柜，晚上像四个小灯笼罩，严严实实，密不透风。

男生寝室没人敢撕下面子做"第一矫情"，因此尚未形成风气。

陈峰城正想着这事，不经意往顾浔面前瞥一眼，扫见他手里端的书名《梦的解析》，差点笑岔了气。

一起上了一学期的课，班里都知道崔璨是精神分析学派坚定不移且唯一的代言人，与整个专业崇尚科学的氛围格格不入，因此长期被顾浔讽为"满脑子'黄色废料'的神棍"。

眼下，有人展开了探索神棍精神世界之旅。

"怎么回事？快期末考试了，改学黑魔法？"陈峰城故意戳穿。

顾浔面不改色："做了个噩梦，手边又没有《周公解梦》，我猜全世界神棍大同小异。"

"这不是你的风格，你遇到这种问题一般会先做一系列观察量表，进行情绪检验标准化测试，再记录一下自己的脑电活动，实在无解，还有核磁共振呢。"

知道他开足了以牙还牙的马力，顾浔没接话。

一般问题用一般方法解决当然没问题，可这不是一般的噩梦。

凌晨惊醒到现在还心有余悸，梦里崔璨的室友——叫瞿薇的那个——和她发生争执，扼住喉咙把她掐死了。真令人匪夷所思。

解释有许多种。

比如，自己对崔璨痛恨到盼她速死。

比如，自己对崔璨惹祸上身的能力十分信服。

比如，见识过崔璨打瞿薇（未遂）的自己潜意识认定正义应当战胜邪恶。

然而根据神棍学说的理论，梦的材料源于现实记忆，很多元素被误以为不曾经历，但其实只是未被注意。这就相当说不过去了。

顾浔确定自己从没有见识过瞿薇的任何暴力倾向，实际上他和这位同学压根不熟，对照班级群里的人头找了半天才想起名字。

另一方面，如果是梦见自己被掐死，还能归因于夜间寝室空气质量不佳造成了感官刺激，将危险投射在崔璨身上就更找不到缘由了。

这轮一无所获的探索之旅，除了再次验证精神分析学派无法自圆其说，还让顾浔简单粗暴地得出了一个伪科学结论——噩梦意味着存在焦虑源，崔璨就是这个焦虑源，所以得离她远点。

因此一大早的上机课，他保持着固定坐姿猫在一排显示器后，避免了与崔璨

128

产生任何层面上的接触。

但很不幸，五个小时之后他们还有一节相同的混学分公选课，焦虑源同学没拿自己当外人，一屁股在他身边坐下了。

前功尽弃。

"性是人体最基本的生理和感情需要，在人类进入青春期后，脑垂体性腺激素分泌增加，导致人体内部性激素增加，这种生理条件的变化就产生了性本能冲动，从而引起性欲……"讲台上老师翻出一页PPT（演示文稿），就这么简单的演化过程，他还煞有介事地做了个动画流程图。

顾浔面无表情地盯着这个图，空攥着笔，觉得没有值得记的笔记。

"你昨天为什么没参加谢幕？"

女生的尾音落下去好一会儿，他才意识到是在跟自己说话，微侧脸去打量，对方却很执着地盯着PPT在认真听讲，仿佛刚才的话不是她说的。

顾浔转头看向讲台，誓要比她更认真地听讲："一个克莉丝汀不需要两个魅影。"

"陈峄城也没出场，我还以为你们会提前商量好。"

"我指的不是他。"

那是谁？

崔璨蹙眉眨眨眼。

这一阵沉默让老师的讲课声更显清晰："有着渴望热恋却对异性了解不深的矛盾，为无法达到互相理解感到痛苦。当性心理出现失衡，大部分人会寻求自我调适，比如通过运动发泄性的压抑。"

顾浔有一种奇异的掩耳盗铃思维，总认为藏在眼镜镜片后的眼球运动不会被注意到。

当然，但凡崔璨不瞎，还是能看清透明镜片后的视线转向了自己身上的运动服。

"我下节课长跑体测。"她急于澄清道。

顾浔没吱声，异常严肃地听课，直接把崔璨的注意力也引回了讲课声中。

老师正说道："同样普遍的情况，是对恋爱中的竞争对手展现出排他性，甚至存在攻击倾向，所以不建议进行体力消耗，通过艺术移情和投射来释放性能量是不错的选择。"

等他注意到崔璨正盯着自己桌上放着的《作为戏剧的歌剧》才发现这个破绽。

"你知道我上节什么课的。"换了个人急于澄清。

崔璨当然知道，上节歌剧课她退了才改选了这节课，可这节课……

她终于找到了"谜之尴尬"的终极起源——

"你选健康生活的时候，注意过课程介绍里有这一章吗？"

既然把话说开了，顾浔生无可恋地闭了闭眼："我知道这课有这章，但不知道会和女生坐一起。"

那能怪谁呢？

两人双双回视前方，拿出了非常严肃的学术态度直面这项挑战。

说到挑战，普通心理学的小组课题任务又卷土重来了。

下周各组要做期末课堂陈述，就连崔璨和陈峄城也不得不妥协，在早晨第一、二节课时拖着困倦的躯壳，与另两人"欢聚"在理财活动室。

"我们应该彻底更换课题。"顾浔开门见山，"老师期中时直接指出了我们研究方法偏差这么重大的问题，基于他年龄大、惯性心理能量大的考虑，即使我们做出细致的调整也很难改变他对我们的负面看法。"

冬冬没跟上思路："等等，他对我们有什么负面看法？"

"说我们的分析方法犯了事后解释谬误。"

"我插问一下。"陈峄城迷迷糊糊追问，"哪里犯错了？"

"利用同一数据进行假设检验根本不存在可证伪性，也就是说这种检验永远不会拒绝该假设。"

经过顾浔的进一步解释，陈峄城更困惑了："不懂。"

"意思是让我们换分析方法。"崔璨言简意赅。

"这我就懂了。"

"所以啊，明明只要根据老师的要求稍作修改就行，为什么要彻底更换课题？"冬冬还在挠头，"这不就是每个组都有的正常修改意见吗？怎么说是对我们的负面看法？"

"他只给我们八十七分就很能说明问题了。"顾浔提醒道。

冬冬终于明白双方的认知分歧所在："我以为八十七分是高分……"

"对我来说不是。"

一阵沉默。

崔璨打破僵局："我倒觉得老师性格随和，惯性心理很容易改变。"

"你就是爱偷懒不想重做。"顾浔揭穿，"预设了立场总能找到论据。"

"难道你不预设立场？我看你是爱折腾吹毛求疵。"

又到了"仓鼠"打架环节，冬冬心累："算了算了，为了做作业对老师展开心理分析本身就不道德，你俩还这么唯心主义。简单点，举手表决吧，同意重开课题的举手。"

顾浔独自举起手，独自放下手，强行一带而过："OK，那我们的目标暂时一致。换成只用多元线性回归分析吧，数据再重新提取。"

"另外我还有个建议，访谈这部分内容，粉丝回答中有很多不明'粉圈'用语，最好能有个注解，毕竟研究需要专业严肃。"冬冬翻看着访谈内容笑起来，读下去，"比如这个'你认为正确崇拜偶像的方式应该是什么？回答是要么出钱要么出力，鄙视'白嫖（免费获取资源）'，绝不'爬墙（移情别恋）'，禁止'ky（说或做不合时宜的话或事）'……老师可能根本看不懂这些吧。"

顾浔转向崔璨："我觉得你可以来添加注解。"

"啊，我？"

"在座四个人，你看起来最像懂这些莫名其妙东西的那个。"

怎么说话呢？

崔璨白他一眼："那是因为把我当偶像的人太多，我顺带就知道了。"

顾浔冷笑着低头嘀咕："把自己当偶像了，难怪谁送的糖都收下。"

又一阵沉默。

冬冬冥冥中感觉到这是一个新回合的"仓鼠"打架，但由于听不懂剧情，她实在想不出台词出面干预。

不怪她跟不上剧情，就连当事人也错愕了十余秒，搜肠刮肚一切关于糖的记忆碎片，好不容易才理出头绪。

已知，那天演出开始前，顾浔从后台走廊上顺了颗奶糖塞给自己。

已知，那天演出结束后，裴弈放下花的同时给自己递了管薄荷糖，聊着天就剥着吃了，双方甚至没展开关于糖的对话，崔璨险些都记不起这小插曲。

综上，也许自己是多吃了点糖，显然顾浔需要多吃点药。

哪有这么霸道的人？

还是第一次见"奶糖警察"。

崔璨深呼吸，努力心平气和："喉咙痛的时候被送润喉糖当然会收下，还管谁送的？"

"又要唱歌又爱吵架当然会喉咙痛。""奶糖警察"语气冷淡，但阴阳怪气指数直线上升。

"再爱吵架对着墙壁能吵得起来？"

"再有理智被持续挑衅能吵不起来？"

这回合是谁挑衅谁啊？

崔璨别过脸，压低语调："就算吵架两个人都有错，那也是更理智的那个错更多。明明有理智却不退让，不就代表更不在乎对方吗？"

顾浔一时语塞。

"我一定是在智力退行。"陈峄城缓缓插嘴，"以前只是听不懂顾浔说话，现在连崔璨说话也听不懂了。"

冬冬再一次扛起了言归正传的大旗："那个，小组作业，可以开始分工了吗？"

顾浔和崔璨都不说话。

陈峄城自告奋勇："这次我负责课堂陈述吧。论文我写不过顾浔，数据统计我不如冬冬，理论分析又比不过崔璨，我只能用自己的三寸不烂之舌，发挥一下唯一的优势。"

冬冬非常卖力地捧场："那我做数据。"

可惜捧场后继无人，那两人还是谁也不说话。

冬冬尴尬地咬指甲，反复倒带回忆，突然醍醐灌顶般想起，舞台剧演出后自己冲去化妆间叫崔璨时，她正和裴弈说话吃糖，虽然不知道前因后果，但八成指的是这个糖。

[22] 不要童真

顾浔和冬冬周二晚上最后一节通选课都已经结束了期末考，提早到理财教室处理小组课题，等着另两位。

晚饭时间一过，校内广播的新闻简报又开始漫天跑火车。

"此前学生会提醒我校'校规中缺乏生育假相关规定，有需求的同学必须直接以学年为单位办理休学手续'，引起校内外广泛热议，网络探讨推陈出新，校方对此回应'是因校规更新周期未跟上时代变化'，现已通过修订校规决议，新校规草案即将出台……"

冬冬从笔记本电脑后面探出脑袋，打断正在写论文的顾浔："你这算间接推动法典革新吗？"

"你就别讽刺我了。"

顾浔眼皮也没抬，可写作思路还是受了点干扰，有几秒没敲出字，难得冬冬在而崔璨不在。

半晌后他另开了个话题："你们寝室，室友关系还好吧？"

"还……好啊。怎么突然这么问？"

"不是刚开学那会儿还打架吗？"

什么时候打架了？冬冬一头雾水，好半天才想起那场根本没打起来的架，主人公是崔璨，难怪顾浔这么欲盖弥彰地打听。

"哦……开学那会儿……是因为瞿薇她们传女生被霸凌的视频看热闹，那个女生正好是璨璨高中时的闺密，没打起来，不是被你拉走了吗？"

原来是这么回事，居然分析错了。顾浔想。

"那后来，关系有修复吗？"

"没有撕破脸也就谈不上修复吧。没那么严重，只是大家成长环境不同，'三观'不太一致，为了鸡毛蒜皮起摩擦，也没到大动干戈的地步，这种事哪个寝室都有。再说璨璨那个性，很难让人恨上她。"

顾浔有些费解："她个性……还算好？"

冬冬笑起来，停下手中的活，拿起手机调出寝室微信群推到顾浔面前："她习惯关照大家。"

男生往上翻翻聊天记录，每天都是崔璨的话最多，去食堂会问"要带饭吗"，去上课会问"要占座吗"，十句里有八句没人搭理，她也不介意，下次还发。偶尔室友会请她帮忙带饭占座，想翘课时会问她要签到码，最近借笔记的次数多起来。但是反过来，没见过其他室友主动问要不要帮忙。

难怪，只要崔璨不计较付出太多，寝室关系差不到哪儿去，看在签到码的分儿上，室友们也得至少保持个表面和谐，担心多余了。

他把手机还给冬冬，讪笑着："还以为女生打架都是因为争风吃醋。"

"怎么可能！璨璨像争风吃醋的人吗？每天在寝室换垃圾袋都变着说法骂一骂'男生垃圾'。"

"怎么这么……激进？"顾浔蹙起眉，想该不会是因为自己。

"自从上次在班级群吵架就看穿这些人了。"

"吵架？"没想到她还和自己之外的人吵架，居然感觉有点不爽。

"嗯？你不知道吗？就是期中考试退课那件事。"

除了所有人被发送通知时，顾浔没打开过班级群，摇摇头，话题没继续下去，活动室里重新响起密集的敲键盘声。

最后一节课下课不久，崔璨就风风火火地跑进活动室，见少了一个小组成员："陈峰城呢？"

顾浔接话："他说自己只负责课堂陈述，属于后期工作，就不来了。"

"那你写完论文得给他看几遍，我不信他即兴发挥能有那么好。"崔璨在顾浔对面坐下，从包里拿出笔记本电脑。

"怪不得那么积极地想要做课堂陈述，原来是图省事。"冬冬正好做完，起身把放了资料的U盘递给顾浔，指着文件要他一份份导出，"我把做问卷调查的范围扩大到了周围三所高校，在上次的问卷基础上增加从情绪、动机和主观感受三个角度来采集数据。这个，是数据提取后分析的结果。"

连顾浔都惊讶："速度这么快？"

冬冬眨眨眼："找了朋友帮忙。那我就先走了,明天下午闭卷考中国哲学,全是要背的。"

顾浔点过头,活动室内工作人数恢复到两人,却比先前更静。

他的目光绕过电脑屏幕瞄了眼崔璨,对方似乎已经认真投身于作业,毫无寒暄聊天的意图。

顾浔犹豫再三才开口："吵架是攻击性行为的一种,所以应该用'一般攻击模型'解释……"

崔璨停止移动鼠标,不明所以地垂眼听。

"模型的输入变量包括人和情境因素,过程变量包括认知、情感和唤醒,结果变量包括从相对自动化到高度控制的几个复杂信息加工过程。"他边说边观察对方表情。

在听着,没打断,说明还可以继续沟通下去。

"攻击是三个过程通过评价决定表现出的行为模式。如果输入变量是模糊的,个体快速自动进行评价,可能就会把模糊信息理解为带有敌意和攻击倾向。如果时间允许,个体能重新考虑重新评价,也许会有不一样的行为选择。这就是理性和时间的角力。"

崔璨已经隐约听出了他的论点,抬起眼想反驳,可他语速有点快,没找到插嘴的有利时机。

他把观点表达得更清晰了:"如果个体有一些富有攻击性的伙伴,他们的行为就会在攻击性群体中得到支持和强化。久而久之,评价就会完全自动化,这不是单纯靠理性所能控制的。"

崔璨叹了口气,苦笑:"难为你准备了这么多大道理,就是为了证明你吵架是受我影响的自动化反应?"

"是为了证伪'我不在乎你'。"

崔璨有一肚子锋利的言语,可他这句意外的"总结陈词"让她空张了张嘴,什么都没能说出来。

怀疑顾浔是不是从小没时间看电视剧,连"反派死于话多"的基本常识都没有。

女生不自在地挑挑眉:"有这闲情,好好写论文吧。"

顾浔知道她理解了,松下一口气,把冬冬给的数据结论往论文里填,开始闲聊:"81%的受访者都表示愿意在偶像身上进行消费,这比例看着不像真的。"

崔璨继续找PPT模板:"不假,我们一个寝室有两个人追星,每天准时打卡微博超话,十天半个月必买周边。"

顾浔想了想,点头表示理解:"从符号学能解释,追星能获得偶像的符号价值。"

"也不全是，'粉圈'也很现实，高层不但没有偶像崇拜，还从中牟利。"

顾浔从电脑屏幕上方探出视线："那两个人里面没有你吧？"

"说了我是偶像你不信。"崔璨笑起来，把电脑屏幕转过去给他看，"你觉得这个模板怎么样？"

跳跃的小动画，花哨的色彩搭配，像小学生手抄报的排版，让人血压微微升高。

顾浔委婉道："没有简洁大方点的？"

崔璨很快又把屏幕转过来："这个？"

这个的色彩以白色和灰蓝色为主，分区是点与圆的图形，虽不出挑，但胜在干净利落。

"OK。"顾浔说。

崔璨却没立刻把屏幕转回去，循循善诱道："你以后成熟的时间可以很长，童真的机会却不多了，不再考虑一下？"

顾浔觉得乔装的后妈卖苹果给白雪公主时用的就是这种语气，短暂思考后坚定地摇摇头："不要童真。"

崔璨不满地撇了撇嘴，把屏幕转回去，开始着手做结构框架。

两人各做各的，没再说话。

等顾浔写完论文，一边收拾手边的资料，一边说："我写好了，你可以……"探出头抬起眼，才看见崔璨早趴在桌上睡着了。

停顿两秒，他按亮手机看看时间，一点半。

就在这儿睡？心够大的。

顾浔拿起手边的空调遥控器打开暖气，调高了温度。

静坐了一会儿，他打开手机开始翻看班级群。

为什么吵架，还是让人有点好奇。

看明白前因后果，崔璨有门网课选课时出了差错，到期中才发现系统没记录，老师给她打不了分。她在现实中跑了好几个部门，教务处把球踢给选课中心，选课中心把锅甩给网课平台，网课平台又说得教务处才有修改权限，来回折腾，解决不了问题。

崔璨发了条朋友圈，大意是抱怨学校官僚懒政，牢骚的成分更多，措辞不算激烈。

可辅导员看见了，认为影响学校形象，在班级群喊她删朋友圈。

班里有五六个男生就叽叽喳喳地多嘴，有的劝她冷静——虽然崔璨看起来没什么不冷静的；有的劝她翻篇——可崔璨反问问题没解决怎么翻篇；有的帮腔说

"一切都是误会"——崔璨问他从哪里看出是误会；有的让她"别让外校人看笑话"——崔璨说让外校人看笑话的是学校的做法……总之，那些人都是帮着辅导员说话的。

双方顾浔都能理解。崔璨是学生思维，非要分出对错划定责任。男生们都是职场思维，不问是先站队表态，在辅导员面前卖个好印象。

最后崔璨舌战群儒，把每个和稀泥的都戗了一遍，班里除了顾浔，一般人哪是她的对手，只好纷纷闭麦。

但辅导员本人倒没跟她吵，第二天就找她说给她把课挂上了，崔璨也道了谢。

顾浔想起自己寝室也有个群，特地去搜了搜当天寝室小群的聊天记录，只有一个室友说了一句话，因为没人答话也就没下文了。

"崔璨这女的真可怕。"

这可能是当时大多数人的想法吧。

崔璨是被电脑里的闹钟吵醒的，一看时间才六点，起床气差点让她砸了电脑，好在最后时刻理智战胜了冲动，这可是自己的电脑。

什么毛病？拿别人电脑设定闹钟？

她撑着桌子爬起来，感觉脖子睡扭了，环顾四周，理财活动室没别人，始作俑者顾浔连带他的电脑都不在。

再坐直一点，身上披的羽绒服滑落在地上，是顾浔的。

崔璨盯着地上的羽绒服，愣了两秒，擦擦汗捡起来，伸手把空调遥控器摸来一看，二十九度，很好，也不怕把人捂中暑。

但视线回到电脑上，气又消了一半，屏幕边贴着顾浔手写的便签：优化排版即可。

她摘下便签，呈现在眼前的是已经分了页、加了每页标题的课题内容。这看着还有点人性。

从善意的角度去理解，说不定顾浔是认为别人都像他一样习惯早上六点起床，这样一想，简直称得上体贴。

崔璨收拾好东西离开理财活动室，出门时打不开门，费劲捣鼓了半天才发现是从外面用钥匙反锁了，只能用钥匙打开，毫无疑问，是顾浔的杰作。

清晨的阳光在走廊里倾泻一地，眼角余光注意到，打开的门上贴着便签，写了"请勿打扰"，也是顾浔的笔迹。

让人想笑又有点无奈。

从结果而言处处尽如人意，但考虑到顾浔感人的情商，能做到这个地步，

136 ·

他已经处处尽力了。

当天，顾浔没碰见崔璨，下午陈峥城帮忙把羽绒服和PPT带回了寝室，他以为这就算告一段落。

不承想第二天和麦芒同选的一门课准备考试前，崔璨突然跑进教室把一纸袋东西扔在他面前的桌上，扔下句"谢谢啦"，又像兔子似的飞速跑了。

顾浔还在愣神，后排麦芒起身探头想一看究竟："什么东西？吃的？"

男生一头雾水打开纸袋，看见里面是满满一袋散装字母饼干，哭笑不得，给麦芒看了一眼："猜得真准。"

老师拿着试卷已经走上讲台，麦芒收敛动作坐下去，用笔戳他后背："给我吃点。"

顾浔吃了一块饼干，把剩下的整袋都传给后排。

麦芒开心地伸手掏一块，是个"D"，皱眉，扔回纸袋里，重新摸索："不吉利，我要换个'A'。"

顾浔冷笑："找到算你本事。"

在散装饼干称重前把每一块"A"抖出去这种事崔璨完全干得出来，也只有她能干得出来。

最后一节专业课上完，老师离开教室，崔璨还在收拾课本，陈峥城横扑在桌上凑近了问她："快到元旦了，我想给麦芒送个新年礼物，你说我送什么好？"

"你不是失恋了吗？"崔璨对他舞台剧缺席的原因有所耳闻。

"事后问了一下，她那'哥哥'只是过来给韩——捧个场，是我误解了。"

"那……就送红包吧，喜闻乐见。"

冬冬也在点头，表示红包不错。

"庸俗，我才不要，我想送那种能让她印象深刻的，让她一看见就想起我。"

"贵重的让人觉得有压力，不如送点有意义的。"

顾浔收完了东西，陈峥城又没有走的意思，他只能坐在位置上遥遥听着那边对话，抬头看了眼崔璨。

"我亲手做点什么送她怎么样？"陈峥城提议。

"别了吧，鉴于你们'直男'糟糕的审美，你做得越乱七八糟……呃不，如果是麦芒，越稀奇古怪的她可能反而越喜欢。"

陈峥城抓耳挠腮："你说我把材料课期末考手工作业送她怎么样？"

"如果手工作业拿到八十分以上可以考虑。"

大致策略就这么定下了。

第二天考试结束，顾浔刚走出教室，就看见陈峄城逆着人潮搬着大纸箱，朝着自己的方向跑过来："麦芒在吗？"

"教室里。"

陈峄城越过他继续逆着人流往教室挤："麻烦让一下啊，谢谢，麻烦让一下……"

顾浔猜他手工作业拿了八十分以上。

由于学校不提倡过西方节日，圣诞节过得没什么声势，节庆气氛到元旦前后燃了起来。

行道树上挂满了红灯笼，不知是哪个学生组织的贡献。

礼堂前的开阔广场上，很多社团摆出了娱乐小摊，有射击游戏、卖小吃的、换书的、套圈的，品类丰富，还设有盖章处。

顾浔看见个比人还高的桶状机器人在路口自动缓慢地移动，头顶不断地冒出泡泡，路过的女生们无不蹦蹦跳跳戳几下泡泡。

这东西……似曾相识。

在寝室见过。

可没有这么大。

他回头喊陈峄城："这是你做的，还是麦芒照你那个又做了一个？"

"麦芒做的，她说大一点更可爱。"

这何止大了一点？

顾浔不得不提醒："你以后可别做什么涉及核聚变原理的小手工。"

"你放心，那种，麦芒高三就玩腻了。"

这让人怎么放心？

陈峄城被套圈摊绊住了脚步，顾浔只好站一边等他。

再次扔出套圈，前边缘仍然把东大锦鲤纪念模型撞翻在地，又没套上。

陈峄城崩溃，问站在一旁的社团学姐："没搞错吧？东大锦鲤是空心的？暗示什么？锦鲤没有心？"

学姐笑眯眯说："实物不是哦，摆出来的只是模型机，像手机柜台那种。"

"手机柜台是为了防盗，谁偷这玩意啊，学姐！"

顾浔看看手机时间，抬头指导陈峄城："行了，赶紧扔吧，扔的时候前缘高于后缘，能降低撞到的概率。"

陈峄城咬牙，把手上最后一个套圈塞给顾浔："说得头头是道，你行你上啊！"

学姐把锦鲤扶起来，可顾浔没往那边看，而是被其他东西吸引了注意。

最靠边位置，有个旋转木马八音盒。

夏天的时候他才知道，广场上的旋转木马，有人投币才会亮起来，白天因为总有人投币所以总是亮的。

崔璨玩过两轮，倚着灭了灯的栏杆吹泡泡，也从口袋里摸了块泡泡糖递给顾浔："你一个人来K歌？"

不是口香糖，是小时候吃的那种能吹的，顾浔犹豫了一下才接，但是没吃。

他注意到，女生左手食指根部有奇怪的符号，刚才递钱时就看见了，可是晚上光线不好，他没戴眼镜，她动作又快，始终看不清。

因为走了神，他没反应过来："什么？"

崔璨用眼神示意对面："那边楼上不是KTV吗？"

"对……我一个人。"他懒得说那么多前情提要，起了点别的心思，还有一次机会可以赌一赌，她要么伸出左手，要么用另一手来取，有50%的机会。

停顿了片刻，他从口袋里摸出两个硬币放在手心："还玩吗？"

女生不疑有他，伸出了左手。

这回看清了。

那里画着两个眼睛，少女漫画里那种大眼睛。

根本不需要追问，也不会觉得古怪，他一瞬就明白过来那是什么，八岁以前对这东西很熟悉。在这里画上眼睛，把手蜷起来，就会形成一个小人的脸——

如果你总是一个人。

如果你喜欢和自己对话。

[23] 申请避难

周一健美操考试之后，崔璨和冬冬坐在体育馆看台边喝水休息。

冬冬看着手机抱怨："快递员真是越来越懒了，以前都送到寝室楼下，现在发个短信就想打发人去快递点拿。他们可是有车一族，我还要走着去走着回。况且又是考试周，谁有时间跑那么远满地找快递啊。"

"都是这个套路，一开始明明送货上门在服务范围内，养成习惯后找各种理由给大家制造麻烦，再过一阵就要像东师大那样推广快递箱定点收费了，你退而求其次，觉得总比满地乱扔强。"

"奸商。"冬冬看透本质。

"如果不是太贵重的东西就先放着吧。"崔璨看透了另一种本质，"反正'剁手'的快感只在付款的一瞬间，你在精神上已经拥有了它。"

正聊天，一旁突然冒出个女生搭话："你就是崔璨吧？我喜欢你演的舞台剧！"

崔璨有点错愕，怎么演个舞台剧还有了粉丝？

她迟疑着说了："谢谢。"想起这女生整个学期和自己选的是同一节体育课，低头不见抬头见，眼熟得很，但没说过话，知道她是大二的学姐。

冬冬却对她没印象，凑近耳朵问："她是谁啊？"

崔璨没来得及回答，学姐已经自说自话在身边坐下了。

"不介意我坐这儿吧？你之后有什么打算呢？"

这主人翁的态度是怎么回事？

崔璨思维迟钝了："呃……"

"还没想法？没关系，虽然是建校以来第三大校庆，但我相信你一定能做好。"

冬冬拧着眉头插嘴道："这位同学……"

对方这才突然恍然大悟，一拍脑袋："哦，还没介绍，我是文艺部长陆佳虞。我们加个微信吧！"

这么一来……好像前序台词都变得合理了。

学姐滑手机的动作又猛地停顿："我还没说你要开始筹备舞台剧正式演出的事对吗？"

"对。"崔璨扶额。

这文艺部还能不能行了？部长的工作方式怎么有点像打地鼠呢？东一榔头西一棒的。

部长很快进入正常工作状态，严肃道："是这样的，校庆会在五月份举办，因为你们的演出比较重要，所以文艺部和团委老师们会提前来跟进排练和彩排。"

"到时候演出地点在哪儿啊？"崔璨问。

冬冬追加说明："我们得根据舞台大小更新一部分道具。"

"你们的舞台剧在主操场观礼台，场地是全校最大的。所以后续的活动经费都由学校承担。"她嘱咐崔璨，"你要报计划预算给文艺部。"

冬冬热情响应："太好了，早就看那些塑料花不爽了。"

"正式演出也可以征用其他系演员，比如韩——，我觉得她演得超好的。"

崔璨点点头："那选择就多了。"

"到时候很多院系和社团都会组织校庆节目，不过你们的舞台剧属于主会场，加油哦。"

冬冬元气满满地"卖萌"："我们会好好准备的，谢谢学姐。"

学姐待机三秒，确定没什么遗漏："好啦，正事说完了，我们来加微信吧！"

最令人震惊的是，陆佳虞学姐来自新闻传播学院，就这个传播信息的逻辑水平，真让人担心新闻事业的未来。

回寝室路上，崔璨停止对角色背景的相关搜索，收起手机，总结道："感觉文艺部靠不住，得靠我们自己了。"

"他们提供资金支持就行了，我们肯定能比数学系办得好。"冬冬问，"你有什么计划？"

"等考试周结束先把总的时间计划、资金计划做出来，你得一起帮忙。"

"没问题。"

"然后……我寒假把剧本改完，再抽个三五天约大家一起排练。"

"三五天不够吧。演员你想怎么安排？"

"我们暂时先保留原班人马，毕竟磨合过了，实在有跟不上排练的再换。"

"我说的是男主角，你决定用谁？顾浔还是陈峰城？"

"让他们石头剪刀布吧。"

"你暂时抛开一下偏见，就让顾浔继续演吧，他记词快，让人省心。陈峰城唱歌跑调，脑容量没多少还全拿去谈恋爱了，指望不上。"

崔璨翻着眼睛想了想："就算我愿意让顾浔演，也得他愿意演啊。"

"你不是送他饼干了吗？"冬冬可是一起跟去超市陪着买的，"吃了人的还不嘴软？"

这可不一定，崔璨想，毕竟这饼干还带着对强迫症的嘲讽，顾浔肯定也发现了整整一大包连半个"A"都没有。

陈峰城靠过来，顺手抄起顾浔桌上的饼干袋吃了两块："你这学期早锻炼记录刷够了没？"

顾浔从笔记上抬起眼，目光落在陈峰城手中的饼干上："自从吃了这饼干，每跑一次有效记录掉两次。"

陈峰城惊恐地把饼干袋物归原处："什么倒霉饼干这么邪门？"

"崔璨给的。"

陈峰城把纸袋往里推了推，敬而远之。

"吃啊，干吗不吃？"顾浔笑着揶揄，"就算有诅咒也应该是靶向性的。"

"不了不了，考试周更要特别注意食品安全。"陈峰城双手狂摆，又伸头看看顾浔手里的笔记，"经济要怎么复习？"

顾浔知道他可不是来讨教的，纯属没心思复习了骚扰别人。

"你可以像我一样背书，也可以去看华尔街系列电影。"

"看电影管用吗？"

顾浔诚恳地点头。

期末考试周紧张的气氛渐浓，就连文科生麦芒都在理财活动室熬了两个大夜准备闭卷考试。

陈峰城专业书没看过十页，却已经自认为复习得很好，承担起后勤保障工作，跑进跑出给大家接送外卖，直到经济学原理考试结束，走出教室才觉出一丝不对劲，勾过顾浔的肩说："我觉得看电影对考经济一点帮助都没有。"

"是没用。"顾浔坦言。

陈峰城推开他："那你干吗让我看？"

"因为经典。正好你想逃避复习，正好我想求个清净。"

陈峰城笑起来，要追着他打人："顾浔你等着，我期末汇报也给你研究女性内衣。"

话虽这么说，他可不敢拿自己岌岌可危的绩点开玩笑。

专业课有个小惊喜。

陈峰城正一脸严肃地在讲台上陈述："我们在调查研究过程中发现了当下与五年前的偶像崇拜形势变迁，当今的粉丝群体需要对偶像更多的控制权和话语权，她们不再满足于对偶像符号化的仰望，而是更倾向对偶像投入实质性的支持。"

给PPT翻了页，展开数据图表，一抬头，看见教室最后一排多出个人，他走神愣了愣。

麦芒不知什么时候溜进来的，还冲他小幅度招招手。

真让人肾上腺素激增。

得拿出点实力了，可别像舞台剧时那样僵在台上出岔子。

陈峰城收回思绪："这种支持包括物质和时间精力反面的投入，粉丝们坚定地相信自己的每一点付出能让偶像更上一个台阶。"

PPT再翻一页，标题是"符号化仰望→虚拟亲密关系"，犹如象征性类比，陈峰城笑起来，放松了一点，继续翻页，顺利完成全部陈述。

难得有高光时刻，还有观众捧场。

崔璨和冬冬早发现了麦芒露面，鬼鬼祟祟地在台下交换眼神，感慨爱情的力量如此伟大。

发现教室里多了人的还有老师，等陈峰城结束陈述才问："这位同学看起来很面生啊，是到期末才来上课的吗？"

全班闻言回过头去。

麦芒可不怯场："老师，我是来蹭课的，我太热爱心理学了。"

老先生面露欣慰之色："那你可以在期末考试之外的时候来旁听啊。"

"干杯！"

韩一一憔悴地抬头，冷眼旁观这群在理财教室公然喝啤酒的家伙："我还没考完，你们还有人性吗？"

"不好意思，我们小组讨论得了九十五分太兴奋了。"陈峄城还在兴奋，"九十五分哎，你能想象吗？我从来没得过九十五分，绩点4.0的课一般也就九十分，有种勉强的意思，好像老师的心理轨迹是'本来应该给八十五分，但看在全勤的分儿上再给五分鼓励'。"

"你们组不拿九十五分才奇怪吧。"韩一一漠然，"顾浔在IMO（国际数学奥林匹克竞赛）中国队那年，中国拿了世界第一。"

"你跟他一个队吗？"

"麦芒她哥跟他一个队。我只到CMO（中国数学奥林匹克竞赛）。"

陈峄城看了看崔璨，想起她也是"隐形学神"："为什么身边每个人都参加过CMO，感觉我就像住在奥林匹斯山上一样。"

他转头问顾浔："到底要具备什么条件才能参加IMO？"

顾浔喝了口啤酒："要有护照。"

这天没法聊。

崔璨对顾浔的酒量不太放心，等他把啤酒罐放回桌上后，默默帮他从面前移远了。

"但是话说回来，九十五分主要是我在课堂陈述环节的出色表现打动了老师，是我发挥了最重要的作用，不是顾浔。"陈峄城开始自夸，"对吧，麦芒？"

见证人喝着啤酒，点点头："对的。"

同样，韩一一对她的酒量也不太放心，把啤酒直接从她手里拿走："你跟着凑什么热闹，你又没得九十五分，你哥让你别喝酒。"

崔璨装轻描淡写地聊重要议题："顾浔，舞台剧你还接着演吗？"

"不是已经赢了吗？"

"后面的校庆演出挑战更大啊。"

"那就当把之前那个赌打完吧。"

女生蹙起眉："哪个？"

"没有我的情况下，校庆演出成功也算你赢。"

"你什么意思？觉得我没你不行？"是不满的语气。

顾浔沉默几秒："崔璨，你不爱听我也要说，你有个毛病，如果事情进展顺利，那皆大欢喜，如果事情遇到挫折，你就会找离你最近的同伴发泄。生命诚可贵，我申请避难。"

"我什么时候拿你发泄了？"

"船坏掉的时候。"

崔璨无言以对，只能瞪他。

冬冬插进话来，劝顾浔："你先放一放跟崔璨的个人恩怨，考虑考虑集体，校庆那么大阵仗璨璨一个人很容易搞砸的。"

这话听着不对劲，崔璨大声抗议："喂，你帮哪边啊！"

"上次突发情况，我临时救个场还行，现在你们有充足的时间准备，凭崔璨一个人搞不砸的。"顾浔说。

除了继续瞪他，崔璨也没有别的高招。

"我有个办法。"陈峄城提议，"我们四个加韩一一、麦芒正好六个人，能凑个密室逃脱局，这也算集体活动了。如果崔璨和顾浔没有在密室里打起来，那我们默认极端压力情况下他们也可以互相迁就。怎么样，试一试？"

"我拒绝。虽然人固有一死，但死于密室逃脱就太轻于鸿毛了。"况且，顾浔怀疑陈峄城就是想夹带私货，制造和麦芒一起出去玩的机会。

"你不会是在顾忌我的感受吧？"陈峄城开始自恋。

"我没有。"

"我很感动，但没必要，我愿意主动退出成全你。"

顾浔并没有感动，且清醒地揭穿："我建议你最好打消浑水摸鱼的念头，担起男主角的责任。"

冬冬说："可你已经推高了观众对演出的预期标准，这让接替的人很难办啊。"

"演出效果的决定因素，最不应该的就是我，关于这点……"顾浔看向崔璨，"我和崔璨早就达成了共识。"

"那当然，反正校庆演出可以用其他院系的人。"崔璨不出所料地跳脚，完全经不起激将，"你不演，我备用男主角多得是。"

冬冬疑惑："谁啊？"

"一一。"

正在和麦芒争夺啤酒罐的韩一一听见自己的名字，茫然地看过来。

"上校庆吗？"冬冬拧起眉，"那会暴露东大校草是女生的秘密。"

陈峄城笑："那不是什么秘密。"

崔璨扫了眼顾浔，把挑衅再升一级："裴弈也行吧？"

顾浔冷淡道："可以啊，这角色正好适合表演型人格。"

提起裴弈，陈峄城总是反应最激烈的："我反对！除了顾浔谁都不能替我。"

冬冬乐得看八卦："我不反对，我都可以。"

也不知道裴弈是装了什么形式的小雷达，总能说曹操曹操到，刚提名他，他就拎着一大塑料袋的饭盒进来了。

顾浔座位正对门口，也总能先开嘲讽："社区又送温暖了。"

裴弈没听出弦外之音，只对崔璨说："我就猜你在这儿，请你加餐。"他把塑料袋里的饭盒和一次性筷子拿出来分发，"元旦活动套圈中了东大锦鲤，所以拿去让食堂加工了一下。"

原本抱臂戒备的陈峰城从座位上一跃而起："等等？东大锦鲤是真的鱼？"

搞了半天，套圈放"模型机"的意义在这里。

"前几天还在拜它，吃起来有点不好意思。"冬冬边说边吃了一口，"不过蛮好吃的。"

陈峰城哭笑不得："不是吧，人家韩一一还要考代数，你们刚考完就吃锦鲤还有没有人性？"

刚吃了口鱼的韩一一听见自己的名字，再次茫然地看过来。

"听说是因为科学湖准备在寒假施工，所以把鱼都捞了。"

陈峰城吃着问："多残忍啊，为什么不把鱼先移到民主湖去？"

"民主湖在治理污染。"裴弈歪过头避开陈峰城，看向他身后的崔璨，"你考完了？晚上要不要一起看电影？"

"不要。"陈峰城回答完才发现裴弈问的不是自己，回头看看崔璨，没等崔璨回答，转回来对裴弈说，"她晚上有事。我们要去玩密室逃脱。"

"我什么时候答应了？"崔璨无语，再说顾浔也根本没答应。

顾浔无端地把矛头指向了裴弈身上的跆拳道服："裴弈，体育老师直到期末都没教会你系腰带吗？不好意思，我只是有点强迫症。"

裴弈低头看一眼腰带，发现的确系错了，笑嘻嘻地换了一个方向重系，对崔璨解释："刚考完体育，我说我哪儿被扣分了呢！"他把话题绕回来，"所以，你今天是去密室逃脱还是去看电影？"

"那还是……密室逃脱吧。"崔璨讪笑着有点心虚，韩一一还有考试，今天怎么可能去密室逃脱。这选择对裴弈来说，不知道意味着什么，但在座的每个人都明明白白——除了脑子勾芡的顾浔，他还保持着十二万分警惕，避免与"密室逃脱"产生关联。

裴弈没放在心上，把锦鲤留下就走了，临走说"再约"，就连这也让顾浔不爽，闷闷喝了口啤酒。

不过，喝的是崔璨那罐。

崔璨眯眼把视线转过来。

顾浔对自己的失误浑然不觉，又喝了一口，虚张声势，先发制人："干吗？"

不干吗，送你了。

崔璨埋头吃鱼。

[24] 有机可乘

期末考试全面地结束了，寝室楼每天都有人拖着大包小包行李踏上回家之路。心理学系没有在学期结束时举行班会做总结，提前抢票的同学都有点偷偷摸摸的心态，直到有一天，辅导员终于在班级群里发了条祝大家一路顺风的微信，已经离校的人才敢光明正大地讨论归期。

但崔璨一直没有流露出回家的意图，一部分原因和其他本地学生一样，另一部分原因是似乎还对什么有所期待，或者更直接一点说，她还没从考试周整天和理财活动室的小伙伴们厮混在一起的热闹氛围中走出来。

到了周末，冬冬开始收拾要带回家的被褥。崔璨去食堂打饭遇见陈峄城，看他只顾自己吃、没给任何人带，猜想顾浔大概已经回家了。

这想法让她郁闷了几个小时。平时看着像亲密无间的朋友，转身连个招呼都不打就跑了，没意思。

她赌气地拖出行李箱，把橱里的衣服统统搬出来摊了一床，营造出归心似箭的气氛。

傍晚，冬冬从快递点扛回一堆纸箱，从里面扔出来一个："看见还有个你的快递，我顺便拿过来了。"

"我的？我没买东西啊。"

崔璨困惑地拆开，是个八音盒，DIY（自己手工制作）的那种，刚才被冬冬扔得滚了几圈，机芯错位，捣鼓了好一会儿才让它重新发出声音。

音乐响起时，旋转木马亮了灯。

她来回在包装里翻找，想找个署名或者留言却未遂。关于它的来源，当然有些主观猜测，并且不可避免地被这猜测揪紧了心。

最早的记忆中，她六岁时，广场中间就有了那座旋转木马。只是她每次经过都行色匆匆，要么穿着舞蹈服，要么拿着漂浮板，被爸爸妈妈牵着赶往各种兴趣班。

旋转木马周围的孩子换了一批又一批，几年前还被翻修过，焕然一新。可崔璨始终没机会摸到它的边，仔细想想，好像也早就过了能坦然爬上去而不被古怪目光关注的年纪。

高中时有天放学回家经过那里，和闺密随口说起，用的是不经意的语气，却

146

得到闺密无比认真的回应。

"那我们现在坐吧。"她从海蓝色的校服口袋里掏出了一把零钱，七八个硬币。

后来，就像每个顺理成章的成长故事一样，柔软的少女逐渐有了坚强的心，决定自力更生，决定远走高飞。

崔璨觉得应该为她高兴，只是很遗憾自己被留下了。

她有种预感，对方永远不会回来。也不算太玄的预感，闺密去海外学法律，法系有差别，所学在内地展开不了工作。

临走前闺密给崔璨发了微信，崔璨却一直没想好该怎么回复，倚在便利店门口的儿童电动摇摇车上，遥望一群一群小朋友在父母的陪同下坐旋转木马，从黄昏到黑夜，广场上人越来越少，最后因为无人投币，旋转木马熄灯停住。

崔璨揉揉眼睛，接过妈妈打来的催促电话，准备回家。

一抬头，泡泡糖砰地摊平在脸上。

一开始，她看见的顾浔面目模糊。

——你来得正好，今天我少了一个朋友。

顾浔能猜到旋转木马对自己意义非凡，还是碰巧？

她把八音盒放在床上，拿出手机给顾浔发了条微信："再考虑一下演男主角吧？"

放下手机，她继续叠衣服，每隔三秒看一次手机，屏幕一暗就立刻点亮屏幕，顾浔迟迟没回复。

收拾完行李，她合上行李箱拖到门边，看看手机，还是没回音。

接下来，似乎应该打扫一下寝室再离开，她开始扫地，不时看看手机，把响铃模式里音量调到最大，因此信息进来时，提示音把她吓得一哆嗦。

顾浔的回复十分直接："不演。"

相比起来，这人多么讨厌！

崔璨捞起枕头砸了砸八音盒。

回家过了一星期，崔璨又被冬冬拖出来诉苦，两人并肩坐在便利店借奶茶浇愁。冬冬英语居然挂了科，实在让人想破头都理解不了。就陈峰城那吊儿郎当、动辄翘课的学习态度，也没听说他挂科。

"他们都说，不挂科的大学生活是不完整的。"崔璨找不出别的安慰词。

"那我宁愿做一个残缺的人。"

"你进校的时候英语考了四级对吧？"

进校时英语科举行了分级考试，后续选课时要对应所在级别，四级是最高，

· 147

只有极少数本地的学霸才进了这级，一个班也就三五个人。所以在崔璨印象中，冬冬的英语水平应该绝对不成问题。

"我才三级。"崔璨说，"而且你还每周去上校外培训。"

"为了排练舞台剧好几次没去，说不定就是这个原因。"

"不至于少上几节词汇课就导致英语阅读挂科吧。"

"虽然表面上只是缺几节课，本质上是语言环境的缺失。"

"舞台剧还是英文台词呢。"

"那就是学习压力的缺失。"

崔璨无奈："能补考吧？"

"开学补考。"

"还有一个月时间准备，你没问题的。"

冬冬还是叹气："就算补考过了成绩单上也只会给六十分，绩点惨不忍睹，没希望了。"

"这才第一个学期呢。"崔璨拍拍她的肩宽慰。

"算了吧，我得回去背单词了。"冬冬跳下高脚椅，才注意到崔璨手边搁着好大一个包装袋，"你这是买了什么？"

"面粉，我妈听说我到便利店让我顺便带的。"

"便利店哪有面粉？"

"她知道没有啊。"崔璨苦笑，拖着死沉的面粉袋往外走。

冬冬回头问："舞台剧怎么样？顾浔还是不肯演男主角？"

"他就是跪我面前、磕头求我，我也不会让他演的。"

冬冬笑起来，没把这话当真，和她挥手道别后跳上了公交车。

崔璨把面粉袋放在地上靠着腿，目送车驶远，掏出手机又拨通电话，笑眯眯道："顾浔，考虑一下嘛。"

"免谈。"能听见对方打字的声音。

"我给你发压岁钱。"

打字声戛然而止，隔了两秒，传来男生的笑腔："现在是你有求于我，居然还想着占我便宜。"

"哎呀你这个人，思维怎么这么僵化，现在没有规定非得长辈给晚辈发压岁钱的。"

顾浔饶有兴趣："那你打算以什么名义发呢？"

"'让世界充满爱'的名义。"

崔璨对顾浔的持续骚扰从离校那天就没断过。

"你吃不吃包子？"女生把座机的无线话筒夹在肩上，用手机对着面前一群包子拍了张照，用微信给他发过去，"猜猜哪个是我包的？"

"左下角那个。"

崔璨有点惊喜："你怎么猜到的？"

因为只有那个和其他二十多个的形状不太一样，崔璨会包一个还是二十个呢？答案显而易见。

但顾浔不会把真相告诉她，他说："因为它的馅是'拜托出演舞台剧'，都漏出来了，你应该送给裴弈。"

崔璨气得把电话挂了，不过晚上涂指甲油时闲着也是闲着，她又开免提打了回去。

"我是为你好，免得你闲得整天数字母饼干……"

意外巧合，顾浔正一边接电话一边无意识地用饼干拼单词。

"总得做点正经事打发时间吧？"

他把"I""L""E"三个字母继续拼完，组成一个"MISSILE（投射物）"，笑着反问："你还好意思提饼干？"

"饼干怎么了？"

另一天，崔璨又想到了说服他的新理由——

"而且演过男主角这可是能写进简历的，证明你有优秀的团队协作能力。将来你申研的时候，斯坦福啊，普林斯顿啊，一看，哇！他演过舞台剧！，纷纷控制不住要给你发offer（录取信）。"

顾浔夹着手机拿起打印机吐出的论文初稿："如果这种黑历史都要写进简历，我还不如现在就退学。"

有人敲门，顾浔回头，把手机换了一侧，是他妈妈端了杯热牛奶进来。

爸爸的声音从客厅传来："就北欧吧，玩半个月再回来。"

"我初六要值班，还是就近去三亚吧。"妈妈把牛奶杯放在桌上，征求顾浔的意见，"你觉得呢？"

他点点头，小声说："我都行。"

某人在电话那头惊跳起来："真的行？"

"不是跟你说话。"

崔璨从地上捡回手机，又钻回被窝："哦，害我惊喜。"

顾浔笑："你没什么事早点睡吧，别玩手机了。"

"这就睡。"

沉默三秒还没挂断。

顾浔说："你先挂。"

没有对比就没有伤害，悲惨的是陈峰城，自放寒假起就没拨通过麦芒的手机，回答他的永远是"您拨打的电话暂时无人接听"。

陈峰城倒是上网找了不少约女生出门玩的攻略，可前提是也得先能联系上才行。

一晃到了小年。

早晨妈妈探进头来："璨璨，还没起床？"

崔璨在她推门的瞬间条件反射把手机藏进被子装睡，意识到自己已经上大学了没必要藏，才松了口气睁开眼："妈，你进门先敲门啊，命都给你吓掉。"

"今天祭灶，晚上你大姨、小姨、四叔都要来吃饭，你赶紧把房间收拾一下。"

崔璨直接把外套套在睡衣外面爬出被子："我早饭还没吃呢。"

"今天出不出门啊？"

原来又得跑腿。

女生无奈地蹙眉："又要买什么？"

真想不通，为什么自己家能有这么多亲戚，走马灯似的上门。

崔璨吃着谷物早餐玉米片，边走边想，顾浔家肯定没什么人，每次通电话背景音都不嘈杂。

回过神发现有只小土狗跟着自己，她走走停停，它也走走停停，看起来脏兮兮的，应该是流浪狗。

崔璨蹲下去撒了一堆玉米片喂它，趁它吃着问道："你几岁啦？喜欢爸爸还是妈妈呀？班里排第几名啊？来唱个歌吧。"

"真唱个歌得吓死多少人？"

狗说话了。

不对，是顾浔的声音。

崔璨抬起头，冬日的阳光在视界里静静起舞，荡漾又沉落，海浪般摇曳着朝自己涌来。

他的微笑像烤好的烟薯，慢慢变软变熟，流出了糖分。

"这么冷，你不待在家打骚扰电话，跑出来干吗？"

"我、我妈让我买糖。"

"是这个吗？"顾浔把手里的糖盒拎起来转了转。

和崔璨家住得很近，只隔了两个十字路口，有个猜想稍微过了过脑，也许以前曾经见过崔璨也说不定。那学校的校服顾浔也熟悉，每周回家赶上放学时间，附近广场、街道上全是一个版型的制服，只不过颜色有许多种，很可能崔璨就是其中一个穿着校服和自己擦肩而过的小女生。

150

"你在这儿住多久了？"

崔璨找了个秋千坐下，把一个糖盒里的粽子糖和另一个糖盒里的麦芽糖互相交换，使两盒里都有同样的两种糖，听他问，停下动作认真想想："五岁搬来的。"

"你住校？"顾浔倚着单杠，接手了她的玉米片在喂狗。

"没住过。你住校吗？"

"嗯。从幼儿园到高中，读的都是其他区的学校。"

"那是你的原因。"崔璨下结论。

原来她也在想同一件事。

顾浔安静地看她一把把分糖："这两种你更喜欢哪种？"

"我？我喜欢麦芽糖。"

"那你多抓点麦芽糖去。反正我们家没人吃，只是用来摆盘的。"

"你们家没亲戚上门吗？"

"很少。"

"真羡慕。我们家亲戚特多，过年最烦了。"

女生头顶的头发是墨黑的，比染发的黑更深更亮，这让他有点惊讶，再顺着发丝往下看就像调色盘似的，什么颜色都残留了一点，让人不禁笑容加深，真能折腾。

赶在她抬头前他飞快地转开了眼睛，听见她说"考虑一下，演演男主角？"，又把视线转回来，迎上对方的挤眉弄眼，顾浔笑起来："你这是魔怔了吧，怎么还念着啊。"

崔璨把重新包装好的糖盒还给他一盒："你拒绝得不太坚定嘛，感觉还是有机可乘。"

"这还不坚定？"

"那我换个问法吧，要怎么样你才肯演？"

这不是强人所难吗？

顾浔笑得有点无奈："我想到了再告诉你。"

这下好了，不知她从哪里感受到了鼓励，骚扰电话打得更勤了。

顾浔手机响个没完，连一起打球的陈峥城都知道是谁来电。

"是我。"

"我知道。"

"你在干吗？"

"和陈峥城打球。"

"今天想演男主角了吗？"

"不想。"

对方无情地把电话挂了。

陈峥城一边喝水一边笑着摇头："你就是为了钓崔璨给你打电话才故意不答应。你这是玩火自焚你知道吗？给你提前泼点冷水，崔璨耐性又差、武力又高，等开学见了面你小心着点。"

顾浔笑而不语，也喝水。

陈峥城看他的表情幡然醒悟，号叫起来："你们寒假已经见过了？我的老天爷啊，为什么全世界只有我一个苦命人！你说，麦芒怎么玩心这么重，一放假就恩断义绝，连电话也不回一个。"

"她是不是没存你手机号？"

陈峥城点点头："没存。"

顾浔微怔："你怎么这么惨？"

"存没存有什么区别？"

"陌生号码当时没接到一般事后看见也不会回。"

"那怎么办？我要是一直打一直打，打到她接听为止……会不会招人烦啊？"

"有可能。"

这回答让陈峥城不太满意："崔璨一直打你电话，你怎么不烦？"

顾浔笑："你不要自己失意就扫射别人。"

[25] 心态平和

崔璨刚买了个甜筒哆哆嗦嗦迎着风吃，手机响起来，弄得她一阵手忙脚乱，抓稳了看看来电显示，原来是陈峥城，顿觉好不值得："别告诉我你是打给麦芒拨错了。"

男生苦恼之余在电话那头有些无奈："怎么全世界都知道麦芒不接我电话。"

这还用问，她当然是听顾浔说的。

昨夜下过一场雨，合眼前听见雨打在玻璃窗上的碎声音，崔璨没留麦芒的手机号，给韩一一通过话，一一说麦芒有这毛病，不喜欢接陌生来电，连外卖员电话都不接，让他们爱送不送，听起来不是故意拒接陈峥城电话。

可这样一来就证实了麦芒没存陈峥城手机号，意味着不过是见了面能聊两句的一般朋友，过后并不惦念。挺打击人的吧。

早晨雨停了，风干冷得很，从一个刚开门的商铺走向另一个，又吞着冷饮，凉意从皮肤落向胃里。

崔璨数着步子，犹豫该不该告诉他真相，最后还是没说，只嘻嘻哈哈把关键点避过去："大过年的，心态平和点啊你。"

"没法平和，我现在有家不能回了。我姐居然带了男朋友上门……"

"怎么，你家按顺序催婚的？"

"婚倒没催，可看他们秀恩爱扎心啊！我又没寒假作业，一闲下来就想到麦芒不回电话。"

"那就别闲，去串门嘛。"

"串了，就连我十四岁的表弟都在和朋友视频聊天。"

"你可以去找顾浔抱团取暖啊。"

"顾浔？"提起就让人生气，"你们俩跟谈恋爱有什么区别！"

崔璨愣了愣，停住脚步："我们俩怎么了？"

"打场篮球停下来接五次电话，你说怎么了？还不算他幻听的！"

"停下来接电话啊。"崔璨舔舔冰激凌，发现自己正好停在临街的影院售票窗口前，下意识地抬高视线，看看屏幕上滚动的正在上映片单。

从售票窗口转过身来，她拨通顾浔的电话。

照例还是秒接，对面传来懒洋洋的应答声。

"先别忙着要大牌，我今天可不是请你演男主角，是给你个机会观摩别人家男主角的演技。"

"哦，请我看话剧啊？"

"是电影，我妈单位发了电影票，明天下午三点的，要不要出来一起看？"

"想是想去。"男生慢吞吞说，"但条件不允许。我们全家已经来三亚过年了……"

崔璨急了："啊？什么时候去的？"

"昨天啊。"

"那昨天晚上你怎么不说啊！"

"昨天晚上我怎么知道你买电影票了？"

"我……谁买电影票了！不是我买的！是我妈单位发的！"

生气地挂了电话，崔璨转头趴在窗口前调用惨兮兮的语气。

"能退票吗？"

"不能。"

甜筒吃着都不甜了。

丧丧地回到家，家里又来了新一批亲戚，挤在客厅了嗑瓜子高谈阔论。

崔璨想尽量降低存在感，偷偷溜进房间，可不幸被截住了。

"璨璨回来啦？"小姨第一个大声招呼，接着只听一片"来来来"和"坐坐坐"。

崔璨心不甘情不愿地堆起笑容蹭过去，把各种长辈称谓都叫了一遍。

大伯说："璨璨长胖了。"

"是，过劳肥。"她勉强讪笑着点点头。

还是小姨上道，挑爱听的说："没胖没胖，女孩子不会胖的。大姑娘了，女大十八变。现在是大学生了，东大怎么样，还适应吗？"

崔璨正襟危坐，开始正式答亲戚问："还好，一个月五百块，四人一间，没空调……什么？您记错了，跳楼的不是我们学校，没那么高的楼……读错字啊？那是我们学校，因为校长学化学的……我？心理学，不不，猜不到想什么……您这得看神经科，对，这不是心理问题……没有，我妈不让早恋……可是男生只跟男生玩，没什么机会接触……不用不用，我还小，哎呀小姨，你这是干吗！我都这么大了还拿压岁钱怪不好意思的……谢谢姑姑，谢谢大伯……那我去写寒假作业了。"

幸亏溜得快，小姨还有点意犹未尽，在身后感慨："到底是名牌大学，还有作业，蛮辛苦的。"

大妈补了个刀："不要耽误找对象啊璨璨，你眼睛小，可要找个大眼睛的，将来小孩……"

崔璨及时关上门，擦了擦额头的汗，过半晌回过味来，谁眼睛小了？闻所未闻！

亲戚中总有几个见不得人万事如意的，话里话外要夹带点暗贬。

给陈峥城打电话时他正打游戏，忙得不可开交。

崔璨简明扼要："明天请你看电影。"

"怎么突然对我这么好？"

"搭救你这个孤家寡人。"

陈峥城怔了怔，转而幸灾乐祸地笑起来："懂了，顾浔去三亚了是吧。一报还一报啊，上次他替我演出，这次我替他陪你。"

怎么知道给陈峥城报备，不知道给别人呢，想想就气不打一处来。

"我就不能单纯是为了增进友谊？"

"你敢说电影票本来就是给我买的？"

"不敢。明天下午三点，别迟到。"

崔璨挂了电话，拿出小镜子仔细观察自己的眼睛，哪里小了？

"哎，你觉得我眼睛小吗？"电影看到一半，崔璨突然靠过来提了个怪问题。

陈峄城蹙眉转过头，满腹狐疑，吃了把爆米花压惊："还行吧。"

"我认真的，你好好回答。"

陈峄城看她一眼："小不小不知道，立体是蛮立体的。"

崔璨摘下3D眼镜："这样呢？"

陈峄城低头从眼镜上缘看："嗯……反正没有麦芒眼睛大。"

"你对她有滤镜，拿我和她比不客观。"

"那我还能临时给你想一个谁的眼睛啊？"

"不用特指谁，就国人平均水平。"

"你超过平均了。"

后排观众敲敲他们的椅背抗议："少说两句好吗？"

崔璨嫌弃地推开陈峄城："说你呢，话真多。"

但电影实在太难看，没过两分钟，崔璨又凑过来压低声音："那你觉得顾浔眼睛大吗？"

陈峄城扶额："啧，你们俩这行为不叫恋爱叫什么？"

"叫'三顾茅庐''礼贤下士''行贿受贿'。"

但是，好景不常在，从除夕开始顾浔就电话不通、微信不回了。

崔璨考虑过各种可能性，甚至怀疑他是不是年兽，赶在这天被除了，否则怎么解释现代社会里，一个会使用手机的成年人突然断联呢？

此时此刻，远在三亚的顾浔正因为采用吹风机吹手机的智障方式，遭到母亲的鄙视。

"热风会损坏电子元件，到时候手机是吹干了，但也没法用了。"

顾浔关掉吹风机："那怎么办？"

"先关机。"

"已经关了。我去趟维修店吧。"

"大过年的，什么维修点肯定也关门了。我看看。"妈妈接过手机简单观察，"有干燥剂就好了，猫砂也行。"

顾浔回房间穿上外套："我去卖袋米。"

"除夕夜旅游地，你上哪儿买米？缺乏生活常识。"

呃……

"你有什么要紧事先把我手机拿去用。"

占着妈妈的手机接女同学的无聊骚扰电话，怎么想都觉得没必要，而且万一聊天记录删除不及时造成什么误会……翻车概率很高。

反正初五就回东海了，顾浔支吾推辞："也没……什么要紧事。"

大过年的，崔璨心态不平和了。

春晚本来就无趣，注意力全在手机里。熟悉的不熟悉的朋友都赶在明天信息拥堵前拜了年，有一些是群发回复的，关系好才有来有往聊两句，但是临近零点，顾浔还是没音讯。

是"渣男"吗？崔璨忐忑着，这也渣得太突然了。

会不会自己太过热情主动让他得意起来，换了吊人胃口的策略？也见过有些男生的心机，下圈套时温柔体贴，收陷阱时冷漠无情，把什么都能玩成"谁认真谁输"的游戏。

正琢磨着，裴弈的微信发进来，简简单单，但一看就是自己写的："新年好啊！寒假在忙什么呢？好久没有声音啦。"

崔璨想，你看，这样直来直去的多好。

可直来直去的也不好回复，她把手机屏幕按灭，想了好一会儿，该怎么解释自己一放假就六亲不认。

可以说忙于学术，正准备论文？

但假正经让人有距离感，再说崔璨也不想他追问一句"什么方面的论文"，就讨论着子虚乌有的论文话题跨了年。

要突出"忙"又不摆架子，可以说家里亲戚太多忙于社交，半真半假也不算撒谎。

但亲戚多少涉及隐私，也许人家没兴趣知道你家隐私，只那么随口一问。突然自曝让人尴尬，叫人吃不准该怎么回答，"真羡慕你亲戚多"还是"真同情你亲戚多"？

最后她轻描淡写回了个："被拉去辅导亲戚家小朋友学习了，明年高考。"

高考，就显得很重要。

裴弈倒回得很快："哈哈真巧，我也一样，你家小朋友是男生女生？"

男生女生有什么区别？崔璨觉得对方也在没话找话。

说男生容易把对话引向嫌弃的"吐槽"，她决定凭空捏造一个听话懂事的可爱妹妹。

撒谎要严谨，发完微信她就打开备忘录记下：裴弈副本，有个明年高考的堂妹。

回复却没按崔璨的预期发展，裴弈说："我们家也是，挺头疼吧？哈哈哈。"

女孩子都能让你头疼？你得检讨一下自己。

崔璨不想咄咄逼人，回道："哈哈。"

裴弈不甘心结束对话，又问："你妹妹准备报哪个学校？"

哦，麻烦跟着来了，明年就要上大学的堂妹总该有个去向。

崔璨心一横，给虚拟堂妹指了个有去无回的地方："G大。"

没想到裴弈居然懂行："报G大？面试成绩怎么样？"

很好，这就是撒谎圆不上的下场。面试要是过了还要辅导什么？面试要是没过不该更改志愿吗？

崔璨把手机扔出两米远，默默体会自己的"尸体"变凉。

他可以理解为拜年微信太多顾不上回他了。

也可以理解为虚拟堂妹面试成绩不尽如人意不提也罢。

骗人可真累啊。

大年初一，崔璨醒得早却赖了床，"年兽"的电话还是"已关机"。

正郁郁寡欢盯着书桌上的八音盒发呆，门口传来堂姑的说话声："这是不是璨璨的房间？"

十级警报！

崔璨闪电般裹紧被子闭眼装睡。

"是璨璨房间，还在睡觉呢。"妈妈的声音。

"都十点了，还在睡呢，进去看看。"说着就听见了推门声。

堂姑凑近仔细观察，换了气声："真睡着呢，越长越漂亮，找对象了没有？"

"还没呢……"

一众人走出卧室，妈妈关上门。

太难为这群平时不常联系的亲戚了，没话找话也是很努力，崔璨敢肯定他们中并没有一个真正关心自己找没找对象的，毕竟亲妈都不急。

警报解除，崔璨坐起来想了想，给陈峄城去个电话："我联系不上顾浔，你有他消息吗？"

"我联系他干吗？"男生趁机揶揄，"我又不用'三顾茅庐''礼贤下士''行贿受贿'。"

"日行一善，你给他发个新年问候吧。他这种人肯定没朋友，每逢佳节倍感凄凉。"

"行行行。"

陈峄城挂了电话，耽搁了一会儿，回复微信："给他发了微信没回。打电话关机了。"

看来是普遍现象，不是针对自己。

崔璨心情莫名地好了点，当场斥两元巨资给陈峄城发了个红包。

·157

陈峰城收下红包，回："等电话通了我要向顾浔告状，悬赏找他只给两元。"

崔璨勉为其难，又给他发了两元。

不能超过五元了，这种人。

崔璨愤愤地想，就去个三亚都能乐不思蜀，见没见过世面？

[26] 我真走了

"璨璨，遥控器。"

崔璨目光呆滞地看看妈妈，又看看电视，才发现电视里小品集锦已经转了广告。

她从手边果盘里摸出遥控器递过去。

可妈妈没接，又强调一遍："遥控器。"

垂眼一看，手里是根香蕉，自己也愣了愣。

"璨璨你怎么了？魂不守舍的。"而且这种症状似乎已经持续了三天。

"可能是在家待久了，想上学。"女生恹恹地答。

"你怎么不像其他大学生那样出去旅游？"

她思路一时没跟上："啊？"

"出去玩啊，不要老躺在家里睡懒觉。"

有道理啊，都已经是大学生了，怎么不能干点大学生该干的事？

三亚，国内著名旅游度假胜地，又没有被顾浔承包，他能去，别人也能去。

"我怎么就没想到呢！妈妈我最爱你了！我一定带礼物给你！"

妈妈从她过分热情的拥抱中挣脱出来："你先把遥控器给我吧。"

说走就走的旅行，崔璨一边哼着自编的《男生垃圾之歌》，一边欢快地收拾行李。其间，妈妈只来敲过一次房门确认："约了朋友和你一起去吗？"

"有朋友在那边。"

没说谎，可不知怎的，妈妈误解成了"有朋友是三亚本地人"的意思，放心地放行了。

只不过还存在些技术上的问题，"在那边"的这位朋友依然断联。

到三亚的前两天，她还抱着期望走街串巷想碰碰运气，但就连对方住哪个湾都不确定，偶遇没那么容易达成。

第三天她就已经看开了，天涯若比邻嘛，就算碰不上，出门旅游一趟也不亏，总比在家疲于应付亲戚强。她开始自得其乐，给自己定了个时限，再玩三天，不管碰上碰不上都打道回府。

158

金黄的陆地尽头，海展开蔚蓝色波涛。

崔璨的马尾辫上扎了个红色的蝴蝶结，这增加了她在人群中的醒目程度。

目光被她揪住的瞬间，就像镜面在阳光直射下猛地一闪光。

顾浔以为自己继幻听之后又出现了幻视的症状。

"崔璨！"他试探着叫了一声。

她像只小猫一样机警地转身，飞速而准确地搜索到声源，对上视线，就是她无疑了。

女生小跑过来的过程中，他还陷在一种木然的错愕中，等她到跟前很自然地开口问："你怎么在这儿？"

"我们家也打算来三亚度假，结果我爸妈临时有事，只好我一个人来了。"她对答如流。

编瞎话技术奇差还学心理……

简直就像送给同学的研究对象大礼包。

顾浔忍俊不禁，挑挑眉，从小摊上多要了一个椰子递给她："这么巧啊。"

"是啊。"她接过椰子重重一点头，视线扫过他身边的女性，嘴角嘲弄人似的往上一翘，"我说怎么联系不到你，原来忙着跟漂亮小姐姐聊天啊。"

围观了"他乡遇故知"的"漂亮小姐姐"这才插上话："是你同学吗？真会说话。"

"嗯。"顾浔憋着笑解释，"我手机进水了没地方修，这是我妈。"一览她瞬间慌张的神情之后，才转头去给妈妈介绍，"她叫崔璨。"

"阿姨好！"崔璨的灵魂马上一个滑跪。

"刚才不还叫我小姐姐吗？"顾浔妈妈笑着打趣，"你一个人旅游？要不要和我们一起吃晚饭。"

"好！"一紧张就答应了。

顾浔凑过来蹭在她耳朵边恐吓："到酒店之前你还有机会逃生。"

"我又不在乎。你的同学上不了台面，丢也是丢你的脸。"

顾浔无言以对，好像是这么个道理。

顾浔长得像妈妈，在拷贝不走样的基础上，只是轮廓更硬朗一点。就餐前又见到他父亲，崔璨马上就找到了那部分硬朗的来源。

"崔璨是顾浔的同班同学……"做母亲的代为介绍。

但他爸爸并不十分关心，冷淡地点头冲崔璨笑笑，又把注意力放回手中的菜单上。

顾浔妈妈则很有亲和力，半开玩笑地问："该不会是女朋友吧？"

"不是不是，只是荧幕情侣、营业官配。"意识到自己好像说了长辈不能理解的台词，崔璨进一步解释，"我们舞台剧有对手戏。"

"他还会演舞台剧？什么剧？"

"《歌剧魅影》。"

"演主角吗？"

崔璨点点头。

顾浔有点赧，同时也不想让她心存幻想，追加补充："演完了，不演了。"

"那太可惜了。"顾浔妈妈说，"我还想去做观众。"

"他能演主角的剧有什么看头，小儿科的胡闹。"而顾浔爸爸冷不丁抛出来的嘲讽也让崔璨觉得很熟悉。

桌上的气氛忽然就冷了几分，大家默默各自喝两口饮料。

做父亲的浑然不觉，招来服务生点单："让我看看小姑娘喜欢什么。"他说着抬眼对崔璨笑一下，依然只是出于社交礼貌，"头盘……"他按顺序碎碎念着菜单上每一个菜名，直到一个"法国松露佐什么青苹果"才停下来，抬头对服务生说，"就要这个吧，女孩子肯定喜欢新鲜水果。"

崔璨手里也有份菜单，本想自己点，既然如此……好在她也不特别挑食。

顾浔爸爸继续碎碎念："都兰豆啤酒……女孩子可不喜欢啤酒……地中海奶油松茸……就要这个吧。"

崔璨张了张嘴，没找到插话的机会。

他很快又接着说："沙拉要这个，甜虾，她肯定喜欢。"

崔璨在他看过来的一刻只能勉强挤个微笑。

而他变本加厉："这个海鲜汁……可能不怎么样……迷迭香汁……我觉得你可能不会喜欢……橄榄油炒季节蔬菜……你节食吗？"

崔璨被意外地点名，终于到了征求意见环节，但还没等她做出反应，对方已经重新低下头喃喃自语道："你肯定不节食，还是要这个算了。"他放弃了崔璨，转去和服务生敲定，"这个鹅肝配雪蟹。"

顾浔妈妈已经体会到了崔璨的尴尬，半是圆场地插问干预："点主食了吗？"

"她们女孩都不爱吃主食的。"顾浔爸爸斩钉截铁地下了结论，看也没看女孩一眼，问服务生，"甜点推荐哪个？"

"这个香梨慕斯。"

"就这个吧。"

"请问要什么饮料？"

"我觉得她会喜欢这个。"顾浔爸爸胸有成竹地在菜单一角敲了敲，"红枣桂圆奶露。”

“不，我不要这个，我要长岛冰茶。”崔璨支着下颌大声对服务生重复一遍，“我要长岛冰茶。”

顾浔被柠檬水呛住，咳嗽着抬起头，有兴趣看场好戏。

崔璨保持甜美笑容把脸转向顾浔爸爸：“我们女孩不喝点酒不得劲儿。”

完全是为了挑衅的回敬。

她能喝点酒，不至于一杯就醉了，吃完饭回去时只是有点脸红，顾浔觉得红得很妙。

从一个酒店走向另一个酒店，距离不远，男生负责送她，回味着刚才饭桌上父亲脸色转青的一瞬，还有些想笑。

崔璨兼有晕乎和兴奋，难免叽叽喳喳的：“你好像长得像你妈妈，但是性格像爸爸。”

顾浔急于撇清关系：“我没他那么恶劣吧？”

“我没说他恶劣啊，就是……感觉你遗传了这种气场，过度自信又喜欢操纵全局的架势。但凡小说里霸道总裁有张脸，应该长你爸这样。你看见他最后怎么瞪我吗？”崔璨在眼前手舞足蹈地比画，“眼神里写着‘女人，你这是玩火’，哈哈哈。”

顾浔无奈地笑笑，不得不承认她形容得很生动：“可我从小跟着他长大，我明显是第一受害人。”

“你妈妈去哪儿了？”

“搞科研啊，年轻时都在项目上，不在东海。”

“哦。”崔璨听明白了一点，若有所思。

想象回溯推演到更远处，线索串起来就能勾勒出一点他的轨迹。

顾浔从小就和这样的爸爸一起生活，幼儿园到高中都住校，四舍五入，他相当于孤儿啊，说不定过得还不如孤儿。崔璨想。

顾浔不容她慢慢散步，正色问：“你到底住哪儿？房卡带了吗？”

女生回过神，从外套口袋里掏了半天摸出房卡递出去。

他对了对酒店名，刚经过大门，搜她调头转向。

“所以你到底怎样才能答应做男主角啊？”女生又屁颠屁颠跟在后面问。

“这件事你是不是准备念到下辈子？”顾浔回头看看她，“我明天就回去了，你怎么办？”

崔璨抖出不屑的表情：“我又不是离不开你。”

“我是问你买返程机票了吗？”

“返什么？”她蹙起眉。

"好的，你没买。"男生进了电梯，刷房卡按下纸套上写的楼层，"你听说过'春运'吗？"

不知道他阴阳怪气地又想说什么。

"明天初五，后天初六，全国绝大多数人初七上班，所以他们会赶在这几天回家。"

"可我还不用回家。"崔璨刷了另一张房卡进门开灯。

"好吧，到了。"他站在走廊里没进去，"那我……回去了。"

"拜拜！"

这副没心没肺的表情让顾浔突然愣下来，本来觉得应该再说些什么，打好的腹稿却显得有点滑稽。

起初他十分确定崔璨是冲自己跑来的，到这会儿却又怀疑对方可能真的只是碰巧出门旅游，唯一有凭据的是她心情真不错。

"我真走了？明早的飞机。"

女生神色中已经明显泛起"你倒是快走啊"的困惑。

他的颚关节机械地动了动，心里暗骂自己多此一举，搞什么依依惜别的戏码。

这一刻的尴尬直到第二天在值机通道前排队时，还让人一回想就芒刺在背。

妈妈好几次回头看他，觉得反常："怎么了？"

他摇摇头没说话，蒙混过关。

从口袋里掏出手机和证件，错愕一秒，怎么把崔璨的房卡也带走了，推敲了细节想起她还有一张，不碍事。

可这就像一个暗示，让人没法无视。

"我……"他装腔作势地摸着口袋，对父母说，"我钱包落在酒店了，我得回去拿。"

父亲露出不耐烦地神色："钱包也没什么……"

"身份证在里面。"顾浔说。

"身份证可以……"他大概想说出一些类似"在机场申请临时证件、让酒店邮寄"之类的补救措施，却被妈妈打断了。

"去拿吧，回去拿，要是时间来不及我们就先走了，你再改签。"

顾浔没怎么犹豫，拖着行李转身就走。

父亲尚未将不满表达完整，眉毛都拧了起来："他现在怎么……"

第二次被妈妈打断："就你聪明！"

这回换了人一头雾水。

虽然有房卡在手，但他多少还有点自觉，擅自进女生房间不好，更何况猜她应该没起床。

在门外按了五分钟门铃，终于有人来开门。

门开了三秒又关上。

顾浔又犹豫着用手敲敲门。

里面传出声音："等一下，我衣服穿反了。"

以刚才那三秒的瞬时观察力，没能捕捉到她衣服怎么穿反的，让人略微遗憾。

过了好一会儿崔璨才重新开门，挤出个脑袋："怎么是你啊？"

"你连门外是谁都不问清楚就开门了？"

崔璨懒得听他做安全教育，目光落在他手边的行李箱上："你怎么跑我这儿来了？"

"身份证落酒店了，回来拿错过航班，暂时还没买到回去的票。想到你还在这儿就来看看你。"发现门被崔璨抵着，"你……不让我进去吗？"

崔璨鬼鬼祟祟地回头望一眼，讪笑："不怎么方便，有什么事就在这儿说吧。"

"我看了下返程机票，最近几天的都没了。你要不搬到我那个酒店去住，或者我搬到你这个酒店来，一个女生在外面总归不太安全。"

"那你住我这边吧，我这边便宜。你先去办理入住手续，我一会儿去找你。"

感觉她……做贼心虚，不是错觉。

顾浔眯起眼歪过头："你房里有人？"

"怎么可能！我、我这个房间风水不好，可能对你的身心健康造成危害。"

"什么样的危害？"

撒谎苦手很难自圆其说，只好叹口气开门让出条道。

顾浔好奇地往里走了两步，只扫了一眼就直接退了出来，果然对身心有害，会导致强迫症发作。

"十分钟能收拾好吗？"

"我尽力。"崔璨尴尬地笑笑。

"我还是先去办入住吧。"

终于达成了共识，她道："嗯！去吧。"

[27] 不解风情

"短期内都没票了，五天后的比较好买，可以吗？"崔璨边刷手机边问。

顾浔手机还在继续罢工，只能倚仗她刷票。

"得尽量明天赶回去。本来计划后天回附中做招生宣讲。"

顾浔可不是什么亲善大使，让他做招生宣讲就不怕赶客？

崔璨狐疑地眯起眼："这种任务怎么会交给你？"

"宣讲有别人负责，我只需要做好海报，然后……到场。"

"到场？"女生露出揶揄的笑，"哦……"

差点忘了他在高中母校可是有"后援会"的，带他出场想起什么作用不言而喻。

这"哦"的意思双方心照不宣，顾浔又挂不住面子，只能祈祷她别穷追猛打。

崔璨善解人意："我们学校也有这传统，回来的都是些传奇人物。"

"你不算？"

她摇摇头："排不上号。"

"那时候为什么要放弃数学竞赛？"

"我没放弃，我只是没考好。"

顾浔同样没有穷追猛打，沉默下来。

崔璨却反问："你才是放弃的吧？为什么？"

他认真考虑着该从哪儿说起，半晌才开口："东大也是我妈妈的母校。"

那个年代，感觉含金量很高。崔璨问："她做什么领域的科研？"

"工科，航天。"

"真硬核啊。"这么一想，连顾浔都没到青出于蓝的地步。

"我说过吧，小时候和她不在一起，距离造成崇拜。东大就像个遥不可及的目标，等到了唾手可得的时候，突然感到很迷茫。有了保送也想不出应该学什么专业才有价值。大概马拉松跑到终点发现身边一个人都没有也会有点心慌，怀疑是不是方向不对，是不是跑错路了。"顾浔本来心不在焉地玩着桌上的电话线，不经意抬起眼，正对上她过于关切甚至有点紧张的眼神，先笑起来，"干吗用这种慈祥的目光看我？又想用精神官能冲突结构模型来解说？"

崔璨别开脸，也跟着笑了："我没打算说，虽然我是这么想的。"

"你就不能就事论事？好歹是理科生。"

"学理科对你有帮助吗？"

顾浔正色："我觉得比牵强附会感觉好。"

"你真认为有了病理结论吃过药很多事情就会好转了？"

他低头想了想："那总比听一席话就豁然开朗的可能性大。"

"我高中时有个好朋友得了抑郁症，被父母送去精神科做病理治疗，把导致她抑郁的事忘记了。"

顾浔听她的语气，这故事不像有个皆大欢喜的结局，精神科的一些治疗副作用很大，细节还是不问为妙，不动声色地悄悄转移话题："你是因为这个朋友的经历才选心理学？"

"我只是不想再无视一些怀疑。"

"对什么的怀疑？"

"成功学。"

顾浔愣了一下，扑哧笑了："谁给你灌输了成功学？"

"我爸妈。"

"他们自己信吗？"

"他们是登山爱好者，你说呢？"崔璨很随便地聊，垂眼去看手机。

"是什么事让你开始怀疑？"

"每一件事。"

他试探地看她一眼，那脸上的表情有些意味深长，不是玩笑。还想追问，被她突然打断，赶紧转开视线。

"太好了！刷到一张明天的票。"

"只有一张？"他讪讪地问。

"我又不用赶回母校宣讲。"崔璨提醒道。

顾浔微微蹙眉，觉得她有时候挺……不解风情的。

她手指动作飞快，同时顺势安排下去："你明天晚上就能到东海。还有一天半时间，做海报吧，做了发给陈峄城让他帮忙印好直接到学校去碰你。"

"可我没带电脑，你带了吗？"

"我也没带……那我们可以做好设计画好图示发给陈峄城，让他照做。"

"你画的示意图吗？"顾浔紧绷的神色松动下来，想起了舞台剧布景的示意图。

与招生组在填报志愿前进校宣传不同，寒假里的这种宣讲多半由考上名校的学长学姐自发组织，自卖自夸的要点也更有亲和力一点，回答的通常是住宿条件、餐饮设施、就业方向这类偏实际的问题，海报自然不能走公事公办的严肃路线。

顾浔暗自庆幸有崔璨帮忙做海报，他这个人可没什么幽默细胞，想在一堆友校的搞怪宣传中脱颖而出不太容易，这对崔璨来说倒不是难事，只花了不到三小时她就设计完了。

顾浔扫两眼，标语至少劝退了一半考生——

"全国排名前三的十所高校之一。"

"远离闹市喧嚣，尽享静谧人生，坐拥双一流学区房，收获基建开荒的乐趣。"

"知乎治校，退课致富。"

"学术氛围浓厚，无缝衔接高考，告别爱情困扰。"

"不限学时，时间自由，学信网可查，摸鱼翘课两不误，考试周从入门到入土。"

"好吧。"男生点点头，"比我想象得好一点，我以为你打起广告来会走微商路线。"

崔璨才不把嘲讽当回事，充耳不闻，拍了图稿用微信发给陈峄城，继而拨通电话："收到文件没？"

"招生？这什么东西啊？"

"顾浔后天要回母校做招生宣讲，这是我给他设计的海报。你照着排个版找打印店做出来，到时候直接去学校帮他贴上。"

"哎哟，他自己在三亚逍遥，还能支使得动你？是不是有些不为人知的交易？"

崔璨看了眼顾浔："没有。他情况特殊，明晚才能回去。我就顺手帮个忙。"

"那我就说我忘了，让他回来扑个空。"

"不行，这也是我的心血，你得好好完成任务。"

"啧啧啧，架也不吵了。叫人帮忙还让你传达。"

崔璨觉得陈峄城不太对劲，不依不饶地嘲，猜测麦芒依然没接他电话，人一失意就容易"报复社会"。顾浔不在跟前还没什么，当面这样闹着让人有点尴尬。她侧身背过去，避而不看他的脸，压低声解释："他手机坏了。"

"那你怎么联系上的啊？哎，算了，一提手机我就郁闷，你别跟我秀。这海报打几份贴哪儿啊？"

崔璨没去过东大附中，也不熟悉环境，只好又转回头来："呃……"

陈峄城咋咋呼呼的，不用开免提也能听得见，顾浔小声说："打一份就够了，贴到演讲厅路口前的布告栏。"

对方的声音又顿时高八度："顾浔？！是你吗？"

这耳朵也太灵了。

"不是。"顾浔强行否认。

陈峄城在那边继续嚷嚷："什么情况？你们俩怎么在一起？"

顾浔只好接过手机："你别管，把海报搞定。"

"崔璨？崔璨你在哪儿呢？"

崔璨老实回答："我在三亚……"

"千里追夫啊！"

"你、你、你、你别胡说，我来旅游，正好碰上他而已。"

陈峄城恍然大悟："哦，懂了，不期而遇还协作产出了一些爱的结晶而已。"

女生拧起眉："别把话说得那么奇怪啊。"

"那你们在那儿还干了些什么啊？"

"就……"崔璨挠挠头，"刷机票准备回去。"

"顾浔不是跟他爸妈一起去的吗？甩了爸妈跑去跟你刷机票？"

顾浔抢白："和你没关系。"

"你闭嘴，我跟崔璨进行闺密絮语呢。你再捣乱，我就在你的海报上加色情小广告，让你在母校身败名裂。"

顾浔无语，把手机还给崔璨。

崔璨笑："你怎么这么八卦？哪有那么夸张，普普通通的同学会面好吗？昨天还跟他爸妈一起吃了晚饭，今天做海报，明天赶飞机，就这样。"

"都见家长了还不夸张？这是完结篇剧情啊！人还在三亚，干脆就地结婚算了。"

无语……

陈峄城还在自说自话："太可惜了，作为你们的至亲好友不能见证这一刻……"

顾浔见崔璨被闹得有点赧，轻描淡写地直接把手机挂断了。

"去吃饭吧。"

顾浔刚在想今天崔璨表现良好还没挑起过吵架，一下楼两人就在吃什么的问题上产生了分歧。崔璨认为，到了三亚理所应当得吃海鲜。

"可东海也临海，你平时海鲜没吃够吗？"

"海都不是同一片海，海鲜完全不一样！"

这算哪门子歪理？

"怎么不一样？三亚的螃蟹长翅膀了？"顾浔劝她成熟，"海鲜市场只有游客会去，你非要去那儿就只能被宰客。"

"我喜欢被宰，享受挥金如土的乐趣行吗？"

不讲道理。

"你去买道具砍价时可不是这么说的。"

"那时候我享受强取豪夺的乐趣。"

· 167

顾浔不想跟她一般见识，冷笑一声拦下出租车，由着她去了海鲜市场。

崔璨对旅游地物价有心理准备，但对春节期间的旅游胜地物价还是预估不足。价格牌上写着"生蚝，120元/斤"。

要是顾浔不在场，她肯定掉头就走，豪言覆水难收，眼下有些挣扎。

偏偏顾浔还雪上加霜地站一旁报价："每斤四五只那种大的，东海的价格是十二元一只。"

崔璨回头狠狠瞪他一眼，他还一脸"对事不对人"的坦然。

[28] 何必当初

崔璨这个人真是死要面子活受罪。

明明已经被海鲜价格打脸，她还赖着不走，最后只能挑着最便宜的海瓜子下单。

多嘴讨嫌，再说又不是不熟悉她的做派，遇上这种程度的不顺利，她肯定会找个发泄出口，顾浔非常识趣地闭了嘴。

一旦安静下来，很容易就注意到隔壁桌的动静，有个年龄相仿的女孩总是频频往这边张望，观察对象是崔璨。

顾浔琢磨着是否因为她的打扮值得借鉴，也跟着打量几眼，没看出特色。

快吃完时那女孩终于下定决心采取行动，犹犹豫豫叫了声："崔璨。"

崔璨应声回头。

对方松下一口气："啊！真的是你！"她拖着塑料椅搬到崔璨身边来坐，"我，许瑶，小时候住你家对门那个。"

"是你啊，瑶瑶！"崔璨也很快激动起来，"自从你搬走都快十年没见了。"

"是呀，可你一点没变。"她注意到顾浔的存在，"男朋友啊？"

崔璨摇摇头："我大学同学，也是出来旅游的，碰到了。"说着又转向顾浔介绍，"这是我邻居。"

顾浔疏离地点头示意，算打过招呼，不太愿意热情融入她们女孩子叽叽喳喳的认亲环节，低头继续吃他的小海鲜。

本来也没打算偷听她们说话，只是有两句漏进耳朵里，那女孩提到"我们搬家后没几天就看你上春晚唱歌，我爸妈到处跟人说看着你长大的"，让他惊讶地挑了挑眉。

十年前能上春晚，十年后却寂寂无闻。

崔璨多才多艺，还有挺多差点成为传奇却没能成的经历，但透过现象看本

168

质，对自我实现都是负面因素，顾浔觉得这些话题还是绕开为妙，雷区可不少。

时至今日，有一件事可以肯定——当初对她"总是半途而废"的判断。

吃完饭告别了昔日邻居，两人沿着海边漫步回酒店。崔璨又喋喋不休补充了些关于那女孩的背景资料，都是小学时期琐碎记忆，男生不怎么关心，有一搭没一搭听着，暗暗分析，并不认为她们关系真的很好。

如果真有那么要好，怎么会一搬家就彻底切断联系，别说生活在同一个城市交通便利，听下来她们似乎连电话都没再通过。当那女孩邀请崔璨一起游泳，崔璨果然以"不会游泳"拒绝了，可真愿意去也能在海滩晒晒太阳，谁说到三亚旅游的非得是游泳健将。

崔璨并不特别会来事，虽也算活泼外向，但不是和谁都能聊到一起去，她心里按亲疏远近分了三六九等，对许多人不屑于应酬。

他由此又推断，她应该不太厌烦自己。

顾浔的思路回到现实，刚巧赶上一个童年故事的尾声。

"从那以后她奶奶就再也不敢把酒放在我们够得到的地方了。"

他全程走神，却不妨碍把话题转往自己感兴趣的方向："不过你现在酒量还可以。"

"干吗拿我跟狗比？"女生眉头一皱。

坏了，原来她讲的是和小伙伴误拿酒喂了狗的剧情。

顾浔尽力维持着平静语气："只是突然想到没见你醉过，昨天，还有之前。"

"当然比你好一点。"不知她想起什么，憋笑没憋住。

男生冷着脸："我才不猜，你别吊我胃口，要笑就干脆告诉我上次喝多干什么了，我和你一块儿笑，丢人也就丢一次。"

"耍赖不肯回寝室，非要跟我回寝室。

"我说我寝室没多余床位，你让我和冬冬去挤，给你腾个地方。

"你还透露了你的理想型。"女生说着笑起来。

"什么？"

这就很离谱了。

"说喜欢不太吵、成熟平和一点、能一起安静自习的女生。"

"我干吗跟你说这个？"

"我哪儿知道。"

"我……指的是谁？"

"谁知道啊。"

顾浔脸沉下去，舔了舔嘴唇，终究没说出话来。

果然喝酒误事，按描述这类女生像是韩一一，可他确信自己对韩一一没有异性间那种好感，退一万步说，即便有好感也不该向崔璨倾诉。

　　他有点明白为什么自那以后，崔璨不大爱跟他一争高下了，原先崔璨肯定有点喜欢自己，只是她小孩子气，表现方式是胡搅蛮缠。虽然不知道自己为什么要说这个，但显然这种形象和崔璨彻底背道而驰。这样一通空穴来风的所谓"理想型"，谁听了能不打消念头？

　　到如今才悔不当初，似乎已经于事无补了。

　　晚上十点多崔璨跑来按铃，拘谨地站在门外，头发还滴着水。

　　"我房间吹风机是坏的，你借我用一下。"

　　"可以打前台电话换一个。"男生脱口而出。

　　明明出门左转来借一个更快。

　　他也很快意识到好像不妥，显得自己很小气，找补解释道："呃……主要是我一会儿也要洗头。"

　　"我用好给你拿回来。"

　　解释更多显得更小气了，还是少说点好。

　　顾浔把房门的张角开到最大，侧身让出道，慷慨地邀请："你进来坐，我找给你。"

　　以他的情商完全想不到这样更加不妥，女生反而往走廊里退了一步，摆摆手："我就在这里等。"

　　怎么看起来有点古怪？

　　男生一头雾水，转身进了卫生间。

　　崔璨靠在门边等，瞥见房间尽头的桌上放着一袋米，等他很快回来，问道："怎么会有袋米？"

　　"早上去吃饭问后厨买的，手机不是进水了嘛。"

　　崔璨也听说大米能做干燥剂，一时好奇心乍起："管用吗？"

　　"不知道。"他回身去米袋里翻出手机，返回途中开机没能成功，"还是不行，可能损坏硬件了。"

　　女生见他把手机又妥善放回口袋，随口问："那还留着干吗？"

　　顾浔错愕了两秒，领悟到对方的意思是问为什么不把坏手机直接扔了。

　　"说不定回去还能修好，里面多少有几张值得留念的照片。"

　　这话题没什么长谈的必要，何况两人间气氛从下午开始就有些没来由的别扭。

　　崔璨着急回去吹干头发，带上吹风机跑了，过半小时如约送回来，顾浔听见

170

门铃把门打开，吹风机被她留在门口地上，走廊里空空如也，人早就不见了。

什么意思？

坏掉的手机说扔就扔，不感兴趣的男生连看一眼都嫌多？

这么薄情。

说明崔璨抗挫折能力很差，一定是成长过程中遭遇的挫折对她造成了威胁性剥夺，被剥夺的恰恰是她心理价值的承载物，这些挫折对别人来说可能无足轻重，对她而言却非比寻常，这导致她的反应在人群中显得过激，其他人能够心平气和承受的压力对她就成了严峻的考验，她会更敏感地判断自己受到了威胁和攻击，因此引发更多不必要的反应，比如逃避或寻衅，这么一来，她所有反常的言行都有了合理解释，总之……

顾浔这一夜过度地沉迷于心理分析。

崔璨倒是看起来得到了良好的休息，早上六点半就跑来敲门："我又刷到一张票，可以和你一起回去啦。"

男生挂上他一贯的冷淡口吻："哦，这么早？"

"你不是这时候起床吗？"

但他根本没睡。

"我们晚上七点的飞机，下午四点回来收拾，五点退房，还能出去玩一整天。"

顾浔因睡眠不足思维有点迟钝，且觉得她自说自话乱做安排……简直是他爸的女儿："哦，那你去玩吧。"

"你不去吗？"女生瞪圆了眼睛。

"我……好吧。"

崔璨当真是来旅游的。

走马观花去几个游客爆满的景点转了一圈，她兴奋异常，男生兴趣缺缺，再加上精神不振，一路被落在后面，保持着遛狗般的互动关系。

下午回酒店没算准堵车时间，到达目的地已经五点一刻，被顾浔客观地提醒通常要提前四十分钟值机后，她越发慌张。

顾浔出门时没带包，她大包大揽把桌上的杂物一股脑塞自己书包里，当然，这包一直是顾浔背着。

进了电梯，她掏遍书包也找不到两个房间的房卡。

顾浔赶在电梯里其他客人烦躁之前把它拽出来："让别人先上。"

她就差把头埋进包里，一边翻找一边掉东西出来，手忙脚乱。

也太毛躁了，男生有点无奈，一边跟在后面捡，一边提出合理建议："去外面倒出来找吧。"

酒店后门口有个泳池，边缘勉强能坐，书包里东西倒出来像摆了地摊。顾浔实在想不通，她怎么能连发梳都带着，一整天也没见她用过，平白让书包死沉。

好在房卡很快找到，男生折腰从地上捡起来，刚直起身，旁边又传来扑通一声巨响，她掉进了泳池里。

几乎是条件反射般下了水，急促地抓住她胳膊往岸边拖，却受到莫名其妙的阻力，一开始以为是由于崔璨在笨拙地挣扎，逐渐体会出不太对劲，抗衡的力量过于强大，仿佛有个反作用力拉住她另一只胳膊在往池底拖。

在反复浮浮沉沉中僵持了几分钟，顾浔甚至觉得自己都快要溺水了，突然被女生踹了一脚才猛地冷静下来，松开了手。

他顿了顿，在水下看得清晰，崔璨像条鱼一样行动自如，潜向池底捡起手机，灵活的一个转身，甚至比他还早几秒浮出水面。

顾浔撑着泳池边爬上来，对方恼火地举着胳膊控诉他的罪行："手都快被你扯断了！"

恶人先告状。

男生有点生气："你这不是会游泳吗？还是说你天赋异禀，一下水就点亮了新技能？"

"会不会游泳都不用你管！"

"完全搞不懂你！没必要撒谎的事情，张嘴就来，骗人这么有意思吗？"

"又不是骗你！你自己偷听去的还好意思上纲上线？偷听狂！"

"你以为我想听？嗓门那么大，说假话还理直气壮！"

"我说真的假的都跟你没关系！"

"那我的手机上天下海也跟你没关系！"

"你不是说有留念的照片吗？你不这么说谁会去捞啊！"

"你不是说该扔了吗？捞起来也没用，泡一次水和泡两次有什么区别？"

"没用你扔了啊！"女生恼火地把手机砸他手里，又一股脑把泳池边的杂物乱七八糟地塞回书包，跺着脚气呼呼跑了。

顾浔就知道像她这样狂野的做派，收拾东西总会有隐患。

上楼后还有些抢吹风机的小插曲，由于时间紧迫幸而没有闹大，冷战到机场，隐患出现，书包里东西又倒了一地，但这回没能如愿找出她的身份证。

顾浔拎着她去机场派出所办临时证件，又打电话回酒店请工作人员帮忙寻找，留下邮寄地址，紧赶慢赶过了安检，没有误机，长吁一口气。

刚坐定，女生幽幽地来了句："你这不是知道没带证件的正确操作吗？谎话精。"

"我有时候会忘记……"

"那我会游泳有时候也会忘记。"

他咽了咽喉咙，只好说："可以理解。"

"我胳膊青了。"她撩起袖子卖惨。

顾浔也不甘示弱地撩起袖子："我都不说你还留指甲呢。"

女生沉默着把袖子放下去，装作无事发生。

"你明天能来吗？"男生突然问。

"那是你的学校，又不是我的学校。"

"海报都是你做的……凑个人头……再说你学校又不要你。"

"你学校才不要你。"

"来的话就同意演男主角。"

"真的？"

"谎话精你也信？"

"谁稀罕你演男主角。"不知她从哪儿学来一招恶毒攻击，戳着他手里的身份证照片说，"眼睛这么小，肯定整过容。"

[29] 近在咫尺

直觉告诉顾浔，他爸换人了。一种可能是像《黑衣人》开头那样，外星生物降落后把人吃掉穿起了皮肤，眼见为实，这种事情是时有发生的。

从小到大，哪怕家里只剩父子两个人像银行门口的石狮子一样望着虚空发呆，也没见他主动发起过谈心。

这天顾浔只是看书间隙去客厅接杯水喝，他爸居然凑过来语重心长地打开话匣："你这个年纪，要找对象其实还早了点。"

男生一脸错愕转头看过来。

他爸兀自说下去："其实最好是等大三大四，明确了自己的发展方向——要保研还是出国，再考虑找个志同道合的女孩，这样也避免了一毕业就劳燕分飞，你说对吧。"

同样没等他说出对或不对，爸爸继续单方面输出他的观点："志同道合是前提，同时也要慎重，虽然有些特别有活力的女孩让人感觉很新鲜，但是你要冷静思考，新鲜感之下是不是存在什么隐患，比如性格中有暴力倾向。你学心理的，肯定看人比我们准确。"

顾浔品出了点意味，猜测他"女孩"来"女孩"去的，应该是在针对崔璨。

先不说他误会了什么，人家只不过用长岛冰茶顶撞了他一句，怎么就存在暴力倾向了？这也太危言耸听。

"再一个，考虑到对后代的影响，性格稳定和智力达标其实都同样重要。总而言之啊，不要轻易下结论，多见世面认识些人，等有了基本判断力再找对象，啊？"话一说完他也尴尬，故作亲密地拍拍儿子的肩，连表情也没敢看，拔腿就走，飞快地关上了房门。

顾浔困惑地在原地挠挠额角，喝了口水，抬起手才发现因为家里开了地暖挽着袖子，一截深受崔璨迫害的小臂暴露在外。

难怪，照这个形势看，何止有暴力倾向？他爸没提醒他去打狂犬疫苗都算嘴下留情。

顾浔哭笑不得，也是十分不理解女生为什么要留指甲，并不觉得好看。

崔璨的指甲老是涂饱和度过高的颜色，一点格调都没有，乍看像小学生用水彩笔涂的。

仔细一想，崔璨整个人都充满小学生特色，她吹泡泡糖，还吃棒棒糖，手腕上常有扎头发的那种彩色橡皮筋，一边上专业课一边在桌下玩起泡胶，见过好几次她用晾衣夹固定刘海，而且她每次吵架到了不愿动脑的阶段就喜欢用"你才"的句式……林林总总。

就在前几天——去东海附中做招生宣讲那天，她还戴了红色的塑料儿童手表。虽然她穿的是红色大衣，但这难道能称得上是什么搭配吗？

这么想来，已经好几天没她的音讯了。

典型的过河拆桥，敲定男主角后别说电话，连微信也没有一条。

白天父母都上班去了，学校却还没开学，家里显得冷清，顾浔猜崔璨家也是差不多状况，她怎么就能耐住寂寞？

第二天临近中午，顾浔给她发了条微信："你家有饭吗？要不要出来吃？"

她回："我要去吃面，一起？"

顾浔看她一副熟门熟路的样子，想必要去的面馆应该十分靠谱，没想到九曲十八弯到了店门前，他愣是不太敢踏进去。

巴掌大的一爿店，连个招牌都没有，门脸冲着花圈寿衣铺，距离五米处正有家店在直接往马路上泼淘水。

崔璨在店里回头看他，挑衅似的四目相对。

男生头皮一阵麻，勉强躬身过去，到桌前一闭眼，往不知道是脏还是旧的椅子上坐下去。

没菜单，能吃的都写在柜台头顶上，顾浔通读一遍毫无食欲。

柜台里就老板一个人，崔璨对他说："我要小黄鱼面。"

男生马上接嘴："我跟她一样。"

老板从里面瞥来一眼，看得他不自在，服务态度着实冷淡。

"你常来？"顾浔忍不住问。

"嗯。"崔璨动作麻利地用热水烫碗筷。

对常客就这态度？开店真容易。

顾浔一边暗自"吐槽"，一边手脚僵硬、大气不敢出地干坐着，看崔璨把自己的碗筷也拿过去烫了才想通点什么。

怪不得崔璨好几天不理人，去附中那天果然让她不痛快了。

顾浔事先没想到，几个跟风崇拜的学妹到了高三还能分出神来保持追星般的热情，提问时不好好咨询择校建议，反而追着他提心理学术问题，把"事先做过功课"写在脸上，惹得现场连连起哄。男生自己都疲于招架，当时没留意崔璨的反应，也是等回了家才稍微过脑想，崔璨会不会不高兴。这和他预想的带她看看自己熟悉的环境也大相径庭。

他忽然明白，崔璨为什么要带他来这么个破地方吃饭。

太微妙的女生心思他肯定琢磨不透，但崔璨这种很好理解，毕竟谁都是从小学生长大的。

小时候每次父亲搬出亲朋好友的孩子中比他优异者来树榜样，他就不进反退表现得更差，不愿比较所以要跳出赛道——毫无实用价值的逆反心。

崔璨一言不发地低头吃面，心里叫嚣的音量却很大。

顾浔听得见她说："和你那种众星捧月的过往不一样，我的世界就这么普普通通，住工薪家庭住的楼房小区，穿过破破烂烂的巷子，坐在需要烫碗的店里吃面，不是明星，不是学神，不是传奇，很一般，你要进来吗？"

他学着她刚才的样多烫了一双公筷，从刚端上来的面碗里夹出一条小黄鱼扔到她碗里。

女生在腾腾热气后面抬起眼。

他必须十分克制才没伸手过去捏一捏这张很犟的脸。

"你手机修好了？"她吃着面问起。

一瞬间顾浔想到，她一直不联系他，是不是以为自己还没解决手机问题。但他立刻就打消了这念头，崔璨很敏感，在她这儿不存在多虑。

"修不好，买了新的，不过这新手机也有点不对劲。"男生从羽绒服外套口袋里掏出手机操作给她看，"老是按不动。"

女生接过点击触屏，的确总有延迟，但她的归因十分神奇："最近不适合买手机，水逆（水星逆行），电子产品就是容易出故障。"

顾浔错愕两秒，笑出声："我就知道。"

"什么？"

"你看了弗洛伊德就会去看荣格，看了荣格就会相信星座，从此走上玄学

175

歧途。"

"我看弗洛伊德之前就信星座……"

"说明信星座的人才会信弗洛伊德。"

"喊。我还会看星盘，你试试就知道准不准了。"

"不用，你给我手机看看星盘能不能拯救。"

"你在哪儿买的？"

"网上。"

"我看看……你这不是官方旗舰店啊，只是经销商，可为什么还比旗舰店贵五百，你图啥呢？"

"是吗？我没仔细研究过价格。"

崔璨脸上写满对败家子的指控："而且怎么会刚买屏幕就坏了，我怀疑是翻新机。没超过七天，退了去旗舰店重新买吧。"

"能退吗？"

"这里写着七天无条件退货。"

崔璨飞快地按操作步骤填表申请退货，但立刻被商家拒绝了，客服打电话来解释这种品牌的手机一经激活就不能退货。她还不放弃，又拨通平台客服电话，平台客服建议她联系品牌维修点，经维修点开具故障证明可以退货。她又拨打了品牌客服电话，报上所在市所在区，在餐巾纸上记下最近的维修点地址。

"吃好就去吧，就在这条路上。"

顾浔回过神点点头，不得不佩服她的行动力。

所谓的"在这条路上"其实距离有一公里，吃过面，被打鸡血的崔璨拖着长途跋涉，顾浔感到小黄鱼面提供的能量已不幸消失殆尽。

男生安静地撑着柜台看她和工作人员交涉，不知遇到了什么麻烦，逐渐升级为拨打消协电话和市长热线，最后维修人员只调试好了触屏延迟，不肯给她开故障证明。

这让她不太开心，归途完全不似来路意气风发。

顾浔觉得她丧丧的背影看着有点好笑，安慰道："至少故障解决了，能凑合用就行。"

人生不如意事十之八九，崔璨瘪瘪嘴没说话。

"我带你去个地方。"男生说。

处于两人的家中间的那个商业广场很大，在旋转木马的另一个方向有个下沉式通道，正对面两座楼之间有天桥，崔璨被拖到天桥上，顾浔让她居高临下盯着通道里的行人，可一刻钟过去也没看出玄机，她没完没了地催，男生始终在用"不是这个""等一等"来拖延。

"到底要等多久？在等什么？"

"等你看见就知道了。"

"我耳朵都快冻掉了。"毕竟是露天，女生捂起耳朵。

"谁让你不穿有帽子的衣服出门。"

崔璨瞪他。

他只好用闲聊来杀时间，指着身后楼道出口处："我初一的时候每周来这里补习，学新概念英语，下课后就在这儿玩。"

女生挂在天桥栏杆上："补习班还在吗？"

"倒闭了。"

她回头看看出口附近摆放的易拉宝，新的教辅培训机构层出不穷。

继续盯着楼下的行人，她已经觉得脸都冻得开始疼了，捂耳朵的手挪到脸上："再等五分钟，出不出现我都要回去了。"

险些要被楼下小朋友吹上来的肥皂泡转移注意的时候，有人走到了那两座楼之间的位置，大概是楼体招风，风的走向有点怪异，把行人的头发吹得近乎垂直。

男生在身边支着栏杆幽幽地来了句："像不像超级赛亚人？"

愣了长长的几秒才反应过来，哄人在寒风中瑟瑟发抖二十分钟就为了看这鬼东西。

"顾浔你是有多无聊？"崔璨蹦起来追着他打。

男生边退边象征性地招架，一脸得逞的笑。

打闹够了才回过味来，他想展示的本就是无聊——风光是生活里偶尔出现的特殊时刻，大多数时候我的世界也不过普普通通，上着快倒闭的补习班，放学后在天桥上发呆，等一个有风的天，一个头发够长的人恰好在起风时走到那个点去"变身"，傻笑够了才回家。

下天桥时，他非常体贴地指着陡峭的台阶："小心看路，别失足滚下去。"

"不会说话就不要说话！"崔璨想，男生这种生物真是太讨厌了。

顾浔果然不说话了，手插兜走在前面，不时回头看她一眼确认有没有跟上。

读书十二年，做惯了学霸，他第一次产生不想开学的念头。

开学后崔璨有很多朋友。

想着这些无厘头的东西，一前一后走了一段，下坡再上坡，他突然转身，从口袋里抽出手，戴上羽绒服内卫衣的帽子，大步流星倒回来。

她怔怔地停住脚步等他走近，不明所以。

听见自远方来的风声，细微的痒触及脸颊，在耳畔绕过一圈，又一圈，演变成小提琴的跳音。

不安在下降，水位缓缓接近临界。

紧张在上升，碎弓连成了快板。

耳朵被和谐与不和谐的和弦交替灌满，相似音调不断重复，在冷暖锋对撞处迸发气旋。

没有早一秒，也没有晚一秒，烈风乍起的刹那，他的手落向她的后颈压住了所有头发，一跃而起的只剩脑海里盘桓的三十二分音符，尖锐而盛大的旋律冲出了天灵盖，如同一盒彩墨被泼向天空，直上云霄。

近在咫尺的视界里，男生的下颌线敛出天真的弧度。

金色发尾像阳光下被惊扰的小小尘埃——

轻盈地上扬，温柔地下落。

[30] 竞争对手

冬冬在电话里抱怨，家里其实也不吵，父母上班后白天只剩她一个人，可不知怎的就是学不进去，看来学习像炖红烧肉，柴火灶大铁锅粗放式产出的才好吃。崔璨深有同感，与她一拍即合，比正式开学还早两天就拎包回了寝室。

陈峄城听说她俩也提前返校，一大早就发信息过来："来理财教室，人都齐了。"

看来在家待不住已出现人传人迹象。

自崔璨抱着她的小笔记本电脑踏进理财教室，陈峄城就敏锐地发现她和顾浔有点情况，两人看天看地看小伙伴就是不看对方，这种现象一般称之为"做贼心虚"。但陈峄城不想深究，因为麦芒也不怎么拿正眼看他，显然是出于另一种原因，相较之下过于扎心。

崔璨跟麦芒打过招呼，帮陈峄城问："寒假去忙什么了？陈峄城和我打你手机都没打通过。"

"陈峄城打电话我接不到好正常，我没他号码。骚扰电话太多，我开APP把陌生号码屏蔽了。"

男生挠挠脑袋，还有这种操作？

麦芒说着才想起，掏出手机转向他："存一下吧。"

真是令人惊喜的展开。

她一边新建联系人一边继续和崔璨聊："可你的电话我没看见呀，你找我有事？"

"嗯……我本来想问你们系有哪些学起来轻松点的通选课。"

"看麦芒的状态就知道，她们系没有不轻松的课。"韩——顺口"吐槽"，

"她寒假连专业书都没翻开过，又熊又轻松，整个人都'轻松熊'化了。"

活动室里空气瞬间凝固。

韩一一觉出异常，蹙眉抬起头："别告诉我你们都没有翻开过专业书……"

三个人同时指向心理系之光："顾浔肯定翻开过。"

"我们专业还是很难的。"顾浔安慰韩一一，"他们只是自暴自弃。"

"说到这个……"崔璨开始了她的抱怨，"这学期专业必修也太惨烈了！居然有两门统计课！我们到底是心理系还是数学系？"

韩一一说："我们没有统计，我们还在学高数。"

"数学系都还在学高数！"崔璨声泪俱下。

"她们学的高数和你学的高数不是同一个物种。"顾浔提醒。

"就像梦比优斯奥特曼和皮克特奥特曼都叫奥特曼。"麦芒举例说明。

崔璨坐回椅子上。

韩一一宽慰道："从乐观的角度考虑，统计课多意味着上机课多，意味着自由时间多。"

崔璨没跟上这个思路，陈峥城转过头问："什么意思？"

"你们不知道吗？习题课、上机课、讨论课原则上可以不选，如果保证成绩的话可以跟任课老师协商。"

听见"如果"之后的内容大家就知道和自己无关了，只有一个人除外。

顾浔从笔记本电脑上抬起眼："是吗？"

"不是！"崔璨和陈峥城跳起来疯狂挥手阻断他和韩一一的视线交流，"没有这样的事！"

"你们俩干什么？"

"我们俩统计课没有你的帮助很可能挂科。"陈峥城夸张地抹了抹并不存在的眼泪。

"可我上机课时间有想选的体育课。"

"什么体育？"

"篮球。"

"为什么要选篮球？你不会打篮球吗？会打篮球为什么还要学篮球？"

陈峥城的三连问顾浔回答不了，这似乎已经上升到了哲学的高度。

"而且崔璨体育课选的是体育舞蹈。"陈峥城又说。

"哎？是的。"在桌下被踩了一脚的崔璨立刻点头。

"她需要一个跳交谊舞的舞伴。如果你不选体育舞蹈，她肯定会去找裴弈。"

陈峥城调动了一切聪明才智，却百密一疏忘了关键要素，激将法从来没有对顾浔产生过作用。

"哦，那去找裴弈吧。"男生扫了崔璨一眼，平静地给陈峄城补了个刀，"上机也可以找裴弈。"

开学后第一次舞台剧排练冬冬没露面，这情有可原。

她忙着准备英语补考，上学期只有她一个人有挂科科目，导致最近在理财教室她也不怎么说话，融入不了插科打诨的气氛。

身为男二号的陈峄城也没露面，考虑到缺勤专业户一贯都缺乏责任意识，这属于意料之中。

所以这笔账又被算在了顾浔头上。

特别是问男主角怎么不出现的对话发生在她宣布男主角换成顾浔之后，在场的同学虽然没说，但神态表明并不十分相信，场面一度十分尴尬。

崔璨气鼓鼓地冲出舞蹈教室，正打算去寻仇，有人直接往枪口上撞过来。

"嗯？怎么五分钟就散了？"顾浔诧异。

"你！陈峄城！冬冬！一个都不在！不散能干吗？"

男生转了个方向和她同行："我只是去找老师商量不选上机课被拖了一会儿，这不是来了吗？"

哪壶不开提哪壶。

崔璨冷哼一声："商量成功了？"

"嗯……他同意我不上课。"顾浔郁闷地顿了顿，"但是他让我做助教。"

这意味着——他还是得出现在这门课上。

崔璨错愕两秒，爆发出标准的反派式狂笑。

"哎哎，现在是选课周。"男生提醒道，"幸灾乐祸有损人品最遭报应的。"

"遭报应也是你优先，谁叫你想甩了我们去选什么篮球。"崔璨一边哼歌一边蹦蹦跳跳下楼。

"不觉得很荒唐吗？哪有让本科生给同班同学做助教的？"

"可你上学期差不多已经在做助教了，恭喜你终于有了名分。"

崔璨边笑边转弯，迎面遇上文艺部的部长姐姐，对方惊喜地拉住她："哎！崔璨！我正要去找你。你交的剧本团委老师看过了，说要改改。"

"嗯？怎么改？"

"说要配合校庆的欢乐气氛，得改得稍微喜庆点。"

"喜庆的《歌剧魅影》？"女生僵化在台阶上。

"嗯……是的。"部长也面露难色，同情地拍拍她的肩上了楼，"你……琢磨琢磨？”

崔璨望着学姐一去不复返的背影，对顾浔说：“不觉得这才很荒唐吗？”

顾浔耸耸肩：“都说了你要遭报应的。”

崔璨一筹莫展，懒得理他。

两人下到一楼又碰见陈峥城，顾浔挥手让他掉头：“散了散了。”

“怎么回事？”

“缺的人有点多，崔璨控不住场。”顾浔说。

“你才控不住场。”

陈峥城跟在一边解释：“我是刚才来的路上看见麦芒，跟了她一段耽误了。”

顾浔用鄙夷的眼神瞥他：“病态迷恋。”

“我又不是每天都跟着她。她今天有点奇怪，忙忙碌碌鬼鬼祟祟，看起来像是有什么新的阴谋。”

“也可能是新的爱情。”顾浔指出。

“抱着四桶油漆，我看不出和浪漫剧情有什么联系。”

“正好一个字母一个颜色。”

陈峥城不受他干扰，回头问崔璨：“麦芒在忙什么你知道吗？”

“是为了帮她哥给女朋友制造惊喜吧，不是快到情人节了嘛，昨天她喊我和她一起做花球。”

“为什么要做花球？”顾浔感到一丝不对劲，“他们要结婚吗？”

“不结婚，但麦芒在按婚礼规模操办。考虑到她的求雨经验，情人节那天操场上一座教堂平地而起我都不会奇怪。”

“在军训基地造‘天坛’求雨的是麦芒？”顾浔不禁思索自己都交往了些什么朋友。

得到崔璨的肯定回答后陈峥城引以为傲：“我就说麦芒很厉害吧！”

顾浔认真建议崔璨：“喜庆版《歌剧魅影》怎么写，你可以咨询麦芒。”

元宵节将至，广播台公布了特大喜讯：“我校东校门外广场首次进入东海市烟花爆竹禁放区域名单，由于我校依然地处外环线以外，据专业人士分析，根据《烟花爆竹安全管理条例》，这意味着我校极有可能已经成为养老机构……”

“啊，真的！”麦芒说，“东门广场总有人在跳广场舞。”

“我们学校真变成养老机构也不会是因为广场舞，而是因为有哲学系。”临近选课周“开奖”，韩一一越发心理不平衡。

“你选了哲学系什么课？”顾浔凑近崔璨的笔记本电脑屏幕，女生赶在他目光聚焦之前，就已经飞快地抱起电脑往远处挪了一个座位。

麦芒捕捉到了这个异象："他们俩怎么了？"

"悲剧美学。"陈峥城很高兴他们能在情人节前一拍两散，露出欣慰的笑容，"顾浔抢了崔璨奖学金。"

当事人无奈地回过头："什么叫我'抢'？我发了论文而已，你们也可以发论文，再说我GPA本来就比她高。"

"你发了论文、GPA比她高，是因为你把她投入舞台剧的时间投入了学术。舞台剧为我们系赢得了荣誉，组织者却没有评优加分。这里面存在不正当竞争。"陈峥城公正地离间，并得到了麦芒的点头赞同。

"别那么情绪化好不好？"这话是对崔璨说的，"奖学金和选课是毫不相干的两件事……"

陈峥城打断道："但本质一样，你跟她选同一门课就会降低她拿高分的概率，因为优秀段的比例是固定的。"

"劝我选上机课的时候你可不是这么说的。"

"那是因为上机课我和崔璨默认不在优秀段。"

没想到他居然能逻辑自洽，顾浔无言以对。

"你们注意到BBS上对心理学史的评价了吗？"冬冬难得插嘴，"优秀段比例5%，平均绩点2.2，什么样的专业必修会这样'报复社会'？"

"说明你不可能认识真正的历史。"麦芒感悟道。

"可以默认那5%里有崔璨。"顾浔说，"这门课从古希腊讲起，到精神分析学派结束，教的全是神棍理论。"

冬冬无语地盯了他半分钟，才缓缓开口："我现在觉得，我们这里全员单身没有一个是无辜的。"

韩一一忙里偷闲抬了次头："我不是哦。"

"什么？！"顾浔一脸被背叛的表情，同样是学术派为什么差距这么大？

"我说我不是单身。"

"谁啊？！"轮到麦芒"瞳孔地震"。

韩一一想了想："暂时不能公开。"

"是AI（人工智能）。"顾浔如释重负地断言。

"不是。"

第四话

CuiCan
&
GuXun

真正地了解……不戴面具，你愿意吗

[31] 孤注一掷

杀伤力很大的这门心理学史，由于课程大纲里注明先修课程为普通心理学，一般被认为是普通心理学课的延续，教室是同一间，座位也基本不变，考虑到公布的教学方案中依然有"学生讨论与演讲"这项，大家也默认了上学期的小组分组。

但崔璨没有和她的小组坐一起，而是一个人趴在前排自闭。

"快回来啊，你坐错了。"陈峄城叫她不应，转头问顾浔，"你又怎么招惹她了？"

"她自己选课选砸了，投了九十个意愿点的一门课没选上。"

"九十个意愿点？"总共才九十九个，"什么课这么有吸引力？"

"流行音乐变迁吧。"顾浔用笔戳戳她的后背问，"是这个吗？"

崔璨没回答，烦躁地伸手把笔打开。

"就是这个。"男生确定道，"不是她会跳起来嚷嚷。"

"这课怎么了？九十个意愿点选不上？"

"听歌听八卦，不点名签到，课程内容和慕课版本一样，不想上课可以在寝室自学。"冬冬探过脑袋如数家珍地对陈峄城科普。

陈峄城点点头："有心动的感觉。"

"问题是你心动别人也心动。"顾浔指出其中矛盾冲突。

"那现在崔璨怎么办?剩下九个意愿点选够课了吗?"

"一两个意愿点能选上的估计也是没人要的'幽灵课'吧。"顾浔继续用笔戳她后背,"我给你参谋参谋还能补选点什么。"

这回崔璨跳起来嚷了:"都什么时候了你还想着占我便宜!"

坐等上课的半个班都应声回过头,投来谴责的目光。

顾浔默默缩回手,很郁闷,只不过拿了个奖学金,怎么就成众矢之的了。

陈峰城的离间行动初见成效,因为崔璨回去找到了顾浔霸占优秀段名额的确凿证据,上学期和他选撞车的那门混学分课"健康生活与健康传播",顾浔绩点4.0,她只有3.7。顾浔百思不得其解,出现这种情况,她不该首先反思自己的读书报告毫无诚意吗?要求一千字以上,她每次都写一千零一个字,难不成还指望老师从中发现乐趣和她成为忘年之交?

吃过晚饭,理财教室里其他人还没到,麦芒凑过来骚扰顾浔:"我有一个创业计划……"

男生眼皮也没抬:"希望你的计划里没有我。"

"我的计划是这样的。"麦芒自顾自说下去,边说边激动地挥舞着小手,"我有相机,你爱学习,我可以把你打造成学习型博主,你只要坐在镜头里一直做题就可以了。直播收入五五分,怎么样?"

"你为什么不去找你哥呢?"顾浔放下正在做的题。

"有对象还出卖色相是不道德的。"

"我也会有对象的。"

"可你和璨璨不是已经'悲剧美学'了吗?"

"谁说我一定要和崔璨……"

麦芒截断他的话:"我看璨璨不会原谅你的,抢奖学金这太过分了,换我也不会原谅。"

"首先我没有'抢'她的奖学金。其次她不是没有奖学金,只是比我少两千块而已。两千块就导致关系破裂,简直是人性的泯灭。"

"这个社会就是这样啦。"麦芒老神在在地拍拍他的肩。

韩一一刚走进活动室就听麦芒在给顾浔洗脑:"做女人呢,最重要的是得有钱。因为男人比女人更势利眼,你和他谈感情,可他心里只有钱,所以女人一定要清醒,在金钱面前一切都是浮云。"

女生抱着一堆书在门口停住,拧着眉问麦芒:"你干吗把做女人的秘诀教给顾浔?"

"我在给他做心理辅导。"

· 185

崔璨、冬冬和陈峥城鱼贯而入，麦芒说："璨璨来了，做个心理测试吧。"

"好啊。"崔璨一边拉开座椅一边答应。

韩——一副被甩饼迎面击中般的表情："心理辅导心理测试？心理系是不是被你忽悠瘸了？"

"这种事看天赋。"麦芒大言不惭，转去继续心理测试，"你用'我''兔子''钥匙''桥'造句。"

顾浔就知道她的心理测试不会靠谱。

"好难造啊……我用钥匙把兔子打下桥？"

"你怎么还戾气那么重？不过就是九十个意愿点嘛，兔子招你惹你了？"顾浔听不下去。

崔璨理直气壮地瞪回来："你有本事给我造个其他通顺的句子？"

"我拿着钥匙在桥上碰见兔子。"

"你的故事没有我的生动活泼。"

"你看！我说了吧！"麦芒插嘴道。

顾浔转过头："看什么？"

"钥匙代表事业，兔子代表爱情，桥代表人生之路，你自己体会璨璨的生动活泼。"

顾浔体会了一下，不寒而栗。

崔璨给自己找补："这是因为你们在生活中没养过兔子，兔子很臭。"

麦芒又伸出小手拍拍顾浔："做学习博主吧。"

"你可考虑清楚，补选明天也要关闭了，今天是你最后的机会，拒绝帮助只能害你自己。"顾浔换出派出所民警劝人回头是岸的语气，展开谈判。

"'浔浔善诱'，璨璨不要信他。"麦芒打岔。

陈峥城看懂了剧情，本周顾浔的人生目标是搞清楚崔璨选了哪些课，麦芒的人生目标是说服顾浔做学习博主，出于一些不为常人所理解的原因，现在他俩的目标是对立的。不需要思考就可以做出选择，站麦芒。

顾浔在笔记本电脑上调出自己的课表，把屏幕转过去给她看："看我选的课多好？可能退掉这样的课去觊觎你选的破课吗？"

"破课之所以沦为'破课'，主要是因为期末给优秀段比例低，多一个竞争对手很可能就是绩点4.0和绩点2.0的区别了。"陈峥城插嘴，"崔璨你要保持警惕，顾浔为了抢奖学金什么都干得出来。"

崔璨紧盯着顾浔不吱声，眼里雾气蒙蒙，显然脑子里在天人交战。

活动室弥漫着剑拔弩张的气氛。

"我选了'风险管理与保险'。"崔璨声如蚊蚋。

麦芒和陈峄城一边痛心疾首地捶桌，一边发出恨铁不成钢的嘘声。

虽然这课听起来不怎么样，但取得阶段性胜利的顾浔还是决定对她回以鼓励："嗯，这课不错，学以致用，下学期你就不会再给一门课投放九十个意愿点了。还有呢？"

"还有'博弈与社会'。"

这课名听起来不太友好，顾浔勉强点头："学以致用，下学期奖学金就是你的了。还有呢？"

"还有'自杀问题研究'。"

顾浔眯起眼："你怎么能选上我们系开的通选课？"

"这不是我们系开的，是社会系开的。"

"好吧……但你为什么不选一些让人生观积极向上的课？"

"比如？"

顾浔用眼神示意韩一一提供建议。

韩一一："刑法概论。"

顾浔叹了口气，转而求助麦芒："你不是想选哲学系的课吗？问麦芒。"

"我们系通选只剩'坛经'了。"

"什么是'坛经'？"这进入了顾浔的知识盲区。

"禅宗经典。"

"不行，这个不适合她。"

"凭什么听你的？我就要选这个！"崔璨逆反心严重。

给她参谋参谋补选，谁知又起了反作用，顾浔排查了一遍她选的这四门通选课，都有闭卷考试，老师给分还紧，把牙咬碎了也选不下手。

比较起来，陈峄城简直艺高人胆大。

上学期陈峄城就不怎么去上自己选的课，总跟在麦芒身边旁听，连专业必修都敢三天打鱼两天晒网，期末却没有一门课挂科，让冬冬不禁潸然泪下。

晚上的系统学课上，老师正在用名人的生活趣闻水课，企图挽留同学们退课的步伐。

麦芒和一一没认真听讲，躲在教室后排嘀嘀咕咕，只言片语不时飘进陈峄城的耳郭。一会儿在商量往湖边设个夺命机关，一会儿在策划增加"寻宝"路线复杂程度。

"要把这个回文数算出来得花不少时间。"

"可以写个算法。"

"那还得带上电脑。"

到最后韩一一发现不对劲："你不觉得这流程有点像《消失的爱人》吗？从

爱情走向了惊悚。"

麦芒不以为意："这点考验都没法通过还谈什么爱情？"

这点考验？就她们设计的题面来看，这位被考验的倒霉鬼算不算优秀的爱人不太明确，但她必须有非常优秀的数学和计算机基础才行。

陈峄城有点怀疑崔璨情报的准确性，看起来麦芒不是在策划如何帮哥哥给他的女朋友制造惊喜，据他所知该女朋友学的是中文。也许顾浔的猜测才歪打正着，麦芒又看上什么不三不四的男人了。

"那个……麦麦，你身边有没有朋友最近遇到了感情问题需要心理咨询？"陈峄城戳戳她支吾着开口，"就像上次一样。"

麦芒呆了几秒，困惑地歪过头："没有。你们心理行业这么不景气吗？需要像互联网创业一样上街拉客了？"

这个尴尬瞬间直到第二天的公选课上回想起来，还让人灵魂粉碎，陈峄城捂着胸口顾影自怜："哪里是行业不景气，我心里才不景气。"

"那你赶快退课让崔璨选进来。"顾浔一边抄笔记一边平静冷淡地说。

"你为什么这么爱往人伤口上撒盐？盐系男孩？"陈峄城翻了个白眼，"话说回来，盐系男孩突然变得这么黏崔璨不觉得很矛盾吗？"

"因为内倾者的能力主要用于建构情结本身，所以情结之间会相对孤立互不相干。完全不矛盾。"

"你这何止内倾？这已经精神碎裂了。真不知道你跟崔璨在三亚都干了点什么。"

"无非是吵架打架吵架打架。"一副乏善可陈的调调。

"还打架？"陈峄城深受刺激地抱住脑袋。

"嗯。"

难怪人家女生潜意识里要把爱情打跑。

"那也算有突破性进展……抽象型突破性进展。"他口是心非地想，有恃无恐是要遭报应的。

[32] 守株待兔

选课周过去，周一那节研究自杀问题的课上，崔璨见到了顾浔。

"你不是劝我别选吗？自己还选？"

本来心照不宣的事她每次都要戳穿，一点也不可爱。

顾浔耷拉着嘴角，好半天想出个冠冕堂皇的理由，语气生硬地声称："我在写自杀预防方面的论文。"

"你见过想自杀的人吗？生活中。"她转过脸冲他笑嘻嘻。

虽然在笑，可顾浔觉得她语气认真，不像打算开玩笑："高中时的同班同学，当时有几天没来上课，传闻很多，听说尝试过没有成功。"

"你事先注意到了他的反常吗？"

顾浔想了想，点点头："他在考试成绩公布前总会变得非常神经质，超乎寻常的焦虑，到了给人添麻烦的程度，成绩公布后又总会变得超乎寻常的沮丧，哪怕考得并不坏。"

"你注意到了，那怎么没有预防成功？哦……原来是理论英雄。"她得出了答案，又问，"你那个同学，他只尝试过一次？"

顾浔继续点头，不明所以地看着她。

"我以前见过两个想自杀的人，有一个是我闺密，她高二那年被烟花燎伤了脸，从那以后就得了抑郁症，经常会产生那种念头。但烟花只是个导火索，在她更小的时候，就没怎么得到过家庭关爱。你干吗这副表情，她现在已经没事了。原来离开不幸的原生家庭逃出去，就有一片海阔天空。"

男生紧张的神色松弛下来，看来"闺密的故事"并不像自己想象的那么糟糕："那另一个呢？"

"另一个从小就觉得活着没意义。"

他思维不自觉地慢了一秒："大部分人活着都没什么特殊意义，不需要想太多。"

"不过也没有特地去自杀，只是遇到意外的时候想'就这么死了说不定反而是好事'。"

"虚无主义？"

"所以我觉得，每个想自杀的人都有属于自己的问题，从上帝视角做研究写论文，把他们分为几大类这太草率了，只要听过他们心里的声音就知道无法归类。自杀不是社会问题，而是心理问题，想要干预只能一对一。"

"那你选这课的目的是？"

"你说呢？"女生咬着笔杆微笑起来。

燥热的感觉从脊背上突然蹿过。

守株待兔？这怎么可能？

他相信偶然能导致必然，同时也相信事出有因，问题是从哪里开始才是偶然？

崔璨在他处心积虑的套话下才报出这门课名不是偶然？陈峥城提到"她需要一个交谊舞舞伴"不是偶然？再往前追溯，她投放九十个意愿点选课翻车也不是偶然？还是说，要回到更早？当他认定她是同类，她就已经决定要等在这里说这样一番"无法分类"的话，让他放弃上帝视角。

整件事都摇摇欲坠，根本没有一处必然，但是，又环环相扣。

难不成连此刻自己书包里带的东西都在她意料之中？

男生慌张地收拾起支离破碎的思维，花费了一点时间才镇定下来，眯了眯眼睛："得了吧，故弄玄虚。"

崔璨笑笑，没再和他争辩，转过头去认真上课。

视线回到下发的讲义上。

目光粗略扫过，又停在"开设院系：社会学系"那一栏，他不禁皱起眉。

下课后顾浔还疑虑未消，特地等她收拾好书包，跨出去走上过道，才慢悠悠开口叫住她，证明至少接下去的转折她没猜到。

"你晚上有什么安排？"

"我约了麦芒一起去咖啡馆写剧本。"女生的目光开始躲闪，特殊时间的邀约带有特殊意义，顾浔应该知道吧。

"剧本写得怎么样了？"

男生欲盖弥彰的寒暄让气氛更加紧张。

"嗯……快好了。"

那就是一个字没动的意思。

顾浔若有所思地点点头，拿出块巧克力塞她手里："坐。"

崔璨飞快地把巧克力剥开吃了，没坐，看看表又看看他。

"麦芒可以稍微等等，她随时能找到事干的。"

崔璨就近在前排一屁股坐下，回转身来。

"巧克力好吃吗？"男生问。

"嗯……还行。"

那就是不好吃的意思。

"没关系，每个人也有属于自己的巧克力，所以我觉得，有必要搞清楚你喜欢哪一种。"他说着把书包里各种各样的巧克力哗啦一下全部倒出来，摊了一桌。

崔璨连尴尬都忘了，瞪圆了一双杏眼："我要全部吃掉才能走？"

"吃吧，这是科学研究。今天不是有吃巧克力的习俗？"

原来不是约会邀请。

她松下那根紧绷的神经，抓了块巧克力咬下去，含糊地说："呃，不是的，你搞错了，今天的习俗是送巧克力，而且是女生送男生。"

"是吗？我以为类似于元宵节吃元宵。"男生往别处移开视线，又很快转回来，"不过既然如此你为什么没有送我？"

"因为穷。"女生转移话题蒙混过关，把手里的那块掰了一半分他，"这个味道还不错。"

礼堂前的广场出现了卖玫瑰花的社团，陈峄城随手挑了一枝，万一在教学楼附近有缘碰见麦芒还能送送人。他今天下午有一节课，麦芒倒是没课，出现在教学区的概率不高，不过就一枝花拿在手里也不占地方。

漫无目的地东张西望，瞥见远处理科楼通往校门口那边，有情侣有说有笑站着聊天，男生把女生的手塞在自己口袋里。

他心里呵一声，又被喂了单身"狗粮"。

已经走了过去又退了回来，揉揉眼，情侣中的女生看着有几分眼熟。

他猫着腰歪着头凑近点多看几眼，瘦高个，大长腿，白色短羽绒服上有毛毛帽子，站在阴影里格外显眼，是韩一一没错。

可是男的……

陈峄城也见过，在舞台剧比赛时。意识到是谁后他吓了一跳，往后退着走。

麦芒的钟摆哥是韩一一的新男友？

难怪一一暂时不公开！这要是公开了还不得是世界末日？

陈峄城转身疾步逃离现场，脑子里乱得很，麦芒应该还不知道他们在交往，更要命的是，她应该也没告诉过一一自己喜欢邻居哥哥，这都哪儿跟哪儿啊！但如果麦芒又喜欢上了别的男生就不会太介意，他一时搞不清自己究竟该站什么立场怎么祈祷了。

"陈峄城！"是麦芒的声音。

平时想见她一面可难了，怎么这会儿就能直接撞枪口上？

陈峄城硬着头皮停下来探过头。

麦芒在一棵树边跳："过来过来帮个忙，把这个提示塞进上面鸟窝里。"

男生抬头看看，树杈上的确有个鸟窝，在以她的身高够不着的地方，他诧异地走近了接过卡片："这又在忙什么呢？"

"帮我哥给姐姐制造惊喜。"

陈峄城垂眼看看手里的卡片："文科生姐姐做不来这么难的数学题吧。"

"题是给哥哥做的，他要全部做完才能找到姐姐。"

"那姐姐能收获什么惊喜呢？"

"看哥哥做不出题找不到人急得团团转的惊喜。"麦芒兴奋地指出附近教学楼上的窗口，"每个藏线索的位置我都找好观测点了。"

"你哥应该不知道你在帮他制造惊喜吧？"陈峄城从书包里掏出笔狡黠一笑，"这题对你哥太简单，改一下。"

顺利完成放置线索任务后，麦芒在路口和他道别。

陈峰城往回走了几步才想起正事追过去，她要是再往前走大概率会遇见路边的韩一一，天知道他们有没有聊完天。

"你这是去哪儿？"男生拽住她。

"去咖啡馆找璨璨。"

"呃……不能去。"理科楼可是在去咖啡馆的必经之路上。

"为什么？"

"因为、因为、因为……我失恋了！你也安慰安慰我吧。"

麦芒惊讶地眨眨眼："今天失恋吗？"

"嗯。本来打算告白的。"他咬牙扬了扬手里的花，似乎更有说服力了，"谁知道喜欢的女生有男朋友了。"

"啊……你怎么这么惨啊。"麦芒同情地走回来。

崔璨在咖啡馆转了一圈没找到麦芒，猜测她是来过又走了，找位置坐下打开笔记本电脑，刚准备给她发个微信，麦芒就从门口招着手进来了。

"咦？你怎么比我还晚到？"

"陈峰城失恋了，陪他'吐槽'耽误了。"

崔璨挠挠脑袋，陈峰城喜欢的人不就是麦芒本人吗？这是什么剧情展开："他恋谁？'吐槽'谁？"

"他没说，听描述像你。"

非常应景的，整个咖啡馆突然断了电。

只剩崔璨一个人的电脑亮着，脸上映出显示器微弱的蓝光。咖啡馆里大家环顾四周寻找突然黑暗降临的原因，最后不可避免地，目光都落向崔璨。

崔璨条件反射举起电脑以示清白："不是我干的！我没插电！我还一个字没写！"

手机电筒陆续亮起来。

刚走出咖啡馆，广播台就公布了断电原因："现在播送一则校内临时通知。由于变电设备站故障，电力供应不足，导致全校停电，但好在绝大多数同学都已出校过节，所以影响甚微。预计维修工作持续到明早。"

"绝大多数？影响甚微？"麦芒错愕地重复道，"这是虚假繁荣吧！"

崔璨迟疑着："而且不是说全校停电吗？"

广播很快回答了她的疑问："也许有同学会提出质疑，为什么广播台没有断电？我台在此声明，这是一次真实的、全校范围的停电，绝不是为了提高脱单率而展开的救援活动。我台坚持用爱发电，祝大家节日快乐！"

陈峄城放下手机，笑着出门吆喝左右寝室一起下楼："崔璨号召全班单身人士去团结湖边，举行联欢会唱分手歌。"

顾浔合上还剩8%电量的笔记本："为什么去那么远？"

陈峄城不需要问崔璨就能猜到她的选址初衷："离南门外快捷酒店最近啊，唱歌能被听见！"

下到二楼，陈峄城看了手机又转身逆流而上。

顾浔停在楼梯上抬头问："干吗去？"

"崔璨说麦芒跟来了，我去借个吉他表现表现。"

顾浔刮目相看："你还会弹吉他？"

男生边上楼边说："不会。"

[33] 集思广益

崔璨喜欢一种果味浓花香重的可可豆做的巧克力，单宁适中，低温烘焙，甜橙肉被糖渍过，咬下去是活泼有韧劲的存在感，枫糖和海盐调和着夏威夷果碎的口感，金汤力清冽的余味在结尾处巧妙地上扬。

她不喜欢过度的甜、矫情的苦，喜欢维度丰富的风味层次被柔和地融为一体。即使已经吃了几十块巧克力，她也能分辨出穷工极态和投机取巧之间的差异。很敏锐，细腻，不好敷衍。

顾浔无端地自负起来，觉得自己好像已经知道了关于她的一切。

一切，当然除了味觉偏好还包括其他。

她聪明，机灵。学得快忘得也快，有点毛躁，缺乏耐心，不爱做枯燥的重复劳动。喜欢热闹，但不适应集体活动。能干强势，却不适合做组织者。

顾浔承认，组织活动她总能把头起得很好。

每天七点多吃过早饭到达理财教室，崔璨都已经在那儿敲键盘了，这对一个早起困难户来说相当难能可贵。这种现象持续一周后，顾浔终于搞清了她的新作息规律：超过十二点才回寝室，三点到四点间就自然醒，继续赖床也睡不着，五点她就会出发，到理财教室开始工作。

至于睡不着的原因，大概是创作思维过度活跃。

"写个剧本不用这么殚精竭虑吧，考试也没见你这么用功。"

顾浔只是看她黑眼圈严重，随口一提，她却不太领情。

"考试就是你人生最重要的功课了？这么庸俗！"

"你不庸俗，下次痛失奖学金的时候不要又耿耿于怀，计较舞台剧没有评优加分。"

男生伸手拿过她面前桌上乱扔的一页剧本草稿打算扫两眼，马上被她抽回去。

"不给你看，不喜欢别人看我的中间稿。"

顾浔错愕道："麦芒不是每天都在看吗？"

"麦芒是剧本顾问。"

顾浔看过去，麦芒正得意忘形地冲自己摇晃脑袋，脸上写满"你拿我怎么着"。

无语，男生坐下去忙自己的课业。

不看就不看，小气鬼，谁稀罕。

麦芒把视线转回韩一一身上，期待地继续刚才的追问："怎么样？去吗？"

时间倒带回五分钟前，麦芒在公众号新菜单发出的瞬间兴奋地从座位上跳起来："二食堂新上了一批菜，有锦鲤！明天中午去吃吧！"

一一看看课表，第二天第四节课是门通选，应该能找机会偷偷早退，点头答应了，但接个电话又生变数，男友说到时要来学校找她。

"后天中午我有专业必修课，大后天我们再去吧。"

"大后天就不是第一时间吃到新品的人了呀。"

最近总是这样，谈恋爱真烦人，闺密沉迷于恋爱更烦人。

麦芒发出不满的哼哼声，心情坏掉一点。

"明天我陪你去吃，我没有课也没有对象。"陈峥城及时地安慰。

崔璨这边又拉响了警报："剧本明天就写好了，中午我们要排练呀，你没看我刚发的通知吗？"

"看见了，我最多晚个十来分钟到，吃饭能花多少时间啊。每次排练你一边等人一边说废话也要浪费十分钟。"

崔璨无言以对。

第二天早上八点，顾浔终于收到群发到邮箱的剧本，平心而论写得不错，让人略微有点困惑的是崔璨突然变得虚怀若谷，表示希望大家在排练时多提修改意见集思广益，这一点也不崔璨。

他从电脑上抬起头，微蹙的眉心还没来得及舒展，突然瞥见窗外对面女生寝室楼阳台上，挂出一条写着"做好垃圾"的红色宣传条幅。

什么情况？

从书架上摸出眼镜戴好，五楼的条幅写着"建设美丽校园"，根据推理，四楼这条大概写的是"做好垃圾分类"，但众所周知，三月是晒被子的好时节。

了解一个女生其实不难，可要看穿她们的反常行径是非常消耗脑细胞的。

不到排练现场拨云见日，你不会知道"多提意见"只是一句客套。

顾浔在远离崔璨的角落支着脸，百无聊赖地围观集思广益逐渐变成舌战群儒的局面。

有同学提："感觉女主角有点像提线木偶，人格不够独立，和男主角的关系不对等。"

崔璨反驳："因为男主角和女主角不是爱情关系而是师徒关系，他在戏剧功能上扮演的是'导师'角色，就像《爆裂鼓手》，Andrew和Fletche怎么可能对等？"

有同学提："我觉得比起上次演出的剧本好像情节冲突变弱了，特别是高潮部分。"

崔璨反驳："因为学校要求把这次的演出风格改得稍微喜庆一点，喜剧里角色的行为阈值要比正剧、悲剧大得多，走的不是现实路线，所以一定程度上会和你预期的强情节有出入，但和你的预期不同并不代表冲突就变弱了，只是喜剧色彩对它有所解构造成了你的错觉。"

有同学提："男二号的戏份似乎有点少，从头到尾都是男女主角对手戏，到最后女主角却和男二号在一起让我非常不爽，既然连整体都改成了喜剧，那改个结局也没问题吧。"

崔璨眯起眼："男女主角终成眷属的……《歌剧魅影》？"

顾浔忍俊不禁，攥拳掩嘴偷笑，很好奇她是不是一条修改意见都不打算采纳，没想到真有能让她冷静反思的转折出现。

一位同学质疑："陈峰城的台词长度为什么总是别人的五倍？他背得下来吗？"

崔璨沉默了长长的几秒，最后说："他的台词不是我写的，我打个电话问一下。"

麦芒对台词长度的解释是："我觉得男二号有点太缺乏特色，和一般的配角差别不大，所以增加了一个'说话絮絮叨叨'的特点，你也可以理解为这是他风度良好、懂得照顾他人情绪的体现，至于陈峰城能不能背下来那得问他。"

"陈峰城不在你身边吗？"

"他已经吃完饭在去你那儿的路上了。"

于是，双向通话很快变成了三方电话会议。

陈峰城一边步行一边坦白："我还没看过剧本，整个上午太忙了。"

崔璨简明扼要地给他概述出即将面临的挑战："你的台词长度是其他人的五倍，能保证背下来吗？"

"我可以保证背下来，但不能保证每次排练背得一样。"

崔璨决定放弃期待他的能力："麦芒，我们得给他换一个特点了。"

"啊……那需要推翻重写，工程量好大啊，我今天没有时间，一下午都有课，上课前还打算偷偷去瞄一眼——的男友帅不帅，比较完整的时间是明天下午四点以后，来得及吗？"

陈峥城准确地捕捉到她话里的细节："什么？男友帅不帅？我看过！非常不帅！甚至可以说丑得平平无奇根本没什么可看的！"

"怎么连你都看过？那我更应该去看了！"

"你会后悔的，麦麦，自从我上次看了一眼，连续一个星期连夜路都不敢走。"

"陈峥城你不要打岔。"崔璨继续跟麦芒敲定时间，"麦芒你明天晚上能全部完成吗？这样我后天可以交给文艺部，否则又要跳过一个双休日不能排练。"

"那我尽量吧，吃晚饭快去快回，争取中午也写一点。"麦芒说着匆匆下线。

"哦不！"陈峥城发出一声哀号。

"你又怎么了？"崔璨问。

"我不能参加排练了，我要回食堂阻止麦芒去找韩一一。"说着也不由分说地下线。

崔璨一头雾水地追问陈峥城的监护人："他干吗要阻止麦芒见韩一一？"

顾浔说："很复杂。"

"集思广益"告一段落，散场后崔璨的心情受到了一些影响。

对此，顾浔深感匪夷所思，她让大家提意见，她几乎把大家所有的意见都驳回，到最后她还生气了。

虽然，顾浔也认为这些意见没什么参考价值。

"只有陈峥城跟你说了真话，他早上八点才收到邮件，到集合的两个多小时里没抽出空看剧本。我敢打包票，到场的其他人也都没看过剧本，所以只能提些泛泛而谈的意见，你不用当真。如果非要说剧本有哪里写得不好……"顾浔边走边说，不经意一回头，正对上女生充满敌意的眼神，顿了顿，"算了，不说也罢。"

"怎么这样！吊人胃口！"

顾浔失笑，还想反问她"怎么这样！一条活路也不给人留"呢。

"我的意思是……你是不是先写了英文版剧本，再译成中文的？"

"啊对，本来想演英文版，但交给文艺部后指导老师说校庆观众广泛，还是让演出中文版，这有什么问题吗？"

"台词里有好几个'谐音梗'，译成中文就不见了。"

"哎？哪里？"交稿时间紧张，她没注意，这才摸出剧本来翻看。

196

男生怕她踩空，在楼梯上拽她一把："回去指给你看。"

崔璨把剧本折好，想起刚才在舞蹈教室里未竟的话题，回头问："陈峰城为什么要拦着麦芒，不让她见一一——啊？"

"不是不让见韩一一，是不让见她男友，据说韩一一男友是麦芒喜欢过的人。"

崔璨倒吸一口凉气："一一知道吗？"

"似乎不知道。"

"那真是危机指数满点。"

男生走到她身前去，犹豫地开口引出转折："所以得给你打个预防针。"

"给我？"

顾浔侧过头慢条斯理道："对陈峰城来说，处理这个矛盾肯定是当务之急。同理，对江冬燃，把英语成绩追上来是她的当务之急，我想你刚才应该注意到了她一直在捂着耳朵背单词。只有对你一个人，舞台剧才是现阶段最重要的事，你写的剧本，没人会认真琢磨，你在意的演出，其他人只是完成个文娱活动任务。你得有心理准备，不要期待过高。"

女生沉默着，他在旋转台阶前抬头朝她看过去。

半晌后，那一团情绪不明的阴影里憋出突兀的回音。

"你就是见不得我开心。"

这也早已了解，崔璨不爱听逆耳忠言。

[34] 进展顺利

早晨听见广播台提起二食堂的新菜品："3·15将至，我台收到投诉，第二食堂近期推出半个月限量供应新菜'科学湖锦鲤'，可消费者反映，这种鱼并非生物学上的鲤科鲤属鱼类，涉嫌虚假宣传。为此，我台采访了后勤部余老师，哦不，贾老师，贾老师表示：'草鱼也属于鲤科动物，本质与锦鲤师出同门，而且就考试周期间同学们在校内五大湖见鱼就拜的现象来看，锦鲤在一定意义上是种泛称，重点是——好吃吗？'我台将继续保持关注。"

"好吃吗？"崔璨问麦芒。

"没有裴弈给我们开小灶那次味道好。"麦芒露出深表遗憾之色。

"但问题是科学湖的锦鲤去哪儿了呢？昨天路过那边去打卡，发现科学湖一条鱼都没有了。"韩一一说。

"锦鲤可能在民主湖，最近稍微觉得那边有点挤。"

"和校庆筹备有关吗？"

"没有。"裴弈突然从门外冒出来，手里还拿着一大卷自粘壁纸，"是因为潜水协会刷新了一个什么水肺潜水世界纪录，学校在寒假期间把科学湖抽干，造了一座纪念雕塑，为了避免建筑污染危害鱼群生命，所以捞走的捞走、能吃的吃了。"

韩——仔细回想，似乎也没见到新出现的雕塑："那雕塑呢？"

"在湖底。"裴弈开始用壁纸覆盖墙上的儿童画涂鸦。

"我们学校为什么老是修建没有人能看见的东西？"

没有人能回答崔璨这个振聋发聩的问题，理财活动室陷入沉默。

半晌后裴弈回过头问她："你们舞台剧准备得怎么样了？"

"进展顺利。"崔璨表达了她内心美好的愿望。

按顾浔的建议修改好"谐音梗"之后，她把剧本以最快的速度发到了文艺部工作邮箱，文艺部却好几天没有回复。

崔璨去了一趟文艺部，没人。

又去了一趟文艺部，双休日。

部长微信没回、朋友圈三天可见。这学期和她没有共同的体育课，她就这么消失在了茫茫人海之中。

麦芒无情地揭穿了崔璨的伪装："她连文艺部部长人都找不到。"

"陆佳虞？你等一下。"裴弈放下壁纸拿出手机拨通电话。

"咦？"

绝处逢生，部长出现了，不过没有带来好消息。

学姐转达了指导老师们对剧本的看法："他们觉得不够好笑，讽刺太多了。校庆需要营造一种其乐融融的愉快氛围，如果大家坐在那里干瞪眼场面就不太好看。简而言之不需要脱口秀那样的笑点，需要的是春晚小品那样的笑点。"

"可我觉得春晚小品才笑不出来。"

"我也觉得。顺便说，我个人比较喜欢你的剧本。"

言下之意是她个人的喜欢也影响不了校庆，崔璨挠挠头："这么大的改动啊，时间太紧张了。"

"哦，说到时间……他们说最好把演出时长控制在四十五分钟之内，因为校庆还有好多其他活动。"

"不是吧，还要缩减？四十五分钟之内演完《歌剧魅影》，剧情都讲不完。"

"嗯……我感觉他们想要的只是个精华版，留下最出名的几场表示我们创造性地演出过经典剧目就可以了。"

崔璨面露难色："那剧本相当于要重写。"

198

"重写一下？"

"月初交剧本那次就应该说啊。"

"月初交过剧本吗？"

"也发到文艺部邮箱的，不是回复说'不错，继续推进'吗？我们都按照这个剧本排练四场戏了。"

"哦，那是自动回复。因为部里干事采购了一堆没用的东西，我们已经取消这个自动回复了。"学姐显出非常为难的神色。那能怪谁啊？

崔璨忍着没翻出白眼。

当初对文艺部不靠谱的判断果然没有错。

她们似乎也没有认真考虑过进度时间，和学姐分开后崔璨才想起来。

屋漏偏逢连夜雨，中午在食堂吃饭时，崔璨捧着面碗刚说到"最好同时开始做预算，否则等剧本定稿来不及"，冬冬忽然小声冒出一句"能退出吗"。

女生吃惊地抬起头。

冬冬知道她一定盯着自己看，垂着眼不敢对视，犹犹豫豫地说："这活动现在也不是院系班级的活动了，理论上来说根本不应该由我们来组织，我们也不过就是班长和文艺委员呀，比赛都已经结束了。"

崔璨仔细想想，她说的不是没有道理，发出含糊的一声嗯。

冬冬像是找到了盟友，更理直气壮地说下去："该负责的文艺部朝令夕改，白白浪费的可是我们自己的时间。要我说，还不如把事情交还给文艺部去，谁爱做谁做，我们不伺候了。"

崔璨端起碗喝口汤，没留意温度，舌头被烫了一下。

"冬冬你不想做吗？"

"怎么可能想做啊。"她喃喃地嘟哝，"上学期不就是因为在这上面浪费太多时间才挂了科嘛，完全没有意义的事情。"

开始了。

崔璨默默地想，每当讨论到"价值""意义"，得出"浪费时间"的结论，自己总是拿不出站得住脚的理由去说服。

曾经她也会大声喊一句"是和伙伴们一起奋斗的重要目标啊"，可现在她知道了，在"伙伴们"提出质疑的那一刻，他们已经打定了主意。

崔璨觉得有一团描述不清的酸胀感郁结在胸口，走到统计课教室外对冬冬说："你先进去，我上厕所。"

可她没上厕所，只是把自己挂在走廊栏杆上换气，有同学经过身边就冲他们笑一下，多少有点尴尬。

要是像男生那样会抽烟就好了，发呆时显得不傻。

"你开什么玩笑？"

"啊？"眼睛刚聚上焦，男生的质问已经甩脸上了。

顾浔一副讨债鬼的语气："要按上午群发的剧本演？失心疯？"

体内的郁结形成了具象化的怨念，咬破一个缺口冲出来。

女生的五官在一个短暂瞬间后迅速集结成恼怒的形态："文艺部让这么改的呀，我有什么办法！"

"文艺部吃掉你大脑了？"

"你才没大脑！剧本哪里不好？"

"哪里都不好，看不出来吗？陈峰城的人设像精神分裂了一样。"

崔璨突然涨红了脸："有三场台词是麦芒写的，我都来不及看……"

男生冷淡地打断："哦，你连剧本都不看了。"

"忙不过来啊！"

"到底忙什么了？连剧本都在反反复复，有什么其他事情值得忙？"

崔璨死死地咬着嘴唇，呼吸加速了，氧气却更加不足。

各种委屈都想要抢先诉苦，在肚子里打起架来，反而支离破碎地全部沉没下去，什么也说不出。

她的脸一下烧得滚烫，感觉到不受控制的鼻子发酸，急躁地推开对方转身跑掉。

男生被推了个趔趄，马上不识趣地跟过来："干什么啊？说不出道理就打人！"

"走开啊，别跟着我！"

"我也要上课，谁跟着你了。"这话正说着，对方已经蹿过了教室门口并朝着原来的方向继续疾步走下去，顾浔错愕了两秒，距离被逐渐拉开，他又厚起脸皮追过去，"统计你也敢翘课是……"声音变了个调，"哭什么？"

男生害怕地缩回拽她胳膊的手，像被开水烫了一下。

"不要你管！"崔璨擦着脸跑得飞快。

顾浔在原地怔了怔，又追过来，违心地改口："那个……剧本写得挺好的。"

"神经啊你。"崔璨被气笑了，回头白他一眼，脚步慢下来，"不是因为这个。"

没你神经，又哭又笑吓死人了。

顾浔只敢心里想想，没敢说。

"那因为什么？"

"冬冬退出舞台剧了。"她挑了个最要紧的说。

"然后呢?"男生同理心为零,脸上写着"就这"。

崔璨没想到说完原因会是这种局面,目光呆滞地挠挠脸,挤牙膏似的追加强调:"都没有人跟我一起做预算了。"

"做预算需要两个人吗?难怪你们整天忙得要命又什么都搞不定。"

喂……

"就你这效率当初还好意思吹'一个人把舞台剧演完'?"

呃……

"而且不是给你打过预防针了吗?江冬燃也有自己的事。我给你做。"

"啊?"转折过于突然,她本来还在打着腹稿酝酿反击。

"上课吧,都迟到了,一个破预算有什么好哭的。"

崔璨心里骂骂咧咧地往回走。

顾浔警惕地转头看一眼:"脸擦干净。"

她手边没镜子,还是没能擦得太干净,以至于课后陈峰城跑上前关心:"顾浔又干什么丧心病狂的事了?"

女生看在预算有着落的分儿上摇摇头,反问:"你看了剧本吗?"

陈峰城也知道自己最近配合度太低,不好意思实话实说:"看了……"

"觉得你的角色有问题吗?"

"没有啊,我觉得很好。"

那就是根本没看了,崔璨哀怨地扫他一眼,没有拆穿,只说:"你已经有四次排练没来了。"

"我知道我知道,最近有点忙,选的课太多了而且……"

崔璨打断道:"还是为了拦住麦芒不给她看——男友?"

"顾浔怎么什么都跟你说?"

崔璨没理会他的怨念,说自己的:"你这样整天盯着她也不是个长久之计啊,那你上课的时候她突发好奇心怎么办呢?"

"我想不出什么长久之计。"

"跟——商量啊,和她串通一下,至少让男朋友别来学校找她了,谈恋爱去别的地方免得让麦芒看见。"

"不行。麦芒应该不会愿意让韩——知道自己喜欢过她男朋友。"

"这倒也是……"崔璨拧起眉跟着发愁。

顾浔从身边经过,再次警惕地回头瞥过来,不由得放慢步伐,显出备受烦扰的神色:"你又干吗了?"

女生愣了愣,隔几秒反应过来,鼓着脸没好气:"没有干吗!"

"只要你不造孽人家不会哭,走你的吧。"陈峰城更没好气,这种讨厌鬼都有女生喜欢，上哪儿说理去。

[35] 先斩后奏

周末的排练进行到一半，崔璨被人叫了出去。

组织者离开，剩下的人趁机玩开了，其实舞蹈教室也没什么可玩，但这时候偷个懒仿佛占了便宜，大学生也够幼稚的，顾浔默默想着，找凳子坐下。

教室门没关严实，来叫人的女生和崔璨就站在走廊里。

声音不大，能断断续续听清几句对话。

"就算是前面的剧本也还要修改。"那女生说。

"所以要尽快定稿，只有定稿了才能完全确定预算，现在我们再怎么做也只能算个大框架。"

因为崔璨提到了"预算"这关键词，顾浔觉得和自己有关，往外多看了两眼，她背对这边，看不见脸。

只能从语气中潦草地分辨，着急的人只有崔璨。

对方——听起来是文艺部的人，像电商客服一样态度良好却又事不关己："是的是的，别着急，先把剧本问题处理好，后面才能顺利。"

别着急？对进展毫无帮助的废话。

顾浔没再认真听，神游回手里的剧本上，剧情越来越不像话，主要人物前后行为不一致，大概是崔璨今天抽空改一点、明天抽空改一点造成的支离破碎，而添加更多无聊笑点或许是校方的要求，不过考虑到她处理不了事与愿违的状况时，通常会用愤怒作为新情绪层来掩盖，为了避免再次爆发冲突，他也没敢再提意见。

"我知道我写的剧本确实有很多不足。"

听见崔璨这么说，他吃了一惊。

脑海中涌出许多可能性，崔璨这家伙是不会谦虚的，要么是反讽，要么是以退为进……

"毕竟我不是文科专业，以前也没有组织舞台剧的经验。"

她自嘲地笑笑，男生又往她的背影瞥去一眼，还是没有观察角度，只见她下意识地捏着胳膊。

"这次的事情说明我在这方面没什么天赋。"

对面的女生立刻宽慰："不会呀，我很喜欢你的每一稿剧本，你超有才华，只是确实缺少一点大型活动的经验，大家都会帮助你的。"

这女生看起来热情友善，说的话也挑不出毛病，却让顾浔没来由地反感。

她是谁？有没有天赋、才华轮得着她来评价？

打开手机上学校官网找到几张文艺部活动合照，其中一张最近的团建旅游照片她在中心位，推测是部长或副部长。在往期校报搜索"文艺部部长""副部长"关键词得到几个名字，按时间排除往届的，现任副部长是新传学院一个男生，部长是建筑学院一个女生，大概率是她。

去姓留名在BBS上查找，通过别人对她的称呼很容易知道她的账号。

她很活跃，在建院和高考板块每天发帖回帖；享受被低年级学生追捧的感觉，签名栏留有她的公众号和社交账号。

公众号分享艺术类笔记，图文并茂，审美不错，阅读人数不过千，忽略不计；在社交账号上，她喜欢在东海大学相关的话题下发言，走适度抖机灵的段子手路线，时常自称坦克，这显然与实际形象相悖。

没拿过奖学金，参加过设计比赛却没获奖。

"文艺部"很少被她谈论，偶尔提起是为了强调自己日理万机。

社交型犒赏的重度沉迷者，社团是她拓展社交的途径，社团里烦琐的工作她毫无兴趣。直率友好的人设在交流初期能帮她赢得认同，高考提供高峰体验，但升学不是永恒话题，随着高中生们考进东海或者其他学校，时间一长，反复追忆旧勋章会让人感到乏味，等级消失而等级欲望没有消失，成就感下降。失落常伴她左右，自嘲能解一时之困窘，可是当自嘲逐渐滑向自我贬低依然无法为她赢得曾经那么多喝彩，困窘就恶化成了绝望。

这样一个自我意识过剩的人可能注意到别人的才华吗？

顾浔收起手机，推门走出去："有什么问题吗？再过二十分钟就得去上课了。"

"学姐说不用着急排练，先找艺术学院的老师帮我们好好改一改剧本。"崔璨回头说。

也就是说，排练被叫停了。

男生的视线落向她口中的学姐，冷漠地，接住对方热情的微笑。

如他预想的一样，崔璨的麻烦并没有在落实指导老师之后就迎刃而解。那位老师似乎校外讲座繁多，崔璨加上微信打过招呼把剧本发了，他客套了几句就再也没了下文。每个人都有自己要忙的事，崔璨对此也不再大惊小怪了。

到周五下午，顾浔见崔璨还没有发出第二天排练舞台剧的通知，忍不住问了缘由。

"要我说干脆你也撒手不管，现在谁都不着急，到校庆拿不出节目自然有人要着急。"

"那怎么行！"

顾浔想反问"怎么不行"，顿了顿，换个提议："要么就按照第一版剧本排练下去，等临近校庆他们想起这事，没其他备选，不接受也得接受。"

先斩后奏。崔璨想，也不失为一种出路，不过……

"不应该按照现在的剧本排练下去吗？到时候他们接受的可能性大一点。"

顾浔欲言又止。

根据别人意见修改过的剧本或许让她觉得更有安全感。

反正只是个校级活动，大多数人也就看看热闹，顾浔这么说服自己，点点头："也可以。"

周六的排练得以照常进行，但陈峥城又照例没露面。

崔璨拿出较真到底的态度把电话打过去。

"来了来了不要催啦，已经下楼了，最多……"男生嘻嘻哈哈敷衍着，无意中瞥见第五食堂门口有两个身影像韩——和她男友，他停住脚步觑眼仔细看看，确实是。

"最多五分钟到。"他把话说完挂断电话，庆幸双休日终于能松口气，麦芒起不了这么早，起床后一般也会收拾行李直接出门打车回家，她的宿舍就在南校门边，节外生枝的概率为零。

不过最近他越发感到日子难熬，师大就在隔壁，韩——男友出现在学校的频率太高，但她在校内的活动范围又太小，无非是教学楼、实验楼、宿舍、食堂、活动室几个地方，与麦芒的出没地点高度重合，太容易被撞见。

陈峥城围追堵截疲于奔命事小，每次要编着借口劝麦芒改变行程无比艰难，她是个一旦认准什么就非常固执的聪明小孩，强行扭转她行为的次数多了很难不惹来怀疑，上周开始她已经用打量变态的眼神扫描他的异常。

"嘿，陈峥城！早啊！"麦芒看起来心情大好。

"还早？到午饭饭点了。"陈峥城笑着说。

麦芒看起来……

意识到女生刚从面前蹦蹦跳跳过去，往五食堂方向跑远了，陈峥城吓得一激灵，转身以百米冲刺的速度追上她："等等麦芒，你这是要去哪儿？"

"食堂。"

"为什么？半上午的为什么要去食堂？"

女生疑惑地拧起眉："当然是吃饭啊，你不也说到饭点了吗？"

"五食堂吗？那多难吃！"

"——在等我啦，说有惊喜。"

看来韩——的"暂不公开"策略也告一段落，陈峥城没想到她居然能把这消息理解为对麦芒的一种惊喜，但很快他意识到，换位思考，如果崔璨和顾浔把交往的消息告诉同为朋友的自己，那确实是惊喜。

他脑子完全乱了，重新跟上麦芒："呃……麦麦，你要不要再考虑一下？"

"考虑什么？"女生边走边诧异。

在抵达食堂门口前的短短十几秒内，陈峄城没能想出劝她别去赴闺密约的借口。

男生止步在台阶上没跟进去。

麦芒会怎么做？当场和韩一一吵架？应该不至于。能顺势坐下来不动声色地和他们一起吃饭，假装其乐融融吗？对别人也许不难，但对麦芒而言，连陈峄城都想象不了这种场面，更拿不准该怎么应付这种场面。

整件事好像找不出一个错处。最大的问题源于麦芒收回了她的告白，为了维系原本的人际关系，把喜欢粉饰成一时错乱的兄妹情，两个哥哥想必都认定爱情从来没有真实发生过。是麦芒的错吗？可明明当时自己也认为这才是最佳选择。

一个熟悉的人影从食堂里冲出来，表情看似没什么变化。

陈峄城在原地愣了愣，回过神，诚惶诚恐地跟在身后。

女生下台阶时姿势利落，风自下而上撩起她耳侧的长发。

麦芒突然地停住，转身质问："你是不是早知道了？"

陈峄城按惯性又下了一个台阶才刹住车，紧咬着嘴唇，不知道该怎么回答。

答案显而易见。

不需要去记忆里搜刮各种古怪和反常，男生碍手碍脚地徘徊在自己身边好些日子了，起风时答案自然地水落石出。

以为她会哭会闹，毕竟她一贯那么小孩子气。

明晃晃的阳光下，女生朝自己仰起脸，眼神前所未有的凌厉："你算什么朋友！"

他怎么就一直没能想到，错在自己。

电话里声称五分钟，但男生又拖拖拉拉十五分钟才到，等待时间里一声"能不能先吃饭再排练"的提议又使人心更加涣散，有人迟到，有人想早退，组织活动难上加难。

崔璨皱眉埋怨起来："陈峄城你看过剧本吗？对着读都能错行。"

"之前没看。"男生放下手里的剧本坦白，"这会儿看了才发现这么离谱，这是让我们演什么闹剧吗？前言不搭后语的。"

教室里安静下来。

崔璨还没适应一向嬉皮笑脸的男生突然严肃，沉默了一下，拿出同样严肃的语气："每一次剧本修改我都群发了邮件征求大家意见，有意见应该早在那时候就提出，不必忍在心里天天腹诽。"

"不如你自己数数邮件群发了多少次。"

"什么？"

"平均一周三次有吧。你觉得我们为这样一个无聊的活动要投入多少精力？话说回来，剧本前前后后改了二三十稿，你让我们跟着看什么？背什么？浪费了时间背出两场台词，然后呢？过两天谁知道你会不会又改了？让我们怎么做啊。"

"这我也没办法，文艺部……"

男生不耐烦地打断："我不认识文艺部任何人，我加入排练也不对文艺部任何人负责，我对你负责，你能对我负责吗？如果你现在负责地告诉我，背我手里的剧本你保证不会再改了，那我明天就给你背出来。"

崔璨感觉到紧攥的手心里渗出潮热的汗。

等不到下文的男生把剧本轻放在她身边的桌上："我不想参加这样的活动了。"

他离开后，舞蹈教室还持续了近一分钟的鸦雀无声。

接着有第二个人发出声音："那个……崔璨，我能……也申请退出吗？"

[36] 旁观者清

理财活动室也被一种幼稚的氛围笼罩了。发生在这个空间里的一切话题都开始围绕"韩一一的恋情"这个主题展开，大家单调乏味的日常中突然升起一朵蘑菇云，小到期中考试大到国际争端，都得在这个戏剧化情节面前撤退，小题大做的兴奋赋予它庆典般的排场。

滔滔不绝的倾诉不断上演，顾浔感到写期中论文时专注力受到了一点挑战。但有趣的是，通过观察发现，虽然矛盾的根源来自韩一一和麦芒，但她们并没有采取直接有效的沟通方式。当韩一一出现时麦芒通常不在，当麦芒出现时韩一一通常不在，一开始顾浔以为是巧合，但有一次韩一一走到门口时麦芒已经在活动室里，她选择了掉头离开。

回避？

顾浔找到了人类行为观察的乐趣——重新认识你的朋友，他原以为韩一一是绝对的高自尊人群。

"他知道我喜欢谁。"麦芒对冬冬控诉道，"他知道一一在和谁交往，他作为我们这里唯一的上帝视角，居然一直阻止我知情。"

冬冬点头附和："是啊，他怎么能这样！"

顾浔扶额把脸藏起来，以免表情无意中泄露了自己的心虚。

——上帝视角不止一个，可惜都觉得应该阻止你知情，你应该反思一下自己平时是不是像个小怪物，让大家害怕世界被毁灭。

"亏我这么信任他。这就像你发现你依赖的心理医生在发表的论文里，把你写成了经典病例。"

"完全没问过你的意见对吧。"冬冬补充着她的要点进行自我说服，"太过分了！"

顾浔停下打字声，把手从键盘上缩回来，滚动鼠标，从头开始检查论文。

新发现一：如果你把一场对话如实记录下来就能注意到，倾听者的台词长度通常会小于倾诉者的台词长度，因为我们总是关心自己胜过关心他人。

新发现二：迅速建立女性友谊的捷径是，当朋友对你抱怨不在场的第三人时，你可以一比一取用她的意思、大量投入感叹号并搅拌均匀，这样无论你们是否能达到思想共通，都一定能成为灵魂伴侣。

"而且作为他失恋时的倾诉对象，我还那么真诚地帮他解决过感情问题，真诚应该是双向的，他这个人太假了。"

"等等，他失恋？"

"他喜欢的人不喜欢他。"麦芒矫正了她的描述。

"他喜欢谁？"

新发现三：任何一场严肃对谈都可以因为八卦的出现而变得令人兴奋愉悦，前提是对谈双方不能被卷入八卦。

顾浔垂眼喝了口水，拭目以待，陈峰城究竟给麦芒造成了怎样的错觉。

"听描述我猜是璨璨。"

男生被呛住了。

——我们的朋友陈峰城为什么想象力这么匮乏，非要代入现实来勾画形象？

虽然这样做也没什么错，每次提起都只要描述这个现实就可以避免前后不一致，但难道不可以是一个麦芒不认识的人吗？

"居然是璨璨，我一度以为是顾浔。"冬冬没有理会角落里更加剧烈的咳嗽声，"看来人还是应该相信自己的第一直觉。"

更正，前提是观众也不应该被卷入八卦。

相比麦芒总是中途跑题的控诉，韩一一对话题的控制力明显技高一筹，但是，也取决于和她对话的人是谁。

"不止钟季柏，从高一就开始了，不管我跟任何男生约会，麦麦都会感觉受到了威胁，好像这些男生都是故意针对她，跟她抢朋友的敌人。"

——友情和爱情本质同源，产生于人类的归属需要，你建立的每段新关系都在威胁麦芒和你的既有亲密关系，她感受到威胁不足为奇，但通常情况下我们可以对这种威胁感做出健康回应，为什么麦芒这样一个高自尊的人会在这个小问题上出现些微的自我不确定感呢？

——像崔璨这样的神棍流派心理学家就一定会说，是因为她童年时期的情感需求没有得到满足，部分与母亲感情深厚的小朋友会想要干掉父亲，长大后想要干掉朋友的朋友是这种情绪的重演。

——但我认为是由于基因造成的自主神经系统调解不良，介于她还远没有达到病态的程度，换个角度来看，她还拥有了进化优势，不失为一件好事。

顾浔的注意力回到眼前的复习笔记上。

"那这次你们俩都是她的朋友，谁是她的敌人？"陈峄城问。

"问题就在这里，我们俩都成了敌人。"韩一一无奈道。

"所以只要你们俩变成敌人，问题就迎刃而解了。"

"什么？"

不仅韩一一，连顾浔都不禁错愕地抬起头。

"敌人的敌人就是朋友，只要你和钟季柏反目成仇，就能立刻分别和麦麦做回朋友。"陈峄城言之凿凿，"两大问题，一个对策。"

不得不承认，自从陈峄城因感情问题失智之后，协调人际关系的水平已经超越了崔璨。可谓"用魔法打败魔法"。

麦芒她亲哥的要求就来得坦率多了，谢井原问："你们就不能分手吗？"

"我们为什么要分手？就为了让麦麦开心？"

谢井原从丰富的实战经验中习得，这种问题不能接话，否则会被拖入一种叫"谁比谁重要"的无限战争。

"她为什么就不能为我开心呢？"

顾浔通过对韩一一和谢井原的交流观察，证明了"两个Siri（苹果智能语音助手）对话总有一个会先待机"的猜想。

"我现在和钟季柏分手，他们能在一起吗？"

谢井原终于发现了一个他能回答的问题："不能，我不会让这种事发生。"

"你？这件事和你又有什么关系？"

再次进入待机。

"你们为什么都这么自我？因为自己一点点心理上的不适应就要去操控别人的人际关系。"

此处"你们"包含我和麦芒，主要指麦芒，但只要我一开口就会成为重点攻击对象——谢井原费劲地分析着。

"师兄你平时不是这么没边界的人，连你都卷入混乱让我觉得很恐惧，好像就我一个人在异次元，所有人思维都和我不一样。你到底是以什么身份来劝我分手？"

为什么没有开口还是变成重点攻击对象了呢？谢井原百思不得其解。

"我也不知道，说实话我不怎么希望你分手，我都不知道他们为什么要逼我来劝你。"

失调效应——顾浔大开眼界，连谢井原也会因紧张不适改变自己的观点。对意见起决定作用的果然是情感而不是智慧。

"他们是？"

言多必失，这是无限战争即将开始的信号。

谢井原决定将沉默权行使到底。

"中国没有第五修正案。"不要忘了法律也是韩一一同学的主修之一。

眼下，韩一一的行为又显示出了高自尊人群的攻击性。为什么她这样一个高自尊的人会唯独在对麦芒的关系处理上显示出消极回避的应激反应呢？

像崔璨这样的神棍流派心理学家就一定会说，是因为她童年时期被依赖之人所伤害，却又无法独立于他人而生存，只能将愤怒转向自我。这种"认同作用"会在她的一生不断重演。

但我认为是由于恋爱导致了她激素水平的变化，HPA轴短期内高度活跃造成功能失调，影响了战斗逃跑反应的决策，只要她失恋就会恢复正常，不失为一件好事——顾浔想。

"你为什么每天都一副见多识广的样子？"韩一一突然转过头来。

"什么？"顾浔花了三秒才反应过来她在对自己说话。

不用惊慌，这只是激素水平异常导致的攻击目标扩大化。

韩一一对他的存在忍无可忍："从早到晚也没看你在电脑上打出几个字，你就这么喜欢看热闹，没别的地方可待？"

"没有。"顾浔老实摇头。

"崔璨人呢？"

看，韩一一果然有进化优势，她总能一针见血地找出关键。

自从陈峥城在舞蹈教室和崔璨闹翻，顾浔就再也没有收到过舞台剧排练的通知邮件，他一度怀疑是不是自己因"陈峥城的朋友"这个身份受到株连，被剧组开除了，但种种迹象表明更像是崔璨把她自己开除了，舞台剧没有了任何音讯。

同时，崔璨也没有再出现在理财活动室。

其实她并没有人间蒸发，每周二、四、五的专业课都能看见她，只不过顾浔发现除了舞蹈教室和理财活动室里的共同话题，自己好像没什么理由上前搭讪，

· 209

陈峄城就值得羡慕了，他可以道歉。

专业课前，顾浔撑脸盯着朝崔璨走过去的陈峄城，后悔当初没跟着和崔璨吵一架。

"对不起，那天是我的错，我应该说五分钟到就五分钟到。那天主要是……路上出了意外，你可能还不知道，麦芒知道——的男友是谁了，所以……有点混乱。"

崔璨立刻被这朵新的"蘑菇云"转移了注意："啊……那她们现在怎么样了？"

陈峄城苦恼地挠挠头："还没有解决，在冷战。"

崔璨心里算算，从吵架那天至今已经过去不短的时日："要互相理解真的很难。"

"而且麦芒现在连我也不理。"

"为什么？"

"怪我没有告诉她。"

原来那天他和麦芒先吵了架？

"难怪……"

"不过我不应该找你来发泄，那天我说的屁话你别当真，如果你还愿意让我参与，我随时都可以。"

"我已经把舞台剧推掉了。"

陈峄城失语几秒，咽了咽喉咙："是因为我退出吗？"

"是因为差不多所有人都退出了。"崔璨耸耸肩笑了。

与怅然若失的陈峄城不同，顾浔听到这个消息心里竟有种石头落地的惬意。

也许因为他就是喜欢看她为了剧本和每个人吵架，不喜欢听她说自己没有天赋。

不失为一件好事。

虽然没有理由搭讪，但是有理由被搭讪，课后在楼梯口被叫住时，顾浔通过推理得出了结论——不出所料她喜欢我。

"你找我有事吗？"崔璨问。

男生在五级台阶下困惑地抬起头，思维短路中。

"你打了两个电话我没听见。"女生提示道，"后来忘记了。"

——你忘得可真久，那你为什么还要想起来呢？我都已经忘记了。

顾浔清清嗓子镇定了片刻："也没什么事，打给你是想告诉你，周一你翘通选课的时候点名了，打第二遍是因为你的彩铃太难听我以为打错了。"

"什么彩铃？"

210

"你没打过自己手机吗？你有个中老年广场舞风格的彩铃。"

"呃……"先不管那个彩铃是怎么来的，"我为什么要打自己手机？"

顾浔回答不了，转身下楼。

崔璨跟在后面："点名你帮我喊到了吗？"

"没有，他先点我然后马上就点了你。"

"平时成绩没了……那课的期中论文我还没动笔。"真是祸不单行。

崔璨在教学楼门口被预告之外的阵雨堵住了去路，往人群里退回来，随口问："你论文写什么？"

"自杀预防。"

女生惊讶地转过头。

以为他早就改了主意。

顾浔理解那眼神的意思，不动声色地接住，找空位站定在檐下："你认为自杀倾向无法归类，你举了两个例子，但她们属于同一类。你闺密有抑郁症，另一个也有抑郁症，'觉得活着没有意义'是典型的无望归因，累积到一定程度就会发展成无望感抑郁。如果排除突发性创伤因素，这两人有自杀倾向的相同原因可能是5-羟色胺转运基因异常。"

"哦，你打算怎么干预呢？"她平淡的语调暗藏一点嘲讽。

空气里弥漫着雨声，被周遭嘈杂的交谈冲散后卷土重来。

两种势力含混成一团，变得稠密，在狭小的过道里燃烧、膨胀和沸腾，积蓄着能量。

当硫黄的气味溢出地表……

他说："有病吃药。"

来吵架吧。

[37] 独来独往

崔璨的目光落在他脸上，许久后露出一点微笑："你是对的，总是对的，你连每次打赌都能赢。"

顾浔皱了皱眉，茫然地失落惆怅，像被钝刀豁了一道粗糙的伤口，突兀而傻气，无法管理好脸上的表情。

她连争执都毫无兴致。

就在他以为对话已经无可挽回地画上句号时，崔璨忽然从檐下离开，退到远离人群的走廊里，背靠墙壁看着他低声说："我闺密自杀未遂后被爸妈送去精神科治疗，吃了药做了手术，治疗似乎也成功，她忘记了导致创伤的那些事，痛苦

· 211

都不存在了。"

"有什么……不良反应吗？"顾浔没天真地认为生理治疗能一劳永逸。

"好朋友们当初帮她渡过难关，为她做的那些事也不存在了，很容易理解吧？有因才有果。"

男生明白她的意思，严肃地点点头。心理治疗史上非常典型的一个病例是杏仁核受损的患者失去了感知恐惧的能力，一个人无所畏惧，听起来像好事，但无所畏惧意味着对危险无法预知，副作用是完整社交能力的丧失。

代入崔璨闺密的情况想想，同样会产生社交功能的损害。

"这相当于切断了和朋友们的联系。"她平静地说道，"干预有用吗？当然。至少在很多人看来，她活着总比死了好。不过，我也是那时候才开始怀疑这种一刀切的方法能帮人走多远。烦恼消失了，然后呢？很多时候反而是烦恼让人与人变得亲密。"

顾浔想不出什么说辞来反驳，恨科学没有先进到关闭情绪处理功能的同时保留情绪体验。

但学术争议并不是眼下的重点。

重点是崔璨好像忘了让自己闪闪发光的口诀。

不吵架不较劲不张牙舞爪，成熟懂事，都是表象。

春夏交际，她仿佛一个人留在了寂寥的冬天，心脏撕开一个口，涌出星河，把宇宙隔成两个世界。

"雨小了。"她结束她的话题，把课本挡在头上穿过等雨的人群跑出楼道，回身望他一眼，做了个再见的手势。

顾浔看着她跑远，叹口气。

春雨总是下得雾蒙蒙，徒增感伤。

烦恼让人与人亲密，但是烦恼的你为什么独来独往？

一大早，校广播台就出了放送事故。天气预报之后的纯音乐小步舞曲被意外切断，猜测是广播员不小心碰到了哪个按键，随后响起颇为暧昧的对白，起初无人在意，以为是切了首《半岛铁盒》类型的歌，可是乐曲迟迟不来，逐渐从对白中听出了剧情。

男生关切地问："为什么昨晚派对你很早走了？"

大家熟悉的女声——每日贫嘴的广播员突然失去了播报新闻时的潇洒俏皮，嗫嚅着回答："因为不太能喝酒。"

男生有备而来，拿出缓解宿醉的药给她，公事公办地交代药效原理和服用方法，宛如医药代表。

转折滑稽，一连串细碎的噪音，碰撞和摩擦声迭起，广播台发生了什么不得而知，留下太多想象空间，总之只听出一阵混乱后，询问"没事吧"的男声明显拘谨了，应该是女生的冒失引发了突变。

樱花簌簌下落，整个学校腾起粉红泡泡。

校园路上的同学们不约而同地抬头望向广播音箱，露出别有深意的傻笑。

哇哦的起哄声中，隔壁餐桌上有个男生正对他的同伴斩钉截铁地断言："绝对亲上了！你没有生活常识！"

冬冬捂住脸颊："啊……我也好想谈恋爱。"

崔璨继续捣鼓手机，头也没抬："谈恋爱和好好学习二选一。"

"那还是好好学习。"冬冬重新拿起调羹。

崔璨笑着抬头："你这已经到'挂科PTSD（创伤后应激障碍）'的地步了。"

"可不嘛，我从小到大英语考试没下过九十分，当头一棒。而且我毕业不想工作，保研出国都要看绩点，挂科这坑不知道怎么才能填上。"冬冬长长地叹了口气，回过神，"你怎么还在捣鼓彩铃？从昨天弄到现在。"

"客服说取消不了，就是送给我的。"

"就是这种套路啊，强行给你不喜欢的还取消不了，你想换就得交钱。干吗对彩铃这么执着？"

"因为难听。"

"难听也不让你听。"正说着，她手机有提示音，"陈峥城受了广播启发说要办个派对，问你什么意思。"

"干吗问我？"

"借口给你过生日。"

"我从来不过生日。"

"哎？别那么自闭嘛。舞台剧没了，陈峥城很内疚，我也内疚。给我们一个将功补过的机会？"

崔璨放下手机愣了愣，笑起来："太夸张了你们，舞台剧就是一个学校活动，又不是我的终极梦想，干吗搞得像要完成我的一个遗愿似的。"

崔璨回绝文艺部时态度坚定，以为舞台剧的事到此为止，没想到还有余音。

禅宗经典那门课的课间，韩一一给她发消息说有事找她，寻到教室来："你把舞台剧推了，这锅现在扣我头上。"

"啊？"

意料之外，情理之中。第一名甩锅第二名背也合情合理，反正校庆总不能少了舞台剧。

·213

崔璨无比同情："那你打算怎么办？"

"我打算找你演女主角。"

"不是吧……"

"想了想非你莫属，你们也排过《窈窕淑女》，台词你能背个八九不离十了。只剩这么点时间我找别人还得从头再来，我们系女主角怯场，肯定不行。"

崔璨想推，却又找不着理由。

韩一一翻椅子坐下，拿起崔璨面前的课本摆出准备听课的架势："你不答应我就不走了。"

崔璨无语凝噎，转而问："你和麦芒和好没有？我觉得麦芒也能演。"

"哪有那么容易和好。"声音低沉了一点。

崔璨张张嘴，又把话放回肚子里揣摩，最后冒出一句："我高中的时候仰慕过的男生也倾心我闺密。"

似乎又不太准确。

她改口把情节弄得十分费解："他当时是这么说的，后来证实不是真倾心我闺密，不过那时候的我也得消化类似处境。"

韩一一诧异地朝她看过来。

崔璨趴在课桌上说话，下巴顶着胳膊，有点像碎碎念，缩小成十六七岁的模样："虽然我们关系很好，但也一时很难面对。心里问'为什么''凭什么''我比她差在哪里'，即使明知道差在哪里。'闺密比我好'平时可以挂在嘴上，这时候反而嘴硬'每个人都有自己的优点缺点'，不甘心认输。那段时间，我找出了她好多缺点，比如，别人长大脑的地方……"她转头对着韩一一指指自己的太阳穴，"她可能长了糨糊。"

什么奇怪形容，韩一一噗笑一声。

"真的。不是经常出现那种情况吗？不喜欢的男生对自己告白，拒绝就可以了吧？"

韩一一点点头。

"她从来不会拒绝，对人也说不出坏话，整天那么稀里糊涂的，让男生也稀里糊涂。我问她觉得这男生怎么样，她就列举对方的种种优点。拜托！你又不是班主任，期末要搜肠刮肚给每个学生手册写道德评语！"崔璨说着朝天花板翻个白眼。

韩一一又笑起来。

"别的女生说她，我会骂回去。她们懂什么，一群嫉妒狂。

"可这样的朋友……轮到我自己……居然也变成嫉妒狂……正常的我应该洒脱地挥挥手说'男人算什么啦，给你给你'，是我不正常了……"

她越说越不连贯，但没有影响理解。身边的女生安静听着。

"学心理最大的收获是让我知道我很正常，对很多人来说，朋友的成功是比陌生人的成功对自尊更大的威胁。"崔璨枕回胳膊上，转脸看着她，"都会好，只是需要一点点时间。"

好像被点燃了催眠的香火。

因喜欢的男生喜欢闺密而生气的麦芒。

因所有朋友都宠着麦芒来劝分手而生气的韩一一。

都会好。

冰化成雨，风化成光，先与自己，再与朋友和解。

"好奇怪啊。"一一也趴在胳膊上，转脸对她笑，"我们在一起自习两个学期了，却没怎么说过话。"

事实证明，陈峄城也没什么组织能力，大家七嘴八舌地给意见，他就墙头草一样东倒西歪着妥协，最后生日派对被简化成晚课后在烧烤店的聚餐，格调直降。

"哎哎，随便啦，反正崔璨也不会在意这些。"男生心虚地忙碌，摆放烤架并表扬自己，"期中考期间能把人抓来就不错了。"

"倒也是佩服你，居然死皮赖脸能把麦芒拐来。"冬冬"吐槽"，"这到底是崔璨的生日派对还是你的谢罪宴啊！"

"我没有死皮赖脸，麦麦她循着香味自己过来的。"

冬冬转头按住在食物面前上蹿下跳的麦芒："那你今天晚上别跟他说话，吃就完了。"

"好嘞！"

陈峄城无奈："冬冬我得罪你了？"

"顾浔呢？裴弈都喊了，你不喊顾浔？"

"我喊了，他死活不来。"

"这个男人怎么回事？一点上进心也没有。"

陈峄城左右环顾，"崔璨人呢？"

"门口打电话，和联通客服扯皮，她说别管她，我们先吃。"

陈峄城压低声音吐露实情："这派对最早是裴弈提议的，他怕请崔璨不来，而且我们班同学他认识的不多，才拜托我喊人。"

"那顾浔也不能不来啊。"

陈峄城扶额："顾浔当时就坐我对面，听了说'我们来想想怎么破坏这个派对'。"

冬冬蹙眉："什么'脑回路'？"

"就是！"陈峄城一副受不了的神色，"我跟他说，'你喜欢谁就看着眼睛跟她直说，你想送她礼物就自己送，不要破坏崔璨的礼物。你想给她办派对就自己办，不要破坏崔璨的派对'。"

"说得好！"麦芒百忙之中放下烧烤给他竖了个大拇指。

陈峄城得了鼓励，越发眉飞色舞："顾浔说'那不是崔璨的派对'，我说'那是让崔璨高兴的派对'。结果他来了句'那是让你们高兴的派对，崔璨不喜欢派对'，绝不绝？"

不知怎的，这话没人接得上嘴，一时间忽然冷了场，让问句显得格外凄凉。

大家各自默默吃起来，话题就结束了。

陈峄城心理素质良好，没当回事。

把饮料都分发完后，他犹豫片刻，掂着手机坐到麦芒身边去，小声问："多一个人还坐得下。能不能叫韩——？"

女生一秒变脸："不行。她来我就走。"

"行行行，你吃，不叫她。"男生沉默了好一会儿，还是不甘心就这么算了，又回过头问，"和我都可以和好，和她不行吗？"

麦芒不高兴了："你怎么这么爱管闲事！"

"你才发现啊！"他厚着脸皮笑，很快认真起来，"麦麦我第一次见你是在医务室，军训的时候。"

女生诧异他干吗追忆往昔。

"你和韩——两个人在策划下次装晕倒的时机。"

麦芒记起来，军训时和——没分在一个营，两人想偷懒逃站军姿，又怕被教官发现"怎么每次都是这个营这个人和那个营那个人同时晕倒"。麦芒胆子稍大点，搬出概率论对——胡扯，这种事很常见。只要胆子大，数学系也能被忽悠瘸，没在怕的。

陈峄城看她笑着想事，后面的话咽回去没有说。

——我喜欢你身边有好朋友时的样子，不喜欢你独来独往。

[38] 难忘今宵

装弈拎着蛋糕进了店却没看见主角，追问后又返回店外才找到崔璨。

女生在街边行道树下打电话，距离店门有六七米的距离。装弈从门口冒出头，正犹豫要不要走近，就被她看见了，招手喊他过去。

人走到面前，她已经挂了电话："你手机借我一下。"

216

男生没问为什么，乖乖把手机解锁交出去。

她在自己手机上操作，复制了一条短信内容用微信发给他，这时候电话又打进来，她接通后对裴弈的手机读着："投诉有进展了，'收到你的投诉材料，经初步审查，符合《市场监督管理投诉举报处理暂行办法》等规定的受理条件，我单位决定受理。任务单号：21006241'……嗯哼……好的！"

裴弈等她再次挂断电话，笑着问："你投诉什么了？"

"手机运营商，他们不肯取消送给我的难听彩铃。"

"你可以换一个……"话说了一半，他茅塞顿开，"哦……据理力争？那现在沟通得怎么样了？"

"客服说一会儿回我电话。"

"挺好，感觉是妥协的前兆。"裴弈乐观地预测，做了个引她进门的手势，"先吃东西吧。"

几分钟后，崔璨才有念头滞后地过了过脑子，会不会在裴弈面前显得太强势了？

不知是因为店里的烟火还是因为起了这样的念头，她的脸倏忽发热。

裴弈先落座，左右都还有空位，崔璨却转了个方向，坐到对面的女生中间去，像要找相似的人群藏起来。

烧烤店生意太好，已人声鼎沸，不坐在身边根本无法聊天。面对这样令人无奈的距离，裴弈的脸色也出现了些不自然。

崔璨垂下眼去，随后开始专注地吃东西，一直很安静，偶尔答一答左右女生的搭讪。

吃到七分饱，几个活跃的同学为了让全桌听见自己的声量纷纷喊话，附近更加嘈杂。裴弈隔着桌子看崔璨，随便一想就能从脑海里捞出好几个话题，却只能干瞪眼，等着对方的视线掠过时正好对上，给个眼神笑笑。

好不容易熬到酒足饭饱，大家达成共识把蛋糕请出来，才想起把崔璨也拥到中间，给她把纸质的小皇冠戴上，走完许愿吹蜡烛的流程。

裴弈察言观色，能看出她兴致并不太高，虽然也笑着，但不是她真正兴奋时叽叽喳喳的状态。

大致听闻了她的近况，组织的舞台剧七零八落地散了，和几个最近的朋友也闹了点不愉快，换到以数学系为主的剧组去做了女主角，还是《窈窕淑女》。

兴致不高也在情理之中。

吃过蛋糕饭局散了，裴弈在门口等她同行。

麦芒出门前碰上两个同专业同宿舍楼的女生，手勾着手跑了，没陈崚城什么事。

陈峰城窝心地一回头，看见裴弈，一个箭步跨上前来挤进两人中间，对崔璨说："我也要一起送你回寝室。"

"你凑什么热闹！你过来！"冬冬忍着翻白眼的欲望疯狂招他。

陈峰城不仅不为所动还反向动员："哎，你和她一个寝室，你也一起来。"

"我不回寝室，我要跟裴弈去拿问卷。"崔璨笑着开口，"你送冬冬吧。"

"我才不要他送。"冬冬嫌弃地摇摇头，也和女同学一起走。

陈峰城更受刺激，回头朝崔璨嚷："什么问卷？你又搞什么调查？最近又没有小组作业。"

"我'自杀课'期中要交论文啊。裴弈认识的人多，帮我分发回收。"

"干吗不找我？我认识的人更多！"

"你跟我吵架啦。"

裴弈在一旁好脾气地掩嘴笑。

陈峰城气短一截，恢复理智，把崔璨拉到几步之遥的台阶上，用裴弈听不见的低声说："你有点警惕性吧？大晚上跟男生走不安全。"

"你不也是男生？"

"他能和我比吗？那家伙就像个披着迪士尼王子皮的……"因为暂时没找出裴弈的错而没想出词，"王子。"

崔璨笑了："废话怎么这么多。"

"你还笑，王子也有反派。"

裴弈终于等得不耐烦，亮开嗓子一锤定音："陈峰城你跟我们走吧。"

陈峰城得偿所愿，并且处心积虑地走在中间，导致裴弈跟崔璨说话老隔着人，怪诡异的。

"你给我三百份问卷都发出去了，收回来二百八十六份，有二百六十三份我帮你把选项统计了一遍，减轻你工作量，你不放心的话自己再核对。另外二十三份都有些疑似瞎填的可能性，比如连续十几题选同一个选项，我不知道能不能算有效问卷，你判断。"裴弈说。

"太谢谢了，还帮我统计……"

陈峰城插话打断，问崔璨："什么问卷不能用微信填？"

"关于所学专业和主观幸福感关系的问卷，用微信传出去，学科信息那张乱填就无效了，裴弈找各专业的熟人发的。"

"一个通选课作业这么折腾，奖学金之战白热化了？"

"别提奖学金之战，顾浔这个人不要脸，我看他交过去的论文大小有1.6MB。"

"啊……又丧心病狂了。"

218

裴弈插问："我也做了一下幸福感量表，得了九十一分，算幸福吗？"

"GWB（总体幸福感量表）吗？"陈峥城从崔璨那儿得到肯定的答案，转头向裴弈解码，"很幸福，七十三分以上属于连心理隐患都没有的。"

"你多少分？"裴弈问崔璨。

"我最近没做，上学期我们班集体做过，当时是七十三分。"

"我七十八分。"陈峥城接嘴，但并没有人关心。

裴弈倒是对他们的专业有些好奇："一般人心理出现困扰可以找心理咨询师讨论，那如果心理咨询师自己出现问题能治好自己吗？"

"他可以找另一个心理咨询师讨论。"陈峥城说。

"业务方面有督导师。"

裴弈又问："但如果他很精通自己的专业，那岂不是对方出什么招都能看清套路，还能有同样的疗效吗？"

崔璨笑起来："咨询师不是掌握了独门秘籍，工作对象也不是完全被动接受。他的能力主要体现在给你营造自由表达的氛围、更好地引导你倾诉困扰和需求，用专业知识判断这是哪一类心理问题，然后给你一些技术上的支持，陪伴你在常规模式中找出解决个体问题的方法。"

陈峥城补充强调："解决问题的是来访者本人啦。来访者有专业基础可能更快地在帮助下找到出路，和其他医患关系差不多，患者学过医影响治疗吗？没那么玄。患者学过医倒是有助于和医生更好地交流。"

"患者学过医但觉得自己比主治医生高明，不影响治疗吗？"

崔璨说："那关键是他得换个自己看得起、信得过的医生。"

"很有意思，很神秘。"裴弈点着头若有所思，话题回到崔璨的课程作业上，"这次调查下来，心理学专业学生的主观幸福指数高于平均吗？"

"我也还没统计。"崔璨边走边说，"不过统计结果未必准确，毕竟只是通选课作业，设计得没那么严谨，样本也比较小。比如现在是期中考试周，也许某些专业主观幸福感低是因为正好多几门闭卷考试，而这几门闭卷考试说不定正好是通选公选和全校必修，那么他的幸福感降低和自身专业教学方案的关系就不大。"

陈峥城举例说明："冬冬的压力主要来自英语，但她做了调查样本可能就会得出心理学专业的教学方案让学生幸福感比其他专业低。"

裴弈诧异地拧起眉："这么听起来不具有什么科学性啊，期中论文可以这样吗？"

"是社会学系通选课的期中论文。"崔璨狡黠一笑。

"她专业课论文也一直这样啦，要不怎么说是神棍呢。"陈峥城揭穿。

"那是怎么拿到GPA 3.9的？"

"说明专业课评分标准出了问题。"

崔璨虚张声势地要揍他。

陈峄城嬉笑着躲到裴弈另一侧去继续"吐槽"："我们系这两年毕业的学霸，像顾浔那种科学严谨的都去搞人工智能了，像崔璨这样'脑洞'乱开的都去做互联网用研了，这就是你手机里的APP每次更新都变得更难用的原因。"

"我才不会做用研。"崔璨逮不住人踩了两脚影子。

"用研多好啊，掌握财富密码。"

两人正闹，崔璨手机提示音响了，停下看短信，脸色瞬间灰了。

裴弈问："怎么了？"

"彩铃……说好回电也不给我回，发了条不负责任的系统消息说'未联系上，咨询的问题无法处理'。"

"是不是因为这会儿人工客服已经下班了？"裴弈想说辞安慰她，"再说，不是说会处理吗？"

"你再仔细看看微信里的短信内容，它说四十五个工作日内处理。"女生丧气道。

裴弈翻着微信笑了，飞快地操作手机完成一连串动作："送了你一个搞怪的彩铃，可以换掉了。"

"哎？哎！你这人没有原则！"

"原则是要让人生日快乐，没错吧？"裴弈边说边转头拉盟友。

陈峄城点头："没错。"

男生拨出对方的号码，把手机送到她耳边："听听看。"

"没声音。"崔璨低头看看手机，明明还在响铃，耳侧却没有该有的等待音，把耳朵贴得更近、更专注也无用，让人不禁困惑。

"再等等。"

在漫长的静音之后，猝不及防冒出一声"Surprise（惊喜）"卖萌欢呼。

崔璨呆了好一会儿，随后才扑哧笑出声。

有点打破一直以来的认知，裴弈居然会搞这种滑稽恶作剧。

"这是可爱版的，比较适合你。"男生把电话挂断，"还有恐怖版的。"

"什么什么？"陈峄城挤上前凑热闹，"我也要听！"

生日，大体上还是快乐的。

除了有点意外，有个人没来参加生日派对也就算了，一整天连条祝福信息都懒得发，期中考试周而已，有必要势同水火吗？

崔璨并没有那么在意生日，更没有那么在意顾浔，只是这一点小小的介怀像

220

手上突然长出的倒刺。

洗漱上床准备入睡，枕边的手机振了一下。

"生日快乐。"

崔璨错愕地盯着屏幕回不过神，脸浸没在微弱的荧光中。

时间是"23：59"。

不做第一就做最后一个？根本就是经人提醒才想起来勉强"挽尊"吧！

她无语地把手机塞进枕头下。

崔璨没回微信。

睡得够早的，没心没肺吧？ 顾浔自我安慰。

要找出十来年前的春晚节目并不容易，尤其当你连它是什么节目都不清楚。互联网的确有记忆，只是记忆力不太好。

笔记本电脑屏幕映出红色的光，没想到是曲终人散的歌，舞台上追光下八岁的小朋友显得瘦小而孤独，耳机里传来她的声音，小时候的比现在还要清脆一些。她独唱的部分只有四句，从"难忘今宵"到"祖国好"，从"共祝愿祖国好"开始，群星聚向舞台汇成合唱。

顾浔把进度条拉回追光渐亮的开头再听一遍，第一次听时没注意，一条孤零零的弹幕从她头顶飘过去，就两个字，假唱。

重新听一遍，的确是假唱，特写镜头嘴型都对不上。

说不定别人都是假唱，但只有小朋友紧张得对不上嘴型。

再听一遍，又一遍……慢慢听出了悲伤。

现在他知道了，她的放肆、嚣张、早熟、戏谑因何而起。

顾浔伸手触到屏幕，遮住她的脸。

她有一双杏眼，笑带卧蚕，神采奕奕的眼角眉梢。

[39] 不大对劲

周一中午韩一一有门课闭卷考试。而崔璨一整天没课，直到晚上才需要去自杀问题研究课交论文。因此午休时去财务处报销舞台剧置装发票的任务，就暂时落在了崔璨身上，她欣然接受，不过去的时间不巧，老师吃午饭还没回来，吃了闭门羹。

崔璨闲着无聊，在行政楼里到处瞎逛，大多数办公室里都没人，走廊尽头有一间门是开的，还离着一段距离就能听见里面的人声。

"会因为担忧而花很长时间做决定吗？"有点耳熟的女声用催眠般的语调匀速念着，"从不、偶尔、有一半时间、大部分时间、总是。"

崔璨走到门口已经无法控制地犯了困，班里有个内向的女生通常这样说话，朝办公室里一看，果然是她。

抬头看看门牌，心理健康教育中心。

似乎有点印象，在某次班会后听见导师在问班里谁报名去这部门勤工俭学，两三个人中有这女生，当时还有点疑惑，这几个学生成绩并不出众，他们能帮忙做些什么辅助工作呢？

原来只是接电话念量表，那确实没技术含量。

可这样靠谱吗？

墙上写的电话号码是学校的心理咨询热线，打进来的同学肯定是遇上了各种各样的困扰，光是对他们念量表，真能帮助人？

显然电话那头求助的同学也产生了同样的疑问，使得接电话的女生不得不放下量表开始安抚："我们只有把这些问题问完，记录下你的情况，等老师来了才能做判断。要不然你还是在上班时间抽空来一趟心理健康中心，和老师面谈可能会更快。"大概是被对方拒绝了，话题又回到量表上来，"那就没有办法了，还是先完成这张量表吧，只剩两道题了，再坚持一下。"

正说着，女生眼角余光瞥见了门口的崔璨，微怔须臾，微笑着点个头，然后又继续她的工作。

崔璨顺势走了进去，在一旁看看桌上的两张量表，听她使用催眠声音读到："在应对焦虑时需要寻求帮助，比如借助酒精、药物、护身符或者向他人求助。从不、偶尔……"

粗粗扫一眼表上的选项，就知道这学生焦虑程度很严重。从纸上回过神，又听见女生说着"再联系"就准备挂电话。

崔璨跨过去接过听筒，对面的男生正好说道："只是为了收集我的数据吗？"

同班女生在一边慌乱地使眼色，欲言又止。

崔璨朝她摇摇头做个噤声的手势，坐下来："这位同学，请问你刚才提到的近七天寻求帮助途径，除了打我们热线还有什么？"

对面稍稍冷静："嗯……你再报一遍有哪些选项，我有点忘了。"

"酒精，药……"

"哦，会喝点酒。"

"喝多少？醉的程度严重吗？"

"比较醉……"

"比较醉是什么程度？"

"大概喝个一斤多能醉到第二天中午。其实我不想喝这么多的，主要是喝着喝着就容易过。"

"你是从什么时候开始这样喝酒？"

"嗯……实习的时候。我们行业基本都这样，应酬很多。"

"现在实习结束了吗？"

"嗯。"

"已经进入意向单位开始工作了？"

"没有。"

"是因为什么呢？"

"这就是我打热线的原因，单位总在拖延和我签三方协议，已经以各种理由拖了我两周时间，昨天被我逼急了终于说不可能签，这两周我感觉不好，太焦虑了……"他给出了自我诊断的关键词，但没有往下说。

崔璨等了片刻，继续问："你认为自己焦虑的体现有哪些？"

"心慌，手抖，出冷汗，经常犯恶心，坐立不安。"

"这些症状一般在什么时间段出现？上午、下午还是晚上？"

"下午到晚上越来越严重。"

"所以你喝酒是为了缓解这些症状？"

"是的，我本来不太喜欢喝酒，只是为了放松喝个一两杯，不小心就过了。但是不喝又很难受。"

"实习期是什么时候结束的呢？"

"两个月前。"

"那么这两个月以来你在不需要应酬的情况下喝酒的频率是？"

"差不多一两天一次，不是，为什么总要讨论喝酒？这只是表现之一，又不是根源。"

"你认为根源是什么？"

"三方协议被放鸽子，造成焦虑、抑郁。"

"单位说不可能签三方协议的理由是什么？"

"找了些站不住脚的借口呗，说我不能遵守公司的考勤制度，拜托！我有几次都是为了公司应酬喝多了才上午没去，领导也没去啊。"

"那你认为真正的理由是什么？"

"单位本来就没打算招我进去，用过比较忙碌的那段时间，等项目完成就让实习生走人吧。"

"你说你得到确切的拒绝回复是昨天，从拖延中感到不安是两个星期之前，而实习期结束在两个月前，那么你这两个月内知道两周前频繁喝酒的原因是什么？"

"我们有必要一直讨论喝酒吗？"

"我们需要回避'喝酒'吗？"

"这两个月不时出现一些其他麻烦也让我很焦虑。"

"比如？"

"有一门遗留的必修课，老师扬言要挂掉我，这会影响我拿学位证，不过现在已经解决了。"

"老师说要挂你的原因是什么？"

"我有几节课没去，那一阵我经常身体不舒服，后来去医院检查，果然肝功能出了一点问题，我的辅导员带我拿着病历去跟他解释了。"

"这件事什么时候得到解决的？"

"上个月。"

"解决之后你还焦虑吗？"

"嗯。所以辅导员觉得我的情绪也出了问题，叫我来打这个热线。"

"但你又拖延了一阵？"

"对……"

"是因为入职遇到困难让焦虑更加严重了才打的吗？"

"是。"

"入职遇到困难这件事有没有再次求助辅导员？"

"他不想听我说，他坚持让我先打这个热线。"

"他不想听你说的原因是什么呢？"

"我……有几次喝多了半夜给他打电话，我不太记得说了什么，可能打扰了他……"

"你现在在学校吗？"

"我在。"

"请你立刻来一趟心理健康教育中心好吗？在行政1号楼113室。"

"为什么？"

"你确实需要接受专业心理辅导，现在初步判断是重度酒精使用障碍，如果不接受辅导靠你自己没有办法应付。"

"怎么可能！我说了我喝酒只是为了放松缓解焦虑，先有焦虑才有这个对策，你们前面一个人不是也说给我做的是焦虑测试吗？"

"请你过来吧，是酒精使用障碍。"崔璨坚持道。

"莫名其妙，反正我电话已经打过了。"对方嘟哝着突然挂断。

崔璨叹口气看看时间，把座机听筒交还到同班女生手里："有那种……学校里各院系辅导员联系方式的通讯录吗？"

"一个一个院系联系过去，把这个学生找出来。大四，差一点因为缺勤拿不

224

到学位证，就业困难，酗酒。先找工科理科，从建院开始。我先去财务处把发票交了，一会儿回来。余老师应该也快……"话说到一半，与门边不知什么时候早已出现的导师四目相对，僵化几秒。

老爷爷乐呵呵地捧着保温杯说："去财务处吧，我来处理。"

也不知他听了多久，感觉到一丝班门弄斧的心虚，崔璨红了脸，缩着脖子对老师打个招呼，飞快地跑了。

报销完发票她没再回心理健康中心，想着有老师在轮不到自己管闲事，揣着钱先回了寝室，但这件事还有点吊人胃口，像做了模拟卷没对答案，总留着些悬念。

下午在寝室楼洗衣服，走廊上碰见那位同班女生，崔璨主动问起后续。

"找到了，就是建院的。你怎么猜到的呀？"对方端着盆靠近过来。

"我刚有门通选课做了各专业主观幸福感调查，大部分院系实习统一在大四之前完成，只有少数几个工科院系是不固定时段实习的，然后他还提到应酬多、做项目。我猜不是建筑就是软件、信科。"

"怪不得。"

"那后来余老师怎么处理的？是酒精使用障碍吗？"

"我不知道，找到人我就回来了。"

崔璨有点遗憾，但没想到还有下文。

吃过晚饭，余老师把电话打到她手机上，问她晚上有没有课，没课去一趟113室。她不仅有课，而且得交期中论文，没法缺席。

"那你下了课过来。"

这句话让崔璨两节课上得心不在焉。

第十一节课下课都八点半了，老师的意思是非得今天见她，明天都不行。不知是不是给人诊断错了要追究责任。

崔璨一下课就跑，到了113室，又遇上两个大二的同系师姐在接电话，一起上过统计课，不知道名字但彼此眼熟，互相打过招呼。

老师在内间的咨询室值班，崔璨敲门进去。

"坐。"他还是笑眯眯，让人松了半口气，不像要兴师问罪，"崔璨啊，你怎么最近瘦这么多？"

女生微怔，上学期余老师教普通心理学，这学期没有他的课，算起来有大半个学期没见面，可能乍一看觉得变化大。

她笑着说："老师，我减肥。"

"这么瘦还减肥？脸色也不太好。"

"哦，因为最近考试熬夜比较多。"

老师来回走动，把资料盒放上书柜，再回头看她一眼："你不要这么紧张，我们随便聊聊。"

已经不是你任课老师的系主任找你"随便"聊聊，很可怕，更紧张了。

崔璨深呼吸，把两只手放在膝盖上，露出僵硬的微笑，一副坐以待毙的样子。

老师在办公桌后坐定，笑眯眯地问："最近怎么样，学习、生活都还顺利吧？期中考试有没有感觉压力很大？"

"还好，都顺利，没有压力，及格就行。"

"家里呢？和爸爸妈妈有没有产生什么矛盾？"

"没有矛盾，我爸妈一向思想很前卫，比较能理解我，经常和我聊天，跟我有关的事都先征求我的意见，虽然也不是什么都听我的，但我们一般都能充分沟通达成共识。"

余老师微笑着沉默了好一会儿才慢条斯理地开口："去年，你们班主任给我看了一段班会录像，你和顾浔争执得很精彩，你有一句话让我印象深刻，'读得懂题面又明知标准答案的你，心里是不是真有那种正能量故事'，这句话现在用来问你。"

崔璨没有接话，只是咬了咬嘴唇。

"我不知道你是不是真有这么一个非常正面积极的家庭环境，也许真有。你刚才回答了一个标准答案，从父母的观念、态度、情感、行为等各方面排除了忽视、专制、权威和溺爱这四种负面教养方式，太标准了。不是考试，可以不用这么标准，这不太像聊天的回答。"

女生脸上闪过一丝不自然，讪笑着："这种谈话让我觉得有点紧张，是我今天接的那个电话出、出了问题吗？"

"说到电话，你为什么那么肯定他是酒精使用障碍呢？"

"酒精摄入量比计划饮用量大、想要控制酒精使用的尝试失败、从宿醉中恢复必要活动的时间过长、因为酗酒导致失去学位和工作、因为酗酒引发了与辅导员之间的人际问题、因为酗酒而放弃上必修课、因为酗酒引发了生理疾病但依然不能停止、相信自己能控制饮酒、有认知歪曲。他符合十种酒精使用障碍特征中的九种，另外一种只是不太好判断，因为不知道他的酒量，他又很抗拒谈酒的话题。所以我觉得已经属于重度障碍。"

老师不置可否："他自己认为是焦虑障碍，你为什么觉得不是？"

"之前他做的那张量表，很多题不符合焦虑障碍特征，符合的部分集中在生理效应方面，但我认为那是因为他在戒酒尝试中出现的戒断反应。"

"那为什么不是抑郁障碍呢？"

226

"他在回答问题的时候除了因为想回避酗酒话题造成的犹豫，没有思考和集中注意力方面的困难，也没有言语迟缓现象。他在考虑就业失败的时候没有内向归因。再加上量表上反应的，没有体重激增骤减、没有失眠、没有自杀的念头、没有觉得空虚、丧失兴趣。所以排除。"

老师把双手十指交叉在桌面上，温和亲切地开口："崔璨，你是一个特别聪明的学生，悟性好，学东西快，共情力强。但是你也有一些你的问题，你所掌握的学识不是你的武器。你来之前我听了你刚才那个电话的录音，你好像全程都在拷问这个同学，想要揭穿他的谎言……"

"我没有那个意思，可能是我性格有点急，表达能力不好。"

老师正色道："是的，你的性格导致这个电话收场不太好，因为你不具备心理咨询师的沟通技巧，简而言之，你不是一个心理咨询师，而只是一个学生。我们要求学生接电话时只读量表、记录内容是有原因的，原因是你们不具有心理咨询资质，不可以诊断和治疗。就像无证驾驶，你不知道自己随意给出的诊断会对来访者造成什么影响。"

"对不起……我只是想帮上忙。"

"还想帮忙吗？"

"什么？"

"你愿意来接电话吗？"

"读量表做记录？"

"也可以和他们聊天，你会聊天吗？"

崔璨愣了愣，从进门起第一次真正放松地笑起来，点点头。

"真的吗？我以为你不会呢，我只见过你……"老师扳着手指数，"上课发言、做课题汇报、考试、和同学吵架。"

女生捂着脸笑得更深一点："我会聊天的。"

"不要做诊断，不要在生活中去接触打来电话的同学建立亲密关系，只是做量表记录然后陪他们聊聊天，好吗？"

崔璨走到门口，犹豫再三，回头问："余老师……是酒精使用障碍吗？"

"是的。"老爷爷乐呵呵地歪过头，半开玩笑地问，"你是失恋了吗？"

"啥？"

"猜错了啊……"他自己嘀咕着，"那为什么顾浔也不大对劲？"

[40] "两情相悦"

要不是老师提起，崔璨都快忘了还有顾浔这个人，照理说不应该出现很久没见的感觉，和他有共同的课，就在……今天。

但今天的主题是简评期中论文。

崔璨仔细回忆刚才的通选课，想不起顾浔的存在。

他很少翘课，但鉴于他早就交了期中论文，这节课也不是不可能缺席。

这课选课人数多，没办法保证每次都能坐相同的位置，崔璨到教室时迟到了两分钟，一眼扫过去门口附近靠过道有个空位，就顺势坐下了。

课间没休息，因为课前接了系主任约见面的电话，两课时的过程中脑子里都在想这事，一下课又飞快地赶往心理健康教育中心。

因此，没感觉到顾浔的存在实属正常。

他不对劲？怎么不对劲了？

往前追溯到最近一次联系……在23：59给人发生日祝福，是有点……让人心累。

心累是崔璨这个月的常态，感到对人对事都提不起兴趣，她很清楚这样的心境状态不够健康。基于"即使在正常心境下，顾浔令人心累的本领相比其他人也一骑绝尘"的考虑，没注意到他的不对劲未尝不是一件好事。

崔璨的不对劲，顾浔倒是注意到了。

周一晚上的自杀问题研究课她姗姗来迟，坐在离他很远的位置，这很能说明问题。

从心理学角度而言，一段话中的第一句和最后一句最容易被记住，一次生日的第一个祝福和最后一个最容易有别于其他，同理，第一个和最后一个进教室的学生也最容易被注意。

说明……崔璨需要关注。

远距离关注，而不是同桌闲聊那种聒噪无序的直接交流。

好的，懂了。

她在听课，但完全没有在听课。

老师讲评别人的论文，这个班学术水平很差，论文敷衍了事，压根没什么值得一听。

看！果然。老师讲了个无聊的笑话，大家都笑了起来，只有她像被油漆刷了脸一样无动于衷，迟钝了两秒后为了显得和大家一样才扯了扯嘴角，嘴角如灌铅般沉重。

据BBS情报，这个笑话每年讲一次，顾浔怀疑它是不是被记在教案上了。

不过，顾浔想：崔璨应该不是单纯觉得它不好笑，她心事重重、心猿意马，因为她的注意力在……我这里。

虽然没谈过恋爱，但顾浔看过一些论文，据推测，恋爱中最强的张力源于交

228

往预期。这也就合理解释了为什么所有的浪漫童话故事，讲到他们相爱那一刻就必须结束，下文只能用一句"永远幸福地在一起"草草带过。有最强张力支撑的暧昧比起"在一起"之后的鸡毛蒜皮有意思多了。

——她离得很远，但我坐在她的可视半径范围内。眼睛没有看我，故意表现出心不在焉让我注意，就存在着即将看过来的趋势。这种趋势引入预期张力，制造了恋爱的氛围。

她很聪明，不是闹着和第一次见面的人结婚的那种小公主。

聪明还体现在期中论文上，以她的能力可以做到九十分，但她故意卖明显的破绽，只做到六十分，免得与其他大部分人格格不入。通选课没必要花费太多精力，她选择分析各种专业对学生幸福感的影响，这非常讨巧，在讲评论文时能抓住在座所有人的注意力，因为和大家息息相关，每个人都会好奇自己专业的幸福指数是否名列前茅、是否过了均线。

老师果然点了她对两个问题进行答辩，她有备而来。这能够给一篇以偏概全不够科学的论文加上十分印象分，再加二十分专业度加分。

调查问卷五百份，回收四百七十八份，有效问卷比例很高，她是当面做的，这显得她交友广泛，这也正是她给自己打造的人设。

——但我知道，其中有很大水分。陈峄城透露过其中超过一半是裴逸帮忙发的。

与此同时她的……课堂发言很俏皮，让大家笑得比听老师的"烂梗"笑话时更真诚一些，起码在这个班级，她完成了她的好人缘任务。

强调一遍，她很聪明，总有办法让不真实的人设逐渐真实。

她有很多朋友吗？根据观察所得的表象应该算有。

但她这些"朋友"关心她、在乎她吗？

这周二有概率统计课，这样说比较严谨，因为不是每周都有。每周四的概率统计课是固定的，但每周二的只在每逢单周上课，紧接着心理统计课，本周是单周。

——这意味着她和我在同一教室里的相处时间从一小时五十分钟延长到四个小时。

——她和她的好闺密江冬燃离我三排四列之遥。

——江冬燃本应该注意到，她以前专业必修课坐得离我这么远通常是和我吵架了，介于我们最近没有吵架，所以这又是她制造的预期张力。

但是江冬燃连她陷入了恋爱氛围都没有觉察，只关心她自己iPad（平板电脑）上的——顾浔戴上眼镜确认——英语词组。

——很遗憾地通知你，崔璨，你在你闺密心目中和概率统计的地位差不多。

课间，她的好朋友陈峄城朝她走去，说说笑笑，其乐融融，仿佛有真诚的友情将他们环绕。

有一个前提不容忽视，麦芒只在上课无聊时回陈峄城微信，一下课就杳无音讯，而陈峄城也注意到了这点。

忽视——我们称之为排斥行为，能制造一种具象的痛，对此做出反应的脑区与处理躯体创伤的脑区相同。而与它相对应的是，爱和喜欢是一种具象的止痛剂，当人类看见爱人的图像热疼痛会显著降低。备注，这是科学，有别于崔璨所信仰的神学。

概括地说，只有当陈峄城在麦芒那里感受到被排斥时才会去寻求崔璨的友情聊以自慰。

——很遗憾地通知你，崔璨，你在你朋友心目中和泰诺的作用差不多。

——接下去，很快就到了你的个人时间。

——让我们看看这堂长达两小时五十分钟的通选课在讲什么……《博弈与社会》，本课程自称它的主题是，人类如何才能更好地合作。

——想听听我的看法吗？因为归属需要是人类生存的核心，所以合作来自人的天性。

天生会合作的人不会来选这门课，而天生不会的人——比如崔璨，选了也学不会。

——崔璨也知道这点，但她不介意进行一些尝试，我也不介意。

她和她的"不合作"小组用尽全力完成课堂讨论的样子，就像一群企鹅幼崽在练习起飞。

这没什么不好，她总是很聪明，偶尔蠢萌一点也很可爱。

现在下课了，她心力交瘁地独自走在回寝室的路上，保持着受伤企鹅的形态。

同班的两个女生迎面走来和她打招呼，问她要不要一起去买烤串，就好像人类真的喜欢和企鹅一起吃烤串似的。

崔璨摇了头，走进灯火通明人声鼎沸的女生寝室楼，一天中能看见她的部分就这样结束了。

这只是普通的一天。

不普通的一天比如星期四，她和他会有一门课坐在一起——严谨一点，隔着陈峄城。但因为是同一个小组，属于同一个社会单元，说"在一起"也没什么问题。

心理学上怎么解释人与人相互吸引的因素？

接近性排在第一位。

人的本能注定了他们会喜欢上离自己近的人，反过来，与身边的人建立亲密关系又能让生活更加顺利，这非常容易理解，那些违背这种规律的人应该已经在进化过程中因为生活不顺被淘汰了。

——我先进教室，和我坐在一起是她的选择，所以她希望我喜欢她，我懂了。

不普通的一天气氛火花四射。

一个课题小组四个人，其中一半人两情相悦，怎么可能出现普通的课堂讨论呢？

——她的每句话都是在对我说的，其实我想劝她稍微收敛一点，不然江冬燃和陈峥城这两个生活不顺利的人会心态不平衡。

——你看，他们果然跳出来阻止了。

冬冬扶额叹气："你们俩别吵啦，头好痛啊。我们不碰和精神分析学派有关的任何话题，好吗？做别的。"

——告诉过你，崔璨，你的朋友们对你的恋情漠不关心。

星期五，对她来说是非常难熬的一天，长达两个半小时的上机课。

——她亲口说过她需要我，这我记得很清楚，我会关照好她，像参加"一帮一——对红"活动的优秀少先队员那样不求回报。

当然，如果说句谢谢就更好了。

——她没说，我明白了，关系亲密的人之间不必客套礼貌。

她一下课就马不停蹄地跑回寝室，看架势今天是不会再出这栋楼，这才……下午三点十分。

没关系，明天还有校庆演出。

——男主角不是我演，但是一个女生，不失为一件好事。

"你有没有发现大部分男生都不正常？"崔璨挂掉电话后问。

办公桌对面的杨婷婷微笑一点："为什么这么说？"

"没有办法和他们聊天，你跟他们说一句话，他们不会对这句话做出反应，永远在说另外一套。"

杨婷婷笑着点点头："是这样。"

"接两个男生电话后必须再接一个女生电话矫正认知，才能让我确定是他们的问题，不是我的问题。那天那个酒精使用障碍的反而是最正常的。"

"可能因为正常的不会打这个电话吧。"女生嘻嘻笑着说，"你不喜欢接男生电话切过来转给我就好，也正好让嗓子休息一下。"

崔璨也跟着笑起来，撑着脑袋："你脾气真好，没见你生过气，我就不行，我老是为了些小事感觉很愤怒，事后自己一想，完全没必要。"

"有活力呀。"

电话铃又响了，崔璨接起来："您好，心理健康教育中心，请问有什么需要帮助吗？"

她朝杨婷婷眨眨眼，继续听下去，说明是女生。

感情问题，在意料之中，星期五晚上八点没有社交活动，给学校心理健康中心打来电话的，多半是感情问题，虽然来访者语气如丧考妣，但一般来说连量表都用不上。

"我可能被精神操控了……"女生说。

但说自己被精神操控的人通常不可能被精神操控。

"喜欢上一个非常非常非常非常讨厌的人。"

用了四个非常，说明……这个人真的讨厌。

"他摧毁了你的自尊，打击了你的自信，阻断了你和其他亲朋好友的联系吗？"崔璨问。

"没有，这倒没有。"

嗯，这就是老师教育我们不要使用互联网搜索引擎解决生理或心理困境的原因，你要么会喜提癌症，要么已经精神分裂。

那女生继续说下去："反而认识他以后，因为他朋友多，所以我也多了很多朋友。"

崔璨无奈地叹息："这不是精神操控。"

"但喜欢上一个讨厌的人难道合理吗？"

"你为什么讨厌他？能举个例子吗？"

"他对人没有差别，对谁都一样好，经常让女生产生他喜欢自己的误会。"

那关你什么事呢？崔璨实际上想问的问题是这个。

"你误会了吗？"

"我没有。"

"我明白了，你是一个例外。"

"对。"

"但他没有用例外的方式对你。"

对方无言。

"所以你经常感到悲伤……还是气愤？"

"气愤吧……我有时候会为了这个跟他吵架。"

情感上遭到排斥伤害的人会产生强烈攻击行为，情绪管理失控，比如吵架；表现出自我挫败，比如认为自己被精神操控。而诱发你排斥感的原因估计是……

你喜欢他很久了，但我不能告诉你，崔璨想，因为老师教育我们不要无证行医。

换个问法："你以前喜欢过别人吗？恋爱的喜欢。"

"我刚和男朋友分手。"值得注意的是她没有回答"喜欢过"就直接跳到了"分手"。

真相大白了——恭喜你找到真爱，但很遗憾真爱不爱你。

新城旧事，乏善可陈。

崔璨希望她能把电话线让给更需要帮助的同学。

"那就很正常了。"她解释道，"和减肥突然结束体重容易反弹一个道理，当我们再次陷入孤独，会对亲密关系更加贪婪。所以失恋的人经常会急不可待地爱上下一个人，这是一种反弹行为。至于为什么爱的是自己讨厌的人，因为坏事比好事更有影响力，坏心情比好心情更能影响我们的思维和记忆，他的存在感这么强烈，喜欢他完全合理。"

"合理啊……"电话那头传来趋于平静只有些失措的声音，"那我往后该怎么办？"

"顺其自然。"

就像一场过敏，你感受到不适是由于你的免疫系统在保护你。

这场战争不管多激烈也只有你自己知道。

到最后，我们总要与世界和解。

"换好衣服了吗？"离演出开场还有一刻钟，韩一一向化妆间探进头来，里面只有崔璨一个人低头盯着手机屏幕，她走过去在她身后撑着沙发靠背，"在看什么？"

女主角没有回答，像是入了迷，也可能她觉得一开口就破坏气氛。

空无一物的湖面，起初以为是静止的照片，十几秒后，一群水鸟从左飞到右。

接着再来一个循环。

无限循环。

韩一一感到一阵莫名的悲伤，喃喃自语："真美……"

沉默许久，崔璨回头看着她说："我五岁的时候有一次溺水，浮板漂走了，我一个劲地往下沉，完全没有挣扎。我仰望水面上的亮光，感觉非常……安静、温暖……"

她顿了顿："直到我妈跳进泳池把我捞上来。

"我妈总是说，只要变成更好的自己，就能看见更好的风景。但如果事实正好相反呢？

· 233

"如果比起浮上来，有的人就是更喜欢沉下去呢？"

韩一一从手机屏幕上收回视线："沉下去？那不就死了吗？"

"也是啊，哈哈。"

崔璨讪笑着挠挠鼻尖。

世界这么讨厌可能是因为唯物主义者太多了。

顾浔看完了整场《窈窕淑女》，太难看了，除了崔璨和韩一一两个人，其他配角就像中世纪穿越来的，和她们完全不在一个次元，但考虑到筹备时间只有不到一个月，也算差强人意情有可原。

散场后他找遍台前幕后，连崔璨的影子都没见。韩一一也没见，但这不是重点。

化妆间里只有一群中世纪穿越来卸妆的人和他面面相觑。

算了。

虽然陈峰城建议有些话要当面说，但紧急情况下只能启动Plan B（B计划）。

他拨出崔璨的号码，然后……被立刻挂断了。

怎么回事？秒接？这个人无时无刻不盯着手机吗？恋爱中的女人真可怕，让人感觉压力很大。

深呼吸，重新拨通。

"是我。"他边说边"吐槽"自己废话很多，崔璨都接了两次了能不知道是他吗？

"我觉得、我觉得……我可能喜欢你，但我也不太确定。"他没给她插嘴机会，自己"挽尊"道，"这就和喝酒一个道理，要喝过一次酒才知道能不能喝酒……你应该也喜欢我……不喜欢也没关系……至少给我一个机会了解你。"

明晃晃的阳光下，他看见了演出宣传海报上的崔璨，不知为什么，心绪突然没那么紧张了。

她的眼神很迷茫，和自己一样迷茫。

陈峰城说得没错，关键是要看着眼睛，看着眼睛就好很多。

"真正地了解……不戴面具，你愿意吗？"

回应他的是沉默。

三秒的沉默，像三个世纪那么漫长。

你知道吗？

人在极度紧张的时候会停止呼吸。

你知道的，因为一般人都知道。

一般人不知道的是，人在极度伤心的时候会停止心跳，不是修辞，是科学，

234

让心脏监护仪画出一条射线那种"停止心跳"。

射线向无限远延伸下去……

途中遭遇了一群熊孩子。

他们兴高采烈的欢呼在耳畔炸了锅——

"Surprise！"

他们嘲笑着——

"您拨打的电话无人接听哦！"

他们唱起了歌。

（上册完）

MEMORY
HOUSE

以夏天为起点的故事，

在夏天有了美好的转折，

彩灯永远为你点亮，

原来是因为未来的我在许愿。

东海大学学生证

姓名：顾寻

性别：男

专业：心理学

班级：一班

夏茗悠

——著

一如既往

全二册·下

江苏凤凰文艺出版社
JIANGSU PHOENIX LITERATURE AND
ART PUBLISHING

图书在版编目（CIP）数据

一见如故：全二册 / 夏茗悠著 . — 南京：江苏凤
凰文艺出版社，2024.4
　　ISBN 978-7-5594-8266-2

　　Ⅰ . ①一… Ⅱ . ①夏… Ⅲ . ①长篇小说 – 中国 – 当代
Ⅳ . ① I247.5

中国国家版本馆 CIP 数据核字 (2024) 第 008453 号

一见如故：全二册

夏茗悠　著

责任编辑	白　涵
特约编辑	朱　雀
营销编辑	杨　迎　刘　洋　史志云
绘图支持	镜　子　千里黄沙　iR五角蟹　景　一
封面设计	小贾设计
版式设计	天　缈
出版发行	江苏凤凰文艺出版社
	南京市中央路 165 号，邮编：210009
网　　址	http://www.jswenyi.com
印　　刷	三河市国新印装有限公司
开　　本	670 毫米 ×970 毫米 1/16
字　　数	576 千字
印　　张	29
版　　次	2024 年 4 月第 1 版
印　　次	2024 年 4 月第 1 次印刷
书　　号	ISBN 978-7-5594-8266-2
定　　价	82.00 元（全二册）

目 录
Contents

第五话 · 001

第六话 · 049

第七话 · 097

第八话 · 145

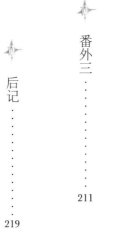

番外一 · 192

番外二 · 203

番外三 · 211

后记 · 219

第五话

CuiCan
&
GuXun
·····························

今天就让你看出来

[41] 从长计议

顾浔认为自己需要心理治疗。

但当他挂了普通门诊号、自述症状、被发配到隔壁房间电脑前做完两套自测量表后，大夫说他没病，最多是有点轻度焦虑——

"如果非要预约心理咨询也不是不行，可以提前两周预约，有两百到六百元时价可选，每次咨询不少于两小时，一次性购买十次套餐有折扣。"

顾浔无言以对。

确定这样不会让轻度焦虑患者变中度焦虑吗？

打道回府的路上，他才想到应该自我治疗，虽然没证，但治自己不算非法行医。

他的焦虑诱因是崔璨，这毋庸置疑。

值得庆幸的是，他给崔璨打的那通告白电话她没听见，冷静下来，他觉得还是别做没把握的事，贸然推心置腹可能会被崔璨诊断为"创伤自我与认同客体形成进攻型虐待关系"。

就像不能连一篇文献都没看过就开始动笔写论文，需要做点准备。

他虽然没追过女生，但也知道追女生这事好像不是打个电话通知对方就能办成。

让他焦虑的是崔璨的态度。

顾浔准备了一大堆关于要打这个电话的借口，事后崔璨却根本没问。

三个未接电话一个也没看见？不太可能吧。

校庆之后紧跟着的是兵荒马乱的考试周，除了在自习室复习时传过几次资料，顾浔压根没找到机会和她说上话。考完试他还在琢磨怎么找个理由把她叫出来吃顿"学年散伙饭"，一觉醒来，崔璨的微信朋友圈已经刷出了人在重庆吃火锅的自拍。

大夏天的……

是怎样一种精神支撑她在四十摄氏度高温下的火炉里吃火锅？

也太精神了。

顾浔告白本来是觉得崔璨有点抑郁，想给她点精神支持，现在看来有双重误解，崔璨不需要支持，自己的好感也未必能让她高兴，说不定反而是困扰。

还得从长计议。

顾浔狠狠地给崔璨吃火锅的照片点了个赞。

看文献关于恋爱的研究总体持悲观态度，随便打开一篇论文，第一节是谈恋爱的现象普遍性，还比较中性，但第二节上来就是动机盲目性，第三节不出所料，谈态度随意性。接着就是分析什么"不良影响"，什么"缺失"，什么"作祟"。

顾浔退出去，看看所属学科，社会学。

很正常，文科生的多愁善感，学心理的肯定不会写这些。

学心理的……

看了一堆爱情的神经生理研究，在知识的海洋里遨游了一个月，顾浔感到对追女生毫无帮助。

科学解决不了的问题，只能求助于玄学。

他打开了搜索引擎。

经过一系列搜索、统计、分析、总结，他发现，网上能搜到的追求方法自2012年以后就再也没有革新了，陈词滥调，俗不可耐。

几乎可以肯定，裴弈那家伙追崔璨的方法来源就是网上搜索。

什么年代了，还在"带女生坐过山车""带女生看恐怖片""带女生玩密室逃脱"，先不说土，崔璨一看就是嫌过山车开得慢、骂恐怖片拍得烂、在密室逃脱和NPC（非玩家角色）称兄道弟的类型。

刚想到这里，收到陈峰城的微信。

"下午三点，出来玩密室逃脱。"

顾浔手上动作滞了一下，首先，排除陈峰城想追自己。

陈峰城想约麦芒出来玩，韩一一和麦芒正暂停"外交"关系，于是他还需要自主寻找两个或四个电灯泡，两个还是四个对顾浔来说差别不大，他只关心里面有没有崔璨。

顾浔问："还有谁去？"

陈峰城回："麦芒，崔璨。我对你好吧？"

陈峰城发来张对话截图，右边是他左边是崔璨。

陈峰城问："旅游回来没？"

崔璨回："回了，咋啦？"

陈峰城发送一个链接。

陈峰城说："出来玩，我订好了明天下午三点的。"

崔璨说："明天是中元节，不适合玩灵异游戏。"

陈峰城问："你是不是社会主义接班人？"

崔璨道："好吧。"

顾浔心里有点酸。

原来想叫崔璨出来玩，只要直接邀请她也会答应。

陈峰城虽然天天把"喜欢麦芒"写在脸上，但好歹也是个男的吧。她甚至连麦芒去不去都没问。

陈峰城见他半天不回，追了个问号过来。

顾浔借题发挥："昨晚你就叫了崔璨，今天才叫我，怎么，我是第二选择？"

陈峰城说："不先搞定崔璨你能来吗？你是终极目标嘉宾，你应该感到高兴。"

顾浔问："我为什么是终极目标？"

陈峰城说："没有你怎么能衬托我的温柔体贴。"

顾浔着实被气坏了，本来这种儿童娱乐活动即便有崔璨出场，他也是踩着拖鞋都能去，毫无偶像包袱，不仁不义的陈峰城竟然拿他当个对照组，是可忍孰不可忍。

和陈峰城比，自己最大的优势是什么？

有文化。

他拿出了参加国际竞赛的架势，喝了罐红牛出了门，力争十秒内解决所有解谜问题，让陈峰城沦为对照组。

到现场，密室门口，店员发了两色贴纸分了两队，自然是陈峰城、麦芒一队，他和崔璨一队，完美的竞争关系。

不完美的是，崔璨扒拉一下他的肩膀，踮脚凑到他耳边悄悄说："我们第一

004

关比他们晚十分钟通关，拉开距离。"

耳朵被她吹来的气息撩得一阵酥麻。

深呼吸。

崔璨要求输，红牛算是白喝了。

他在等候区和崔璨肩并肩坐下，时隔一个多月没见，连她朋友圈的旅行照片也停更了好几天，她好像长高了。

着装上，她还那样我行我素。衣不蔽体的姜黄色露脐短T恤，牛仔蓝的运动短裤，铁锈红的头饰，五颜六色的中筒袜，左右两只还不对称。

调色盘成精，顾浔欣赏不来，但也习惯了。

对面的麦芒打扮更古怪，满脑袋看不清走向的小辫子，额头边挂着漫画里的"一滴汗"，是个发夹；身上挂满各种花里胡哨的装饰，怀疑她是想在密室遇鬼时掷出去当武器。陈峰城坐她身边却不违和，T恤上有点明亮色。他挨着麦芒，如同柯基挨着马尔济斯。

和这三人走在一起，顾浔因为太过正常而格格不入。

店员把他们带进场地，游戏开始。

第一关是条漆黑的通道，提示简单，用道具激光电筒从墙上找到三个铜钱就能获得线索。陈峰城和麦芒拿到线索很快消失在通道尽头。

顾浔只好和崔璨一起在黑暗中倚墙发呆，数时间，视而不见。

他听着此起彼伏的呼吸声，心绪逐渐不平静。

"校庆那天……"

光线昏暗，但他眼角余光还是能瞥见崔璨把脸转向自己，突然心慌，懊恼为什么这么沉不住气，非要讨个说法。

崔璨见他半天不说话，嗯了一声，催促下文。

"演出结束后我给你打过三个电话，未接来电你没看见？"

"看见了啊。"崔璨落落大方地答，"演出结束我们几个演员出校玩了，我晚上睡前看见的，十一点半，我想你已经睡觉了所以没回。不过第二天在理财活动室碰面你又没提，估计没什么大不了的事。所以……"她顿了顿，"有事吗？"

什么"脑回路"？顾浔一口气恼在胸口。

——我打电话是我主动一次，接下来轮到你回电话你主动一次，没打过游戏吗？出招是轮流的，从没见过连个系统提示都没有就让人连续出招，技能不用冷却吗？

男生愤然憋出两个字："没有。"

崔璨皱皱眉头，感觉到了，他好像在生气，不过没往深处想，只领悟到最表

· 005

面那层意思，顾浔因为打了电话别人没回就气了三个月，高自尊个体呈现低自尊水平的注意偏向和应激反应，反常。

这密室隔音效果不好，隔壁传来一阵鬼哭狼嚎，打断了她的思路。

崔璨再次困惑地拧起眉："这么恐怖吗？"

"但好像不是女生的声音。"顾浔听出端倪。

经提醒，崔璨也注意到，求爷爷告奶奶地喊救命，确实是男声在号，陈峥城不至于这么塌台吧？他是发起人，以为他有备而来呢。

崔璨挠挠头，找顾浔商量正事："结束后要给个机会让陈峥城单独请麦芒吃晚饭。"

顾浔探她口风："我们找个借口推了？"

"我晚上要和朋友打羽毛球，所以约好了先一块儿吃饭再去体育馆。"崔璨停顿片刻，补了一句，"你要是愿意可以一起来，人多热闹。"

崔璨的朋友，除了自习小分队这几个，其他人顾浔不认识，本就没有掺和进去的意图，她停顿的这几秒就更让他不太舒心，好像自己没去处，被她同情，当挂件似的顺便带上。

探口风的时候，他是起了念想邀她单独吃顿饭的，只要她愿意，哪怕苍蝇馆子吃碗面条也好。

现实让人失望，崔璨早做好了计划，计划里没他，只是礼貌地问问他。

顾浔心里不是滋味，怏怏不悦："不用了。"

店员搞不懂这两人花了钱在黑咕隆咚的通道里聊天是个什么情况，从提示广播里又念了一遍游戏规则。

崔璨回过神，鬼哭狼嚎声已经停止，估摸着十分钟也到了，迅速用激光电筒照出三个铜钱的位置，打开紫色标记的线索认真读两遍，头也不回地往里走去。

顾浔没吱声，也没看线索，紧跟着她，心思完全没在密室上。

又走了几步，身后传来男生幽幽的发问："打羽毛球的朋友里，该不会有裴弈吧？"

崔璨诧异地放慢脚步回头看他一眼："有啊，怎么啦？"

不是故意不提，她记得陈峥城和顾浔跟裴弈的交情相当一般，有没有裴弈感觉不重要。

顾浔咬紧下颌，拉住她胳膊肘："带我吃饭。"

[42] 胆小如鼠

崔璨穿短袖，顾浔拉她的手直接搭在皮肤上，微凉的触感刺激着末梢神经。

她下意识回头仰望，一贯没什么情绪起伏的眼眸又黑又深，恳求的色彩从昏暗的光线里浮现出来。

心不受控制地猛跳两下。

不至于吧，又不争气了。

她移开视线，不动声色地把胳膊从他手里抽出来，小声嘟囔："吃饭吃饭，多大点事。"

两个人都没注意到对方的古怪，各自调整了一下呼吸，继续在空寂的通道里钻。

顾浔跟了她好一会儿，才发现很久没到剧情点，吓唬人的NPC一个也没出现，是前两位把火力都引开了吗？

只有崔璨一个人看过线索。

他犹豫再三，问："确定走这边？"

生怕她听出质疑的意思又炸毛。

"不，不确定。"崔璨仰起的脸上挂着心虚的笑容，线索是个好解的字谜，看一眼就明白，提示失踪的人都去过码头，她跟着有船或锚的标记走，本来很确定，可NPC失踪，到处空空荡荡，她也觉得不对劲。

"没事。"顾浔想反正是来陪衬陈峄城的，理所应当摆烂，"先这么走吧。"

感觉他今天难得好说话。

崔璨迷迷糊糊地在前面拐了弯，顾浔放慢速度，开始记墙上的标记，免得鬼打墙。

刚才一路都有的标记消失了，两侧墙上挂些血淋淋的"残肢断臂"和"人体器官"，崔璨有点害怕但没到承受不了的地步，只是不敢把目光在同一处停太久，走马观花似的越走越快。

途中踢到两个圆滚滚的东西，低头看见是"人头"，起了一身鸡皮疙瘩。虽然知道是道具，也不敢不看路，怕运气不好一脚踩上摔跤。

她想着先不管线索，尽快离开这段路，完全没注意到顾浔没跟上来。

突然又撞上个什么不明物体，软乎乎，崔璨停下来，条件反射抬起头。

NPC在暗处，和崔璨几乎脸贴脸，还没来得及把长发头套带好，被撞了个满怀，对方微怔，局促地冲她一笑，血盆大口就从脸中间裂开。

"啊啊啊啊啊啊啊！"

他本来还有道具，电锯被刚才的小姑娘扔出去老远，黑灯瞎火让他一顿好找，这会儿也还没来得及举起来，自己已经被当胸一把推飞，没施展开。

客人的反应倒是很给面子，一边尖叫一边掉头就跑，他顿时有了干劲，提起电锯踩着狂笑音效追过去。

崔璨慌不择路，正好踩到来路上的一个脑袋，在地上滚滚爬爬，糊了一手血浆，回头一看NPC追到近处，反手就扔了个"人头"过去。

顾浔听见尖叫，好像是崔璨的声音，没等他做出实质反应，人已经像炮弹似的扑进怀里，惯性把他拖着后退两米才勉强站定.

紧接着，披头散发拿电锯的疯子就冲到了面前。

顾浔恍然大悟，刚过去那个红十字标识是这个意思。

NPC见他没动，张牙舞爪几下。

顾浔一手揽住咿咿呜呜的崔璨，一手把NPC往外推："行了你已经吓到她了，任务完成了。"

NPC刚被"人头"砸个正着，狂奔一路只吓到一个人，成就感有点低，赖着不肯走。

崔璨躲到顾浔身后，紧紧揪住他衣服，从身侧探出半个头。

吓人讲究个出其不意，一旦陷入僵局就容易变得尴尬。

顾浔哭笑不得，觉得这阵仗有点像老鹰捉小鸡，劝不动NPC，只好侧过头劝身后的崔璨："你怎么回事？这也怕？疯人院而已嘛。你将来要是实习分到精神中心，被病人吓得一把鼻涕一把泪可还行？"

什么啊？这么现实主义？

崔璨和NPC同时愣住。

倒还是她反应快一点："他不是病人！他是医生！你看他穿白大褂！"

哦对，她魂飞魄散还观察仔细，找到关键线索了。

顾浔摸摸她脑袋："那是同行，更不用怕。"

咝……NPC心态崩了，中元节果然流年不利，挫败地撤退了。

不过他的工作还是卓有成效的，崔璨直接被吓应激了，顾浔的手搭在身后把她往前带一带，发现她后背衣服都汗湿了，怕是真怕，出人意料。

早知道她胆小如鼠，早就带她坐遍过山车、看遍恐怖片、玩遍密室逃脱了。

顾浔忍俊不禁，想起网上建议男生带女生去冒险的初衷，是为了制造肢体接触的机会，还能演一演英雄救美。眼下好了，崔璨搂着他一路没再撒过手，一有风吹草动连脑袋都往他怀里埋，可氛围不怎么暧昧。

她好像对肢体接触不敏感。

顾浔倒有点害臊，可能因为事先藏了企图，做贼心虚，女孩子没轻没重地乱抓乱摸，落点在哪里血液就激烈地撞击哪里，电光石火地四处点燃。

又不好怪她，加快通关进度之余，迁怒于罪魁祸首NPC。

他本来平时为人就冷淡，再黑下脸，NPC一惊一乍跳出来，有时直接被吓人

008

的气场逼退回去。

只有面对崔璨时他还能安慰地笑笑。

麦芒是令NPC闻风丧胆的存在，恶作剧的乐趣比通关的乐趣还大，进门没多久那阵鬼哭狼嚎与陈峥城也无关，完全是NPC的呐喊。

开业以来没见过这么可怕的熊孩子，能凭空上墙，从梁上倒挂下来拽飞NPC的道具头发，落荒而逃的路上又被她夺走电锯反客为主，一路狂奔一路追，一点武德都不讲，破不了的线索直接骑在NPC身上问答案。

一个半小时走到尽头，麦芒还觉得意犹未尽，想返回去再玩一会儿，被工作人员心有余悸地拖住。

两小时内通关有奖励，两人被发了甜筒坐在门口骨架道具边吃。

陈峥城明知自己是被麦芒"带飞"的，还忍不住沾沾自喜："那俩高才生，玩这个不太行。"

"我听见璨璨叫了。"

等到看见一身恐怖血手印的顾浔现身在出口，陈峥城突然就笑不出来了。

他意识到，自己好像误解了这项游戏的真谛，白玩了。

崔璨出来前被工作人员带去洗了手，可是看手印大小，除了她没其他嫌疑人。顾浔一件纯白的白T恤，被盖章盖得像艺术品。

陈峥城认真观察，手印密集地集中在腰间和背后，嫉妒得心要滴血，私下对他冷嘲热讽："看不出来啊顾浔，乘人之危！"

顾浔反驳不了什么，毕竟惊惧是真惊惧，拉扯也是真拉扯，心律不齐还没治愈，半晌挑挑眉毛："你来试试。"

陈峥城把这笼统归于"得了便宜还卖乖"一类，嗤之以鼻。

店员追过来说血浆底料是玉米淀粉和枫糖浆，一洗就掉。

陈峥城摆摆手，笑得意味深长："他可不会洗，这辈子不会了。"

同样也没法反驳。

不幸中的万幸，麦芒没看出顾浔衣服上的密码，觉察到一点变化，但彻底忘了顾浔进去前穿什么，上下打量没发现反常的细节，什么也没问。

顾浔松了口气，他可经不住伶牙俐齿的女生一起来揶揄。

崔璨被吓得不轻，洗完手还恍恍惚惚，一眼扫到顾浔身上，顿时清醒过来，飞快地把目光转向别处，回想起自己怎么在黑暗中缠抱对方，赧得面红耳赤。

顾浔只好又强打起精神主持大局，替她把之后的安排阐明，以最快的速度把陈峥城和麦芒打发走了。

他顺手买了瓶矿泉水，走回她面前，帮她拧开瓶盖，试探道："要不要取消晚上的运动计划？"

"不。"她摇摇头喝几口水，"我不想放人鸽子。"

"量力而行。"他又努力争取了一下。

"没那么严重。"

没那么严重，意思是无关紧要吧，对自己也成了无关紧要剧情的一部分感到郁闷。

顾浔有点失望，但没把什么都挂在脸上："先去吃饭吧。"

到了吃饭地点，顾浔才发现这被盖一身章心理上有多优越，做梦都会笑醒。

裴弈一露面就注意到了，上上下下把他打量一番，佯装语气平淡，问崔璨："中元节玩密室逃脱，你胆子够大。"

崔璨心一阵虚，知道自己和胆子大扯不上关系，赶紧谦虚："不大不大，就市中心那家网红店，我们跟风去玩的，我被吓个半死。"

裴弈又往顾浔衣服上扫视一个来回，笑得挺阳光，话却别有深意："看出来吓人了。"

顾浔装事不关己高高挂起，心里顿时觉得，这一下午的心惊肉跳全都值得，只为这一刻的舒爽。

轻松表情在叶尧及其女友出现时收敛起来。

叶尧是他中学同学，关系还挺铁的，他女朋友有点病理上实打实的心理问题，追她费了九牛二虎之力，少不了缠着顾浔这个专业人士研究对策。

可顾浔没想到，他转头能撮合崔璨和别人，插朋友两刀。四人一起吃饭打球，其中两人是情侣，这组合意图再明白不过吧。

吃的是家常菜，两个女生商量敲定的。

顾浔无所谓吃什么，在榻榻米包间一坐下就掏出手机兴师问罪，给叶尧发条微信："你有病？"

叶尧情商不低，在门口他和裴弈"眉来眼去"时已经觉出火药味，大致剧情走向了然于胸。

趁女生们研究菜谱，叶尧回了条："你才有病，你什么时候说过在追崔璨？"

顾浔对着微信发愣，还在琢磨回什么反驳，对面又追加好几条。

"裴弈比你先追崔璨，干什么讲个先来后到吧。

"喜欢崔璨你还在公众号发招亲启事？

"是个人都看不出来你喜欢崔璨，一点迹象也没有。"

顾浔憋了口气，想追问"招亲启事"是怎么回事，但好像后面那句才是重点，只好先挑要紧的反驳：

"睁眼瞎！

"今天就让你看出来！"

叶尧感觉到了一丝不对劲，从没见过他微信发感叹号。

[43] 有迹可循

"我们点条鱼吧。是本店特色菜。"崔璨靠近过来。

顾浔立刻放下手机，在对方诧异的目光中又重新拿起手机，是让他扫码点单的意思。

她指着纸质菜单上的文字介绍："这种螺蛳鲩我有一次吃烧烤吃过，好像是专门喂螺蛳长大的，所以吃起来肉会脆。"

叶尧对新奇的食物格外感兴趣，在桌对面问："怎么个脆法？像萝卜？"

崔璨努力地形容："油脂和纤维混合的脆法，吃过胸口捞吗？有点像那个，不过没有胸口捞那么费牙。"

以这个距离交流，在座的都听得清楚明白。

顾浔忍了忍，没纠正她。崔璨把鱼的品种记岔了，她想吃的应该是另一种，这店没有。现在当众和她争论，说不定她又要跳脚。

"草鱼属的刺多，换个方便省事的荤菜吧。"顾浔提议。

崔璨固执己见："我不，我就想吃这个。"

裴弈笑着附和她："图方便省事还不如去楼下麦当劳。"

叶尧更过分，转脸对他女朋友小声说："刺多我帮你挑。"

真是没眼看。

合着大恶人就我一个是吧？顾浔气不打一处来，行，你们等着。

菜上来了，崔璨咬着鱼，没得到想象中的口感，可没想找自己原因，喃喃低语着："怎么回事？不太对啊。是不是假的？"

顾浔偏头瞟了她一眼，憋着笑低声问："脆吗？"

"不脆，他们给我们上了假鱼，服务员！"

眼看着就要维权，顾浔赶紧按住她免得给餐馆添麻烦。

"鱼的品种你记错了，你想吃那种是喂蚕豆的，我知道一家，下次带你去。"

"蚕豆？"崔璨静下来，有点尴尬地挠挠头，"还有这种区别？"

顾浔拿起手机，搜了个给鲩鱼喂蚕豆的视频，没刻意把手机送到她面前，脑袋就自动凑到他肩旁认真看起来。

看到渔民用铲子把蚕豆撒进水里，崔璨哇了一声："要吃这么多蚕豆，成本很高啊，怪不得烧烤一串才三块鱼。"

"但你选的这种也不错。"顾浔点点她碗边的桌面，"野生的，比一般草鱼好吃。"

两人距离太近，让裴弈不舒服，假笑着对顾浔献上崇拜："你对养鱼很有研究啊。"

叶尧听见了引线点燃后哧啦哧啦的声音，蓦然抬起头，赶在顾浔开始"毒舌（说话刻薄）"之前迅速干预："食不言寝不语！一大桌菜赶紧吃吧，别学习了。"

崔璨知道那"别学习"是在说自己，讪讪一笑，退回座位。

顾浔把手机关了放在旁边，安静几秒，慢吞吞地用勺搅动碗里的汤，问崔璨："你几点结束？我去接你。"

平平淡淡一句话，达成了语惊四座的效果。

话说得这么自然，裴弈有个瞬间都不太确定，这两人什么关系？是不是自己错过了重要情节？

看崔璨反应却又不像。

女生被喝下去的那口汤呛住，咳了半天，喝口饮料才压下去："不、不用，我们约的场地只到九点，还有地铁，我自己坐地铁。"

顾浔说："我今天开车来了。"

"开车？"崔璨果然很容易被奇怪的信息转移注意力，"你什么时候拿的驾照？"

"去年暑假，军训之前，陪你坐旋转木马之后。"

喂！好好的提什么旋转木马！

崔璨脸热起来，紧张地调整坐姿，警惕地盯着顾浔。

顾浔的目光轻轻地在叶尧脸上剜一下，停住了。

叶尧顿时惊觉，这眼神就是来挑衅的——"谁先来谁后到"，刚说裴弈先追崔璨，他就把时间线一口气提早到去年暑假……该怎么说呢，这个男人的胜负欲。

他讪笑着招架："日子记这么清楚啊。"

"就差几天，如果当时有驾照……"顾浔把视线移回崔璨这边，"大晚上肯定会送你回家。"

信你的鬼。

崔璨没中这糖衣炮弹，当时顾浔连留联系方式都不提，摆明了只是心血来潮找找乐子，根本没想认识。现在来花言巧语想干吗？感觉他今天怪怪的。

裴弈笑着说："崔璨都没见过你开车，那你是'本本族'啊，还是不安全。别那么折腾，我打个车送她回去就好。"

"不折腾，我们住一起。"顾浔说。

啊？！

哥哥你会不会说人话？歧义这么大！

崔璨飞快地补充说明："是很近，隔一条马路，半个邻居。"

裴弈道："原来这么近，平时看不出你们熟。"

顾浔接了崔璨一个白眼，把嘚瑟劲稍微收了收，对裴弈好言相劝："你打车送她还得打车回家，三更半夜满城兜风。本来打完球就体力不支，早点回家吧。"

裴弈被气笑了："还不至于打个羽毛球就体力不支，没那么弱。"

"崔璨平时也不弱，今天前面还玩了密室逃脱，本来就有消耗了。"

裴弈发现被绕进去了，这对话听着像自己骂崔璨弱，顾浔在替她解释。

崔璨在埋头苦吃，没把那两人的聊天听进去。

叶尧的女朋友却当了回事，忑忑地问："璨璨累了，我们要不然改天？"

崔璨抬头："不用不用，订一次场地挺麻烦的，反正我打得不好，就是跟着滥竽充数，累不累水平差别不大。"

裴弈接嘴："我教你，练得多就能打得好。"

"别教她，非逼她学点什么她就烦了。"顾浔一边云淡风轻地说笑，一边把刚用公筷挑了刺的一碟鱼片放崔璨面前。

裴弈刚发现失算，光顾着和他打嘴仗，没注意到小动作。

趁他暗自懊恼，顾浔随口一提："不过，你以后跟朋友出门也要留点戒心。特别是活动到晚上，成双成对各自回家，把你往单身异性朋友身边一托付，看着安全实则不安全，就算你了解朋友，朋友的朋友什么人品你也下不了结论。"

他语气越说越严肃，崔璨纳闷地抬头看来，嘴里包了一口菜愣了愣，懒笑道："哪儿那么严重，东海这治安……"

"以后有这种事，不管多晚都可以叫我接，别怕麻烦，我不觉得麻烦。"顾浔说完这些话，转过头作势继续吃菜，眼皮一掀，佯装刚发现裴弈，"哦，不是针对你，只是就事论事。"

叶尧避开锋芒打哈哈："裴弈的人品还不错，我能下结论。"

裴弈的思维暂停须臾，好像有点理解力跟不上了。

听这意思，"人品好坏"还有待商榷，"朋友的朋友"这奇怪身份已经被钉死了是吧？

顾浔似笑非笑对叶尧说："你对你哥们儿当然有滤镜。"

崔璨听出他说话夹枪带棒，说不针对，好像正在针对，连忙打圆场："而且我是先认识裴弈再认识叶尧的，我还比较了解裴弈。"

顾浔一点不惊讶，把视线从对面收回来，看着崔璨笑："是吗？平时看不出你们熟。"

这话好像在哪儿听过。

崔璨不知道他今天哪根筋搭错了，朋友挨个儿遛，笑起来怪里怪气。问题应该没出在自己身上，火力点不在自己这儿。揣摩一遍蛛丝马迹，可能是叶尧让他不爽了。

不过顾浔发起疯来，佛祖来了都得让三分。

他坚持要车接车送，崔璨就依着他，有车不坐是傻瓜。

只是坐个车，路上没再出什么幺蛾子。

崔璨准备下车前，顾浔探头追问："你想吃那鱼，要不要明天去？"

女生微怔，才想起吃鱼之约，可没说"下次"就是明天啊。

"明天不行，我明天和朋友约了去浙江玩，要几天才能回呢。"

顾浔拧起眉："又是裴弈？"

"不是啊，女生朋友。有个体育课玩得好的学姐，她家在浙江风景区旁边，家里就是开民宿的，邀我们结伴去。"运动出了汗，这会儿上衣贴在背上，夜风一吹还有点凉飕飕，崔璨清醒过来，何必跟他啰唆这么多，他可能也就随口那么一问。

"要我陪你去吗？"

崔璨呆住。

大脑宕机几秒。你谁啊？快把顾浔还回来！

"不用了，我们五个女生住一起，有男生就不方便了。"

这答案让他不满意："全是女生也不太安全啊。"

比起被夺舍，崔璨好像找到了更合理的解释，顾浔这个暑假恶性社会新闻看多了。

她耐心跟他描述环境："学姐爸爸妈妈爷爷奶奶就住一个院子里，我们白天最远到景区，晚上就在家打打麻将不会出门。"

顾浔点点头："等你回来了，想吃鱼发微信给我。"

崔璨这个无情的女人，说去玩几天就好几天杳无音讯。

说"杳无音讯"其实不准确，她的朋友圈还在正常更新，顾浔怕给她评论她不回复把他晾着，只敢给她点赞，于是成了单向联系。

她的狐朋狗友不少，朋友圈有一堆人捧场，顾浔没加过几个女生微信，能让他看见的和崔璨互动的大部分是男生。

第三天开始他就不爽了，这怕不是个"渣女海王"？

难怪搜索来的正常恋爱技巧喂到嘴边她不吃，原来正确的搜索关键词应该是

"如何征服一个海王"。

网络秘籍说要做她身边不一样的烟火，别太舔，学会给自己加滤镜。

顾浔喝完心灵鸡汤，觉得有点道理，崔璨的确对他从来没什么滤镜，崔璨对所有人都没滤镜，连追星也没见追过。她能高看一眼的……

好像只有那个寸头黑皮男，顾浔照照镜子，没看出自己差在哪儿。

手机里信息提示振动个不停，他打开看看，是高中班级群。这个群经常十天半个月没人说话，这一会儿像炸了锅似的全在刷"祝贺""恭喜"。

顾浔往前翻了翻，原来是自己所谓的"后援会"里那个漂亮学妹收到录取通知书，也考了东大心理系，在群里圈了他，"学长学长"地亲切叫上了。

她为什么会在我们班班群里？

他很想知道是哪个便宜朋友，收了什么好处把自己卖了。

顾浔记得她的长相，不记得她的名字，女生们叫她"涵涵"，他叫就不合适，太亲昵了，他连"璨璨"都没叫过。

想点进对方朋友圈找点线索，谁知手不听使唤点成"拍一拍"，没时间给他思考，只好接着发"祝贺"。

小姑娘很高兴，马上又"学长学长"地发了一大段"彩虹屁（花式吹捧）"，带着可爱表情包。

叶尧开了个小窗发来警告："已截图，开学向崔璨举报。"

腹背受敌。

[44] 孔雀开屏

顾浔可以预见，这热情学妹开学后肯定是个麻烦，离她八丈远也有办法黏过来，崔璨这种没心没肺的，说不定还会给两人拉郎，想想都令人痛苦。

唯一的活路，把她推给崔璨。

她叽叽歪歪找上门的事都让崔璨帮忙，她絮絮叨叨吹"彩虹屁"都让崔璨去听，一举两得，她们俩互相洗脑，是学妹给崔璨上点眼药，还是崔璨帮学妹去除滤镜，用魔法打败魔法，都属于造福人类。

就这么愉快地决定了。剩下的就是迅速给自己找个正当理由，开课题，忙得没时间喝水吃饭，专注学习。

余老师对此喜闻乐见，他最近做个精神疾病社区康复协作项目，正缺帮手。

"你来做些个案管理辅助工作，我给你算社会实践学分，将来你写论文也有数据。"

于是顾浔如愿以偿，整个八月都忙得脚不沾地。

这实践内容很容易理解，精神分裂症患者住院时有医院监管，但不是一年三百六十五天都住院，不住院时医护人员、辖区民警和志愿者会组成工作网络，对登记在册的病患建档管理，提供定期随访、送药、体检、社区陪伴和心理支持。

余老师随访的工作量很大，不仅给病患，还给病人家属提供帮助，他带的研究生师兄姐也能胜任组织团体心理治疗工作，但工作记录最后全汇总到顾浔这里，都需要他进行分类建档。

八月底他接到崔璨回东海给他打的电话，竟有恍如隔世之感。

崔璨倒不是为了吃鱼，也有正事。

"辅导员说这两天需要去火车站接一下外地新生，本来任务是让班长去，冬冬报了GRE（留学研究生入学考试）单词班每天要上课。你能和我一起吗？就举个牌子，学校派车。"

顾浔从团体谈话中撤到门外才敢放开声音说话："我近两天去不了，在帮余老师做项目，马上开学了，研究生有课，所以这几天都忙。要不你先找陈峰城问问？"

"哼。那算了吧。"崔璨立刻就挂了。

顾浔还没反应过来怎么回事。

哇，发现没有利用价值后翻脸比翻书还快。

晚上回家和陈峰城一对口供才知道，是这家伙先断了自己退路。

"崔璨昨天找我了，我没答应。"

"你干吗不去？你闲着也是闲着。"

"天太热了，车站门口接人那块地方空调制冷也不行。我跟崔璨直说的，还劝她也别去。她不理我。"

被他害死了。

顾浔郁闷，原来崔璨给他打电话这性质已经不是邀请而是考验，一拒绝就成了"陈峰城2.0"，没时间像推脱借口，都怕热呗。

不能给崔璨留下不良印象，要怎么扭转败局？顾浔想，让她来现场体验一下比说破嘴皮强，一箭双雕，如果能把崔璨也抓过来做项目，不仅能让崔璨明白自己忙得有理有据，还能增加相处的时间，一起打工也是相处。

第二天他立刻开始在导师面前卖惨，人手不够的话反复说了一百遍。

余老师从老花眼镜后抬起视线："我确实有开学后从你们班找几个聪明孩子来帮忙的打算。"

"要找最聪明的。"顾浔强调，"太笨的人过来只会浪费大家时间。"

"嗯。"余老师支着下颌点头。

"最好是女生，共情力强一点的女生。我们班有些女生太麻木自私，来了坐一边都影响家属情绪。"

"嗯。"余老师又点头，"还有什么建议？"

"最好感性一点。能提供不同思路。有些病人家属本来就是青春期小孩，心思细腻，想法古怪，集体谈话经常卡住。"

"嗯，是有点。还有吗？"

"没了。"

余老师垂下眼去继续看数据："崔璨是吧？开学我找她聊一聊，看她愿不愿来。"

怎么就崔璨了？

您老人家倒是说说清楚，怎么就锁定崔璨了？

当东海市的天空刚刚泛起第一丝鱼肚白时，崔璨就已经睁开眼，精神抖擞地躺在床上谋划着该穿什么衣服去迎接开学。

大学开学与中小学不同，报到注册后的两周是选课周，还能试听和退课，没有课会点名签到。

并不需要马上进入学习状态，这种自由散漫的氛围还能持续两周，有一部分人甚至会在两周后才到校。

因此，大学开学的仪式感就相对削弱了。

正因为没有压力，崔璨只是把这天视为辞旧迎新的好日子，和去年开学相比，她有了一群朋友，而且是一群相当有个性的朋友。

就在开学前一天，微信朋友圈又开始了新一轮"测测你是什么成分"的无聊病毒刷屏。让崔璨有点意外，她朋友圈里没有一个人晒自己的成分图表，倒是出现了很多"吐槽"。

麦芒就发了一条：

"分析成分是为了做好垃圾分类吗？"

裴弈在留言区很正经地回复她：

"是为了寻找在人群中的归属感。"

话虽如此，裴弈也感受到了麦芒对此类刷屏嗤之以鼻，作为崔璨朋友圈里唯一有可能投入刷屏大军的人，他没有晒出成分——有可能分组晒而屏蔽了我，崔璨想。

正如崔璨很了解裴弈是什么"成分"，裴弈也很了解崔璨是什么"成分"，她讨厌跟风，特立独行，这从她爱穿奇装异服就能看出来了。

与麦芒那种喜欢在身上挂娃娃的"圣诞树"行为不同，崔璨喜欢穿造型简单、布料节约但大胆撞色的衣服，像小时候看的电视动画角色。

今天倒是例外，崔璨穿了心理系的夏季文化衫，白底T恤，牛仔短裤，平凡朴素。混在人堆里，裴弈竟没能第一眼认出来。

崔璨想，今年是学姐，在新生面前得成熟稳重点。

八点整她和冬冬就搬了桌子在心理系摊位接新，二班出的人也是两个女生，早晨报到的新生还不密集，四个人坐一起闲聊。

"我们系男生真的很奇怪，接新生一点不积极，别的系男生都抢着在学妹面前表现，虽然动机不纯，但那才是人之常情吧。"

崔璨才恍然大悟，既然大家默认男生接新就是追学妹，有没有可能，陈峄城拒绝去车站接人不是因为天热而是为了避嫌？

冬冬说："我们系男生只爱自己。"

崔璨附和："看顾浔就知道了。"

冬冬淡淡地瞟她一眼："三句话不离顾浔。"

崔璨无言以对。

二班班长说："顾浔看起来完全不喜欢女生。"

四道惊异的目光投向她。

她接着说："清心寡欲的，你们不觉得吗？"

崔璨说："清心寡欲的'杠精'？闻所未闻。"

冬冬说："你们对他的误解太大了吧，没见过他和璨璨吵架吗？"

二班班长说："那不叫吵架那叫'毒舌'，是不解风情的一部分啊。他好像那种会把美女绑在椅子上说'不要干扰我工作'然后开始写论文的类型。"

崔璨问："写什么论文非得绑个美女助威？"

二班班长道："不是助威，你也不解风情。"

冬冬说："是个人癖好。"

二班班长惊了。

话题逐渐往奇怪的方向发展。

另一个二班女孩凑过来："群里说顾浔来学校注册了，在行政楼。"

崔璨问："什么群？哪个群？"

"我们班群。"

崔璨说："你们班想干吗？等他出门了用麻袋套头揍一顿？"

"不是啊，是像追星那样追行程。"

崔璨问："你们班为什么疯得这么彻底？"

"但发的是你们班群的截图。"

崔璨出于好奇，打开平时看转闲置信息、问电影票价时才会打开的班群，群里还是挺冷清的，最近偶尔数量爆发的发言都和顾浔有关。

冬冬发现了根源："啊，是学生会官方在造星。"

崔璨在群里找到其他同学转发进来的那篇校学生会公众号文章，原文很正常，盘点了一下各学院的顶级学霸，专业第一是最低标准，学术水平和职业发展也在考量范围，留言一片顶礼膜拜。

学霸们颜值没有想象中那么寒碜，可能都挑了不错的生活照，大部分是普通长相，有七个院系的代表男帅女美，不过有点阴盛阳衰，环科、生科、新传、经院和实验班都是美女领跑，只有数院和心理是清爽少年，显得格外珍稀。

每位学霸代表有一个与大家分享学习经验的版面，数院那位从MCMC（马尔科夫链蒙特卡洛方法）谈到Variational Inference（变分推理），理解门槛太高。顾浔聊知识框架和脉络，被反衬得非常亲民，好歹他说的是能听懂的中国话。

三轮筛查，专业过硬、颜值出众，还是个正常人的男生就他一个，光环便冉冉升起了。

一个人走红的标志是什么？

出现"黑粉"。

这篇文章下排第一条留言是：

"大家不要被表象迷惑了，如果你有不会做的题，你找谢井原，不管你多菜他都能把你教会；你找顾浔，他只会让你爬。"

陈峄城的澄清排第二：

"我可以做证，顾浔不会让讨论问题的同学爬，他只是不太好找，有兴趣的同学可以在他的东隅留言箱问问题，秒教秒会。"

东隅是东海大学官方APP，原先主要用于校园卡充值、看课表、查学分、预约运动场，暑假刚出了社交功能，能互相贴标签、打招呼和发留言，由于UI设计（界面设计）土味得像千禧年产物，被称为东大相亲角。

陈峄城显然还没悟到东隅留言箱的正确用法，这条留言被大部分同学误解成了"招亲启事"。

很显然，顾浔也没理解这澄清的性质。

"不要脸。"崔璨脸一垮，把手机收起来，"又在开屏。"

二班班长说："能给我们系长脸也不错啊。BBS新生区天天有人刷完顾浔才感慨'原来东大还有心理系'。虐死了。"

难怪呢，都虐成"死忠粉"了。

更别提他以前就有"后援会"，是惯犯。

[45] 专属备注

　　到了半上午，报到的人多起来，没工夫闲聊了。除了要上交材料，有个别同学需要填写家庭经济情况表申请补助，都挤在桌前散不掉，后面的人又涌上来，每个院系摊位都被围得水泄不通。

　　新生中有个小美女，清秀白净，穿着千金风的小裙子，眼睛转来转去，略显紧张局促。

　　崔璨觉得她眼熟，多看了两眼，目光最后落在她的二十八寸超大旅行箱上。

　　女生来到面前，看见崔璨的一瞬，笑容生动起来。

　　"学姐你还记得我吗？我是东大附中的。"

　　崔璨恍然大悟，半年前陪顾浔去他们学校招生宣讲时见过，这女生问了好几个问题，没想到她真考进来，成了嫡系学妹，令人欣喜。

　　"啊，是你！记得记得，恭喜你考上第一志愿！"

　　认亲场面引发好奇，冬冬凑过来问："你高中学妹？"

　　"顾浔高中学妹。"

　　学妹顺势问："那两个学长呢？今天没看见。"

　　"顾浔……"崔璨看看手机里班级群消息，"离开了行政楼。离开了行政楼有什么好通报的？没说去哪儿了。陈峰城肯定和麦芒在一起，麦芒在哪儿他在哪儿。"

　　"可麦芒在这儿。"冬冬一边帮学妹登记签名，一边手指着旁边围着塑料袋分冰激凌的一堆人，其中就有麦芒。

　　崔璨诧异地四下张望，没看见陈峰城，反而看见了裴弃。

　　男生和她对上视线笑起来："麦芒跟着我来的，她在他们系迎新处捣乱，他们系的人求我把她带走。"

　　麦芒隔老远都能听见不和谐之音："我没有捣乱！"

　　"她只是帮倒忙。"裴弃笑，"我来想找你帮个忙，不过看起来你忙得不可开交，还是算了。"

　　"就这会儿一通忙活，快登记完了。"崔璨把签名过半的花名册举起来给他看，"什么事，你说说看。"

　　"理财协会招新，想找你帮忙设计海报。"

　　"你们社没有宣传组吗？"

　　裴弃笑着自嘲："我们社一直在倒闭边缘啊。"

　　"让我设计好玩的标语是没问题，可制图软件我用不熟练。你什么时候要？"

"那肯定越快越好。"

一旁的学妹忽然抬起头，腼腆笑笑，唐突地切进话题："制图软件我熟练，我想帮忙。"

有点人来熟？崔璨和裴弈愣了愣。

"那正好啊，"崔璨拍拍她身边巨大的行李箱对裴弈说，"你们互相帮助，你先帮她把行李搬上宿舍楼。"

裴弈拎起箱子就跑："送完行李食堂碰面，我请你吃饭。"

"它有万向轮，可以拖着走。"学妹匆匆跟上去，感激地回望一眼，崔璨正朝这边比了个OK手势。

崔璨是"颜控（极度重视外貌的人群）"，和漂亮妹妹很快就打成一片。

学妹名叫程汐涵，一顿午饭没吃完，崔璨已经"小程小程"地叫上了。裴弈也发扬他热情待客的长项，把食堂里为数不多的美味佳肴点了一遍。

崔璨说："第一天你就把'阳间'食物给她点光了，会导致她此后幸福指数每况愈下。"

可学妹觉得面前这几样吃起来也有点普通："这就已经算好吃的吗？"

崔璨说："其他是'克系（克苏鲁神话体系）'的，阿姨们太爱创新了。"

刚说完食堂坏话，整个食堂所有灯都灭了。

崔璨停顿三秒，继续吃饭："吓我，还以为报应来这么快。"

看看周围所有同学平静进餐，学妹还一头雾水："什么情况？"

裴弈说："常规停电。"

等来到久违的理财协会活动室，才发现并非二餐食堂常规停电，全校都断电了。

裴弈过意不去："麻烦了，连空调都开不起来。"

崔璨说："没事，我们带着笔记本电脑，争取电池电量用完前做完。"

学妹还盯着门口挂的"破产妙妙屋"招牌困惑，不敢随意踏入神秘领地："这是什么地方？"

裴弈微怔，继而走过去把恶搞招牌翻面："是我们社活动室。不活动的时候崔璨他们用来自习。"

学妹笑起来："就是要给'破产妙妙屋'设计海报？"

好像已经有思路了。

崔璨和学妹留下做海报，裴弈因无所事事被赶走了。

两人好不容易紧赶慢赶把海报文件完成，跑到校内复印店做易拉宝才发现，复印店也没有电，只好步行到校外一公里处找打印店，再把易拉宝扛回学校。

崔璨和裴弈约好在校门口交接，随后准备回寝室冲个澡。

谁知还没走出教学区就听见校内广播送来"因南区学生公寓水管爆裂，全住宿区停水"的噩耗。

"开学第一天停电停水，是为了惩罚我们没考上清北吗？"学妹心态有点崩。

"不要慌，按我的经验……"崔璨折转方向，"通知只说住宿区停水，游泳馆不在范围内，我们去游泳馆冲澡。"

十分钟后，汗流浃背的两人站在游泳馆门口仰望LED屏，傻眼。

屏上显示：可入馆人数400人，在馆人数991人。

也不奇怪，大家能考进同一个学校，智商差异不会太大，无非是"其他991人预判了我的预判"。

"既然这样……"抠门崔璨咬咬牙，"只有斥巨资找个酒店了。"

对程汐涵而言，可能是终生难忘的经历，上大学第一天，就和学姐开了房。

离东大南门约五百米，有个经济型酒店，校内情侣和校外考研人员的常住处，两个女生要了个标准间，刚拿到房卡，前台就把"客满"的牌子放了出来。

程汐涵虽然没立刻想通前因后果，但已有了警觉意识："停水停电是不是要持续很长时间？"

崔璨说："有时一天有时一周，像开盲盒。"

"年年新生入学都这么悲惨？"

崔璨想起去年学长学姐张罗聚餐时，说了好几次"你们这届幸运儿""你们这届天选之子"，终于懂了是什么意思，不禁勾起嘴角。

程汐涵先去洗澡，崔璨靠在床边玩手机时，琢磨着是不是也该尽一点学姐心意，请新生聚个餐，打开班级群想征求同学意见，看见几个男生正在议论。

"新生有漂亮的吗？"

"看过了，失望，这届很普通。"

"还不如我们班，我们班至少有五六个能看的。"

也有女生参与话题，还附带一个奸笑的表情包："哪五六个啊？说来听听。"

"别想坑我，我才不得罪人。"

崔璨扫两眼对话，顿时不想张罗饭局了。

顾浔突然冒出来："崔璨，你在学校在家？"

那边其他人还在讨论："新生里二班代班长好像还行，在辅导员办公室看见了。"

"短头发，不好看。"

崔璨插在其他聊天中回他："在学校旁边。"

顾浔问："晚上吃什么？"

其他男生在说："你们想脱单，格局要大，眼界要开，看看理实、经院、中文、外语啊，美女那么多。"

崔璨回："肯德基。"

顾浔回："不好吃。"

崔璨不知该怎么回了，好不好吃关你什么事？又没叫你吃！

其他男生继续说："你们看BBS投票了吗？优秀的人才高考完就脱单了，占15%呢。"

"看见了，但大一大二还是主流，加起来有73%。"

崔璨说："我要拿玩具。"

顾浔消失了。

崔璨以为他会回复点"毒舌吐槽"，虽说一脸鄙夷的沉默也是他的风格。

群里同学继续讨论着脱单数据统计，刷屏很快，就在崔璨陷入无聊，准备放下手机时，顾浔突然丢了张网图上来，全套小玩具的大集合。

顾浔问："崔璨，你要的是哪个？"

班级群瞬间陷入了沉默，这漫长的两分钟里，每位"吃瓜"群众应该都在往上翻，寻找夹在闲聊里的线索，是什么让顾浔对一堆玩具产生兴趣的。

崔璨内心一慌，决定装鸵鸟，刚才顾浔去找图离开了好一会儿，自己完全可能退出微信放下手机了，一旦下了这个决心，再看群就有点做贼心虚。

一位同学打破沉默："顾浔、崔璨，什么时候官宣过？是不是我错过了什么？"

一位同学大胆假设："顾浔，你这是在约饭？"

一位同学析疑匡谬："顾浔，还是更像约架？"

崔璨把手机轻轻搁在床上。

手离得很远，生怕误触暴露了自己的潜伏。

一呼一吸间，连周围的空气都仿佛泛起极浅的波纹。

顾浔被圈的次数比她多，也没回复，可她冥冥中感觉他可能在看着相同的界面。

僵持的安静像一层蒙在水面的油，黏稠模糊的，筛去一半光线，死去已久的小鹿就在安静下面扑腾起来。

神经绷到最紧时，对前情一无所知的辅导员突然跳了出来："所有人，物业老师说今天学生公寓很难恢复用水用电，请大家克服一下困难，本地同学如果要回家过夜跟我报备一声，我得知道你们人在哪里。"

本地同学数量不少，很自然地排起了队。

"我要回家。"

"我已经在家了。"

"回家。"

刚才那个紧张的环节似乎就这样过去了。

程汐涵正好用毛巾擦着长发从卫生间走出来，轻声说："学姐你去洗吧，我把浴室收拾干净了。"

一闪神再看班级群里，顾浔也加入排队大军回复了："回家。"

这次回复倒是反应迅速。

确定是过去了。

刚才浓成一团的呼吸缓慢散开，心里松下一块。

"嗯。"崔璨一边应着学妹，一边把报备微信发出去："辅导员，我和小程在学校附近找个酒店洗澡，我们干脆就住外面了。"

马上有嘴快的同学追问："小程是谁？"

辅导员知道小程是谁，学妹洗澡前才给辅导员发过微信，絮絮叨叨解释了一遍晚上要缺席新生聚餐的前因后果。

辅导员于是回崔璨："好，注意安全，手机别关。"

崔璨把手机暗灭，从包里掏出电源线插上放桌面充电，换鞋进了浴室。

浴室里水蒸气熨着脸。

顾浔在想什么、要说什么，有什么可关心的。

花洒下热水从头流到脚跟，白噪音把这狭小的空间充满了，水雾徐徐蒸发，心事缓缓落下，循环着。

卫生间门忽然被敲响，女生的声音响在门外："学姐，你有电话。"

崔璨把水势关小："帮我看看是谁。"

最常接到的是骚扰电话。

这次却不是。

"呃……打电话的是……"学妹费解又为难地照读着手机上备注的古怪名字，"他叫……‘警惕！速速下头！’。"

[46] 悄悄靠近

退房吃完快餐回到学校，已经是第二天下午。

崔璨带程汐涵从教学区方向进校门，横穿校园回宿舍区。昨天接新的广场上换了一票阵容，正上演轰轰烈烈的"百团大战"。

小程一眼就瞧见了理财协会的摊位，自己帮忙制作的招新海报在最显眼处，倍感亲切。

不过招新的重要时刻，社长竟然不在，她东张西望觉得纳闷。

崔璨停下来对着海报拍照，发了条朋友圈，配文："海报我做的。"

顾浔几乎秒回，这次还破天荒留了言："做得好，这个'野鸡社团'不配。"

嗯……想狂顶"杠精"的冲动上来了。

但人家又先说了"做得好"，感觉气氛没到位。

崔璨只好轻描淡写和他开个玩笑："嫁鸡随鸡。"

她把手机放回口袋，看见学妹的视线明显在找人，猜到她困惑什么，解释道："社团招新一般会连续摆摊一星期，有的社还可能招两个星期，社里的人都是轮流在。"

"哦，那学姐你参加了什么社团？"

"没参加，不喜欢。"崔璨边走边说，"你别看他们这样热热闹闹的，只不过是虚假繁荣，忽悠点新生去打杂，你随便参加个社团，到明年这时候就知道了，明年你们也得这样忽悠新生。"

程汐涵从理财协会摊位上摸走一张传单，笑着跟上来："那我就参加'破产妙妙屋'，我喜欢打杂。"

啊？

头一回听说有人喜欢打杂，不过看小程同学制图的熟练程度，她确实相当有经验。

昨天合作时崔璨就问过："你是不是以前追过星？"

小程反问："学长算吗？"

"那不算，追星和失明不能混为一谈。"崔璨进一步解释，"我见过追星人群对物料尺寸、印刷、色差等方面的在行，感觉你像。"

"那种我确实做过，因为追星的朋友都找我帮忙做物料。"

相处两天就看出了，这个妹妹外表仙气飘飘，实际好像是个包子。

小程对学姐也有点初步认识，崔璨对顾浔不屑一顾，只有旗鼓相当的人才能不把对方放在眼里，不在同一水平线上的普通人如果对"大牛"出言不逊，只会暴露自己的无知。说明在学业学术上，她可能和顾浔不相上下。

边想边走，思绪突然因映入眼帘的奇怪景象中断。

宿舍区中心的大草坪上支起了一个帐篷，树荫下绑着吊床，远远看，有人躺在吊床里玩手机，帐篷旁还有些"露营零件"，有太阳能电池板、水桶水盆、晾衣架上晒了衣服。

"啊，怎么会有人住在这里？"

崔璨觑眼望去，原来吊床上的人是麦芒，见怪不怪，继续前行："正常现象。停电后宿舍楼里太热，外面至少通风，大家就各凭本事。女生至少还走精致生活路线，有的男生会直接在教学楼附近草丛摊行军床。"

"没有老师管吗？"学妹瞠目结舌。

"这里是大学。"

"大学保安也不管吗？"

"那只有我们大学保安不管。"崔璨生怕造成小朋友不必要的恐慌，又补充道，"但也不必太在意，这种神奇自由人全校总共也就四个。"

与此同时，校内广播临时插播了三遍"请同学们尽量不要去湖里游泳，以免发生溺水事故"的通知。

程汐涵暗自诧异，只有四个人用得着动用校园广播警示？还是说在湖里游泳都算不上神奇自由人了？

灾难还没有结束。

水电尚未恢复，选课系统又崩溃了。

程汐涵还以为是自己操作不当造成登录不了系统，研究了许久选课指南也没找到关于"错误637"的解释，又担心抢课落后，干脆抱着笔记本电脑跑来崔璨寝室求助。

寝室没水没电，四个人都在床上"躺尸"，听见敲门声也懒得动，互相推脱一番，搬出了传统艺能——报菜名，四人轮流报菜名，最后接不上的那个人去开门。

这耗费了一点时间。

开了门，学妹还老实地等在门外没走，楼里太热了，刘海都汗湿在颊边，一张小脸急得发青，再被电脑屏荧光一照，惨白中带着蓝绿，把另外三个人吓得同时从床上坐起来。

从学妹的角度看，突如其来的诈尸也像闹鬼，不禁往后退了一步。

等到双方确认了人类身份，崔璨先站起来问："哎？小程怎么啦？"

女生从惊恐中回神，两行热泪倏忽落下，嗫嚅着："我怎么也选不上课。"

去开门的冬冬善解人意，把程汐涵拉进室内，对崔璨说："她可能想家了。"

程汐涵愣愣地困在这个对一圈陌生人莫名流泪的尴尬场景里，听别人说才想到：哦，原来我是想家了。

军训时成天体力透支，十六人的大宿舍，每天休息时间很少，没条件熟悉，排练文艺节目时她又没有特长出不了力。十天混过去，只感到疲劳。

开学接连遭遇一连串天灾，干什么都不顺。每个人都会想家，但她没有打电话回家倾诉，家里可没人会回应她的"矫情"。

抛开情绪不谈，越具体的困难其实越容易解决。

崔璨说："选课系统是不可能不崩的，这是历史传承。我们也都没选，不用着急。"

"那……"程汐涵为了省电马上合上电脑，在黑暗中擦擦眼泪，"它多久可以恢复？"

"有时一小时，有时半天，超过半天会听到校内广播通知，超过一天会在树洞看见DTPO宣称对此负责。"

"那是什么？"

冬冬给她科普："东海大学清北组织。宗旨是'接世界一流大学降临'。"

程汐涵有点领悟了，进校必学的首选技能是苦中作乐。

"你已经算好了。"没见过面的学姐也参与安慰，"我电脑都已经没电了，手机还剩27%电量，我都不急。一会儿去教学区找插座充个电。"

程汐涵说："我一小时前从教学区回来，每个插座都有人排队。"

"大不了蒙头睡一晚明早回家。"

焦躁的情绪略微平复了一些。

校内广播又响了，这广播开学以来就没说过半句好消息："因教育网东海节点突然故障，现已暂停全校范围内网络，正在加紧抢修，预计下周一上午十点前恢复正常使用。"

由于先断的电，后崩的选课系统，收到通知前在场无一人发现断网。

集体陷入沉默。

崔璨说："这学校好像是昨天早上刚收到消息要开学校似的。"

程汐涵也跟着学姐们笑起来，技能加一。

冬冬说："而且我怀疑断网两个小时就能修好，只是他们双休日不想加班。"

"不用怀疑，就是事实。"崔璨看了看亮起来的手机，往窗外探头张望一眼，"陈峄城叫在校的都多带点零食，下楼去草坪玩击鼓传花。"

"啧！又不是新生！"冬冬嫌幼稚，突然想起现场就有个新生，赶紧找补，"没有说新生幼稚的意思。"

"在大群里说的，包括新生。去吧去吧。"崔璨开始清点零食库存，"壮大一下声势，举手机围圈坐远看像神秘仪式，达到恐吓学校的目的。"

反正，在寝室里躺着节能减排也并不凉爽。

只是没想到，由于所有人都无事可做，声势过于壮大了，加上还有些人携带其他院系的"家属"，导致分三个圈都坐不下，圈太大听不见声音，圈与圈离太近声音又互相干扰。

人人都在发微信呼朋引伴，想和要好的朋友坐同一个圈，现场陷入自发组队前的混乱。

冬冬就在身边。陈峰城在张罗组织，现场就数他最活跃，方位很明显。崔璨想想自己还有没有朋友，犹豫了一下，给顾浔发了条微信："你在哪儿？"

顾浔早看见她了，崔璨离麦芒的帐篷不远，太阳能灯带来最低限度的光亮，她在明，他在暗。

看见她在操作手机，紧接着自己就收到了微信。

他不自觉地勾起嘴角，整个下午黏腻闷热的感觉一扫而空。

她在朋友圈发的那条回复造成的不爽一直郁结在胸口，像绷紧后转不动的发条。

虽然理智顺得出逻辑关系，是指"海报"对"社团"，可"嫁"这个字就是怎么看怎么刺眼。

崔璨见他没回，暗忖在户外也许不会时时看着手机，又打他电话。

顾浔手机是静音的，看见来电，没接。

他直接朝她走过去。

崔璨垂眼听着手机里单调的等待音，忽然，在另一侧耳畔，他的声音混杂在风中响起："我就在这里。"

心跳漏了一拍。

她抬起头，他已经绕到她面前，手搭着帐篷支架，把她隔绝进一个人群外的暗角，微薄的光从他身后漏过来，温柔地把两个人包围。

他的额发还有点潮湿，一低头就垂到眼前，眼睛沉进阴影里，又有风轻轻流过发际，从中翻出幽秘的心声。

她闻到他身上交织着游泳池和沐浴露的气味，很清新。

近在咫尺，连影子都叠在一起，让人不会呼吸，但谁也不想退后一步。

夏夜炙热的温度仿佛要把身体里的水分蒸干。

"你想和我坐一起吗？"她说话用的气声，好像生怕惊扰了静谧。

他低低嗯了一声，把视线从她脸上转开，想了想，又看回来："但是，我更想请你出去吃夜宵。"

他说得很慢，唇齿清晰，怕声音轻让她听岔。

"现在？"

他点点头："你带我吃你吃过的那家，或者我带你吃我推荐的那家。"

她屏住呼吸，觉得自己好像一只鼓胀得最饱满却在悄悄漏气的球，蠢蠢欲动的念头在脑袋里绕。命令自己拒绝，却拖延着说不出一个字眼。僵持在这里，不禁让自己都怀疑是为了下一个更大的决心，只要上前踮起脚。

迷惑和动摇还在相互渗透，肚子却先发制人咕噜两声。

她笑眼一弯，松下一口气，露出酒窝。

"那我选吃过的。"

他看见她的眼睫在月光下微微颤动，像小飞蛾扑腾翅膀抖下细碎的快乐，填充进意识，把令人紧张的冲动排挤出去，他也跟着笑。

空气才重新流动。

[47] 反咬一口

正想结伴偷偷溜走，陈峰城煞风景的喊声赶尽杀绝地追过来："崔璨！崔璨人呢？快来快来吃烧烤！"

顾浔瞬间绷紧了脸部轮廓，滞了两秒，从她面前让开。

女生挤出营业性的笑容走向亮处，他便退到帐篷的转角后面。

"我在我在。什么烧烤？"

陈峰城已经拎着塑料袋吃上了，边吃边分给身边几个同学："托你的福，裴弈请客。"

顾浔没往那边看，听见这名字就心烦。

"怎么又请客啊？"崔璨的声音含混又遥远，"哦，谢谢，够了够了，我吃两串就饱了，你们拿去吧。"

裴弈说："还得麻烦你再帮忙做两张海报。这学期给社团找了点资源，我们准备和Ckona Capital合作给社员开设一个量化交易的课程……"

"哇！怎么突然崛起了？Ckona谁谈的？"陈峰城边吃边问。

"导师联系，我谈的。"裴弈没打算和陈峰城浪费太多口舌解释，又接着对崔璨说，"另外也申请下来了由我们社主办德州扑克校赛。"

"有奖金吗？"陈峰城插嘴。

"特等奖一万元，C.Griffin证券赞助。你要挑战吗？"

陈峰城说："羡慕了，这么富的社。能换海景大平层活动室吗？"

裴弈说："等你日后发迹吧，回来给'破产妙妙屋'捐栋楼。"

"我都不是社员，怎么说欠就欠了栋楼？"

崔璨笑着扯回正题："现在招新确实需要提前把这些消息放出来扩充团队，但我起不了什么作用，你得跟小程沟通。"

"我？"程汐涵就在不远处吃烤串，被点名后猛回头。

"对，裴弈你把课程和活动的亮点告诉小程，让她直接排版做海报就行了，这时候用不着搞笑也别做太花哨，社团有资源本身就是吸引人的。"

这些道理难道裴弈不懂，非要崔璨告诉他？

无非是拉了资源来她面前显摆能力罢了。

庸俗。

不过，原来小程是女生，顾浔离得远，光线也差，看不清长相，听见了女声回应，心里至少有块石头落地。

等崔璨把大家打发走，再绕回帐篷边，顾浔还没离开，但气氛已经不似几分钟前。

"还去吗？"

"你这不是已经吃饱了？"

"哦。"崔璨觉出他不高兴，也没了兴致，靠在一边先吃着。

又安静了一会儿，顾浔终于忍不住发问："裴弈是你男朋友？"

"啊？"崔璨被噎了一下，"没有。怎么会这么问？"

"就……感觉挺奇怪的，总是你找他帮忙，要么他找你帮忙，然后互相感谢，无限循环。"

"朋友间互帮互助有什么奇怪？"

平日表情匮乏的脸换上凝滞复杂的神色。

过几秒，他又兀地开口："那你为什么不叫我帮忙？"

"啊？"她瞪着眼睛，"我叫你接……"

"是你觉得我办不到？"

"啊？"

"还是没把我当朋友？"

完全是情绪化的提问，和事实没有半点关系。

崔璨咽了咽喉咙，觉得自己像掉了网线的AI，手心渗出汗。

他的语气倒是很平和，可是追潮逐浪般一句接一句，把质问的压迫感无限放大了，让地心引力都加倍，人无力地被拖垮。

"顾浔你不要总给我制造错觉。"她一边整理着混乱的思绪，一边慢慢说，"一开始我们总是吵吵闹闹可能让你觉得好玩，你以为棋逢对手……

"可我和你不一样，我其实不是什么天才。

"我只不过有点小聪明，入门时学东西快，等到别人对我寄予厚望，我十有八九就要……"

她中断了一下，自嘲地笑笑。

"孤傲的天才和孤傲的……一个人，在世界上不会受到同等待遇。

"你就算再怎么恃才傲物，永远有人围绕着你，崇拜你，替你找补'人无完人、情有可原'。可没有人会为一个不讨喜的普通人做这些。

"我已经很努力地去学着做好普通人，结交外向开朗的朋友是我的生存任务。

"你叫我像你一样任性妄为，让我只和你一个人交心，远离你看不惯的人，最后变成孤家寡人。这很自私。"

崔璨说到最后才抬起头来仰视他，目光落进他的眼睛。

顾浔平静地垂下眼帘。

"好吧，我知道了。"

如果不是陷在喜欢她的情绪里，刚才她选吃过的店时就应该有判断，对新的经验接受度低，意味着当下心理弹性很差。

他以为崔璨已经从舞台剧之后的抑郁中恢复了，看来还是没有。

她现在自我接纳程度低，依恋焦虑更大，在怀疑自我能力的同时会过度信任亲近别人，这种情况下建立的恋爱关系也不会是健康的，得暗中盯紧点，绝不能让裴弃利用这些弱点。

顾浔认真思考，神情就不自觉冷漠。

道别回寝室之前，崔璨不知道他有没有因为自己最后一句重话生气。

第二天早晨寝室通水通电了，崔璨于是没回家。

大部分同学都没回家，本来暑假到尾声就已经和父母相看两厌，兴师动众拖着大箱子来学校两天又回去双休，总觉得消减了仪式感。

正常校园生活还没来得及展开，周六晚上，东区的水管也爆了，又得停水。

崔璨不经意想起那个新来的小学妹，会不会因此掉更多眼泪。

发了条打招呼的微信给她，对方把初见雏形的社团新海报拍给她看，回复的一连串微信能觉出成就感带来的快乐。

还好，她适应力不错。

星期天晚上，崔璨从校内书店淘到了一门专业课的参考书，一共六本，她不打算一股脑搬回寝室，平时在理财活动室自习的时间更多，找个格子放着，要用时伸手就行。

去活动室之前她还顺便去了趟便利店，买了开学后做早点的蛋糕。

没想到活动室有人，灯光从门缝下漏出来，崔璨正猜是不是理财协会有活动，随着推门的动作，什么东西猝不及防地从门上高处落到手上，一小条，五六厘米长。

等看清是只小壁虎，立刻甩落在地。

小东西顺着墙根仓皇逃走，她也起了一臂鸡皮疙瘩，在门口呆了几秒。

顾浔抬头看见她，把眼镜戴起来。

"是它啊。昨天在楼梯口看见尸体还以为它死了，原来死的不是它。"

啊？

听这庆幸的语气，怎么你还有"唯一在意"的壁虎啊？

死的那只没有得罪你吧。

崔璨故意驳他："说不定你看上的那只死了，这只是'宛宛类卿'。"

"不会，只有这只活动范围一直在这里，它还会回来。"他言之凿凿。

崔璨无语，心有余悸地抱着书拎着塑料袋在他对面拖开椅子坐下。

顾浔继续在笔记本电脑前打字。

她有点饿了，不好意思一个人吃，特地跟他客气一声："我买了冰皮月亮蛋糕，你吃不吃？"

这个名字引起了他的好奇。

顾浔起身从她面前桌上拎走塑料袋，翻来翻去找了个黄色包装的拆开吃，把袋子还给崔璨。

可那个杨枝甘露风味是崔璨最喜欢的，店里只剩一个。

她郁闷地拿了个葡萄味。

吃着吃着，顾浔突然说："我们两个是互补色。"

崔璨在心里骂骂咧咧，我们明明是相同色。

顾浔这话也容易让人多心。

他说的话做的事，好像总让人觉得别有深意。

昨晚靠近的引力，隐秘的视线，差点成真的吻，听着像争风吃醋的明测暗探，额外的关心和歧义的话语，好像开着远光灯的车辆，一次次把暗夜中的站台打亮又呼啸而过，误以为会停。

人生三大错觉之一：有人喜欢我。

崔璨当然明白，不过是确认偏误，因为喜欢对方所以偏向获取能证明"对方也喜欢自己"的信息，对普通行为按支持"对方喜欢自己"的角度进行解读，发展到严重的地步就成了钟情妄想，对方不管做什么都误解成示爱。

虽然明白，有时还是会迷糊，心总是跳过大脑做出反应。

两个人的室内，谁也不说话，气氛就更加暧昧，得聊点普通话题。

她主动问："还没开学，你在做什么作业？"

顾浔却是行动派，卖关子不说，朝她勾勾手，意思是让她去桌对面看电脑。

崔璨没辙，为了不显得别扭，只好拿着蛋糕绕到他身后。

顾浔给她拉开旁边的座位，但她没坐，就站着，打算看看就走。

"哦，这就是帮余老师做的项目？精神病访谈啊。"

"我只是整理录音写初步分析小结。你看讯飞'人工智障'转的录音。"顾浔敲出另一个全文字无标点的文档，头疼地掐着眉心。

崔璨俯身支在桌边凑近，这动作让手里蛋糕抖落一点屑屑，掉在顾浔肩上，她注意到，随手给他拍两下，又专注去看文字。

果然不止没有标点，谐音错别字太多，断句也匪夷所思。

可以想象，余老师一天做一个访谈，顾浔可能需要两三天整理完报告，工作量会堆积起来。

"要帮忙吗？"

顾浔还沉浸在被拍的窃喜中，猛回神："嗯？现在不用，开学后余老师说会再找几个人，大概有你。"

崔璨边咬蛋糕边回对面去，口齿含混："你看，我提出帮你，你拒绝我；我叫你来接新生，也是你拒绝我。以后别反咬一口了。"

觉得她胡乱拍人的动作和较真甩锅的话都透着可爱，顾浔笑起来："好，我错了。"

崔璨把蛋糕吃完，给每本新书侧面写上名字，干坐着也没事，就回寝室了。

新学期第一节专业必修课社会性与个性发展在周一中午，上课时间一点整。

顾浔进门路过她身边时停下来问："吃饭了？"

崔璨有点诧异，什么时候做人变得这么细致了？

"我和麦麦第四节课约好出去吃的。"

顾浔点点头，面无表情地从书包侧面掏出个肯德基套餐玩具莎莉鸡放她面前桌上。

"你想要的是这个？"

就是这个，可崔璨较上了劲，不想让他获得猜中的喜悦。

"不是。"

"那是哪个？"

"可妮兔。"

顾浔不满地喷了一声，把莎莉鸡收回去，又从书包里掏出可妮兔放桌上，往自己座位去了。

崔璨不信他一个男生还收集这个，目光追着鸡跑："干吗不都给我？你留着又没用。"

"就不给，气死你。"顾浔说。

冬冬从洗手间回来，第一眼看见桌上的可妮兔，立刻捶桌大笑："怎么又一个小白兔？连吃四个兔了你还不死心，昨天是谁说学校这家奸商只有兔子？是谁发毒誓再也不吃了？要不你到表白墙上找人换个鸡吧。"

没来得及捂嘴。

她还笑得格外大声，惹得前排好些同学转头望过来。

崔璨想带着这个教室同归于尽。

顾浔那边，明显得意得控制不住嘴角上扬。

[48] 欲言又止

程汐涵一进教室就锁定了崔璨的方位，兴高采烈地喊着学姐，准备临着她坐。

崔璨微怔，几秒后才反应过来："不是……你怎么能选上这门课？这是大二专业课啊。"

"哎？选课系统上没说限制年级啊。"学妹挠挠头。

"但你要仔细看课程说明，开头就写了，这门课是普通心理学的后续课程，你得先学普通心理学，才能学这个。"崔璨耐心解释。

女生无措地咬咬嘴唇："是这样啊，我没弄懂。"

"没事没事，还在选课期，能退的。"冬冬从一旁插嘴宽慰她。

与此同时，顾浔走到讲台上打开话筒通知："余老师这节课有事来不了，大家先回去预习吧，下午邮箱里会收到一份预习作业，周五前上交。"

情况突如其来，整个教室的人都一头雾水。

崔璨不想那么多，不用上课就是好事，以光速把课本文具收拾回书包，正要起身，顾浔敲敲她桌面："崔璨、江冬燃，来理财活动室帮忙。"

崔璨关机重启中……

冬冬问："出了什么事？"

"余老师社区辅导的一个病人家属要跳楼，他在去帮助劝说的路上，我们要筛出这个病人家属以前心理辅导透露的问题。我电脑里有两次记录，余老师办公室还有大量纸质档案，我和陈峥城现在去搬过来。"

顾浔被崔璨盯得心里发毛，忍不住低头问一句："有什么问题吗？"

"没。"崔璨回神转开视线，低头站起来，"病人家属男的女的？"

"女生，上高二。"

程汐涵插嘴："学姐，我可以帮上忙吗？"

崔璨想了想，征求顾浔的意见："让她一起吧，我们三点还有专业课，她没有。"说着又不太确定，她只是没有大二必修的这门课，也许别的课，确认道，"有吗？"

"下午没课，五点那节有。"

034

那也不错，崔璨继续说服顾浔："万一两小时解决不了，我们走后她还能接手，反正筛访谈记录就是机械劳动。"

　　顾浔扫程汐涵一眼，把她认出来。

　　是那个麻烦学妹。

　　没想到还没等他甩锅，崔璨就认领她了。

　　暂时评估不出风险。

　　"来吧。"

　　三个女生先去了理财活动室，顾浔和陈峰城晚一点搬了两箱纸质资料过来。

　　大家到的时候，麦芒和韩一一两人已经在活动室里写作业，坐得还挺近。陈峰城进门看见吓了一跳，不知这场面意味着什么，疯狂给先来一步的崔璨使眼色。

　　崔璨摊手摇头，表示自己也一无所知。

　　陈峰城把纸箱放下，腾出手给崔璨打手势——是和好了吗？

　　崔璨也打手势——不知道，她们没说过话。

　　这种手势只有他们彼此能看懂，顾浔"吐槽"："你们俩好像猩猩求偶。"

　　崔璨白他一眼，结束静音："要你管？"

　　顾浔转头问韩一一："你和体育生分手了？"

　　韩一一从作业上抬起头："没有！而且他不是学体育的……"

　　顾浔对此毫无兴趣，直接转向麦芒下一个问题："那就是你看开了？"

　　麦芒对他哪壶不开提哪壶感到不爽："不然呢？"

　　"祝你们百年好合。我们这边有人要跳楼，需要小组讨论，会打扰到你们吗？"

　　韩一一默默戴上蓝牙耳机。

　　麦芒兴奋地蹿到资料箱前："谁？谁要跳楼？"接着她发现了程汐涵，"你是谁啊？"

　　崔璨代为介绍："是我们新生学妹，一起来帮忙的。"

　　"好怪……"麦芒上下打量程汐涵，小心翼翼退回座位。

　　"好怪？"崔璨没跟上思路。

　　"一个场景里应该只有一个妹妹人设，这里已经有我了，现在又来一个，不是人设重复了吗？这不合理。"麦芒说。

　　陈峰城听明白了，无奈地笑起来："麦麦，这里是三次元，大家都没有什么人设。"

　　"如果非要定义人设，那我也应该是姐姐人设。"程汐涵笑着在崔璨身旁拉开椅子坐下，"我有亲弟弟，所以我从小就当姐姐了。"

冬冬问麦芒："你是因为有哥哥所以习惯做妹妹吗？"

麦芒转转眼睛想了想："好像是的。"

刚发现原来存在这种逻辑。

顾浔对她们划分姐姐妹妹的行为毫无兴趣，甚至有点嫌弃房间里女生太多了，只想快点进入正题。

他从纸箱中翻出两个文件夹的资料，分给崔璨和陈峰城："患者是跳楼家属的父亲，确诊精神分裂症七年，是这个社区的重点关注对象，病情恶化时会住院。不过因为家人照顾得很好，他恢复得不错，上次住院已经是两年前了。这里面有备份的医疗档案。"

"你见过他本人吗？"崔璨问。

顾浔愣了愣，不觉得这事关重点："没有。"

"没见过怎么知道他恢复不错？就因为没去住院吗？"

"医生和社工这样评价的。"顾浔明白了她的意思，点头对其他人说，"崔璨质疑得没错，余老师的档案和报告中会引用医院和社区已形成的评价，我转述给你们也是引用已形成的评价，但这些信息的可靠性不一定高，我们注意考虑信源，不要先入为主下判断。"

麦芒转身对背后空无一物的墙壁说："惊人转变，顾浔竟然说出了'崔璨质疑得没错'，被人性腐蚀背后的残忍真相却让人啼笑皆非……"

顾浔一脸无奈地打断她："麦芒你不要对观众故弄玄虚了，那么闲的话过来一起帮忙。"

麦芒立刻开心地屁颠颠跑到桌这边来了。

陈峰城大声抗议："你让她说出真相啊，怎么还能残忍却啼笑皆非？"

顾浔懒得理他，已经低头专心找线索了。

各自看各自分到的文件，活动室里只剩下翻页声，过了大约一刻钟，冬冬说："这个妹妹各方面都很优秀，我这里的集体会谈中，她不在场的情况下，其他病人家属提到她都是夸赞之词。"

"成绩也好。"程汐涵补充道，"她妈妈在七月的集体访问中提到她期末考了全班第三年级前五十，保持这样的成绩能上'985'高校。"

"那会不会是因为学业压力太大？其实和她父亲的病关系不大？正常学生高二升高三这个转折点也比较关键。"冬冬设想。

陈峰城说："正常高中生压力大不会选择跳楼？她还在年级前五十。"

冬冬白他一眼："每个人心理承受能力不一样。"

麦芒插进话题："说起来她还是成绩退步了吧，去年七月，她妈妈说她成绩是年级第三。"

冬冬说："很多学生都这样的，高二是个分水岭，原先的用功型同学在这个阶段接触到难的部分跟不上了，我当时就这样。"

"为什么她妈妈总要把她的考试成绩汇报给其他病友和病友家属？她家生病的不是她爸爸吗？又不是她。"崔璨突然的发问让众人陷入沉思。

程汐涵锁着眉头："是有点奇怪，这明显偏题啊。"

崔璨说："你把她妈妈发言的部分给我看看。"

麦芒也把手里的早起访谈材料一并递给了崔璨，重新坐下后她好奇发问："精神病人会攻击自己家人吗？"

"会的。"陈峄城说。

"那这种病人没住院的时候怎么控制呢？"

顾浔解释道："药物控制，除了对症的精神类药物，还有镇静剂，其实只有镇静剂也不是不行，只要一直把病人控制在生物钟低迷的状态就可以避免他做出攻击行为。所以我正在核实这部分的剂量变化，病情究竟有没有好转，看镇静剂领取量比较直观。"

难怪看他在草稿纸上算了一堆数字，陈峄城探过头："要帮忙吗？"

顾浔没抬头，用笔杆指指会议桌中间："那儿还有一摞，按周平均算。"

"她妈妈还有工作啊。"

"当然，是家庭唯一收入来源了。她妈妈不工作她家靠什么吃饭？"

"那她妈妈去卖场上班，她去学校上学的时候，她爸怎么办？全天躺床上睡觉？"

"社区派了志愿者轮流去照顾。但是……最近没有记录……哦！"冬冬一拍脑袋，"七八月是暑假，女儿在家吧。"

"如果平时没有接手过，突然连续两个月全天陪护病人，可能焦头烂额压力过大。"

"不过我这里的情况说明记录看起来……"程汐涵一边迅速看文件一边概述给大家听，"这家本来平时就是女儿负责照顾父亲，也是女儿要求由她单独陪护。"

"整两个月吗？"

"从七月十二日开始。可能从六月底到七月十二日之间和志愿者配合磨合不好。"

陈峄城问："和志愿者有矛盾？"

冬冬摇摇头："和志愿者相处不错，志愿者在集体访谈提到她时都说过她懂事能干。"

程汐涵补充道："她七月二十一、二十四日和八月十八日、二十一日带父亲外出时申请了志愿者陪同，矛盾肯定没有，只是觉得日常照料不用麻烦志愿者吧。"

"她送她爸爸去干吗？"

"七月二十一日和八月十八日是去医院复诊，七月二十四日和八月二十一日是送爸爸和爸爸的老朋友去郊区钓鱼，主治医生建议的，说患者病情稳定时可以适当社交。"

"挺孝顺的孩子。"冬冬感慨道，"精神病人外出一趟真够折腾的。"

顾浔耳朵漏进几个日期，抬头回忆片刻："难怪……八月二十一号。"

陈峰城问："二十一号怎么了？"

顾浔说："我在那儿，没见到这个患者和家属。"

陈峰城又问："见到又怎样？高中生妹妹见到你感受到智慧的光辉现在就不跳楼了？"

顾浔一言不发，淡淡地看着他，言下之意：听听你自己在说什么。

"不合理之处就在这里。"崔璨说，"顾浔在社区待了近一个月，没见过这个患者。七月二十四日和八月二十一日是医生进社区的日子，余老师也在，专家齐聚，这个病人却每次都正好外出。"

陈峰城不禁打个寒战："你是怀疑，这家人在隐瞒病情？"

崔璨说："病人逃不掉自己的复诊，但好像社区康复全都逃掉了哦。"

顾浔点头附和："七月、八月每周镇静剂领取量比五月数据多了20%，虽然还在合理范围内，但结合他们逃避医护监管来看，应该是病情恶化了。一些病人家属为了隐瞒病情会在平时减少用药量，匀出的药在检查期间让病人使用，造成脑电图数据正常的假象。"

崔璨说："如果参加社区会诊，接受专家面对面访谈，容易在谈话中暴露问题。还有可能家属在保证日常生活正常的前提下匀不出两次加量的药品。"

麦芒插嘴："但也可能是女孩自己偷吃了药呀，不是据说精神病会遗传的吗？"

陈峰城笑："你别'脑洞'那么大。"

顾浔拿着手机起身："我去跟余老师通电话告诉他。"

顾浔打电话回来，大家又在活动室闲聊等了一会儿，没想到很快就收到老师发来的消息，女孩已经被劝住，救下来了。

"意料之外地顺利。"麦芒还意犹未尽。

冬冬拍拍她的肩，和崔璨一起出了门。

除了暂时没课的程汐涵和韩一一坐下自习，众人各上各的课，后一节专业课是计算概论，和信管一起上大课。五百人的教室，坐得分散，没条件再讨论这个病例。

晚饭后，天色渐暗。

天空像水染的画，云朵快速卷过教学楼顶。

顾浔回活动室，准备把纸质材料收拾一下，推门进去，崔璨果然坐在桌边翻阅记录。

他走过去拖开她对面的座位，打开笔记本电脑："所以，你下午一直欲言又止想说的是什么？"

崔璨托着下巴说："这家的妈妈很不正常。"

"怎么不正常？"

顾浔下午没看过访谈记录，光在算剂量，这时才拿起学妹拿的那本翻看起来。

"有点像你爸的感觉。"

顾浔抬起头，冷着一张脸："聊病例就聊病例，扯我干吗？"

"那算了。"崔璨放下手，继续认真看文字记录。

顾浔哽住。

沉默五分钟后，还是顾浔先开口："你不攻击我就不能说话吗？"

崔璨眼皮也没抬："懒得琢磨什么能说什么不能说。"

顾浔深深叹了口气。

"你随便说吧。"

[49] 被迫完美

"她妈妈总是喜欢获取对话的控制权，而且她还有这个能力。别以为她只是个文化程度不高的普通妇女。"

崔璨起身把文件推到会议桌中间："你看这次，她主动问我们师兄是不是以后要做心理医生。"

顾浔一手撑着桌面，已经整个人快趴在桌上，可无论往哪个方向看都觉得要扭着脖子，抗议道："你就不能过来我这边？"

崔璨直起身："拜托，是你在好奇，是我好心说给你听。你就不能过来我这边？"

顾浔没辙，绷着脸去了对面坐。

崔璨也坐下，这回顺手了，直接指给他看："她对心理医生的收入表现出强烈关心，并且提前说出曾经接触过的专家的套路，让师兄没法和她谈话。"

顾浔扫了几眼："嗯，程序提问她都熟悉，很多病人和家属都是这样，时间长了快变成半个心理医生。"

"有抵触情绪的患者很多，会沾沾自喜炫耀懂套路的不多。她对心理领域工作者有敌意，这种敌意建立在她预先设置的一种情态下，认为别人想窥探她的秘密。虽然没有证据，但是先入为主的揣测引导了她的所有行为。习惯于把外界所有人引入她设想的一个世界里。"崔璨停顿一下，"我说和你爸很像没错吧？"

"嗯……"他违心地笑了笑。

顾浔本来对父亲没什么好感，让他自己"吐槽"，他能说三天三夜不停歇。

但是崔璨说还是让他心里不太舒服，他知道他的家庭、父母在崔璨眼里其实笼统地归为"顾浔的周边"，又没有深入了解能支持她一分为二地看待，那么对他父母的负面印象也就几乎等同于对他的负面印象。

他偷偷用眼角余光打量她两眼，此刻倒没有自己也被株连的迹象。

崔璨说："成功人士的自负常见，也容易引起对方防御，像这位阿姨却走了另一种不易察觉的路线，看起来健谈无心机，客观上更容易操控别人同情自己，让人说出不愿说的话。"

的确，在顾浔看见的这段对话记录中，貌似平平无奇的阿姨不仅狂甩已知"套路"，成功阻止了研究生师兄向她了解情况，并且诱导师兄透露了不少关于自己职业发展、未来规划、婚恋设想的信息。

有些人没学过心理，却是天生的心理操控者。

这位阿姨时而犀利，时而尖锐，时而关怀，时而宽慰，可谓是没有半句废话。

随后，顾浔在崔璨整理出来的集体对话中发现，社区此前每一次病患家属集体交流都是由这位阿姨控场。

她就像病患邻里间的明星，丈夫长期患病且得到良好照料的经历成了她的光环，年轻一点的病患家属对病人症状有疑问时，甚至不去咨询在场的医生反而咨询她。

"这个社区的患者和家属对医生的信任度很低，其实也有一部分原因是她总是用开玩笑的方式说医院坏话。你看这里……"崔璨用笔圈出一段，"她说医生开了一种新的中成药，她看错服用剂量，每天只让病人服用了要求量的四分之一，直到下个月医生又要开药她说没吃完才发现搞错了，可搞错这个月的各项指标反而是全年最好的。看起来她是在说自己糊涂，但是别的家属已经开始质疑，说明药是安慰剂，医生和制药公司都联系紧密。"

顾浔点点头："人们只会相信他们愿意相信的东西，这些普通家庭本来经济就不宽裕，对每种药物的必要性考虑很多，宣扬药又贵又没用就踩中他们的期待了。"

"她的拥趸这么多，首先归功于她的社交天分，其次就是人设。一个完美的好女儿是她作为一个好母亲的重要论据。只是这个夏天，或者从更早开始，女儿就已经扛不起来这种重任了。"

"你认为女儿的完美不是主动的选择？"

"我认为世界上所有完美都是被逼无奈。"

顾浔温和地笑了，换了个松弛的坐姿，视线从文件移向崔璨："那你呢？"

崔璨愣了一下，笑带嘲讽："你说我完美？"

"不是，我是问你有没有被逼无奈的时候。"顾浔慢条斯理地转移话题，"你们家母女关系好吗？"

"我和我妈妈好得不得了，正常得不能更正常，你不要想分析我。"

"说来听听嘛。如果母亲在外面吹牛给女儿造成心理压力是不正常的母女关系，我有点想知道正常母女关系是什么样。"

崔璨放下文件夹，换了种挑衅般的凌厉语气："为什么不聊你家呢？不能用正常母子关系类比吗？还是说你家不正常？"

已经进入防御状态了。

顾浔笑笑，非常痛快地承认："嗯，我家无论母子关系还是父子关系都算不上正常。"

崔璨微张着嘴，怔住了，一时没找到能接的话。

顾浔顺势继续往下说："三岁前的事我不记得，从三岁到八岁这五年我没怎么见过我妈，她在我满月后就离开东海去甘肃工作，一年最多回家两次，每次待两周，我都没什么印象。我爸去看她也不会带着我。"

崔璨渐渐放松了点，靠上椅背。

"不会是你爸负责抚养你吧？很难想象。"

"有一个保姆，从我出生带我到八岁，我叫她'婆婆'，她那时候四十出头吧，不过农村结婚早，她说她外孙和我一样大。我很依赖她，但我爸总对她不满意。"

"对什么不满意？"

"她带小孩的方法可能看起来没那么时髦，不会开口闭口'蒙特梭利'理念。而我爸又很教条，书上说婴儿最早三个月可以翻身，我七个月才学会那就是落后一大截了，他坚信我智力应该是正常的，所以就认为是婆婆教得不好。"

听起来特别像他爸爸能干出来的事。

崔璨忍不住笑了："在你爸眼皮底下活着真是蛮辛苦的。"

"说起来她是我爸雇佣的员工，他对她要求绩效，这也不算严苛。但我在那个年纪不能理解这么深刻，我只是从懂事起就一直陷在我最亲近的人随时会因为我表现不好而被赶走的恐慌里。

"如果我睡一次懒觉，就会被我爸认为没有养成自律的习惯；如果我普通话不够标准，就会被我爸认为没有良好的语言环境；如果我比他朋友的孩子少认识几个单词，就会被我爸认为早教欠缺了。所有细节最后都可以归咎于：这个婆婆教育不好我，应该换个更专业的人。他几乎每天和我妈妈打电话都在表达这个意思。"

崔璨一针见血："是为了推卸责任，免得你妈妈回来发现你的缺点、追究他的责任，他要是真对保姆那么不满意早就换了。"

"对，但我当时哪懂得大人的心机。我只能努力做得完美一点，尽量比同龄人超前一点，来堵住我爸的嘴，留住我亲近的人。

"婆婆帮不了我，她小学没读完。"

他说着自嘲般笑笑："连汉字都是我用点读笔自学的。"

顾浔不经意抬起眼看她，发现她眼角居然湿了，心里咯噔一下。

愣怔片刻，脸上才重新有神采。

他笑着起身去把桌上远处的纸巾拿到她面前："你怎么这么善良啊。"

崔璨没说话，抽了纸巾捂住脸，隔着纸使劲揉眼睛。

她听不得那种无助小孩一个人白白努力的故事。

顾浔不知道怎么哄女生，怕口不择言反而惹她哭得更凶，干脆不说话，默默等她把一张纸揉坏了递上另一张。

也没哭几秒，活动室就有人推门而入。

程汐涵背着书包在门口僵化，看见这场面不知应不应该退出去。

崔璨不知所措地站了起来，眼圈还红着，脸又红到耳根。

顾浔并非不慌乱，只是这种全员尴尬的极限状态下，作为唯一的男生只好担起满嘴跑火车的重任。

他一边不动声色地拉开距离，一边佯装镇定地调侃："你师姐没出息，因为同情患者哭鼻子。"

"下午那个吗？"程汐涵攥了攥书包肩带，前所未有地严肃，"学长你怎么能这么冷血？"

顾浔蒙了。

"本来我也想找学姐商量，要不要去看看那个杨丹妹妹，如果她家条件不好，我们至少可以……"

顾浔漠然地打断："劝你们别犯傻。你们以什么身份去结识她？心理医生？不够格。朋友？像不像跟踪狂？人家愿意被你们窥探吗？带着好心就能办成好事吗？"

一连串反问，简直把学妹驳到墙角。

"对不起，我天真了。"女生小声说。

"都看淡吧。"顾浔边说边扫一眼身边的崔璨，"世界上幸运的人只是少数，有心理问题的肯定不在其中，要是见一个关怀一个，那不把自己累死？你们今天已经帮过她了，做好自己分内事不算冷血。"

崔璨和他短暂地对视，很快把视线移向别处，眼里的光泽黯淡下去。

他曾经在那么小的年纪都那么重感情，不知道是什么让他变成了面对和自己处境相似者都能作壁上观的人。

"这么晚你来这里干吗？"顾浔在问程汐涵。

"我以为今天下午翻得乱七八糟的资料会一直摊在这儿，想来帮忙收拾一下。"

崔璨当场就乐了，拍拍顾浔的肩："田螺姑娘后继有人了。"见学妹一脸茫然，她解释道，"开玩笑的，收拾东西有顾浔哪儿能轮到你呢。"

活动室里气氛活跃起来。

程汐涵抿嘴笑："学长还有'田螺姑娘'的一面？"

"他是那种神经质田螺姑娘，你可千万不要插手，你理好的东西摆得不合他心意他也要重摆，君心难测，能者多劳，让作精自己作去。"

"强迫症吗？"程汐涵看见一沓沓资料上都贴了黄色便利贴，上面有娟秀工整的字迹，写了日期和内容主题，"但学长好细心啊，全都分了类。"

顾浔找到反击点，兴奋道："那是崔璨分的，千万不要靠近，只要碰掉一张，让她找不到东西了，她就会发疯。特别是考试周，她会把你骂到你夏商周的祖先都托梦叫你去给她道歉。"

学妹乐得合不拢嘴："就是说，学长学姐是'破产妙妙屋'的神经症官配吗？有点甜。"

啊？

崔璨说："你们小朋友怎么什么都能觉得甜？"

[50] 合作精神

顾浔这几天发现，他大一时已经把和崔璨撞课的运气用光了。

崔璨对音乐和戏剧很在行，通选课就爱选这类凑学分，不需要花很多精力，考试还能混个不错的分数。

不过今年她仿佛突然对此失去了兴趣。顾浔在第一周旁听了和专业必修课时间不冲突的所有音乐、音乐史类型课程，一次也没遇到崔璨。

首先声明，这并不是跟踪狂行为。

完全是因为陈峄城这家伙太聒噪了，专业必修课顾浔不太敢当他面和崔璨说学业题外话，一说他准要打趣起哄，闹得双方都尴尬。有时江冬燃也掺和进来，更像喜鹊开会。在理财教室同样如此。

早上实验心理学课分了小组，好消息是他和崔璨一组，坏消息是陈峄城和江冬燃也在这组。

顾浔不知道，这种想甩开其他朋友只和她单独相处的强烈愿望该怎么用科学解释，很明显有些话，只适合在两个人的时候说。

到了晚上六点四十那节课，以为没了希望，忽然又出现转机。

崔璨踩着上课铃声匆匆跑进教室，在扫描空位时看见他的第一眼，就毫不犹豫地往他身边跑来。

顾浔心中暗喜，把书包移到另一侧，眼角余光瞥见她鼻尖沁着汗："吃过晚饭？"

女生从书包里掏出一个月饼："这不就来了。"

顾浔说："就吃月饼啊……"

"麦麦给我的，说里面有鲍鱼。"

什么"黑暗料理"……

视线转回讲台，嗅觉却被邻座一阵阵飘来的浓郁花香不断袭击。

他终于忍不住扭过头问："喷香水了？"

她猫着脑袋借前座男生的身高差遮挡，趴在桌面上咬月饼，冲他笑嘻嘻："力士香皂，男生别用。"

那可不吗？这么甜腻谁敢用，像一大捧花束堆在身边，让人注意力涣散。

他皱起眉拿起本子扇几下，违心地装作不喜："空气污染。"

崔璨不满地翻翻眼睛，脑袋扭过去。

讲台上老师刚做完自我介绍，正在阐述一门研究悲剧的课程到期末考试周如何不悲剧。

顾浔挨了几秒，难以忽略隔壁桌上那颗动来动去的脑袋，佯装漫不经心地小声问："崔璨你选体育课没有？"

"选了，但没完全选。我和——选了体育舞蹈，但助教统计舞伴时说不可以女生搭女生，叫我们退课。我们不想退，正在和助教扯皮。"

"以前可以女生搭女生，这学期为什么不行？"顾浔回想好像在BBS看过的攻略里常有女生搭女生选这课。

"谁知道？最气人的是，我们和助教撕扯四个来回，眼看就要成功了，——这个叛徒居然背着我偷偷找到了男舞伴。"

"谁啊？"

"我不认识，信科的一个男生。——想学男生舞步，他想学女生舞步，其实大差不差，助教说没问题。'性转'都没问题，女女配可以，离不离谱？"

顾浔本来想邀她一起选羽毛球之类的体育课，没考虑过体育舞蹈，东大附中有素质课程，东大教的这四种类型，高中不仅学过，而且组织过班级之间的集体舞比赛，他不需要再去学。但是听起来，她好像对此很感兴趣。

"那你有没有考虑过直接找个男生？"

"没戏，我问过好多人了。"

什么意思？

你问过好多人都没问过我？

无名火起来了。

他面无表情说："为什么不问我？"

女生竟然拿着月饼躲远了一点，阴恻恻笑着："不敢问，孩子害怕。"

他精致的眉头拧起来："怕什么？"

"叶尧说你们东大附中的都学过，我交际舞一点基础没有。最后技术考核占五十分哦，我跳不好你会杀了我。"

顾浔瞪过去一眼，诚恳发问："你什么时候见我杀过同学？"

崔璨把最后一点月饼塞进嘴里，盯着他看了又看，仿佛下了很大决心，突然双手合十小声说："那拜托了。"

顾浔咽了咽喉咙，没说出话。

怎么回事？他根本就没做过这决定，只是在追问她为什么不考虑自己，莫名其妙就被她赖上了，看这意思好像已经没有退路，怀疑是什么陷阱。

他转头看讲台，开始认真听课。

不管怎样，还是能算幸运的一天，和崔璨一起上了两节专业课、一节公共课，还受邀选了门体育舞蹈，有交集总比没有好。

真正的挑战在课后才出现，接到余老师的消息，让顾浔从办公室电脑帮他发些资料，原因嘛……顾浔整节课都纠结，要不要知会崔璨。

虽然猜到她知道后不可能袖手旁观，还是在她奔出教室前叫住了她。

"崔璨，你的判断可能是正确的。父亲有精神病的那个杨丹，她自己也有心境障碍，那天虽然从楼顶劝下来了，但是当天晚上又割了腕，所幸救了回来，住了几天院，做过核磁共振，现在确诊了。"他顿了顿，"你很急迫想去她面前帮助她，对不对？"

这消息说意外也不意外，崔璨忧心忡忡地点点头。

他说："给我点时间。"

顾浔没法直接问导师女孩在哪个区域的病房，只能通过进社区的师兄师姐去向其他病患家属打听，这花了两天时间。

双休日东海市下了暴雨，周日晚上从家里返回一看，果不其然，宿舍又被淹了。

顾浔给崔璨发了微信："在哪儿？"

她回："破产妙妙屋。"

到那儿时，她和程汐涵两个人正在撒蟑螂药。

顾浔在门边单手扒着门框，没打算进去："只要你和麦芒不往这里带零食就不会有蟑螂。"

"你无非是担心毒死你的'梦中情虎'，我看说明了，只有蟑螂喜欢这个口味。"

他冷笑一声："你又不是蟑螂，你怎么了解蟑螂的喜好。"

程汐涵听着诧异："'梦中情虎'是什么？"

"他在这儿养的一只壁虎。"

"我没养过。"

"他看中的一只壁虎。"

听起来感觉更变态了。

程汐涵插进话题："感觉师门氛围好好，连壁虎都像是学长学姐一起养的。"

崔璨嗤之以鼻："那可是做梦，顾浔没有合作精神，他只爱单机游戏，宁愿对墙说话，下棋都要和自己下。"

顾浔不跟她拌嘴，言归正传。因为无法避开程汐涵单独和她说，只能把患者的医院病区病房同时告知两个人，结果可想而知，两人嚷着即刻动身。

天已经黑了，看起来随时可能再下暴雨，顾浔肯定不能放任她们俩自己去医院。

在学校门口拦了辆出租车，上车后他从副驾驶座回过头问后排两位："想好找什么借口去认识了吗？"

程汐涵转头征求崔璨意见："她认识余老师吧？我们说，是余老师的学生？"

崔璨说："别那么实诚，随机应变吧。"

顾浔有点好奇，想象不出她的怪招。

崔璨在医院附近花店买花，探病买花是常规操作，可崔璨来了，怎么能不整点怪事。她搬了一盆粉杜鹃的盆栽。店主满腹狐疑，确认了三遍不能退换才把付款码拿出来，送出门时要给她拿个塑料袋，她说不用，抱在怀里就健步如飞。

程汐涵很难跟上她的步速，要不是进住院楼等电梯花了时间，早跟丢了。

女生腹诽，学姐也没什么合作精神，而学长嘴上说不管不管，心却没那么硬。

到病房外崔璨没分享她的计划，径直走进去。

顾浔和程汐涵只好在病房外徘徊，佯装路人不时朝里瞄几眼，也不敢瞄得太明显。

他事先听研究生师兄说，杨丹不太配合治疗，进医院后就没说过话，谁问都不答。病房四人间，她也从不和其他患者聊天。

崔璨先直奔窗边把空间扫视一遍，杨丹的床位靠门，床那边住的是两个老人。她在病房里慢慢兜一圈，又抱着花盆绕回来，靠在杨丹的床边自述要康复出院，本来住楼上同一位置的病房，养的花想找个人送，看那些中老年自顾不暇，要找个同龄人。

杨丹说："可我也不知道我还要住多久。"

崔璨问："你有微信吗？你出院时要是找不到人转送，再通知我来拿。"

杨丹从枕下摸出手机一边操作一边问："你是什么病？"

顾浔见她连微信都加上了，琢磨着不用帮忙，在门口探头探脑一旦暴露反而拖她后腿，于是叫上程汐涵，退到电梯口有座椅的公共区域等。

走到无人处，程汐涵喘过一口气，心里涌起万千感慨，自己盲目跟来，但好像又没起作用："学姐心理素质真强，要是换了我，话都说不溜，还得咬到舌头。"

"你来得晚不知道，她是学校里最好的演员。"顾浔背靠着雨水冲刷过的窗，语气平淡听不出在炫耀。

不过光会演也不行，更重要的是知人知心。杨丹习惯了照顾人，也就能答应照顾花，她拒绝别人的帮助是因为觉得都是隔靴搔痒，但别人请她帮助又是另一种心态。崔璨长得甜也是个优势，顾浔想，第一次见面就能轻易招人喜欢。

"演什么啊？"学妹好奇。

他回过神："舞台剧。"

"和学长搭档吗？"

顾浔想了想，好像说是搭档不太准确，自己只不过临时救了个场："和陈峙城搭档，和韩一一也搭过。"

"为什么啊？我觉得学长比较帅。"直言不讳的吹捧之后马上又接了戏谑，程汐涵俏皮地歪过头，"哦，我知道了！因为学长下棋都要和自己下。"

男生流露出一点淡淡的不爽："嗯，是啊。什么都能一个人干，但恋爱就非得两个人，没她不行。你说气不气人？"

白炽灯光把他的脸打亮，照不到的另一侧，柔和的路灯光亮漫过他暗寂的背影。

空旷的住院部大厅里，一眼望去满地是凌乱无序的湿鞋印。

学妹倏忽抬头睁大了眼睛，脑海中电光石火闪过无数问号。

这话有歧义啊。

等等，是歧义吗？

第六话

CuiCan
&
GuXun

················

人不能至少不应该，这么可爱

[51] 小心谨慎

周二中午，崔璨和冬冬有了些惊人发现，在二餐吃饭时，远远看见程汐涵和一瘦高男生端着餐盘有说有笑走过去，两人找了空位对坐，周围再没其他同伴。

冬冬鬼鬼祟祟张望观察，最后得出结论："说不定是她亲弟弟。"

崔璨笑出声来："她才大一，她弟弟怎么可能出现在这里？"

冬冬接受不了残酷现实，呜一声扑倒在餐桌边："为什么她才大一，才刚进校两星期，就脱单了啊？我们好失败。"

"漂亮妹妹抢手一点也很正常，但我奇怪的是……"崔璨咬着筷子又回头偷瞄两眼，"我以为她会喜欢顾浔，以前去东大附中，她跟在顾浔'后援会'里面起过哄。"

提到八卦，冬冬又打起精神坐直了："我也以为她喜欢顾浔。她最近跑理财活动室跑得勤，虽然那就是她的社团，她来得名正言顺，但我总感觉和顾浔脱不了干系。平时顾浔只要没课都在活动室，已经好几次了，我们俩到的时候只有他们两在。"

"不过仔细一想，她和顾浔好像不太说话。"

"那我以为是为了让你放松警惕？"

"为什么要让我放松警惕？"

"因为你和顾浔看着像一对。"

"扯淡。顾浔觉得我和裴弈看着像一对。还问过我是不是和裴弈在交往。"

冬冬认真想想："也有点像……你和帅哥都搭，什么时候让我盼个真的？"

崔璨用拇指指身后程汐涵的方向："盼现成小情侣去。"

没等冬冬找机会八卦，周三晚上大家都在理财活动室时，程汐涵主动提了这件事，问崔璨能不能周五晚上陪她去K歌。

"新认识的朋友喊我去，我挺想去的，又怕他们去的都是男生，到时候太尴尬，我说我带朋友他说可以，学姐星期五有没有空？"

冬冬问："新认识的朋友，是不是昨天中午在二餐和你一起吃饭那个？"

程汐涵："嗯嗯，就是他，他是艺术学院二年级的。"

什么乱七八糟的，顾浔视线离开笔记本电脑屏幕看过来："你都不信任的朋友组局，你把崔璨带去，不是害她吗？"

程汐涵愣了愣，没想通怎么就上升到害她的高度了："我也没有不信任，只是还不太熟。"

崔璨皱起眉："你怎么会认识艺术学院大二的人？"

"上周英语课后，我在收拾东西，这个学长过来给我递了张小纸条，说想认识我，留了他的微信。"

理财活动室集体沉默了几秒。

冬冬问："为什么我来这学校一年多了从来没收到过小纸条？"

崔璨说："我也没有。"

麦芒说："我也没有。"

顾浔拧起眉："你们过得这么好，想要什么小纸条？"

冬冬说："想不想要是一回事，收没收到是另一回事啊。"

陈峄城笑起来："我知道原因，江冬燃你老在认真学习让人不敢打扰，麦麦你走路都用跑的一般人追不上，崔璨你英语课和我坐一起的。"

崔璨没听懂："和你坐一起怎么了？"

"我这么帅，别人一看，退避三舍。"

崔璨从没这么无语过："小城城，男人一旦说出'我这么帅'就不帅了。"

顾浔打着字，眼皮没抬："实话是你们看起来就不好追，那种递纸条的男生不敢靠近。"

程汐涵委屈了："学长你怎么这样说，我就好追吗？"

顾浔哽住。陈峄城安慰："别理他，他开口不把所有人得罪光不算成就。"

"不过，这个递纸条认识的男生是有种来路不明的感觉。"崔璨正色道，"确定他是我们学校的吗？确定是艺术学院大二的吗？第一周的英语课也是什么人都能混进来听的……"

陈峄城搓搓起了鸡皮疙瘩的小臂："璨璨,她只是被人搭个讪而已,被你琢磨得她好像被连环杀人犯盯上了。"

顾浔声如蚊呐:"这就是我说的'不好追'。"

"又不是没发生过类似的事,经院有门专业必修课上了一整个学期,才发现两个助教中的一个是假的,甚至不是我们学校的人。"

顾浔道:"智商盆地,不足为奇。"

崔璨无语。

学长学姐个个牙尖嘴利,程汐涵只有在崔璨深深无语时才顺利插进话:"但我加了他微信,他好像的确是艺术学院的,昨天他还说他给认识的导演看了我朋友圈照片,导演说可以让我去试戏,所以叫我星期五去K歌,要先见见本人。"

程汐涵说着用手机把对方朋友圈打开,递给崔璨看。

"呃……他要介绍人演戏干吗找你?他们自己学院有表演系,大美女有钟凯昕,小美女有孟晓,需要跑英语课上找不专业的演员吗?"冬冬本来还觉得崔璨过度警惕,但程汐涵这状况越听越不靠谱。

"说得也是……"程汐涵挠挠头。

崔璨举着手机觑着眼来回观察,顾浔提醒:"你就算对着灯看,手机里黑漆漆的照片也不会透光。"

崔璨放下手机白了他一眼。

陈峄城不禁感慨,什么样的脑子才能共享这样一种"脑回路"。

"你知道他叫什么名字对吧?我直接向艺术学院的人打听一下。"崔璨对程汐涵说。

微信发出去五分钟就有了回音。

"人确实是艺术学院的人,可我问的人都不熟他,他算在学院里挺活跃的类型,不过你也看到了朋友圈,天天在夜店里泡着,交际花。至于校外的交际圈怎么样,他同学也不清楚。"

"搞艺术的可能都生物钟颠倒吧。"程汐涵还不太死心,"我看了几天,他好像没什么不良嗜好。"

"你自己考虑,小心谨慎点总没错。但我周五晚上有事,想看好久的剧一直没刷到票,你们社长好不容易帮我弄到一张,我不能不去。"崔璨说。

顾浔脑子里亮起一个灯泡,程汐涵社团的社长是裴弃,裴弃给她弄的票,不能不去。理一理剧情,怎么能一句话里每个字都这么刺耳。

麦芒却被其他隐藏信息吸引:"什么剧啊,一票难求?"

"《不眠之夜》。"

麦芒立刻从座位上蹿起来，撑着桌嚷："呜呜呜，我也想看。"

"那我问问裴弈能不能把他的票转给你，他本来想二刷。"

"可能希望渺茫。"麦芒哭丧着脸，"看过的人基本都二刷三刷了，听说一遍追不完全部剧情。"

冬冬向崔璨提议："要不你把票让给麦麦，让她和裴弈去看剧，我们好久没去看小猪了。"

陈峰城立刻大声抗议："那怎么行？什么小猪这么重要？"

"这周看不了小猪，我太想看这个剧了。"

顾浔也忍不住好奇："到底是什么小猪？"

"是Air Channel商场里养的迷你宠物小猪，璨璨跟我打赌一定会长成两百斤的香肠原料，所以我们几乎每个星期都去看一看，顺便吃个饭。"冬冬解释来龙去脉。

顾浔说："她说得对，迷你小猪不存在。"

"怎么这样！"

"不过你想看还是可以看，看他们什么时候偷偷用小猪换大猪。是不是有了破案的乐趣？"顾浔安慰道。

"恨你们！好缺德！"

"要不冬燃学姐和我去K歌吧。"程汐涵灵机一动，"正好一个人看猪也没意思。"

冬冬冷静下来，有点心动又心存顾虑："可是我唱歌一般，酒也不会喝。"

"我也是。但如果他们说起学校的话题，学姐你可能还接得上话，不至于冷场。要是我一个人去我怕生。学姐一起吧。"

冬冬勉勉强强算是答应。

"好怪……"麦芒小声对身后的墙壁说，"她为什么没有同届同班的朋友？总和大二的人一起玩？"

虽然是悄悄话，但因为教室安静，所有人都听得清清楚楚，连当事人也不例外，这就有点尴尬了。

程汐涵明显眼神慌张往后缩了一下，不知所措地观察大家的反应。

"啊……麦麦，是大二的男生在追小程，那小程找大二的学姐撑场也很正常吧。"崔璨很快接话，顺口对程汐涵分享过来人忠告，"同班的男生是真不用考虑了，感情破裂还得转班。"

无人在意的角落，顾浔在"瞳孔地震"。

同班就是原罪？谁让你转班了？谁说会感情破裂了？

怎么能仅仅因为这种"脑洞"就把全体同班男生打入冷宫？

崔璨你自己听听这像话吗?

那,要不化被动为主动,先转个班逃出黑名单?

陈峰城打圆场道:"对啊麦麦,这有什么怪的,她都说她从小做惯了姐姐,心理年龄成熟不行啊?别管这个了,周五你要是弄不到票,我们去看个电影替代一下怎么样?"

"这周有什么电影?"小鱼上钩。

一个两个都有约了。

顾浔还在闷闷不乐怨天尤人,裴弈这种道貌岸然的家伙真可恶,什么"二刷三刷"说得冠冕堂皇,找借口和崔璨单独约会罢了。崔璨这昏君也不争气,没意识到两人一起看剧和两人一起看猪性质不一样吗?

顾浔黑着脸:"崔璨你悲剧导论作业写了没有?"

"哦,忘了。"崔璨不好意思地摸摸鼻尖,"是写Hippolytus(希波吕托斯)分析对吧?"

"作业都没写整天想着玩。"

崔璨猜不到他发哪门子神经,白眼快要翻上天灵盖:"和你有关系?又没找你玩。"

顾浔哑口无言。陈峰城当场笑喷,心想他气的不就是没找他玩吗:"璨璨我跟你赌一百块,你下次找顾浔玩,他会主动替你做作业。"

顾浔还在气头上:"不会,我是有底线的。"

[52] 迂回有用

顾浔估计自己可能给人留下了奇怪的印象。

高中时搞数学竞赛的那些人,虽然到了国赛范围加上后备队总共不到百人,同市的选手最多也就二十几个,集训时住宿学习都在一块儿,可那么激烈的竞争氛围中,除了做题就是做题,互相间面孔是熟悉的,但除了讨论题目解法就没聊过别的,谈不上有什么私交。

非要说起来,韩——读阳明中学,崔璨读圣华中学,她们俩的学校在一个区,进市级比赛前有时合并集训,所以那两个学校的选手关系会近一点。

东大附中在另一个区,自成一派,每年进圈人数比其他区全区加起来都多,通常都是自己学校抱团,就连在食堂吃饭也很少和别的学校插着坐。

崔璨学校只有一个外向的男生,顾浔稍微熟一点,集训时一起外出吃过饭,几个人均摊餐费时互加过微信,就是这种微信对话框一打开只有橙色金钱交易记录的关系。

早上上课前，顾浔给他发了条含义不明的打招呼消息，到中午对方没回，排除一直没看见的可能，或许已经被当成奇怪的人了。

可是除了这条路径，他也没别的办法能打听到崔璨和谭皓的前史。

崔璨明确表示不和同班男生交往，有点反常，顾浔的直觉是和谭皓有关。

他们俩关系按崔璨说的版本，逻辑完全理不顺。

她这么聪明可爱的女生，狠心拒绝已经是脑袋进水了，何至于暴力相向。

听她说时虽然喝多了，但顾浔不觉得是自己听错了，不合逻辑的剧情背后总有隐情。

中午吃饭时，顾浔不死心，又追了一条："想和你打听下谭皓。"

这要再装没看见，他也不好意思厚着脸皮一直骚扰下去。

谁知这回运气好，没等放下手机，对方秒回过来："怎么他又缠上你了？"

顾浔没看懂，寻思对方是不是把自己认错了："我是东大附中的顾浔。"

"我知道你是顾浔。"

不知道该怎么回了。

想了想还是按原计划问："谭皓高中是不是一直在你们学校A班？"

"是啊。"

"崔璨也一直在A班？"

"我也在A班。"

谁问你了？顾浔仍一头雾水，斟词酌句地问："崔璨转过班吗？"

"没有啊，她高三倒是想转，学校没同意。"

顾浔问："她为什么想转班？"

"她闺密没考好去了B班，另一个原因是觉得谭皓'恶心心'吧。但我们年级主任对转班有心理阴影，说转班都是为了有的没的，所以没同意。"

顾浔不禁蹙眉，这也是个怪人，好好的大男生说叠词："谭皓'恶心心'是什么意思？"

"无论男女只要靠近谭皓就会变得不幸的意思。璨璨没提醒你吗？"

看不懂，这天聊不下去。

不过不算毫无收获，听这意思，崔璨对谭皓早断了念想，身边朋友对他也深恶痛绝，想转班的主因是不是他有待商榷，但感情破裂肯定是板上钉钉，绝无死灰复燃的可能。

不是什么"白月光"，不构成威胁，警报解除。

谁知这唐突曲折的打探还有"后遗症"。

下午在理财活动室碰见韩一一，韩一一开口就问："你追璨璨碰了钉子？"

顾浔面不改色坐下："何出此言？"

"祁寒说你向他打听崔璨。"

不可理喻，小道消息为什么跑得这么快。

顾浔决定先倒打一耙："你和祁寒什么关系？无所不谈？"

"初中同学，青梅竹马。"她坦然承认。

"行吧……"谁知道你们两校之间剪不断理还乱的奇葩联系，"我只是向他打听一下谭皓，顺便提到了崔璨。他们仨一个班的。"

"你干吗不问我？"

"谭皓你熟吗？"

"还行吧，友校篮球队长，超爱往我校跑，和战戒关系好，很多女生欣赏这对跨校友谊，不过后来性格不合闹掰了，悲剧收场得轰轰烈烈。啦啦队有个'迷妹'用谭皓的侧影做微信头像，换头像第二天战戒就把人家拉黑了；我校篮球队其他人约谭皓过来打球，谭皓神奇发言'现在不适应这种地形的篮球场了'。最后一次竞赛集训结束合影，你有没有注意？他俩一个站最左一个站最右，中间隔了银河。"

"没注意，我一般站银河中间。"

"是不是没挨过打？中心位了不起吗？"

顾浔笑着扯回原来的话题："离谱，两个男的有什么好悲剧收场的。"

"我也是这么说，显得小肚鸡肠。你问他干吗？"

"听说是让崔璨青眼相加的人物，稍微有点好奇。"

这不就还是为了崔璨？绕那么一大圈。不过韩——却没听过崔璨和谭皓的传闻，翻着眼睛把这两人的组合联想一下，画风也是蛮奇妙的。

"谭皓……和你完全是不同流派吧，八块腹肌宽肩大高个儿，荷尔蒙扑面而来，想当年我校女生说战戒和他堪比流川枫和仙道彰。"

顾浔冷笑着反驳："得了吧，战戒那种黏人精还流川枫。而且，陵南队长是鱼、住、纯。"

"无关紧要了，重点是璨璨喜欢猛男帅哥哦，你怎么办？"

"我又不是不会打篮球。"

韩——错愕几秒，关键不是会不会打篮球吧？

事不宜迟，顾浔立刻约了陈峰城去打篮球，没想到出师不利，人还没走到宿舍楼下就下起了倾盆大雨。

这暴雨来势汹汹，一直下到天黑，宿舍区一楼洗衣房、水房全被水泡了。教学区和宿舍区之间的路上，雨落下来，积水来不及排走，学生们蹚着水来来往往，单车更骑不了，成了末日般的一天。

顾浔伏在窗边看楼下水漫金山，心里也乌云压境。

陈峄城大致能猜到他兴起要打篮球和下雨就抑郁的原因八九不离崔璨。

"不是我说你。你已经在追女生的路上跑偏太远了。喜欢人家就给'直球',想约就约别拧巴,别人能约你也能约,多制造机会相处,少在背后搞那些迂回的无用功。"

顾浔回过头,精准打击:"你这么透彻你怎么还没追到麦芒?"

喂……

"什么叫'迂回无用功',我当然要了解崔璨担心什么顾虑什么。难道你喜欢麦芒只看脸?"

呃……

"至于独处,我和崔璨一起上体育舞蹈课,有的是时间。"是炫耀的语气。

"体育舞蹈?"陈峄城真实地羡慕嫉妒了,"你约她还是她约你的?"

顾浔格外骄傲:"她约我。"

被偏爱的都有恃无恐吗?

"哟……可恶!"

不过炫耀什么的,只能唬唬陈峄城,顾浔自己并没有那么自信。

晚上没停雨,这节希腊悲剧导论,崔璨翘课了。

意料之中,情理之中。仍在退课期,课上不点名,她本来也不是循规蹈矩的好学生。没见上面,让顾浔更加抑郁。

日有所思夜有所梦,这天夜里他做了个现实感爆棚的噩梦。他和崔璨相邻而坐,上着悲剧导论,忽然前排男生回过头,竟是裴弈,脸上挂着平时那种半永久傻帽笑容说:"我来和你们坐一起吧。"起身走到了崔璨另一边。到这里顾浔就惊醒了。

三点醒的,到六点才睡着,七点又要起来上课,有点神经衰弱。

噩梦警示意义极强。

谭皓再怎么存在感强烈,也已经远在一千二百公里外的世界一流大学,裴弈才是近在眼前的噩梦之源,而且,他还会打篮球。

早上起床不仅依然大雨滂沱,还起了大风骤然降温,顾浔不禁许愿刮台风、龙卷风、小行星撞地球,这样崔璨就能取消晚上和裴弈一起看《不眠之夜》的计划了。

他不确定体育舞蹈课崔璨会不会继续翘课,不能完全死心,还是冒雨去了。

等待得越久,心里越多怨愤。

崔璨这只鸽子精,为什么老放自己鸽子,就不能人设统一地去鸽一鸽裴弈?

韩一一一边把腿架在把杆上换舞鞋,一边"吐槽":"你注意点表情管理吧,舞伴没来脸黑成这样,她又看不见,能看见的我们做错了什么?"

话音未落，教室窜过一个人影。

没等顾浔反应过来，崔璨突然踮脚用冻得像冰棍的手从身后摸上他的脖颈："冰不冰？像不像僵尸？"

顾浔被命运扼住了喉咙……

像，幼稚鬼的死亡袭击。

人不能至少不应该，这么可爱。

绷不住嘴角上扬。

见证全过程的韩——摇摇头，背过身去换另一只鞋，眼不见为净，并给予差评："笑得太不值钱。"

顾浔抓住崔璨一只冰手，把她拽到面前来，她仰头乐呵呵，又只穿了T恤运动裤，鞋还湿了。

男生没松手，倒也没别的心思，想帮她焐热一点："怎么不穿个外套？"

"出寝室楼才发现这么大风，室内一点都不冷啊。再说我也没带长袖来学校，我得回家拿。"崔璨得寸进尺，用他没拉住的左手贴在他胳膊上取暖，一边说话一边抓着胳膊晃来晃去。

顾浔用眼神给她示意一下方位："回去的时候穿我外套。"

"那你穿什么？"

"这么一会儿不会冷。"

"那你送我到寝室，我再还给你。"

"不用，我寝室还有衣服，你穿回家吧。"顾浔说着顿了顿，想起了什么，"哦，不过你今晚是直接从学校去看剧吗？"

"对的，看完再回家。"

顾浔乐了："狂风暴雨的就算了吧，把票给我，我替你去。"

"你想得美。"

顾浔想得是挺美的，现在崔璨去他也不抑郁了，真想冲到现场围观崔璨穿自己衣服赴约时裴弈的表情，人生四大乐事绝对要排在这之后。

昏君竟然还没发现哪儿不对劲，真够笨蛋。

不过，她和男生相处没距离感，跟裴弈在一起的场合，也会这样抓着胳膊暖手吗？想到这个，笑容又僵在脸上。

还是不想让他们见面。

[53] 诅咒有用

本来约定出发时间地点时，裴弈就提议了看剧前先带她去市中心吃饭，到了周四周五，因为恶劣的天气总会导致市区堵车，于是稳妥起见，出发时间又提早了半小时。

裴弈到崔璨宿舍楼下等了五分钟，她踩着约定的时间准点下楼，浅蓝色T恤，白色短裙，透明带子的塑料平跟凉鞋，乍看和平时没什么两样，很学生。只不过外加一件oversize（特大号）的深蓝色运动外套，长度到她裙边上面一点，不像上装像风衣，袖子也折折叠叠堆在手臂上，一看就知道是男生的衣服。

裴弈心里有点酸涩，不过没说什么，带她出楼栋撑伞时间："腿不冷吗？感觉你只顾上半身穿暖和。"

她解释说："要是路上被雨淋了，裤子湿答答地裹在腿上，袜子湿答答地裹脚上，会更难受。"

裴弈笑起来："那也不能破罐破摔地裸奔啊，换季一个不注意就要感冒。"

出校门后在门口花了十分钟才叫到出租车，两个人都坐后排，裴弈把外套脱下来盖她腿上。

崔璨推说不要没拧过他："好像就我会生病，你们都刀枪不入似的。"

你们？裴弈想，大概还包括先把衣服给她穿的那家伙吧。两个人的出行，好像总有第三人在刷存在，凭感觉猜测是顾浔，但又觉得顾浔不像那么体贴的人。

他不想委屈自己总在心里揣摩这个，干脆打开天窗说亮话："身上外套是顾浔借你的？"

"嗯，我这周没带衣服来学校，谁知道突然变天。"

裴弈笑笑，对顾浔刮目相看，知道他是心理系专业第一，不知道的以为是宫斗系专业第一，百转千回的小心机。

但又不能把不满写在脸上，崔璨又没干坏事，闹得出行不愉快是自己的损失，认真就输了。

车还在高架上跑雨已经停住，乌云一直压着天际线，雨却没再下下来，路况好转不少，一路畅通无阻，比计划时间早到了四十分钟。

裴弈反而觉得抱歉，回头问："现在吃饭，会不会太早？"

崔璨查看手机上的时间，才五点半。

"如果店开了，我们可以在店里先坐坐吧。"

"那肯定开了。"

餐厅是裴弈挑的，事先预订了，一家法餐，在老洋房的露台上，头顶有遮阳遮雨棚，但四面通风，风景优美。

崔璨吃完主餐，端着白桃酒在露台边吹风，空气很清新，蝉鸣声在耳边此起彼伏，一伸手就能摸到雨后的梧桐叶。裴弈靠在一旁和她闲聊，说昨天下暴雨时怎么"游泳"去上公共课，任课老师开玩笑许诺给昨天出勤的人期末满分。

"我就翘课了，不过我晚上也'划船'去小超市买了水果。"崔璨说。

"水果还是一周出去采购一次比较好，学校的水果不见得新鲜，也在店里放很长时间，而且总要比外面贵几块钱。"

他平时看着大大咧咧，消费粗犷型，不太像有价格概念。

崔璨好惊讶地笑了："几块钱的细节，你怎么发现的？"

"我学经济哎，怎么能不观察市场？"

餐厅的外籍老板这时来搭讪，问他们对牛排的评价，他说的中文太难懂了，裴弈用英文回答，他也自然换了英文。

老板拿出烟盒，问裴弈要不要试试雪茄，要送他一支。

裴弈没有要，他不会抽烟，但是对话并没有因此结束，老板热情又自豪，聊他开餐厅只是业余爱好，他的家族生产雪茄，对那个才更在行。

裴弈应该是对此不感兴趣，看起来却格外感兴趣，听得很认真，不时附和几句，好让人畅所欲言。身边有这样的朋友，真是特别幸运。

崔璨在一旁默默听，像看一幅画似的看着，安静地喝饮料。

晚风变得柔软，一下一下撩动她披在肩背的发梢。

等老板终于尽兴而归，裴弈才转过头对视过来，冲她微笑，为冷落了她好半天而抱歉："太能聊了。"

"你不像学经济，像学心理的。"

"你早点发现我的天赋，我还能去修个双学位。"

离开餐厅，距离戏剧开场还有二十多分钟，慢吞吞走过去也绰绰有余。崔璨感到好久没这么放松，不赶时间不必慌慌张张。

可是好景不长，到剧院门口就出了意外情况，冬冬发来微信问："璨璨你们节目结束了吗？裴弈还跟你在一起吗？"

崔璨站定在剧院门口回复："我们还没开场。有什么事吗？"

"有点麻烦。我想回寝室，小程也想和我一起回。但他们非要留下她，让我一个人走。我不敢丢下她，可我又带不走她。本来想说如果你们结束了，你让裴弈来帮个忙。"

崔璨回："你发定位给我，我们马上过去。"

是先决定了才告诉裴弈的，没征求他意见，显然裴弈也不可能有其他意见，听崔璨说完情况，立刻就走下台阶到路边去拦车。

车里气氛有些严肃紧张，崔璨谈起前几天就对小程新交的这朋友不太放心。

裴弈神情专注地听，点头赞同："其实就不该让她去，不是多邀几个女生就能增加安全性的问题，这种男生本来就已经很社会了，还带一些社会人朋友，她们乖乖女学生根本应付不来的。"

到KTV门口，裴弈问："你要跟我进去还是在门口等？"

他环顾四周街道，路上没几个行人，冷清空寂，路灯也不亮，没给她选择权，先帮她做了决定："你还是跟我吧。"

他可不知道，崔璨战斗欲爆棚，正兴奋得摩拳擦掌。

局面并没有想象中那么恶劣，裴弈推门进包间，里面烟雾缭绕，倒还是在规矩地唱歌，没人对程汐涵动手动脚。一见裴弈，跑调唱歌的那位站在中央停下来。

"你们谁啊？"回头问程汐涵，"你朋友？"

小姑娘噌地从沙发上站起来，烟雾掠过她明亮的黑眼睛。

包间里也有其他女生，不羁地擎着烟喝酒，风格截然不同。

裴弈一下就把人认出来，拉着程汐涵就往外走。

艺术学院那男生坐她身边，跟着起身，还有点不死心，攥着她的包带说："涵涵这么早走啊？这也太早了吧！"

裴弈没有给他好脸色，也懒得和他废话，直接把那手从包带上掰下来甩开，推着女生的肩出了门。

回头看见抵着门的崔璨眉峰一挑，泼辣地指着那男生鼻子大声说："别让我在学校看见你！"

裴弈扑哧笑了。

冬冬兴高采烈地一口气跑到马路边："第一次体会狐假虎威的快乐。"

这条路不好打车，离学校也不远，冬冬和程汐涵原本就计划活动结束后走回去，裴弈和崔璨也就陪着走一路。

冬冬边走边讲述来龙去脉，那男生也不算骗人，不过认识的只是个广告导演，平时拍拍商业广告短视频之类，什么赘婿小剧场连拍五百集那种，涵涵是文艺少女，没看过这类，话题聊不到一起。再加上男生扎堆，烟抽得好凶，包间里空气质量奇差，所以没待多久就想走。

裴弈插话道："那抽的可不止烟。"

冬冬一脸蒙："啊？真的吗？我都不识货。反正我坐里面感觉熏得眼睛难受，都犯困了，涵涵也想走，他们一伙人觉得少了美女就扫兴，各种软硬兼施不肯放人。虽然没实质性地欺负她，但你懂的，光是脱不了身女生就会被吓到。"

程汐涵确实吓得不轻，脸色煞白，垂头丧气，一路都没怎么说话。

崔璨摸摸她后背："没事没事啦。我今天要回家，你可以睡我的床，晚上冬冬陪你聊聊天，不要再想那些不愉快的事了。"

裴弈听见重点："你晚上还要回家？我送你？"

"不用啦，我还得上楼整理一下。我没什么行李要带回去，出校门打车就到家了。"

"那好。"裴弈知道女生收拾东西爱磨蹭，不想给她制造压力，也不勉强。

人送到寝室楼下，冬冬和程汐涵先走一步。崔璨在门口台阶上站定，跟裴弈再说几句道谢的话。

"没什么。"男生捋了一把头发，不拘小节地笑，"只是你一直那么想看结果没看上，有点遗憾吧。"

崔璨说："我就当看过了。一起吃了饭，还是挺高兴的。"

"真的高兴？那我以后约你吃饭，你不要老拒绝我。"

"高兴也不能老吃啊。你请我吃，我又得回请，天天腐败，生活费不够。"

裴弈笑起来："不用你回请。"

"我脸皮没那么厚。"

"好吧，真客气。"

有女生跑进楼时不看路，差点从背后撞上裴弈，他往绿化带挪一步，崔璨就条件反射往后让了一步。几乎是眨眼间的变化，裴弈已经隐约意识到，崔璨和他就像异极磁铁，隔着微妙的距离，还没到非常亲昵的关系，再说更热切甜蜜的话有点过度，欲速则不达。

回过神裴弈说："不早了，你快上去收拾东西吧。"

崔璨在台阶上朝他摆摆手，等人走远了才转身。

转身过去，顿了两秒，又转身回来。

眼角余光看见了什么？

四米开外自行车棚的阴影下有人。

崔璨诧异地歪过头，小心确认："顾浔？你在这儿干吗？"

顾浔无语，眼这么尖。

他本来靠坐在共享单车上，站起身就来到了有光的地方，暖黄的路灯把他的轮廓一寸寸打亮，眼睫，颧骨，额角，耳郭，终于让人看清了脸。

他拘谨地舔舔嘴唇："我……刚从西门进来，走到这里……休息一下。"

"对着女生宿舍休息？"

确实，怎么解释都是诡异的行为。

事实是他待了有一会儿了，鬼使神差地在这里停下发呆，那时候崔璨他们还没出现，他并不知道她会回来，也不知道在等什么。看她站在台阶上和裴弈说话，本来嫉妒得脑门都快炸开，但崔璨退那一步的突变他也注意到了，揪紧的心脏又松下来。

崔璨对裴弈和对他并不一样，没那么任性，也没那么柔软，很刻意地硬绷着含蓄得体，好像个偷穿了大人高跟鞋却走不好路的小孩。

刚暗喜几秒，就被崔璨逮个正着，从暗处揪出来。

男生拔高音调虚张声势："不然我怎么说？我说我看见你和裴弈在这儿缠缠绵绵，特地停下来多看两眼？"

"我哪儿有缠缠绵绵！你不要造谣！"

顾浔生硬地转移话题："你回来很早嘛。"

隔着路不断有人从中间穿过，崔璨边说边走近："我们没看成。小程和冬冬那边出了点麻烦，我们还没进场就被叫走了。"

顾浔讶异地挑了挑眉，没想到诅咒居然灵验了，心里一高兴，表情又没控制住："看吧，翘课的报应来了！"

崔璨几拳打在他胳膊上："我劝你善良！"

顾浔索性笑得更肆无忌惮，得寸进尺地把她藏在头发里的细麻花辫捋出来："你这是什么发型？为什么偷懒只编一边？"

崔璨没好气地拍走他的手："艺术感懂不懂。"

又是梳了"艺术感"发型，又是穿了小短裙，郑重打扮了。

顾浔把不满写在脸上，半真半假地嘲讽："呵，还光腿穿裙子，早知道你这么抗冻不借你外套了。"

"可惜已经被我骗走了，哼。"崔璨把衣服裹紧躲远一点，猖狂地挑衅。

顾浔憋不住笑，伸手把她拉回面前："吃不吃夜宵？"

"我吃饱了。"

"那一起回家？"

"我要上楼洗澡换长裤。"

"我等你。"

"我很慢的。"

"你快一点。"

"你不要对着女生宿舍丢人现眼，去逛两圈再来。"

丢人现眼？顾浔笑着想回嘴，她已像兔子一样跑掉了，进楼前还挥手赶人。

一晚上心情过山车似的起伏，他抿住唇，把身体重心往单车上沉沉一放。

[54] 吊桥效应

陈峰城周一上午就听冬冬说了周五的意外，但两个年级没有共同的课，一整天没遇上程汐涵，到了晚上七点多，大家下课了，人都在理财活动室，小程姗姗来迟，看起来一切如常。

陈峰城松了口气："没事了吧？"

程汐涵愣了愣，反应过来是周五事件的余音，在众人注目礼中不好意思地拖开椅子坐下："啊，没有，本来也没什么事。我事后回想起来也觉得是不是我太矫情，小题大做了。"

"怎么可能是小题大做！他们让女生不舒服了就是他们有问题。"陈峰城说，"我已经对他们学院的人传播了一遍他的事迹，让身边人知道他的人品。"

冬冬也宽慰她："不是你矫情啦，我当时也很不舒服了。"

小程一边笑，一边用手捂着脸，笑着笑着有点娇羞起来："就是我好像有点喜欢我们社长了。"

瞬间达到语惊四座的效果："啥？"

女生手支在桌上捧着脸回忆："社长来带我们走的时候，一进门突然有种很帅的气场，我从来没见过他那么严肃的表情……就是……说不上来……平时总是笑的人，感觉脾气很好，可是那时候和平时完全不一样，脾气很好的人变凶了……我也形容不好，反正很反差，让人一下心脏狂跳……"

"吊桥效应。"崔璨看向冬冬寻求认同。

冬冬点头后看向陈峰城："吊桥效应。"

"吊桥效应。"陈峰城把目光击鼓传花给顾浔，顾浔没有接。

"啊……"小程尴尬地挠挠头，"只是吊桥效应吗？"

冬冬春风化雨地劝说："当然啦，在危急情况下，谁都会觉得来给自己解围的人帅得一塌糊涂，但你要分清楚是心脏先狂跳对方正好出现，还是心脏因对方出现而狂跳啊。"

陈峰城说："也要分清对方来帮你的动机哦，是出于人道主义还是出于喜欢你。不要因为一时的错觉就产生以身相许的念头，真的没必要。"

程汐涵还有点不太死心："没必要观察一下吗？"

冬冬说："这是百分百的吊桥效应啦，过一个月你再看社长会觉得'怎么回事好像只是短暂地爱了一下'，到时候正常关系都被搅乱没法恢复了，还怎么在一个社团低头不见抬头见？"

崔璨问："周五的事件之前你对社长有一点点感觉吗？"

程汐涵说："就感觉是很阳光、人很好的学长。"

陈峰城幸灾乐祸笑出声："裴弈怎么老莫名其妙被发好人卡。"

程汐涵："不是好人卡。他应该是特别多女生喜欢的类型吧？"

陈峰城说："对，他是十佳歌手。"

冬冬循循善诱："那也不能说因为喜欢的人多就得跟风喜欢啊。不仅是日常有普通好感，喜欢一个人总归得有些怦然心动的瞬间吧，至少在某个情境里对方让你心跳加速，觉得这个时刻很甜、这个人很'苏'，事后回味还有余味。"

程汐涵苦思冥想："那就是上周五。"

冬冬一拍桌："所以嘛，这绝对不可能是爱情。"

陈峥城说："绝对不可能。"他踢踢顾浔，"说句话啊。"

顾浔抬起头："嗯……怎么不可能？"

冬冬说："顾浔，做人不能昧着良心。"

顾浔事不关己道："问我干吗？我脱单了吗？我有经验能分享给她吗？你们除了比她多读一年书有过实践吗？"

心理系的各位受到启发，同时把视线投向这里唯一的已脱单人员韩一一。

韩一一语出惊人："别看我，我都要分手了。"

陈峥城格外在意，从座位上站起来："怎么回事？"

"因为没有人阻挠她的恋情了。"麦芒热心地播报最新动向，"所有人阻挠她的时候她越战越勇，现在大家都尊重祝福了，她觉得没劲了。"

"我没有觉得没劲，我只是最近课业太忙感觉谈恋爱力不从心。"韩一一嘴硬道。

"哇，'渣女'金句，振聋发聩。"陈峥城点点崔璨面前的便签小本子，"快记下来以备不时之需。"

崔璨笑着说："我又没有机会当'渣女'。"

顾浔抬起眼看过来，冷笑一声，又垂下眼。

崔璨注意到了："你阴阳怪气笑什么？"

"也没见你忙课业啊。"顾浔慢条斯理地说，"实验课的期中课题自你说'考虑一下'之后已经过去十三天了。"

崔璨心虚了两秒后，发现自己差点被他绕进去了："小组又不是只有我一个人，也没见你主持大局。"

"我把备选选题微信发给你，石沉大海，至今也四天了。"

崔璨翻开微信翻了翻："哦……"

"过期了。"就知道她没点开过。

崔璨抬头觍着脸笑："再发一遍吧。"

另两位小组成员小声提议："群发一下吧。"

冬冬补充说："我们应该拉个群，方便讨论。"

"每天都见面也不觉得你们想讨论。"顾浔边操作群发边生无可恋地说。

三位不靠谱组员安静下来认真看了看手机里的文档。

陈峥城问："为什么都是汉字我却看不懂？"

冬冬抬起头："要不要走点常规路线啊？我看定了实验方向的几组，操作都很简单。"

陈崞城说："基本都是复制一下经典实验。要不我们复制一下恒河猴实验吧，被试换成人，璨璨你来当被试。"

崔璨说："你才恒河猴，你也不能敷衍到比每周写报告的实验还简单吧。"

陈崞城说："研究对象换成人，不是猛地一下就复杂了吗？我们小组内部就能解决主试被试。"

顾浔问："验证一个实验的实验有什么意义？"

陈崞城说："有意义啊，教学大纲上写着，帮助深入理解实验设计的基本原理，培养学生的专业兴趣。"

顾浔无语。

陈崞城道出真心："做实验和统计数据都没问题，我真的不擅长写实验报告，上周的还没交，这周的后天又要来了。"

"让崔璨写报告啊，反正我不会同意她做陈述。"顾浔说，"我有'内衣开题PTSD'。"

"那是为了反抗谁的独裁？你还装受害者了？"崔璨白了他一眼，正色道，"我比较喜欢研究优先效应这个。"

陈崞城说："璨璨你变了，你以前不是这么'卷（非理性的过度竞争）'生'卷'死的，你成了独裁者的帮凶。"

崔璨说："反正实验是顾浔来做，为什么不能让他做他喜欢的？"

似乎说得很有道理，理财教室陷入了"谜之沉默"。

麦芒发现了微妙的细节，回过头小声对虚拟观众画重点："请注意，璨璨说'让顾浔做他喜欢的实验'，然后选定了自己喜欢的实验。"

"我没有！"崔璨笑着大声争辩，"我没有选定，我只是给他建议一下。"

顾浔不动声色道："我无所谓，这六个我都可以，那就做优先效应这个吧。"继续征求崔璨意见，"十男十女被试？"

崔璨点着头补充："右利手，左右平衡听力。要不要把头发剃了？"

顾浔说："没有这个条件，先将就做吧。那我们首先需要制作测试音，用低频波动模拟言语信号，准备……四个block，每个五六分钟？"

"嗯，差不多总共三百五十个刺激。"

"然后分析N1、P2和听觉稳态响应。"

"你打算怎么做声音刺激材料？"

"MATLAB函数库生成，言语谱乘长时波和宽带高斯噪声波谱，再经过傅里叶变换。"

"要用Audition剪，用E-prime编制对吧？那我帮不上忙，我软件用不好。"

"你可以从离线分析开始做，接着对比分析N1、P2成分的潜伏期和峰值，

066

然后再用SPSS做显著性检验。"

交流完实验重点和任务分配后安静了几秒，两个人才发现其他人全部退出群聊已久。

顾浔稍稍雨露均沾一下："陈峄城和江冬燃负责稳态反应分析？"

陈峄城严肃地提出质问："你们俩为什么不直接去读研究生？"

冬冬笑着扯陈峄城的袖子："前期准备我们没事干，我们先找找被试吧。"

陈峄城开始轮袖子："好嘞！童男童女各十名，找本专业大一的吧，大一的人傻。"

程汐涵静静地把视线投向他。

"哦，不是说你，不是每个大一的都傻。"陈峄城马上纠正，可又搬起石头砸了自己脚，"哎？涵涵要不要来当个被试体验一下实验？"

"好耶，我要参加。我要准备什么？要先预习吗？"低年级同学有点跃跃欲试的兴奋。

冬冬善意提醒："涵涵，是我们做实验，你是实验对象，不要预习。"

"你要签这个。"顾浔把纸页放在她面前，"被试知情同意书。"

麦芒飞快地跑过来从顾浔桌上直接抢走一张同意书："我也要参加。"

"不错。"顾浔总结陈词，"小组作业已取得10%进展。"

对顾浔来说，是喜出望外的一天。

不过对崔璨而言就不是了。

顾浔观察到，九点半她出去接了个约四分二十秒的电话，也不知除了自己还有什么人本事这么大，能在五分钟内把她惹毛，回来就像风箱里的老鼠似的到处乱窜。

顾浔在教室后面靠墙观望，默默喝了口水，见麦芒跟她先说过一句话排除危险性，缓缓朝那边移动几步，装不经意问："是杨丹那边出什么事了？"

崔璨微怔。

"我看你心情不好。"

崔璨回过神："哦，没有。"脸上旋即再现刚才的烦躁，"是我妈，老来骚扰我。她非让我去考教资，说我们专业毕业找不到工作，出来当个小学心理老师轻松又稳定。"

"那对小学生不太好吧。"

崔璨跳起来把他一直捶到墙角。

顾浔边笑边退，稳住手里矿泉水："看你这脾气，绝对会撕碎小学生啊。"

"我只会撕碎'小学鸡'。"

崔璨停下来，看见他手里的水："你还有水吗？"

"最后一瓶。"顾浔给她从架子上拿了瓶新的拧开，等她喝了一口，慢悠悠说，"喝了要还回来四瓶。"

崔璨停滞一下："为什么？"

"因为你喝了最后一瓶我这里就没了。我这里最好还剩两瓶，以免明天你或别人需要。另外你也需要两瓶，喝一瓶，备用一瓶。所以最好带四瓶回来。"

"好吧。"说得也很有道理，崔璨喝着水出了门。

崔璨纸老虎，其实"傻白甜"，还挺好忽悠的。

抱着这样愚蠢的幻觉，顾浔乐了一小时，十点半才意识到，崔璨今晚不会回来了，四瓶水更是影都没有，连一瓶都没有，"傻白甜"竟是他自己。

算了，不跟她计较。

顾浔的快乐没有丝毫减少，毕竟崔璨第一次主动说起了家庭矛盾。

[55] 顾浔犯病

崔璨的倾诉欲原来是偶发性的。

"吐槽"完妈妈逼她考教资后两天，崔璨和他只在专业课上见过面，没机会聊起私人话题。实验心理学课一起商量着填了张报选题的表格，之后，崔璨每次在课前课后遇见，也只是简单询问实验的准备进展。

顾浔心里有点空荡荡，回想从前和崔璨也是上课下课见面吵个架，没有这种怅然若失的感觉，产生额外交集后好像不满足于普通同学的交往了，更让他不爽的是，在意这些交集的人只有自己。

周三上午，他从寝室去上课途中特地去理财活动室转了一圈，崔璨倒是在那儿，一开口又是询问声音刺激材料的准备进度，以为顾浔要坐下自习，便催他还是赶紧去数字实验室，言语间隐约还有埋怨他进展慢的意思。

因为碰见她而产生的好心情瞬间一扫而空，顾浔冷着脸反驳一句："我又不是只有心理实验一门课要完成作业。"装模作样拿了两本书就走了。

本来已经够让人生气，接着还有更多往热锅里倒油的后续。

这节课后顾浔从教学楼去食堂，在路上远远望见崔璨和韩一一围着一棵树在做题，停下来观察两眼，推测出应该是崔璨吃过午饭碰见正要去吃午饭的韩一一，揪住她问道数学题。韩一一就拿着本子垫着树干给她写步骤。

顾浔恼火，今天她看见自己怎么不问题？他虽然不是数院的，但辅导她还绰绰有余吧。

一顿饭吃得味同嚼蜡。

下午共同的上机课他故意绕着她走，视线根本不与她相接，下了课拔腿就走，希望能把不满传达给她。

然而，晚上他在理财教室正经写了半篇报告作业，崔璨一进门看见他，又没心没肺地问："啊？你怎么又不去实验室呀？素材做完多少了？"

顾浔带着低气压也没法自习，干脆合上笔记本电脑回了寝室。

或许是因为平时他冷淡惯了，竟没有一个人注意到他生了闷气。

陈峰城回寝室还哪壶不开提哪壶，问他晚上为什么不在理财教室，九点半的时候裴弈来过，为了周末社团活动调试投影设备，带了一大包零食来分给大家，说放在"妙妙屋"随便吃。

顾浔不禁怀疑，崔璨是不是总故意把自己支开，为什么就那么凑巧，自己一走，裴弈就来？

这种情况下，在凌晨四点，崔璨突然发来一条微信："睡了吗？"

顾浔睡觉时手机一贯放枕边，信息一来屏幕在一片黑暗中发光，本来睡得就不深，被照醒了，再一看是崔璨的消息，彻底精神。

他一边别扭地"吐槽"，凌晨四点，睡没睡还用问？一边又担心崔璨是不是也有心事，这个点还睡不着。

让她发现自己被惊醒也不合适，顾浔回她：

"醒了。

"有事吗？

"你说。"

过五秒，感觉对方只发了一条，自己回了三条，表现得过于雀跃，又把"你说"那条撤回了。可崔璨压根没理睬他这些内心戏，居然就这么不回了。

上哪儿说理去？

顾浔审视自己和崔璨的对话间只隔了不到两分钟，怎么也不可能两分钟就昏迷过去了吧？他气得睡不着，醒到天亮，神志不太清楚地去上课。

半上午等他到实验心理学教室，崔璨已经在座位上，见他一进门，像没事人一样朝他招招手。

顾浔阴沉着脸，散发出铜墙铁壁般拒绝的气息，故意没跟她坐同一排，换到后一排坐下。

崔璨竟然没觉得反常，转过身来趴在他桌上："实验准备完成没有呀？"

顾浔眼皮一撩，不受控制地跳两下："你就没有别的话能跟我说了？"

她说："有的啊，余老师找我谈过，让我和你一起整理建档，我答应他了。但是杨丹这周五上午出院。"

"但是什么意思？"半是出于好奇，顾浔缓和态度，"这两件事有冲突？"

"我没有对杨丹隐瞒过东海大学学生的身份，之前聊天跟她说过很多学校里的事，她觉得有意思，已经开始有点向往了。"

"那不是很好吗？"

崔璨有点焦虑地用手指敲着桌子，犹豫着问："你说我应不应该和她坦白我是余老师的学生？现在虽然是朋友关系，我担心一旦她在社区康复中遇到我，会有被欺骗的感觉，反而没法建立信任了。"

顾浔稍做思考："不要坦白，现在时候没到，你坦白也就是打破刚建立起来的信任基础。社区你不用去现场，可以只整理录音，完全能避免和她碰见。"

崔璨沉默须臾："老拖着不坦白，我又老觉得像抱着个定时炸弹。"

"那是你的问题，不能指望冒险行动没有半点风险。归根结底，崔璨你总想自曝不是为了她好，是你自己没耐性想偷懒，潜意识就希望什么事都能速战速决。你和她接触才一个多星期，刚有点好迹象就急着甩包袱，这不负责任。"

崔璨又垂眼纠结了一小会儿，最后说："好吧。"

轮到顾浔提问："你半夜给我发消息就是为了这个？"

崔璨愣了愣，点点头："是的，我好几天都想和你商量，见了面又老忘记。半夜起来喝水突然想起来就给你发消息了。"

"那你没看见我回你吗？"心有点累。

"我没看，喝完水我就继续睡觉了。我想你起床看见会回复我，我早上看了就能强化记忆。就算我又忘了你也能问我。"崔璨说着说着，竟还流露出一种"我聪明吧"的得意。

居然拿活人当日程备忘。顾浔彻底无语。

要说昨天已经被气死了，现在可能被气得怒掀棺材板复活。

"但你怎么四点就醒着？"话到最后，终于关心了他一句。

顾浔淡笑一声："因为我有病。"

毁灭吧，赶紧的。

这口气一整天都没顺过来。

下午实验操作课上冬冬觉出端倪，问崔璨："顾浔为什么不理人？你们又吵架啦？"

"怎么说'又'吵架了？我现在成熟了，根本不会跟他吵架。"崔璨原话转述，"他说他有病。"

音量不大不小，刚好顾浔戴着实验耳机也能听见，人又被气死一遍。

气归气，顾浔又不能放着崔璨不管，怕裴弈总乘虚而入跑来骚扰崔璨，晚上该去理财教室还得去，哪怕只给裴弈添堵也好。

崔璨进门见他蹲在角落，问他在捣鼓什么。

"你买的饵胶不管用，蟑螂把我的壁虎都喂大了。我重新自制一个。"

她好奇跑过去支着膝盖看："这什么？你居然给蟑螂吃肯德基的土豆泥！"

语气像是他已经向蟑螂叛变了似的。

顾浔心累地白她一眼："不然呢？我去买土豆？买锅？回寝室冒着跳闸的风险煮熟捣烂？"

崔璨无言以对。

顾浔的手指纤长，骨节很细，连手背都白皙，精致漂亮像艺术品，看他做事眼睛盯久了容易恍惚，崔璨退回桌边去。

九点半刚过，裴弈还真又来了。

通常这时候，最后一节下课，有刚下课的朋友会来自习，进进出出闹腾一会儿。自习了一阵的人趁机休息聊天，像个课间。

裴弈显然已摸准规律，踩着点来的。顾浔冷淡地往门口扫一眼，听他打招呼、伪装阳光开朗，觉得这人心机过重，极其阴险。

"感觉好久没见你了。"裴弈随手拉开崔璨身旁的椅子，却没坐下，而是靠在桌边和她说话，"昨天我过来你不在，她们说你去南体跑步了。我后来去南体，也没看见你。"

原来昨天自己走后崔璨也走了，他们没碰面。

顾浔顿时感到神清气爽，活动室里灯光都明亮几分，令人振奋。

"是啊，我今天……"崔璨刚开了个头就被顾浔打断。

顾浔拌着硼酸土豆泥，眼皮都没抬，语气寡淡："你想见她还不容易，发信息约一下很方便吧，现代通信技术这么发达。学校也没多大，怎么弄出了鹊桥相会的气氛。"

崔璨朝他望去，终于发现他今天带了情绪，不是平时那种一争高下的置气，今天他好像软弱可欺的蜗牛，嫌壳重，不愿动，无聊颓丧，说话做事都迟缓。

"呃……"裴弈不好意思地笑了，对崔璨说，"这周我确实也有点忙，你知道……开讲座、开课程的事。"

崔璨还没来得及开口，顾浔又不紧不慢地接话："所以不都说找对象不能找经院的吗？课又密集，社会活动又多……哎，韩一一，你是除了经院的课还有另外两个专业对吧？佩服你居然还有空谈恋爱。"

一些明目张胆的"拉踩（通过贬低其他来吹捧自己喜欢的事物）"，韩一一听出来了，只是笑，不附和，也不想得罪裴弈。

麦芒单纯点，很认真地琢磨起来，问裴弈："我们双学位和你们课程完全一样吗？我感觉很闲啊。"

裴弈说："一样的。我忙也主要是张罗社团活动。"

顾浔一个人像朵蘑菇，蹲在角落里拧巴，往饭盒里加入一点糖，知道他在给蟑螂下药，不知道的以为他在画圈圈诅咒："那可不得忙死了，你们社长期濒临破产又忙得没空脱单，不是人财两空吗？"

裴弈笑："有对象当然会挤时间啊。"

"确实。"顾浔说，"真心喜欢的人肯定会惦记。"

陈峄城正巧这时候进门，不知道为什么这么热闹，还听见顾浔那半句属于情感话题，乐呵呵问："咦？今晚怎么突然讨论情感话题？"

"吃瓜"吃到兴头上的冬冬生怕他打岔，小声而粗暴地命令："你闭嘴。"

"对啊，为什么突然讨论情感话题？"裴弈不明所以地笑着问，"顾浔脱单了？"

"单着呢。江冬燃散播谣言影响了我的人气。"顾浔阴恻恻地说。

冬冬头一次见识顾浔的颓废式袭击，正乐不可支："我没有啊，是不是谣言你自己心里清楚。"

顾浔装作体恤地抬起头，对没跟上剧情的裴弈解释："她说我天天和崔璨吵架像仓鼠，显得我不够女性友好。"

他还卖起了惨。冬冬笑："那你就说，你们有没有吵架？"

"我们这不是吵架啊，只是比较直率地交流。"顾浔把视线转向崔璨，"说明我没把你当外人。"

崔璨道："喊……"

顾浔看回裴弈："我也没把你当外人，都是兄弟，你要追谁我给你支着。"

"你省省吧。"崔璨扭头对裴弈说，"他只会劝你吃药。"

"叶尧追孟晓就是在我的指导下成功的。"

"人家自己'双箭头（指双向喜欢）'有你什么事？"

裴弈紧张了，顾浔看着有点精神失常，怕他把自己追崔璨的事揭出来闹得彼此更尴尬，只好先避开锋芒，假装看了眼手机，跟崔璨打个招呼："辅导员通知开会，我先回了啊。"

崔璨点点头，估计他也是吃不消顾浔，回头瞪顾浔一眼："你声音素材做完没有，还有时间来投喂蟑螂？"

她不说话还好，一催实验作业更让人恼火。

顾浔停下手里的动作，淡淡看她一眼，继续边搅拌边漫不经心地说："你嫌我慢，又不帮我做，见面就催个没完，人都被你榨干了，周扒皮也没有你狠，崔扒皮是你吗？没错了，早上四点发微信，可不是半夜鸡叫吗？"

冬冬和韩一一两位全程在线的"吃瓜"群众笑到捶桌。

陈峄城漏了前半截剧情，品不出后半截的趣味，着急得四处求问："笑什么？你们笑什么？她们笑什么？"

崔璨又好气又好笑，告诉他："顾浔犯病。"

[56] 心动实验

"他没犯病，他就是吃醋。"

冬冬不想让其他室友掺和，又按捺不住八卦心，趁月黑风高把崔璨堵在阳台上疯狂洗脑。

"吃谁的醋？他找我茬儿，你说是因为他喜欢我，那他现在去找裴弈的茬儿，按你的逻辑他应该看上裴弈了。"

冬冬道："男女能一样吗？！"

"顾浔见人就咬，还跟你分男女？"

冬冬逻辑不如她丝滑，恨铁不成钢："最近你微信朋友圈不管发什么，顾浔都会前排点赞。"

"想多了，我这个月只发过四五次，他也就点过四五次，可能他刷得勤，碰巧刷到。"

冬冬想了想，计上心来："我有办法证明是碰巧刷得勤还是格外留意你。你把我们经常给你点赞留言的人分一个组，把顾浔和裴弈排除在外，发一条动态对我们可见、对他们不可见，让我们自然留评论点赞互动。过一个月再对顾浔、裴弈可见，看他们俩谁会给你点赞。"

崔璨从外套口袋掏出手机进朋友圈，打开相册："发点啥呢？"

"越无聊的越好，要那种根本不起眼，一般朋友看见了会给你友情点个赞、不太想发表评论的类型，千万别发自拍。"

崔璨选了前几天随手拍的天空，配字："夏天的夕阳真好看。"

发之前给冬冬过目，获得许可。

"可是顾浔有强迫症啊。"崔璨一边操作一边说，"他可能看见没点过赞的就会想补。"

"你是笨蛋吗？这个测试的精髓是隔一个月才点赞啊！如果不是喜欢的人，谁会去翻人家一个月前的朋友圈？"

崔璨笑了："哇，好聪明。不过我估计他们俩可能都发现不了，男生没有那么细心，他们也没那么闲。"

"那就两个人都不能要。"冬冬严肃忠告，"对你没有百分百用心，就算喜欢也很廉价。"

认真起来就让崔璨有点害羞了。

"本来也没打算要！"

趁冬冬不备从身旁溜过去逃回了寝室。

人不能两次踏进同一条河流。

崔璨认为自己大一退课那时就已经在这个问题上达成了自我和解，跳出循环陷阱的唯一途径是及时止损，如今她学会了泰然自若、举重若轻。

对顾浔是不是对自己有一点心动，她还有一点好奇，但并不多。

她知道顾浔不适合交往，互相不愿迁就的两个人也许在激素作用下能亲密友好一阵，激素消退后不可调和的矛盾又会卷土重来，与其发生点什么再反目成仇，还不如只做关系略好的普通同学。

但时常经过"破产妙妙屋"那栋楼，会突然想拐进去放点什么、拿点什么，想遇见某个人。也许笼统归于亲切感能更让人安逸。

早晨崔璨和陈峄城走在去上马原课的路上，麦芒在岔路口恰好看见，喊着名字追过来："你们是不是也去理财教室？"

陈峄城反应神速："对，我们先去拿书，然后去上课。"

崔璨便顺势也被拐带走了。

活动室里只有三个女生，程汐涵拿了一大纸袋的水果味月饼在分发，冬冬和韩一一已经各拿了一个吃着。小程见又有人进门，顺势迎上来："我看璨璨和麦麦每天都要交换月饼，也买了一点过来分给大家。"

陈峄城伸手就拿，先找了个凤梨口味的递给麦芒，自己又在翻别的："太好了，我早上只吃了个卤蛋。"

麦芒却没接："我刚吃饱。璨璨也不吃，她很挑的，不吃普通口味。"

"我什么都吃。"崔璨说，"但我早上吃了两个鸡蛋灌饼，吃不下了。"

程汐涵有点失落，把纸袋卷好往教室后面的储物柜走："那剩下的我放在这里，晚上自习的时候我们谁饿了谁吃吧。"

刚拉开一个抽屉，里面一大只壁虎蹿出来。

女生后退时重心不稳，摔倒在地，好在手撑了一下。

"哦哦！没事吧？"崔璨跑过去把她扶起来，顺便看一眼壁虎，"哇！怎么这么大！都看不出是不是原来那只了。"

那壁虎并没有跑远，对峙似的停在地面与墙壁接缝处，一动不动。

"让顾浔来认认亲。"崔璨边说边把视频电话拨过去。

顾浔戴着蓝牙耳机接起来，看着在教室里准备上课。

崔璨把镜头对着壁虎，努力把自己的鞋比到它身边去："看看，是你的'梦中情虎'长大了吗？巨大！比我鞋还长！"

顾浔轻笑，声音很低，和崔璨夸张的语气形成对比："你的鞋也没多长。"

"我三十六码，它看着有四十码了吧？是它吗？两个多星期能长这么快？"

顾浔知道没有这种生物学奇迹，根本不是同一只，但想逗逗她，慢条斯理地说："你再多囤点零食，多养点蟑螂，给它伙食保障好，再过两星期一开门，见证哥斯拉的诞生。"

崔璨听出嘲讽的意思，不高兴了："还不是你的土豆蟑螂药不管用？成本砸下去，我都没有看到蟑螂尸体。"

顾浔又被气笑——昨晚才做的药，制药时还被你嫌弃，这也能怪我不管用。

"不会看见尸体，蟑螂吃了会去下水道死。"

"死不见尸怎么能证明死了啊？"崔璨狐疑地偏过头，"你在糊弄我。"

"再也看不见了就能证明死了啊。我上课了，挂了。"

崔璨猛地想起自己这节也有课，揪着陈峰城疯狂逃窜："我们迟到了！"

等人跑了，麦芒才想起来追到门外："可你们没有拿书啊。"

走廊里已空无一人。

程汐涵躲在角落脸涨得通红，左右为难地攥着纸袋，感觉自己好心办坏事了，普通月饼学姐看不上，而且听学长的意思，好像很反感往活动室带零食。

崔璨跑到教室，落座后，发现顾浔挂了视频后还给自己发了条文字消息："声音样本做好了，今天有没有时间一起去实验室试设备？"

崔璨回他："我下午都行。"

顾浔说："我四点前有课，四点十分实验楼见。"

其实半上午，两人还见过面，不咸不淡地上完一节体育舞蹈课，隔了很远。

前几周这课要么在看录像讲理论，要么在教基本舞步，广播操队形，男生女生分开，没说上话。

课后崔璨招呼顾浔一起去食堂，他打开东隅看了看食堂承载力动态，距离近的全都"拥挤"，拐弯去超市买牛奶面包，崔璨和韩一一还是选择去排队吃饭。

下午进实验室前，崔璨给他带了菠萝包，但实验室里有仪器又不能吃东西，他笑起来把面包放进书包里。

进了实验室，崔璨和他一人一副耳机，先试听声音材料。各听各的，也用不着交流。中间检查出两处细微的声波问题，讨论后排除了剪辑原因，确定是编制故障，顾浔记录下故障节点准备回去修正。

接着是重头戏，要走完一遍实验流程，试用脑电记录和放大系统。

由于后面的时段还有其他同学预约了实验室，时间不够做两遍测试，双方达成一致，崔璨担当被试，顾浔观测数据采集过程。

崔璨重新调整着刺激音的音量，顾浔帮她调整电极帽的定位，几次调整好了一戴上，又没对准位置。

男生俯下身，感到诧异："奇怪了，你脑袋怎么长这么怪。"

"你才脑袋怪。"

顾浔认真琢磨，总结出原因："你头发太多了，满头头发。"

崔璨笑了："多好，学理不容易秃。"

顾浔左手托住她的脸，右手伸进她耳后的头发里摸索确认乳突的位置，几个微热的触点，像有电流输入皮肤。

崔璨一下就慌张了，脸突然发烫，视线到处乱窜，一抬眼正好扫见他近在咫尺的喉结，吓得赶紧避而不看。

顾浔的拇指用了点力，把她脸扳回来："别乱动啊。"

不能动了。被试心得：正式实验时戴电极帽这个工作绝对不能让顾浔来做，容易导致被试脑电数据异常。

得分散下注意，崔璨垂眼说："顾浔，我前几天总问你进度不是想催你。"

分散的似乎是他的注意。顾浔听到她语气郑重，手上的动作完全停止了。

"因为作业多得要命，还有一堆生活里的杂事，我这个人心理素质很差，有烦心事干扰静不下来做正事，就更加烦躁。你开这么费时间的课题，前期我帮不上忙很焦虑，又担心正式实验翻车要反复重做，又担心轮到数据分析的时候我自己掉链子。脑子里整天想这些，我看见你一时想不出说什么，所以没话找话，提的次数就多了。"

顾浔没想到，崔璨居然会真的对此做出解释，心虚了，埋怨她压榨自己只不过随口发发牢骚，其实醉翁之意不在酒。

她该不会当了真，觉得自己小肚鸡肠？可要是跟她实话实说，会不会又给她留下没个正经的印象，以后说的话也都不当真了？

喜欢一个人，真是完全的精神内耗。

他沉默了好一会儿才说："正常，每个人都会焦虑。谁也不能保证做准备没有疏漏，做实验一遍成功，数据分析从不出错。遇到问题再解决问题就是了。我昨天很失常，不是故意攻击你，你要是感觉不好我道歉。我习惯一个人做事，按自己的节奏和意愿，成败都不会纠结，但我最怕被人催，一催我就好像没什么乐趣。可是你连姓都是崔，恐怕改不了，那我自己调整吧。"

崔璨笑起来："不许玩'谐音梗'，恶俗！"

又移位了，顾浔无奈地继续弄电极帽，忽然感觉微妙，捧她脸的姿势，这样的角度和距离，要接吻似的，起了杂念就倏忽乱了阵脚，赶紧说点什么打岔。

"不过你软件确实学得很烂，用点心吧，学软件能用多少脑子？除了你我没见过人一边写实验报告，一边分析数据，一边搜索软件操作的。"

"那是你少见多怪。"崔璨脑袋不能动，只好送他一个白眼，"我们这种人很多！软件很难学！"

设备调整好了，顾浔顺利撤退，刚准备走，崔璨攥在手里的手机响起乐曲声，她拿起看，他反着也能看清来电显示——经院裴弈。

顾浔几不可见地挑了下眉梢，把手机抽走拒绝来电，直接关了机再还到她手里："专心做实验。"

[57] 反复无常

崔璨呆呆地盯着电脑屏幕的注视点，没过一会儿就走了神。

最近顾浔有点反常，他认真吵架的次数很少，事后认错和道歉的次数倒是很多。从前她一直觉得他防卫意识强，不愿被别人揣度心思，她东一榔头西一棒总有锤中他的时候，通常准要恼羞成怒，可是现在，他甚至有时会自己袒露想法。

顾浔察觉崔璨发了呆，觑着眼偷瞟她，猜原因是刚才那通未接电话，心里又不舒服。至于吗？一时没接电话就惦记上了。自己平时给她发消息打电话都是碰运气，碰上她正好看见且空闲才能得到回应，没碰上事后也不追问。他本来不为这种小事计较，但没有对比就没有伤害，为什么她对裴弈就那么用心？

顾浔的心沉一沉，手敲着桌面引起她的注意。

崔璨醒过来，和他对上视线。

他面无表情，眼底温度格外低，清冷的眸光晃开，从她那里移回监视屏上："专心听啊。"

崔璨感觉到他的突然不高兴，心情顿时焦灼恼火，一边认真听测试音，一边腹诽，顾浔做事锱铢必较，闪一下神就要看他脸色，总拿对废物的态度待队友，不会尊重人。

这误会说大不大，微不足道，横亘在心里又十分消磨热情，各自有了怨念，虽然之前也不说话，但之后气氛明显降到冰点。

以乐观角度看，有利于专注做好正事。

练习实验在一小时内完成，比顾浔预期的要快，声音材料总长三十分钟，崔璨没浪费多少时间，还高效地找出几处声音文件的问题，进展顺利让顾浔情绪好转一些。

收工后发现下了雨，找到了重新开始交流的契机，顾浔问："你带伞了吗？"

"没有。"崔璨也冷淡，答得简练，一边打开手机。

"你要去哪儿？"顾浔在考虑要不要送送她。

崔璨没顾上回答，开机后没有回电，但是给裴弈回了微信，正在输入文字，解释刚在做实验，问他有什么事。

顾浔被晾在一边，猜到她在回复裴弈，懒得关注，先走一步去按了电梯。

两个电梯中有一个停运，另一个在其他楼层被人拖住，导致他一直等着，直到崔璨跟过来，没能成功洒脱离去。

崔璨瞥见顾浔脸上残存的不满，以为他还在为自己刚开始实验时走神掉链子而生气，不搭理他的不良情绪。

两个人一起盯着电梯楼层的变化，谁也不说话。

顾浔知道崔璨和裴弈没那么亲昵，但她也没有因为觉得不合适就疏远，反而更用心地维护。

漫长的三分钟之后，电梯终于上来了，门一开崔璨就往里蹿，顶灯闪了几下，顾浔下意识拉一下她的手腕，确认电梯没什么故障后才松手跟进去。

电梯运行时，崔璨按了呼叫铃，告诉物业电梯的灯出了问题。

他安静地靠着轿厢壁听他们对话，起初惊讶，很快又觉得合理，崔璨一直都比他周到，是不是也正是因为她本来就懂事，所以对寻常朋友反而客气？

他想用这个解释自我安慰，但不能完全说服自己，心绪有点乱，抓了一把头发。

书包里放着伞，不过黑色的不起眼，放面包进去时动作又很快，崔璨应该没看见。

他在犹豫是隔离自尊再问她一遍要去哪儿，和她共伞去她要去的地方，还是假装也没有带伞，陪她在楼下消磨一些时间。

崔璨的手机又响起来，这次他注意到了，铃声是*Croatian Phapsody*（《克罗地亚狂想曲》）。不过刚听了个开头，她就接听起来。

他有种冲动，想把手机再次从她手里抽出来挂断，但只能想想，这次没什么借口。

她轻声细语地答对面的话，他竖起耳朵偷听，似乎是裴弈在邀她双休日出门玩，崔璨推辞了，她说有个心境障碍的朋友这周刚出院，约了见面，另外这周末作业很多还有实验，对面不知又提了什么，她说"不用不用，还是等长假之后吧"。

电话没打完，电梯已经到了一楼，崔璨出电梯后放慢步速，去走廊玻璃窗边徘徊着又说了几句。

顾浔和她搭不上话，不甘心就这么走掉，被迫做了选择，装作没有带伞的样子，也徘徊起来。

崔璨挂了电话，终于有空来注意他。

顾浔抓住机会问："你今天回不回家？"

崔璨摇摇头："今天晚上轮到我值班接电话。"

顾浔想起来，她还有个在心理健康教育中心接电话的任务，喜出望外："那我就在你隔壁整理精障患者档案。"

崔璨情绪不高，没有对此表现出在意。

顾浔本来是有点傲气的人，三番五次主动示好，却换来对方不当回事，总是热脸贴冷屁股，觉得自己犯贱了。

他收拾起支离破碎的自尊心，不想再和她耗下去，从书包里把伞抽出来塞进她手里，自己撩开雨幕头也不回地走了。

崔璨接住伞，还没来得及反应，男生已经冒雨走远。

穿物业制服的维修人员与他擦肩而过进楼，看见崔璨问："是你报修电梯故障？"

女生微怔一下，很快回过神，带那人走回电梯口，把那个坏了的灯指给他看："这个。"

这小插曲结束后，她再往外望，顾浔早没了踪影。

视野所及，黑云压境，雨势刚好变大，滚滚雷声搅得人心慌，对面教学楼的每个窗口都亮起了灯。

她低头看看手里的伞，虽然感到了他的好意，也体会到了他的怒气，本没必要做到淋雨跑掉这么激烈。

他为什么生气？听见自己和裴弈通电话就生气？怎么会有这么任性霸道的家伙？道理早跟他说过了，还那么自私。想到这里她也有点生气，又不是他养的宠物只能冲他摇尾巴，臭脾气不该惯着。

崔璨不觉得自己欠他什么，给他带了菠萝包，换了把伞，嗯，等价交换，一点不内疚。

爱生气的人活该自己淋雨。

这么想着，归心似箭撑伞走了。

顾浔回寝室冲了个澡，清醒过来，后悔了。

崔璨虽然笨笨的，但是很敏感，她可能猜不到自己生什么气，生气本身却一定能被察觉，她也许会忐忑不安，给她添堵又不是他的初衷。

他也不能理解自己为什么要这样，归根结底，可能只是想在她面前刷个存在感。晚上还去不去行政楼？咬咬牙还是能厚着脸皮去的，可是去了又怎么向她搭讪，要把下午赌的气消化掉，还要让崔璨翻篇，都不容易。

胡思乱想到最后，他觉得或许都是自己一厢情愿，崔璨只把他当熟悉点的同学，而且是因为吵吵闹闹熟悉起来的，他反复无常在她面前作妖，她说不定已经烦了。

周末冬冬通常不会回家，GRE辅导班的地址离学校比离她家近，所以她即便回家也是周六下午。

有冬冬在的时候，崔璨从来不用操心吃什么，冬冬吃什么，顺手就给她带份一样的回寝室。

两个人吃着炒面，崔璨把练习实验的进度告诉冬冬。

冬冬说："我都有点焦虑了，以前的小组作业其实嘴上开玩笑说'顾浔拖飞机'，事实上不完全那样，发发问卷做做调查，大家对要做什么、分析什么心里有大致预估，没有绝对正确的结论，只要认真努力都会有收获。但是做实验不一样，即使理论清楚，实操都容易翻车，何况一个组四个人还有两个一知半解。最后弄出个失败到无能为力的结果，老师同学也肯定不会认为是顾浔的问题。"

崔璨发现有人和自己感同身受，反而突然减轻了一点压力，笑起来："嗯，对呀，我也是这种感觉，就像《大话西游》里猪八戒说'他现在有了紫霞仙子，可能比我高一点点'，沙僧说'还有我呢'，猪八戒说'就是因为有你他才比我高一点点'。我们完全是沙僧吧，要命的是旁边所有人都知道我们是那种角色，调子起太高又唱不上去，不说也知道是我们自不量力。"

冬冬仔细一想，她在映射顾浔是猪八戒，绷不住坏笑："你不是啊。你不摆烂和顾浔差不多。"

崔璨问："到底是什么造成的错觉让你对我期望这么高？"

冬冬笑而不语，她没说期望很高但信任很低，崔璨不管做什么总要走点弯路，有时候弯出去甚至绕不回来，如今想来顾浔确实一语成谶，崔璨是个低成就需要的人。

晚上过了八点，崔璨动身去行政楼时，雨已经没下午那么大，她犹豫片刻，只带上了顾浔的伞。他要是也去了心理办公室，也不至于绝情到晚上拿了伞只顾自己回寝室，磨他送送她，是对他下午甩脸行为的报复。

崔璨轻装上阵，没想到刚出宿舍楼门，走了几步，还没转弯上主路，自行车棚边地上坐了个人，就在她的必经之路上。

呼吸仿佛都停了几秒。

顾浔穿的已经不是四小时前的那身衣服，换了件冲锋衣外套，面料不太吸水，肩膀和胳膊上潮湿地泛着暗光。

崔璨看见他，猛地停下脚步，一时间头脑空白。

顾浔虽然抬头望着她，但目光不怎么聚焦，眼神有点哀怨，不太想说话。

崔璨装作若无其事，垂眼看看自己的鞋和对方的鞋，看看自己的影子和对方的影子，知道讨债鬼是在等自己，这么一直对峙着也不是个事，感觉他像个被欺负的小动物。

被谁欺负了？被她。真荒唐。

她一本正经地问："你坐地上干什么啊？"

顾浔单手撑地站起来，如获大赦似的，显然松了口气，转而又紧张起来，小心翼翼地说："我只有一把伞。"

崔璨无话可说。

他们整栋楼的同学都死光了，出门一把伞都借不到？

但听见他声音有点沙哑，崔璨就心软了，把伞递出去："那你来撑吧。"

[58] 小雨转晴

顾浔就在隔壁办公室整理录音文件，崔璨和同班的杨婷婷坐在桌前等电话，大概最近不像考试周那样氛围紧张，大家还没有感受到不可自愈的压力，一晚上过分安静，没两个来电。即使这样，崔璨也没逛到隔壁来帮忙，中间门开着，偶尔能听见她两个女生小声地交谈。

顾浔走神了二十来分钟，接受了她不会过来的现实，终于静下心专注做事，一个音频文件整理完，再看电脑上的时刻，已经十点。

崔璨正和杨婷婷说笑："等到十月的时候，会不会有很多人打电话来咨询该不该退课？"

"去年还真有，非要我给意见，我说我不能帮忙做决定，他说不要我做决定，只当占卜。"女生哭笑不得，"我最后也没理他，胡搅蛮缠的人可多了。"

顾浔匆匆出门，穿过了她们所在的健康中心大办公室，并拿走了撑开晾在走廊的雨伞。

崔璨暂停几秒，目光追着他，再收回来。

杨婷婷同样如此，收回目光后还发表了评论："感觉顾浔很鄙视我们。"

"啊？"崔璨愣住了，脑海里浮现出刚才他被雨淋湿坐路边的情形，谁鄙视谁啊？

杨婷婷以为她没理解，又追加补充："他应该很鄙视我们所有人。我们班和他说过话的人两只手数得过来。"

"干吗非要跟他说话？"崔璨不解。

杨婷婷笑："也没有非要，只是能算个怪现象。顾浔不太愿意搭理不熟的人，以前听我们寝室的人夜聊说，和顾浔说话最好有陈峄城在场，否则他会一味听你说，不发一言，脸上冷若冰霜，能点点头已经算很给面子。只有你一个人硬着头皮说下去，那种局面太尴尬，说着说着就感受到自己慢慢凉了。"

崔璨没注意过他和生人怎么相处，想象了一下画面，觉得怪残忍的，这家伙好缺德。

崔璨说："像这样没人情味的坏蛋就该被孤立，大家都别理他。我不信他小时候没被同班男生揍过。谁在家不是爸妈的宝贝，凭什么像丫鬟、狗腿似的看他脸色。"

这人权宣言把杨婷婷又逗笑一次："看得出来，你确实不看他脸色。"

女生们说说笑笑，过两分钟来个电话，杨婷婷接的，崔璨在旁边听着，对面像新生。照例给对方读了些量表上的规范问题了解情况，聊了七八分钟后挂了。

崔璨问："是新生？"

"是的。上周我和胡薇学姐值班时也有个新生，九月的来电几乎都是新生。他们这届太惨了，一进校就断水断电断网、连日暴雨、水漫宿舍，简直是来渡劫的，换我我也要崩溃。"

正说着，门口走廊有点动静，崔璨和杨婷婷同时站起来，以为谁来登门求助了。

没想到进来的人是顾浔。

崔璨以为他刚才接了什么急电已经回寝室了。

顾浔一进门遇见两个女生都起身、一副如临大敌的场面，愣一愣，毫无意义地随口先说了句："外面已经停雨了。"

崔璨立刻靠近窗边往外张望："真的！"

顾浔对杨婷婷示意了一下手中的塑料袋，向她走过来："我猜你们会饿，叫了点夜宵。"说着拿出一纸袋鸡柳放在女生面前桌上，"这个给你。"

"啊？我？"杨婷婷惶恐得手脚乱晃，几分钟前还在背后偷偷说顾浔坏话，这会儿人家把吃的送到面前来，有点心虚。再加上她之前连话都没跟顾浔说过，更不能理解这是什么转折，情报和现实相差十万八千里。

她不敢把东西拿起来吃，第一反应是看崔璨怎么反应。

崔璨没觉得任何不对劲，伸手到塑料袋里拿另一包，拿出来后短暂地疑惑，问顾浔："你自己没有吗？"

他平淡地说："你又吃不完，你吃够了给我。"

杨婷婷惊诧得张口结舌，脑子里像通了电，既刺激又混沌，顾浔和崔璨什么关系？怎么能语气如此自然说这种话？

她一头雾水地把桌上的鸡柳纸袋拿起来吃，眼睛还紧盯着两位同学察言观色。

崔璨却更加自然，仿佛完全没觉出他的话有什么不对，已经用竹签扎了一块送到嘴里，边吃边说："一起吃吧，等会儿凉掉不好吃。"

顾浔没跟她来回客气，拿了根竹签往她手里的纸袋中扎进去，吃到嘴里，撇了撇嘴："软了。"

"送过来肯定软啊。"崔璨倒很满意，帮着鸡柳说话，"除非你去店里吃。挑剔。"

鸡柳是好吃的，只不过杨婷婷在桌对面有点不自在。

她一个人吃一包鸡柳，对面两个人分一包，扎食物时两颗脑袋凑在那么小一个纸袋上方，嘀嘀咕咕交流。

崔璨用竹签指指点点："我要吃那个小的。"

"这有什么可挑拣？"

"大的没入味，还油腻。"

顾浔毫不掩饰脸上的嫌弃："你这个人过于霸道了吧，吃着碗里盯着锅里。"

嫌弃中听出点宠溺。

杨婷婷觉得自己好像误入了什么犯罪现场，不该来。

顾浔抬起头，语气就恢复了往日的平定，不带感情色彩，问杨婷婷："实验课你和谁一组？"

"林彬、何天祺、唐博文。"

"什么实验？"

"河内塔。"

顾浔对这一组选题有点印象，是组内两个同学担当被试的，比较敷衍。

他若有所思点点头，靠近崔璨去扎鸡柳，脸上并没有轻视的神色。

杨婷婷想，顾浔好像也不似传闻中那么瞧不起人。

她说："我看到你们那组方案都震惊了，组织二十个被试荷枪实弹地做啊，要是换成我们组，可能这学期就做这个没法干别的了。"

顾浔一边吃着，一边轻描淡写地说："一定要做出理想结果肯定费时间精力，但我们试试，失败就算了。"

"嗯？"崔璨诧异地抬头看他。

顾浔垂眼回看她，咬着竹签说："不然呢？你想反复死磕？没其他课其他作业了？"

杨婷婷笑起来，顾浔也不似传闻中那么精益求精："那对写综述的同学文笔有要求啊，实验失败还得上升高度。"

顾浔狡黠地笑，左手搭在崔璨头顶上："编呗，靠崔璨。"

崔璨晃着头把他甩开。

顾浔这种态度，让她的压力好像减少了一些，紧蹙眉头苦瓜脸的表情不见了。

顾浔找到了对付崔璨的窍门，如果一个不小心惹崔璨生气了，只要卖惨就可以解决问题。

顾浔这天淋了大雨，往后几天声音都是沙哑的，还不时咳嗽。崔璨对他格外好。以前左右横跳得不到的关注轻而易举得到了。

只要一听见他咳嗽，女生就像安装了自动导航似的绕到面前来，有时抱怨"你怎么还没好"，有时建议他去买哪种哪种药，有时拿来一颗糖要给他，转念一想"你不能吃糖"就撕开包装在他面前吃掉，看不出是不是故意的。

当然她"活该""活该"的话也说了不少。

顾浔似笑非笑地看她在跟前闹腾，感觉咳嗽再也好不了了。

收回思绪，他抬起头问："崔璨，你十一有什么安排？"

她大大咧咧说："没有，你要安排我？"

顾浔刚想开口，他和崔璨中间多出一个五彩斑斓的脑袋，麦芒的脸是冲着崔璨的，只能把后脑勺留给他。

"璨璨你会游泳吗？"

"我会。"

"十一跟我们一起去海边玩吧，我朋友的朋友在海边有个民宿，老早就预订的客人临时鸽了她，到现在没有客人订，她说让我找朋友去玩，大家只拼伙食费就行了，不用给房钱。"

"你都叫了谁？"

"我叫了我哥和他女朋友，还有——，然后是你，我想只叫女生。"

"好啊，正好我整个暑假都没游过泳。"

顾浔一听急了，抗议道："为什么只叫女生？麦芒你性别歧视。"

麦芒回过头，一脸茫然："我是女生，当然叫女生啊。你出去玩难道会叫一群女生陪你吗？"

顾浔说："可你哥也不是女生……"

"对啊，他是我亲戚。"麦芒瞪着眼睛反问，"难道你家出去旅游不带你妈妈？就因为她性别和你不一样？"

顾浔哽住。

崔璨笑出声："顾浔也想去。"说着从旁边探出头来看他，"想去你直说嘛，不过说了我们也不会带你。"

"你也想去啊……"麦芒没把话说死，用审视的目光把顾浔从头到脚来回打量两遍，"可你……有什么用呢？"

顾浔被气得咬紧后牙："没用！如果民宿太破下雨天漏水，泳池太脏根本不能游泳，海面上漂满旅游垃圾，旁边的酒店通宵派对吵得没法睡觉，厨师辞职了早中晚餐只有馒头配咸菜去菜场一趟堪比马拉松，你们回来后可以在这间教室尽情诉苦，我保证不会说'You deserve it（你们活该）'。"

"你话那么多喉咙不疼吗？"崔璨白他一眼，对麦芒说，"他会开车。"

麦芒再次回过头："那你能开车来吗？以防万一。"

顾浔把那口气生生咽回去："可以，但我的车只能坐四个人，所以你不要再叫更多人了。"

"顾浔你疯了？"崔璨瞪大眼睛，"你不想叫上陈峰城吗？就你一个男生，难道你整天跟在女生屁股后面玩？"

"哦，陈峰城。我需要陈峰城。"顾浔掐了掐眉心，光提防着裴弈，把陈峰城忘了。

麦芒说："可是要去三个男生，就算让他们两人挤一间，也要多浪费一个房间给他们。"

崔璨问："你哥和他女朋友不能住一间吗？"

麦芒答："不能吧，他们又没有结婚。"

崔璨说："那我可以和——挤一间，我们以前出去竞赛住过一间。"

麦芒和她击掌相庆："完美！"

皆大欢喜。

顾浔认为自己在崔璨心里还有点分量，为了带上自己，她不惜和韩——挤一个房间。接下来的几天他一直沉浸在一种飘飘欲仙的情绪里。

星期五第一次能够和她搭档跳舞，他戴着口罩靠在把杆上和她保持距离："我不能把感冒传染给你。"

崔璨嫌他矫情，直接把口罩从他脸上扯下来："得了吧，我又没有淋雨，淋雨得的感冒才不会传染，要是你说的是犯蠢会传染，那口罩也防不住。"

老师在前面和她的舞伴演示了一遍动作，崔璨学得很快，非常自然地搭上他的手。

顾浔微微偏转手的方向，拿到眼前研究："我一直想看清楚，你这指甲是不是自己用水彩笔涂的。"

"不是好吗？！我做了三小时的美甲！"

这和常见的美甲一点都不一样，崔璨不留长指甲，贴肉剪的，一个个又短又圆像小贝壳，上面却又涂满了鲜艳的颜色。

顾浔笑着说："但是这哪里美了？你衣品太好所以不太搭。"

"你懂什么衣品。舞伴太幼稚才跟我不搭。"

"我不幼稚。"

"你幼稚。"

"行，那我就幼稚，和你的美甲很搭。"

[59] 命运多舛

计划很完美的事，车到山前总要出点岔子。

顾浔和崔璨家离得近，他开了车但只载了崔璨一个人。其他人都是分头打车到民宿的。一个多小时的车程，途中没有过多联系。因此，等到了目的地才知道，麦芒他哥哥和女朋友都没来。

"什么原因？"陈峄城好奇，"嫌我们幼稚？只想过二人世界？"

麦芒一边收拾客厅一边笑："可能也有那个原因吧。姐姐家有亲戚结婚，在长假里办婚礼，她必须得参加。"

"为什么人们总喜欢在长假办婚礼？"崔璨想起自己也是拒绝了和父母一起参加婚礼才得以出逃的。

陈峄城说："因为上班族只有这几天有空吧。"

崔璨问："有空就是为了参加这种无聊集会的吗？你们以后结婚不要在长假请我。"

麦芒说："想太多了，有结婚意愿可能性的现在都去过二人世界了，谁来这里。"

顾浔刚卸下行李进屋，一听这情况又莫名紧张，生怕麦芒嫌不够热闹又把裴弈叫来，警惕地盯着她，嗫嚅着："那空了两个房间。"

"我叫了冬冬她没空，所以我就叫了我寝室两个室友，虽然大家不认识，但她们都外向，挺好相处的。"麦芒说。

麦芒的室友肯定是女的，警报解除，顾浔松了口气。

他可不想国庆长假还跟情敌斗智斗勇。

麦芒的一切决定陈峄城都无条件赞成："能认识新朋友好啊。我反正人来熟。不过你室友强势吗？"

麦芒眨巴眨巴眼睛："怎么算强势？"

"崔璨这样的就算强势，涵涵那样的算不强势。"陈峄城挠着头进一步解释，"她们不会抱着养女儿的心态来审判你的朋友吧？"

崔璨在一旁叉着腰："谁强势？"

陈峄城闪到顾浔和行李箱后面："你看你现在的姿势。"

一刻钟后，麦芒的两个室友到了，大家热情欢迎，尤其是陈峄城，努力列举自己上过哪些文科通选课公共课，试图找出一些与哲学系女生的共同话题，可惜没找到。

名叫刘斯懿的女生皮肤小麦色，长得壮一点，不算胖，显得很健康。她不太

086

爱说话，有点腼腆，暂时看起来与麦芒没有任何共通之处。

另一个叫徐楚遥的女生则机灵活泛，鼓鼓的瓜子脸，又翘又挺的鼻子是脸上的点睛之笔，短T恤配工装长裤，中分长卷发到腰，说话语速快，像是那种在社交媒体上发几个短视频能成小网红的美少女。

她和麦芒实际关系怎样不好说，但就她表现出来的样子情同姐妹，和别人说话脸冲着别人，身体却贴在麦芒后面，把下巴靠在麦芒肩上。

韩一一带她们到楼上转了一圈，把行李搬进房间。

徐楚遥兴奋地跑到楼梯拐角，俯身朝麦芒喊话："还多一个房间哎，麦麦我能不能找个帅哥来？"

陈峰城一听帅哥，浑身汗毛都竖了起来。

麦芒好像已经习以为常："你要叫谁？"

"键盘手。"

麦芒笑："怎么又轮到他了？台球男呢？你把台球男叫来他可以教我们打台球，我刚看见楼下有台球桌。"

"台球男不行。"徐楚遥摆摆手，一副不愿多提的样子，"下头了。"

麦芒又问："那志愿者小帅哥呢？"

徐楚遥从二楼下来了，往麦芒对面的沙发里一躺："我觉得他摘了口罩就没有那么'苏'了。"

麦芒乐得不行："也不能让人永远戴口罩啊。你想叫谁叫谁吧，要是能同时叫两个让他们住一间，我们近距离看戏，那就更好了。"

徐楚遥边笑边操作手机："麦麦是个小坏蛋。"

麦芒说："键盘手其实我最不看好了。我还是不太喜欢玩乐队的男生。"

韩一一也从楼上下来了，接嘴说："键盘手不算玩乐队的男生，只能算'在乐队里的男生'，'玩乐队的男生'特指玩弦乐的，键盘可能没那么花。"

"对吧！一一也这么说！"徐楚遥活泼地跳上去跪在沙发上，"我叫他把琴带过来，我们唱歌，让他给我们伴奏。"

麦芒是个实用主义者，凡是有用的男生她都欢迎，拍着手说："那快来快来！"

顾浔本来和崔璨一起在捣鼓冰箱，企图自制冷饮，听见麦芒发言深深无语，还以为相处一年半载多少有点情分，这么看自己和其他男生在麦芒眼里是一样的，是因为会开车才被叫来，不是因为别的。

陈峰城那边危机感更强，以前没见过，麦芒身边竟有这号人物，比韩一一还高出好多个段位，害怕徐楚遥把麦芒带坏。

徐楚遥注意到了顾浔的存在，远远指着他问韩一一："这是心理系那个对吧？"

韩一一言简意赅："有主的。"

徐楚遥嘻嘻哈哈笑道："我不喜欢这种，我只在初中的时候喜欢这个类型，后来我发现冷淡不爱说话的男生，多半是因为说不出什么，脑子空空肚子里没货，而且还经常情商低、教养不好。"

顾浔……感觉莫名中了很多箭。

冰块一时制不出来，崔璨放弃了，直接端着挑好的常温饮料去给扎堆的女生们喝。

徐楚遥喝着饮料，把一百元纸币拍在茶几中间："麦麦我们开个盘！我赌键盘手来了会问璨璨要微信！"

麦麦没有现金，找来一支笔压在上面代金："我要跟我要跟！键盘手来了会说和璨璨似曾相识！"

韩一一笑起来，偏过头去问徐楚遥："哦！他是那个第一次见就非要拉着你说跟你见过的？"

徐楚遥道："你才想起来啊？"

韩一一说："那我也要跟，这个套路男孩，大概率要借着'璨璨的璨是不是灿烂的灿'多和她说几句话。"

顾浔拿着另两杯饮料过来，分了一杯给少言寡语的刘斯懿，也递了一杯给崔璨，绕到跟前听到这个忍不住翻个白眼，问徐楚遥："不是你男友你叫来干吗？"

女生理直气壮："找乐子啊。"

顾浔无言以对。

他再一次体会到活泼女生多的地方有多么吵闹，感觉连听力都开始下降了。

吃过午饭，女生们去泳池边"视察工作"，麦芒看见有人在泳池里玩水枪、打水仗，立刻上前搭讪，打听到水枪是哪里买的，五个人浩浩荡荡步行到一公里外的小卖部，把店里武器洗劫一空。

下午三点，大家正在客厅里四处点香忙着驱蚊，那位传说中的帅哥键盘手到了。

出租车停在民宿院门外，男生从后排拎着行李走出来，关门时越过车顶看见门口一堆人，直接走到徐楚遥面前和她拥抱一下。

陈峥城抱臂靠在门边警惕地冷眼旁观，不太理解，不是男友却又表现得这么亲密。

徐楚遥颇有主人翁意识，负责向大家介绍："他叫陆柽裪，是数院的，和我跟麦芒同届。"

088

那就是和这里所有人同届。

两个男生有点意外，对视一眼，如临大敌。

还以为"键盘手"是社会人士，没想到也是校友。

键盘手和大家一一打过招呼，果然从人群里迅速挑出崔璨："哎？你好眼熟？咱们是不是见过？"

徐楚遥、麦芒和韩一一跳起来击掌欢呼，被迫卷入赌局、站在对立面的男生们只是在一旁无言地笑笑。

键盘手认亲的过程被打断，微怔着停下来看看女生们："怎么？哪里不对？"

麦芒疯狂摆手："没有没有，你继续。"

键盘手怀疑有诈，一边笑一边犹犹豫豫地求助徐楚遥："你们想使坏整我对不对？"

徐楚遥说："没有啊，别把我们想那么坏。"

崔璨笑着说："但我们真的见过。"扭头去问键盘手，"你是不是认识裴弈？"

"啊，对！"键盘手经过启发恍然大悟，"咱们一起打过羽毛球吧！"

顾浔突然就笑不出来了，裴弈这个烦人精，人没到，存在感却无处不在。

"没有。"崔璨纠正道，"我们没打过羽毛球，但你有一次帮我们占场地，我们到那儿你就走了。"

"对对对，我有印象，我以为你是裴弈女朋友呢，闹了个乌龙。"键盘手接着问，"你叫什么？裴弈都没介绍过。"

"崔璨。"

键盘手顺势拿出手机："加个微信，加个微信。"

女生们又爆发出一阵哄笑。

键盘手如履薄冰地笑着问："怎样？哪里不对劲？"

"没有没有。"麦芒又做了"请便"手势，"我们发神经。"

两人扫码加微信的过程中，顾浔忧心忡忡，裴弈的间接出场率太高，千算万算没算到他哥们儿会出现，还三句话不离他，第三方吹捧比正面出场更致命，自带滤镜。

裴弈这朋友还和裴弈走相似的路线，阳光帅气万人迷，他说不定也对崔璨有点意思，顾浔头都大了。

"崔璨你是哪个璨？灿烂的灿？"键盘手一边备注一边问。

话音刚落，女生们闹作一团，麦芒最夸张，直接笑得坐地上捶台阶。

帽子戏法。

麦芒说："我们今晚应该玩狼人杀，预言家乱跳。"

键盘手一头雾水，笑嘻嘻问："预言什么了？"

麦芒说："预言了所有。"

键盘手不能理解，也不放在心上，扭头去问崔璨："崔璨你怎么不和裴弈一起？"

"她为什么非得和裴弈一起？"顾浔问。

一瞬间，在场每个人都感到像兜头被浇了一盆冰水，气氛急剧冷却。

陆桠祒警觉地转过头来。

顾浔微扬着下巴，冷冷地看着他，阴沉的脸，波澜不惊。

陆桠祒用手指着顾浔，拧着眉冥思苦想，最后豁然开朗："顾浔！你是我姐高中同班同学！和叶尧一样。"

顾浔也没想到，"死亡一分钟"之后居然进入了认亲环节，想起刚才美女介绍她姓陆，迅速锁定高中同学中唯一姓陆的女生，不太熟，礼节性地答："哦，你好。"

但这至少有效拯救了一下万籁俱寂的社交地狱场面。

崔璨定了定神，把尴尬的话题揭过去："裴弈他们理财协会集体旅行了，我听小程说的。"

"哦哦哦。"陆桠祒说，"今年他们社活动好多。"

韩一一看出顾浔不高兴，怕他第一天就寻衅滋事闹得大家不愉快，想了个办法把人分散："现在太阳小一点了，我和麦芒去游泳，你们还有谁要去？"

崔璨说："我坐车坐累了不想运动，我要去海边'躺尸'。"

于是兵分两路各玩各的，不再有机会扎堆聊天，晚上大家返回民宿的时间不同，晚饭也没凑成一桌，先到先吃先回了房间。

顾浔虽然没时刻紧跟崔璨，但隔三岔五还是会找个送饮料送零食的机会和她碰碰面。

他和陈峰城的房间在二楼，女生们的房间都在三楼，下楼时能听见。

顾浔找到了规律，崔璨和韩一一两个人走路声音比其他人小，她们俩光靠听觉不太能分清，只能碰碰运气，不过50%的概率也不低。

晚上十一点这次，他跟下楼的运气不错，跑来厨房偷吃东西的是崔璨。

男生装不经意地靠在门边："你下面条，就用自来水？"

刚把接了水的小锅放上灶台的崔璨回过头："不然呢？要集齐雨水、白露、霜降、小雪的雨露霜雪吗？"

他笑着走过去，从冰箱里拿出餐盒："下午送来的蒸鸡，我们给你留了一半。嚼不烂，但是煮一煮能调鲜。"

说着把崔璨挤到一边，帮她倒掉一点自来水，把鸡汤兑进锅里。

崔璨不用动手了，半倚着橱柜门抱怨："这里的饭菜好难吃。晚饭都是些什么啊，还不如学校食堂，我还以为来海边能吃到海鲜。"

"节假日，旅游地，不要做那么美好的梦。明天我们抽空去市场买点食材回来加餐吧。"

男生不紧不慢，等锅开了把面下进去。

等待的时间，两人同时听见门口有些动静，以为是谁出门晚归，起初没放在心上。

可是动静一直没停，崔璨好奇了："该不会闹鬼？"

边说边往客厅里去，过一会儿动静越发大了，女生嘻嘻哈哈说笑起来。

顾浔满腹狐疑退两步往那方向探个头，崔璨就领着风尘仆仆的裴弈进了他的视野："你看谁来了。"

不是很想看，谢谢。

沉住气，顾浔很假地冲裴弈笑了一下。

"你饿吗？要不要吃点面条？顾浔正在煮。"崔璨热情地问。

盛情难却，裴弈笑着点点头："好啊，来一点吧。"

顾浔十分想当场掀了锅。

[60] 自力更生

平时，"破产妙妙屋"虽然从物权上来说属于理财协会，但因为裴弈来找崔璨总是在没有社团活动、借给学习小组自习的时候，在场人员都是顾浔和崔璨共同的朋友，其中还不乏陈峄城这样的助攻，实质上，"妙妙屋"是顾浔的主场。

如今到了民宿，生态截然不同。

顾浔分析了一下形势，陈峄城姑且还算队友，韩一一和麦芒只是中立派，麦芒的两个女同学是打酱油的路人，不过徐楚遥既然在和裴弈的朋友玩暧昧，自然会偏向对手阵营，她太能起哄造势，作用也不容小觑。

勉勉强强，与裴弈势均力敌。

裴弈有点让人意外。

陆柊祤给他通风报信，这一点都不奇怪，奇怪的是他身为一社之长，怎么会扔下整个社直接跑来了？

晚上吃面时顾浔问过，裴弈含糊其词没透露有效信息，崔璨又不太关心，没有刨根问底，这个话题被轻描淡写一带而过，他再反复提问会显得很刻意。

早晨八九点，众人陆陆续续起床，下到一楼吃早饭，看见裴弈都表现出不同

· 091

程度的惊喜，毕竟裴弈在校内算得上活跃名人，连不吭声的刘斯懿都久闻其名。

顾浔有些庆幸崔璨爱睡懒觉，她将近十点才半梦半醒地下楼，没有目睹裴弈人气多么高涨。

经过昨日一整天被极差伙食折磨，大家同时起了另开小灶的念头，崔璨起床时，众人已经有一搭没一搭地断断续续商议了一阵。

这一带所有民宿经营时都许诺提供三餐，其实是在同一家餐馆订餐，每天到饭点，餐馆分好盒饭开车转一圈，把食物按预订人头送到各家。麦芒朋友这家虽然在长假期间放弃了经营，但也按老规矩来。

餐馆趁节假日大行宰客之道，五十元一份的套餐里只有冷冻预制菜品，让人食不下咽。由于地段偏远，这里的外卖多在三公里外，而且卫生程度堪忧。仗着垄断优势，一大早，餐馆又给负责联系订餐的麦芒发了微信，说成本上涨，套餐要涨价到六十元一份。

"难吃就算了，坐地起价我不能忍。我们自力更生吧。"麦芒把手机一撂，发了话。

"冷静冷静。"韩一一安抚道，"九个人一日三餐，没有你想象得那么容易张罗，很累的，吃了上顿就要开始准备下顿。我们大家是来度假，不是来荒野求生的哦。"

"每个人做一个菜，也没有你想象得那么难。"麦芒反驳。

"那你问问这里谁会做菜。"

麦芒扫视一圈，陈峄城、陆栳裀和裴弈同时举手示意，其他人面面相觑。

四个男生有三个举了手，顾浔大为震撼，他谈不上厨艺高超，煮个面热个菜炒个番茄鸡蛋之类还勉强可行，他觉得这应该不在"会做菜"的范畴，为什么那三位如此自信？显得他一个人格格不入。怀疑是谎报军情。

比想象的人数少，气氛一时变得凝重，连麦芒也陷入了沉默。

崔璨咽下一口豆浆，补充道："我会做烤箱菜，把食材腌好扔进去烤那种。"

麦芒道："那就算你会做菜了。"

徐楚遥又带来一点意外之喜："我会炒炸酱，我可以备一些，大家不想做饭的时候煮点面拌着吃。"

陆栳裀很给面子鼓掌欢呼："可以可以，这比会做大菜还实用。"

麦芒问韩一一："九个人里有五个会做菜，过半了，一个人做一个，我们每顿饭有五个菜呢！比五十元套餐还多一个菜！"

她把炸酱也算一个菜了，韩一一哭笑不得，懒得揭穿，但这不是重点，韩一一也怀疑那三个男生只是吹牛，又不好无端质疑，交代麦芒："先别急着拒绝，跟餐馆说我们今天出去玩不订餐，明天再订。今天试验一天。万一行不通，我们明天再续订。"

因为时间已经十点多，眼看着就临近中午，麦芒当即决定先用炸酱面打发一顿。

顾浔被麦芒派去市场采购食材，他别有用心地拽上崔璨。

可裴弈也不依不饶，大张旗鼓地列了个近三天需要准备的食物清单，搬出冠冕堂皇的借口，装腔作势地拉着陆杬祤跟上了车："让你们两个不会做饭的去采购，新鲜程度也难以判断吧，我们去了还能一次多搬点东西。"

顾浔无法当着崔璨的面跟他较劲，不逞口舌之快，暂且走一步看一步。

崔璨坐副驾驶位，总是回过头去和后排两个讨厌鬼说话，特别是她还流露出对有厨艺男男生的崇拜，这让他心里不太舒服。

顾浔专心看着路，暗暗插一句闲聊："喜欢钻研厨艺的人其实本质上是有点挑剔的，嫌外卖不卫生，嫌口味不合意，嫌堂食耗时间，除了自己很难满足自己，所以只能自力更生啰。将就点的，像我和韩一一，从小到大都吃食堂。"

本想偷偷给崔璨下点眼药，没想到崔璨不吃这套，第一个跳出来反驳。

"你？好意思说别人挑剔？"

顾浔也不生气，反正成功把崔璨的目光吸引过来了也算胜利，缓缓道："我只对自己挑剔，对你没有吧？"

崔璨果然上当，心直口快罗列了一大堆过去顾浔的刻薄名场面。

她每举一个事例，顾浔就非常好脾气地笑笑说"哦，这也算啊？""哦，这你也能生气？""这么久你还记仇？"……

后排两个人压根接不上话了。

陆杬祤从口袋里摸出手机，低头给身边的裴弈发了条消息，只有一个问号。

裴弈无奈地给他回了个省略号。

回到民宿，大家按计划简单吃了顿面条，之后就有了裴弈大显身手的机会。其实在采购前看见裴弈列的清单，韩一一就已经打消了顾虑，从他列的物品就能看出他不可能不会下厨。

裴弈连面粉都买来了，他说每天中午吃简餐没问题，只是每次都吃面条总会腻的，他决定做些面点，水饺和馄饨存在冰箱冻层可以随时拿出来吃，统计过大家口味偏好后，又另外储备了些方便做早点的包子烧卖。

崔璨和麦芒有点小孩子心性，很容易被类似"玩橡皮泥"活动吸引注意，整个下午都绕在裴弈身边，时而要个面团捏小人，时而学着包个露馅的包子。

麦芒道："裴弈为什么会学这些？好神奇啊！"

裴弈说："我是外婆带大的，我外婆是北方人，家里面食断不了，她每天下午包包子饺子，就会叫我打下手。"

崔璨问："北方哪里人？"

裴弈回："黑龙江。"

崔璨说："好北啊……"

麦芒说："怪不得裴弈个子高。"

崔璨问："那你回去过吗？"

裴弈道："没怎么去过，我外婆也住东海了。"

麦芒说："好可惜，黑龙江有冰雕。"

陈峄城虽然会做几个菜，但做面点对他来说还是太高端的操作了，插不上手，也不好意思像女生那样在旁边玩面团，愤愤地穿过客厅去找顾浔"吐槽"："她们俩太幼稚了。怎么说也是二十岁的人，还玩面团！怎么不学学人家徐楚遥！"

顾浔找到本小说在看，听他义愤填膺，抬起眼皮往远望去，陆柷裪在教徐楚遥掷飞镖，女生整个人几乎被他圈在怀里，但他们俩这算谁在撩谁，无法分辨。

顾浔垂下眼继续看书："麦芒要是真这么会，也轮不到你。"

陈峄城说："我也有过人之处的好吗？不是因为前面人全部撤退才排到的。"

顾浔说："还没有排到。"

陈峄城说："你心情不好可以出门去喝海水，不要拿我开涮。"

"我心情没有不好。"顾浔合上书从沙发上起身，"追女生和争奖学金是两码事，不是能力强成绩好就能赢，虽然这两件事你都不行，但还是应该了解一下区别。"

陈峄城无语。

顾浔径直走向开放式厨房，漫不经心从目标人物身后晃过，来到水池边："崔璨，猪排和鸡翅都已经完全解冻了。"一边卷袖子一边说，"进烤箱前要先腌制吧？"

崔璨怎么可能容忍腌制调味这种重中之重的步骤让旁人插手，立刻以光速飞奔过来："我来我来！不要动！"

顾浔笑眯眯让到一边，也没让多远，赖在认真开工的崔璨身边："要什么调料？我给你找。"

边说边抬头冲陈峄城眨了眨眼。

被他装到了！

陈峄城决定出门去喝点海水。

不过，陈峄城确实佩服顾浔，不只是仗着"双箭头"为所欲为，顾浔情商不

094

低，只是"双标（双重标准）"。回想起来他从一开始就对崔璨特别，第一次聚餐先记住崔璨名字的人是顾浔，先留意崔璨忘带外套的人也是顾浔。

第一天自力更生，晚上正餐指望的是崔璨的两道烤箱主菜。前面出炉三次都堪称完美，大家早就在岛台附近转圈偷吃。

但崔璨这人就是有个缺点，一成功就骄傲，一骄傲就翻车。

最后一盘猪肋排到了闹钟定时需要翻面，崔璨突然脸色大变，满屋乱窜。

韩一一注意到，边啃鸡翅边问："怎么了？"

"那个那个东西找不到了。"崔璨手腕转来转去，给她比画。

在场全体群众歪着脑袋，尝试理解。

顾浔瞥了眼运转中的烤箱，如果不及时翻面，有可能这面就会烤过火候，可是，这有什么好急眼的？心理素质真的差。

"你好好想想，刚才去过哪儿了？"

崔璨抓耳挠腮，一楼和地下层几乎全逛过一遍。

"什么东西啊？"韩一一回头问顾浔。

顾浔也不知道专业名称是什么："取烤盘那个手柄。"

"哦……"韩一一拽拽麦芒，"我们都帮着找找吧。"

大家开始集体行动，帮忙翻箱倒柜，四处搜索。

崔璨的重点搜索区域在岛台附近，几乎把每个锅盖都打开找过一遍。

顾浔严重无语，手柄找不到只能是随手乱搁了，怎么可能特意塞进锅里，找东西也要带脑了啊。

他扫视了一圈，附近应该没有，优哉游哉踱到烤箱边，轻描淡写地往烤箱里一指："在烤箱里。"

崔璨猛然抬头，脸色煞白，惊慌地俯身凑近查看，烤箱里除了该有的没有多余东西。

三秒后，她意识到被骗了，把顾浔一路捶到过道尽头："顾浔！你做个人！"

顾浔笑着顺势困住她的手臂，看起来像是为了制服暴力厨子，但在所有"吃瓜"群众眼里，这完完全全是一个拥抱。

韩一一、徐楚遥、陆杬裯不敢说话。

裴弈从地下室一上来就看见这幅画面，再垂眼看看自己刚从洗衣机上找回的手柄，忽然觉得，崔璨好像并不需要这个。

第七话

CuiCan

&

GuXun

· ·

但你的诗应该是这样的

[61] 熠熠生辉

　　度假生活在第三天总算走上正轨。早饭过后，麦芒号召男生们先去泳池抢占地盘。泳池也是附近几家民宿共享的，没有预订机制，属于先到先得。

　　"打水上排球吧。"麦芒提议。

　　崔璨说："没打过。"

　　"好像谁打过一样。"韩一一拆穿她，"你别懒了，来了两天都没穿过泳衣，你也不看日出，那你来海边干吗？做美食博主？"

　　"我还没有完全醒，你们先去。"崔璨一边笑一边回楼上换泳装。

　　麦芒兴奋地朝泳池进发："我们女生一组，他们男生一组。"

　　韩一一道："呃……确定？"

　　男生们正泡在泳池里讨论哪个女生会穿比基尼。韩一一和麦芒带的泳装之前已经见过了，一个连体的、一个分体小裙子。其实他们猜的是另外三个女生。

　　"感觉徐楚遥是那种风格。"陈峄城说。

　　陆柽裪笑着摇摇头："她反而不会。"

　　"徐楚遥身材很好。"

　　"对。"陆柽裪笑，"所以不会便宜你们看到。"

　　另外几个人完全不能理解。

"崔璨会穿的。"裴弈说。

顾浔没吱声，心里也是这么认为。

陈峄城说："崔璨平时穿的和比基尼也没什么两样。她让我有最直观的感受，就是一个女生如果有马甲线，她一定会让你看见。"

的确，崔璨日常的风格就是露脐、吊带、省布料。

"崔璨是哪里人？"陆柊祹问裴弈。

"她算东海的吧……她说她出生在东海，妈妈本地人，爸爸浙江人。"

顾浔不太高兴，裴弈还调查过崔璨户口本，想干什么？

陆柊祹莫名失望："不应该啊！真的没有四川血统吗？我觉得她特别有川妹气质，去年我去成都演出，满大街都是像崔璨这样的女生，不管什么身材都穿得很清凉，一点不害羞，让人很舒服，不是我姐那种'作精'。"

"你姐挺好的，含蓄有含蓄的美。"裴弈说。

陆柊祹道："屁嘞，她还含蓄？平时的她只是在冷却技能，发起疯来都是把人挫骨扬灰级别的，我深受其害。她就像疯人院文学小广告里的王爷，会把王妃挂城门上三天，然后摇晃尸体质问你为什么第二天就死了，你背叛了我。"

裴弈笑道："一天不说你姐坏话你就难受。我发现家里有兄弟姐妹的好像都是这种冤家。"

陈峄城说："没有啊，我和我姐从小到大没吵过架。"

"你也有姐姐啊？"这好像一下就拉近了陆柊祹和陈峄城的关系，接下去的时间，陆柊祹都和陈峄城黏在一起，把裴弈抛诸脑后。

意外的策反。顾浔想。

过一会儿麦芒和韩一一来了，一起出场的还有刘斯懿，男生们行着注目礼，突然惊醒，刚才忘了讨论刘斯懿，她穿了比基尼，八块腹肌整整齐齐。

比起其他被震惊到僵化的男生，陈峄城还能发出惊讶声："哇……"

麦芒知道他"哇"什么："斯斯是排球队的。"

怎么还有隐藏大佬。

裴弈笑着打趣："专业选手啊，我害怕了。"

刘斯懿还是腼腆地笑："但我游泳不太好，水上排球没打过。我试试哦。"

女生把在水上漂的球拨到手里，随意地拍给站她对面的陆柊祹。

陆柊祹碰到了球但硬是没接回去，力度太大，球直接弹飞，手都麻了。

趁裴弈游去捡球，小祹揉着掌心，漂到刘斯懿面前暗暗埋伏笔："好姐姐，待会儿楚遥和崔璨来了你千万不要把球打给我，打给裴弈好吗？说定了哦！"

陈峄城听见了吹着口哨损他："怎么遥遥一个不够，还盯上璨璨了？你手伸得有点长。"

陆柈裑做噤声手势："就恶趣味，想看裴弈在崔璨面前被打得颜面尽失。"

有这种缺德损友，裴弈算是完了。

刘斯懿根本不傻，趴网上说："要买通我，得拿点实打实的好处出来啊。"

陈峄城一直还疑惑为什么麦芒介绍刘斯懿时说她外向，她哪里外向，事实证明女生在擅长的事上有了底气就很外向。

两个弟弟狗腿似的做低服小伺候着，给姐姐画了好多大饼。

五分钟后，陈峄城一眼瞥见和麦芒拍球玩的顾浔，心生嫉妒，也开始使坏央求刘斯懿："待会儿一定要打顾浔，把他往死里打。"

刘斯懿摇摇头："那不行，第一天到这儿你都不拿正眼瞧我，顾浔给我做了饮料哦。"

陈峄城道："我哪知道这里还有人品实验啊？"

大佬笑道："人品实验的重点就是不知道啊。"

崔璨和徐楚遥姗姗来迟，徐楚遥确实没穿比基尼，崔璨也只穿了件连体的，两个弟弟发出失望的哀叹。

"为什么穿那么保守啊，璨璨？"陈峄城问。

崔璨笑："为了方便。"

"方便干吗？"陈峄城回头问顾浔。

顾浔悠哉地进行场外解说："崔璨穿了竞技泳衣，拿出战斗状态了。"

"救命！韩一一救命！给我们主持公道！"陈峄城立刻声嘶力竭呼救，"她们那边全是专业选手！一定要把刘斯懿和璨璨分在两边！"

"行行行，你吵得我耳朵疼。"韩一一爬上岸，"我来当裁判吧。陈峄城、麦麦、裴弈、刘斯懿一边，顾浔、璨璨、小裑、徐楚遥一边。"

"不行不行！刘斯懿和裴弈必须在两边。"陆柈裑同学果断开始卖队友，"我想和陈峄城在一边。"

韩一一像管理小学生的班主任："不要吵了，这么多要求不能同时满足，顾浔和裴弈先游一个来回一决胜负。"

裴弈一头雾水："决胜干什么？"

"决胜做专业排球运动员的对手，给你一个表现机会。"

顾浔马上明白过来，陈峄城要求一定要把刘斯懿和崔璨分两边，其实做刘斯懿的对手就是做崔璨的队友，韩一一为了表面和谐没把话挑明，反而制造出一个负面效果，不太尊重刘斯懿。

麦芒她们三人平时就天天玩在一起，新加入的徐楚遥开朗自来熟，唯独刘斯懿初来乍到有点没融入，她也不知道顾浔、裴弈和崔璨的关系，比赛的输家才和自己搭档，碰上稍微敏感点的女生，可能会觉得自己被排挤了。

再说，做队友有什么意思？做崔璨的队友只能看见崔璨的背影，多无聊。

顾浔抢在裴弈之前表态：“那不用了，我和刘斯懿一边。”

最尖锐的矛盾迎刃而解，陈峄城立刻拉着麦芒去投靠顾浔，只有陆柽栩对这种分配依然不满：“怎么这样！我要跟陈峄城一边。”

陈峄城生怕他死缠烂打把麦芒给换走，越退越远：“你不要过来啊！”

韩一一阻止了陆柽栩：“别闹，你们三个男生再加刘斯懿太不均衡了。”

大家不再胡闹，各自游到自己的区域，游戏开始了。刘斯懿不负众望没有对裴弈手下留情，但是局面也没有出现一边倒的情况，有时候裴弈会把球回给陈峄城，陈峄城想让麦芒也有机会参与游戏，于是常常卖出破绽，球总被崔璨拦在网前，能直接得分。

打了一小时，徐楚遥体力不支，去换了韩一一。其余人维持原定阵型又玩了一个半小时才打道回府。

结束后顾浔和陈峄城留下来收拾网和球，走得慢一步。

麦芒没心没肺直接跟大部队跑了，崔璨想着人多，不够浴室冲澡，回去也是坐着排队，徘徊在池边等了他们一会儿。

陈峄城可不会认为她留下来和自己有什么关系，心里只剩对顾浔的嫉妒，加快速度先走了。

崔璨象征性地帮他拿了一个球。

顾浔注意到了，她今天老是拿一种含情脉脉的眼神看自己，次数多到让人有点不好意思，边走边问：“怎么了？”

“没怎么。”崔璨不擅长夸人。

她其实先前就发现了，顾浔拒绝比赛是因为刘斯懿，他本来就看不顺眼裴弈，平时都争强好胜，放弃竞争不是他的风格。她猜到他的真实想法是因为一一提议的那个瞬间，她也有点觉得不妥，刚想出来说点什么做点什么打岔，他就已经发了话。

原来他只对烦他的人冷漠，对朋友中不太熟的女孩也会照顾，还挺善良。

有了这重善良滤镜，崔璨今天看他特别顺眼，他皮肤白，很有少年感，虽然缺点是被太阳一晒就泛红，看起来还是清秀。

“游泳是专业的？”顾浔刚才注意到她用鱼跃式入水，有点功底。

“不是。”她回过神。

“那练过什么？”

她笑眯眯：“你猜。”

“潜水？”

“猜错了。”

"那是什么？"

"真想知道？"

他认真点头。

女生于是跳回水里，游到池中平躺，等待呼吸与水面平静，缓慢将右腿弯曲，直到足尖接近膝盖。接着上半身隐没在水波下，倒立在水中换左腿屈膝。而后身体从水下现出曲线，像一张拉紧的弓。这个后翻过去她微微缩起身躯，垂直露出水面的腿仿佛骄傲的火鹤伸长它的颈。

整套动作行云流水，极其舒展，极强的力量控制下看不出一点用力的痕迹。

在她静静下沉时，留在水面上的脚踝折射着细碎的阳光。

他忽然觉得很悲伤。

崔璨总是不时引燃一些极光般的烟火，无声而绚烂地亮在大气层外，夜色中旋转木马上放肆的笑颜，或者舞蹈房阳光中轻松唱响的高音，后台化妆间柔和灯光下油画般静谧的定格，或者碧蓝泳池里矫健而唯美的身姿……就像五色鹿在崖边回首，登峰造极，浓烈耀眼。

她理应永远那么耀眼，所以她的平凡会像电影画面从彩色变成黑白，过分让人悲伤。

这就是你寻求梦、凶器、安慰剂的起因吗？

当她翻回水面上，对他咧嘴笑，露出小怪兽似的大门牙，他回以微笑，如释重负。

"技艺生疏了。"崔璨靠近池边，朝他伸出手，"拉我一把。"

"去前面爬梯子，不要偷懒，我曾经被泳池边瓷砖划伤过。"

她撇一撇嘴角："你是不是拉不动我？"

激将法永远管用。

"就你这小身板？"他笑起来，跪在池边左手撑地，右手从她胳膊下穿过绕到背后，借着浮力，单用右肩就把她扛出水，没让她身体任何一部分碰到瓷砖。

上岸后她躺倒在池边大口喘气，等心跳平息。他也就顺势平躺在她身旁。炙热的阳光像毛毯覆盖在眼皮上，视野一片通红。

"崔璨。"

"嗯？"

"不要把自己当作泥土，让众人把你踩成一条道路。"

崔璨眼睫微微颤抖，许久才深深长呼一口气，声音带着笑腔："我记得这首诗不是这样的呀。"

一呼一吸间，他缓慢的语气听起来格外温柔："但你的诗应该是这样的。"

[62] 听风见雨

顾浔没有像做心理咨询似的，一个问题接一个地向崔璨了解她的过去，她不会说，他也不需要。

他自然而然见到了。

崔璨的灵魂在他的大脑里找到一个角落，自己一掀裙摆，坐了下来。

她学习非常专业的声乐技巧，练习单调乏味的水上动作，身板挺得笔直，有要强的小眼神和运动员的精神力。

她逃离空气不流通的教室，独自背着书包在广场游荡，用零花钱买一杯奶茶，毫不理会店员对她翘课原因的猜测而投来频繁的打量。

虽然她没说过，但这两件事一定都发生过，他就是看见了。

开心兴奋的是崔璨，沉默低迷的也是崔璨，猖狂和细腻的都是崔璨。

她能用眼睛出色地表达情感，把他的脑细胞突然地灼烧出一个洞，然后将火柴一扔，站在空洞边眨眨眼，装作无事发生。

他就是穿过那个洞，看见了泛在海面上的一点感伤，而海面下才是她心里的秘密。

炎热的晴天，海滩上很拥挤。

崔璨选择在空调房窝在沙发里看漫画，躺了一下午。

今天的晚饭轮不到她操心，陆杗裪包揽了所有厨房工作，刘斯懿小姐姐指定的菜要优先满足。

陈峰城本想一起参与，旁观了一会儿他切菜，识趣地退到远处："过于专业了，不敢随便插手。"

徐楚遥在客厅削水果，闻声凑近看两眼："怎么觉得比你弹琴还专业。"

"哥们儿'进修'过。"陆杗裪毫不谦逊，"从小不会读书，比我姐差远了，我爸担心我考不上大学，逼我学做菜，说有门手艺将来饿不死。"

"担心考不上大学，结果考上东大数院？"徐楚遥佯装凶悍用水果刀尖指着他，"别逼我打你哦。"

陆杗裪笑着颠勺出锅，朝麦芒、崔璨"躺尸"的沙发喊："开饭了！"

麦芒一骨碌从沙发滚到地上："好累，爬不起来了。"

"还好吧，和你平时打羽毛球运动量差不多啊。"陈峰城蹲在她身边观察症状，提到羽毛球突然想起她的运动搭档，"韩——呢？怎么一下午没看见她？"

崔璨说："她在房间里躺着，分手了。"

陈峰城短暂停顿，先去看了眼麦芒的神情，而后才平静道："哦，能拖到现在也是很佩服她，起念至今有一个月了吧？"

崔璨说："还是对方提的。"

陈峄城问："为什么要这样？冷暴力逼对方提？"

崔璨说："还真不是，她就是懒加拖延。而且因为是对方提的她还郁闷。"

陈峄城问："为啥郁闷？对方提了不是皆大欢喜？"

崔璨说："不，'虽然我想分手，但是你先提就让人不爽'，我们女生都是这么想的。你将来要想和女生谈恋爱最好提前知道。"

陈峄城挠了挠头，理解不能，过好几秒才反应过来："我不需要知道分手技巧，谢谢！"

麦芒闻到了饭菜香味，从地上爬起来，扯扯衣服感慨道："我再也不会妄想去谈恋爱了，恋爱没有好结果，快乐和痛苦相比少得可怜。"

陈峄城说："还是会有快乐的……"

"我还是追配对好了，情侣快乐我快乐，情侣痛苦我看戏。"麦芒嘀嘀咕咕着，往餐厅走去。

陈峄城苦不堪言地追过去："不要这么绝对啊。"

晚饭时韩一一没出现，麦芒给她留了点菜，让大家不用叫了，于是所有人都知道了她和男友分手的消息。

餐后陆枨衵提议用他写的题词小程序玩"谁是卧底"，麦芒和崔璨帮忙送饭上楼，陈峄城建议道："动员她下来一起玩吧，既然出来旅游，心情不好憋在房间里也没意思，大家闹一闹说不定心情就好了。"

过一会儿韩一一吃完饭，和麦芒、崔璨一起下了楼，谁也没特地去安慰她，也没提分手的事，坐下就开始玩游戏。

这游戏规则很简单，九个人中有一个卧底和其他人抽中的词语不同，各自不知身份，要轮流发言描述自己的词语，又不能指向性太明显，免得身为卧底自曝了，描述多半是模棱两可的。除卧底外还有一个"白板"，什么词语也没有，通常需要根据别人的描述猜测词语，混在其中描述，会成为卧底的干扰选项。描述每完成一轮集体开始投票，选出卧底和白板，游戏结束。

因为麦芒说上午打球太累犯困，玩剧本杀之类高难度游戏集中不了注意力，所以玩点简单的。大家各自在手机上装好安装包，连上网络顺利开始。

刷出第一个词语，陈峄城愣了愣问陆枨衵："这是我们学校版本的？"

陆枨衵答："对，里面很多词语都是我校特产。"

崔璨心里咯噔一下，感觉自己和陈峄城应该不是一样的词语，不是他是卧底，就是自己是卧底，她抽到的是"万圣节"，和学校一点关系没有。

陈峄城开始描述："这是个特殊日子。"

轮到顾浔："学校里常有庆祝活动。"

由于陈峰城先前已经暴露了词语与学校有关，又提到日子特殊，所以顾浔这句相当于没有增加任何有效描述。

有效信息太少了，崔璨决定先混一轮："很多女生会特地打扮。"

这也是废话，不止万圣节，每个特殊节日都有女生会打扮漂亮，如果"万圣节"是平民词，在其他平民看来这就是透露了最核心信息，首先排除了嫌疑，避免被误伤。

不过，顾浔已经猜到了卧底就是崔璨，他手里抽到的是"水灯节"，和陈峰城一致，而在刚才他说完无效描述时，崔璨不满地皱了皱眉，嫌他说废话，说明她急于想知道自己和陈峰城谁是卧底。

轮完第一圈，所有人都在混，说了些"这天不用穿校服"之类的废话，东海大学每年三百六十五天都不用穿校服。

顾浔打算第二轮激一激崔璨逗逗她，没想到投卧底时，自己竟以五票之高被误杀了。

"我是平民啊，而且我还知道谁是卧底。"男生气得咬牙切齿，其他人就算了，崔璨怎么还有脸贼喊捉贼，"你投我干吗？"

崔璨得意地摇头晃脑："犹豫不决投顾浔。"

陈峰城和陆桤裪幸灾乐祸鼓掌捧场："说得对！"

顾浔无言以对，只能在一旁眼睁睁看着卧底凭花言巧语混了四轮，很明显，她第二轮就已经知道了她自己的身份。

最后揭晓时，顾浔愤愤地说："这就是你们欺负我的代价。"

陈峰城说："不后悔，第一轮领头说废话就是从你开始的，是你给璨璨蒙混过关制造了机会，投你从战略上没错。"

一群人附和："没错。"

顾浔无言以对。

由于崔璨定下的调子，以后每一轮大家都先把顾浔投出去再议其他，这种玩法对顾浔而言参与感太低。不过五六局后，终于有人发现崔璨今日运气不佳，好几次抽到卧底和白板，而她伪装能力又强，于是提议不管三七二十一把崔璨在第二轮投出去。

裴弈说了句公道话："这样不动脑筋地乱投就失去了游戏的乐趣啊。"

顾浔腹诽，我被误杀好几轮的时候你怎么不觉得失去了游戏的乐趣？

徐楚遥道出真相："我刚吃饭时喝了鸡尾酒，有点晕了，感觉脑子已经转不起来。"

陆桤裪坦白："说实话我也有点。"

麦芒嫌弃地"吐槽"："你们酒量太差，才喝一杯就倒了。算了算了，明晚再玩吧。"

陆柀裪酒量没那么差，完全是不想让徐楚遥一个人担负扫兴的指责。

结束游戏后没事做，麦芒让陈峥城找个好电影出来投屏一起看，幕布上播放着，大家却静不下心看，都坐在沙发、地上闲聊，话题不知不觉绕到分手主角韩一一身上，她虽然有点情绪，但不忌讳谈。

陈峥城给顾浔转述了一下韩一一郁闷的点，问他能不能理解。

顾浔果然不解风情，困惑地拧着眉："都没感觉了，你不提分手，又不让对方提，是想熬死对方？"

韩一一笑了："不是啊，我打算提的，但提分手需要契机，得找个合适的机会啊。"

顾浔问："可万一永远没有契机呢？那不成了薛定谔的交往？名义上有对象，但'赛博守寡'？"

韩一一从手边顺了一个一次性纸杯扔他，没砸中："说别人你是一套一套的，怎么不说说你自己？有喜欢的女生为什么不马上表白？在等什么？万一永远没契机呢？"

现场就陆柀裪一个人彻底状况外："顾浔喜欢谁啊？"

顾浔庆幸崔璨逛出去了，而且凭力士香皂的气息可以判断，她逛得有点远。

"没有谁，你听她瞎说。"顾浔岔开话题，对韩一一说，"开解开解你，怎么扯到我身上来了？你不要开解算了，让陆柀裪把琴搬出来我们K歌，以乐景衬哀情。"

陆柀裪笑："唱歌没意思，找点好玩的，哎？"他左右四顾，"裴弈呢？"

敢情裴弈在他眼里就是好玩的。

"好像调那投屏的时候他出去接电话了，一直没回来吗？"麦芒东张西望。

"璨璨也不在。"陈峥城说。

"遥遥和斯斯也不在。"麦芒补充。

徐楚遥从岛台旁边冒出来："我在我在，我煮点东西醒酒。斯斯已经上楼睡觉了。"

"这么早睡觉？"

"作息健康啊。"

"那就只有裴弈和璨璨不见了。"陈峥城有点幸灾乐祸地看向顾浔。

顾浔朝他翻了个白眼。

徐楚遥确实有点醉，嘴上没把门的，边走过来边大大咧咧问："他俩是情侣吗？还是暧昧？"

话可不能乱说啊！

陈崃城也顾不上幸灾乐祸了，从沙发上弹起来："不是不是不是绝对不是！他俩没有任何关系！"

"这里没有情侣，这里不该有情侣，我们去找找他们吧，这么晚万一被海水冲走了呢？"麦芒提议。

陈崃城转头看见挎上水枪的麦芒："麦麦，你找人干吗拿枪？"

"一旦发现恋爱迹象就制裁他们。"麦芒理直气壮。

陆杋裪突然找到了好玩的，飞快接嘴："给我也拿一把！"

[63] 曾几何时

崔璨晚饭吃太饱需要消耗，沿着滨海大道散步五公里才回。

夜色渐深，海滩上人潮已撤退，留下星星点点的垃圾，有人在收拾，卖烤串和冰饮的小摊亮着灯，顺着香味远远多看了一眼，发现摊边喝饮料的人她认识。

"裴弈啊。"她跑跑跳跳奔过去，"你也出来逛了？"

男生看见她也高兴："接了个很长的电话，说得口干舌燥。"见她满头大汗问，"你这是去哪儿了？"

"运动健身。"她一开口喝进潮湿的暖风，觉得又有点饿了，对摊主下了个单，"我要半份炒面，多加火腿肠。"

他笑眯眯跟着等："还是你这样的好，健康。"

崔璨等得无聊，和他闲扯："说到口干舌燥的电话，是理财协会找你吗？"

"怎么猜这么准？"

"因为你脱离大部队跑这儿来了呀，我怕你烦所以没问，但是八九不离十，能猜到集体出行不那么愉快。"

裴弈收了收笑，沉默两秒，又松弛地打趣："这是心理专业学了读心术？"

"这是天赋异禀。"

裴弈敛下眼，微笑着看她得意扬扬，轻轻嗯一声："是啊，不那么愉快。"他抬头眺望汹涌的海面，"说不清怎么回事。上学期社团人少，条件虽然艰苦，但大家至少是齐心协力的。这学期资源多、人也多，开始各想各的，劲不往一处使了。"

"正常啊，都是这样的，否则去年冬天我们系舞台剧大获全胜，有什么理由到春天就放弃了？五六月的时候，我和你现在的感受一模一样，好像找不到原因，认真搭的积木莫名其妙就坍塌。"

她形容得可可爱爱，裴弈笑："那你传授下经验，最后怎么缓解不爽的？"

她眨眨眼睛："没经验，就是习惯了。从小到大这种事太多了呀，你没碰见过吗？"

裴弈摇摇头。

"那你真走运。"崔璨从摊主手里接过一次性饭盒装的炒面，囫囵吞枣吃一口，口齿不清地说，"我觉得最伤的一次是高中数学竞赛，你想啊，搞竞赛本来是多么让人心无旁骛的一件事，大家聚在一起都为了追求卓越而奋斗。"

"嗯，我初中理科竞赛都参加过，差不多是那样，整天都在训练，节假日也不休息，就那么些同学白天黑夜混在一起，一点杂念都没有，感情特别好。"

"可是谁能想到，猝不及防地，大家都交朋友去了，你说神经病吧？"崔璨满脸愤愤，把炒面当仇恨对象狠狠咬断。

裴弈笑得更深一点："因为你没朋友交才愤恨啊。"

"我高中的时候很丑。"

"那不可能。"裴弈断言。

"真的。"她较上劲了，非要证明自己丑过，把饭盒放摊子上，从口袋里掏出手机翻照片，"看，我那时候长这样。"

裴弈瞥一眼，扑哧笑出声："不丑，但是像乐高小人。"

炒面饮料摊的摊主也好奇了，伸长脖子探头看。

崔璨发现凑到身边的多余脑袋，回身问摊主："不丑吗？"

"我眼睛不好，看不清楚。"

崔璨哈哈笑着对裴弈自嘲："把阿姨看得视力下降了。"

阿姨没有幽默细胞，急切澄清："那可不是，我青光眼好多年了。"

崔璨把手机送到阿姨眼前："丑吗？"

"不丑。"阿姨说，"发型好玩，哦哟，头发真多，我要是有你这么多头发做梦都会笑醒。"

裴弈起初没找到原因，经过提醒才注意到，她那时候的头发像洗碗钢丝球："是烫发了？"

"没有，我自然卷。我现在拉直了。"崔璨嫌弃地把发尾拿到眼前又扔回背后，"每三个月就要拉一次，真的很烦，而且我不能剪短发，剪了会炸开。"

很有画面感，更像钢丝球，裴弈想想就笑了。

摊主阿姨用带着口音的普通话说："你头发硬，头发越硬脾气越犟，现在反而是脾气犟的人更有出息，谁也欺负不了。"

崔璨抽了张纸巾擦擦嘴："那是，男生都老说我强势。"

"谁那么说？顾浔？"裴弈打算趁机说两句坏话。

"他没有，谁强得过他？"

这话很奇怪，听着像"吐槽"，又像夸赞，毕竟形容一个人"强"不完全是

108

负面的。

裴弈决定别自讨没趣，尽量不在崔璨面前议论顾浔，那多半得不到让他舒爽的答案。好不容易能和崔璨独处，为什么不聊点让彼此开心的？

"明天，我喊上顾浔开车跑一趟市场。"裴弈指指烧烤摊主阿姨，"刚才大姐跟我推荐了一家卖海鲜的，你上次不是想吃海鲜吗？我们没找到靠谱的。"

崔璨受宠若惊，慌张地摆手："啊呀，我开玩笑啦！随便吃什么都可以。"

摊主看着比他们父母都年长，叫人家大姐又不过分，就很讨喜。

阿姨于是热心地帮着说："你男朋友蛮用心哦，开始在问大闸蟹，但是闸蟹这边没有特别好的，现在这季节大闸蟹还没有好吃的，梭子蟹又快下季了，这边集市有一家卖梭子蟹的，你们可以去挑一挑。"

崔璨笑呵呵说："不用不用太麻烦了，梭子蟹平时在市里也能吃到，物流很方便，到处都有。"

裴弈没心思想梭子蟹，只在想她为什么对阿姨误称"男朋友"一点反应都没有，这个马大哈。

摊主阿姨作为土著自豪感油然而生，较真道："哦！那可不一样！螃蟹这种东西，水域不同味道都不同的。我们这里这家是流网去海里捞的，跟你们市区里卖的用蟹笼养的完完全全不一样的，DNA（脱氧核糖核酸）都不一样！"

崔璨被逗乐，边笑边吃火腿肠，也逗阿姨："是什么导致DNA都不一样？"

摊主阿姨认真解释："我们这是出海去深海捞的，厉害的螃蟹是肉食动物，跑出去乘风破浪很帅气的。肚子白白胖胖，钳子尖尖上都是肉。"

裴弈说："你明天早上要是起得来，跟我们一起去。"

"起得来。"崔璨自信满满，"我很少睡懒觉。"

那前两天早午餐一起吃的是谁啊？

裴弈光是笑，没拆穿。

崔璨吃完了炒面，刚把空饭盒扔掉又开始嚷嚷"撑死了撑死了"，裴弈陪她在海滩上来回走，但也不敢走到灯光范围外，晚上的海还是很危险。

晚上海滩风大，崔璨再次经过烧烤摊时劝阿姨收摊："阿姨您眼睛不好早点回吧，这么晚这么大风，游客不会再出门了。明天白天你再出摊，在前面写个大大的电话号码，白天让游客记下号码或者加你微信。你给他们拉个群，晚上谁要点外卖在群里统计，做好给他们送一趟完事。"

"我们这儿平时没这么多人拉群。"阿姨边收摊边说，"还这么讲究啊。"

"家里没有小辈吗？让他们帮你弄啊。"

"我就一个女儿，在市里读研究生呢，放假也没有回来。"虽然没回来，但阿姨语气挺骄傲的。

崔璨帮着收拾塑料椅子，裴弈也帮着搭把手。

崔璨问："哪个大学啊？"

"东海大学。"

"在市中心啊，羡慕。"崔璨在自己和裴弈中间用手指比画一个来回，"我们是本科，在荒郊野岭。"

"她学医。"

"哇……她肯定从小成绩好，那还得读博吧？"

"本硕博连读，要读八年。"

"太厉害了。"崔璨回头小声对裴弈说，"我们这种一放假就旅游花钱吃海鲜的，是不是有点玩物丧志啊？"

裴弈听她和摊主说相声似的闲聊，挺触动的，这可能就是传说中的烟火气。

崔璨总让人非常舒适，让什么人都舒适，脾气犟是真的犟，但直来直去反而相处得轻松，说错话她不会小心眼拉着脸，像武侠小说里快意恩仇的江湖儿女，不高兴了就打一架。

最重要的是，她很善良。

善良这个词现在听起来像讽刺，如今崇尚的是"人不狠，地位不稳"。

可裴弈觉得善良依旧是一个优点。

她嘻嘻哈哈，像个马大哈，但是遇见孩子放假没回家的阿姨又格外话痨，好像要取而代女；遇见情绪低落的朋友，要比赛卖惨，好像人生经历不够丰富会被淘汰出局。

归根结底，她是心肠好，理财社的人心肠有她一半好，也不至于一路算计。

裴弈读大学之前未开化，上课下课只爱和男生扎堆，女生是什么生物他不太理解，同寝室的室友和同班女生玩的，平时那些刁钻话题仿佛难度很高无法驾驭，对他来说宛如养的多肉盆栽里长出一棵葱，左看右看，不知是什么杂草，敬而远之，置之不理。

认识了崔璨他才知道，女孩子原来是这么美好的一种生物。

告别了烧烤摊阿姨，两人在仅剩的另一个摊的灯光里席地而坐，裴弈对崔璨表达了这种感慨。

崔璨说："可我不是一直都这样的，中学的时候，我可让人不舒服了，直到去年我也不太行。我感觉我好像是暑假开始突然一下长大了。"

"没有啊。"裴弈说，"从我认识你开始你就挺好的。"

崔璨抱着膝盖摇摇头："可能是我们刚认识还不熟，我在不熟的朋友面前肯定会保持体面。但我有时候为了搜什么东西，偶尔翻到两三年前的微信对话记录，都会很震惊，我怎么这样说话？我还说过这种话？我小时候怎么这么狂啊？"

是丰衣足食过太好了吗？”

裴弈笑了：“年少轻狂嘛。我还挺想知道你能狂成什么样。”

崔璨当即又掏出手机搜出“黑历史”。

裴弈看一眼就绷不住狂笑：“这是‘中二病（青春期少年特异的言行举止）’吧，你朋友不尴尬吗？”

“我之所以这么不正常都是被我朋友吹捧的，他们尴不尴尬我不知道，反正我往回看的时候是尴尬了。”

“人能狂一点其实挺好的。”他指手机，“不过这个太猛烈，有点尴尬。”

“我就是这么尴尬，以前不管交了什么朋友，都爱给人当妈。‘你想得不对，妈妈吃过的盐比你吃过的米还多’，这种调调。”

裴弈想了想，那也蛮可爱的，虽然他十五六岁时可能欣赏不了，但现在遇到年少轻狂的崔璨他也会喜欢。

想把这个告诉她，她突然从沙滩上尖叫着跳起来。

裴弈愣了一秒，发现她背上衣服湿了，前襟也被射了一身水，才反应过来回头看。

“哈哈哈！”麦芒像游戏里统称为史莱姆的小怪一般不知天高地厚，提起水枪又射了裴弈一身，“奇袭！”

崔璨想张嘴“吐槽”，一个字音没发出就被顾浔锁喉拖走了。

顾浔说：“抓到人质了！选一个人谈判！”

陈峄城理都不理他，直接连他带崔璨一起射个透湿：“你是不是脑袋不好？抓璨璨当人质，除了你自己能威胁到谁？”

崔璨气得理智全无，一边被锁喉一边指着陈峄城：“敢不敢给我一把枪？敢不敢？你敢不敢？”

陆杈祤没见过气焰如此嚣张的人质，被震慑住了，叫着“璨璨接枪”把自己的水枪扔给了她。

崔璨接住枪，转身随便找了个目标投入混战。

裴弈本来还在躲避麦芒的奇袭，莫名其妙就腹背受敌了。

一回头，崔璨被顾浔揽在怀里，还拿枪射他。

人生啊，要不要这么残酷?

[64] 寸步不让

崔璨在门口探了个头：“顾浔呢？”

陈峄城答：“在楼下打扫卫生。”

女生继续下楼，在客厅找到了收拾东西的顾浔："强迫症又看不下去啦？"

顾浔拎着抱枕直起身子："干吗？特地下来讽刺我？"

"不是，我想问你有没有多余的拖鞋，——今天晚上在麦麦房间聊天，好像已经在那边睡了，但她把拖鞋穿走了，我没有洗澡拖鞋。"

听懂了崔璨的要求，鞋子穿去冲澡会湿，过后穿在脚上就不舒服，她需要一双专门用来洗澡、打湿后不再穿的拖鞋。

顾浔目光落在她正穿着的鞋，也是民宿统一提供的，不过她穿的是女生款，粉色，而不是蓝色。

他把自己的蓝拖鞋让出来，站在地上："那你穿我这双吧。我房里还有一双。"

"耶！"崔璨一点不客气，换了大拖鞋，拎起自己的，准备回楼上，又在楼梯口停住，"你还有可乐吗？我可乐喝光了。"

顾浔继续拆抱枕套，漫不经心道："那你晚上还睡觉吗？喝可乐会兴奋得睡不着。"

"不会的，我一般喝了可乐会犯困。"

闻所未闻……

崔璨摸摸肚子："我吃炒面夜宵吃撑了，需要喝点可乐顺顺气。"

为了喝这点可乐什么反人类的借口都编出来了……

顾浔笑着说："哦，那你去洗澡吧，一会儿我给你拿上来。一瓶够吗？"

"多多益善。"崔璨得意忘形，一抬腿在楼梯上绊个趔趄。

顾浔啧了一声："笨得……不能先穿自己拖鞋上楼，洗澡时再换过来？"

崔璨白他一眼，换了鞋气鼓鼓跑掉了，一路上怨气很大，踩出扰民的巨响。

陈峰城听见了，等顾浔把抱枕套扔洗衣机里，一回房间就追问："你和崔璨又吵架啦？"

"你是天天盼着我们吵架？"顾浔蹲下身拿起一瓶可乐。

"我见不得你春风得意的样子。"

顾浔想起陈峰城几乎每时每刻都要晃可乐整自己，中招过好几次，指着剩下四瓶问："哪一瓶你没晃过？"

"哪瓶都没晃过。"陈峰城笑嘻嘻。

顾浔无奈道："是崔璨要喝，我拿给她的。"

"那就最右边那瓶。"

顾浔问："只有一瓶？"

"对啊，看我对你多好，留了三瓶给你。"

顾浔眼皮直跳："行吧。"

他穿了鞋拿了可乐到三楼敲敲门，崔璨正好磨磨蹭蹭刚冲完澡，头发还没吹，身上蒸发着热气。

比起活蹦乱跳的女生，顾浔越过她的头顶，先被铺天盖地乱扔的衣服吸引了注意。

"你这房间像小偷来翻过一遍。"

女生接过可乐打开，边喝边让到一边，让他进去："你有没有视频网站会员？我想看《哈利·波特》。"

房间里智能电视接的是视频网站，所以有些剧和影片非得有会员才能看。

"你怎么连个会员都没有？"顾浔关上门，打开电视设置。

"没有。我平时也没时间看视频网站。"

"哦。"顾浔一边用手机扫码登陆，一边慢条斯理道，"那你把时间花到哪儿去了？把衣服裤子一件件扔得满房间到处都是吗？"

崔璨皱皱眉，这话好像在哪里听过，想起来了，是自己当初用来嘲讽顾浔强迫症的。

"你是不是暗恋我啊？怎么我说的话你记这么清楚？"

顾浔的手哆嗦一下，心虚地回头瞥她一眼，转移话题："我用我的账号登录了，你看半小时睡觉。"

"那怎么行！一个电影两个半小时呢！看一半睡不着！"

"看两个半小时要到一点半了，一点半睡你想几点醒？不是说明早让我开车带你们买螃蟹吗？"

崔璨嘴硬："一点半睡我六点半醒！"

顾浔无语，只能给她加快速度："看两倍速吧，两倍速更好看。"

"你住手！"

顾浔没辙："那你看吧，我去睡了，你说的啊，要是明天早上六点半起不来，我就把你连人带被子打包搬上车，扔到菜场去。"

崔璨狠狠朝他翻个白眼。

有人敲门。

两个人愣了愣，大眼瞪小眼。

崔璨高声问："谁啊？"

"我，裴弈。"裴弈隔着门说，"蓝牙耳机我给你找回来了。"

崔璨散步时听着歌，蓝牙耳机放短裤口袋里，后来在沙滩上打水仗，闹得太厉害掉了，回家时发现耳机丢了，懊恼了几句，没想到裴弈回家后又返回去找，那么大片海滩，一个小白盒，竟能被他找到。

崔璨心里一惊，该不会他从九点多一直找到现在吧？

有点惶恐，她慌慌张张去开门，中途又掉头返回，从床上摸走了什么蹿进卫生间："等、等我一下，我穿衣服。"

　　顾浔起初没明白，怎么见裴弈还得特地换个衣服，这么隆重？

　　等她出来发现也没换衣服，男生恍然大悟的同时，脸都红了。

　　是内衣啊……

　　敢情您老人家刚才全程没穿内衣……

　　而自己也没发现……

　　顾浔不禁陷入了思考，崔璨是不是从来没把自己当过男生？她也不是对谁都没那根神经，难道是因为自己男性气质不够明显？

　　话说回来，她说要穿衣服，然后一开门自己在她房间里也不太对劲吧？

　　思考速度还是比她的动作慢了半拍，顾浔没来得及阻止，她已经把门开了。

　　"哇……太好了太好了，居然还能找回来，省钱了！"崔璨接过耳机一个人兀自高兴。

　　裴弈和顾浔……沉默着尴尬对视，仿佛通过对视看见了彼此的灵魂。

　　崔璨只是偶尔冒失脑筋短路，并不代表没有情商，发现裴弈僵在门外之后，她几乎立刻就意识到了问题所在。

　　她说要穿衣服，开门后裴弈看见了顾浔，那说明自己先前和顾浔在房里没穿衣服，呃……感觉三个人都很"社死（社会性死亡）"。

　　女生咽了咽喉咙，试图控制场面："顾浔，在帮我调电视，我想看《哈利·波特》，没会员。"

　　确实，电视传来播放《哈利·波特》的声音，应该没有人会放着《哈利·波特》助兴，更何况……他把视线往旁边偏了偏，两张床都堆满了衣物，感觉连坐下去的空间都没有。

　　裴弈恢复淡定，笑起来："看哪部啊？"

　　"嗯……《魔法石》。"

　　"哦……"裴弈略做思考，不能就这么离开，自己走了岂不是又只剩崔璨和顾浔独处，这么晚，孤男寡女的，决定脸皮厚一点，"我最喜欢这部了，蹭着看一会儿。"说着就要进门。

　　崔璨手忙脚乱地赶在裴弈之前，跨到韩——的床边，把衣服一股脑卷起来塞进自己行李箱："嘿嘿嘿，房间乱了点。"

　　顾浔道："你还知道啊？"

　　"房间太小了啊！"崔璨争辩道。

　　顾浔别有用心地播送前情提要："在三亚那么大的房间你也乱。"

　　裴弈果然听出了端倪："你们还一起去过三亚？"

崔璨不好意思说自己特地去找顾浔："旅游碰上的。顾浔没风度，跟我抢吹风机。"

也太能颠倒黑白了！

顾浔反击："那我差点被你拖进水里淹死你怎么不说？就算吹风机在使用权上有争议，你威胁的是我的人身安全啊。"

虽然是拌嘴，裴弈却听得羡慕，顾浔和崔璨相处机会挺多的，无论校内还是校外。

吵吵闹闹的相处，也有吵吵闹闹的意思。

也不知怎么的，吵着吵着，顾浔就开始帮崔璨叠衣服，一股脑塞进行李箱的其实是洗澡前才从露台上收回来的。

崔璨嘴硬说放那里，自己马上就要叠。

顾浔冷笑。

崔璨又说衣服还是展开好，不会有褶皱。

顾浔还是冷笑。

她闭了嘴，心安理得看电影。裴弈看不懂这是什么情况，突然有点局促，站起来问顾浔："要帮忙吗？"

崔璨说："你不用管他，他有强迫症，所过之处都要整理一下，他看不顺眼的就让他自己处理。"

裴弈终于憋不住笑起来，怎么会有这样两个人，想干什么就干什么，也太自由了。

顾浔叠完了衣服，见裴弈还没有要走的意思，也死皮赖脸看起了电影。

崔璨没注意他，等影片里一个小高潮过去，她已经有点犯困了，这两个男生像扎了根似的赖着不走，也让人头疼。

顾浔坐得离她近，就从他开刀："你不是说你要回去睡觉吗？怎么你也看起来了？"

顾浔道："看上瘾了。"

崔璨说："那你不还声称明天早上要把我打包扔菜场吗？别到时候你自己六点半起不来。"

裴弈意外地受了惊吓，插嘴问："啊？要六点半起来吗？"

顾浔说："崔璨自己发的誓。"

崔璨用脚隔着被子踹顾浔："快走啦，我要睡觉了。"

顾浔看一眼裴弈，裴弈装作什么也没听见，没有要走的意思。

顾浔说："你睡你的，我看我的，关你什么事。"

崔璨无语。

女生爬出被子抱起枕头出了门，顾浔没管她，心想她没拿被子，一会儿还要回来。

没想到过一会儿来的是陈峥城，还抱了两个枕头一床被子过来："崔璨说你俩霸占了她的房间，把我赶过来团建。"

顾浔从他手里抽出自己的枕头："还是换回来吧，我换了房间睡不着。"

"换不回来了。"陈峥城说，"她把我赶出来，把门反锁了。"

裴弈一听这转折，没念想了，立刻站起来告辞："哦，那我先走了，明早见。"

顾浔气不打一处来，阴阳怪气道："看完啊，怎么不看完就走？"

因为僵持到太晚，第二天三个人没一个能早起，倒是韩一一回来梳妆打扮，一进门吓一跳，退出去再重新进门，两个男生已经被动静惊醒坐起来了。

韩一一诧异："怎么换房间了？还以为走错了。"

陈峥城概括道："顾浔欺负崔璨。"

顾浔问："谁欺负谁啊？"

韩一一抱臂靠在墙边笑着揶揄："熊宝宝的床是不是睡起来最舒服？"

"不舒服。"顾浔脸上挂不住，抱着枕头往外走，顺手拎走借崔璨洗澡的鞋，欲盖弥彰地控诉，"床上还有她的头发，到处都是头发。"

陈峥城看不惯他得了便宜还卖乖："怎么？硌着你了，公主殿下？"

[65] 特殊朋友

两个男生和崔璨去了市场，由于大家都睡眠不足，精神萎靡不振，斗志也不旺盛，一路没什么波折。

只是崔璨到了砍价时又发挥出120%的战斗力，和老板你一言我一语像说相声，把裴弈笑得上气不接下气。

顾浔习以为常："她就是这样。"甚至预感是持久战，向崔璨请示，"我去对面挑点零食，明天在路上吃。你还要可乐吗？"

"嗯嗯，要的。"崔璨敷衍地应两声，继续和水产店主扯皮。

顾浔就逛出去了。

对崔璨而言，"以最低价格买到螃蟹"比"吃到好吃的螃蟹"更值得庆贺。

回民宿时刚巧赶上午饭，崔璨猜不到留守的诸位闹什么不愉快，不过能察觉气压有点低，说话声很少，在厨房附近截住陈峥城想打探打探。

陈峥城愁眉苦脸："麦麦和韩一一吵架了。"

"啊？不都已经分手了吗？"崔璨想不出除了韩一一刚分手的那位男友，她俩之间还能为什么吵架。

"分手了还要贻害万年，可气吧？"

陈峰城把来龙去脉解释了一遍。韩一一心里别扭的原因除了男友提的分手，还有她也怀疑对方惦记着和前女友复合。韩一一此前只交往过一个初恋，和她不同学校，听着是个"渣男"，一边钓着她，一边和其他女生恋爱。韩一一吃过亏伤过心，所以，一个男的在两个女生间感情摇摆，是她的重点雷区。

"那和麦麦有什么关系？"

"这个前女友姐姐是麦麦她哥的同学、她哥哥女友的闺密，所以麦麦和她关系一直还不错。"

"一一要求麦麦站队了？"

"那倒也没有，因为麦麦本来也不赞成她和这哥哥交往，一一就睁只眼闭只眼不谈这些。不过你猜这次导火索是什么？"

崔璨猜不到，摇着头推陈峰城："啊呀，你快说。"

陈峰城指指脚下："你猜这个民宿老板是谁？"

崔璨怔住，两三秒后瞪大了眼："不会吧？"

陈峰城点了点头："准确来说，这里沿街前后六栋都是姐姐的，那五栋里面都住了客人，上午姐姐带人到隔壁检查热水器，你猜怎么着？韩一一和麦麦一起出门碰见了。"

"妈呀，男主角呢，该不会也来了？"

"可能吗？男主角要是来了，你回来看见的就不是麦麦和一一吵架这么简单，肯定整条街都要被夷为平地了。"目睹了全过程的"吃瓜"群众陈峰城表示，自己一点也没有夸张。

崔璨后怕地拍拍胸口："那个姐姐呢？当面闹得很难看吗？会不会赶我们走？"

陈峰城无语："璨璨你这合适吗？就关心自己。"

"我关心重点啊！"

陈峰城接着说："姐姐根本不认识韩一一，她怎么会去关心前男友后来交往了谁，当面只跟麦麦打了招呼，问住得好不好之类。韩一一是从话里听出线索，等她走后才回来和麦麦吵架的。"

"我不理解……麦麦这是什么神奇的'脑回路'，我比较能理解一一。"

"正常人都理解一一吧，麦麦应该是没把这些弯弯绕绕看得有多重要。"

麦芒说民宿属于"朋友的朋友"，似乎也没说错。

可谁能想到那是韩一一男友的前女友。

崔璨觉得有点难办，现在生气的是一一，劝她大度却不是好立场，有种在场所有人都把快乐建立在一个人痛苦上的感觉。

　　但事态不由她袖手旁观，饭菜摆上桌，大家准备开饭的节骨眼上，韩一一拎着行李箱下楼，严肃地对顾浔说："你能送我回市区吗？这里叫不到出租车。"

　　"婉拒。"但顾浔一时没想出婉拒的借口，甚至没有对她要回市区的原因表现出一丝好奇，"我要吃饭。"

　　韩一一愣住。

　　崔璨从他身后飞快地蹿出去，把下不来台的女生截住，往走廊里拉："一一你不要走，我们谈一谈。"

　　男生们除了陈峰城都面面相觑，能意识到气氛不佳，也不知道出了什么事，不敢乱说乱动。

　　顾浔拿碗盛了饭说："站着干吗？"

　　麦芒装作与己无关，目光闪烁地端起碗筷："对啊，我们先吃吧。"

　　裴弈还在往女生们说话的廊道张望："韩一一是不高兴吗？要不要去劝劝？"

　　"你别管，崔璨会管的。"顾浔边吃边说。

　　裴弈只好坐下吃饭。

　　陈峰城小声宽慰麦芒："没事，不是你的错，你又没谈过恋爱，怎么会知道一一心里对哪个人长刺呢？"

　　"嗯嗯。"麦芒埋头吃饭，乖巧了不少。

　　十几秒后，陈峰城搁在手边的手机亮了亮。

　　顾浔隔着饭桌给他发来一条新信息："你是非不分的样子像极了'熊孩子'的'熊爸妈'。"

　　陈峰城把手机藏桌下回复他："你这个人不会说话，今天不要说话了。"

　　但麦芒刚吃了半碗饭就被崔璨召唤了。

　　崔璨招招手，把她叫到廊道里当着韩一一的面问："麦麦你是不是一直把一一当闺密？"

　　麦芒不明所以地点点头。

　　"那她男朋友的前女友，我们这个民宿的老板，这位姐姐，你把她当成什么？"

　　"朋友的朋友？"

　　"所以这次意外事件，你难道不想和一一解释点什么？"

　　麦芒受到启发，醍醐灌顶："一一，我从来没有把你视为谁的女朋友、谁的好朋友，你就是你，是我的闺密。不管你和谁恋爱，还是和谁亲近，你永远都是韩一一，如果我向别人介绍你，只会说你是我闺密。"

崔璨转向一一："我就说吧，对不对？亲疏不同，麦麦只是根本没往那方面想。"

韩一一有些动容，沉默片刻对麦芒道："其实，麦麦，这只是一件小事，就算你不解释我也不会纠结到第二天。但你知道你的问题是什么吗？麦麦，你很少去留意身边人的感受，你很可爱，大家都围着你转，你养成了按自己的视角只看自己在意的事的习惯，其实有很多视觉盲区。就像你从来没有关心或者好奇过，陈峥城为什么总是出现在你周围。"

麦芒较着劲，飞快地接嘴："因为他喜欢璨璨。"

崔璨惊道："啊？！"

她一副胸有成竹的气势，让崔璨一瞬间产生了自我怀疑，是不是自己搞错了。

韩一一叹了口气："因为他喜欢你。"

崔璨恢复神智，点头附和："因为他喜欢你。"

麦芒眨巴眨巴眼睛："不可能。"

崔璨说："少数服从多数，他就是喜欢你。"

"这种事不是少数服从多数决定的吧。"麦芒思路清晰，没被带进沟里。

"所以嘛，如果你细心观察过陈峥城的言行，你就会知道他喜欢谁。"韩一一说。

闺密间小打小闹一场，很快冰释前嫌。大家喜闻乐见，麦芒帮着韩一一一起把行李箱抬回楼上。只是陈峥城没想到，自己成了这场纠纷的唯一受害人。

上楼前，麦芒用复杂的眼神打量他几眼。

下楼后，麦芒用复杂的眼神打量他几眼。

出门游泳时用鹰一样的眼神盯着他，游泳回家时用归巢的鹰一样的眼神盯着他。

陈峥城被盯得心里毛毛的，向崔璨打探："是我的错觉吗？麦麦今天为什么老看我？"

崔璨想让他们自由恋爱，不打算越俎代庖，敷衍道："是你的错觉。"

幸好原定的返城时间就在第二天，要是整个假期麦芒都对他神神鬼鬼地盯着，他怀疑自己会精神分裂，第一次感到和麦芒相处度日如年。

由于第二天要各回各家，这天晚上一群人吃吃喝喝唱唱歌，闹得很晚。

轮到陆柃祤唱歌，大家起哄让他和徐楚遥对唱，他俩搞怪唱了一首分手歌，节奏慢下来，气氛一下变得抒情。

裴弈安静地待在沙发一角，隔着几个过分活泼的朋友看另一端的崔璨，觉得这个假期好像在心理距离和她拉近了一点，可是和顾浔相比似乎又没有。

崔璨靠着沙发一头躺，头枕着沙发扶手，顾浔就背靠沙发扶手坐在地上。两个人各自玩手机，也没怎么交流，但就是靠得很近。

不知道崔璨刷手机刷到了什么，时不时乐一下，笑了几次。

顾浔回过头，刚一凑近她的手机，她马上警惕地用手机背面对着他，不给看，还躲远了。

顾浔无语，白了她一眼，把头别过去，垂眼玩自己的手机，过了一会儿把下午给她拍的照片发了一张过去："你自己修吧，我不会。"

崔璨就直接在微信里回他："就一张？"

顾浔回："有问题？"

崔璨懒得打字，嘴长着是用来说话的，还能表达出不满语气："我不喜欢这张，风景没有拍下来，我要这么张大脸干吗？发朋友圈人家都不知道我去哪儿旅游了。"

顾浔说："我喜欢这张，其他我删了。"

崔璨眼角挑起来，伸手从身后猛推他一把，但也没别的办法，只能给麦芒和韩一一发微信，要了张三人在海边的合照，连这张单人照片一起发了。

顾浔刷到时不太满意，崔璨单人那张是他精挑细选的，瞳孔里有自己的人影。她给排在第二张，那像裴弈这种对她图谋不轨的男生就很难注意到。

暗地里行不通，只能挑明了。

顾浔飞速在底下留言："谁给你拍的照？拍得真好！"

崔璨故意不遂他愿，回复道："陈峰城拍的呀，你没看见他给我们拍照吗？"

她就只说第一张！

可恶！

顾浔气得站起来去厨房喝水，调整心情，喝完水又坐回原位，继续听歌玩手机。

裴弈没看手机，不知道崔璨朋友圈有这个小插曲，他只是远远望着，感觉崔璨和顾浔的关系扑朔迷离，好像总在闹不愉快，动不动就拳脚相加，每说一句话都要黑脸。顾浔对崔璨可能有点意思，崔璨对顾浔……应该没什么吧。

心里却莫名有点不安。

[66] 半个邻居

由于计划天黑前回到市区，最后一天大家从半上午起床就开始收拾行李，整栋房子乱七八糟，随处堆满东西。

崔璨吃完早饭想去楼上冲澡，找来找去发现又少了拖鞋，看见顾浔脚上那双眼熟，下意识大声道："你把我拖鞋穿走了啊？"

顾浔怔在原地，僵化了几秒。

话一出口，崔璨已经意识到口误，顾浔穿走的不是她的鞋，只是把借给她的鞋又拿回去了，稍一心虚，笑了起来。

见她笑起来，顾浔才开始揶揄："你的拖鞋？"

崔璨边摆手边后退，嘿嘿笑着。

"怎么有你这样理不直气也壮的人？"

陈峥城从楼上下来，在楼梯口撞上后退的崔璨，怕她摔倒扶了一把："一大早又在傻笑什么？放假这么快乐？"

躲在沙发后的"监视器"——麦芒，得出结论：陈峥城喜欢崔璨证据加一。

民宿位置偏远，平时就很难叫到出租车，再加上这两天来度国庆假期的游客都在陆续返城，打车更是奢望。

裴弈干脆联系了一辆商务车，把所有人都捎上："女生们行李都多，挨个送到家门口吧，免得还要拎着东西换乘。"

就在统计大家的地址，规划路线时，崔璨说："我不用了，我坐顾浔的车就好，我们住一起。"

这话是对裴弈说的，裴弈不是第一次听见，已经习以为常。

但在场人员还有不了解情况的新朋友，陆柃裀和徐楚遥异口同声地惊呼："住、一、起？"

顾浔笑眯眯在一旁说明："嗯，隔一条马路，半个邻居。"

场外观众拍拍胸表示虚惊一场。

裴弈还是有点郁闷，他叫车最想照顾的人本来是崔璨，可抵不过顾浔近水楼台先得月啊。

但车是他联系来的，他又不好跟着崔璨跑，让其他朋友随车去自生自灭。

想到下午就要和崔璨分别，平时在学校也不是天天见面，还有点不舍。

裴弈提议道："我们拉个群吧，以后没事再约着一起玩。"

大家都热烈响应。

其实他的小心思也不难猜到，有了群，就像和崔璨有了一个共同的小圈子，在群里约朋友聚会，比二人约会，崔璨赏脸的概率高一点。

顾浔没反对，默默随大流进了群，先不说不一定谁建的群谁掌握主动，就算刺探敌情这方面也不能松懈。

鹿死谁手，还未可知。

商务车司机师傅很有责任心，比预定的时间早了一小时抵达，除了裴弈，大

· 121

家乐得提前一小时出发。

临走前陆柲裪邀了崔璨和顾浔有空去Live House（小型的现场音乐表演场所）看他演出，裴弈抱臂在一旁腹诽，邀崔璨就行了，邀顾浔干什么？是人是妖都分不清。

众人呼啦啦一走，顾浔关上门露出阴谋得逞的神秘微笑。

崔璨"吐槽"："笑得好像准备把藏在地下室的美丽尸体都拿出来欣赏。"

他只是拿出手机打开相册，往前翻出了假期第一天的摄影成果。

"我们过来住麦芒朋友的民宿又没付钱，不能给人添麻烦，得给人复原啊。"

他说得在理，但崔璨又不爱劳动，磨磨蹭蹭、不情不愿地对照着第一天的照片开始收拾，嘴里嘟哝抱怨："你应该趁大家都在的时候号召收拾啊，再怎么说，人多……力量大。"

"人多只会特别吵。"顾浔道出真相。

的确，要是全员一起收拾，现在就是五个女生一起抱怨。

顾浔没有指望这个东倒西歪、连坐都懒得坐直的家伙能帮上多大忙："你在沙发躺着，不要走来走去妨碍我做事。"

"哦。"崔璨求之不得，迅速躺平，怀抱着抱枕，眼睛滴溜溜跟着他转，过意不去，又给自己找补，"我昨晚没休息好，十二点睡的，两点突然醒了，玩手机到四点才又睡着。"

顾浔停下手里的动作，对上她的眼睛，顿了两秒，算清了总数，无情揭穿道："但你十点起床，够八小时了。"

"我十点起床，但是九点醒的！"崔璨气得转过身面对沙发靠背那边，用屁股对着他。

过了两分钟，顾浔主动搭讪："我们晚上到市区大概要八点多，在外面吃点再回去吧？你想吃什么？"

崔璨又转回来："我想吃火锅。"

"可你来的时候不是有点晕车吗？吃火锅会不会胃不舒服？"

"那我吃什么？泡面？"崔璨赌气道。

顾浔笑一笑："那就吃火锅吧，可以点不辣的锅。"

女生的视线又跟随他，像指针似的跟着转，半晌突然感慨："顾浔你适合一个人孤独终老。"

知道她一向狗嘴里吐不出象牙，顾浔没放在心上，把茶几移动到预定位置才慢吞吞问："为什么？"

"和你一起旅游也好，和你在破产'妙妙屋'自习也好，都跟和你一个小组做课题感觉差不多，别人好像沾光揩油了。你一个人其实能把什么都完美解决，确实没必要跟谁合作。"

听着像表扬的话，顾浔若无其事地继续干活，把散落在各处的零食分好类、收进塑料袋，听见她在身后小声说："我不希望你脱单。"

心里咯噔一下，没明白她什么意思，回头看她。

女生惬意地跷脚躺在沙发上，闭着眼，仿佛快睡着了："我会嫉妒的。"

啊？

你嫉妒什么？

你嫉妒我女朋友？

还是嫉妒我脱单？

你别瞌睡，起来说清楚啊！

顾浔被施了定身术，凝滞须臾，十分诧异，为什么崔璨不觉得她和自己能试着交往一下呢？归根结底是因为自己不是她喜欢的男生类型，还是自己以前喝醉后对她说过与她毫不沾边的理想型？

寂静的几秒里，他屏住呼吸，空旷的客厅里依然涌动着微妙的气氛。

他暗道不妙，突然有种强烈的即将悲剧的预感。自己在崔璨心里什么也不是，无关紧要，微不足道。要是对她推心置腹地剖白，她可能会吓得从沙发上跳出去飞起来，从此见他都要绕道。

他小心翼翼地咽了咽喉咙："崔璨。"

"嗯？"她虽然闭着眼但没有睡着。

"晚上你请我吃饭。"

崔璨笑起来睁开眼："换算一下你做家政，这时薪太高了，我好吃亏。"

在他和崔璨认识的那个广场就有一家二十四小时营业的海底捞，吃饭地点就这么定下了。时间上不着急，崔璨躲在后排像只耗子，路上咯吱咯吱吃了一路零食，根本不饿。顾浔心里有点杂乱，开得慢，到达时间比预计要晚，把车放在停车场已经八点三刻。

两人从消防楼梯上来，广场上灯火通明，崔璨刚出消防门就立刻掉头，还把顾浔飞快地推回楼道阴影里，男生一头雾水。

可还是抵不住中年妇女眼尖："璨璨？你回来啦？"

"没有没有，我没回来。"崔璨背对外面掩耳盗铃。

顾浔深深无语，答应前过过脑子啊。从他的角度看过去，那位阿姨手拎四个巨大的卖场购物袋，塞得满满当当，似乎挺吃力："你妈妈？"

崔璨发出嘘声拼命给他使眼色，但以她的身材怎么也挡不住高大的男生。

崔璨妈妈已经看见被她堵在暗处的人："璨璨，怎么到家门口了不回家？这是男朋友吗？"

顾浔一听乐了，跃跃欲试绕过崔璨来到她妈妈面前："阿姨您购物呢？我帮您拎回家吧。"

"哦，你好你好。"崔璨妈妈让他把塑料袋接走，解释道，"我以为璨璨明天回来，赶在超市关门前买了点她喜欢吃的菜。"

崔璨的阻碍会面计划宣告破产，内心崩溃地跟在两人身后长吁短叹。

顾浔告诉她妈妈："我们刚到这里，停了车准备先吃点东西再送她回家。"

崔璨心里暗骂，顾浔你的高贵冷艳呢？今天活泼了是吧？不该说的时候话那么多！

崔璨妈妈道："都到家门口了就回家吃吧，你也没吃，上家来吧。"

崔璨一大步跨上前去："不，妈妈，他吃过了，他一路都在吃，他在休息区吃好几顿了。"并用胳膊肘推推顾浔，"对吧？"

听这意思不太欢迎自己上她家，也可能她家暗藏什么陷阱。

顾浔不差那一口饭吃，决定别太急于求成："哦，对，我送你们到电梯就走。"

崔璨妈妈回头问："怎么不介绍一下呢？"

崔璨像逢年过节被推到亲戚面前表演节目似的，硬着头皮说："这是顾浔，是我同班同学。"

妈妈问："你们这几天都结伴一起玩的？"

"嗯。"

妈妈又问："那其他几个同学呢？"

"他们乘一辆商务车回的，顾浔家住对面，所以我就坐了顾浔的车。"

妈妈上下打量几眼顾浔，说："挺好挺好。"

好什么了？

崔璨回过神，见她们母女俩晃着胳膊，顾浔一个人拎了四个袋子，有点过意不去，伸手扒拉他的袋口："给我一个。"

顾浔躲了一下："不重。"

妈妈又生出新念头，从小手包里摸出手机："我叫你爸爸到楼下来接我们。"

真行！夫妻双双结伴逛动物园看熊猫呢？

崔璨一把抢走手机，压低声警告妈妈："哎，你别没事找事。"

妈妈笑眯眯，也不执着，让她把手机拿走了，过斑马线，不和她打闹。

危机堪堪解除。

妈妈走快了几步，上前和顾浔拉家常："你也是学心理的？"

崔璨翻着白眼暗中"吐槽",不然呢,同班还有学生理的?

两人你一言我一语,每开启一个新话题,崔璨就一阵紧张。

终于抵达单元楼下,母女俩像风中摇曳的向日葵似的和顾浔"拜拜"了。

秋风凉爽,崔璨却硬是被臊出一身汗。

"他很文静有礼貌啊……"妈妈远望感慨。

——那是你没见识过他和你女儿吵架!

把购物袋拎进电梯,面红耳赤的女生转身抗议:"妈妈,你太八卦了,不是男朋友好吧!乱开这种玩笑以后我在学校怎么见人呀!"

妈妈说:"见不了人也是你自己的问题,不是男朋友你为什么这么不自然?为什么走路顺拐?"

崔璨蒙了。

妈妈心急,按了按电梯关门键:"卡在哪一步啦?这男生很难追吗?"

崔璨道:"谁要追他?又不眼瞎!妈妈你讲话不要天马行空!"

妈妈的思维已经进入了另一个次元:"妈妈相信你,迟早把他拿下。"

[67] 暗流汹涌

"警惕!速速下头!"又来电了。

崔璨按了拒绝,给顾浔回了条微信:"在实验室,有事吗?"

说有事也没要事,顾浔只是回校后除了上课一直没太遇见崔璨,"破产妙妙屋"她也没去。起初说服自己,期中考试临近,崔璨大概忙着写作业、应付笔试。但自习更应该出现在"妙妙屋",很难解释她的缺席。所以有事没事总想问问。

原来还在和小组作业死磕。

顾浔问:"哦,还有几天能做完?"

崔璨道:"你让我不要催你,你又来催我?"

顾浔无言以对,体会到实验准备期崔璨的心情了,纯属无聊搭讪,只好作罢,灰溜溜重新进"妙妙屋"去自习。

不过这会儿,里面正聊天讨论八卦,也静不下心习。

顾浔耳朵里漏进几句,似乎是昨晚程汐涵离开"妙妙屋"时,有个男生来接他,被韩一一看见了。

顾浔对程汐涵的生活不太感兴趣,就学校这点范围,又不会凭空刮起龙卷风把人卷走,谈恋爱有什么可接送的?矫情。

他只是单纯困惑,为什么韩一一总能随时随地目击一些重要八卦场面,她这人好像八卦吸尘器。

韩一一平时话不太多，却掌握着海量信息，昨晚一见那男生觉得面熟，立刻想起他是谁来，今天一进门就开始警示程汐涵。

"这个经院'集邮男'是老油条了。我们大一的时候他已经大三，那时候他就在追新生，现在还在追新生。总是摆出热心师兄的样子，但当时大二的学姐就提醒过我们，得离他远点。这个人根本不是个好好恋爱的，每年都要骗几个新生，套路总是一样，热情如火追到手，确定关系一个星期就开房，一个月内保准分手，还喜欢拿捏女生。很油腻，成绩也差，挂科特多，估计拿不到学位。"

陈峰城拍拍胸口："听开头我还以为是裴弈。"

小程挂着张苦瓜脸，挠挠头："这样啊……你要是早一天跟我说就好了，昨天他送我到寝室说要和我交往，我已答应他了，那怎么办呀？"

韩一一说："分手啊。"

程汐涵问："会不会不好？才过了一个晚上又反悔？"

韩一一道："不分还留着过年吗？也没法过年，按他的进度，我掐指一算，大概光棍节之前就会找你分。"

程汐涵拧着眉心："可是我不知道怎么说，我也没有跟人分过手。"

陈峰城忍不住插嘴："你怎么认识他的啊？为什么总能认识些学校里最渣的人渣？"

"长假前有一次下课我从教学楼回宿舍区，走在路上，这个师哥主动来加微信，不过我们除了聊他滑滑板没说过什么。然后长假里我们协会到芦苇湖旅游，因为社长中途离开了，副社长张罗不过来叫人帮忙，这个师哥是被叫来的。"

陈峰城沉默半响："是裴弈的锅啊……"

一直没出声的顾浔这时倒是主动发言了："人缺乏责任心还是不行。"

程汐涵没被顾浔带偏，又把话题引回正轨："其实这个师哥一路对我很照顾，当时觉得人挺好的，而且他玩滑板很厉害。我想……他风评那么差，会不会是以讹传讹了？毕竟——姐也不认识他吧？"

韩一一说："呃……你觉得谁都人挺好的。可是为什么这么仓促答应跟他交往啊？你想过吗？你大一他大四，明年开春他就该去找工作了，工作地点都未必在东海，这时候投入感情面对未知，也不太理智吧。"

程汐涵起身跑到韩一一身边，给她播放对方朋友圈的小视频："他玩滑板超厉害的。"

韩一一困惑地把整个视频看完了："嗯，理解他'苏'的地方，但是一般女生不会因为男生滑板技能强就答应和他交往。"

顾浔说："但你因为体育生篮球打得好跟他交往了。"

韩一一白了他一眼："不要把你和篮球的私人恩怨带进来。"

陈峰城单手支着脸，预感到分手不会那么顺利："涵涵话里话外还是很喜欢'渣男'的。"

"要清醒啊。"韩一一忧心忡忡地劝，"不然将来肯定后悔，我真的不想对你这么乖的孩子说尊重祝福。要不然你让裴弈帮你打听一下这男的吧，裴弈是男生……"

"'渣男'最了解'渣男'了。"顾浔说。

韩一一不理他，接着说完："人又是他们学院的，你让他用中立的角度了解了解，这个人过去到底有什么事迹，本质是个什么样的人。"

"有道理。"陈峰城附和，"本来就是因为裴弈偷跑间接造成的麻烦，他应该管管。"

不和谐音又出现了。

顾浔幽幽地说："你不是上个月还对裴弈产生过'吊桥效应'吗？怎么这么快就换对象了？话说回来，你和裴弈在一起也比跟这个在一起好点。"

程汐涵眨眼睛："学长你刚才还说社长没责任心不行，现在又让我和社长在一起，不是把我往火坑里推吗？"

难以置信，自己的忽悠能力还不如一个滑滑板的。

顾浔问："为什么你面对我的时候总是格外清醒？"

"好怪……"麦芒突兀地拦截了原话题，小声嘟哝，添加了故弄玄虚的"旁白"，"本学期以来，'破产妙妙屋'弥漫着一种离奇的氛围，话题总是围绕一个人展开，虽然去年此时我们还不认识她，但不怕来得晚，她一跃成为'妙妙屋'的中心人物。今天，我们在讨论她的感情生活；昨天，我们在讨论心理系大一课程；前天，我们在讨论芦苇湖黑天鹅与学校黑天鹅的长相差异，可是……长假期间这个'妙妙屋'其实只有一个人去过芦苇湖，有四个人去的是海边。"

理财教室里顿时出现了恐怖气氛，离奇的灵异现象有没有还值得商榷，但麦芒针对程汐涵的现象是显而易见的。

小程如坐针毡听完这段漫长的旁白，立刻尴尬地道歉："对不起……我耽误大家时间了。"

韩一一宽容地摆摆手："没事，你不要在意她装神弄鬼。昨天讨论大一课程是冬冬在场、冬冬提的。前天照片上黑天鹅长得怪是我发现的。"

"确实，程汐涵不制造麻烦，只是麻烦的搬运工。"顾浔垂眼做作业，站队了麦芒，"不过大家在这儿自习，与学习无关的事就不要多提了，期中考试周，挺分心的。"

程汐涵脸红了，缩着脖子点头："好、好的。"

韩一一觉得场面对小朋友不太友好，但是顾浔说得合情合理，情感讨论他们男生可能听着烦，于是在桌下踢踢程汐涵，低声道："我们等会儿回寝室路上说。"

女生感激地点点头，心情稍微轻松一些。

陈峰城偷偷用手机在桌下给顾浔发条信息："'双标'，你自己废话没少说。"

顾浔单手在桌下回："蠢狗，麦芒讨厌程汐涵你看不出来？我只是阻止了你的自杀，韩一一帮她说话，你再说一句，麦芒会被气跑。"

陈峰城迟疑了几秒，的确，他刚才是有点想接嘴，可是为什么？

陈峰城问："麦麦为什么讨厌涵涵？"

顾浔嫌手动输入太累，敷衍道："一言难尽。"

安静自习一小时，到了平时该起身喝水、聊天缓口气的时间，还没有人敢说话。

中途冬冬下课背着书包跑来了，一进门也觉得过分压抑，把每个人的神情扫视一遍，排查哪两个人看着像吵架了，最后顿悟，可能是顾浔和崔璨这两个前科犯，崔璨不在场，大概率是被气得"离家出走"了。这么一想她就安心自习了，反正他俩过两天也能和好。

在鸦雀无声中又过了半小时，裴弈拎着油漆桶出现在门口，在走廊听声音以为教室空着，到门口有点意外："哎？都在呢？"

顾浔话接得飞快："崔璨不在。"

"我等会儿再来……"

顾浔道："她今天都不会来。"

"不是……我是准备把书架后面墙上蹭花的地方刷一下，油漆会有点味，等你们走了我再来吧。"

韩一一看不惯顾浔以小人之心度君子之腹，让人难堪，也记了刚才他对程汐涵太苛刻的仇，回头把裴弈留住："没事，你直接刷吧，等到我们走了都太晚了。要不要帮忙？"

裴弈很感激："不用，我一个人就够了。"

顾浔继续假笑："但崔璨今天确定不来，她在实验室。"作势把手机拿起来，"要不我把她叫过来吧。"

冬冬听出弦外之音："璨璨是我的，我知道她的动向，我还能把她叫过来，你咬我呀，汪！"又趴在桌上扑哧扑哧笑起来。

裴弈又不傻，听出了弦外之音，也听懂了冬冬笑什么，面上也在假笑："哦，不用了，我要找崔璨自己会问的。"

128

没想到半路杀出个程咬金，麦芒突然单刀直入："裴弈你是想找机会约璨璨参加数院的跨年舞会吧？昨天和小袆在'面朝大海群'铺垫了半天。"

裴弈不说话……

麦芒问："还有两个月，两个月够有些人换三个舞伴，现在约定的事能作数吗？"

裴弈继续无言……

麦芒道："而且急也没用，璨璨就算要参加也是顾浔的舞伴。"

裴弈的脸上浮现出了一种被甩饼三连击后的表情。

这似曾相识的体验……

韩一一不由自主摸了摸自己的脸，抱着同病相怜的心情帮裴弈圆了圆场面："主要是因为体育舞蹈课上璨璨是顾浔的舞伴。"

裴弈放下油漆桶，视线缓缓转过去看了看顾浔，笑眯眯地说："那天天对着一个人也没意思啊。"

顾浔也笑："我不知道别人，但我挺专一的。"

韩一一内心咆哮：人都不在你俩也能互扯头花，演给谁看啊！

韩一一头疼地揉揉太阳穴，转移话题："裴弈你快点刷墙，刷完我们有一对情侣需要你帮忙拆散。"

裴弈也想不通，自己什么时候让人感受到这方面的特长了。

[68] 没有隐私

陈峥城总在琢磨顾浔的话，麦芒对程汐涵有敌意，他竟然没怎么意识到。

小姑娘平时说话口无遮拦，时常扎心，身边人也习惯了，不会和她计较。回想起来，确实有好几次她说话，有点针对程汐涵的意思，准确地说，从程汐涵第一天到理财教室自习就开始了。

"为什么啊？麦麦为什么不喜欢涵涵？"他趴在顾浔床头咨询。

"首先……"顾浔放下手里的书瞥他一眼，"改掉你对程汐涵的称呼。你把每个女生都叫这么亲密，好像目的是融入她们做姐妹似的。麦芒接受你做姐妹，你也不会太开心吧？"

"可身边每个人都叫她涵涵啊，我只是跟风叫，就像大家都叫璨璨一样。"

"我就没这样叫过。另外你也该反省一下，你身边大部分人这样叫，有没有可能，你姐妹确实太多了？"

陈峥城思路一滞，隔几秒虚心求教："麦麦是这个原因才无视我吗？"

"肯定有这个因素，'姐妹'的感觉好比隐形斗篷你在身上。"

这么悲惨。

陈峄城问："既然我对麦麦没那么重要，她也不会因为我的称呼就不喜欢程汐涵吧？"

顾浔说："这就跟你没关系了。一个人表现自然不自然，麦芒很容易凭本能感觉到，如果让她选，她绝对不会和程汐涵这样的女生做朋友，可程汐涵直接就在'妙妙屋'坐下来了，人家还是理财协会的，名正言顺，麦芒也没得选。"

陈峄城听得云里雾里："什么意思？程汐涵很装？"

"反正不是表面看起来这么傻乎乎。"顾浔重新拿起书。

"那么怎么办？我们要不要把她赶走？"

顾浔内心无力地用视线扫过来，眼皮一抬："不用那么激进吧。不开心的人装开心，不开朗的人装开朗，演技不好都会显得刻意，也不是都带着恶意。正好程汐涵有一点小心思，正好麦芒眼里掺不得沙，两人在一起不太融洽，但也不至于水火不容。麦芒又没说要赶她走。你真的了解麦芒吗？"

"怎么不了解？我差不多除了吃饭、睡觉、上专业课，其余时间都在想方设法和麦芒在一起。"

顾浔慢条斯理问："麦芒最喜欢什么颜色？"

"颜色？"陈峄城迟疑着，不太确定，"绿色？"

"五颜六色。"

"去你的！这算什么答案！"

顾浔又问："麦芒夏天最喜欢喝什么饮料？"

"奶茶吧……"

"完蛋了，陈峄城，你连你声称的爱情起点都忘了，你的爱真'塑料'。"

"哦哦哦！藿香正气水！"

顾浔轻蔑地望着他，摇摇头："你看你自己对麦芒也没几分真心，无非是贪恋别人的才华和美貌。明天晚自习我应该提醒麦芒对你提高警惕。"

介于顾浔已经和麦芒组成了"正义联盟"，陈峄城从他身后拽出枕头捂他脸上："那就不能让你活到明天晚自习了。"

第二天晚自习，顾浔还有幸健在。难得崔璨也出现了。

顾浔一进门，她主动搭讪："电脑借我用下，我iPad这个键盘打字好慢。"

"那你买它干吗啊？"顾浔背着包往座位走，看看她手里的iPad。

"轻便美观。"

男生把笔记本电脑从书包掏出来递给她，幸灾乐祸地嘲笑："华而不实。"

崔璨按下开机键，卡在登录页面："密码是多少啊？"

"八个零。"

整个理财教室鸦雀无声，连全神贯注做题的韩一一都抬起头来："顾浔，你就没有一点隐私吗？"

男生想了想："没有。"

崔璨兴奋地搓搓手："那谁都可以偷走你的论文。"

"拿去啊，送你了。"

崔璨说："好无聊乏味的人！"

韩一一说："顾浔终于暴露了他是人工智能的真面目。"

冬冬插进话题："璨璨已经开始写综述了吗？"

"嗯。"

"救命。"冬冬抱头，推推陈峥城，"我们要加快进度了。"

"我们连实验室都约不到，有什么办法。"陈峥城站起来绕场一周，给女生们每人分发一张调查问卷，"帮我做另一门课的问卷。"

"你这是什么课？"崔璨问，"通选？公选？可你公共课为什么可以选心理类的？"

麦芒填写了两个答案之后，开始和韩一一交头接耳："我购买饰品一般考虑哪些方面？"

韩一一问："我怎么知道你考虑哪些方面？"

麦芒挠挠头："那你考虑哪些方面？"

韩一一盯着自己的问卷看了半天："我好像没这道题。我都是选同意和不同意程度一到五的题型。"

陈峥城忙不迭解释："啊，对，有好几种问卷。"

顾浔凑过来拿起崔璨放在电脑边还没动笔做的问卷查看，是网课心态调查方面的，显然与麦芒那个购买饰品类的风马牛不相及，不禁扶额。

陈峥城该不会直接设计问卷调查麦芒的喜好吧？

亏他做得出来。

崔璨发了个无意义的语气词，顾浔条件反射偏头看过来，对上她的眼睛。

"你为什么……网页搜索记录下拉框里有……'如何征服一个海王'？"

理财教室再一次陷入集体沉默。

顾浔从座位上弹起来，跳出去阻拦崔璨看见更多不该看的东西："那是误点了广告！"

而麦芒则从另一个方向飞奔过来："我要看，我也要看！"

"他还搜过……'如何管住嘴不乱说话'。"崔璨笑着念。

顾浔的求生欲发挥了其应有的紧急避险能力，在扩大负面影响之前把笔记本电脑夺走并迅速清空了记录。

麦芒急得跳脚："我想看嘛，璨璨你看见了别的吗？"

大致扫了一眼，基本都看见了，只不过其中一两句没看清罢了。

崔璨笑得明知故犯："没有啊。"

麦芒很失望，可是韩一一、冬冬她们无比满足，光是知道顾浔特地去搜索"如何管住嘴不乱说话"就已经够她们笑一天一夜。

"学长高贵冷艳男神的人设崩了。"程汐涵笑道。

"对。"崔璨补充了更多信息，"他还不怎么会用搜索，先搜了一个'如何管住嘴'，然后可能搜出来一堆减肥小妙招，发现不对劲才改的。"

都已经看见这种细节了，那她究竟有没有看见夹杂其中的"如何追女生"？

顾浔脸色铁青，转移话题道："我八百年才用一次搜索。话说你突然打开这个干吗？"

"我想上官网看校历数第几周确认交作业时间啊。"

"你怎么会连自己学校官网都需要上网搜？"顾浔痛心疾首。

韩一一思路清晰："你还是先解释一下自己为什么需要上网搜'如何征服一个海王'吧。"

"是因为当时准备去海边，想要拜码头吗？"麦芒一本正经地问，很难分辨她是认真还是讽刺，"那应该搜索'龙王'。"

陈峰城跟着乱起哄："你是看上了哪个海王啊？她知道她是海王吗？"

韩一一说："这个知道了可不得了哦。"

顾浔无奈道："都说了是不小心点了弹窗广告。"

韩一一不肯放过他："那你是看了什么导致给你弹这种窗？"

顾浔生无可恋，靠上椅背，笑着求饶："这个话题能揭过吗？"

"可以，封口费，请客夜宵。"麦芒报出恶魔的暗号。

"行行行。"男生认命地打开手机里的外卖软件，转个方向从桌面滑给麦芒，"你点吧。"

手机在会议桌中间被崔璨拦截下来。

崔璨把手机扔回他面前："吃一堑长一智啊！等会手机里又不知被挖出什么隐私。"

顾浔心有余悸，赶紧把手机攥在手里："那还是我来点吧。"

"提醒他干吗呀！"麦芒抗议道，"璨璨你这个浓眉大眼的也叛变了！"

这次重大翻车事件之后的几天，顾浔提心吊胆，感受到了未知的恐惧和模糊的压力，一直在努力回忆自己还搜索过什么奇怪信息，当时慌乱删得太快，他也只是匆匆一瞥。

能见到崔璨的机会从专业课又延伸到晚自习，但她也天天在赶作业，从表情判断不出她有没有看见不该看的。

到最后他安下心来，甚至期盼崔璨看见了一点蛛丝马迹。

他想起自己更早的时候出于无聊，搜索过"两人经常吵架说明什么"，她那么冰雪聪明，大概能猜到这条记录与她有关。

如果她看见了，猜到了，会不会就能产生点预感，发现自己喜欢她？

如果能让她有了联想，起了念……

也未尝不好。

倘若她没有刻意躲避自己，是不是就能说明，她并不讨厌这份喜欢？

关键是他也没法判断她有没有刻意躲避自己，想见她一向不太容易。

他决定直接开口问，在周五体育舞蹈课热身时。

崔璨在把杆上压腿，肢体折叠着，她却很松弛，躺在自己腿上无所事事。

他趁机靠在旁边，装作不经意地提起，把一口"大锅"扣她头上，期待她否认："我最近说错话了吗？感觉你有点躲着我。"

"躲着你？"女生的脸依旧横躺着。

"嗯。自从我第一次去实验室被你赶走之后，平时也不怎么见得到你了。"

"我跟你说了不喜欢做事的时候旁边有人呀。而且你一跑来又爱指手画脚，到最后全成了你做的。"

"这个我知道。我只是觉得后来你也冷淡了，神龙见首不见尾的。"

"没有啊。"

"没有吗？"

她突然笑起来："你怎么像个女生？"

"我很'玻璃心'。"顾浔破罐破摔地说，"所以你不要突然冷落我，有什么不满我宁愿你跟我吵架。"

崔璨直起身子，困扰地笑："但我没冷落你，你发的微信我都回了。"

顾浔说不清为什么，觉得那还不够。

准备姿势时，她把手搭进他手里。

每次握住它，他依然会感觉很奇妙，女生的手，软软的凉凉的一小只，这次她没有涂指甲油，可能期中考试周真的很忙。

他把手伸直比给她看："你的手比我小这么多。"

"大有什么用？掰手腕你说不定还掰不过我。"崔璨又莫名起了好胜心。

"那不可能。"他咧嘴笑起来，把她手握回来，望进她的眼睛，"数院的跨年舞会，你做我舞伴吧。"

数院跨年那次交谊舞会不限于数院学生参加，只不过是由数院发起组织的，原因嘛，是数院男女比例失调，有大量单身学子滞销，其联谊性质不言而喻。

崔璨扑哧乐了："顾浔，你怎么会想参加这种活动？"

"想炫耀舞伴。"

[69] 声东击西

顾浔以前不觉得考试周有多难熬，老是惦记不露面的崔璨让时间变得很漫长，他只有六门闭卷考试、六门期中论文和四个中期报告，填不满时间空隙，只要一停下来他就陷入焦虑：崔璨在干什么？今天专业课后就没见过她了……

好在这种状态终于结束，考试周临近尾声，他又开始频繁地在理财教室遇见一边哀号一边满桌乱滚的崔璨。

崔璨有个习惯，复习时摆课本像摆地摊，把一个座位区域彻底搞乱无法收拾时，她就平移到隔壁的空位去祸害新世界，所以考试周期间她通常要占三到四个座位，当什么资料找不到时，就会出现从左起第一个座位到右起第一个座位之间，像弹珠一样来回滚的现象。

有时候他想帮她整理一下，会遭到严正拒绝："你给我收拾了我会找不到东西。虽然有点乱，但我心里知道东西放在哪里。"

你知道放哪里，那你每天在找什么呢？

正对面的韩一一张了张嘴，顾浔回过神，发现话是对崔璨说的："璨璨你明天换一边坐，不然有人的脸总往一个方向扭，时间长了颈椎要出毛病。"

顾浔经过提醒，发现确实脖子有点酸，于是调整视线转向另一侧的陈峥城，令人震惊，这人面前只有一本马原课本和一个手机，而且他看的不是课本。

"你全部考完了？"

陈峥城说："我全部退完了。"

一再重演的破财消灾故事。

大一新生程汐涵尚未开启破财消灾副本，还以为他有额外的通关秘籍："学长每个学期都把过不了的课退了，那怎么攒够学分？"

这个振聋发聩的提问消散在了空气里，一方面陈峥城也不知道答案，另一方面他时刻铭记着在麦芒面前与程汐涵保持距离。

程汐涵也稍稍察觉到，这几天学长学姐们对她没那么热情了，但她暂时还顾不上深思原因，比起大二的各位，大一新生面对考试更加如临大敌。

单兵作战的她还能应付，可是小组作业也遇到队友互相推脱责任、进度停滞不前的困境。

"学姐，你们小组作业碰到这种情况是怎么处理的？"程汐涵向冬冬取经。

冬冬说："扔给顾浔就可以了。"

毫无参考价值。

到考试周的最后几天，人们普遍呈现同一种症状——连续熬了几个通宵、蓬头垢面、形容枯槁，当然这仅限于理工院系，永远不可能发生在哲学系。

麦芒依旧在制造各种各样的麻烦，其中甚至有草蛇灰线、贻害万年的麻烦。

开学之初某一天，崔璨被学姐叫去生物实验室帮忙抄报告。项目是心理、医学和人类学合作的，需要隔三岔五同步信息，这种跑腿业务通常是博士生使唤硕士生、硕士生使唤本科生，轮到崔璨正好被逮，不承想还有麦芒这种一听"致幻物"就兴奋加入的，麦芒跟去了。

崔璨抄报告的时候，值班的人类学系学长打发麦芒在旁边玩黏菌，不要捣乱，彼此相安无事。

到了上周，崔璨忽然听闻实验室害了"蘑菇灾"，本能预感此事与麦芒有关。

经过一番严刑拷问，麦芒终于承认，她把手伸向了旁边的瓶瓶罐罐，配出了一试管绿绿的液体，就在她准备再配一些红红的液体时，小绿翻倒了，但她已经打扫干净了。

第二天，麦芒承认，所谓的"打扫干净"是指用抹布擦干了桌面，并用流水冲干净了抹布。

第三天，麦芒继续承认，当时确实有部分小绿渗进了实验桌的缝隙里，那也是没有办法的事情。

所以，经过两个多月多雨的天气，这张桌子长出了一茬儿又一茬儿的蘑菇。

虽然致幻课题也需要养蘑菇，但频繁冒出不明种类的蘑菇还是有点扰乱实验室军心。

得知这个消息后，文科生麦芒陷入了深深的自责，在期中考试周的紧张时刻，每天平均浪费二十分钟和崔璨讨论是否应该自首。

崔璨认为没什么大碍，又不是毁坏了实验物质，而是增加了其他区域的类实验物质，不用特地去说，说了也没有很好的解决办法，说不说差别不大。

顾浔劝她放宽心："我们系不会有人因为长蘑菇生气，他们只会认为是实验成功的神兆。"

陈峥城在听得耳朵生茧之后向麦芒进言："我去帮你跟学姐说一声吧，告诉他们之后他们就知道能不能吃了，说不定能多炒几盘菜。"

隔天陈峥城带回学姐原话"能吃，但没必要"，蘑菇事件才告一段落。

对此，麦芒的校内监护人韩一一同学发表评论："麦麦搞出的蘑菇居然能吃，恶魔力下降了。"

韩一一同学不仅担任麦芒的校内监护人，现在也临时担任了程汐涵校内监护人的工作。考试周前，程汐涵的"新恋情"只是存在重大安全隐患，考试周后已经逐渐走向了魔幻。

据场外观众裴弈打探的情报，这名经院大四的男子另有一位外语学院大一的女朋友。

麦芒对此深有体会："就像你刚在培养皿里开始兢兢业业养蘑菇，隔壁的桌子突然长了一堆。声东击西是不是？"

就算小程对滑板还有眷恋，这段情客观上也不能维系了。

可就在小程对男子指出他另有女友，要求分手后，事情又出现了意想不到的转折。

星期四，晴，晚上十一点半，已熄灯。

该男子出现在女生寝室楼下，对程汐涵同学进行了"爱的喊话"，大意是他已经和外语学院的女友分手了，希望小程再给他一次机会。整栋宿舍楼又重新亮起了灯，同学们欣喜若狂，过了夏季还能吃上这样的"瓜"。

小程给不给他机会不知道，女寝楼长决定不给他机会，不到十分钟就把他扭送保卫科了。

不过保卫科也不能拿他怎么样，只能批评教育。

从结果来看，教育的效果不怎么样。

他又接连好几天在上课路上围追堵截程汐涵，进行"爱的挽留"，身上颇有点艺术家的戏剧感。

这个奇葩事件对小程影响相当不好，绝大多数人"瓜"没吃明白，往后提到她只会有一个模糊的印象——那个把前男友逼疯的美女。

名校重学术，这在东大绝对不算好名声。

韩——让裴弈帮忙干预一下。

裴弈考虑到自己才大二，对方大四，毕竟是学长，他出面很难有说服力，帮忙找了经济学院一个叫程立颖的大四学姐出面。

学姐和滑板男同届不同班，是经院学生会副主席，从大二就开始申请投行的Summer Intern（暑期实习生）做项目，现在到了大四实习阶段是企业挑人而她挑企业，在他们那届算是风云人物。

她找滑板男谈了谈，谎称小程是她堂妹，从小家里管得严，进了大学父母也不希望在低年级谈恋爱，如果他再纠缠下去，堂妹的父母会来学校求助校方处理。

滑板男见没什么发展的可能，也再折腾不出更大的水花，找回了一点理智，没再去骚扰程汐涵。

风波逐渐平息。

只有顾浔还在理财教室偶尔撺掇程汐涵："社长帮你了，你不要请社长吃顿饭表达谢意吗？"

冬冬道："顾浔，调虎离山不是用在这里的，你的节操呢？"

"社长让我不要请他。"程汐涵认真回答，"他说可以感谢一下学姐，他来约个饭，不过学姐最近很忙，要忙完这个月。"

顾浔转向冬冬："我觉得裴弈对程汐涵本来就挺关心的，属于双向奔赴。"

"不，我现在不想恋爱了。"小程说。

麦芒迅速收编队友："对吧！恋爱没有任何好处！抵制恋爱！扫平恋爱！人生有情侣配对追就够了。"

陈峥城郁闷地用眼神示意顾浔："为什么会在这种事情上统一战线啊？"

"恋爱就算了。"崔璨插进话题，"你们都不参加跨年舞会吗？"

"我参加。"麦芒说。

小程大为震惊："你不是说不谈恋爱吗？"

"我和一一一起参加。"麦芒说。

换陈峥城大为震惊："啊？为什么要和一一一起参加？那我怎么办？"

麦芒说："你可以加入顾浔和璨璨组成团队一起参加。"

陈峥城哽住。

小程探过脑袋，在陈峥城、冬冬和自己之间比画："好像我们才应该组成团队，别人都是成对的，只有我们是零散的。"

冬冬从两人中间后撤出去："不要算我，我要背单词。"

程汐涵嫌弃地捧着脸问："学长你会跳舞吗？"

陈峥城说："我当然会跳舞，我们高中每个人都会，麦麦和我一起参加吧，让韩一一和程汐涵一组。你看，程汐涵质疑我不会跳舞，我们没有信任基础。"

"不要。"麦芒抱紧身边的韩一一，"一一是我的。"

形势已经如此混乱，顾浔还要横插一脚，出更糟的主意："程汐涵可以和陈峥城一组，但因为没有信任基础容易产生矛盾，友情建议特邀裴弈加入，正好他组织协调能力较好，擅长化解矛盾。"

麦芒生怕程汐涵会来跟她抢一一，就差举双手双脚赞成："非常好，这个方案非常好！顾浔，不愧是你！"

陈峥城苦不堪言，这个"正义联盟"真的不怎么正义。

此时此刻，远在三公里外的裴弈，还不知道自己就这么被安排进了一支神奇小队。

不过一小时后，当大家各回寝室他就知道了，麦芒第一时间在"面朝大海群"宣布了这个消息。

裴弈问："那崔璨呢？崔璨不参加还是跟顾浔？"

崔璨回："我已经答应顾浔了。"

已经……

裴弈闷闷不乐，难道顾浔是上辈子约的？

不过没关系，还有机会，虽然是组队去参加，但到了会场也能自由排列组合，有机会和崔璨跳舞，只要能去就行。

裴弈说："好吧，我就和程汐涵陈峄城结伴吧。"

陆柁裪说："我没有舞伴，我要和陈峄城组合。"

陈峄城说："你走开。"

陆柁裪说："怎么这么绝情？你忘了我们在山的那边海的那边共度的日日夜夜吗？"

[70] 送走爱情

崔璨和麦芒上午的课在同一栋教学楼，于是两人顺势相约一起吃午饭，路过中心广场，看见有不少社团摆摊卖水灯节的莲花灯。

款式丰富精美，多半是同学从拼多多进货，转卖为社团赚点外快。

崔璨在文艺部的摊位看中一个漂亮的，准备掏钱，却被麦芒制止："水灯怎么能买？买了就丧失精髓了，一定要自己做。"

崔璨说："唉，我懒嘛，而且我手工也很废，可能达到事倍功半的效果。"

麦芒说："我帮你做。我中秋的时候做了好几个兔子灯，可以改装一下。"

"兔子水灯，听起来好可爱。"

"嗯嗯，下午拿给你，保证能起到送走爱情的作用。"

送走……爱情？

崔璨记得学校水灯节的主题不是这个："是送走晦气吧？送走爱情的可能得是火把节。"

"都一样，爱情自带晦气。不过璨璨，如果和顾浔在一起就没关系，和陈峄城在一起也没问题，因为这样就算交往了，也还是能和我们在'破产妙妙屋'活动，不会脱离组织。如果吵架的话，组织还能帮忙解决。"

麦芒放鞭炮似的发表一系列惊人言论，崔璨倒是听懂了她的意思。

麦芒讨厌身边朋友谈恋爱，原来害怕的是寂寞，朋友们有了恋情就自然冷落了友情，这种感受崔璨以前也深有体会。

她也怕朋友恋情中出现烦恼，她处理不来束手无措，但"破产妙妙屋"是她的安全舒适区，里面的朋友可以例外。

138

这么一想，心底突然暖洋洋的。

崔璨摸了摸她的脑袋："好！今晚就用兔子灯送走破坏友情的爱情。"

到了食堂，在窗口排队时碰见了新朋友。

陆柃裪精准地认出五颜六色的麦芒，穿过两支长队过来打招呼："碰上了就一起吃吧，我们才刚开始排，你们帮我们先占个座。"

我们？崔璨顺着他指的队尾望一眼，没看见裴弃，也没看见其他熟人。

等到落座后才知道，确实是没见过的人。

陆柃裪介绍说是他同班同学，男生和他身高差不多，剃了很短的板寸，显得轮廓一览无余，眉眼非常开阔。对方一坐下就和麦芒熟络地闲聊几句。

崔璨觉得奇怪，好像他们不是第一次见。

麦芒点头："对，我们昨晚一起打游戏了。"

陆柃裪笑眯眯说："最后一门闭卷考完，放松一下。"

知人知面不知心，崔璨想，昨晚"面朝大海群"里陆柃裪还在和陈峥城腻腻歪歪，没想到转头就钓走麦麦打游戏去了。

陈峥城，危。

不过崔璨现在需要操心的其实是她自己，赶上饭点，赶上人流最密集的食堂，她在人海中被锁定的概率也成倍增长。

顾浔排队时就看见她和麦芒了，观察了十分钟，一起吃饭的是陆柃裪和不认识的男生，反正性别男就让人不爽。

这个人从窗口领了饭转身就直奔目标。

麦芒坐崔璨右边，所以顾浔的餐盘直接摆在崔璨的左边，这个位置是有点尴尬的，隔壁是另一对人，秉承正常社交距离的原则，中间只有这么个空位，相当于隔空，现在顾浔把隔空位占了，需要撩腿跨进去。

崔璨一抬头看见他："哎？好巧。"

顾浔冲她笑一笑，把注意力放在陌生男生身上，问陆柃裪："你同学？"

"对，我们班的。"陆柃裪也是个懒人，刚才介绍过一遍懒得重复，觉得反正给不给顾浔介绍也不重要。

数院，一个万恶的学院，男生太多的学院应该被规划到别的校区，顾浔想。

陆柃裪虽然和大家玩得好，但太活络，有点花，应该不是崔璨喜欢的类型。

但是他朋友，可是个板寸。

崔璨看起来……很爱和他说话。

顾浔没参与聊天，只是沉默着吃饭，偶尔抬头转过脸扫一眼崔璨，听着她和其他三个人聊天。

"万圣节你们参加哪个社团发起的活动？"陆柃裪问。

"还没考虑好，理论上应该是动漫社，但去年光棍节动漫社组织得好差，人多又混乱。"麦芒说，"有什么有趣活动推荐吗？"

"我那天有演出，校外的，你们要来吗？"

"遥遥去不去？"

"她肯定来呀。"

"哦……"崔璨恍然大悟，"去年你是不是也有万圣节演出？当时裴弈叫我去市中心看演出。"

"对，我们去年万圣节在别区演。不过你没赴约吧，裴弈自己都没来。"

"我们在紧锣密鼓排练舞台剧，要比赛嘛。"崔璨说着用胳膊肘推推顾浔，"我们万圣节在排练对吧？"

"嗯。"顾浔冷淡地点点头——去年万圣节你和我在一起，圣诞节也和我在一起，今年你三句话不提裴弈就难受。

"今年我们集体去看演出吧。"麦芒兴奋道，"我还没有去过那种场子。第一次去有什么注意事项？"

陆柊祠翻着眼睛，想到什么说什么："如果你要在前排，记得带耳塞。尽量穿运动鞋吧，不然蹦久了脚会痛，还有璨璨……"他把视线投向崔璨，笑得意味深长，"穿严实点，穿长裤。浑水摸鱼的咸猪手蛮多的。"

他朋友乐了，接嘴道："你在台上怎么知道的这么清楚？"

"台上看得可清楚了。跟监考老师看作弊似的。"

话题扯到崔璨穿什么露什么，顾浔更不爱听了，突然插话。

"你们吃饭时怎么能这么多话啊？"他半是调侃，语气其实带点厌烦，"我算知道为什么食堂承载力永远拥挤了，都坐着开茶话会呢。"

无关人士听得出不友好的语气，立刻闭嘴了。

崔璨挑挑眉："你坐这儿不是为了和我们说话，那是为了干吗？沉浸式体验熟悉的学习氛围？"

在座的又集体笑起来，连顾浔都绷不住勾了勾嘴角。

麦芒一言以蔽之："顾浔只有璨璨能治。"

崔璨落落大方问他："晚上湖边放灯，你来不来呀？"

顾浔说："可以去看看。"

"你有灯吗？"崔璨笑嘻嘻咬着筷子问，好像故意要看他出丑。

"我没有灯，可我有打火机，你有打火机吗？"

崔璨呆了。

麦芒以为她没听懂，解释道："规定不能放电池灯呀，要点火的。顾浔带我们就不用带了。"

陆柽祕笑："璨璨和麦麦有没有打火机无所谓的，到湖边肯定一堆人抢着帮给她们点灯。"

顾浔很想给他个白眼，就他话多。

整个下午的课间，校内广播除了偶尔播放欢快的流行歌曲，其余大部分时间都在用读讣告的语气，宣读期因考试作弊而被开除的学生名单以及他们的罪行，巧妙地起到了烘托节日气氛的作用。

"听得出现任广播员是'母胎单身'人士了。"下午专业课间陈崝城感慨道，"不禁为下学期的两个情人节捏一把汗。"

冬冬说："这要追溯到为什么我们学校的年轻男女，能把每一个节日过成情人节。我就想问，在光棍节过情人节的那些人配做人吗？还有水灯节，去年我们寝室天真烂漫地跑去湖边放水灯，结果你猜怎么着？别人都是一对、一对的！有天理吗？你们在水灯节过情人节是讲个什么寓意啊？爱情都是水货吗？"

崔璨坐他俩中间，正笑着用左右耳听相声。

冬冬突然凑近小声问："你晚上和谁去放灯？顾浔还是裴弈？"

崔璨怔了怔："麦麦，她帮我做了灯。但是顾浔说他也会来。"

"嘻嘻嘻，还是顾浔微胜吧？"冬冬八卦地邪笑，"你那个心动实验怎样了？"

"啥实验？"

冬冬恨铁不成钢："微信朋友圈啊。"

"哦……我忘了。我晚上回去就放出来。"话虽这么说，但崔璨不抱期望，能指望两个男生有多细致呢。

冬冬可不那么随意："我先声明啊，如果你和顾浔在一起了，我要'恋情首发权'，我还要'最终解释权'。我跟你说，我暑假有一天突然梦见我成为万众瞩目的一个人，我一出场所有人蜂拥过来举着话筒问我，'仓鼠官配恋情成真了，你作为唯一的全程见证人有什么感想'，我云淡风轻地说'无可奉告'。你知道吗？然后我醒了，突然顿悟，我的人生理想好像就是这样云淡风轻地说'无可奉告'。"

崔璨被她脱线的"脑洞"笑疯了："那太遗憾了，你不会有大权在握的那一天。"

冬冬兀自延续"脑洞"："我还要做你女儿的干姐姐。"

"您扯犊子吧。况且为什么自降一个辈分啊？"

"我们单身女性永远年轻。"

虽然整个下午被"开除讣告"洗脑，晚上的风还是很舒服。

顾浔吃过晚饭散步到湖边，特地早到一点。

那里已经三三两两聚集了一些拎着灯的学生，冬天天黑得早，已经具备了放灯的场景，却没有放灯的氛围。

他挑了棵看着顺眼的树靠着，不断有人走来问他有没有火柴或打火机，逐渐就成了点灯专业户。

在听见几次有人在远处大声呼朋引伴"那边树下的帅哥有打火机"后，他甚至不禁怀疑自己就是学校指定点火工作人员了。

但也很感慨，去年他去体育馆锻炼打卡，途经这里时，崔璨就是心急如焚、到处借火的一员，当时他在旁边看了会儿热闹，没上前打招呼，只是远远望着，心情也好了起来。

这个小小的节庆日虽然叫水灯节，形容为"火光节"却更贴切。

崔璨很喜欢那些浪漫的小情调，在融融火光间笑着闹着。

而他一向很喜欢她身上的光芒。

今年她和麦芒一起跑来，又与众不同一点，别人放的花灯，她俩抱的兔子。

顾浔犯了难："呃……这兔子只有头上开洞吗？"

麦芒兴奋地跳着说："嗯啊。"

"你设计这种花灯时有没有考虑过，如果把手垂直下去点灯，会烫着手？"

麦芒说："我设计的时候她还是中秋节兔子，可以用电池。"

"多大点事啊。"崔璨从地上捡了根细树枝，跟顾浔说，"你点我这个，长的可以伸进去。"

顾浔乖乖把树枝点着了，果然她伸进兔子"脑洞"点火成功，麦芒和她击掌相庆，一副火箭已顺利升空的架势，把兔子灯推下了湖。

没想到麦芒还别有巧思。

兔子灯一下水，就在湖里飞奔起来！

飞奔的兔子掀起了水灯节第一个小高潮。

顾浔瞠目结舌盯着看了好一会儿，发现她安装了风力螺旋桨，没用电池，不算违规。

顾浔一回头，崔璨像考拉一样从背后扒着麦芒，笑得好快乐。

视线对上时，她又越过麦芒的肩伸长手来和自己击掌，男生别别扭扭地伸手轻碰一下。

那个瞬间他突然有种奇妙的感觉，自己像一只在赛道上慢慢爬的乌龟，老实笨拙的，心无旁骛的。

崔璨就像只快乐的兔子从他身边飞奔过去，和此刻湖里的兔子灯没两样，毫无章法，毫无目标，快乐地打转转，在小池塘也能乘风破浪。

他嫉妒那种兔子，在心里暗暗骂过讨厌的兔子。

直到兔子又再一次转回他身边，又叫又跳很喧嚣，说着他听不懂的弗洛伊德和你喜欢我。

他才发现自己不想要竞争对手，而想要个好朋友。

"崔璨。"

"嗯？"她脸上挂着残存的没心没肺的笑，转过来。

"我要跟你坦白一件事。"

第八话

CuiCan
&
GuXun

· ·

做我女朋友，求你了

[71] 我失恋了

在科学湖边放水灯的时候，气氛所致，顾浔差一点就要告白。

但陆枵褥和裴弃跳了出来，让他把话又咽了回去。倒不是因为多两个观众，该说的话就不能说，让他打了退堂鼓的其实是崔璨的表情。

顾浔不喜欢做毫无把握、无法收场的尝试，告白即使常常出于冲动，也应该建立在深思熟虑的基础上。采取行动前，他必须确定崔璨愿意和他交往，否则告白就成了破坏现有关系的自杀性爆炸行为。

然而，听见他的开场白之后，崔璨好奇地瞪着大眼睛望着他，眼神里充满了求知欲，实在算不上什么好征兆。

难道她连一点暧昧预感也没有吗？她平时不是那么迟钝的人吧，她对大部分事情都挺敏感的。反常的失明，只能是因为潜意识拒绝。其实她并不希望彼此的关系往恋情方向发展。

顾浔冷静下来，才发现恋爱并没有想象中简单，感觉自己走进了一个误区，以为摆在崔璨面前的是一道二选一的选择题，只要崔璨对自己的好感比对裴弃的多，自己就能被选择，可也许还有个C选项——以上答案都不对。

裴弃说约崔璨吃饭她总婉拒，顾浔光顾着幸灾乐祸，仔细一想，这个学期自己约崔璨吃饭也没有一次成行。

他心里有些烦扰，睡不着。

如果有上帝视角知道崔璨是怎么想的就好了。

崔璨给出的线索总是那么少，朋友圈一两周才发一条，幸好她不设置三日可见，要不然连猜她心情好不好的机会都没了。

来回刷她以前发的照片，很快他就发现自己漏赞了一张。

"夏天的夕阳真好看。"

这条当时怎么漏看了？还以为她只有遇见重大事件才会发朋友圈。给她留评论的只有女孩，也就是随便感慨"真好看呀"之类。

他记下这条动态发布的日期，退出微信，打开备忘录查看待办事项，那一天自己在干什么……给"破产妙妙屋"的蟑螂下毒。

这个夕阳应该和自己没关系了，看起来也不像有什么情绪暗示。

顾浔说不出"真好看"之外的妙语，只好给她点了个赞。

很嫉妒夕阳，还能被她注意到，被她拍下来，特地发条朋友圈。

又过了一周，顾浔发现不对劲，崔璨可能后知后觉意识到水灯节的晚上他是想告白，开始躲避自己了。

以前觉得她躲人没有确凿的证据，现在证据都快打脸上了，周五的体育舞蹈课她让韩一一替她请了病假。

明明周四晚上在理财教室还看见她活蹦乱跳，周五晚上在理财教室又看见她活蹦乱跳，可她就是明目张胆地在周五上午的体育舞蹈课称病。

发生在一夜间的转变还有，崔璨不和他对视了。

绝对不是错觉。

以前顾浔甚至没发现自己还有这个习惯，每当麦芒或陈峄城讲了什么好笑的事，他会先和崔璨对视一眼再笑，现在他条件反射看过去，几次遇上她的侧脸和后脑勺。

心情当场坏掉一点。

到最后他并不知道崔璨在万圣节晚上，有没有去看陆柊祤的演出，不知道她穿了什么、玩得开不开心，因为万圣夜他也被她晾在一边，晾着晾着就过去了。

后一周的体育舞蹈她又请了假，请假理由是脚扭伤了。前一天专业课顾浔还见过她，健步如飞。顾浔决定明知故问，假惺惺嘘寒问暖："听说你脚扭伤了，严重吗？"

她明知故犯地回："还行吧。"

看，发微信这招也不灵了。

疑问句过去，陈述句回来，对话靠一个人努力很容易陷入尴尬。

顾浔没别的办法，只好收心学习。

十一月因为有光棍节这个节日变得很凄凉，学校里那些没人性的情侣果然把它过成了情人节。顾浔一个人穿过张灯结彩的校园，实属是以乐景衬哀情。

还是怀念夏天，夏天的时候，哪怕是朋友关系，也和她亲近多了。

如今的感觉，就像一个人身体到处不适，但又拖着不想去医院检查，怕一查就确诊癌症晚期。

可崔璨连苟延残喘的机会也没给他。

晚上在理财教室自习，学习小组外加程汐涵，所有人都在，崔璨非常刻意地、刻意到突兀地主动对韩一一提起："明年我就不用过光棍节了。"

韩一一愣了愣："脱单了？"

"嗯。"崔璨一边低头写作业一边平静地说，"是高中同学，高考他去了北京，虽然异地恋听着蛮不靠谱的，可我想试试，那毕竟是我喜欢的男生。"

韩一一的第一反应，是把视线抛远，去看顾浔的脸色。

此外还有三个人把目光齐刷刷投向他，但其中没有崔璨。

顾浔面无表情，也低头假装做题，几乎立刻就知道她说的人是谁了，排除选项从一开始就没排出去啊。

好吧，确实没想到，原来足够喜欢的人，异地恋也可以。

没事没事，崔璨才十九岁，日子还长呢，总会分手的。

以她那个毛毛躁躁的性子，根本不适合谈恋爱，说不定十二月就分手了。

虽然想了无数理由安慰自己，顾浔还是感到血压在不受控制地往下降，又本能地意识到教室太安静了，自己在众目睽睽下必须说点什么才能把场面救回来。

正准备插科打诨开句玩笑，却听到了麦芒的声音。

"不行，我不同意。璨璨我们不是说好的吗？你男朋友应该在'妙妙屋'里选。"

救命啊祖宗！顾浔心态崩了，好好的孩子干吗落井下石？

不幸中的万幸，陈峥城窜了出来："什么什么？你们还有这种协定？"

"没有呀。"崔璨知道他为何狂喜，笑着说，"我没说过，只是麦麦一个人这么想。麦麦在'妙妙屋'找对象我是同意的。"

陈峥城说："麦麦考虑一下吧。"

麦芒问："考虑谁？你啊？"

陈峥城说："对啊，我啊。我不行吗？"

麦芒盯着他看了三秒。

顾浔可以肯定这三秒内，陈峥城的心跳是停止的，紧张的气氛达到高潮，以至于他都忘了自己刚刚失恋。

148

麦芒笑起来摇摇头："不行。"

陈峄城厚着脸皮问："为什么不行啊？"

麦芒语出惊人："你是因为璨璨脱单了吧，移情别恋这么快我接受不了。"

陈峄城以头抢桌："什么璨璨？没有璨璨！这和璨璨有什么关系？"

崔璨笑岔了气，转头对麦芒说："陈峄城喜欢你。"

韩一一附和："陈峄城真的喜欢你。"

陈峄城本人发誓赌咒："真的只喜欢你，从军训第一天你摆完阵求完雨，坐在医务室和韩一一喝藿香正气水，我就只喜欢你。"

"好怪哦。"麦芒挠挠头，"你喜欢我，因为我会求雨？"

陈峄城说："不是因为求雨……"

"那是因为什么？"麦芒一头雾水地指着韩一一，"藿香正气水她也喝了，你怎么不喜欢她呢？"

陈峄城认命："那就是因为求雨吧。行不行？"

冬冬和崔璨已经笑得从椅子上滑下去了。

"还是不行。我很难追的。"麦芒认真地说，"况且你都没有追过我。"

"苍天啊……我没有追过你？"陈峄城把冬冬从地上拖起来，控诉道，"她说我没有追过她？她说我没有追过她！那我这一年半旷课这么多都在干吗？"

冬冬幸灾乐祸："问你自己。"

"是吧？"麦芒向韩一一求证，"他也没有雇无人机拉横幅，也没有在东广场摆心形蜡烛，也没有在广播台送醒酒药和亲亲，连那种九十九朵一大包的玫瑰花也没有给过我，他哪里追我了？"

陈峄城大脑宕机正在重启，以上拙劣求爱行为确实在学校发生过，他第一次认识到东大的校风是如此庸俗土味，给小朋友的爱情观造成了严重不良影响。

往事不可追，陈峄城当场就是一个滑跪："那我现在开始重新追，行不行？"

崔璨笑够了，总算说了句人话："行的麦麦，给他个追你的机会。"

韩一一笑着附和："麦麦考虑一下，我觉得陈峄城还蛮好的。"

麦芒狐疑的眼神扫过去："你觉得好你怎么不和他在一起？"

韩一一说："我出家了。"

崔璨笑得肚子疼："起码你不讨厌陈峄城吧？"

冬冬说："麦麦不讨厌的男生一只手数得过来。"

顾浔羡慕死了陈峄城，人缘好就是不一样，全场助攻，他没想到告白还能以这么轻松的节奏开始，也没想到还能以这么离谱的方式收场。

下半年节日多，往后是圣诞节、元旦、春节，已经可以预见陈峄城能做出很多令人头皮发麻的追求行为。但是好歹他还能做点什么。

顾浔很确定，崔璨在理财教室那些话就是说给自己听的，为的就是让他不要再做什么。

他明显感觉到，在自己和崔璨的关系轴上，时间正在逆流。

从秒回微信都觉得不够、必须要见面才感到开心的关系，回到只在专业课小组讨论时说话的关系；从上课下课都要黏住不放、陪着绕许多路的关系，回到即使住附近、周末回家也不会结伴同行的关系；从暗中观察每个出现在她身边的男生的关系，回到没有任何立场去观察的关系……偶然看见是另一回事。

有一天顾浔下课回寝室途中，看见崔璨仰着头站在对面路边和一个男生说话，大概因为冷吧，她一边说一边跺脚，更像企鹅了。顾浔起初没放在心上，看那人面孔生，也不是寸头，大概只是她什么课的同学吧。谁知说着说着，那人突然把手从外套口袋里抽出来，摸摸她脑袋。

啊？！

看着可爱谁都来摸一摸是吧？手不要可以剁掉。

崔璨也只是笑嘻嘻晃晃头把手甩开，和顾浔这么做时反应一样，并没有给他一拳。

顾浔在马路对面猛地停住，无名火都上来了。

男朋友呢？过世了吗？顾浔也不知道自己替人男朋友生什么气。冷静一想，那人可能是她亲戚，亲戚嘛，有血缘关系，谁没有几个堂哥表哥呢？崔璨也可以有。果然还是不能冷静！

他转了个方向，往崔璨寝室楼去，一路没怎么看路，撞了好几个人。

大概在楼下等了十分钟，崔璨高高兴兴背着书包来了，但是因为一转弯就看见顾浔，脸上的笑容一瞬间就收了回去，取而代之的是忐忑不安。

很确定顾浔是来找自己的，但她想不出能有什么事。

男生绷着脸，对上她的眼睛，等她走近脚步放慢，他才开口："崔璨，我失恋了。"

"啊？"崔璨停在台阶上，被吓退了一步，心咚咚地跳。

眼神一个来回，彼此都心知肚明——你知道我为什么失恋，我也知道你知道我为什么失恋。

他给她的印象一贯挺傲娇的，哪见过他这种样子，让人慌了神。

反正也不要面子了，他索性耍赖，语气很软："你哄哄我。"

她紧张地攥着书包肩带，撇撇嘴："我不会哄。"

"那你请我吃饭。"

"敲诈啊？"

[72] 精神涣散

崔璨心有点软了，她虽然不想和顾浔谈恋爱，也没到要绝交的地步，于是先答应着："嗯，但是要改天。因为今天我有朋友来逛学校，我回来洗个澡要带他吃食堂去。"

顾浔听懂了，又是"改天"，缓兵之计。

他不太开心，想起刚才那个摸她头的男生，身高腿长，穿件灰色羊绒外套，是崔璨这种"外貌协会"能看得上眼的，估计就是她要招待的朋友，忍不住打探："什么朋友啊？"

"我高中同学。"

万恶之源，顾浔真想把她那个高中炸掉。

他酸溜溜地问："暧昧对象啊？"

崔璨眼睛瞪得像铜铃："你不要乱说话，就是普通朋友。"

"普通朋友为什么不能让我跟去一起吃饭？"

因为他知道得太多，崔璨说："我朋友'社恐（社交恐惧症）'，认生。"

顾浔冷哼一声。

一个"社恐"，单独跑到陌生学校找高中普通朋友逛校园，谁信哪？

总站在寝室门口跟他耗着也不是个事，崔璨给出两个解决方案："你非要今晚吃，那我给你餐券，你自己去吃。要不然我们就明天一起吃午饭。"

餐券？亏她想得出来！他是来求安慰的，又不是来讨饭的……虽然外在行为是讨饭。不过好歹她给定了时间，明天中午也不远，顾浔黑着脸勉强答应："那明天中午吧。"

心理二班的徐悦萱扛着洗衣店的两大包衣服回寝室，打身边经过顺口招呼："又吵架呢？"

崔璨回头看她拿的东西多，就跟了上去："我帮你拿吧。"

女生们嘻嘻哈哈进了楼。

顾浔郁闷得很，别人一男一女站楼门口说话都是被打趣"哦……有奸情哪"，他和崔璨就成了"又吵架呢"，有没有洞察力啊？

他暗自骂骂咧咧打道回府，回寝室放下书包，还是心有不甘。

食堂又不是崔璨开的，崔璨能去，他也能去，崔璨还能管着他今晚不吃饭？

崔璨这个人很好猜，虽然她天天"吐槽"食堂，但朋友来学校她肯定要挑个相对好吃的招待。

顾浔找了个概率大的食堂蹲点，坐在人堆里，边吃边远程扫描排队窗口，过不久果然蹲到崔璨和她朋友了。

不是我带偏见，这朋友不行，顾浔想，吃饭刷女生饭卡，脸皮那么厚，不会在门口买餐券吗？

崔璨的高中除了崔璨就没出过好人。

哦，不对，崔璨的高中还出了麦芒。那就是男生没有一个好人。

崔璨和她朋友面对面坐下吃饭，吃两口，说几句，没什么好看的，顾浔离得远，食堂又嘈杂，听不见他们说什么。

谁知过一会儿，哑剧画面里又加了俩角色。

裴弈和……程汐涵，这双人组合很新鲜，可能刚结束社团活动吧，有程汐涵在旁边，裴弈看着都没那么讨厌了。

裴弈和程汐涵挨着崔璨他们身旁坐下，二人桌变成四人桌，裴弈不愧是自来熟，和崔璨的朋友还聊得挺热络。

顾浔又气得食不下咽，怎么裴弈能见你朋友，我就不能？

一顿饭吃完耿耿于怀，顾浔觉得自己纯属找虐了。

人一耿耿于怀，就容易行为失控，再加上崔璨这"鸽子精"，第二天约饭的承诺又因为客观因素没兑现，无异于雪上加霜。

顾浔最近有点不正常，宛如竹林七贤吃多了五石散，皇帝也不放在眼里。

社会个性课间，余老师绕到座位前面来，问他这周有没有时间进社区。他说："去不了，我失恋了。"

说这话时大半个班的同学都在教室，虽然是课间，但不像中学生打打闹闹，总体上还是安静的。

顾浔此话一出，教室里鸦雀无声。

他坐的这一排都是知情人，从陈峄城到崔璨再到江冬燃，挨个毛孔炸开。

亏得陈峄城机灵，立刻接上了嘴："纸片人（二次元作品中的角色），老师，他仰慕的纸片人塌房了。"

老师年纪大，没有听懂，前半个教室的同学听懂了，纷纷转过头去，教室里又有了声音。

余老师瞥了眼正在埋头抄笔记的崔璨，对陈峄城说："那你来吗？"

等人走了陈峄城说："顾浔我提醒你，女朋友将来还会有，但是'社死'了就很难复活了。"

活不活的，顾浔不在乎。

他知道崔璨的课表。

崔璨又不勤奋，课表很简单，七门专业课外加政治、英语、体育和混学分的公选。

公选是希腊悲剧导论，崔璨最近喜欢迟到，来了随便找空位坐，故意不和他

152

坐一起。顾浔有时怀疑，他和崔璨在这门课相遇，是不是一开始就预示了什么。

其实说白了，崔璨只有英语和政治和他不在一个教室里。但就这顾浔也不能忍受，因为课表是他唯一能确定崔璨一定会在某个时间、出现在某个地点的根据，是关于崔璨，他仅有的一点能掌控的东西。

顾浔进校英语分级考太好，必修不用修，选修他大一修完了，为了崔璨，他又偷偷摸摸学起了英语，一般等上课才溜到最后一排，下课前又提前溜走，只为看看崔璨的后脑勺。

日子过得很憋屈，他还替别人操心。

理财教室里大部分时间只有他和韩一一。韩一一的空间里时间走得飞快，顾浔的空间里度秒如年，因为韩一一在赶作业，他在发呆。发呆之人容易产生哲思，还容易忧国忧民。

他望着窗外辽阔的天空问："韩一一，为什么世界上会有异地恋？看不见的爱情有什么意义吗？"

韩一一说："异地恋也不是完全不见啊。我认识的人一个在清华一个在东华，经常跑来跑去，恋爱成本可高了。"

顾浔问："你就没有异地恋失败的案例能宽慰我吗？"

韩一一说："顾浔，你学心理的，你让我一个学数学的人给你解决心理问题，是不是太饥不择食了？"

顾浔说："你不仅学数学，你还学经济、法律。同时学经济和法律，你可能掌握了爱情的真谛。"

韩一一放下笔，友情建议："顾浔，请一个星期假出门散散心吧。你这戒断时间太长而且丝毫没有好转，看了你，我都不信心理学是科学了。"

顾浔还没有放浪形骸到那地步，他只请了一天假，就是体育舞蹈课那天的。

一般而言，上午听说崔璨脚依然扭伤的瞬间他就精神涣散了，下午的经济课都在白上，所以他还不如自我了断休息一天。

谁承想，崔璨今天来上课了，但是舞伴没来，意外玩成了欲擒故纵。

其实崔璨总共只请了三周假，前两周确实是躲着顾浔，她本来想，男生嘛，心大，有两周缓释应该就好了。第三周正赶上她经期肚子疼，天又下雨，不想委屈自己，又去领了个假条，反正体育舞蹈不是必修课，老师也管得松。

崔璨也感到困惑，为什么顾浔不见好呢？

下午把陈峰城从寝室楼叫下来，特地嘱咐他不要惊扰顾浔，崔璨像地下党接头似的把他拉到无人处问："顾浔生什么病？病得很严重吗？"

陈峰城说："你来得正好，顾浔出去了，临走留下话叫我让你帮他写完作业。"

"啊？写什么？"

陈峥城解释一遍："智力活动语言机制那个实验报告，他只写了一半，他叫我给你发邮件，让你帮他写完，你不写他就不交了，无所谓。你写吗？你不写我帮他写吧。"

"那他自己去干吗了？出去干吗了？"崔璨拧着眉。

"他说他要过圣诞节，去一个清净的角落。原话是这样。"

这话怪怪的，崔璨有点恐慌："他不会想不开吧？"

"不会的不会的，就是圣诞节，你懂的。他容易触景伤情，带点精神病。"

啊，去年圣诞节，崔璨懂了。

顾浔确实有了点精神病，惹得Air Channel商场保安都多看他几眼，手指就按在110的第一个数字"1"上。不太正常的人可得谨慎提防，因为根据日常观察，会跟农场区域围栏里小猪说话的人，多半是女孩。偶尔有男孩，身边也是陪着女孩。男孩不可能在一个人的情况下产生爱心，跟猪说话，这不对劲。

顾浔趴在围栏上跟猪谈心："听说你也是被崔璨多看过两眼就不看的，认清世界险恶了吧？这个女人，就是三分钟热度。

"还有更险恶的，她其实不过是想知道你会不会被宰，才多看你两眼。真相是不是很残酷？

"今天全世界只有我和你不幸福了。你知道你过年要被宰吧？不是今年就是明年。我觉得看你这个身材可能就是今年。

"能救你的蜘蛛活在童话里，这里很现实，惊不惊喜，意不意外？

"Some pig（了不起的猪）。"

猪可能听懂了，心情不好，有点烦他，转过身去拿屁股对着他。

他正想转到围栏另一边去继续给猪添堵，突然手机持续振动，一看来电显示——"海王"，吓得他手忙脚乱地拒接。

不过拒接了不要紧，领导的精神有其他渠道可以领会，崔璨先给他发了一连串微信：

"顾浔你在哪儿？

"别作了，回信。

"人呢？

"报个平安我就不管你了。

"我报警了哦。"

顾浔定了定神，迅速给她回过去，当然不能自曝行程在看猪，人模狗样地说："我在外面吃饭呢，你又不跟我吃饭，我总要吃饭吧。"

就还是……挺怨念的。

崔璨直击命门："你一个人吃饭啊？"

他刚想虚张声势，谎称自己和自己的多个虚拟朋友聚餐，就被崔璨后一句话逼退了："圣诞节你等得到位吗？"

顾浔环顾四周，果然每一个餐厅门口都排着长队，世界是属于情侣的，"单身狗"像卖火柴的小女孩，是在平安夜饿死的。

崔璨说："我在家门口海底捞，点好了，你来吃点吗？就算我请你客了。"

"你平安夜一个人吃海底捞啊？"顾浔逮住她的话头阴阳怪气。

"我朋友下午四点守在门口帮我等的座。不过我来得太晚，一碰面他就吃好回家了。你来吗？"

你是偶像吗？轮流握手？

顾浔有一点点生气，但咬咬后槽牙还是忍了："哦，那我打车去，会有点堵，你先吃吧。"

反正，他不说这句话崔璨也肯定先吃了。

人只要能忍，还是可以过上圣诞节的，猪就不一定了。

顾浔朝猪难友的屁股挥挥手："有缘明年见。"

[73] 回到起点

顾浔到火锅店时，崔璨果然自顾自先吃着。

服务员已经把她对面的餐具都收走了，看不出有人坐过。

顾浔走过去，看她点了一大锅菌菇蔬菜，绷不住笑："你是穷到这地步了？难怪老'鸽'我。"

崔璨百无聊赖地撩起眼皮瞥他一眼："我放学就饿了，买了一堆烤串。"摸摸胸口，"肉都还顶在这里。你要吃什么自己加。"

顾浔对这一套很受用，一个锅里吃饭，崔璨让他自己点自己加，一点礼节性的客气都没有，和他还是很亲近。

可是转念一想，前面那位朋友竟然吃完就扔下她走了，崔璨也浑不在意，双方更加没有礼节性的客气，自己不算得了特殊待遇，又有点泄气。

更让人泄气的是，他也不知道现在琢磨这些还有什么意义。

崔璨见他对着平板电脑半天没有动作，神色忽而松弛忽而凝重，以为他对吃什么也举棋不定："选择困难啊？给我五块钱，我帮你做决定。"

顾浔回过神，笑起来："你不要狮子大开口，东隅上帮做决定的价格都是一块、终身。"

"真抠门。"崔璨把平板电脑接过去帮他戳了几种，"我问你要过圣诞礼物吗？没有，只问你要五块钱，还被说狮子大开口。"

顾浔支着脸，勾起嘴唇望住她："想要什么礼物？"

崔璨摇摇头："我随便说说的。"

顾浔考虑片刻："刚过来在广场上看见有摆摊套圈的，等会儿吃好你去挑一个我套给你。"

"你还有这个绝活？"

"上次在学校，旋转木马就是我套来的。"他停顿一下，促狭地猜，"你都扔了吧？"

"没有。我妈好几次想扔来着，说我这么大人还玩学龄前的玩具。我妈很极端，所有看起来没用的玩具都被她视为眼中钉，一个拳头大的泡泡枪也容不下，她觉得我房间就是个垃圾场……"

顾浔插嘴说："确实像。"又被她瞪一眼。

服务员把加的菜端上来，崔璨把给他点的肉类每样下一点进锅里，沸腾的汤底顿时安静了。

此刻的交谈好像又回到了前一阵插科打诨的氛围，让人放松许多，顾浔试探问："你这异地恋就这么天南海北谈着？圣诞节你不去北京，他也不来东海？"

"嗯，都要上课，又没放假，有什么问题？"

"也没点表示？"

"要什么表示？"

"没送礼物？"

"送什么礼物？"崔璨脱口而出后才反应过来，"送了啊，当然送了，提前几天寄过来的，不过你管这么多干吗？"

顾浔总觉得她在隐瞒什么，提问都以反问作答，防御姿态摆得鲜明。可她打太极，不代表他也要这么还击。

他用碗接了食物，慢吞吞吃两口，把温暖的汤喝进胃里，坦然说："我不是管你，我嫉妒而已。"

崔璨怔了怔，想起类似的话自己也说过，换位思考，他的难受情有可原，心又软一点，咕哝着："你是男生，怎么还没翻篇啊？"

"我给你打过预防针我是'玻璃心'。我现在的反应已经算正常范围内的了。"

这还正常？

崔璨问："那你不正常是什么样啊？你再跟我打打预防针。"

他笑着说："我说过吧，小时候是保姆带我。"

"嗯，那个婆婆。"

"八岁时，因为我妈回家，我也要上学，不需要全天候的保姆，家里就换了小时工。我既不能理解也不能接受这件事。我偷看我爸手机，找出婆婆平时和他联系用的手机号，翻短信记录找到她曾经收快递的地址，那是她住的地方。"

"你不会找去她家了吧？"

"我不仅找去她家了，我偷偷跟着她，去了她新工作的那户人家。那家也有个小男孩，两三岁的样子，上午婆婆去买菜，就牵着他一起去，在菜场他什么都爱问，婆婆就一样一样告诉他是什么品种的鱼、什么品种的菜。"

那你就躲在一边一样一样跟着听吗？崔璨没有问，她说不出一个字。

他说："我很确定我被扔掉了。扔给不怎么熟的我爸，和根本不认识的我妈。差不多有两个月的时间，我隔三岔五翘课溜出去蹲守在那家人楼下，翘了很多课，老师把我的课代表撤了，我爸妈直到今天也不知道这些事。"

"但自己的妈妈回来了，时间一长跟她熟悉了就缓过来了吧？"

"没有，我不想再相信别人了。"

崔璨鼻子发酸。

他自嘲："我就是处理不了这种好好的关系突然中止没个说法的情况。"

顾浔一向显得太强势了，让人觉得没有什么他处理不了的，让人误以为他的心坚硬到什么都可以应对。

一个小孩子最初得到的关怀都只是用钱买来的，雇佣关系断了，感情联系就断了，他一个人走路去蹲点，远远望几眼，偷听别人的对话，什么也求不到。

那种顾浔，她想象不出来。

她隔着火锅的热气沉默了很久才开口："对不起，我不是故意的。"

"你是故意的。"顾浔安静地看着她，"别跟我说，之前我们距离这么近，你感觉和别人没区别，别说你突然不理人不是因为你心里做了决定，打算了结。你少装没心没肺糊弄我。"

说得她好像很"渣"似的。

崔璨左右看看，虽然别桌的客人没谁八卦窥探，还是把他赶进座位里面，坐到他同侧去，把声音压低："我哪里知道你会这么要死要活？我只是觉得……"

"你只是觉得，把锅烧到一百八十度，再丢进冰水里，听见'吱啦'一声，反应过激了，是锅奇怪还是水奇怪？"

她垂着眼用勺子帮他捞一点吃的到碗里："我只是觉得，应该冷静一下。我也没打算一直不理你，只是冷静一阵，再回到原来朋友的位置。"

"谁给你出的馊主意？你男朋友？"

"没有，我自己琢磨的。是我搞砸了，我给你道歉吧。"

顾浔也不是不依不饶，重新低头吃东西，卖惨成功，崔璨不会再不理他，他的目的就达到了："道歉不够的，我被你搞出心境障碍了，你怎么关心杨丹，就得怎么关心我。"

崔璨往他肩上捶了下，刚好这一下，震得他刚夹起来的丸子掉桌上滚远了。

顾浔佯装咬牙切齿地转过头："记账上，欠我的更多了。"

"记什么账？不是说我请你？心境障碍的没有你这么多话，快点吃。"

顾浔吃了会儿，不太放心，又跟她确认："那你跨年舞会还跟我去吗？"

"去吧。"崔璨想，反正都说清楚了，做回朋友，既然是朋友，跳个舞也没什么不妥，麦芒和韩——还一块儿跳舞呢。

"那你实验课作业帮我做了吗？"他一得意，又忍不住调笑。

桌下被她踹了一脚。

"自己做。我都没让你帮我做过作业，好意思的！"

他笑着继续吃，过一会儿问："追你但你不喜欢、被你逼着做朋友的这种朋友，是不是不止我一个？比如说……刚坐我这位置的朋友？"

崔璨愣了愣："哦，那不是的。他其实是我闺密的朋友，不过玩得好的小伙伴都各奔东西了，留在东海的只有我一个，他回来过圣诞也找不到别人玩。"

"那裴弈呢？"

问题太多，崔璨不明所以地看着他，四目相对，不回答了。

她不理解顾浔本来那么自负的一个人，为什么要不自信地逮着那些人一个个追问过去，想求证即使不是男朋友，自己在她朋友范围内也是最特别的？

"有什么意义呢，顾浔？"

他反唇相讥："泡泡枪有什么意义吗？旋转木马又有什么意义呢？在别人眼里不都是垃圾吗？"

崔璨无言以对。

吃完火锅，顾浔说先送她回家，在人流如织的广场上，两个人同时想起还有套圈活动没实践。

标价是三十元十五个圈，五十元三十个圈。但是摊位上没摆什么值得套的东西，除了可乐，就是些劣质得不能再劣质的塑料苹果，崔璨也看不上，可她非要花五十元换三十个圈。

"你十五个，我十五个。看谁套中得多。"

顾浔接过她递来的十五个圈圈，轻蔑地笑一声，掂量一下圈圈的分量，不带犹豫地一个接一个扔完了，套中两听可乐，没有套更多是因为喝不下、拿不了。

压力来到崔璨这边，顾浔旁观了史上最漫长的三分四十秒。

她先慢吞吞扔了五个，每个圈都认真瞄准了，却一个没中。

崔璨停下来，叉腰站在一边有点生气，像在做心理建设。

顾浔鼓励她："你套近一点的，瞄准第一排，别嫌丑，计数量不计质量。"

这五个扔得更慢了，瞄准得太久，期待值拉满，出手后落空，顾浔仿佛能听见她心碎的声音。

到后来每落空一个，她都要气鼓鼓到一边蹲一会儿才能平复心情。

摊位上也有别的顾客，有逛街的情侣，也有妈妈带着小朋友，幼儿都没她情绪波动大。

顾浔一边蹲着劝说，一边感觉遭到了围观："还有三个，扔完吧？你这不是已经有可乐了吗？可乐你不爱喝了吗？"

崔璨自闭了，一双杏眼在华灯下闪闪发光，他不禁怀疑她可能快哭了。

他长这么大没见过这么怕输的人。

想笑又不忍心笑，憋得难受。

拽了拽她手里剩下的三个圈，轻声问："我帮你扔吧？帮你扔掉怎么样？"

经过久久的思想斗争，崔璨戴着"痛苦面具"终于松了手。

顾浔只有几秒能够决定，选择套中还是落空，他现在倒是迫切急需一元钱帮做决定的服务。

没有依据的，他凭直觉认为自己要是套中更多，崔璨会更加难过。

三个塑料环一无所获地落地后，他回头不好意思地笑笑："哎……意外失手。"

崔璨微低着头一言不发，双手揣在外套口袋里，往家的方向慢慢走。

他接过摊主递来的两瓶可乐追上去，看她走到没人的暗处慌忙擦了下眼睛。

顾浔怔得停在原地，忽然想起第一次和她在这个广场遇见，那时她眼圈红红好像哭过，虽然在笑。他认识的崔璨并不是爱哭的人，一直没问她那天怎么了。

不可能也是套圈失败吧？

他愣了几秒，快步跟上去，打开可乐递给她："崔璨，你知道可乐一听多少钱吗？"

女生瞪着潮湿的眼睛看过来，情绪低落地摇摇头，她很少注意商品价格。

"学校超市卖两块八。其他的塑料苹果应该成本更低，十五个圈扔出去怎么都是套不回成本的。所以你想想我们花五十元本来打算买的是什么？"

崔璨有点蒙，端着可乐舔舔嘴唇，一时理不出头绪。

"是刚才那五分钟的快乐。"

[74] 普通朋友

做普通朋友，顾浔越来越觉得，这主意糟透了。

· 159

眼不见为净那种方案是充满古老智慧的。

很多事情看不见就不会总惦记，时间一长会淡。可是，每天在眼前转，一个词，一个表情，甚至一次暂停的呼吸，都能被赋予强烈的象征意义。一点又一点细节，此起彼伏，叠加在本就浓郁的感情中，纠缠不休。

真正反常的病症出现了。

好比，他现在坐在理财教室里自习，如果目光落在崔璨身上，崔璨的一颦一笑就会自动变成慢镜，像拉丝的棉花糖，把人包裹起来，又形成密不透风的茧。

而如果目光落在别处，关于崔璨的记忆就会从脑海里浮到眼前来，不断回放。他不禁开始痛恨自己为什么记忆变得这么好。

平安夜的晚上送崔璨回家，走到小区门禁处，她掏出钥匙串上的磁卡刷卡，刷了两次，门确实响了两声，却纹丝不动。

崔璨本来就因为套圈失败情绪低落有些许恍惚，一时间陷入茫然不知所措。

小区保安在旁边提醒她："你这卡，要去物业更新一下信息了。"

崔璨的反应有点迟钝，耳朵听着言语，眼睛却依旧盯着紧闭的门，眉心无可奈何地蹙着，看起来傻乎乎的。

接着门又响一声，开了。

奇思妙想冲进她的脑袋，她高兴地说："你看这个门，一听见'物业'就吓得赶紧开了。"

顾浔微怔，边笑边进门，告诉她真相："刚才保安用他的卡帮你刷开的。"

崔璨瞬间意识到说了很不现实的话，不自在地拍拍外套："哦，这样啊。"

即使是她的窘迫也显得很可爱。

烈日和阵雨交织的日子，她要机灵、嚣张得多，到冬天就自然而然带上一种笨拙，脑袋里稀奇古怪的东西像从熟透西瓜的裂口流出来，魔法、童话和奇门遁甲。

喜欢的人在冬天会变笨，说出去没有人会信。

也不能成为你在自习室兀自笑出声的理由。

女生们停下来，望向顾浔安静了两秒，这种事已经发生过好几次，大家适应力还不错，不必追问，反正知道有个四处嚷嚷失恋的人恢复正常而又没完全正常就行了，继续刚才热火朝天的讨论。

麦芒说："礼服我会做的，我可以帮你们做。我们高中艺术课必修做衣服。对吧——？"

麦芒高二就已经从韩——那个学校转学到崔璨的学校，按理说光从学时考虑也达到了1:2，但她还是改不了口，称原来的高中为"我们高中"。

崔璨对她们高中稀奇古怪的才艺课略有耳闻："必修游泳、二外、德育、做

160

衣服、交谊舞，是吧？"

韩一一补充说明："必修是必修，但麦麦学成什么样就不好说了，她敢做你敢穿吗？"

崔璨笑着摆手："我怕像兔子灯一样被发射出去。"

数院组织的跨年舞会，着装说明上特地强调正装，应该不太欢迎搞怪。

冬冬虽不参加，但提出有用意见："这种衣服又不经常穿，顶天了一年穿两次，没必要买啦，去年舞台剧我们租戏服那条街，我记得也有租正装礼服的。"

"有道理。"崔璨当时没留意，想来程汐涵应该没去过，转头拽上她，"我带你去。"

"嗯……"小程为难地挠挠头，"那里有男生正装吗？社长本来让我帮他买套正装。"

冬冬诧异："怎么你现在变成社长的跑腿小妹了吗？这样压榨新生啊？"

程汐涵忙解释："没有没有，我们社不是在组织德州扑克大赛嘛，社长自己还有个行研的比赛，四号要去北京，事情都撞一堆了，这两个月忙得脚不点地。我主动问他的。"

"哦哦。"崔璨表示理解，"那我们帮他搞定吧，男生正装应该也能租。尺寸你知道吗？"

"问他要了。"

顾浔一听，崔璨要去帮裴弈挑衣服，那还得了？可不得让裴弈高兴到死灰复燃了？

他连忙提议："我也去吧，你们不会挑男生衣服。"

这事放在以前，崔璨想都不想就会答应，现在知道他的心意，反而觉得不妥。人不能利用别人的真情，让顾浔像个备胎似的在身后拎包提鞋，连她都看不下去。

但崔璨的拒绝没什么技巧，脱口而出，简单粗暴："两个女生逛街有你什么事？你有这时间怎么不写实验报告？"

顾浔毫无挣扎的余地，后悔自己上周多愁善感没写实验报告，落了下风。

这个无情的女人，比助教还严格。

即使毫无余地，他还是垂死挣扎一下："我也要租正装。"

崔璨说："你有正装。辩论赛穿过。一套黑色一套蓝色。"

被捶死了。

顾浔黑着脸低下头做作业。

步行街又不是崔璨开的，崔璨能去，他也能去，崔璨还能管着他租不租正装？哦，不对，那个步行街，印象中视野挺开阔的。

· 161

他前几天才自曝其短，坦白八岁的跟踪狂前科，说不定让崔璨起了戒心，这才好不容易恢复普通朋友身份，可不能因小失大，被崔璨逮住反而绝交了。

小程同学还缺心眼地补充："社长只给了身高体重作参考，他身材挺标准的，应该不难挑吧？"

"不难挑。"崔璨说。

顾浔心里"吐槽"：程汐涵，你是我亲生的学妹吗？成天把"社长社长"挂嘴边，还夸他身材标准，和裴弈一起变讨厌了。

两个女生逛街，气氛毕竟不适合一路讨论学术，话题往生活八卦的方向发展，就绕不开顾浔了。

程汐涵主动自曝"黑历史"，聊起了高中和小姐妹胡闹组成的那个后援团。

"是我最好的闺密发起的，其实一开始只有她特别喜欢学长，我们就跟着装疯。后来也确实都蛮崇拜学长的，不过再后来反反复复又变味了。"

"怎么回事？"

"本来是我们自娱自乐。有活动给他拉手幅，给他弄超话，每天发很多表白的'彩虹屁'。确实有点少女心，又不太好意思，所以伪装成粉丝行为。"程汐涵自嘲地笑笑，"学长脸皮薄，看见我们这群疯子会逃跑，就更好玩了。"

崔璨想象了一下顾浔走投无路的画面，笑起来。

"我们一直喜欢起哄我闺密和学长，因为她很漂亮，也特别外向，只有她胆子大，隔三岔五冲到学长面前去搞事情。但我们对学长了解太少，居然花了两个月才发现学长有'女朋友'。"

"女朋友"？不是误传吗？

崔璨的脚步不禁慢下来。

"搞错了吧？"

程汐涵说："当时经常看见学长和那个学姐走一起，同框频率太高，我们觉得好奇，说会不会是兄妹什么的。结果打听到学姐也是他们年级拔尖的学霸。"

这种场景似曾相识，崔璨想起他刚进校时还常常和韩一一出双入对："可能只是一起讨论题目，学霸的交流嘛。"

"也有可能。不过我闺密一下就觉得很丢面子，几乎到了'脱粉回踩'的地步，她还打听到学长在初中部的时候就有关系好的女同学，所以整天都在骂他'渣男'，我们虽然没那么恨，但为了给姐妹出气，就也跟着骂。"

崔璨拧起困扰的眉心："可是，顾浔同班同学都说他'母胎单身'哎。"

"这就是问题的根源所在了。我们和学长的生活其实一点交集都没有，每天都在道听途说、捕风捉影，情报全是假的。像我们这种莫名其妙的爱和莫名其妙的恨，肯定给学长带去不少困扰。"

崔璨扑哧笑了，打趣说："那是他的福气。"

"这还没完。学长没选择保送，那个学霸学姐倒是不见了，传说是出国了。我闺密突然态度又一百八十度转弯，重新喜欢学长了。我们简直跟不上她的反转，毕竟骂过那么久'渣男'，覆水难收，脏话收一收也是需要时间的。"

"那怎么办？"

"不想说了，反正闹得四分五裂，指责我闺密的有些人其实也喜欢学长，只是看不惯我们只哄她一人，借题发挥罢了。好大一出闹剧贯穿了我整个高中生活，学长一个人的名字串起了我们一大群人的浮夸剧情。我不可能对学长一点不好奇，他和你回学校来宣讲的时候，我就对心理产生了兴趣，后来翻了学长发表的几篇论文，就决定报这个专业。收到录取通知书那天，我闺密把我拉黑了。"

"哦……"同为女生，崔璨立刻就意识到了事情的严重性，整个高中阶段兴风作浪、大张旗鼓向顾浔示好的人是她闺密，最终程汐涵却考了和顾浔同校同专业，典型的背刺友谊，"好棘手啊，现在是不是……还在闹矛盾？"

"应该算是绝交了吧。她就在隔壁东师大，但是从没联系过我，而且这几个月还多了不少关于我的谣言。你知道东大附中有很多人在东大，圈子就这么小。"

难怪看程汐涵总觉得忧心忡忡不太阳光！

难怪她这么急于脱单到了"病急乱投医"的地步！

难怪她没有同届的朋友！

都是顾浔这个红颜祸水小妖精惹出来的是非。

从理性的角度出发，应该安慰安慰无辜受害的悲惨学妹，可是冬天的崔璨不太理性，在所有版本的故事中，顾浔都有关系特别好的女同学。

"顾浔那个学姐，她叫什么？"

程汐涵本来还沉浸在顾影自怜的忧郁中，突然切换的话题让她有点蒙："呃……学姐？"

理财教室碰巧只剩他和崔璨，顾浔有点受不了。

崔璨在这里影响他学习。

崔璨埋头写作业，看也不看他，更影响他学习。

人一无聊烦闷，就容易叹气。叹了大概几十声，崔璨终于被影响了，皱着眉头抬起头看过来，视线相交不过片刻，又慌乱地别过脸："你干吗？"

"我有话要跟你说。"顾浔视死如归地把笔一扔。

没想到崔璨气若游丝，随意挥挥手："要说快点说，我肚子疼，生理期。"

·163

"啊？"让人措手不及的转折，"那要吃点药吗？"

又开始劝人吃药了，崔璨的白眼快翻上脑门："你要说什么？"

"算了，改天再说。"

一滴汗沿着女生的颊边滚过："讨厌你了！吊人胃口！"

顾浔无可奈何，只能继续："崔璨你知道我对你的感觉，但你又有男朋友，我不想和你做普通朋友，要解决这个困境只有一个办法，你脚踩两条船吧。"

啊？！

"你在说什么？"崔璨的语调异常冷静，她甚至都忘了肚子疼。

"别人都会，你为什么不能学？"

他的语气认真得仿佛在探讨一个学术问题。

"你男朋友在北京，反正他也发现不了。"

崔璨沉默了，眨了半分钟眼睛，还以为生理期的女人易发疯，原来发疯的不是她。

"我没有男朋友……"

"怎么又没有了？！"

"我知道你喜欢我，但我不想和你谈恋爱。你又没有告白，所以我没法拒绝你。我只能说我有男朋友，但我又不能凭空变出一个男朋友，所以我只能说，异地恋，懂了吗？"

这么绕的一个逻辑，顾浔居然能抓住要点："你为什么不想跟我恋爱？确实讨厌我？"

崔璨有点晕晕乎乎，又在想为什么偏偏要在肚子疼的时候探讨这么大是大非的问题。

"不讨厌。"

"那为什么？"

"为什么你不是知道嘛？！你说我'害怕用心经营人际关系反而不能成功，处处为自己留退路'，你说我'装作不在乎别人喜不喜欢其实最怕不被喜欢'，你鼓励我为舞台剧认真一次，结果你看到了，每当我认真起来所有事就开始崩坏。"女生感到激素活跃，情绪有点超出控制，拼命捂着脸，眼泪却还是从指缝里往外冒，"我听你的，试过了，然后呢？"

[75] 跨年舞会

这不是顾浔理想中的告白。

他准备了很多话，斟词酌句，打好腹稿，删删改改，生怕不能完美表达出心意。而这不仅算不上完美，离他想象中最不济的告白也有差距。

再差劲的告白无非是差在辞藻贫瘠，没见过这样词不达意、支支吾吾、语义混乱还旷日持久的，拖到不能再拖，碰上她身体不适，还把她惹哭了。

"我听你的，试过了，然后呢？"

没想到回旋镖时隔一年还能打在自己身上，可疼了。

他默然，生无可恋地用手扶住额头，歉疚从眼中闪过："建议权只有一次你早说啊，我怎么会用在舞台剧上。"

崔璨抹抹脸，把手放下去："用在哪里都一样。"

"不一样。"

"一样。"她又孩子气地较上劲了。

好吧，告白变成辩论。

顾浔把后脑勺搁在椅背上呆望片刻天花板，想起更现实的问题："崔璨，你肚子疼，受凉了会更不舒服，要不跨年舞会别去了吧。"

崔璨想了想说："不，我疼一会儿就不疼了。"

他冲她挑起眉："这你又跃跃欲试了？"

不是你说要炫耀舞伴？崔璨不想说话了，把头枕交叠的手臂上，背对着他。

过一会儿顾浔出去接了杯温水，和一板止痛药一起放在她面前桌上，没说什么就离开了。

冬日的阳光充满了走廊，他开门的一瞬间，整个人的轮廓变得金灿灿的，然后他消失在门背后，教室里一片清冷宁静。

崔璨趴在桌上许愿他穿蓝色的正装，她就是为了和他配得和谐，特地也挑了蓝色，她觉得他穿蓝色那套更好看。

她其实没有必须要带病坚持参加舞会的理由，刚学了几个月的舞，跳得也不甚好，到期末勉强能考核合格的水平。

只是很有仪式感的活动，特地去租了礼服，选款式选颜色花了心思，想打扮得美好又正式，至少让他看一眼，毕竟这种机会平时没有。

傍晚时分，崔璨提前吃了晚饭和止痛药，回寝室梳妆打扮。

跨年舞会的地点在校门外，也属于学校旗下的酒店，借了平时举办大型学术会议的一个厅，从西校门出去需要步行大约五百米。

崔璨动了脑筋，最后还是穿了运动鞋，把高跟鞋装在手提袋里带去。

临出门在寝室里来回照镜子，确保万无一失。

冬冬回头看她，感慨道："啧啧，恋爱中的女人脸上真的会发光。"

崔璨怔愣了一瞬，心想，可能"恋爱中"反而没有这么好。

天已经黑了，路被灯光照亮。

走路时崔璨低头小心提着裙子，裙长是为干净室内、外加穿了高跟鞋的身高设计的，穿运动鞋在马路上走可能把裙摆弄脏。

途中她本能地冒出一些忐忑，回忆午后和顾浔在理财教室的一句句对话，好像并不愉快，他会不会赌气不来了？

她在酒店的台阶下一抬头，顾浔就站在门口明暗交界处，猝不及防。

哎呀，她还没来得及换鞋，还穿着外套，本来希望打扮完整再见到他的，而且他穿了黑色正装，这个笨蛋完全不知道自己穿什么好看。

心情坏掉一点。

韩一一面朝马路，先一步看见崔璨："哦，璨璨来了。"紧接着就踮着脚，小跳步地跑了，"我进去啦，冷死我了。"

顾浔回过头，看见很惊艳的一幅画面，虽然和他预想的风格不同。

从上往下看，女生干净漂亮的脸迎着光，发际线有好多细软的小头发，被风兜着卷来卷去，外套里露出深蓝色的长裙，缎面一定是精心熨烫过的，在灯光下闪闪烁烁。

他形容不了这种感觉，好像昨天对方还是在广场上随手乱扔甜筒的野孩子，今天就只有混在采访媒体里才能有幸和她握上手了。望着她的感觉，好像视线对上太阳，不能直视，只好移开目光感受一点热烈的余韵。

顾浔伸手扶她上来，指指旁边的车道："我把车开过来了，玩到十一点吧？我送你回家。"

"为什么？"崔璨一脸茫然，"超过十二点它会变回南瓜？"

他笑起来："不会啊，夜深了会很冷。"

崔璨一边往里走一边说："我以前跨年夜出过交通事故，所以来回乱跑我妈妈反而不放心，我跟她说好今晚在学校玩，在学校住。明天上午睡到十点从从容容地回家。"

顾浔道："好吧……"

白开车了，大白天从从容容地回家也用不着他，自己打车都行。

心情也坏掉一点。

进场后她先和他跳了一首歌，算是热身，她还很拘谨，脑子里全是先迈哪只脚再迈哪只脚。

这一曲结束裴弈就跑来邀请她了，顾浔不想让她走，但又不想那么霸道。他更希望让崔璨在和自己相处时感到轻松自由，以及被尊重。

当她在人群里像小蝴蝶一样转来转去时，他在旁边取了杯饮料，拒绝了一个女生的邀请，只是远远盯着她看，看见裴弈把手搭在她背后，就有一种喉咙被什么紧紧勒住的感觉。

他的脑海里萦绕着另一些无关紧要的细节，崔璨很怕痒，上舞蹈课时每次他想显得绅士一点，手很轻地放在她身上，她反而会嘻嘻哈哈扭起来笑个半天，为什么裴弈不会遇到这种困扰？他弄不明白。

好在小蝴蝶很快就完成任务飞回来了。

崔璨脸红扑扑的，问："你在喝酒吗？"

"没有，这是果汁。"

"给我喝一点。"她抓他手里的杯子灌了好几大口，最后满足地啊了一声。

他放下杯子拉起她继续跳舞，她兴奋多了，舞步很错乱但就这么乱跳，同时她的话也多起来："你看着裴弈的样子，好像下一秒就要掏出枪。"

顾浔笑了，轻轻用拇指抚摸着她的指关节："是啊，成熟的我才会放你去，幼稚的我只想打死他。"

她笑得连肩都抖起来："我有时候怀疑，你看起来喜欢我，会不会只是沉迷于和裴弈一争高下。"

"那你太不了解我了。"他一本正经地说，"要不是喜欢你，裴弈就是饿死，死外边，从这里跳下去，我也不会多看一眼。"

崔璨从他手里抽出手拍在他胸口："拿别人发毒誓算什么本事。"

"优雅点，崔璨。"男生把她的手握回来，低下头问，"我喜欢你，你喜欢我吗？"

"嗯……"她仰起脸，表情认真地承认了。

"做我女朋友。"

崔璨没有吱声。

于是他又重复一遍："做我女朋友，求你了。"

崔璨笑起来："你干吗对这件事这么执着啊？我们现在不就很好？做女朋友和做朋友也没有什么区别。"

"区别大了好吗？你是不是笨蛋？"

"你不是笨蛋，那你说，有什么区别？"

顾浔皮肤白，脸一红就特别明显，经过几秒的思考，想到了一个最实际的："如果你是我女朋友了，我就可以随时给你打电话。"

"难道你现在不是随时都可以打吗？"

顾浔犹豫片刻，眼神里流露出顺从和惶恐："不是，我会纠结很久什么时候打给你容易被你接到，如果你没接到，我又要考虑很久什么时候打第二个比较合适，还要考虑什么时候打给你不会招你烦。晚上十点以后一般人会睡觉，我不知道你是不是也准备睡觉了，而早上十点前你可能还没有起床。但是从晚上十点到早上十点的时间，我正好会特别想跟你说一些没那么重要的话。"

崔璨突然感觉到放在自己背后那只手灼热的温度，暖意渗透到心室的位置，心快要化了。

她有时惊讶于顾浔的小心细腻，像女孩一样乖巧，相比起来自己简直粗犷。

她说："那你也不了解我，我从来不会为电话生气，你随时都可以打。大不了只是我睡着了没接到而已，但我不会烦，我醒来了你还可以打。"

"那我要是一直不挂呢？就一直说着直到睡着，早上醒来第一时间问你醒了没有。"

崔璨诧异地瞪着眼睛，想了半天："我从来没听说过有人连麦睡觉的。"

"但我就想这么做。"

崔璨抬起手挠挠头："那也可以。"

"这不就是恋爱了吗？"

呃……

"不然你说，除了我还有谁可以？"

问题是除了你也没有别人提出这么离奇的要求啊……

"能不能再给我一次机会？"顾浔又开始认真给她洗脑，"我控制不了舞台剧演出的四十六个人都喜欢你，但我自己喜欢不喜欢你能说不清吗？"

"不止这一次……"

"我知道，你付出过很多次努力，结果都不怎么好，只不过你运气不好，但我运气一直很好，可以分给你。"

提起运气，她心往下沉了沉，撇着嘴说："就连今天，我本来以为你会穿蓝色，你为什么不穿蓝色呢？我以为我绝对不会猜错的，一点默契也没有。"

他说："哦，因为所有颜色让你挑，你最喜欢黄色。我以为你会选黄色礼服，那我就不能穿蓝色，不然我们俩会像带货的。"

崔璨微怔，想象一下，撞色确实太招摇，绷不住笑了："你神经啊，画面忘不掉了。"

"啊，你开心了，答应吧。"他继续锲而不舍地洗脑，"谈恋爱好不好？"

"那我们出去玩吧。"崔璨松开手后退两步，一边往会场外面走，一边叽里咕噜碎碎念，"这个颜色确实不适合我，只有皮肤白的人穿才好看，这个鞋也不适合我，这个大人的衣服也不适合我，也不适合你。"她一回头，顾浔还愣在原地没跟上来。

"你在发什么呆？不是说谈恋爱去吗？"

[76] 彻夜谈心

崔璨的"秘密基地"在音乐学院附近的一家咖啡馆。

"我小时候学声乐，之前还学琴，每周过来上课，下课总要躲在这里玩一会儿。"女生用眼神示意方位，遗憾地说，"我最喜欢那个沙发。"

沙发上现在坐了个抱着笔记本电脑的老外。

顾浔从咖啡桌对面凑过来小声交流："人的目光是能制造压力的，我们可以一直盯着他，把他盯走。"

"你是不是故意老盯着我啊？说起来我经常会突然感觉心里毛毛的，一张望你果然在附近。"

顾浔笑起来："我没有故意盯你，我只是经常碰巧看见你一些奇奇怪怪的行为，忍不住多看了几眼。"

"我哪里奇怪了？"

"比如刚进校的时候有一天，我坐在座位上准备上专业课，当时教室里还没什么人，教室门张开了不到三十度，然后你来了，你像螃蟹一样横跳进来绕过了门，没有碰到它。"

崔璨自己也笑了："我为什么要那样进门？"

"不知道啊。我知道你瘦，但是正常人都会把门推开吧，在你后面进来的人就把门推开了。之后我两节专业课都在想，好奇怪，这是为什么，是不是有些特殊的心理根源啊？后来我发现这是你的习惯，只要有个门缝你能挤过去，你是不会推门的。"

"我都没注意到我有这个习惯……"

"你还经常在楼梯上换脚，我看见了当然也会想'嗯？这是在干什么？'"

"那是我迷信的小游戏。所有的楼梯都要右脚上最后一级，这样今天就会有好运。"

"谁规定的啊？"

"我和自己约定的。"

顾浔感到不可理喻："搞玄学也要讲基本法吧，还能自创规则吗？你说你是不是很奇怪？"

"原来你说喜欢我，只是猎奇。"

"不是啊，明明是两件事。"顾浔把老外盯走了，飞快地跑去把沙发占住，安排道，"你坐这边，我坐这边，毯子给你。"

"不要，我要挨着你坐。"崔璨不服从安排。

"那你说话的时候我看不见你的脸了。"

"但你可以摸到我。"

摸？顾浔拧起眉，伸手摸了一下她的脸，手感弹弹的，但是因为化了妆，摸

169

到了一些带细闪的东西。

"不是让你摸我脸。"崔璨坐起来抗议一声，又靠回他肩膀了。

脑袋好沉，顾浔想。

终于可以舒服地窝在沙发里聊天了，他问："你在这附近学什么琴？"

"钢琴。"

"你喜欢吗？"

"钢琴还可以，我爸妈没有逼我考级，只是让我学歌。"

"你爸妈好像送你学了很多很多才艺。"

"是啊，他们给我提供了普通父母能给的最好条件，给我讲过好多心灵鸡汤，想我变得优秀、讨人喜欢，早知道我只要变得奇怪就能讨人喜欢……"她抬起头笑着看顾浔，"那就用不着学这么多了。"

顾浔只好无奈地笑，知道她要变着法拿这点取笑好一阵："我都很喜欢。"

"不过就是这个原因，我从小没什么时间玩。那个旋转木马，我一直很想坐，但是我长大了，又不太好意思去和小朋友抢位子。说到这件事，只有高中时的闺密当了真，陪我玩过好多次。不过遇到你的那天，她也走了。"

"去哪里了？"难怪她看着像哭过呢。

"考去大学了。哦，对了——"她又坐起来，"她是战戎的女朋友。"

"什么鬼东西？他还有女朋友？"

"他有啊，当然有，他喜欢女生，你别听他妈在电视上瞎说，那都是立人设炒作。"

顾浔花了三秒就接受了这个全新的事实，反正不关他的事，崔璨说他喜欢女生那就喜欢女生吧："那他怎么不追你啊？"

崔璨白了他一眼："人家只是正常的异性恋，又不是见个女的就喜欢。他还不怎么喜欢我，不大乐意我跟她女朋友走太近，说我太强势喜欢控制别人。"

"你还强势？你还强势？"这话顾浔不爱听，"你又没上电视说他别的。你这样都要被说强势，那他内心是有多虚弱啊。"

"我也觉得。"崔璨顿时有了自信，"我根本没有控制别人。"

"呃……那还是有一点。记得三十八度高温，你抓我们练走位吗？"顾浔实话实说，又毫不意外被揍了。

"那你怎么不来试试呢？大家都摆烂，一台活动怎么组织起来？"

顾浔沉默了一会儿，这种时候，会觉得崔璨和裴弈其实有些共通点，从小受精英教育，听心灵鸡汤，责任心又强，非常努力地尽人事，事事精益求精，得不到好结果就会沮丧。但是这些话他不想说出来。

他说："崔璨，你得习惯这个，你已经在东大了，优秀程度占人口比例千分之一，是纯纯的少数群体，其实凑合混日子才是世界的常态。就好像掌握了最高端的计算机技能，出了门一看，大多数人都在用算盘。下次再遇到类似的事，观察一下别人，然后入乡随俗换算盘吧。"

崔璨笑起来："我没见你混日子。"

"排舞台剧的时候我就在混，所以输了我也不会哭。"

"那你追不到我哭不哭啊？"

"哭晕过去好几回了。"顾浔笑着说，"谁能想到你这么狠？凭空捏造异地恋，你太知道怎么扎心了。"

"你不要夸张，我才扎了你几天？你还说你喜欢成熟、平和、安静的女生，反正不是我，你说完我郁闷了……"崔璨扳手指数了数日期，"一个月呢。"

顾浔诧异地歪过头："你那时候喜欢我？你怎么不早说呢？"

崔璨深深无语："你那时候又不喜欢我，我为什么要说。"

"不喜欢你为什么要给你硬币去坐旋转木马？"

"对啊，为什么？这不就是我一直在追问的问题吗？我说你喜欢我，你说我做梦。"

顾浔不好意思地笑起来："所以说我们人类没有那么容易了解自己的想法，就算了解了，也难免还要嘴硬一下。"

"下次注意了哦，再遇到喜欢的女生要早点告白，趁自己头没秃。"

顾浔停顿了片刻，从身后抱住她问："你怎么会认为，我还会再喜欢别的女生啊？"

"呃……"崔璨把他右手拿起来，和自己的左手拼在一起看了看感情线，"不好说，很少有人一辈子只谈一次恋爱吧？要不……你先说说李铭玥是谁？"

他莫名其妙觉得身上热了，大概是紧张，生怕崔璨因此产生一点不愉快："啊，她……只是朋友，你不要相信他们给我传的谣言。李铭玥就是……成绩很好，和我经常有点竞争，偶尔会找我说话。"

"说话？"崔璨坏笑着回头盯着他，"找你聊天啊？"

"控诉吧……她觉得我们班主任总是针对她。好像也确实有点针对她，刚进校就当众说她很浮躁很骄傲。可我想，她确实成绩好，骄傲不就挺正常的吗？反正就因为这些事，她整天在学校也不愉快，浑身带刺也没人喜欢她，脾气其实和你挺像的，只不过她的吵架对象是我们班主任。"

"什么叫和我挺像？明明和你很像，你才是成绩好又骄傲，还爱吵架。"

他低头笑笑："我承认，有一点。所以我才特别不能理解，她只是女版的我嘛，为什么就多了那么多压力？"

崔璨沉默几秒，坐直了面对他认真地说："是这样的，顾浔，如果舞台剧是你来组织，你安排大家在三十八度天排练，保证没有人唱反调，因为你是男生。没有人会觉得男生强势有什么不妥，也没有人会觉得男生骄傲有什么不妥。"

"有啊，你嘛。"他伸手捏捏她有酒窝的那边脸。

崔璨把头靠在沙发上，看着他问："那陈晓榕呢？"

顾浔惊讶得挑挑眉："你还调查到我初中了？查户口呢？"

"嗯，是不是有点心虚了？听说挺漂亮的啊。"崔璨笑着揶揄。

"陈晓榕呢，就是竞赛班的同学，不算漂亮吧，她和你有一点真的很像，爱打扮。但是东大附中，特别是初中，就容不下她这种人。我们校风挺保守的，女生在学校穿裙子都显得很另类，更不用说穿成她那样，她在学校也没朋友。"

崔璨讪讪地说："我就是觉得好玩，搞搞造型能让自己心情好。"

"差不多，就是图好玩。"

"那怎么你朋友整天变造型你没意见，我刚进校换了几个发色，你就用那么鄙视的眼神对着我啊？"崔璨说着说着又开始反攻倒算。

"我有审美，你在瞎搞。"顾浔没忍住嘴贱，被踹了一脚，笑了一会儿支着头正色问，"崔璨，你从小到大是不是过得很累？"

她出挑，又聪明；张扬，又骄傲；伶牙俐齿，咄咄逼人，很强势。以他从小到大的经验来看，这样的女生不会过得太顺利。

"一般吧。"她垂眼抠抠手心，答得含糊其词，又想起前面那个女生，"陈晓榕现在在哪儿？"

"也出国读书了，没联系。到了包容性强一点的环境，应该很自在很开心吧。你毕业会想出国吗？"

"不知道，我这个人没什么计划性。"

"但你要提前告诉我，我要做计划啊。我不可能跟你搞什么异国恋的，一天见不到你我就要发疯了。"

"花言巧语得了吧，什么小榕小玥的都走了，也没见你发疯。"

"那根本不是女朋友。"

崔璨也知道不是女朋友，故意嘲他："谁知道你跟人怎么描述我，回溯过去都不是女朋友。知人知面不知心哪，其实你才是'海王'，应该搜'如何征服海王'的是我。"

顾浔不想聊这个"社死"事件，把她从沙发上拽起来："店要关门了，崔璨，换个地方。"

"这里不会关门，通宵营业的。"

"你困不困？想睡觉吗？"

崔璨心里咯噔，脸垮了一下。

这家伙想干吗？不会拉生理期的女朋友开房吧？

呵，男人。

男人提议："你要是不困，我们去江边等日出。"

"哦，哦。"崔璨挠挠头，目光慌乱地扫到他光洁白皙的脖颈，觉出一点不对劲，她和顾浔都挺像小孩的。

彻夜聊天固然很贴心，但是好像生出点闺密感了。

顾浔好像没有那方面神经，他知不知道女朋友和普通朋友的区别呀？

[77] 没有你熊

顾浔乍一看让人很有距离感，慢热、话少、眼神冷淡，喜欢独处，一点都不热情，讨厌应付缺乏边界感的人。但是熟悉后就好多了，知道他细心、耐心、愿意听人说话，有点强迫症，会因为东西乱七八糟而烦恼，其实很爱开玩笑，会格外关心被群体冷落的另类……还有什么？

崔璨觉得自己对他的了解还有点少，几乎不知道他的兴趣爱好，本来觉得他的爱好是学习，现在看起来，他完全不是书呆子呀，还有些情调，比起男生更像女生，当然，这也是刻板印象。

等日出这种活动，连崔璨自己都没尝试过。

到江边时离日出还早，"禁止钓鱼"的警示牌边有人钓鱼。

"这种人很偏执，我们离远一点。"顾浔草率地给人写好病历。

啧啧，他还好意思说别人偏执。

不过崔璨觉得不是没道理，也不敢放声说话，怕惊扰了他们的鱼，闹出不愉快。两个人只好缩在水泥道和绿化带的交界线上用气声窃窃私语。

"我觉得冬天不适合谈恋爱。"

"为什么？"

崔璨踮脚在他耳边说："冬天我们像两根胖油条。"

顾浔无声地笑起来，理解她的意思，穿太多了，带着不属于自己的膨胀。

他低下头，也贴着她的耳朵说："只有一根，因为我们一直贴在一起。"

啊，对，崔璨点点头，一根油条就可以分两半。

"我喜欢夏天的时候，你游泳回来头发湿湿的，身上还有舒肤佳的味道。"

"你怎么知道是舒肤佳？"

"因为我本来用舒肤佳，但我用舒肤佳就吸不到你了，所以才换成力士。"

难怪浓郁花香是这个夏天以来才出现的，顾浔怕她一直踮脚吃力，把她拎到栏杆边的窄小台阶上站着："你抓着我。"

她继续说："平时我都是晚上跑完步才回去洗澡，周四和周五我要洗两个澡，因为挨着你嘛，所以有时候我会因为懒得洗澡想翘课。"

"你这有点本末倒置。"他把她圈在怀里防止她掉下去，笑起来，"但我很喜欢冬天，去年冬天你带我吃面，我带你看超级赛亚人，裴弈也没那么烦人。"

原来关键是去年冬天裴弈没跑出来刷存在感，她觉得好笑："你为什么会因为裴弈没安全感啊？在学校你比他受欢迎。"

"那不一样，我们学校是一个'慕强极端组织'，大致上由GPA和发论文决定人气，但是女孩子选恋爱对象是另一种标准，她们会喜欢那种把她们当女王的人，裴弈，也未必是真心的，可他很擅长营造出把你当女王的氛围。"

崔璨侧过头看向顾浔，意识到自己正被他抱在怀里，但这又不是真正的拥抱，皮肤没有接触，隔着棉花也感受不到温度。

江水中的灯影映在他脸上，影影绰绰地晃着。

四下无声，一切像个潮湿旖旎的梦境。

他是她天真透顶的同伴，这里的时空是非线性、超自然的，不被现实戏弄和操纵。

"恋爱不是当女王，恋爱需要灵感，裴弈对我也没有灵感。"

顾浔一瞬间觉得自己落俗了，揣测崔璨会按好感度挑选哪个男生这件事本身就很俗。

他问："我对你有灵感吗？"

崔璨点点头："你说到看超级赛亚人，我想起来，你帮我压头发的时候，我脑海里盘踞着旋律。"

他侧头看她，她的脸迎着光，一层薄薄的金箔从水面一直铺到她的微笑上。

她的面颊透亮，阳光爬过眉骨落进眼睛里，细碎璀璨。

然后她也回望过来，瞳孔里映着他的小人，缓慢地收紧。

忽然喧嚣的水声像开了闸灌进耳朵里，两个人齐齐回头往一侧看，鱼咬着线跃起来拍打江面，空气中有无数水珠在飞舞。

他比她先把头转回来，在她险些从台阶上掉下去的瞬间，扶住她的肩，乱成一团的触觉，两张脸只相距几厘米，十分鲜明的热度从光源由远及近递到脸上。

有种想亲吻她的冲动，却又被紧张钳住了动作，他清了清喉咙，一点声音也发不出来。

这瞬间本来很完美，但一迟疑就错过了时机。

起念之后，遗憾一路都挥之不去。

他专注开着车，几乎无话，脑袋里却有许多声音争论不休。崔璨也很安静，她在想什么呢？趁着等红灯时偷看了她一眼，表情好像被橡皮擦擦过一样，可又

174

并非陷于困倦，因为一察觉他的视线，她立刻就把视线对了过来。

他本来一直觉得崔璨的眼睛很漂亮，漂亮到有没有别的五官都无所谓了。这时却被她看得发慌，握着方向盘的掌心渗出汗。

他把脸转向前方，故作镇定地盯着路面，仿佛它随时都可能像游戏里那样跳出一个怪物。

从来没有一道习题让他感觉这么苦恼，最佳思路一溜烟就从眼皮底下绕过去了，往后的都不够好，有预感以后再也不会有这么好的了，懊恼到再过十年也会从梦里气醒，为什么在太阳出来的时候不亲她啊？！

当他把车停在崔璨家楼下的停车位上，她没有急着立刻下去。

他以一种非常沮丧的语气做着后续计划："你回去好好睡一觉，可能要睡到晚上吧？如果你晚上精神好了，还能出来，我带你去吃脆脆的鳐鱼。"

"嗯。"崔璨觉得自己现在精神就很好，还有点高兴，他能把这个约定一直记到冬天。

接着两个人好像尴尬住了，胶着了几秒。

她不太确定是应该跑路，还是再坐一会儿，阳光烘下来，身上冒了点汗。

就在她准备动身时，顾浔握了一下她的手腕，马上就松开了。

她回过头。

他严肃紧张得像要去干架，提问的音量却又非常小："崔璨，我可以亲你一下吗？"

崔璨微怔，继而猛然笑出声，难为情地抬手捂住脸颊："啊，这……不用问啊。特地问就很奇怪，没有人会特地问吧。"

"都不问的吗？"

"不会问吧。"

他脸红到耳根，但因为崔璨笑得太有传染性，他也忍不住笑，弦松下一点。

想要欺近到她面前时又有点紧张，并且受到突如其来的反作用力，一下被勒到呼吸暂停。

他困扰地一低头，发现是安全带没解开，又掀起了崔璨新一轮的哈哈大笑，被整得没脾气了。

她一边笑一边把自己的安全带解开，手被他抓过去按在胸口。

"你摸我的心跳。"

她乐得停不下来，小声嘲笑："什么心理素质啊。"

他一直等到她笑意消散，确定自己也不会笑场了，才捧起她的脸，轻轻触碰，微微施力，落下一个很安静的吻。

脑袋沉沉的，来不及思考什么，看见他退开后小狗一样认真又忐忑的眼神，才忽然清醒一点。

她把胳膊轻轻搭在他脖颈上撒娇："一下不太够。"

于是他搂紧她又轻啄了一下，然后她还给他很多下，两个人玩得乐不可支。

理论基础如何不太清楚，但顾浔肯定没有实践经验，不过没关系，崔璨想，这样才比较开心。就像去游乐园和要好的小伙伴四处逛，听听欢快的音乐都有意思，何必看别人排队也去排热门项目，徒增焦虑。

崔璨没想到自己心理素质也很差，居然失眠了。

一夜没合眼，一整个白天也没睡着，光是盯着天花板，脸遏制不住地发烫，心慌慌的。

完了完了，要猝死了。

傍晚她就放弃了挣扎，干脆不睡了，爬起来从冰箱里偷了点面包，跑回房间边吃边等电话。

七点多电话还没来，已经到应该出发去吃饭的时间，她的情绪有点低落，不过还是冲了个澡梳好了头发，振作了一下精神。

八点半，电话依然没有来，焦虑的同时有一点恼火，只有自己一个人兴奋吗？怎么还有这种撩完就跑的浑蛋。

崔璨静不下心做任何事，只好把电话打过去，等待音响了两声就被接听了，但他的声音听着就有点迷糊。

她把手机换到另一侧："你还在睡觉？"

"嗯，不小心睡着了。"感觉到他渐渐清醒的过程，"现在几点？"

"八点半，晚上。"

他沉默了五六秒，半天才反应过来一句："啊……居然误事了。"

"没事，你想继续睡也行。"

他很慌乱地问："你收拾好可以出门了吗？"

"我不用特别收拾啊。"她轻描淡写地说，仿佛也没有把约会当回事。

他整理了一下思绪，终于拿出处理方案："你能、能下来让我看一眼吗？因为我又有点想你了。但我得回家洗个澡换身衣服，你再上去吃点东西，等我一会儿，给我半小时就够了。"

表述非常混乱，什么"上来""下去"的？

崔璨没完全听懂，挠挠头问："你在哪里啊？"

"我在车里。"

过了好一会儿她才反应过来，打开窗户探头往楼下望，车就停在早上送自己回家时停的那个临时车位，电话还没有挂断："你没有回过家？"

"嗯……"这局面有点难以解释。

又了解多一点，顾浔是个"恋爱脑"。

崔璨没换衣服，就穿着熊熊居家服跑下楼去，一出楼栋，一股冷风灌过来。

他从驾驶室出来了，果然还穿着昨晚的衣服，看见一只小熊窜出来，还好意思笑别人。

崔璨满脑袋问号："你一直坐车里干吗？"

"我本来只想坐一会儿平复一下心情，但是到下午太阳晒得有点热，就不小心睡着了。"

"平复心情要一直坐到下午的吗？你睡了几个小时啊？"

"大概四点半五点睡着的吧。应该睡了四个小时。"

崔璨一个小时没睡，也没脸嘲笑他，只是靠在车前阻止他疲劳驾驶："你把车留下走回去，今天不要开了，我们可以打车出门。"

顾浔想了想，把车留下隔天再来取，正好又有理由见崔璨，愉快地答应了。

走之前他说"让我抱一下"，崔璨就让他抱了。

冬天确实穿太多，抱起来没什么暧昧感觉。

顾浔抱着她笑："你好熊啊。"

"没有你熊！"

[78] 乐极生悲

吃完晚饭各自回家，暂时回到了现实世界，因为崔璨要做作业。

顾浔的语音通话打过来，本来想聊天，听说她在设计实验，有点恹恹的："你不是之前也没有异地恋吗？为什么期末作业这么晚还没交？我一个'失恋人士'都已经交了。你看你效率低，拖到元旦假期，影响谈恋爱了吧。"

"我不是效率低，我是写太长了，已经写了三万字还没写完。"崔璨一边打字一边说。

顾浔问："不需要自己做的实验，设计得这么尽兴？"

崔璨嘿嘿偷笑，心理实验课的期末作业是每个人独立交一份实验设计报告，不需要实际去做这个实验，考的是实验设计能力。

由于期中小组作业顾浔带领小组"卷"死了其他组，四个人都获得了九十九分高分，这门课的最终最高分已经只能在小组内部产生了。

顾浔嗅到了一丝火药味，似乎一些悲剧剧情即将重演："崔璨，你不会又盯上奖学金了吧？沉没成本这么高，我觉得很恐怖啊，该不会最后因为我又'抢'了你的奖学金你要闹分手……"

"你抢不到的。"女生自信满满。

"万一呢？"

"我这个学期没什么通选、公选课，体育课我俩一样，专业课你软件比我强一点，但是实验心理学有四学分，我这个比你强就赢了。你这个学期色令智昏，也没发论文吧。"

确实没发，但色令智昏是因为谁啊？！

顾浔有点憋屈："我现在怀疑你和我谈恋爱的动机，不战而屈人之兵。"

"等我拿到奖学金，会给你买一点点情人节礼物的。"

顾浔被气笑了："实验你写了什么啊？放这种大话。"

"不告诉你，保密。"

顾浔越发好奇："告诉我吧，我已经交了，又不能撤回重写。奖学金我都让给你，好不好？"

"别吹牛，自己输了，说让给我。"

"好吧，是我自己输了。告诉我，你写了什么？"

"我设计了一个研究心理资本对效率影响的实验，用河内塔任务测试。"

提纲挈领，顾浔能想象出整个实验，以及她怎么会设计得这么复杂，不愧是她。

"杨婷婷她们期中一整个小组做河内塔两人实验，你期末来个三万字的作业，肯定比她们期中作业总字数还多，这个打脸好难看的。要我提醒你吗？我失去的只是奖学金，你失去的可是好人缘啊。"

"没关系，等开学大家肯定都知道我们在交往了，到时候他们会认为，难怪呢，肯定是顾浔帮崔璨写的期末作业，顾浔平时就最喜欢'内卷'，顾浔这个人为了讨好女朋友什么都干得出来。"

顾浔问："崔璨……你有没有自己试做一下心理资本量表？你是不是事务型心理资本拉满了，人际型心理资本一点都没有？"

"不告诉你。"崔璨发出动画片里反派的夸张笑声。

"不告诉我也知道。很显然'包容宽恕、谦虚沉稳、感恩奉献、尊敬礼让'和你一点关系都没有。"

"哦，你现在不看量表就成'懂王'啦？"崔璨以其人之道还治其人之身，"神棍！"

顾浔无言以对。

插科打诨了一会儿，毕竟一心二用不利于做事，顾浔也想让她尽快完成作业白天能挤出时间约会，于是不和她说话了，但通话没挂断，能一直听见她打字的声音也挺好。

连麦睡觉还没实现，连麦做作业倒是实现了。

"你要是中途喝个水缓口气想找人说话可以直接说，我手机就放在眼皮底下。"

　　然而，温柔体贴的男朋友是不存在的，崔璨很快发现，他成了监工。

　　打字声停了才半分钟，顾浔发问："你在玩吗？为什么不说话？"

　　崔璨说："我在思考，你不要吵我。"

　　过了三分钟，打字声还没有恢复，顾浔问："卡住了？"

　　崔璨不得不承认："我觉得可分析的因素有点少，太简单了。"

　　"你分了什么啊？高、低心理资本？任务难度等级呢？"

　　"我分了高、中、低。"

　　"细分一点，本质上你分的是几个物体块的任务，物体块和步数正相关，任务难度和物体个数是线性关系。但如果计三个梯队的步数、完成时间，还可以把违规次数、多余步数考虑进去，就不仅仅是物体块的问题了，可以让分析过程变得更复杂。"

　　"哦哦，你好聪明！"她一听就明白了，很随意地回答了句，又开始敲字。

　　正是很随意，让顾浔觉得很可爱，能自然地大方夸人是个特别好的优点，她从来不吝啬也不忸怩。

　　崔璨认认真真写了两小时作业，因为两天一夜没睡觉，刚开始的恋情兴奋劲也着实撑不住了。

　　顾浔在看书，回过神发现打字声不知已停止多久，看看时间，也猜她大概休息了，试探着轻声叫："崔璨？"

　　没有回应，但是听见了又沉又长的呼吸声。

　　该不会趴桌上睡吧？

　　再努力分辨一下背景噪音，呼啦啦的，是电脑散热风扇声。

　　好吧，就是在桌上睡的。

　　尝试发出各种噪音把她叫醒都未能成功，虽然还连着语音，但没招去干预她，睡得可真沉，恐怕真是小熊成精，直接进入冬眠。

　　顾浔有点无奈，回头不是落枕就是感冒，已经预见到一些悲剧性后果了。

　　果不其然，崔璨感冒了。她起床后填饱肚子，又坚韧不拔地继续写作业，一边写一边感慨："今天好冷啊，开了暖气也不是很管用。"

　　顾浔从语音通话里听见她的絮语："今天气温比昨天高五度，也没什么风，所以你可能需要量一下体温。"

　　"我没有打喷嚏也没有咳嗽。"

　　他说："量一下吧，可以证明我猜错了。"

一阵窸窸窣窣的声音后，安静了几分钟，接着是崔璨含义不明的一声呜咽。

顾浔问："发烧了？"

"一点点。三十七度五。"

嘴这么硬，没听说过发烧还分"一点点"和"很多多"。

顾浔问："知道应对措施三件套吗？吃药、躺下、喝热水。家里有没有人？有没有人照顾你？"

"我妈妈在家。"

顾浔有点遗憾，今天本来还计划下午等她写完作业出门约会，现在能不能见到她都成悬念，这就是传说中的乐极生悲吧。

"要不要我去你家看看你？"

"快别了，有什么好看的，又不是没生过病。"

顾浔叹了口气："'母胎单身'的人就是你这样的，谈吐一下就暴露了。为什么你闺密能比你先有男朋友，要反思教训。"

你不也是吗？怎么好意思叫别人反思？

不过崔璨更关心的重点在别处："谈吐怎么暴露了？"

"每时每刻都散发着一种'我一个人很好、谁也不需要、没有人比我更能取悦自己'的气息。"

崔璨警告他："没有行医资格不许给人做心理咨询。"

不过他说的是事实，她笑起来，利落地吞完药迅速躺进被窝，接着解释原因："主要是我们现在还是地下情，你当着我妈的面上门，不就暴露了吗？"

"不能公开吗？你妈妈对我挺友好的啊。"男生声音有点丧丧的，冥冥中揣测崔璨是不是对自己哪里不满意，觉得上不了台面，恋爱还要避人耳目。

"等三个月稳定期过了再让她知道吧。"

顾浔说："只听说过有些孕妇要度过三个月稳定期……"

"我想苟且过春节，春节前被她知道就完蛋了。她会打电话给我姨妈和舅舅，我舅舅会转告我叔叔，我叔叔会接力告诉我伯伯和所有姑姑，最后可能在大年初二聚集二十来个远亲近邻，叫你上门表演才艺。你说你来还是不来呢？"

听起来过于可怕了，顾浔斗胆笑着说："可以来啊，反正近，也有才艺。"

"你有什么才艺啊！"崔璨嗤之以鼻，"再说光有才艺也没用，我们家远亲近邻极有可能集体动员你考公务员。我不是开玩笑的哦，我们家亲戚真的热情过度而且没边界，我自己都头疼，要不去年春节我为什么逃去三亚。"

"有点羡慕了，是热闹的大家族啊。"

"我们交换家庭怎么样？《变形计》。"

顾浔一边笑一边又产生新的小心思，还是想制造机会见面："你要是喜欢清

180

静，明天如果病好一点可以来我家玩，其实你随时都可以来我家玩，把作业带过来也没问题，我不会吵你。"

"咦……你爸爸……算了吧。"

"他每天晚上十点钟以后才能回来，早上九点之前就走，作息跟你完美错开，碰不到。我妈你就更不用担心，她工作日多半加班，双休日要去健身、美容、聚会。"

崔璨的声音忽然变得柔软一些："平时就你一个人？"

这倒不在顾浔的卖惨范围内，他没太当回事："所以我休息日多数时间也待在学校，除非需要回家拿东西。"

好像无家可归的小土狗，崔璨想。

她沉默了片刻，寻思自己能有什么需求。

"顾浔，你记得我吃哪种谷物早餐吗？"

"记得。"

"家里没有了，明天早上没东西吃，你能不能帮我买一下，晚上拿给我？"

可以见面！

顾浔一听马上来了精神："九点行不行？在你家楼下等你。"

"我妈警觉性很高，我怕出门被她发现，她会往楼下张望。你在秋千架那边等我。哦对了，最好在家就帮我拆开，我妈看见完整包装的早餐盒也会起疑。"

"像地下党接头。"顾浔评价。

明明都成年了，还能把恋爱谈成偷摸躲家长的样子。

[79] 地下恋情

到了晚上，崔璨的感冒症状出现了，嗓子有点嘶哑。

顾浔让她少说话，但两个人中活泼的那个少说话，难免会显得冷场，于是分了她一侧耳机听歌，手机也给到她手里，选歌权交给她。

她说："我小时候学钢琴就常有这个活动，要先选好周末那节课自己想学的歌，从网上找到比较喜欢的版本谱子，带到上课的地方让老师教。"

"你都选什么歌？"

"流行歌曲。"她一边笑一边操作手机搜歌。

同龄人的优势显现了出来，她成长过程中的流行歌曲也是他成长过程中的流行歌曲，每当她选的一首开始播放，光听前奏他就能哼出调调，偶尔有几首到副歌还能记得一两句经典歌词。

崔璨坐在秋千上，秋千其实有两个，但他不想离她太远，就背靠栏杆站在一边，阴影盖过她。

"这些歌在今天不就相当于短视频神曲吗？你这钢琴学得太不高雅了。"顾浔听着歌笑。

"我们小学每周五有个文体大活动，时间七十分钟，可以提前报名去表演节目，只有流行歌曲能引起小朋友大合唱，学古典音乐反响没那么热烈。"

"你表演过吗？"

"每周都表演。每个星期六我学琴的时候，脑海里已经浮现出下周五上台表演的画面了，这是我整个星期每天起床的动力，好像每周五我表演结束，同学们就更喜欢我一点，但是下周一他们又忘记了，所以我得不断练新歌。"

顾浔一时不知该回答什么，心里不是滋味，努力取悦大家想被喜爱的崔璨，和在某个时间段努力取悦父亲的自己本质相似。但他可以想象到她的努力换来的漠然，因为小时候的他也会那么做。

人们可以同时对明亮夺目的事物心存喜爱，同时又表现出回避。

就像他第一次见到崔璨，明明已经很受吸引，规训却让人拒绝这种吸引。世界对爱打扮、穿得少、热情交际、热衷表现的女孩有偏见，需要很长时间回过神才能意识到，是世界出了问题。

为什么安静、内敛、平淡、中庸才是被认可的正常？

"他们不是周一就忘记了。"顾浔伸手摸摸她的脸，"是不敢和你一样快乐那么久。"

"太疯了，对吧？我的小学班主任也讨厌我，在班里说疯疯癫癫的女生将来考不上大学。"

"考上东大后去她面前显摆过吗？"

崔璨笑着摇摇头："我想她应该忘记我了。"

看起来已经不当回事了。

流行歌曲结束后，忽然切换到《水边的阿狄丽娜》，男生笑出声："怎么还是学了些经典的？"

"学了，但是不多。"崔璨咧嘴笑，"但你也猜不到我学的初衷。小时候看的狗血偶像剧不都有那种情节吗？女主角和男主角家境相差悬殊，卑微女主角上门后，被男主角的朋友——恶毒女二号嘲笑上不了台面……"

她正说着，听见脚步声突然停下，绿化带后面有人走过，可能是夜间巡逻的小区保安。

他看她露出惊弓之鸟般的胆小神色，觉得可爱，俯身亲亲她，恶作剧地在她受到惊吓时捂住嘴巴，低声耳语："怕什么？又没干坏事，还是说你想干什么坏事？"

她静止不动，等那些人脚步远了，才抬手打他："这里面住的人，保安都认识的。"

顾浔嘲笑她的小孩子心态："认识你是被禁止恋爱的人啊？"

崔璨也没想明白自己慌什么，就是有点不太好意思，接着说她的狗血故事："然后恶毒女二号就设置陷阱让她当众弹钢琴，以为她不会弹要出丑，结果女主角坐下行云流水地弹出来，一般那首曲子就是《水边的阿狄丽娜》。为了以防万一，我也学了《致爱丽丝》。"

他看着她笑："以防什么万一，嫁入豪门？"

"灰姑娘嘛，我奶奶七十二岁了，还是很喜欢看这种类型的短视频。"

"那怎么办？为了满足你的幻想，我们是不是得演一下？钢琴我家倒是有，恶毒女二号这个角色让我爸来比较合适。"

崔璨想起在三亚气他爸爸的事迹，笑起来："他对我记恨上了吗？"

"他说你有暴力倾向。"

"啧啧，真小心眼。"崔璨不为所困地摇头晃脑，"好在我根本不想得到他的认可。"

"为什么？不喜欢我吗？"顾浔敏感地反问，"我就有种很想得到你爸妈认可的感觉。"

"你不是劝我该摆烂时就摆烂吗？你那么努力也很难得到他的认可，我干脆从一开始就放弃算了。"

事不遂人愿，虽然顾浔很想得到崔璨爸妈的认可，崔璨对此却很谨慎，发着低烧也要忍耐着到避人耳目的地方说小话，但第二天，一切努力都白费了。

顾浔约她一起去学校，为了避免他爸妈发现家里有辆车失踪一周，要在去学校前先把扔在她家楼下的车挪回他家车库。

谁知出小区时，把崔璨家小区门撞了。

倒也不能怪顾浔，小区物业和业主委员会的矛盾由来已久，业委会长期不满，聘用合同即将到期的时候，物业灵机一动，开始施工换门禁。施工期间到处乱堆杂物，前天顾浔进门时还没有路障墩，今天添油加醋多出来两个，距离没计算好，预留的空间不够转弯，为了避让路障反而把新门禁剐蹭了。

事故不严重，要修车走保险，也得报警走流程处理。等待期间崔璨就知道要完蛋。

居民们兴高采烈地拍照发进群里，终于揪住了物业的小辫子，你一言我一语地热闹"吐槽"："这时候换门禁什么居心还不明显吗？换新系统他们就不会把权限交给业委会和新物业，挟天子以令诸侯，撞坏活该。"

"花钱换这么个破系统，还没用上就被撞，这叫什么？苍天有眼！"

"这个钱我们是不会买单的。"

"现在已经不想交物业费和地下车位费了。"

崔璨妈妈正像猹一样徜徉在居民群里，快乐地"吃瓜"，定睛一看，这撞门的十几张照片上为什么都有她女儿？还有她那个同班同学？

她立刻换上衣服以百米冲刺速度飞奔向大门口。

这个局面，崔璨已经预料到了，可是交警来了，还在慢吞吞地写字记录，又没法带着顾浔逃，有点坐以待毙的味道。

"啊呀啊呀。"崔璨妈妈兴奋地搓小手来回打量，看车都十分顺眼，"原来是顾浔的车呀，人聪明就是不一样，连车都聪明，知道什么该撞什么不该撞。"

顾浔自从撞了车就绷着脸，见崔璨也黑着脸，以为让她折了面子心里不高兴，一直忐忑着。崔璨妈妈一出现，莫名其妙一顿夸，顾浔有点蒙，还琢磨着是不是讽刺。

但看崔璨妈妈的神情，又喜气洋洋得格外真实，不知这个门怎么得罪她了。

"是来带璨璨一起上学撞上的啊？"

顾浔不敢松懈，笑不出来，认真地答："不是，是之前放在这里，准备开回去。我和崔璨还是打车去学校。"

崔璨生无可恋，想揍他，干吗实话实说啊，这一下又暴露"之前"的事了。

普通同学怎么可能整天车接车送？崔璨妈妈又不傻，立刻确定了，开始打探虚实："顾浔家住得离这里很近哪？"

他报了小区的名字。

崔璨妈妈笑眯眯招呼："哦，那是真近，有空来家吃饭啊。"

"我们家有什么好吃的，不要随便拉人回家吃饭啊。"崔璨抗议道。

连交警都觉察到这个场面气氛诡异，抿着嘴在几个人之间来回打量。

"快点啊，怎么还没有好？"

崔璨心里不爽，连警察都敢催。

到学校后各自回寝室放了东西，两个人在理财教室做作业。顾浔找到机会说："知道你不爽的原因，妈妈对男朋友太热情，你这种别扭小孩会把人往坏处想，怀疑是不是挺掉价的，把女儿当什么滞销品了。"

崔璨被他猜中了，打着字哼了一声。

"可你知道我实际怎么想吗？你妈妈很热情，你的热情是遗传她的，感谢她有那么好的性格，让你也这么可爱。"

崔璨手上的动作停顿了一下，终于流露出一点笑意，咬着嘴唇憋回去了，又继续打字。

换男生不满抗议："你又在写什么作业啊？不会还有一个三万字吧？"

"写悲剧课期末论文。"

顾浔翻着白眼："你陪我说话吧，明天我帮你写。"

"谁要你写，我自己会写。"

顾浔只好在教室里无所事事地晃，过一会儿又忍不住抱怨："本来我还想隐瞒恋情，看看他们什么时候能看出来我们交往了，但是居然只有我们两个谈恋爱的人跑来自习。太不合理！人都哪儿去了？他们又不谈恋爱，他们还不学习，他们想干吗？"

崔璨笑起来："明天不是星期一，是星期三，忘了？星期三没有专业课考试，只有下午三点考上机，这会儿要复习都在机房。"

"韩——也没来。"顾浔对没有观众感到扫兴。

"要不是因为你太黏人，我也不来，在家多待一天多舒服啊。"

"谁黏人了？我没有黏人。"

崔璨合上笔记本电脑站起来，作势要穿外套。

"那我回寝室啰？"

"不行！"顾浔飞快地把她圈住，"玩一会儿嘛，熄灯之前我送你回去。"

不知道谁几秒前还在嘴硬说自己不黏人。

崔璨放下电脑靠站在桌边，仰起脸："你想玩什么？"

白炽灯下，她密密的眼睫在脸上投下阴影，像小爪子一样挠在人心里，他完全没了思考，低头亲吻她，含糊不清地说："都行。"

身高差让姿势总是不太舒服，她需要踮一点脚，久了又会累，只能靠在他胸口休息一会儿，但这也没闲着，会撒娇地拿脸去蹭衣服，像要在身上钻个洞一样，顾浔被她弄得很痒，笑着说："你要是男生就好了，可以带你回寝室。"

女生惊诧地抬起头："我要是男生，做这件事是不是有点奇怪啊？"

他笑了笑，找不到一个走得通的逻辑，把她抱起来放在桌上，吻她的高度就合适了。

把手搭在她腿上没有移开，但她也没有反感，事实上在这方面她反而胆子更大些，用胳膊勾住他的脖颈已经成了习惯性动作。

她玩心也有点重，出其不意地轻咬他一下。

"咬我干吗？"

"欺负你。"

男生燃起了胜负欲，也跟着没轻没重，吻她的同时手掌抚摸着她的身体，虽然还隔着牛仔裤厚厚的面料，她却莫名有种失重的感觉，身体变得虚软无力，喘息被搅得凌乱。

冥冥之中，她产生些许不安，好像做得太过了，已经趋向失控，却又不知道怎么才能收场。

突然门口传来巨响，好像什么东西撞在门上，紧接着是一声凄惨的号叫。

两人弹簧似的猛地分开，转头看向门口。

陈峰城正抱着头向走廊里晚一步跟来的冬冬控诉："他们居然在'妙妙屋'胡搞！"

冬冬往室内望过来，欣慰之情浮于脸上。

崔璨从桌上跳下来笑嘻嘻解释："只是亲亲啊。"

"只是亲亲？！我眼睛都要瞎了！"陈峰城躲在冬冬身后用向老师告状的语气控诉，"简直是体位教学！"

"那你怎么不拿出手机拍照呢？"冬冬回头埋怨，恨铁不成钢，"你要是拍到画面我们就成第一见证人了，现在连张照片也没有，官宣都没有震撼力了。"

陈峰城沉默半晌，弯腰把掉在地上的书捡起来："我哪想得到那么多？谁又能想到我去机房刷了六小时题，到现在晚饭都没吃，回来还要遭这种罪？"

"你刷六小时题又不是我造成的。"崔璨穿上外套抱起电脑回头搜顾浔，发现他一直没参与对话，表情像虚脱了似的，"怎么了？"

男生贴着耳朵小声说："等一下再走，稍微等一下。"

[80]　约法三章

"我们不能再这样了。"回寝室路上，崔璨严肃地说。

"嗯，对。"顾浔帮她背着书包边走边附和，想着刚才被撞破的慌张，也心有余悸。

"今天还好冲进来的人是陈峰城，如果是理财协会任何一个学生或者陌生人进门，我们现在已经被挂上表白墙了。"

男生讶异地挑眉，放慢脚步："表白墙还管这个？"

"表白墙上骂人的比表白的多多了。今天下午我还看见有人因为类似的事情被挂，在图书馆自习区女生坐男生腿上，被骂是来备考还是备孕的。"

"呃，确实，我以前看见也会在心里骂一骂。"顾浔走着走着，觉出点不对劲，"不是，你今天下午还在看表白墙？你都有男朋友了为什么要看表白墙？"

"都说了上面骂人的比较多，我看看八卦嘛。"

"可是你下午都和我在一起，你没空跟我聊天，有空看表白墙？"

"我也不可能每时每刻都和你说话吧？"

顾浔无言以对，虽然他就是这么期盼的。

女生又绕回正题，约法三章："以后我们在学校要保持距离。一米吧，你离

186

我一米。"

"一米也太远了！"

"那一臂距离。"她一边说一边伸手比画。

"做操呢？"虽然无奈，但也只能拉开一点距离，"半臂就可以了，一臂过于奇怪，你看，这样就很合适。"

崔璨勉强同意，又说："公共场合不可以随便抱我，不可以随便亲我。"

"公共场合范围呢？"

"当然是整个学校。学校哪有私人领地？湖底？"

顾浔快快不乐："你也太严格了。我看你们寝室楼下经常有情侣吻别，这肯定不会被挂。"

"人家不像你那么容易那个那个啊。"崔璨有点害羞，语无伦次，"大庭广众，成何体统。总之怪你自己太没有定力了。"

"轻轻亲一下不会怎么样的。"

崔璨犹豫片刻，想松口，狠狠心还是拒绝，拿出了班主任语气："不行，顾浔你摆正心态，学校是学习的地方，谈恋爱出去谈。"

顾浔不满地用眼角余光睨她一眼，促狭地刺激她："这么急于开房？"

据心理系一些女同学透露，今天一班的"仓鼠"在女寝楼下打架，矛盾似乎又升级了，不过"男仓鼠"最近经常出没在女寝附近是个值得深思的现象，不知道本学期本年级唯一的国奖将花落谁家，更不知道奖学金发放日能不能期待一场在教室里能被围观的斗殴。

拜崔璨的"约法三章"所赐，顾浔觉得自己这个恋爱谈得很没有真实感。

刚确定关系就进入了考试周，周围同学都在备考自顾不暇，正是最没有心思八卦的时候，根本不可能分神去观察同学，更别提察觉这种低调到毫无亲密迹象的地下情。

考试周之后又紧接着放了寒假，大学并不存在什么年终散伙仪式，考完在群里跟辅导员报备一声就自动各回各家。

同班同学除了陈峰城和江冬燃都没几个人注意到他和崔璨在交往，其实这些人他并不在意，只想让裴弈早日知情。

顾浔总担心裴弈知情后会"奋起直追"，还有一轮恶战，其实是推己及人。但裴弈元旦假期后去北京参加比赛，一直到放寒假竟然都没有刷出存在感。

寒假中顾浔和崔璨没有哪一天不见面，感情趋于稳定，渐渐地，顾浔觉得裴弈再跳出来也不足为惧了。

年初二，陈峰城计划演出大戏向麦芒告白，拉了一群人作陪。因为要燃放烟花，还是约在十一海边度假的小屋重聚，地处偏远，距离外环都十万八千里，正和心意。

嘉宾人选稍有变化，麦芒的两位室友过年回老家的回老家、跟爸妈走亲戚的走亲戚，没能成行。但是陆柽裯要做陈峰城的跟屁虫，非说来凑个热闹，顺便把叶尧和他女朋友叫来了。

全员在院子内外一停车，数数人头，感觉很尴尬。

陆柽裯挠挠头，率先决定抛弃哥们儿："要不别叫裴弈了，上次女生多一个，麦芒一个住一间还好说，这次裴弈要是过来他只能一个人住，璨璨又跟了顾浔，好像叫他过来成了特地'虐狗'，不好吧？"

叶尧来得晚，没跟上剧情："等等，什么叫'璨璨又跟了顾浔'？"

"就这俩人啊。"陆柽裯拼命使眼色，"看不出来是一对吗？"

叶尧用视线丈量了一下男女主角之间的距离，乐了："你俩什么时候交往的？是最近开始的，还不太熟吗？"

顾浔一进客厅又忙着用手机拍照，像小狗似的到处乱转，顾不上搭理他。

崔璨笑吟吟回答："是元旦的时候。"

叶尧不厚道地幸灾乐祸："啊……裴弈出门比个赛，居然被偷了家。"

全程见证了国庆档"修罗场"的陆柽裯说："有没有可能那个家本来就不是他的？"

陈峰城插嘴："我叫了裴弈，他自己不来，他说要准备实习材料挺忙的。"

"裴弈失恋了嘛，肯定不能来，一个人疗伤呢。"陆柽裯还是挺乐的，看不出一点同情心。

"他根本不知道呢。"崔璨说。

"你太小瞧裴弈了，以他的情商肯定知道了，你在这儿，如果他不知道，他不可能不来。"叶尧倒是有点遗憾，"唉，我还以为你们俩能成，他第一次跟你搭讪我就在场，挺好的啊，谁能想到半路蹿出个顾浔。顾浔？居然能找到对象！居然还能横刀夺爱！太见鬼了！算了算了，我回去找裴弈喝酒，'黑天鹅事件'有什么办法呢。"

顾浔远远听见"蹿"字就不开心，会不会说话啊？于是蹿到了叶尧身边。

"谁是'黑天鹅'？"顾浔咬牙切齿原话奉还，"我比他先追崔璨，干什么讲个先来后到吧。"

"那没有吧。"当事人笑着揭穿，"裴弈在艺术楼下找我搭讪的时候，你还在跟我吵架呢。"

顾浔不说话，全身每一个细胞都在抗拒和崔璨拌嘴，但同时又按捺不住想解释清楚，深深呼吸，长长吐气，把情绪消化掉，反正和她走到最后的人是自己。

晚上烟花应景升燃，相似的缤纷色彩在夜幕中绽放，大家给小情侣鼓掌欢呼

188

造气氛，热闹之下，他心里又突然有一点遗憾。

在过去某个时刻失落的自己，没送出去的伞，没让崔璨收到的心意，不能就这么烟消云散。

他凑近她耳边说悄悄话："裴弈找你搭讪的那天下雨了。"

崔璨敛了敛笑容，诧异地转头看向他。

"我买了伞给你送回来，但是看你们有说有笑我就没上前。"他突兀地补了一句，"伞面是彩虹色的，我觉得你会喜欢。"

哎呀，这个坏人，又开始卖惨。

崔璨一瞬间感到心脏收紧了，泪水从眼眶里渗出来，那个时候的顾浔，和八岁时跟到菜场听婆婆和别的小孩说话时是一样的心情吧。

顾浔有点震惊，帮她擦了下眼泪，让她哭不是他本意："怎么又洗脸了！"

"那伞呢？"崔璨问。

"一直在寝室里啊。"

"好哇，你骗我！"女生破涕为笑，"你骗我说你只有一把伞！顾浔你完蛋了，你现在会骗我只有一把伞，将来就会骗我只有一个女朋友，你撒谎！"

顾浔笑着把她揽进怀里堵住她嘴，两人又被麦芒用水枪劈头盖脸射了一身。

"怎么啦？你都脱单了怎么还在制裁情侣？"顾浔从沙滩上跳起来，把崔璨挡在身后，边退边逃。

"你们怎么能在别人的烟花下亲亲？！过分！这是我的烟花！"麦芒追着他俩不依不饶。

陈峄城跟在后面劝架："麦麦加油！制裁他们！我忍他们很久了！"

开学后，斗殴的激烈场面一再上演，相似的演员阵容从未改变，不过换成了崔璨在理财教室追打陈峄城。

因为陈峄城专业课均分比崔璨高了0.01分，而他又在期中把所有考不过的通选、公选全退了，以至于GPA居然年级第一，奖学金被陈峄城领走了。

任凭崔璨断情绝爱，归来依然遭遇奖学金刺客。

顾浔悠哉地拍拍胸口，还好自己没争奖，她果然看得很重。

这回劝架人换成麦芒："不是说为了追我才退课的？功劳有我的一半！"

陈峄城首先用奖学金买了辆单车，用来载麦芒上课。

再后来，各种八竿子打不着的元素一凑齐，那把彩虹伞在全校出名了。

春天的雨没有多猛烈，绵绵密密，不止不休。

顾浔和崔璨离开机房前收到陈峄城的微信指令：

"帮我把书包和车弄回寝室，我和麦麦出去玩啦。"

"和文科生谈恋爱了不起啊？天天都出去玩！"顾浔就知道他连书包都不

· 189

带、跑出去一小时不回来是另有安排，愤愤不平地把手机塞回口袋。

"一起做作业也很有意思啊。"崔璨说。

顾浔暗自"吐槽"，简直像游戏情侣，每天大门不出二门不迈，从早到晚就是一起做任务。她还约法三章，在学校手都不能拉，活受罪！

"但是骑车怎么撑伞呢……"崔璨犯难。

顾浔回过神说："你撑吧，我不用了，这么点雨又淋不死人。"

呵呵，不知道去年谁一淋雨就感冒。

崔璨不和他掐架，坐上后座、车子跑起来后，把伞举高给他遮一点，谁知雨不大，风还不小，要撑住不要慌也挺难的。

伞在头顶东倒西歪时有时无，顾浔也无奈，他说："你不用管我，自己躲好就行了。"

崔璨就是倔脾气，不听劝，非要和狂风作战，颇有堂吉诃德精神。

顾浔一边蹬车，一边惨遭袭击，不是突然被伞面蒙一脸，就是伞兜风让整个车飘移，最后只好腾出一只手帮她扶着歪在一侧的伞。

"这有什么好？"顾浔哭笑不得，"我们俩回寝室都得洗澡。"

"我就不信。"

有个战斗型女朋友是一种怎样的体验？

顾浔觉得自己可以上网去发个帖，但是这么悲惨的经历，会不会被认为是"凡尔赛（指正话反说的故意炫耀）"先另当别论，这么悲惨的境遇，首先在摄影协会眼里就成了浪漫。

洗完澡顾浔一看手机，手机消息爆炸了，其他不用介意，重点是"我命由我不由天"的女朋友连发了十三条微信。

根据她的指示，顾浔打开东隅APP，开屏就是两人刚才骑车带人被拍的照片。在这之前，他都没注意到东隅是有开屏的。

好消息，没露脸，彩虹伞占了大部分画面，把该遮的都遮了。

坏消息，崔璨衣服的颜色搭配太有特色，全校范围内找不出第二个，别说人，就连猫都能认出她。而顾浔，露了一只扶伞的左手，也不知道为什么，那么多人单凭这只手认出了他。

为了避免"社死"，崔璨把整套衣服都雪藏了，但是没法把男朋友也雪藏。

而且死不死也由不得她，这张照片好像成了经典。

下一周，视觉艺术课老师把它拿出来讲解，似乎并不知道选这门课的两位学生就是主人公，但很多同学知道。

六月，它居然堂而皇之登上了东大招生网首页，在上面足足挂了两个月，当年所有东大招生短视频都以此为封面。韩一一评价："太阴险，以恋爱之名骗人

190

考进'佛门净地'。"

八月，明明是春天发生的事，七夕它又被做了一次开屏。崔璨生无可恋，总结："说明爱情无不具有欺骗性。"

对此，顾浔表示——

谢谢邀请，很爽，美死了。

（正文完）

番外一

神经美学

新学期，顾浔的作息变化有点大。

原本从初中就养成习惯，早起后跑步，回寝室洗澡后上课。但是崔璨永远不能在早上七点半之前起床，她习惯夜跑，他也就只好改成夜跑。

"其实不用什么都统一啊，我看其他人……比如叶尧、孟晓谈恋爱，就没有选一样的课、同一时间跑步。"崔璨说。

顾浔翻翻眼睛，冷言冷语："那么不上心，女朋友将来被人拐跑，他不要来我们面前哭。"

"哪有那么严重。一小时不盯着就被拐跑。"

比那还要严重。

事实证明，一分钟不盯着就会被拐跑。

崔璨跑步时不会化妆，穿得也比较朴素，通常是全身运动服，简单扎个马尾。可如此随意的形象反而让人感到"平易近人"，搭讪的"狗男人"会变多。

崔璨有点单纯，那种明目张胆上来就要微信的男生，她一般会拒绝，但只要迂回一点，问个时间问个路的，她统统识别不了，总会热情回应。

顾浔不让她对着水龙头喝水，去教学楼给她接了点温水，来回最多三分钟，一回到操场，她又被搭讪了，指手画脚地，似乎是在指路。

他皱起眉头眯着眼，一边观察，一边慢慢靠近。

搭讪的男生斯文清秀，彬彬有礼还带点腼腆。可是那又怎样，以貌取人去接近陌生女孩的本质都猥琐，殊途同归罢了。

见顾浔出现了，崔璨一点不紧张，还没心没肺地说："他找不到科学湖，正好我们跑完了，回寝室和他顺路，和他说不清楚，带他过去吧。"

顾浔不动声色地把一次性纸杯递给崔璨，淡淡地在男生身上打量两圈，在心底冷笑：手机没装地图？

对方显然也没预料到突然冒出个男友，下意识退开两步，对女生磕磕巴巴地道别："不、不用麻烦，我听明白了，我自己能、能找。"

等人走出五米，顾浔还追加一句："湖边没灯，注意安全啊。"

听着像诅咒。

崔璨回头瞪他一眼："干吗啊，对人那么凶。"

"你戒心强一点啊，那么容易上当。"他脸上挂起笑容。

"你也太敏感了。人家根本没有要微信。"

"走一段就会要。"顾浔搂过她的肩，带着她往生活区走，"走远点说不定手都能拉上。"

"你又知道了。"

"我就是男人，怎么会不知道男人动什么歪脑筋。你以为男人为什么追女人？为了看你跑步、听你指路？"他躬下身耳语，趁机亲一亲她的脸。

"不是说了在学校不能亲吗？！"崔璨警惕环顾，擦脸抗议。

"脸也不行啊？这么严格。"顾浔不满地啧一声，很快又高兴起来，"还好明天就是周五。"

周末，意味着可以出校，可以约会。

女生也兴奋地附和："我想去做流体熊。"

"我想去情侣酒店。"顾浔直言不讳，被捶了一拳。

"没有人比你更多歪脑筋了。"

"做流体熊这么无聊的活动应该禁止十八岁以上人士参加，对成年人贩卖流体熊的店主应该入刑，所有为了女朋友忍受这项活动的男性应该组成'推翻流体熊压迫联盟'。"

流体熊受害者数量还不少，大概因为店开在大学城，年轻人多。

整个店里每位女士都携带一个强颜欢笑的男子，大多数时间男士们在放空望天，偶尔一个短暂的对视，难免流露出互相同情的眼神，顾浔有点庆幸，还好没遇上熟人。

这没营养的活动客流居然还很大，崔璨被分到一只裸熊和一个盘子，店员让她挑几种喜欢的颜色就去接待其他顾客了，坐等了半天没回来。

顾浔起身去问店员："挑好颜色了，然后怎么做？从头上浇下去？"

店员姑娘惊恐地瞪大眼睛："不不不不不，放着我来。"在男生回到崔璨身边的一路，她都不放心地盯着，嘱咐了好几句"放着我来"。

崔璨乐了。

顾浔坐下翻个白眼："好像我能把熊怎么样似的……"

"谁让你从一进门，表情就像鬼子进村。"崔璨支着脸看着他笑。

店员很快跑过来，指导崔璨把颜料兑进小杯子里调色，教她把熊拿起来："如果直接从头上淋下来，下巴下面就没法上色，所以得先从脖子开始淋，让身体和四肢都上色，然后拎着熊耳朵给脑袋上色，最后再把它摆好给耳朵上色。"

顾浔在一旁多嘴多舌："那网上视频都从头往下浇，是特效？"

崔璨不理他，反正他左右对熊看不顺眼，使唤他过来帮忙："你帮我拿一下耳朵。"

店员问男生："要不要帮你拿个手套……哎呀，已经倒手上了，没关系，水一冲就可以洗掉的。"

还能说什么呢？顾浔哀怨地望着崔璨，等淋完熊，店员走了，才幽幽地开口："你故意的吧。"

崔璨嘻嘻狡辩："没有啊只是失手，这杯子有点软不好着力。不信你捏。"

顾浔失笑，绕开被递过来的半杯剩余颜料，捏了捏她的手心，评价道："嗯，很软。"

女生差点没拿稳杯子，闷哼一声，但没有抗议。

他又得寸进尺，小声说："坐我身上，我就原谅你。"

"疯啦？"

"这里是校外，坐一下怎么了？"

"又不是缺椅子，那么腻歪。"女生依然磨不开面子，坐回自己凳子上。

顾浔把她凳子往自己这边拖："过来点。"

"哎，你妨碍我给小熊擦手了。"

由于万有引力，淋到小熊身上的颜料还会不断往下流，如果不及时擦掉两只手下面的多余颜料，时间一长凝固了，就会形成意外的凸起，整个照料过程需要持续约二十分钟。

女生尽职尽责，目不转睛地盯着，一有迹象就马上擦掉。

一想到崔璨对自己还没这么好，顾浔又嫉妒熊了，干脆把冰棒棍抢过来："我帮你擦，你不用管了。"

崔璨起身舒展筋骨，顺便四下张望，坐回来后悄悄咬耳朵汇报："她们的熊颜色没我们好看。"

顾浔默默地把远处桌面上的半成品扫视一遍，慢吞吞说："你主动亲我一

194

下，我就承认你的熊最好看。"

"哼。"谁稀罕，"求来的赞美我不要。"

"什么叫求？你自己学心理的，尊重科学好不好。人脑中没有一个或者几个区域专门负责审美，审美全是主观没有客观，这个生理活动由躯体感知、情绪反应、经验判断的脑功能区共同完成。很好理解嘛，我需要一点情绪刺激，让前额区反映愉悦度指标，才能完成审美。"

崔璨探头探脑，左右看看，好像没人注意这边，凑近过去，亲一下他的脸。

男生果然狡诈，以迅雷不及掩耳之势转过头，嘴唇碰到嘴唇，得逞了。

扣住她后颈的手甚至还用了点力度，只是一瞬间，她就闻到他身上清爽的香味，心一下跳得强烈，燥热感蒸上皮肤，耳道里杂音鼓噪。

她也很喜欢和顾浔亲近，但他总是出其不意地偷袭，让人没有心理准备，分开的时候脸烧得简直要燎起泡，鼻尖上迅速沁出一层细密的汗。

她害羞时涨红的脸也格外可爱，他毫无悔改的意思，笑着用指腹点点她的唇，评价道："这里更软。更好看了。"

"顾浔……"

"嗯？"

"打你一顿算不算情绪刺激？"

"你打我可以，别人不行。"男生转头，认真把小熊手上凸出的颜料擦掉。

她捂着脸，安静地看了会儿他的侧脸，觉得他专注做着什么事情的样子显得特别帅气。平时上课的时候，大部分时间他都是如此。但是在身边蹭来蹭去、软磨硬泡，会开暧昧玩笑和恶作剧的顾浔，别人可没有见过，那是自己一个人的。

想到这里，心绪难免膨胀。

她清清嗓子："你明天有什么安排？"

"除了领这只熊，暂时没别的安排。"男生怀疑有诈的视线摆过来，"你又有什么傻子乐计划？"

"去你家玩，你乐不乐啊？"

"那肯定……"男生敛不住上扬的嘴角。

"傻子。"

顾浔在桌下拉她的手："我们半上午出发，到这边商场里随便吃点，领完熊回我家，晚上要委屈你，如果不想再出门那只能点外卖。"

"你不是会煮面吗？怎么交往前还能吃到面，骗到手后连面都懒得煮了。"

"煮面不是比吃外卖待遇更差吗？"

"不会啊。"

"那好啊，煮给你吃。好容易满足。"男生忍不住伸出手揉进她的头发。

两个人聊起天来，差不多已经把熊忘记了，好在流下来的颜料已经不多，隔十分钟再去擦一下也不耽误。

等到店员送走了一大半客人，回头望到这个角落桌上早已漏空的沙漏，跑来招呼："已经凝固了，这样就算完成了，这只小熊花纹很漂亮呢，到明天干透就可以取了……哎？呃……这个……"

顺着店员讶异的视线，两人转过头去看熊。

"我刚才是不是忘了说……除了手其他地方也要注意一下……"

"没有。"顾浔没看出端倪，实话实说，"下巴我也接过了。"

崔璨眼尖一点："哎呀，裆没接吗？"

顾浔哽住。

谁能注意到那里去？！

手凸起来只是有点奇怪，裆凸起来就有点尴尬了。

店员挠着头："要不然，重新做一只？"

顾浔心想：饶了我吧，一晚上就坐这儿和熊死磕。

"不用了，这不挺好？熊有女的，也可以有男的。"他故作镇定地强词夺理，"多好看的美男子。"

第二天下午，顾浔和崔璨取熊，一进门就看见了陈峄城和麦芒。

对有相同遭遇的男生，顾浔同情之余又有点幸灾乐祸，一个也别想逃脱流体熊的摧残。但是陈峄城可不丧，不仅不丧，脸上还洋溢着喜悦的笑容。

顾浔定睛一看，人家面前摆着颜色各异的六只熊。

什么情况？流水线操作？乐在其中？

崔璨见状兴奋地奔过去："哇！你们一口气做好多！"

陈峄城笑嘻嘻解释："麦麦选择困难，她什么颜色都想要。"

"好漂亮哦。"崔璨羡慕地在桌面来回转圈，"果然粉蓝配色最好看。"

麦芒指着其中一个荧光绿搭配黑金的："这个比较酷，我让陈峄城拿回家做摆件。"

"我本来想放在寝室里让顾浔眼红。"陈峄城笑言。

目的已经提前达到了。

任何投靠流体熊恶势力的男生都是叛徒，顾浔心中暗想。

看得出来，自己输得很惨，从昨天到今天没有激发出崔璨如此快乐的表情。

选择困难就全选，这是什么甜宠剧里的霸道总裁行为？严重犯规！男人中的叛徒！

店员取来了晾干的小熊，顾浔更加笑不出来，那个裆部凸起还挺明显的，看起来有点耍流氓。

陈峄城倒是笑得很大声："哈哈哈！怎么回事？这熊好猥琐！"

崔璨当场指控："都怪顾浔呀，他没看见下面也积了颜料。"

陈峄城火上浇油挑事，揽过崔璨的肩作势耳语，但音量大到顾浔也听得见："顾浔脑子里不正经的东西太多了，所以做的熊也不正经，你，小心提防。"

顾浔绷着脸，把陈峄城的手指从崔璨肩上掰下去，搡到一边："你离她远点。"也不忘在麦芒面前告状，"陈峄城这种人才是真不正经，他又不是女生，为什么总装得闺密一样摸其他女生？"

"我的醋你也要吃啊？顾浔你这个醋精，谁帮你追的崔璨？"陈峄城嚷嚷。

麦芒看着他眨眨眼睛："可是你摸其他女生的确不太对。"

男生立刻收敛气焰，跪得很快："哦，好的，我以后注意。"

顾浔扯一扯嘴角，心里得意，却觉得这还不够，走之前暗自靠近他身边，从牙齿缝里泄露一点声音："你正经，以后出门旅游我们住大床房，你们住标、准、间！"

陈峄城呆滞了几秒，背惊得一耸，脸像被油漆刚刷过的墙。

顾浔这家伙很邪恶！

真的很邪恶！

上了车，顾浔和崔璨一起坐在后排，忐忑地盯着她头顶心白白的头皮，猜想她是不是因为熊有瑕疵不太开心。

"要不这只熊给我吧。"他把装玩偶的透明盒子从她手里拿走，提议道，"下周我再陪你重做一只。确实有点猥琐，放在你房间，你妈妈看见了问问来历，会对我产生不好的印象。"

女生抬起脸，脸上挂着笑容，终于让他松口气："你不是讨厌做手工吗？"

"你喜欢玩这个，那就陪你啰，虽然我确实不能理解。有这个时间精力不如去做实验，过程和做实验也没什么区别，就是待在一旁放空、发呆，心里七上八下地等结果，好歹等试验结果还有点意义。"

她没想到他是这样理解的，思维果然很奇怪，笑得更深点："这是娱乐呀，追求什么意义？你说你趴栏杆上看超级赛亚人有什么意义？"

他一直觉得崔璨笑起来很有感染力，大概是比别人多了一个酒窝，不止能用可爱来形容，看着就心情变好："我小时候无聊，浪费时间，是因为心里没什么值得惦记的正事。"

"那你现在大周末的又在惦记什么正事？"

"像是……这个。"他飞快地凑近亲她一下。

又偷袭。

· 197

崔璨笑着白他一眼："小城城说得没错，你脑子里不正经的东西太多了。"

男生的脸瞬间耷拉下来："你不要叫他'小城城'了好吧？你都没有叫过我'小浔浔'。"

气质不太搭吧！崔璨一阵恶寒："你也没叫过我'璨璨'，别人都叫我'璨璨'。"

"那我是故意的。因为学校里除了老师所有人都叫你'璨璨'，所以我就要跟别人不一样。"

崔璨说："你也很别扭哎！"

前排驾驶室的司机突然抽空回过头："其实老师背地里也叫她'璨璨'。"

两人同时一愣，认出对方是谁后条件反射地弹开距离，几秒后反应过来自己已经成年了，又靠近回来。

可真巧，老师是东大附中的数学老师，姓梁，平时就带顾浔竞赛，但也教过崔璨，当年全国联赛拿了奖进入集训，主要是老梁和北京队的老肖带队。

崔璨没想到毕业这么久还能被老师记得，兴奋地把脑袋探到前排座位间："梁老师记得我啊？"

"那肯定记得啊。"

顾浔刚才被吓出一身冷汗，没那么热情："老梁你还开专车啊？"

老梁用嫌弃的语气回道："顾浔你还谈恋爱啊？"

车厢里空气急剧冷却。

安静了几秒。

崔璨把脑袋搁在前排靠背上："老师，您体验生活呢？"

"赚钱呢！现在不让补课了。"

"竞赛班没有了？"

"有啊，得放在周中学习，双休日不能上课，练得比你们少，比你们差一大截了。"

两人你一言我一语聊得热火朝天，没有顾浔插话的余地。

下高速后老师好不容易想起他的存在了，开始追究他的责任："你俩不会高中就早恋吧？是不是你拖了崔璨后腿，让她没拿到好名次？"

"哼！"顾浔借机发泄不满，"她就是早恋，也不是跟我！"

崔璨还没来得及动手，老梁先替她出了口气："你不可爱，能怪谁？"

顾浔无言以对。

崔璨笑着补刀："对啊，梁老师记得我，你都不记得我，你只记考分一百二十以上的人，你怎么不去跟考分一百二十以上的人恋爱？"

"是吧？就是很没人情味，每天黑着脸瞧不起同学，毕业了也不回校看老

198

师，一点良心都没有。"

成批判大会了……

闹了一路，车最后停顾浔家门口，两人和老师道别，许诺教师节回去看他。

崔璨觉得男生过分沉默，用胳膊肘推推他："不会开不起玩笑吧？"

"那怎么可能。"顾浔揉揉她的脑袋，转身往里走，"我只是在犹豫要不要告诉你，有点提示的情况下，我还是对你有印象的，高中你戴牙套了对吧？"

女生倏忽瞪大眼睛："你干吗不记点好的！"

他回头冲她笑笑，语气很温柔："是啊，我想这应该不是你期待的，你肯定更希望我把你当竞争对手记住。"

崔璨怔了几秒，他果然了解自己。

"嗯。"她低声应一句，跟上去牵住他的手，"不过没关系，你现在把我放心里就好了。"

跟着他进家门，家里果然没人。

顾浔给她拿来一双女士拖鞋，当面拆开包装："新的。"

崔璨原先还没意识到能有这么多讲究，亲戚朋友上门她家的拖鞋一贯乱穿。

她故意促狭地揶揄："每个'绯闻女友'上门都有双新鞋。"

男生正蹲地上，顺势翻上来一个完美的白眼。

崔璨笑了，撩了撩他的头发："翻白眼好丑。"

"你平时翻得最多了。"

女生目光落向远处，突然兴奋地跑过去："哇……你家有三角钢琴！"

顾浔跟过来："嗯，我妈妈偶尔会弹，大部分时间闲置着，可能音不准了，你要玩一下吗？"

她好奇地揭开钢琴罩，看看底下发亮的琴身又盖上："今天我是客人，不用表演才艺吧？"

"你去我房间玩，我先弄点喝的，你想要橙汁还是大麦茶？"

"大麦茶。"

"那要煮一会儿。"

他说着拐进厨房捣鼓，崔璨在客厅里东张西望，感觉家里既装修得时髦又空荡荡的，到处干干净净，没有多余杂物，和顾浔这个人就很搭配。

虽然很不错，但是又让人感觉到拘谨，不敢随便靠近，怕不小心摸脏了碰坏了什么，从这个角度来说，也很像顾浔。

她猜想他的卧室根本没东西，怎么形容来着？最近流行的那种"侘寂风"。

空旷而格调满满的样子，适合冥想修行和飞升之类的。

男生很快从厨房回来，经过她身边走到前面去领路，随手捏捏她的脸："在傻笑什么？"

"想起我高中闺密家也像这么空旷，不过她的房间倒是很公主风。"崔璨赶紧跟上前，"我在想你不会也……哇！"

这是她进门第二次哇了，男生莫名紧张，不明白她的意思，手足无措让到一边："哇什么？"

顾浔的房间是个套间，外间是书房，经过外间才能进入卧室，书房里有书架，书架上却没有书。

准确地说，是一整面墙的杂物架。

整个房间主色调是乳白和海蓝，格子间摆了很多物件，除了模型、玩具，还有些被装裱的生物化石标本，每个都写了什么科什么属，是顾浔的字，裱框上缘一尘不染，看起来他很用心照顾着自己在意的小东西们。

崔璨忘了说话，从最右逛到最左，又逛回最右，像老鼠掉进米缸，每样都感兴趣。

她在一小盒漂亮贝壳前面停下来，伸食指试探着摸摸："这是真贝壳吗？"

"你是不是傻？不就是我们去年国庆去海边时捡的吗？"顾浔从礼物盒里拿出流体熊，在架子上给它找了个合适的位置。

确定了不是什么一碰就碎的珍贵财物，崔璨一把将小盒子抓起来，一个个贝壳拿出来打量："我不知道那边有这么漂亮的贝壳，我也不知道你还去捡过贝壳，我以为……"

"你以为？"男生转过头看向她。

"我以为你成天都忙着吃裴弈的醋。"她一咧嘴笑起来。

顾浔无语，回头指着新来的流氓熊："哎，你看这像不像裴弈？"

"说什么呢！"说裆部凸起的熊像裴弈也太不尊重人了。

顾浔边笑边说："就是乍一看很华丽吸睛，也花了时间好好相处，但最后结果不尽如人意。"

话没说完，崔璨的小拳头已经捶到身上来了："过分了啊！过分了啊，顾浔！"

男生笑着控制住她的手腕，趁机抱了一把："怎么过分了？我为了你在这儿供奉情敌呢。"

"哪来的情敌？哎，你有没有发现最近裴弈和涵涵有点苗头？"

"程汐涵进度慢到我都不想承认她是学妹，一个心理系高才生，钓一个经院'傻白甜'都这么慢，她真的可以和陈峰城竞争一下'全系最笨'，无效追求急死观众。"

"你聪明？你追人的办法就是和我吵架。"

"呵呵，我背后付出的努力你想都想不到！"

崔璨被他箍在怀里，突发灵感："你是不是很喜欢海？"

"我喜欢'海王'。"依然没个正经，又被手肘捅了一下，于是好好说话，"是，喜欢。你们高中校服也是海蓝色的。"

崔璨像突然崴了脚，一下子安静下来，转过身望着顾浔，停顿半晌才说："我们高中有两个颜色的校服，天蓝、海蓝，除了我其他人都穿天蓝色那套。"

顾浔的心提到嗓子眼。

救命，这是什么新信息？

韩——知道吗？她为什么没提？崔璨为什么和其他人选择不同？她受到霸凌了吗？她因为家境贫穷没有买另一个颜色的衣服？她也喜欢海蓝色？颜色能够诱导知觉理解行为给予暗示或心理感受，当人类选择颜色时大脑的左梭形回、左岛叶和右前楔区域被显著激活，所以崔璨选择海蓝色是为什么、为什么、为什么呢？

崔璨看着他的眼睛说："高中时我有一阵感觉很迷茫乏力，对身边的所有人都很失望，我在想可能我自己不太对劲，直到我遇见你，为什么世界上会有一个人和我契合得刚刚好？就好像前面的试错都是为了遇到对的人，我有时候甚至怀疑我是不是有臆想症，你是我脑内的幻想生物，现实中也许并不存在。"

也没有契合得那么好，感谢韩——以及我自己的努力，顾浔想。警报可以解除了，现在的崔璨满意度很高。

"我认为一个人的房间能反映一个人的内心，现在我知道为什么我们这么相似了。好像从十岁以前的某个时刻开始，一部分的我就没有再长大。但是看你的房间，也好像一个十岁以下男孩子的房间，所以和你在一起，我感觉很自在，不觉得自己是另类。"

顾浔松下紧张的神经，把她拉近，久久地抱在怀里，几分钟后才用下颌蹭蹭她的头顶："但是十八岁以上的东西我也会很多。"

"你很讨厌哎！破坏气氛之王！"崔璨笑着喊出声。

顾浔放开她，哈哈乐着摸摸自己鼻尖："对，我不太适应抒情时间，不能自已地想破坏一下。"

女生并不介意，笑笑闹闹，一转头看见架子上的小提琴："别告诉我这是你的乐器？"

顾浔回头看一眼："我妈妈的，不过我自学过一阵。"

"会拉什么？"她饶有兴趣，"《小星星》？"

"《小星星》是你们钢琴的，小提琴入门曲是《奇异恩典》。"

崔璨很意外，没想到他说"有才艺"不是指搞学术："拉给我听听。"

"你这个语气像考官。"顾浔话虽这么说，还是转身去取。

琴搁在肩上，他忽然改了主意。

他说："崔璨，还记得我带你看超级赛亚人那天吗？你说你脑海中有旋律，其实我也有，要不要看看是不是同一个旋律？"

弓搭上弦，三十二分音符从摩擦中流泻。

直接从高潮开始，紧张在上升，不安在下降，季节，环境，相处的感受决定了，也许就是这一曲。

女生的瞳孔倏忽收紧，情不自禁抬起双手捂住嘴，胳膊上起了一层鸡皮疙瘩。

说不清是由于震惊还是感动，续到极限的情绪仿佛遏制不住地决了堤。

顾浔看进她明亮的眼睛，知道自己猜对了。

心理学领域，谁也不比谁聪明太多，运气缘分都是神棍诈骗，经不起脑电检验。崔璨毕竟是人，而他的专业是研究人心。

他一向不信什么天才，恋爱是99%的努力加1%的外援。

致谢韩一一。

番外二
锚定边界

顾浔最近有点皮痒。

韩一一坐顾浔对面,能自然观察到他的一举一动,发现他在追崔璨的时候总能做到欲言又止。

最近是不是感情稳定了让他得意忘形,崔璨点外卖他也要发表反对意见。

崔璨爱吃一家烤排骨,他多嘴多舌:"涨价了。"

女生继续操作手机:"涨就涨吧,反正我也不记得以前是多少。"

顾浔仍不放弃:"涨了50%,股票也没有这么涨的。"

崔璨迟疑片刻,咬咬牙一意孤行:"那我这周只点两次,以前点三次,相当于没有涨价。"

顾浔道:"你逛街砍价的时候不是这么算的。"

崔璨说:"我只是享受砍价的过程。话说回来我又没有吃你的,我想点什么点什么,你那么多意见干吗?"

顾浔说:"照你这么算还不如让我点,对你来说降价百分百。"

崔璨生气了:"我不要吃你的,我自己会点,你离我远点。"

顾浔一边飞快地把她手机抢走,一边操作自己的手机找到这家店下单,一边疾步逃离,一边挨打。

冬冬望着两人追追打打的背影,不禁摇头感慨:"连顾浔这种人都能脱单,我为什么不能脱单?"

麦芒在抄笔记，头也没抬："顾浔脱单又不是永久的，璨璨一时图个新鲜，说不定下学期就抛弃他啦。"

冬冬问："顾浔又得罪你了？"

麦芒说："那倒没有，一般来说电视剧里两个人在一起后的情节继续展开，就只能分分合合，撞车失忆、破镜重圆、追妻'火葬场'、绝症'火葬场'。"

韩一一说："反正每个人最后都得进火葬场，组对又不能第二个半价，脱不脱单影响不大。"

冬冬说："被安慰到了，但有点瘆得慌，一一还没有还俗？"

韩一一说："没有，忙不过来，陈峥城追麦芒和顾浔追崔璨牵扯了我太多精力。这个故事教育我们，同时谈两个恋爱比同时读三个学位要累。"

冬冬说："那不一定，主要是陈峥城和顾浔在那两个恋爱中没有起正面作用，你追麦芒和崔璨不至于累。"

陈峥城表示抗议："怎么拿我和顾浔相提并论！顾浔这个人就是莫名其妙，别人和璨璨意见不合他站璨璨，他和璨璨意见不合他站他自己。"

两只"仓鼠"打闹回来。

顾浔听见最后一句，笑着拖开椅子坐下："那说明我尊重真理。"

陈峥城冷笑："放屁，真理就是只有你可以反对璨璨，别人不行。"

话题又回到纠结了一上午没有结果的小组讨论。

崔璨续上和顾浔拌嘴前和陈峥城的争执："你那个开题，研究对象都一团糨糊，什么叫'健康人'？世界上不存在心理完全健康的人。"

陈峥城反驳："当然我指的是'相对健康'。"

崔璨说："'相对健康'也是伪概念啊，那你说有职业压力导致抑郁障碍和血脂水平过高导致睡眠障碍的人，谁相对健康？"崔璨用手指点着桌面上刚打印出来的实验方案，"只有在讨论某一种障碍或者某一种疾病时我们才能设置'健康组'，你这个范围开得太大了。"

麦芒旁听了一小时四十分钟的心理学小组争论，总结出规律："为什么你们小组作业总是意见不合？最早是顾浔弄高难度课题，你们几个哀号，接着璨璨叛变了，现在反而陈峥城特别起劲。"

崔璨想起伤心往事，恨得咬牙切齿："因为陈峥城又想'偷塔'拿奖学金。"

陈峥城委屈："我哪有那么阴险。"

冬冬说："你不阴险，就是太贪了，小组作业想发Nature（科学杂志《自然》）吗？专精一点，研究青少年抑郁吧，我也觉得璨璨的提议既现实又有意义。"

崔璨言归正传: "我和顾浔上周三下午去玩剧本杀,又碰见翘课的高中生了。聊了一下,青少年心理健康障碍比我们想象得普遍,他们班翘课不少见,休学的都有两个人。"

理财教室陷入了短暂沉默,麦芒和韩一一同时抬起了头。

崔璨诧异: "怎么了?"

麦芒说: "高中生好惨,好不容易翘课玩个剧本杀,还被拉着做青少年心理访谈。"

崔璨笑着说: "不是正经访谈呀,主要是顾浔一开始像电子警察一样质问人家'几岁了''上几年级''为什么上课时间不上课',把气氛弄得很僵,我只好跟人家聊聊天缓和一下。"

冬冬跟着笑起来: "像顾浔的风格。"

陈峄城并不死心,借题发挥道: "你看,就我们这里,谁有毛病、谁是健康人也一目了然,很好分组呀,顾浔,有毛病;麦麦,很健康。"

顾浔道: "除了你的幻想,有什么客观现象能证明我有毛病?"

"你至少有睡眠障碍吧。"陈峄城拉拢崔璨统一战线,"他大部分时间每天只睡五个小时。"

顾浔说: "我身体好,不需要睡那么长时间。"

"我身体也没有不好。"崔璨争辩道。

男生扫过来一眼: "没说你身体不好,而且你也睡得不多,你只是深夜躺床上玩手机,实际睡眠时间就六七小时。"

冬冬敏感起来,贼兮兮地笑问: "你怎么知道她深夜躺床上玩手机?哦……"

"很显然是因为她刷到好玩的短视频爱发给我,江冬燃你思想纯洁点。"顾浔镇定自若,甚至有一点怨念为什么冬冬的"祝福"尚未成真,"总之,睡得少不代表睡眠障碍,这不叫'有毛病',这叫'有天赋'。而且,陈峄城,你凭肉眼观察说麦芒很健康也不严谨,麦芒至少是'路痴(没有方向感或方向感差的人)',没有人会无缘无故成为'路痴',很难说是不是有潜在健康问题。"

麦芒的求知欲又瞬间暴涨: "哦,真的吗?'路痴'是因为什么?"

"脑袋不好。"顾浔懒得详述。

"你才脑袋不好。"陈峄城飞快回敬,转头去宽慰麦芒,"别听他胡扯。"

顾浔双手离开笔记本电脑键盘,正襟危坐: "辨识边界位置和方向的边界向量细胞存在于海马下托,对近距离边界响应的边缘细胞存在于内嗅皮层,物体向量细胞、路标向量细胞、物体轴向细胞也都存在于这两个区域,空间导航的机制就是由大脑进行锚定边界。所以她不认路,不是脑袋不好,难道是鞋不好?"

韩一一听明白了，产生些兴趣："我也不认路，我还真的挺想知道原因。"

冬冬动了小心思："那要不……"

陈峥城大声嚷嚷："江冬燃，能不能不要拿你朋友做实验，尤其是麦芒。"

崔璨说："她又不是要拿朋友做开颅手术，你这么激动干吗？"

冬冬说："对啊，我又不是顾浔。"

顾浔突然站了起来，大家以为他要发表重要讲话。

"我去拿外卖，你们谁要带外卖？"

除了崔璨，其他人集体举了手，崔璨没有吱声是觉得这不用说。

六份外卖，顾浔盘算了一下，拿不了，坐回座位："那让崔璨去拿吧。"

两个人又开始玩"你追我逃"，一路打闹着一起去拿外卖了。

韩一一感到忧心，自己提供了那么多信息，"打下的江山"随时都要因为顾浔作死而前功尽弃，不禁拧着眉问冬冬："顾浔这种行为，心理学上有没有什么具体说法？"

冬冬说："Masochism（受虐狂）？"

陈峥城笑："感觉江冬燃平时学习的都是心理学核心知识。"

举手投票结果三比一，小组讨论最后决定的课题是青少年心理资本情况调研。

麦芒和韩一一去VR（虚拟现实技术）实验室探索"路痴"的奥秘也已成定局，因为麦芒跃跃欲试。

陈峥城发现最近他在理财教室里地位偏低，一点话语权都没有，嘟嘟嚷嚷好半天。

麦芒反驳他的牢骚："你也不是最近才地位偏低，追根溯源，'妙妙屋'是裴弈看在崔璨面上借给我们女生的活动根据地，你和顾浔只是作为女生的家属才获得了出现在这里的资格，是不可能跟我们平起平坐的。"

陈峥城一听瞬间释怀："有道理，那我得感谢你。"

麦芒说："感谢不要说空话，请我吃甜筒。"

陈峥城道："好嘞！"

顾浔暗自琢磨，陈峥城是一直智商这么低，还是谈恋爱导致降智？

追根溯源，"妙妙屋"明明是陈峥城从理财协会前任社长手里借来的。

顾浔作为东大附中的优秀毕业生，在母校有点影响力，小组作业的心理健康情况采样调查就定在东大附中。

问卷是现成的，以访谈采取抽样的方式，四人忙活了整整一个月，工作日进中学调研，休息日整理访谈记录和统计数据，最后的结果令人惊讶。

在东大附中范围内心理健康障碍呈现45%的检出率，其中高中部更是高达66%，也就是说，东大附中高中部几乎每三个人就有两个人存在较严重的心理健康问题，大多是抑郁，甚至也含有自杀自残倾向者。

高中部显然也注意到了这个问题，教室和寝室除了通风气窗全部焊死，走廊进行了防坠落改造。

与此同时，东大附中高中部是市级示范性素质教育学校，每天主课不超过五节，下午五点半放学，社团活动时间不少。

崔璨面对调查结果都羡慕哭了："感觉他们比我们还轻松。小城城该不会被老师蒙骗了吧？"

陈峰城说："和做访谈的学生也反复核实过，总不可能全校一致对外撒谎吧。"

顾浔说："正因为学校里课业安排得太轻松，家长反而焦虑，对学校意见很大，请一对一家教的情况很普遍，大部分学生校外课程安排得比减负之前更满。"

崔璨回想起来，访谈的好几位学生行程都过于紧凑："哦，对，有个明显患有抑郁症的学生，她妈妈在访谈过程中都隔三岔五来催，说四十五分钟一定要结束，因为后面还要补课。我都想当面问她'看你这行为还不清楚你女儿为什么抑郁吗'。"

陈峰城笑着好奇："她什么反应？"

崔璨道："没问，我忍住了。"

顾浔说："这说明你将来不适合做咨询师，能不能治愈病人还不确定，容易先把自己憋出病，我们研究生师姐寒假做的一个项目，就是调研心理从业者心理健康水平的，东海市范围内神经症检出率有54.8%。"

崔璨朝他翻了白眼。

冬冬笑："那篇论文我看了，压力源排第一的是'专业技能不足'，这一点璨璨就不可能有。"

崔璨说："最容易把我憋出病的就是顾浔。"

冬冬道："那对你来说压力源第一是'缺乏家庭支持'。"

崔璨说："谁跟他一个家庭。这属于'工作环境中人际关系问题'。"

陈峰城一见有机可乘，又开始重申他的观点："明明顾浔比璨璨更可能有问题，顾浔就是东大附中毕业的，东大附中每三个人就有两个人有点毛病，顾浔就是剩下那一个人吗？说出去狗都不信！"

顾浔以一言难尽的眼神望向陈峰城："没见过你这么上赶着当狗的。"

陈峰城仔细想想，这话好像确实不大对劲。

顾浔慢条斯理说："可我在学校的时候，减负没这么厉害，相对的，家长也没这么焦虑，学生心理问题也没这么严重。当时没做过调研，体感身边有心理问题的学生比例不会超过25%，和国民心理健康发展报告数据差不多。"

冬冬说："没想到学校一减课，反而起了反作用。"

崔璨说："学校减课当然没错，问题出在家长那个环节，学校减压，家长加压，就没有让家长调整心态的办法吗？"

冬冬想了想，还是觉得说不通，对崔璨说："我爸妈和你爸妈也很'卷'啊，我们俩心理也没什么大问题。"

顾浔不动声色地看了崔璨一眼，这可没那么绝对，与其说她没有心理问题，不如说她自我调节能力还不错。

崔璨没有接冬冬的话，无意识地往顾浔的方向望过去，在视线相接的瞬间停顿下来。

突如其来的四目相对，他的神色在分毫间轻微一变，目光在镜片后落向近处的电脑屏幕。

顾浔慢慢开口："陈峄城做的四个回归系数表可以说明一些问题，从数据来看，学生自身基础德育的缺失与心理障碍的相关性也很大，如果我们再做一次家庭情况和自身素养的影响因素比对调查，将这两者作为因变量做出回归系数表，也许就能得出结论。话说回来，陈峄城最近是吃了智慧果吗，这么有灵感？"

陈峄城不领不虞之誉："那是璨璨的提议。"

冬冬也很惊讶："是怎么想到这一点的？"

崔璨说："看了些这方面的文献，有心理学家提出过这个观点，另外从我的经验来看，体感我们高中学生心理问题比陈峄城他们学校高多了，同时我们学校没有德育课。"

陈峄城笑："对，他们学校没有德育课都被玩成'梗'了，'道德沦丧之地'。不过璨璨和麦麦'三观'都很正，我觉得没你们学校自嘲的那么夸张啦。"

"学校确实不重视德育，每周班会也组织得很表面，个体差异就随着家庭教育的差异出现了，我爸妈'卷'是'卷'，也没少教我做人，不过有些……"崔璨突然打住，本想说"男生"，但觉得指向性太明显，换了措辞，"有些学生家里不重视这些，或者父母忙或者不懂，成绩好就认为皆大欢喜……"说着说着又觉得不对劲，草草收尾，"那样就有点隐患。"

她本没有影射谁的意思，心里有具体的案例，是思想偏差的高中同学，把特征描述出来，却像在说顾浔。

难怪刚认识的时候，她感觉顾浔和那个人有点相似，原来是成长环境的相似。

顾浔会感到迷茫甚至抑郁吗？

他也许没那么严重，从她的了解考虑，顾浔的同情心、是非观和责任心都没什么重大偏差，感恩心略微差一点，对父亲有尊重没有感情，但总体上歪不到哪儿去。

顾浔向她袒露的，比她向顾浔袒露的多。

崔璨的原则是，如果他不想谈，那她就不追问。

顾浔也许不需要别人指出他的问题，他很敏锐，而且大多数人都不那么喜欢别人指出自己的问题。

星期五下午，顾浔在实验室似乎把麦芒彻底得罪了。

当时他认为麦芒的问题比韩一一的问题轻微很多，决定先从简单的开刀，几乎是用很随意的语气告知麦芒："你空间直觉能力不太行，而你识别路标的能力没问题，反正不影响生活，只是认路有效性和精细度有限，可以进行这方面训练，但是就这么得过且过也行。"

麦芒歪着头趴在桌边："那我是什么原因造成的呢？"

顾浔说："二到五岁早教缺陷，这也算不上早教，你可能小时候长期被放在视觉上很单调、没有变化的环境里，识别和运用边界信息的能力没发育好。"

不承想这样一个简单猜测，引得麦芒瞬间变脸。

她直起身，气鼓鼓地大喊一声："我不允许你这样说！"

话音没落人影已经没了。

陈峰城追出去之前，略带同情地对顾浔做了个抹脖子的手势。

顾浔一头雾水，问崔璨："我说的有什么不对？"

韩一一给出了答案："麦芒的妈妈过世前一个人带着她，家里条件也不好，很辛苦的。"

顾浔感到六月飞雪，对着崔璨喊冤："这我哪儿知道啊！你知道吗？你也不知道啊！"

马后炮没什么用，崔璨在考虑更现实的困境："我记得麦麦的哥哥说过，她大一入学前的暑假在家里研究核弹。"

顾浔哽住。

韩一一说："确实有这么回事，但因为引发了其他灾难而终止了。"

顾浔问崔璨："在你坐儿童旋转木马那个暑假，她在家研究核弹？被试是这样一位人才，实验开始前你觉得没有必要通知我吗？"

崔璨摊摊手："她又没有发射成功。"

韩一一对顾浔的死活并不在意，催问道："那我呢？我是什么原因？"

顾浔说："不要问我，我弃医从文了。"

韩一一说："我又没有原生家庭童年阴影。"转而询问崔璨，"璨璨告诉我。"

崔璨看向顾浔，顾浔又看向崔璨，两个人交换眼神面露难色。

好吧……欲言又止也会传染。

韩一一无奈道："有什么不能说的？"

崔璨问："一一，你家里有没有亲戚是阿尔茨海默病患者？"

韩一一正经起来："我外婆是，还有两个姨奶奶也是。哦……我……也是吗？"

顾浔说："可能携带易感基因，要去医院检查一下。"

韩一一道："只是易感基因？你们俩这反应我以为我已经晚期了。"

这接受度让崔璨也有点意外："你心也太大了，要换成我，至少得抑郁个一天吧。"

韩一一说："人都是要进火葬场的，难道死前几十年不活了？"

崔璨松了口气："出家之人就是境界不一样。"

韩一一问："那我从小就懒，有没有心理学方面的说法？"

顾浔斩钉截铁道："就是单纯的，懒。"

但去医院检查这事不能懒，就这样，韩一一欣然接受了自己是APOE4基因携带者的事实，除了偶尔向崔璨、顾浔打听精准化预防的前沿发展，生活没有什么变化。

学心理看来有些好处，了解自己，和帮助朋友了解自己。

但也有些弊端，有的朋友并不想了解自己。

接下去是期中考试周，麦芒在理财教室一边复习，一边哼了一个星期不成调的《与顾浔绝交之歌》，作词麦芒，作曲麦芒。

顾浔不敢有任何异议，乖得像"妙妙屋"没他这个人。

番外三

积极满足

考试周结束后有一阵反弹性放风期，"妙妙屋"已很长时间没什么人自习。

今天大家齐聚一堂，唯独少了崔璨，是受了顾浔的召集。

并且他特地嘱咐，不要告诉崔璨。

陈峄城按照一个正常人的经验进行推测，以为他要给崔璨暗中筹备庆祝交往多少天纪念日的活动。

听完顾浔的陈述，他开始反思，自己怎么能把他想得太正常了。

顾浔要在"妙妙屋"装摄像头，所以需要征得大家的同意，尤其是韩一一，毕竟她除了上课时间几乎都泡在这里。

作为同样学习过情绪心理学课程的陈峄城和冬冬从大框架上，听懂了他要安装摄像头的用意。

冬冬首先提出技术方面的疑问："你的个性向量用了什么模型啊？"

顾浔说："五因子模型，针对单个用户还够用，情绪分类用的是OCC模型。"

冬冬找到了一个核心难点："那你为了采集负面情绪数据，首先得制造刺激信号，让璨璨产生负面情绪从而诱发变量？"

顾浔说："也不用特地制造，因为机器重点关注的是她愤怒情绪的产生和淡化，这部分数据非常好采集，崔璨没有哪天不炸毛。"

冬冬点着头若有所思："哦，还要关注淡化过程，模型会有点复杂。"

顾浔说："不复杂。"

冬冬问："摄像头安装在我背后对吧？方便采集她的面部表情，那我得往旁边坐一点。"

程汐涵茫然地眨眨眼睛："那我要让开一点吗？"

当陈峥城和冬冬同时在的时候，对面有点挤，小程会选择和崔璨坐同一侧。

顾浔果断打消了她的顾虑："机器可以识别她，不会分析你。也只有她出现时才会进行数据采集。"

技术问题已经解决，接下来只剩伦理问题。

陈峥城以理智的角度可以理解，以情感的角度完全无法理解，向他确认道："所以，你是打算对璨璨的情感状态和波动过程进行建模，然后当她出现负面情绪时给你发出警告？"

顾浔没有感觉有何不妥："是这样没错。"

小程挠了挠头："高年级的作业这么难吗？量化情绪都做到了，再直接加一个输出表情，能运用在人机交互领域。"

陈峥城无奈地澄清："高年级作业才没有这么难，只有顾浔的作业这么做。而且他完全是为了一己私欲。"

顾浔嫌他话说得难听，纠正道："我只是关心崔璨。"

陈峥城道："你能给人家一点空间吗？女孩子不会喜欢这样的。"

麦芒插嘴："我会喜欢哎。"

陈峥城惊讶："啊？"

麦芒说："因为我生气或者颓丧的时候你都不能主动观察到，如果是这样的关心我会很喜欢。"

陈峥城难以置信地抱住头："我没有观察到吗？"

麦芒说："你很迟钝啦，大部分时候你都没反应。"

陈峥城无言以对。

他的世界颠覆了，长这么大第一次被人说"迟钝"，还是他喜欢的女生，简直被钉死在耻辱柱上。

陈峥城已下线，顾浔什么的现在对他来说不重要。

韩一一慢吞吞地开腔："但是顾浔，你怎么会想出这么个办法？如果你想关心璨璨，认真观察不就行了。你为什么会觉得……人工智能比你更能判断她的情绪？"

麦芒代为回答："因为他是蜥蜴人。"

顾浔先消灭麦芒的幻想："现实中没有蜥蜴人。"然后再转向韩一一，"是因为崔璨很怪，难以判断。有时候我逗她、故意招惹她，她虽然会打人，但不是

212

真的生气……"

韩一一说："那只能说明她容忍度高。"

顾浔说："但有时候我只是皱了下眉头她就生气了。"男生忽然双手叉腰，尖着嗓子模仿崔璨，"顾浔，你不要对我皱眉，人是平等的，作用是相互的，你把我的心情搞坏了，我也没有兴致带扫兴的人逛街了，我们各回各家吧，再见！"

韩一一无语。

麦芒说："那璨璨说的确实有道理，谁让你皱眉了。"

顾浔说："但我经常根本不是针对她的。比如上周二晚上，我一进理财教室她就不理我，本来第二天说好出去玩，她也不去了。事后我复盘一下，应该是我进门皱眉了，但和她一点关系都没有，我只是进门时觉得空气差，皱了眉，先去开窗通风，回过头再跟她说话她已经生气了。"

麦芒瞪大眼睛把目光转过来："当然和她有关系啦，她在这里点了精油，你一进门就皱眉开窗通风，换我我也会不开心的。"

顾浔大脑顿时短路，又情不自禁拧起眉心，觑着眼问："什么油？"

麦芒说："精油，璨璨和我一起逛街买的，更不用说她还站在店里查手机，研究了一个多小时什么精油什么功效，最后买的那种提神明目的，她说肯定对你比较有效，你在'妙妙屋'自习久了眼睛就不好，又不用望远还总戴眼镜。"

顾浔说："我在崔璨面前戴眼镜是因为别人说我戴眼镜比较帅。"

麦芒无语。

顾浔问："再说我又怎么能知道她研究这种伪科学都能花这么多精力？"

韩一一清清嗓子，回归话题："看来顾浔确实需要人工智能的帮助。"

冬冬说："确实……而且我现在有时候真觉得大数据比我更了解自己。"

这么说起来，一屋子人突然觉得这个方法非常合理。

但是，既然是实验，总会出岔子，由理想走进现实，实验效果并不尽如人意。

实际操作过程中，顾浔注意到，其实崔璨在"妙妙屋"麦毛的次数不多。

她发火的条件是——随时随地。

这就很棘手了。

崔璨最近发现，她钟爱的烤排骨虽然涨价了，但没有完全涨价。简而言之，只有外卖涨价50%，堂食依然是原价，差价也许是被外卖平台赚走了。

于是她决定走去店里吃，店不远，出校门后步行七八分钟就到，平时拿外卖也得走到校门口，店里还能吃上刚出炉的，这么一看，还是堂食划算。

顾浔当然陪她。

回学校时要转个弯，这转弯口有点危险，中午许多外卖员骑着电动车在人行道上飞奔，转弯也完全不减速。

崔璨脑后没长眼，差点被撞到，顾浔听见近在咫尺的机车声，眼明手快拉她一把，这才险险闪避，电动车和崔璨擦身而过。

他没太当回事，把她推上绿化带的水泥边缘："你靠里面走。"

崔璨铁青着脸，站着不动，拿起手机守在这个转弯角连拍许多照片，机动车们蜂拥着从她面前疾驰而过，掌握"罪证"后她打开了市长热线的平台页面。

哦，生气了，要投诉。

顾浔用眼角余光偷瞄到她刚输入的标题。

男生已经开始憋笑。

她输入了好长一段话，整整一屏豆腐块。

顾浔在一旁等她发送完才说："热心市民崔女士，电动车交警也很难管的，一部分电动自行车算非机动车，一部分电动自行车超标，电动摩托算机动车，违规惩处又没法像汽车那么严格。"

崔璨把手机揣回口袋，朝前走路，余怒未消："交警可以派人在这里执勤，或者调监控，狠狠抓几次，外卖员就不会这么干了，多危险啊，路只能过两个人，他们还横冲直撞，人行道不让人行有没有天理？"

顾浔说："但他们如果不从人行道过，就要去机动车道跟汽车抢路，他们也危险。"

崔璨义愤填膺："他们就为了自己的安全牺牲行人的安全，不可恶吗？不过我也写了提议，在这里用栏杆隔一条让电动车走的道路。"

顾浔猜这种建议不会被理睬，但这种时刻的崔璨总让他疯狂心动。

感觉她既天真，又热忱，管东管西，黑白分明像小孩子。

没想到，这天晚上下课后在理财教室自习，崔璨接了个电话。

顾浔本没打算特地去听，只是她前后态度反差太大引起了他的警觉。

崔璨接通电话后第一声应答语气正常，不带感情色彩，甚至因为她中气十足，听起来让人觉得有点冲。等对方说完一句话的长度后，她马上变得温柔乖巧。

这很难不让顾浔竖起耳朵。

单听她说话的内容平平无奇，反复报着学校附近两条路的名字，似乎在描述学校的位置。

两分钟后顾浔反应过来，是不是中午的投诉有反馈了？

看看时间，晚上九点多，难道还有夜班？

正心里暗忖，崔璨已经用可爱的语气结束了通话。

顾浔朝她挑眉："投诉反馈？"

崔璨也觉得意外，吐了吐舌头："辖区交警。投诉转到他们那儿了。"

顾浔笑了："我说你怎么一下尿成小猫咪。"

"我不是尿好吧。"崔璨嘴硬，"是……对方听起来年轻又有耐心，肯定是个帅哥。"

顾浔的笑容凝在脸上："崔璨，过分了！"

为了证明"帅哥"纯属崔璨透过职业滤镜产生的臆想，顾浔把她拉到辖区派出所办事大厅蹲守观察。

当然，这种无聊活动必然遭到崔璨反对。

顾浔买了关东煮安抚她。

交警和民警在同一个地方办公，大部分是民警受理户籍业务的窗口，有两个窗口处理交通事故。大厅里坐满了来办事的普通市民，也有像顾浔、崔璨这样不办事的无业游民。

顾浔扫视窗口里面的工作人员，扬扬得意道："我说了吧，其实长相都很普通，你看那个，他甚至有点啤酒肚。"

崔璨不服气："有啤酒肚的可能是领导，你不要盯着年纪大的，看看年轻的，首先身高都达标，长相至少能算周正，起码比我们学校那些歪瓜裂枣好。"

顾浔问："我们学校哪有歪瓜裂枣的？你这个人对母校一点信念都没有。"

崔璨说："我们班身高超过一米八的只有七个人。"

顾浔说："我们学校在南方……"

崔璨说："帅哥警察们也在南方啊。"

顾浔说不过她，气得用竹签连续扎了两个崔璨爱吃的冬笋，狠狠咬断塞了一嘴。

崔璨道："过分了哦，顾浔！"

顾浔口齿含混："看你的帅哥去，帅哥和冬笋只能二选一。"

崔璨发现了，顾浔有点爱吃醋，没来由的醋他也吃，像个可爱的傻瓜。

有时候两个人一起走在路上，崔璨穿得鲜艳，回头率高。

他会阴恻恻地伏在她耳边说："前面那个灰衣服男的，回头看你三次了，快看看是不是前男友？"

要不是他像个电子警察，崔璨从来注意不到谁看了自己。

经他提醒，崔璨才知道视线纷至沓来，惊觉地低头看看："我是不是穿得太暴露？"

顾浔冷笑着白她一眼，引人注目她最得意了，装什么顾及男友呀："别'凡尔赛'。"

他平时不会干预她的着装风格，反而时常惊讶她从哪里找来这么多有意思的衣服。一个周五，她穿了《哈利·波特》联名款的露脐短T恤，狮院红。下个周五，麦芒就跟风穿了同款蛇院绿。

顾浔只觉得嫉妒："我没有吗？别人都跟男朋友穿情侣装，你怎么对我不管不问？"

崔璨问："露脐装你敢穿吗？"

顾浔想了想，未免有伤风化，还是断了念头。

崔璨说："就是说嘛，你这小心眼，连麦芒的醋都要吃。"

顾浔暗忖，那是你不知道，我连无机物的醋都可以吃。

少了恋爱滤镜，在韩一一眼里，顾浔像个不可爱的傻瓜。

她从会议桌对面抬起头，拍拍胸口："你能不能改改突然傻笑的毛病？被你吓一跳！璨璨人都不在这里，你也能自己笑起来，不用吃点药吗？"

顾浔把崔璨的画面暂时赶出脑海，挂在脸上的笑容还没及时收起来："恋爱就是很快乐啊。"

韩一一不屑："我又不是没谈过，也没像你这样发神经。快乐吗？不觉得。"

顾浔想想，的确，条件没限定，表述应严谨："那就是跟崔璨恋爱才快乐，可惜你没这个机会。"

韩一一无语。

小组作业最后一次进东大附中调研时，顾浔甩了另外两人带崔璨参观校园，上到他所在的教学楼天台顶，一出楼道，就发出失望的哀叹。

天台加了通天的铁丝网，防患于未然。

"搞什么啊，破坏风景。"顾浔回身看看进来的门，"防坠楼，这里加个锁也行啊。"

崔璨笑他天真："我们学校的天台以前就加了锁，但经常被学生破坏，有人上去写生，有人上去放空，还有人做不可描述的事。"

顾浔扒着铁丝网，狐疑的眼神摆过来："不可描述你怎么知道？"

崔璨说："教导主任情商低呗，很古早的年代，值周班去天台打扫发现了一些东西，可能干这事的人早就毕业了。可教导主任呢，每届新生进校宣讲校规校纪，说到'不许上天台'，她都要提一提这事以示警告，警告效果看来是没有，全体学生都蠢蠢欲动地兴奋。"

顾浔说："啧啧啧，你们学校校风这么开放，你根本不像你们学校的学生，你像你们教导主任。"

崔璨也扒上铁丝网，笑着往楼下看："你一个'单身狗'，跑楼顶干什么？举杯邀明月？"

顾浔把额头抵在铁丝网上："你不觉得视野挺开阔的吗？适合想想人生。当然现在就不适合了，谁能接受自己的人生是铁窗泪。"

崔璨侧过头："想什么人生啊？说来听听。"

他说："我大部分时间，在算钱。算如果四十岁退休，四十岁之前应该赚够多少钱；如果三十岁退休，三十岁之前应该赚够多少钱。"

崔璨绷不住笑："神经啊，为了显示自己数学好？"

顾浔转了个身，背靠着铁丝网："可不只是数学问题，还有社会学、经济学问题。"

崔璨打趣："我以为我丧，你比我还丧嘛。十八岁没到就天天想着金盆洗手。"

"是啊，遇见你之前……"顾浔正一正脸色，认真说话，"我都觉得没有什么值得追求，最近才变得有点意思了。崔璨，你和我差不多吧？从小无论学什么只要听一遍就能学会。"

好轻松，又很自然，他就这样把自己的迷茫说了出来。

东大附中竞争这么强的学校，他的中学时代过得也很孤独吧。

崔璨眨眨眼睛定定神，忽然觉得有点感动，他待自己真的很像闺密，没有什么不可以袒露。

崔璨谦虚道："能学会，可我忘得也快。"

"我记性也不错，不过有一点你比我强。要熟练运用知识所需的练习次数，你比一般人少得多，所以你每天还有大量时间玩手机，在实验室沙发里瘫着。"

崔璨仔细想想，好像是这么回事，顾浔比自己优秀一点，但他其实用功很多。

崔璨说："嘴上说没什么值得追求，可你不还是很用功吗？"

顾浔说："原先只是感觉，给我的天分不能随便浪费了。"

崔璨笑起来："你这么说好欠打。"

顾浔道："买彩票中了一百万，你不也要按照习惯买买东西、储蓄理财吗？难道给你一百万，你因为丧就不高兴花？"

这倒也是，不管怎么丧，眼前还得按照刻度转齿轮。

顾浔接着说："但现在就不一样，我发现一点点有意思的东西马上可以告诉你，哪怕你不懂，说一遍你也懂了，很舒服，好像再也不会孤单了。我觉得整天像喝了高了似的瞎乐，说激素使然未免煞风景……"

崔璨抓紧机会反击："哎哟，你还知道'煞风景'！"

临近傍晚，夏天天黑得晚，自然光还没有退去，校园里路灯到点就亮起来，光影由远及近照拂在她身上，一瞬间把光洁无瑕的脸打得更亮。

顾浔看着她笑嘻嘻："麦芒说，时间不是线性的，它一直由始至终地存在。我和你在一起，就客观地占有了你的一段时间，你和我在一起，也客观地占有了我的一段时间，我们分享过最宝贵的东西，人生怎么会没有意义？其实妙不可言。"

崔璨很轻易被这种理论直击红心："果然学哲学的人最能精准描述浪漫。"

顾浔较劲地纠正："前半截是麦芒说的，后半截是我阐发的好不好？"

崔璨跳起来捶他："你又煞风景！"

两个人在天台上追追打打，笑着闹着。

顾浔一回头，看见这一刻的夕阳下灯光中的崔璨，看见两年前被口香糖泡泡摊平在脸上的崔璨，看见两年后穿着学士服和自己拍照时做鬼脸的崔璨，她们同时存在。

以夏天为起点的故事，在夏天有了美好的转折。

我见过你，的确见过你，手心向上摊开的一刻，孤单的两个人就不再孤单。

彩灯永远为你点亮，原来是因为未来的我在许愿。

（番外完）

后记

大家好，我是猪妞。《一见如故》是我写得最开心的一本书，追更的读者看起来也很开心，每天的评论充斥着"哈哈哈哈哈哈哈哈哈哈哈哈"，尤其在顾浔被打脸的章节。

顾浔："我谢谢大家！"

璨璨是我喜爱的女主角类型，从《天蓝海蓝》中就开始铺垫，过去她是局面的控制者、照顾者，但又被诟病太过强势，连《蓝蓝》的男主角都这么说。就像现实中很多自身优秀的女孩，因为难以被控制而遭到贬低，一些人不懂欣赏优秀，因为他们不够优秀，所以璨璨值得更好的人。

顾浔好在哪里呢？我想是同理心和对女生的尊重。

一开始两人像没长大似的吵吵闹闹，咬牙切齿，口是心非。暑假在旋转木马前的相遇，只是两个童年有遗憾的孩子看见了对方眼里的童真；入学后班会上的较量，开始了他们的棋逢对手之旅。顾浔会喜欢上崔璨再正常不过，只有这个女生和他有相似的思维，相似的困扰，惺惺相惜，精力旺盛，能打个平手。

崔璨和顾浔的生活是当下大学生的平常生活，上课、自习、聚餐、做小组作业、参加校内活动。恋爱呢，也阳光纯情，没有七大姑八大姨扯进来。本来的计划是写到大三，包括一些实习的故事，但觉得调性不对，校园和职场是两种感觉，还是算了。现在的《一见如故》就是我喜欢的状态，现实但不市侩，有年轻人理想化的热情。

如今再说到"双向救赎"，主角的家庭很难有正常的，父母不离婚、再婚、家暴、重组都好像对不起观众。

但崔璨和顾浔的伤痕，就是每个人都可能遇到的常见伤痕。

高处不胜寒，你可能感到孤独没有同伴，并怀疑自己走的是不是独木桥；天分和努力都足够，你可能就差那么点运气，不得不学会告别辉煌、回归普通。也许不算什么刻骨铭心的童年阴影，在专心学习却也羡慕身边同学时常呼朋引伴出去玩的人会有共鸣，高中时是天之骄子进了大学却下了神坛的人会有共鸣。心理学的意义在我看来，未必是解决耸人听闻的精神病个例，而是解开生活中最常见的心理困惑。

起初我一直以为本书的类型是"追妻火葬场"，并且因为写得很欢脱，长期自诩"火葬场小能手"。写了一大半朋友才告诉我，前期没有虐妻的不算"火葬场"，这只能算"真香定律"。

"社死"，差点标签诈骗了！

我们下个单行本见！